Charlotte Lee, Tochter einer chinesischen Mutter, ist Inhaberin und Geschäftsführerin von Harmony Biotec in Palm Springs, wo nach traditionellen chinesischen Rezepten pflanzliche Medizin mit modernster Technologie hergestellt wird. Charlotte, die den Konzern von ihrer Großmutter übernommen hat, muß sich unerwartet der Anschuldigung stellen, drei Menschen seien durch ihre Produkte zu Tode gekommen.
Als sie bei einem Unwetter mit dem Auto unterwegs ist, entgeht sie nur knapp einem tödlichen Unfall. Aber war es wirklich ein Unfall? Auch Charlottes Freunde werden in mysteriöse Zwischenfälle verwickelt, und schließlich wird sie von einem Unbekannten über das Internet aufgefordert, innerhalb von zwölf Stunden ein öffentliches Schuldbekenntnis im Namen von Harmony Biotec abzulegen. Doch plötzlich taucht Jonathan, Charlottes Jugendliebe auf, und hilft ihr, die Verschwörung – und damit auch die geheime Geschichte ihrer Familie – aufzudecken.
Auf intelligente und raffinierte Weise vereint Barbara Wood in ›Das Haus der Harmonie‹ höchste Spannung mit ergreifendem Schicksal und erzählt zugleich die fesselnde Geschichte einer chinesischen Familie über Generationen hinweg, die den langen Weg von China nach Amerika wagt, um dort ein neues Leben zu beginnen und eine alte Tradition fortzusetzen.

Barbara Wood, 1947 in England geboren, wuchs in Kalifornien auf. Sie arbeitete nach ihrem Studium zehn Jahre als OP-Schwester in einer neurochirurgischen Klinik, bevor sie ihr Hobby zum Beruf machte und Schriftstellerin wurde. Inzwischen hat sie mehrere sehr erfolgreiche Romane geschrieben, die in ihren deutschen Verlagen Wolfgang Krüger und Fischer Taschenbuch Verlag erscheinen. Barbara Wood bereist alle Länder, in denen ihre Romane spielen, um die geschichtlichen und sonstigen Details zu recherchieren. Sie lebt in Kalifornien.

Im Fischer Taschenbuch Verlag ist das Gesamtwerk von Barbara Wood erschienen: ›Seelenfeuer‹ (Bd. 8367), ›Herzflimmern‹ (Bd. 8368), ›Sturmjahre‹ (Bd. 8369), ›Lockruf der Vergangenheit‹ (Bd. 10168), ›Bitteres Geheimnis‹ (Bd. 10623), ›Rote Sonne, schwarzes Land‹ (Bd. 10897), ›Haus der Erinnerungen‹ (Bd. 10974), ›Traumzeit‹ (Bd. 11929), ›Der Fluch der Schriftrollen‹ (Bd. 12031), ›Spiel des Schicksals‹ (Bd. 12032), ›Die sieben Dämonen‹ (Bd. 12147), ›Nachtzug‹ (Bd. 12148), ›Das Paradies‹ (Bd. 12466), ›Die Prophetin‹ (Bd. 13751) und ›Das Haus der Harmonie‹ (Bd. 14783).

Unsere Adresse im Internet: www.fischer-tb.de

Barbara Wood

Das Haus der Harmonie

Roman

Aus dem Amerikanischen von
Verena C. Harksen

Fischer Taschenbuch Verlag

8. Auflage: September 2000

Ungekürzte Ausgabe
Veröffentlicht im Fischer Taschenbuch Verlag GmbH,
Frankfurt am Main, Mai 2000

Lizenzausgabe mit Genehmigung des
Wolfgang Krüger Verlags GmbH, Frankfurt am Main
Die amerikanische Originalausgabe erschien 1998 unter dem Titel
›Perfect Harmony‹ im Verlag Little, Brown, Boston und New York

Published by arrangement with the author

Gesamtherstellung: Clausen & Bosse, Leck
Printed in Germany
ISBN 3-596-14783-2

Erster Teil

1
18 Uhr – Palm Springs, Kalifornien

Das grelle Klingeln des Telefons riß Charlotte aus tiefem Schlaf.

Während sie nach dem Hörer griff, sah sie auf ihren Nachttischwecker. Sechs Uhr abends. Sie hatte in den letzten Nächten nicht gut geschlafen und war darum vom Labor nach Hause gegangen, um ein kleines Nickerchen zu machen. Zu ihrem Erstaunen hatte sie den ganzen regnerischen Nachmittag verschlafen.

Desmond war am anderen Ende der Leitung, und das, was er sagte, schlug ein wie eine Bombe. »Charlotte, am besten kommst du sofort her. Es gibt einen neuen Fall.«

Sie war sofort hellwach. »Den *dritten*?«

Im Zimmer war es dunkel. Sie knipste die Nachttischlampe an. »Wie schlimm ist es?«

»Wie bei den anderen. Das Opfer ist tot.«

Sie schloß die Augen. *O Gott.* »Ich bin schon unterwegs.«

»Charlie. Noch etwas. Es stehen Demonstranten vor dem Eingang.«

Sie schielte nach dem regennassen Fenster. »Bei dem Wetter?«

»Ein paar von ihnen halten das Chalk-Hill-Bild hoch.«

Charlottes Magen krampfte sich jäh zusammen. »O nein, Des«, flüsterte sie.

»Ich wollte dich nur warnen, damit du keinen Schock bekommst.«

Sie legte den Hörer auf und rannte ins Badezimmer, als wollte sie vor Desmonds Schreckensnachricht fliehen. Sie hatten das Bild. Der Vorfall in der Forschungsstation Chalk Hill. Charlottes Alptraum, der sie Tag und Nacht verfolgte.

Als sie unter der Dusche stand, das Wasser so kalt, wie sie es eben noch aushalten konnte, den Strahl auf volle Kraft gedreht, verdrängte sie die Gedanken an Chalk Hill aus ihrem Kopf – das Bild war zurückgekehrt, um sie zu quälen, wie sie es immmer befürchtet hatte – und versuchte statt dessen, den seltsamen Traum zu analysieren, den sie während ihres Nickerchens gehabt hatte. Darin hatte ihre Großmutter gesagt: »Wir stammen von einer langen Reihe mutterloser Töchter ab. Und immer ist es so, daß zu einem bestimmten Zeitpunkt in unserem Leben unsere Mütter uns aus dem Jenseits führen und leiten. Eines Tages, Charlotte, wirst du hören, wie die Stimme deiner Mutter zu dir spricht, so wie ich die Stimme der meinen einst gehört habe.«

»Aber woran erkenne ich sie?« hatte Charlotte im Traum gefragt.

»Meine Mutter starb, als ich ein Baby war. Ich habe ihre Stimme nie gehört.«

»Du wirst sie mit dem Herzen erkennen, nicht mit den Ohren.«

»Und wann wird das sein?«

»Wenn es an der Zeit ist.«

Es war nicht nur ein Traum gewesen, sondern auch eine Erinnerung. Charlottes Großmutter hatte diese prophetischen Worte vor über zehn Jahren gesprochen. Charlotte wartete noch immer auf die Stimme ihrer Mutter.

Sie zog sich hastig, jedoch sorgfältig an: cremefarbenes Wollkostüm, weiße Seidenbluse und unauffällige Pumps. Während sie das lange, schwarze Haar durch eine goldene Spange zog, schaute sie aus dem Fenster hinaus in das Wüstental, das sich, am Ende des Tages kaum noch sichtbar, vor ihr ausbreitete. Aus schwarzen Gewitterwolken prasselte ein dämonischer Regen. Im Westen krachten Blitze und erhellten mit kurzem, schwefelgelbem Auf-

lodern den Horizont. Wenn Großmutter noch lebte, dachte Charlotte, könnte sie diese Zeichen deuten.
»Die Wolken«, würde sie sagen, »sind wie Kraniche, die schnell nach Hause fliegen. Ein gutes Omen. Es bedeutet, daß Glück naht.«
Charlotte hatte nie recht gelernt, die Zeichen zu deuten, obwohl ihre Großmutter sich redlich bemüht hatte, es ihr beizubringen. Vielleicht bin ich zu amerikanisch, dachte sie, so wie Großmutter zu chinesisch war.
Während sie die Augen mit der Handfläche vor einem grellen Blitz schützte, dachte sie: Palm Springs hat dreihundertdreiunddreißig Sonnentage im Jahr. Wie kann ein solches Unwetter ein gutes Omen sein?
Nein, es war ein böses Omen. Drei Todesfälle in einer Woche, alle durch Harmony-Produkte. Es konnte sich nur um Sabotage handeln wie schon im Tylenol-Fall, denn Harmony Biotec stellte seine Naturheilmittel unter strengster Qualitätskontrolle her. Aber wenn es Sabotage war, bestand dann ein Zusammenhang zwischen den drei Todesfällen, oder hatte man es nur auf eine der betroffenen Personen abgesehen und die beiden anderen waren unschuldige Opfer? Oder galten die Anschläge etwa dem Unternehmen?
Charlotte schaltete das Radio auf ihrem Nachttisch an, gerade rechtzeitig für die Abendnachrichten: Überschwemmungswarnung für die tiefergelegenen Wüstenregionen ... Stromausfälle in Pomona, Manhattan Beach und Bereichen des San-Fernando-Tales ... Schlammlawinen in Malibu ...
Sie schaltete das Radio wieder aus. Ganz und gar kein gutes Omen!
Sie sprang auf und lief mit schnellen Schritten durch das geräumige Haus am Hang, hinüber zur Küche, wo die Haushälterin gerade das Abendessen vorbereitete. Im Vorübereilen schnappte sie sich ihre riesige Ledertasche, die ihr zugleich als Aktenmappe und Einkaufsbeutel diente, ergriff die Autoschlüssel und rief: »Ich

muß ins Werk, Yolanda. Ein Notfall. Ich hab keine Ahnung, wann ich wieder zurück bin.«

»Pedro sollte Sie fahren«, sagte die Haushälterin und meinte damit ihren Mann, der sich als Handwerker um alles auf Charlottes rund 52 000 Quadratmeter großem Wüstengrundstück kümmerte. »Das Gewitter ist furchtbar.«

»Das ist schon in Ordnung. Keine Sorge.« Die Sanchez' waren schon seit acht Jahren bei Charlotte. Sie waren ihr aus San Francisco hierher gefolgt, als, wie Mrs. Sanchez der Kassiererin an der Lebensmittelkasse bei Ralph's gern erzählte, »die Medizin umgezogen ist. Wir konnten doch die Senorita nicht im Stich lassen. Sie braucht jemanden, der sich um sie kümmert. Auch wenn sie es selber nicht weiß.«

»Aber was ist mit Ihrem Abendessen?« Yolanda zeigte auf die brodelnden Töpfe, brutzelnden Pfannen und die mit Gemüse und Kräutern überhäufte Arbeitsplatte.

»Ich hol mir was aus der Kantine.« Charlotte verschwand durch die Verbindungstür zur Garage.

Kantine! dachte Yolanda voller Schrecken. Dann mußte es wirklich ein sehr schlimmer Notfall sein, wenn es der Senorita egal war, was sie zu sich nahm. Besser als jeder andere kannte Yolanda die seltsamen Eßgewohnheiten ihrer Arbeitgeberin.

Für heute abend hatte Yolanda auf Miss Lees Anordnung einen Lotuswurzelsalat vorbereitet. Nicht etwa deshalb, weil Miss Lee den Geschmack von Lotuswurzeln besonders liebte, sondern weil, wie sie Yolanda einmal erklärt hatte, im Chinesischen das Wort für Lotuswurzel und der Ausdruck »Jedes Jahr mehr erreichen« fast gleich klangen und man darum glaubte, es sei hilfreich, bei Geldangelegenheiten viel Lotuswurzel zu essen. Yolanda hatte sich freilich längst an die Eßgewohnheiten ihrer Arbeitgeberin gewöhnt, die sich weniger am Geschmack orientierten, als an sonderbaren Gleichklangvorschriften »klingt wie« – deshalb aß Miss Lee auch jede Menge Langkornreis, weil das Wort dafür klang wie »langes Leben« –, und sie hatte sich auch daran gewöhnt, daß man glückbringende Speisen auswählte, wie zum Beispiel *Bok Choy*, und unglückbringende, wie zum Beispiel Mais, vermied.

So viele Regeln! dachte Yolanda und kehrte zu ihren Töpfen zurück. Für sich selbst war sie da ganz anderer Meinung – wenn man Appetit auf *Tamales* hatte, dann aß man eben *Tamales*.

Charlotte benutzte die Fernbedienung, um die schwere Garagentür zu öffnen. Der Motor knirschte, und an der Decke gingen die Lampen an. Sie glitt hinter das Steuer ihrer Corvette – ein Geschenk, das sie sich im Vorjahr selbst gemacht hatte, als sie achtunddreißig wurde – und ließ den Wagen an. Während sie die Handbremse löste, sah sie in das tosende Unwetter hinaus, das dabei war, ihre Einfahrt in einen Fluß zu verwandeln.

Überschwemmungswarnung für die tiefergelegenen Wüstenregionen ...

Charlotte betrachtete den strömenden Regen. Sie fuhr immer mit der Corvette, sie war ihr Lieblingsauto. Jetzt aber fühlte sie sich in dem kleinen Wagen verwundbar und der Willkür der Elemente ausgeliefert.

Sie warf einen raschen Blick auf das andere Auto in der Garage, einen gewaltigen Chevy Suburban, den sie für seltene Streifzüge in den Bergen gekauft hatte, wenn ihr der Druck im Labor einmal wirklich zuviel wurde, und faßte einen schnellen Entschluß. Sie sprang aus der Corvette, lief um den Geländewagen herum und kletterte auf den Fahrersitz. Die Schlüssel steckten hinter der Sonnenblende, damit Pedro ab und zu den Motor anlassen, die Batterie aufladen und den onyxschwarzen Lack waschen und wachsen konnte.

In dem großen Auto kam sich Charlotte merkwürdig vor. Sie wußte überhaupt nicht mehr, wann sie es zuletzt gefahren hatte. Sie drehte den Schlüssel und hörte erfreut, wie die Maschine sofort ansprang – Pedro war ein äußerst zuverlässiger Mann. Zuversichtlich griff sie nach dem Lenkrad. Dieser Koloß mit seinen Mammuträdern würde sie selbst über die überschwemmteste Kreuzung, die Palm Springs aufzubieten hatte, sicher hinüberbringen.

Die Scheinwerfer verwandelten den Regen in einen Vorhang aus Diamanten. Charlotte legte den ersten Gang ein und ließ den Chevy langsam anfahren.
Der Knall kam jäh und ohrenbetäubend. Charlotte schrie, als die Windschutzscheibe in abertausend Glassplitter explodierte. Und nur einen Sekundenbruchteil, nachdem der furchtbare Schlag das Auto erschüttert hatte, versank alles in tiefster Finsternis.

2

Stimmen ... aus weiter Ferne. »Dios mio!«
»Was ist passiert?«
»Senorita? Schnell, Pedro!«
Charlotte fühlte, wie sie aus tiefem Dunkel emportauchte. Über sich erblickte sie zwei bleiche Gesichter – die Haushälterin und ihren Mann, beide mit großen, angsterfüllten Augen und vor Schreck und Furcht verzogenen Mündern. Einen Moment lang fragte sie sich, wo sie war, als aber die Füße des Ehepaars über das zerbrochene Glas knirschten und Charlotte die zitternden Hände sah, die nach ihr griffen, erinnerte sie sich, daß sie in dem Chevy gesessen und gerade ins Labor hatte fahren wollen. Als ihr Blick auf die eingedrückte Windschutzscheibe, nur wenige Zoll von ihrem Gesicht entfernt, fiel, schrie Charlotte auf.
Durch die Glasscherben ragte die Garagentür.
»Sind Sie in Ordnung?« fragte Pedro ängstlich und öffnete die Wagentür. »Wir hörten einen Knall, Dios mio!« Er bekreuzigte sich.
»Was ...?« Charlotte rang nach Atem. »Was war das?«
»Die Tür, sie ist runtergefallen! Sie ist auf das Auto gekracht. Sind Sie verletzt? Sollen wir einen Arzt holen?«
»Nein ...« Sie hob die Hand an die Stirn. Sicherheitsglasscherben prasselten von ihrem Arm. Sie schaute an sich herunter. Überall

Glas. »Wie ist das nur passiert?« Sie nahm Pedros entgegengestreckte Hand und versuchte sich vom Sitz zu ziehen. Aber sie hatte nicht die Kraft dazu. Charlotte begriff, daß sie unter Schock stand.

»Ich weiß nicht«, beantwortete Pedro ihre Frage mit tiefen Sorgenfalten im ledrigen Gesicht.

»Ich muß ... ich muß mich umziehen.«

»Sie brauchen einen Arzt!« protestierte Yolanda, rang die Hände und biß sich auf die Lippen. »Heilige Mutter Gottes, wir haben den Knall gehört! Wir dachten, der Blitz hätte eingeschlagen.«

Charlotte drehte sich auf dem Sitz um. Ihr Kopf wurde allmählich wieder klar, ihr Blick scharf. Die Garagentür lag auf dem Dach des Chevy, so daß das Ehepaar aus Guatemala gebückt darunter laufen konnte. Charlotte runzelte die Stirn. Sollte nicht die elektronische Sicherung, die sie erst vor wenigen Monaten hatte einbauen lassen, genau solche Unfälle verhindern?

Mit bebenden Fingerspitzen betastete sie ihr Gesicht. Hatte sie Schnittwunden? Blutete sie? Aber ihre Hände wiesen keine Spuren auf. Wie durch ein Wunder war sie einer Verletzung durch herumfliegende Glassplitter entgangen.

»Alles in Ordnung«, erklärte sie und ließ sich von Pedro aus dem Auto helfen. Aber kaum daß ihre Füße den Zementboden berührten, gaben ihre Knie nach. Der alte Mann stützte sie in der Taille und half ihr über die Glasscherben hinweg zur Küchentür. »Ich muß mich umziehen und dann ins Labor.«

»Nein«, widersprach die ältere Frau und wirbelte aufgeregt um Charlotte herum. Sie klopfte ihr das Glas ab und murmelte dabei fieberhaft ein Gebet auf spanisch. »Sie machen sich jetzt keine Gedanken um Ihre Kleider. Sie brauchen einen Arzt.«

»Pedro, bitte versuchen Sie doch die Garagentür wegzuschieben. Ich werde doch die Corvette nehmen müssen.«

»Setzen Sie sich hin«, beharrte Yolanda. »Ich mache Ihnen einen schönen Tee. Ich rufe den Doktor für Sie. Sie sind so weiß wie Mehl.«

»Wirklich, mir geht es gut«, versicherte Charlotte und löste sich von Pedro, um zu zeigen, daß sie allein gehen konnte. »Ich fühle mich bestens.« Es war gelogen, aber Charlotte wollte nicht, daß die beiden soviel Aufhebens um sie machten. Außerdem mußte sie ins Labor. Inzwischen würden auch die Reporter eingetroffen sein und vielleicht noch weitere Demonstranten – mit jenem schrecklichen Bild …

Sie ging in ihr Arbeitszimmer, von dem eine Glasschiebetür in ihren ganz privaten Steingarten führte. Dort sah sie eine große, alte Wüstenschildkröte langsam durch den Regen wandern. Charlotte hatte das Tier vor einem Jahr am Straßenrand gefunden. Jemand hatte es schrecklich zugerichtet, darum hatte sie es nach Hause mitgenommen und mit einer Diät aus besonderen chinesischen Kräutern gefüttert. Sie nahm an, die Schildkröte würde weiterziehen, wenn es ihr besserging, aber das alte Tier war geblieben, obwohl kein Zaun es zurückhielt.

»Du rettest Tiere«, hatte ihre Großmutter gesagt, »anstatt Kinder zu kriegen.«

Charlotte hatte gelacht. »Ich *habe* ein Kind, Großmutter, ein ganz großes. Harmony Biotec reicht mir voll und ganz.«

Aber ihr Lachen hatte hohl geklungen. Bald würde sie vierzig werden. Hatte sie die Chance, eine eigene Familie zu haben, schon verpaßt? Die Firma hatte in ihrem Leben stets an erster Stelle gestanden. Immer wieder gab es etwas Neues, das sie ausprobieren wollte, immer wieder eine Innovation, zu der sie ihre Großmutter erst überreden mußte. Irgendwie waren die Jahre vergangen, und der Gedanke an eine eigene Familie hatte immer im Hintergrund gestanden.

Und nun diese Katastrophe: irgend jemand vergiftete die Produkte von Harmony.

Schnell wechselte Charlotte Rock und Jacke, wobei sie diesmal ein schwarzes Kostüm wählte, um ihrem Aussehen noch mehr Autorität zu verleihen, und schluckte zwei Harmony-Tabletten, die beruhigende Kräuter enthielten. Sie war noch ganz erschüttert

von dem Vorfall mit der Garagentür, und gleich im Labor mußte sie ruhig und beherrscht auftreten.
Als sie durch das kleine Atrium ging, in dem sie seltene Kräuter und Pflanzen zog, spürte sie einen kalten Luftzug. Als sie sich umdrehte, sah sie, daß die Glastür zum Innenhof aufgeflogen war.
Eilig bahnte sie sich einen Weg durch die empfindlichen Palmen und zerbrechlichen Farne, um die Tür zu schließen. Unter ihren Füßen knirschte es. Als sie sah, was es war, schlug sie sich entsetzt mit beiden Händen vors Gesicht und schrie fast wie ein Kind »*Aiiyah!*«
Das gläserne Windspiel, das seit zwei Jahren im Atrium hing, war heruntergefallen und zerbrochen.
Sie bückte sich und berührte die Scherben. Das Windspiel war ein Geschenk von Jonathan gewesen, das er ihr vor zehn Jahren gemacht hatte, als sie sich zum letzten Mal sahen. Ein ganzes Jahrzehnt lang hatten die zarten Glasringe überall, wo sie lebte, das gute *chi* fließen lassen, und die klimpernde Musik hatte sie mit bittersüßer Traurigkeit an die einzige große Liebe ihres Lebens erinnert und daran, wie sie diese Liebe verloren hatte.
Ihre Großmutter hatte dieses Gedenken an Leid und Verlust gebilligt. »Nun wirst du niemals uneingeschränkt glücklich sein, Charlotte. Yin und Yang sind in deinem Leben ausgeglichen.«
Was für eine Einstellung! Kummer gutzuheißen, weil Gleichgewicht und Harmonie wichtiger waren als vollkommene Freude!
Der äußere Glasring war zersprungen, so daß er die kleineren Ringe nicht mehr umschloß. Ein zerbrochenes Windspiel kann man nicht wieder aufhängen, dachte Charlotte und fühlte einen Kloß in der Kehle. Der Klang wäre nicht mehr richtig. Das *chi* würde rückwärts fließen.
Charlotte starrte auf ihr zerstörtes Glück und fragte sich, ob irgend etwas je wieder so werden würde, wie es sein sollte. Dann eilte sie zurück durch den Gang ins Schlafzimmer. Aus ihrer

Kommode nahm sie ein in Wasserblau- und Waldgrüntönen gemustertes Seidentuch – ebenfalls ein Geschenk von Jonathan. Er hatte es ihr bei ihrem letzten Treffen gegeben, als er ihr auch die erschreckende Neuigkeit mitgeteilt und sie gefühlt hatte, wie in diesem Moment ihr Leben zerbrach, so wie jetzt, als das Windspiel heruntergefallen und die Windschutzscheibe des Chevy zerbrochen war.

Ins Atrium zurückgekehrt, sammelte sie die Ringe und Scherben des Windspiels vorsichtig auf und wickelte sie in das Tuch. Pedro erschien in einem tropfenden Regenmantel und meldete, daß er die Garagentür nach oben geschoben und gesichert hätte.

Charlotte wollte gerade gehen, als Yolanda sie an der Küchentür zurückhielt. »Für Sie«, sagte sie und drückte ihr etwas in die Hand. »Sehr alt.« Yolanda stammte aus Chiapas in Mexiko und hatte Mayablut in den Adern. Charlotte erkannte einen kleinen Talisman, ein Stück grüner Jade, in der Form einer schlafenden Schlange.

»Sehr viel Glück, sehr alt«, beteuerte Yolanda.

Doch noch während Charlottes Finger sich um die kleine Reliquie schlossen, fragte sie sich, ob ihr das Glück endgültig abhanden gekommen war.

3

Als Charlotte in den Joshua-Tree-Drive einbog, wo sich die unauffälligen Gebäude des Harmony-Wissenschaftsparks in ein riesiges Gelände mit weitläufigen Rasenflächen, Palmen, felsigen Wasserfällen und einem See, auf dem der Regen weiße Schaumkronen aufpeitschte, einfügten, fuhr sie langsamer.

Das große Schild »Harmony Biotec Laboratorien« und das kleinere »Harmony – Naturprodukte« waren ebenso unauffällig wie die Gebäude selbst. Die Reichen und Vornehmen, die die Golfplätze und exklusiven Ferienanlagen von Palm Springs besuchten, wollten nicht an Krankheit und Sterblichkeit erinnert werden.

Als erstes kam Charlotte an dem Gebäude vorbei, in dem Laboratorien und Produktion untergebracht waren. Sie sah Angehörige der Ortspolizei in gelben Regenjacken, die die Zugänge absperrten und die Menschen am Eindringen hinderten. Vor dem Hauptgebäude bemerkte sie erschrocken, daß mehrere Nachrichtenteams und Übertragungswagen sowohl der örtlichen Radiostation als auch der drei lokalen Fernsehsender sowie von CNN auf dem Parkplatz standen. Bevor sie aus dem Auto stieg, sprach sie ein stilles Gebet für das unschuldige, verlorene Leben. Sie spürte Stiche im Herzen, wenn sie daran dachte, daß ihre Firma, die ausschließlich dem menschlichen Wohlbefinden und dem Schutz des Lebens dienen sollte, drei Menschen *getötet* hatte. Sie war froh, daß ihre Großmutter diese Schande und Entehrung nicht mehr miterleben mußte.

Dann sah sie die unter Regenschirmen zusammengedrängten Demonstranten, die Schilder mit zornigen Aufschriften hochhielten. Desmond hatte recht, irgendwie waren sie an das Bild gekommen. Aber das war auch nicht weiter verwunderlich, denn das Nachrichtenfoto, vor acht Jahren aufgenommen, war der Öffentlichkeit jederzeit zugänglich. Das Problem lag darin, daß das Bild nicht die wahre Geschichte zeigte. *Man hat mich freigesprochen!* hätte Charlotte am liebsten laut geschrien, als sie den Blick von ihrem schwarzweißen Abbild losriß, auf dem sie mit erhobenen, blutigen Armen dastand, das Gesicht wutverzerrt.

Sie stieg aus der Corvette und merkte, wie der Wind umschlug und ihr den Regen in die Augen trieb, zugleich aber einen zarten Hauch köstlicher Düfte aus der nahen Kantine herüberwehte. Obwohl Harmony viele Amerikaner angelsächsischer und lateinamerikanischer Abstammung beschäftigte, war das Essen hauptsächlich chinesisch, eine Tradition, die Charlottes Großmutter, überzeugt davon, daß Nahrung ebenfalls heilende Kräfte besaß, vor langer Zeit begründet hatte. Heute abend gab es für die Abendschicht geschmorten Kabeljau, zubereitet mit *dangshen* und *huangqui* – chinesische Kräuter, die die körperliche Energie verstärkten und die Verdauung förderten.

»Mrs. Lee!« riefen die Reporter durch den Regen und streckten ihr die Mikrophone entgegen, während sie auf das Hauptgebäude zueilte. »Glauben Sie immer noch, daß es sich um einen Zufall handelt? Bei *drei* Todesfällen?« Wortlos drängte sie weiter. Ein Reporter versperrte ihr den Weg. »Was ist mit den Behauptungen, daß Ihr Unternehmen für manche Produkte tierische Bestandteile von bedrohten Arten verwendet?« Charlotte starrte den Mann verblüfft an. Dann ging sie einfach wortlos an ihm vorbei und flüchtete in die schützenden Arme von Desmond, Senior Vice President und Marketingchef. Desmond war ihr Cousin. Früher wäre er auch gern ihr Geliebter gewesen. Sie hatte den Verdacht, daß es immer noch so war.

»Das ist ein Alptraum!« sagte er und schob sie hastig durch die weiträumige Eingangshalle, wo die Männer vom Werkschutz dafür sorgten, daß niemand sonst hereinkam. »Guter Gott, du bist ja weiß wie ein Laken!«

»Ich hatte einen Unfall, Des.« Rasch berichtete sie von dem Vorfall mit der Garagentür.

»Heilige Scheiße, Charlie! Bist du in Ordnung?« Seine hinter einer Ray-Ban-Sonnenbrille verborgenen Augen suchten fieberhaft nach aufschlußreichen Anzeichen für ihre körperliche Verfassung.

»Ich war ziemlich geschockt, aber jetzt geht es mir wieder gut.«

»Ist von der Corvette noch etwas übrig?«

»Das ist ja das Unheimliche an der Sache, Des. Ich saß nicht in der Corvette. In letzter Minute hatte ich mich für den Chevy entschieden. Hätte ich die Corvette genommen, wäre ich wahrscheinlich schwer verletzt worden, vielleicht sogar tot.«

»Heilige Scheiße«, wiederholte Desmond, diesmal leiser. »Wenn die Götter je über dir gewacht haben, dann heute abend.«

»Des, was ist das für eine Geschichte von illegalen tierischen Bestandteilen in unseren Produkten?«
Charlotte fiel auf, daß Desmond einen gehetzten Eindruck machte, ganz untypisch für ihn, der sonst dermaßen sorgfältig auf sein Äußeres achtete, daß es, wie sie häufig fand, fast schon an Besessenheit grenzte. Das beunruhigte sie nur noch mehr.
Wenn Desmond sich so aufregte, daß er nicht mehr darauf achtete, ob sein Haar perfekt gekämmt war, hieß das, daß die Neuigkeiten sogar noch schlimmer sein konnten als sie vermutete.
»Ich weiß nicht«, antwortete er. »Anscheinend haben mehrere Fernsehsender und größere Zeitungen einen anonymen Hinweis erhalten. Nun geht das FDA der Anschuldigung nach, wir mischten Tigerpenis in unseren Tee!«
Sie näherten sich den Fahrstühlen. Desmonds Stirnfalten vertieften sich und entstellten seine ebenmäßigen Gesichtszüge.
»Das ist noch nicht alles«, fuhr er fort. »Der Bundesagent, der die beiden anderen Fälle bearbeitete ...«
»Ja. Johnson.«
»Den hat man abgezogen. Rate mal, wer seine Aufgabe übernommen hat.«
Charlotte brauchte nicht zu raten. Desmonds unglückliches Gesicht verriet ihr alles. Valerius Knight, ein Agent der Bundesbehörde für Ernährung und Gesundheit – des FDA –, der an seiner Karriere baute, indem er gezielt Hersteller von Naturheilmitteln angriff. Das waren schlechte Aussichten.
»Was ist mit Adrian und Margo?« fragte sie.
Desmond nutzte die Wartezeit vor dem Fahrstuhl dazu, seine äußere Erscheinung in Ordnung zu bringen – er fuhr sich mit den Fingern durch das braune, ein wenig zerzauste Haar und strich den schwarzen Merinopullover mit dem V-Ausschnitt und die schwarze Nylonhose glatt. Charlotte bemerkte, daß sein schwarzer Ledermantel trocken war. Er war also noch nicht draußen gewesen, um sich den Reportern zu stellen. Jetzt nahm er sich sogar noch einen Augenblick Zeit, um seine goldene Halskette in eine

vollendete Rundung zu legen. »Mutter und Vater sind auf dem Weg hierher«, antwortete er. »Sie kommen mit dem Firmenjet.«

Charlotte betrachtete ihr Spiegelbild in den glänzenden Fahrstuhltüren. Sie wußte, daß sie mit ihren regennassen am Kopf klebenden, langen, schwarzen Haaren nicht wie die Vorstandsvorsitzende eines Naturheilmittel- und Pharmaziekonzerns mit Millionenumsätzen aussah. Ihre Züge waren so angespannt, daß die asiatischen Wangenknochen, die normalerweise nicht auffällig waren, jetzt stark hervortraten und ihre Haut eine Blässe angenommen hatte, die an die uralte Elfenbeinfigur der Göttin Kwan Yin in ihrem Büro erinnerte. Charlotte wirkte jetzt bei weitem nicht mehr so amerikanisch wie sonst. Sie hatte dunkle Augenringe von einer Woche voll schlafloser Nächte. »Geheimnisvolle Augen« hatte Jonathan sie einmal genannt, vor langer Zeit, weil es Augen waren, die verborgenes Wissen hüteten, Dinge, die niemand sonst wußte, bis hin zu der Tatsache, daß Charlotte nicht ihr echter Name war.

Sie schaute hinüber zu dem anderen Gesicht, das sich in dem polierten Chrom spiegelte. Desmond war ein gutaussehender Mann mit ebenmäßigen Zügen und einem sorgsam gepflegten Äußeren. Auch er hatte Geheimnisse. Charlotte fragte sich, ob das der Grund dafür war, daß er immer eine Sonnenbrille trug, selbst jetzt, wenn es draußen dunkel war und es in Strömen regnete.

»Herr Jesus«, knurrte Desmond und drückte ungeduldig wieder den Fahrstuhlknopf. »Das ist ja unglaublich! Ich sage dir, die Sache ist noch schlimmer als die damals, als du von den Außerirdischen entführt worden bist.« Gleich darauf sah er sie betreten an. »Tut mir leid. Schlechter Scherz.«

Aber er hatte es nicht scherzhaft gemeint, sondern, das wußte Charlotte, genau so, wie er es gesagt hatte. Desmond hatte noch nie eine Gelegenheit ausgelassen, auf einen Vorfall anzuspielen, der ihn die letzten vierundzwanzig Jahre lang beschäftigt zu haben schien.

Sie war damals fünfzehn Jahre alt gewesen und Des vierzehn. In diesem Sommer war Charlotte auf rätselhafte Weise für drei Wochen verschwunden und hatte hinterher niemandem erzählen wollen, wo sie gewesen war. Desmond fragte immer wieder: »Hat dich mein lüsterner alter Großvater wirklich verführt, wie alle behaupten?« Dann fing er an, das Ganze ins Lächerliche zu ziehen und alberne Bemerkungen zu machen: »Nein, das kann nicht sein. Du bist bestimmt von Außerirdischen entführt worden.«
Charlotte konnte es nicht fassen. Jetzt, nach soviel Jahren, mitten in einer Firmenkrise, wollte Desmond immer noch wissen, wo sie in jenem Sommer gewesen war. Dabei ahnte er nicht einmal, daß er der Wahrheit um vieles näher war, als er dachte: sie war tatsächlich entführt worden.
»Erzähl mir alles über diesen neuen Vorfall«, bat sie, während sie in den zweiten Stock fuhren. Dort befanden sich die Büros der Firma.
»Die vorläufige Analyse der vor Ort gefundenen Kapseln ...«
»Nein.« Sie legte ihm sacht die Hand auf den Arm. »Das Opfer. War es ein Mann oder eine Frau?«
»Eine dreißigjährige Frau. Rechtsanwältin. Geschieden, zwei Kinder.«
»Das ist furchtbar, Desmond. Das macht mich ganz krank.«
»Charlotte, es ist nicht deine Schuld.«
»Kümmert sich jemand um die Kinder? Gibt es Angehörige?«
»Nun ... ich muß das noch prüfen. Ich fürchte, ich habe bisher nur an die Firma gedacht. Ich meine, wie zum Teufel konnte Gift in diese Kapseln gelangen?«
Charlotte runzelte die Stirn. »Kapseln?«
»O Gott, stimmt, ich habe es dir ja noch gar nicht gesagt. Es war diesmal nicht das Tonikum. Es war *Wonne*.«
Der Fahrstuhl kam zum Stehen. Leise öffneten sich die Türen. Aber Charlotte rührte sich nicht vom Fleck. »*Wonne*? Willst du damit sagen, dieser Todesfall wurde durch *ein anderes Produkt* verursacht?«

Desmond nickte ernst.
»Um Himmels willen, Des!« Bei der Vorstellung, was das bedeuten konnte, stockte ihr der Atem.
Jeden Tag lieferte Harmony Hunderte von Produkten an Tausende von Drogerien und Gesundheitsläden überall in den Vereinigten Staaten und in der ganzen Welt. Die drei Opfer hatten drei verschiedene Mittel angewendet. Wie viele Produkte waren noch betroffen? *Alle*?
»Setz alle Hebel in Bewegung. Laß sofort alle Harmony-Produkte aus den Regalen räumen!« Sie traten in einen chaotischen Empfangsbereich, in dem Telefone schnarrten und alle Leute gleichzeitig zu reden schienen.
Im Nu war Charlotte von den Leuten umringt, die sie mit Fragen überhäuften. Sie blickte sich nach Bundesagent Knight um. Er war im Besitz entscheidender Informationen, die sie dringend brauchte. Zunächst jedoch blieb sie stehen, um mit einer kleinen, stämmigen Frau in einem nassen Regenmantel zu sprechen. Ein geblümtes Kopftuch umrahmte ihr rundes, asiatisches Gesicht, und ihre Augen waren voller Sorge.
»Sagen Sie Ihren Leuten, daß ich morgen zu Ihnen komme, Mrs. Wong. Und teilen Sie ihnen mit, daß sie keine Angst zu haben brauchen. Alle kriegen weiter ihren Lohn, niemand wird entlassen.«
Sie wußte, daß hinter Mrs. Wongs furchtsamem Blick eine weit größere Frage stand, die Frage nach den versprochenen, erst vor vier Wochen angekündigten Sonderzahlungen.
Tatsächlich hatten diese Zahlungen landesweit für Schlagzeilen gesorgt, bis hin zum Titelblatt des *Time Magazine*. Charlottes ureigene Idee war die eines neuartigen Gewinnbeteiligungssystems, das auf den moralischen Werten beruhte, die ihre Großmutter sie gelehrt hatte, und in Einklang mit der Tradition stand, daß Harmony seine Mitarbeiter immer wie Familienangehörige behandelte. Als die Gewinne des Vorjahres alle Rekorde gebrochen hatten, wurde der Kuchen nicht nur zwischen ihr und den anderen

Mitgliedern der Geschäftsleitung aufgeteilt, sondern Charlotte hatte sich dafür entschieden, die fast tausend Arbeiter und Angestellten des Unternehmens miteinzubeziehen. Einige der Schecks würden sechsstellige Summen beinhalten, so gut war das Ergebnis. Vorstände anderer Unternehmen sahen in Charlottes Plan eine unerwünschte Bedrohung für das herrschende Lohngefüge. Aber sie wehrte die Vorwürfe lediglich mit dem Hinweis darauf ab, daß die Mitarbeiter von Harmony treu und unermüdlich seien und die Fluktuation bei weniger als einem Prozent im Jahr liege.
Die Schecks sollten an diesem Wochenende ausgestellt werden. Aber die neuen Ereignisse stellten das nun in Frage.
Als plötzlich die Lichter zu flackern anfingen und alles aufstöhnte, sagte Charlotte zu Desmond: »Der Wartungsdienst soll schnellstens die Notstromaggregate überprüfen. Es könnte einen Stromausfall geben.«
»Ist schon erledigt.«
Ihre Sekretärin kam herbeigeeilt. »Charlotte, ich habe jemanden von KFWB am Apparat, und KRLA ruft auch dauernd an. Sie wollen eine Erklärung.«
»Vertrösten Sie sie, solange es geht. Margo ist schon unterwegs. Sie wird sich um die Presse kümmern. Haben Sie Mr. Sung gesehen?« Mr. Sung war der oberste Justitiar des Unternehmens.
»Er war vorhin noch hier.«
»Würden Sie ihn bitte für mich suchen?« Charlotte wandte sich wieder an Desmond. »Wir müssen mit einer Produkthaftungsklage rechnen. Ich möchte, daß Mr. Sung sich um diese Dinge kümmert.«
»Reg dich nicht auf, Charlotte. Wir werden beweisen können, daß es sich um Sabotage von außen handelt.«
»Nicht, wenn Valerius Knight den Fall bearbeitet.« Charlotte hatte endlich den Vertreter des FDA entdeckt, der auf der anderen Seite des Raumes stand und alle anderen weit überragte. »Dieser Mann hat eine geheime Abschußliste. Nichts wäre ihm lieber, als Harmony zu vernichten.«

Der leitende Chemiker erschien und rang die Hände. Sein Gesicht war bleich und erregt. »Sie haben mich aus meinem Labor ausgesperrt. Ich muß da unbedingt rein!«
Charlotte legte ihm die Hand auf den Arm. »Ich will sehen, was ich tun kann. Keine Sorge. Es kommt alles in Ordnung.« Ihre Sekretärin stand noch immer neben ihr. »Finden Sie Mr. Sung. Ich brauche ihn sofort.«
»Es sind noch vier andere Anrufer in der Leitung«, begann die junge Frau und hielt einen Schwung rosa Merkzettel hoch. »Die Via-Tek-Corporation ist dran, und Chang-How-Import. Mr. Lopez von der Gilroy Farm regt sich über irgend etwas auf ...«
»Notieren Sie alles und sagen Sie, ich würde jeden zurückrufen, sobald ich mehr wüßte. Desmond – ich muß zu allererst mit Knight sprechen und herausfinden, über welche Informationen er verfügt.«
»Viel Glück«, murmelte ihr Cousin und sah ihr nach, wie sie durch den überfüllten Empfangsbereich eilte.
Sie fand den Agenten in der Nähe des Lagerraums, wo er sich einen Schreibtisch besorgt und seinen eigenen Laptop aufgestellt hatte. Valerius Knight war eine eindrucksvolle Erscheinung, ein hochgewachsener Afroamerikaner mit dichtem, schwarzem Schnurrbart, glattgeschorenem Kopf und tiefer, volltönender Stimme – ein Mann, der dafür bekannt war, daß er das Rampenlicht suchte und die spektakulären Fälle vorzog.
Seine Anwesenheit bei Harmony ließ in Charlottes Kopf die Alarmglocken läuten.
»Agent Knight«, begann sie ohne Umschweife, »was können Sie mir über die Opfer sagen?«
»Ah, Mrs. Lee!« Er schenkte ihr ein bezauberndes Lächeln. »Ich bin untröstlich, daß wir uns unter diesen Umständen begegnen müssen.«
»Weiß das FDA mit Sicherheit, daß Harmony-Produkte die Todesfälle verursacht haben?«
»In allen drei Fällen war das letzte, was die Opfer zu sich genom-

men haben, ein Produkt Ihres Hauses. Ich muß jetzt sämtliche Mitarbeiter befragen, die mit diesen Produkten in Berührung gekommen sind, angefangen von den Leuten in der chemischen Herstellung bis hin zu dem Mann, der den LKW zum Großhändler gefahren hat.« Er hielt ihr ein Päckchen Spearmint-Kaugummi hin und bot ihr einen Streifen an.
Charlotte schüttelte den Kopf. »Warum glauben Sie, daß die Verunreinigung der Produkte hier bei uns erfolgt ist?«
»Wir haben mit dem Bruder des letzten Opfers gesprochen.« Er wickelte sorgfältig einen Kaumgummistreifen aus und musterte ihn, als könnte auch er vergiftet sein. »Er sagt, seine Schwester habe immer äußerst sorgfältig darauf geachtet, ob die Sachen richtig versiegelt waren und darauf, daß das Verfallsdatum nicht erreicht war, eben alle diese Dinge. Nun ja, sie war Anwältin.« Lächelnd knickte er das Kaugummi und steckte es in den Mund. »Außerdem fanden wir auf der Küchentheke die Zellophan-Verpackung, und aus der Packung fehlten nur vier Kapseln. Sie hatte also gerade erst eine neue Packung aufgemacht. Falls diese Kapseln manipuliert wurden, *nachdem* sie Ihr Werk verließen, muß der Täter ein ungewöhnlich gerissener Mensch sein.«
»Was war die Todesursache?«
Knight kaute dezent an seinem Spearmint. »Beim ersten Opfer Herzstillstand. Beim zweiten ein Schlaganfall.«
»Und beim dritten?«
»Das möchten wir im Augenblick noch für uns behalten.«
»Agent Knight, wenn mein Unternehmen verdächtigt wird, habe ich das Recht zu erfahren, woran die Frau gestorben ist.«
Knight dachte einen Augenblick nach. »Gehirnblutung. Schlaganfall. Aber das ist nicht für die Öffentlichkeit bestimmt.«
»Ich kann ein Geheimnis für mich behalten, Agent Knight.«
»Ja, das glaube ich.« Er lächelte.
»Haben Sie irgendeine Verbindung zwischen den drei Frauen herstellen können?«
»Daran arbeiten wir noch. Aber wir ziehen auch Harmony Biotec

als mögliches Angriffsziel in Betracht. Haben Sie Drohbriefe erhalten? Anrufe? Geldforderungen?«
»Nein. Nichts dergleichen.«
»Was ist mit …« Er griff in seinen teuer geschnittenen, sportlichen Mantel und zog ein kleines Notizbuch hervor.
»Mit diesem Norman Thurwood, dem Mann, dem Sie seine Pharmaziefirma weggenommen haben?«
»Wir haben ihm nichts weggenommen. Es war ein freundschaftlicher Ankauf.«
»Da habe ich aber etwas anderes gehört. Es hat ihm gar nicht gefallen, daß man ihn herausgekauft hat. Könnte er einen Groll gegen Sie hegen?«
»Agent Knight, Harmony hat niemals Mr. Thurwood gehört. Wir haben nur den Wissenschaftspark und den biomedizinischen Forschungsbereich seines Unternehmens gekauft. Harmony gehört mir, es befindet sich seit Generationen im Besitz meiner Familie. Unsere Produkte gehen auf die Kräuterheilmittel meiner Urgroßmutter zurück.«
»Ja, ich weiß Bescheid über diese sogenannten Heilmittel, Mrs. Lee.« Ein kaltes, unaufrichtiges Lächeln. »Könnte ein Angehöriger Ihres Hauses diese Morde begangen haben?«
»Wir sind eine Familie, Agent Knight.«
»Nein, ich dachte, vielleicht ein Angestellter.«
»Genau das meinte ich. Das Unternehmen *ist* eine Familie, Mr. Knight. Die meisten meiner Leute sind seit Jahren bei uns. Wir haben hier ein sehr hohes Maß an Firmenverbundenheit.«
»Die Sorte verbundene Mitarbeiter, die auch Informationen zurückhalten oder für ihren Arbeitgeber lügen würde?«
Ohne auf diese Bemerkung einzugehen, fragte Charlotte: »Liegt die Auswertung der chemischen Analyse schon vor? Wissen Sie, ob es immer derselbe Stoff war, der in allen drei Fällen zum Tod geführt hat?«
»Wir haben die Ergebnisse noch nicht. Ich erwarte sie aber jeden Augenblick. Das erinnert mich daran, daß ich die chemische For-

mel für *Wonne* brauche, damit wir einen Vergleich vornehmen können.«

Charlotte musterte ihn scharf. Sie hatte Proben der beiden ersten Produkte angefordert, damit ihre Chemiker unabhängige Tests durchführen konnten, aber das FDA hatte ihr Ersuchen abgelehnt. »Ich werde dafür sorgen, daß Sie das Rezept bekommen, Agent Knight. Es kann allerdings etwas dauern.«

Sein Lächeln wurde breiter. »Ich vertraue ganz darauf, Mrs. Lee, daß Sie und Ihr Personal uns bei dieser Untersuchung nach besten Kräften unterstützen werden, und zwar so schnell es geht.«

Charlotte wollte sich schon zum Gehen wenden, als er hinzufügte: »Soweit ich weiß, Mrs. Lee, hat das FDA Ihre Laboratorien im vergangenen Jahr dreimal inspiziert. Ist das nicht recht ungewöhnlich?«

Sie sah ihm gerade ins Gesicht. »Agent Knight, unsere Produkte werden unter strengsten Sicherheitsvorkehrungen hergestellt, die weit über das hinausgehen, was das FDA verlangt. Von jeder Rohstofflieferung, die hier im Werk eintrifft, werden Proben genommen und getestet, bevor eine Weiterverarbeitung stattfindet. Anschließend produzieren wir nach exakt geführten Auflagenprotokollen, wobei qualifizierte Chemiker und Pharmazeuten bei jedem einzelnen Verfahrensschritt messen, prüfen und nochmals prüfen. Danach werden von jeder Produktionsgruppe Stichproben gezogen, die untersucht und genehmigt werden müssen, bevor der Versand an Drogerien und Gesundheitsläden erfolgt. Wir sind kein Hinterhofbetrieb, Agent Knight.«

»Nun, das habe ich auch nie behauptet ...«

»Es ist kein Geheimnis, daß das FDA und Harmony unterschiedliche Standpunkte vertreten. Man hat Druck auf uns ausgeübt, wir sollten klinische Tests an Tieren vornehmen. Und Harmony lehnt Tierversuche grundsätzlich ab.«

Sein Lächeln war einem höhnischen Grinsen verdächtig ähnlich.

»Ja, ich weiß, wie Sie zu Tierversuchen stehen.«

Charlotte wußte sofort, was das zu bedeuten hatte. Es war eingetreten, was sie immer befürchtet hatte: Man hatte die Chalk-Hill-Geschichte wieder ausgegraben und machte nun Gebrauch davon, angefangen bei den Plakaten der Demonstranten draußen bis hin zu dieser Anspielung Knights. Dieses alte Bild würde ihr und dem Unternehmen großen Schaden zufügen. Und noch schlimmer, irgendein hartnäckiger Reporter konnte vielleicht noch andere, dunklere Geheimnisse ans Tageslicht bringen, Dinge, die besser verborgen blieben.

Plötzlich hörten sie laute Stimmen in der Nähe der Nottreppe. Es wurde nach dem Sicherheitsdienst gerufen, und Desmond schrie: »Schaffen Sie die verdammte Kamera hier raus!«

Als wieder Ruhe eingekehrt war, fragte Knight: »Was ist mit diesem neuen Präparat – GB4204?«

Charlotte sah ihm in die Augen und versuchte, die versteckte Drohung darin zu finden. »Was soll damit sein?«

»Ich habe erfahren, daß zwei andere Firmen einem geheimen Beratergremium ähnliche Rezepturen vorgelegt haben.«

Sie hob die Brauen. »Wollen Sie andeuten, daß diese Todesfälle auf Wirtschaftssabotage zurückzuführen sind?«

»Oder auf etwas, das diesen Anschein erwecken will. Zum Beispiel ein Insider in Ihrem Unternehmen, der damit diese beiden anderen Pharmaziefirmen in Mißkredit bringen will.« Er zuckte die Achseln und ergänzte rasch: »Aber wahrscheinlich irre ich mich.« Er ließ ein gewollt bescheidenes Lächeln aufblitzen, das Charlotte keine Sekunde lang täuschte.

Sie betrachtete ihn noch einmal genau, um den Mann, von dem sie schon soviel gehört hatte, richtig einzuschätzen – ein Mann, wie es hieß, von ungeheurem Ehrgeiz, ein Außenseiter unter den Bundesagenten, der angeblich über Leichen ging, wenn es seiner Karriere nützte. Sein persönlicher Rachefeldzug galt den Herstellern von Naturheilmitteln. Auf sein Konto ging es, daß zwei kleinere Unternehmen schließen mußten, und Charlotte hatte den Verdacht, daß die Vernichtung von Harmony das Sprungbrett sein sollte, das er zur nächsten Beförderung brauchte.

»Wollen Sie den Betrieb dichtmachen?« fragte sie unverblümt.
»Nur vorübergehend.« Sein Lächeln war immer noch so charmant, als stehe er auf ihrer Seite. »Nur so lange wie nötig.«
»Dann entschuldigen Sie mich jetzt bitte, Agent Knight, ich muß mich um eine Menge Dinge kümmern. Meine Sekretärin wird Sie mit allem versorgen, was Sie brauchen.«
»Schon in Ordnung. Machen Sie nur weiter. Ich bleibe hier.«
Sie fand Desmond im Gespräch mit Mr. Sung. Desmond wirkte erregt, und der ältere Mann erwiderte seinen Blick mit undurchsichtiger Miene. Charlotte nahm ihren Cousin beiseite.
»Desmond ... laß Radio- und Fernsehspots machen, die die Leute davon in Kenntnis setzen, daß es ein Problem mit Harmony-Produkten gibt. Sie sollen sie nicht kaufen und bereits Gekauftes nicht benutzen. Und sorg dafür, daß alles aus den Regalen geräumt wird.«
»Was ist mit den Mitarbeitern?«
»Wir behalten eine Notbesatzung und schicken alle anderen in bezahlten Urlaub.«
Er schüttelte den Kopf. »Das ist schlecht, Charlotte. Sehr schlecht.«
»Und sag diesen Reportern, daß ich eine Erklärung vorbereite.« Sie hielt inne und legte ihm die Hand auf den Arm. »Gib mir ein paar Minuten, ja? Ich muß mich erst einmal sammeln. Und«, sie sah sich nach Agent Knight um, der gerade seinen Laptop an eine Wandsteckdose anschloß, »sieh zu, daß er beschäftigt ist. Nur, was immer du tust, unterstütze ihn nicht. Ich habe das sichere Gefühl, daß er hier ist, um uns und die Firma ans Messer zu liefern. Er wird die Tatsachen so verdrehen, daß es aussieht, als seien wir an allem schuld. Das hat er in den anderen Fällen auch so gemacht.«
Desmond verschwand in der Menge, und Charlotte wandte sich Mr. Sung zu, der geduldig am Rande des Chaos stand und gelassen das Bild betrachtete. Er war ein Mann Ende Siebzig und nicht nur der oberste Justitiar der Firma, sondern auch einstiger Berater

und enger Freund von Charlottes Großmutter. Er war es gewesen, der ihren Sarg nach Hause gebracht und ihre Großmutter als letzter lebend gesehen hatte.

»Charlotte«, sagte er mit seiner sanften Stimme. »Was für eine Unordnung.«

»Ich werde Ihre Hilfe dringend brauchen.«

Er sah sie traurig an. »Hör nur den Lärm, die Disharmonie. Es gibt nur Unglück hier.« Er schüttelte den Kopf. »Ich bringe unerfreuliche Nachrichten. Die Familien der Opfer haben unsere Firma verklagt.«

Charlotte stöhnte. Noch vor sechs Tagen war sie ganz oben gewesen. Das FDA hatte kurz davor gestanden, ihre neue Antikrebs-Rezeptur GB4204 zu genehmigen, das Ergebnis eines zwanzigjährigen Traums. Jetzt zerbrach ihre ganze Welt in eine Milliarde von Scherben, die sich nie mehr wieder zusammenfügen ließen, so wie die zerschmetterte Windschutzscheibe des Chevy oder die Splitter des Windspiels, die sie so vorsichtig in ihre Tasche gesteckt hatte, ängstlich, ihr zerstörtes Glück hinter sich zurückzulassen.

Wer konnte der Täter sein? Hegte er wirklich einen persönlichen Groll gegen Harmony? Ein unzufriedener Mitarbeiter? Wirtschaftssabotage? Oder hatte der Killer lediglich Produkte von Harmony als Tatwerkzeug benutzt, ohne daß diese Wahl etwas mit Charlotte oder dem Unternehmen zu tun hatte?

Erst jetzt bemerkte sie, daß Mr. Sung ihr etwas hinhielt. Sie erkannte den Gegenstand sofort. Es war ein kleines Kästchen aus hellem Holz, verziert mit kunstvollen Einlegearbeiten – ein sogenanntes chinesisches Rätselkästchen. Einst hatte es ihrer Mutter gehört.

»Das habe ich seit Jahren nicht gesehen«, murmelte sie verwundert, als sie es entgegennahm. »Ich weiß noch, auf welchem Regal Großmutter es aufbewahrte.« Sie sah ihn verwirrt an. »Warum geben Sie es mir gerade jetzt?«

»Ich dachte, es könnte dir in der Stunde der Not helfen. Und nun,

wenn du mich entschuldigst, muß ich mich noch um etliches kümmern. Wenn du mich brauchst, bin ich in meinem Büro, Charlotte«, sagte er liebevoll.
Sie sah ihm nach, wie er den Empfangsbereich durchquerte, ein kleiner, alter Herr, dem jeder respektvoll Platz machte. Dann schüttelte sie vorsichtig das Kästchen. Zu ihrer Überraschung schien etwas darin zu sein.
Sie kehrte dem Chaos, in dem Desmond versuchte, erregte Aufseher und Abteilungsleiter zu beruhigen, Valerius Knight emsig in seinen Laptop tippte und Sekretärinnen mit ihren überlasteten Telefonen kämpften, den Rücken und ging den Korridor hinunter zu ihren Büroräumen.
Die Stille, die sie sogleich umgab, als sie die doppelten Eichentüren öffnete und hinter sich schloß, wirkte wie ein Wundermittel. Sie sah auf die Statuen zu beiden Seiten der Tür: Äskulap, der griechische Gott westlicher Heilkunst, auf dessen Sockel geschrieben stand: »Vor allem nicht schaden.« *Hippokrates.* Und Kwan Yin, die chinesische Göttin der Barmherzigkeit: »Grobe Hände schaffen grobe Heilmittel.« *Meiling.* Charlotte richtete im Geist ein kurzes Gebet an die beiden alten Gottheiten und flehte um Weisung und Kraft.
Abgesehen von Kwan Yin hatte die Ausstattung von Charlottes in Grau und Burgunderrot gehaltenem Büro nichts Asiatisches. Ganz und gar amerikanische Unternehmenskultur, ein Eindruck, den Charlotte absichtlich förderte. Die meisten Menschen, die ihr zum ersten Mal begegneten, wußten nicht, daß sie Viertelchinesin und ihr Name Lee nicht amerikanisch war, sondern seine Wurzeln in Südchina hatte. Es war auch Charlotte gewesen, die, als sie nach dem Tod ihrer Großmutter vor sechs Monaten die Stellung der Vorstandsvorsitzenden geerbt hatte, das Gewicht des Unternehmens von der Herstellung chinesischer Naturheilmittel auf die Erforschung und Entwicklung westlicher Pharmazeutika verlegt hatte. Auch die Namensänderung von »Haus der Harmonie« in »Harmony Biotec« stammte von ihr.

Das Telefon auf dem Schreibtisch klingelte. Alle zehn Leitungen waren belegt, zeigte das Display an. Sie würde die Anrufe von ihrer Sekretärin entgegennehmen lassen. Im Augenblick hatte sie Dringenderes zu tun.
Zuerst jedoch ging sie hinüber zur Getränkebar, wobei sie sich zu langsamen, bedächtigen Bewegungen zwang. Trotz der zwei Tabletten von vorhin zitterten ihre Nerven von dem Unfall mit der Garagentür noch nach. *Und wenn ich in der Corvette gesessen hätte?* Sie goß Wasser in den Elektrokocher und nahm eine besondere Tasse und Untertasse heraus, geformt aus feinstem Knochenporzellan und verziert mit Glückssymbolen. In die Tasse legte sie ein kleines, mit Kamillenblüten gefülltes Stoffbeutelchen und wartete darauf, daß das Wasser kochte. Inzwischen atmete sie langsam ein und aus und machte mentale Übungen, um ihr jagendes Herz unter Kontrolle zu bringen und ihre Nerven zu beruhigen.
Während ihr Atem langsamer ging, legte sie die Hand auf die Halskette, die genau unter ihren Schlüsselbeinen lag. Es war eine silberne Kette mit Amethystperlen, an der ein Anhänger aus der Shang-Dynastie befestigt war. Er bestand aus Silber und einem goldenen Bernsteintropfen und war eigentlich ein Medaillon. Vor vierundzwanzig Jahren hatte Charlotte etwas hineingelegt und mit den Tränen einer Fünfzehnjährigen versiegelt. Seitdem hatte sie es nie wieder geöffnet.
Als das Teewasser kochte, goß sie es in die Tasse. Sofort besänftigte das Aroma des aufsteigenden Dampfes ihr Gemüt und weckte eine Erinnerung an längst vergangene Tage – an ihre Großmutter, die eine ganze Serie unterschiedlicher Teekannen besessen hatte, jede für einen anderen Zweck: »Für den Tee, der Mißverständnisse verhindert«, »Für den Tee, der Glück bringt«, »Für den Tee, der das *chi* verbessert«. Wie oft hatte ihre Großmutter mit Charlotte geschimpft, weil sie ihr gesamtes Teewasser immer im selben Kessel kochte und dann Tee in einem Beutel an einer Schnur hineintauchte. Ganz großes Unglück. Als dann In-

stant-Tee in den Regalen der Supermärkte auftauchte, hatte Charlottes Großmutter erklärt: »Absolut wertlos.«

Ein jäher scharfer Schmerz durchzuckte Charlotte. Sie sah auf die Kwan-Yin-Statue und versuchte sich zu erinnern, was ihre Großmutter ihr einmal über eine andere Figur der Himmelskönigin erzählt hatte. Aber ihr fiel nur noch ein, daß es eine seltsame, exotische Geschichte gewesen war, in der die Göttin aus weiter Ferne über das Meer gekommen war, den Körper voller verborgener Schätze, und wie Kwan Yin zuerst Glück und später Unglück gebracht hatte. Aber das hatte ihre Großmutter nicht weiter ausgeführt, die Erzählungen von Glück und Unglück hatte sie für sich behalten, was Charlotte auf die Idee brachte, das Grab ihrer Großmutter müsse recht vollgestopft sein, so viele Geheimnisse hatte sie mit hineingenommen.

Sie stellte die Schachtel mit den Teebeuteln an ihren Platz zurück. Dabei fiel ihr Blick auf das Etikett mit der Warnung: »ACHTUNG! Dieses Produkt enthält Kamille, ein Pflanze der Kreuzkrautfamilie. Kamille kann allergische Reaktionen oder Asthmaanfälle hervorrufen.« Sie dachte an Agent Knight und eine Bemerkung, die er einmal in der Sendung »Nightline« gemacht hatte: »Naturmedizin ist weiter nichts als Quacksalberei und eine Methode, ahnungslose Menschen um ihr sauer verdientes Geld zu bringen. Die Mittel sind außerdem gefährlich, weil ihre Hersteller die Verbraucher nicht vor eventuellen schädlichen Nebenwirkungen warnen müssen.«

Harmony war der einzige Naturheilmittelproduzent in den USA, dessen Etiketten Warnhinweise enthielten, eine Sache, die das FDA von Erzeugern nichtchemischer Arzneistoffe bislang noch nicht verlangte. Harmony war außerdem dafür bekannt, daß es in seiner Sorgfalt über die Richtlinien der Bundesbehörde hinausging. Ein hohes moralisches und ethisches Niveau war Teil der Firmengeschichte.

Im Gegensatz zur Behauptung des Reporters verwendete Harmony keine tierischen Bestandteile in seinen Produkten und

führte auch keine Tierversuche durch, und dabei würde es trotz wachsenden Drucks der Regierung auch bleiben.
Charlotte begann, in kleinen Schlucken ihren Tee zu trinken. Plötzlich hielt sie stirnrunzelnd inne.
Wonne.
Sie stellte die Tasse ab, griff in den Schrank und holte eine andere Schachtel heraus. *Wonne* war eine Kräutermischung, naturrein und unschädlich, die dem Etikett nach für »die Beruhigung strapazierter Nerven und ein ausgewogenes Gleichgewicht von Yin und Yang« sorgte. Es bestand hauptsächlich aus *dong quai*, chinesisch für »zur Rückkehr gezwungen«, einem Frauenkraut, das speziell für die weibliche Gesundheit angebaut wurde. Charlotte nahm an Tagen, an denen sie ruhige Nerven brauchte, oft zwei Kapseln davon zum Tee.
Das unschuldige Opfer, das dieses Präparat eingenommen hatte, suchte nach Frieden. Was es fand, war Tod. *Warum?*
Charlotte merkte, daß erneut Wut in ihr aufwallte. Nach Fassung ringend, führte sie die Tasse an den Mund. Ihr Blick fiel auf das Rätselkästchen, das ihr Mr. Sung gegeben hatte. Sie nahm es in die Hand und schüttelte es noch einmal. Kein Zweifel, etwas war darin. Und doch hätte sie schwören können, daß es jahrelang leer im Regal ihrer Großmutter gestanden hatte.
Als sie die Tasse absetzte und das Kästchen in den Händen drehte, um nach der Stelle zu suchen, an der man es öffnen konnte, erregte etwas anderes ihre Aufmerksamkeit – der Computer auf ihrem Schreibtisch. Ihre Brauen zogen sich zusammen. Der Monitor war eingeschaltet. Sie erinnerte sich genau, daß sie ihn beim Verlassen des Raumes abgestellt hatte.
Sie steckte das Rätselkästchen in ihre große Ledertasche und ging zum Schreibtisch. Dort sah sie, daß der Bildschirm ihren privaten E-Mail-Briefkasten zeigte. Das Postfach für neu eingegangene Nachrichten war geöffnet – eine Datei, zu der nur über ein geschütztes Paßwort der Zugang möglich war, das allein Charlotte kannte.

Sie wählte die Option LESEN.
Eine Mitteilung erschien:
»Du hast diese drei Frauen getötet, Charlotte. Du bist ihre Mörderin.«

4

Charlotte starrte fassungslos auf die Worte. Dann setzte sie sich schnell hin und klickte in der Symbolleiste auf LESEN und dann auf ALLE KENNZEILEN ANZEIGEN.
Rückweg: rrabbit@guidenet.com
Empfangen: von nova.unix.com(root@nova.unix.portal.com [156.15.1.0]
Bemerkung: Diese Nachricht stammt nicht von dem in der »Von«-Zeile angeführten Absender.
der internet-provider übernimmt keine verantwortung für den inhalt dieser von ihm nicht genehmigten sendung
x-pmflags:2 244 560
Charlottes Gesicht verfinsterte sich. Was zum Teufel war das? Ein Streich, den man ihr spielte? Wer hatte ihren Computer angeschaltet, ihr Modem angewählt, so daß der Computer online war, den Zugang zu ihrem elektronischen Briefkasten hergestellt und ihn dann auf Empfang eingestellt?
Gerade, als sie nach dem Telefonhörer griff, ertönte das Signal für eingehende Post, das auf neue Nachrichten aufmerksam machte. Sie klickte auf »Neueingang« und las die Überschrift: »*Ich schon wieder.*« Sie klickte darauf und holte den Text der Mitteilung auf den Bildschirm.
»Nur ein kleiner Scherz! Natürlich hast Du diese Frauen nicht getötet. Ich war es. Und wenn Du glaubst, ich will Dich verkohlen, hier ist der Beweis: die Frau, die Wonne geschluckt hat, starb an einer Gehirnblutung. Eine der Öffentlichkeit nicht zugängliche Information, von der nur die FBI-Leute wissen – und selbstverständlich ich, der Killer.«

Schon war Charlotte aufgesprungen und zur Tür hinausgelaufen. Am Ende des Korridors sah sie, daß im Empfangsbereich noch das gleiche Chaos herrschte wie vorhin. Auf den in Reihen angeordneten Sekretärinnenschreibtischen war fast jedes Computerterminal in Gebrauch. Sie konnte sogar Mr. Sung durch seine ein Stück geöffnete Tür erkennen, wie er gedankenvoll auf seinen Monitor schaute. Ihr Blick suchte Valerius Knight. Sein Laptop-Bildschirm leuchtete, aber der Bundesagent war nirgends zu sehen.

Sie ging in ihr Büro zurück, setzte sich vor ihren Computer, wählte die Option ANTWORT und tippte hastig: »Wer sind Sie?« Dabei hämmerte sie so zornig in die Tasten, daß sie sich verschrieb und noch einmal zurückgehen und die Worte korrigieren mußte. Sie klickte auf SENDEN und wartete, während die Nachricht an ihren Postversender ging. Gleich darauf erschien eine Warnung auf dem Bildschirm.

e-mail-versand-abteilung:

Ihre Nachricht konnte nicht weitergeleitet werden.

Empfänger nicht zu ermitteln.

Sie tippte wieder: »Was wollen Sie?«, klickte auf SENDEN und biß auf ihre Unterlippe, während sie auf den Schirm starrte.

Aber auch diese Anfrage kam als unzustellbar zurück.

Sie stand auf. Es konnte sich nur um einen Verrückten handeln. Jemand, der ihre mißliche Situation für sich ausnutzte, die Sorte Schweinehund, vermutete sie, die sich an Unfallorten an die Opfer heranmachte. Sie würde es Agent Knight erzählen und ihm die Weiterverfolgung überlassen, da es dem Mann oder der Frau offensichtlich gelungen war, an nicht allgemein zugängliche Informationen heranzukommen.

Gleich darauf erklang erneut der Alarmton, und eine neue Botschaft erschien auf dem Monitor:

»Ärgerliche Sache mit Deiner Windschutzscheibe. Nur gut, daß Du den Wagen gewechselt hattest.«

Charlotte stand wie angewurzelt.

Die Nachricht ging weiter.
»Kommen wir zum Geschäft, Charlotte. Du wirst eine öffentliche Erklärung abgeben. Darin wirst Du zugeben, daß Harmony sich sittenwidriger Methoden bedient, gefährdete Tierarten für seine Produkte mißbraucht und die Allgemeinheit wissentlich betrügt. Wenn Du dieser Anweisung nicht folgst, bist Du allein für alle Konsequenzen verantwortlich.«
Sie hatte sich noch nicht von dem Schock erholt, als noch ein weiterer Satz erschien:
»Du hast genau zwölf Stunden Zeit, um deine Erklärung vorzubereiten.«
Die Augen auf den Bildschirm geheftet, fühlte Charlotte, wie sie zu Eis erstarrte. *»Nur gut, daß Du den Wagen gewechselt hattest.«*
Sie fuhr immer mit der Corvette, einem kleinen Auto mit zerbrechlicher Fiberglas-Karosserie. Hätte sie sich nicht in letzter Minute für den panzerähnlichen Chevy entschieden, dann wäre sie, als die Garagentür herunterkam ... Sie erschauderte. Das plötzliche Rucken des Wagens, das es ihr den Magen umdrehte, der ohrenbetäubende Krach, die überall herumfliegenden Glassplitter.
»Nur gut, daß Du den Wagen gewechselt hattest.«
Was wollte dieser Kerl andeuten? Daß es kein Zufall gewesen war?
Nein. Allein die Vorstellung war schon viel zu schrecklich.
Sie begann zu zittern, und eine trübe Vorahnung beschlich sie. Etwas Böses und Tödliches wollte sie umschlingen, sie konnte fühlen, wie es sich regte, vorwärtskroch wie eine unsichtbare Schlange, aufgebäumt zum Biß.
Sie mußte die FDA-Agenten informieren, Desmond, die Polizei ...
Aber ihr Verstand hatte die Entscheidung bereits getroffen.
Der Wandsafe war hinter einem chinesischen Rollbild aus dem neunzehnten Jahrhundert versteckt. Nur Charlotte und Desmond

kannten die Kombination. Sie öffnete die Tür und holte ein schmales, in Leder gebundenes Buch heraus. Der goldgeprägte Titel lautete: *Silberlorbeerkranz. Preisgekrönte Dichtung 1981.*
Charlotte hatte das Buch die ganze Zeit über aufgehoben, aber seit jenem Tag des Jahres 1981, an dem ihre Welt ringsum in sich zusammengebrochen war, nicht mehr hineingeschaut.
Nun schlug sie es auf, hob nur ganz leicht den Deckel an, so daß eine Visitenkarte herausglitt, die sanft wie eine Feder auf den Teppich niederschwebte. Diese Karte hatte sie vor neun Jahren ganz unerwartet mit der Post bekommen. Sie hatte sie in das Buch gelegt und mit ihm eingeschlossen. Sie trug das cremefarbene Stück Karton zum Schreibtisch und hielt es unter die Lampe.

Jonathan Sutherland
Berater für technische Sicherheit
London: 71–683–4204
Edinburgh: 31–667–9663
E-Mail: TSC@atlas.co.uk

Die Karte hatte damals eine so schmerzhafte Wunde aufgerissen, daß Charlotte sie sofort weggelegt und sich gezwungen hatte, nicht mehr darüber nachzudenken. Es hatte Jahre gedauert, bis sie endlich so weit war, daß sie nicht täglich an ihn denken mußte, bis sie einen Punkt des *Annehmens* erreicht hatte, so wie ihre Großmutter es ihr vermutlich auch geraten hätte. Vor langer Zeit hatte sie feierlich geschworen, Jonathan nie mehr in ihr Leben zurückzuholen. Vor neun Jahren hatte sie diesen Schwur erneuert.
Doch nun brauchte sie ihn. Es gab nur ihn, dem sie vertrauen konnte, niemanden sonst, der sich in solchen Dingen so gut auskannte, wie er.
Sie sah wieder auf den Bildschirm des Computers. »*Du hast zwölf Stunden Zeit.*« Aber Jonathan war 8000 Meilen weit entfernt. Er konnte niemals rechtzeitig hier sein. Vielleicht sollte sie telefonisch seinen Rat einholen, vielleicht konnte er ihr sagen, wie sie

dem anonymen E-Mailer auf die Spur kommen konnte, oder vielleicht würde er es sogar dort von seinem eigenen Computer für sie erledigen können.

Während sie nach dem Hörer griff, überschlug sie den Zeitunterschied. In London waren es zwei Uhr morgens. Ihr fiel auf, daß die Karte keine Privatnummer angab. Vielleicht wurden Anrufe automatisch weitergeleitet.

Mit jagendem Puls begann sie zu wählen. Jonathan, nach all diesen Jahren ... Würde sie den Schmerz ertragen können? Würde er überhaupt mit ihr reden wollen?

Sie lauschte auf das Läuten des Telefons am anderen Ende – dieses drängende Doppelklingeln, eine britische Eigenart. Sie versuchte sich Jonathan vorzustellen. Er würde neben seiner Frau liegen und schlafen.

Als es leise an der Tür klopfte, dachte sie: Nicht jetzt, Desmond. Gib mir ein paar Augenblicke Zeit, damit ich mich darauf vorbereiten kann, mit Jonathan wieder zu sprechen.

Aber er war hartnäckig. »Komm rein, Des«, sagte sie schließlich.

Die Tür ging auf, und da stand er, im feuchten Regenmantel, auf den Lippen das vertraute Lächeln.

»Hallo, Liebes«, sagte Jonathan.

5

Auf die Woge von Gefühlen, die sie überschwemmte, als sie ihn dort stehen sah, wie aus ihren Gedanken entsprungen, war Charlotte nicht vorbereitet.

Die Liebe, die sie einst für diesen Mann empfunden hatte – eine tiefe, verzweifelte Liebe, nun schon so lange begraben –, kehrte machtvoll zurück, gewaltig wie ein Monsun in Singapur.

»Hallo, Liebes«, hatte er gesagt, und ihr Herz setzte für einen Moment aus. Er nannte sie »Liebes«. Aber dann fiel ihr ein, daß die Ladeninhaber in London, wenn sie einem das Wechselgeld zurückgaben, auch immer sagten: »Hier, Liebes.«
Sie mußte mit aller Kraft an sich halten, um sich nicht in seine Arme zu werfen. Beim Anblick des vertrauten Lächelns fand sie sich jäh in die Zeit zurückversetzt, als sein Mund den ihren zum ersten Mal berührt hatte. Sie und Jonathan hatten in seinem Geheimversteck gesessen, und er hatte geweint. Als sie ihn mit den Worten »Mach dir keine Sorgen, Johnny« getröstet und ihn ungeschickt umarmt hatte, hatten ihre Lippen sich irgendwie getroffen. In dieser Sekunde hatte die fünfzehnjährige Charlotte zwei schmale hohe Kerzen vor sich gesehen, wie Fackeln, die sich zueinander neigten, bis sie zu einer einzigen Flamme verschmolzen, heiß und verzehrend.
Nach diesem jugendlichen Kuß voller Leidenschaft hatten sie und Jonathan sich atemlos voneinander gelöst, weil sie beide die Grenze erkannt hatten, an der sie standen, und sich davor fürchteten. Aber Charlotte hatte das Gefühl gehabt, nur noch die Hälfte dessen zu sein, was sie Augenblicke zuvor noch gewesen war. Es war, als hätte erst Johnny sie zu einem Ganzen gemacht. Ohne ihn würde sie sich nie wieder als Ganzes fühlen.
Und auch Johnny hatte es so empfunden. Er hatte es nicht gesagt, weil Johnny nie fähig gewesen war, seine Gefühle in Worte zu fassen. Aber seine Augen sagten alles. Sie wußten es beide. Charlotte und Jonathan waren verwandte Seelen, und in ihrer Welt konnte es nie andere Menschen geben.
»Ich weiß, ich hätte erst anrufen sollen, ob du meine Hilfe überhaupt willst«, sagte er mit einem dunklen, schwermütigen Blick, der sie an die Leidenschaft vergangener Zeiten erinnerte. »Aber ich dachte, vielleicht lehnst du meine Hilfe ab, und dann hätte ich trotzdem kommen müssen, und es wäre alles ganz peinlich gewesen.«
Er ist sehr britisch geworden, dachte Charlotte. Als ob er es be-

wußt darauf angelegt hatte. Sie erinnerte sich daran, wie er sich gegen die Versuche seines Vaters gewehrt hatte, ihn zu einem richtigen Amerikaner zu machen, obwohl Jonathan Sutherland rein technisch gesehen Amerikaner war – so stand es in seiner Geburtsurkunde. Ihr fiel ein, daß es das erste war, was sie über ihn erfahren hatte: daß sein Herz nicht für diesen Erdteil schlug. Deshalb hatte sie sich in ihn verliebt.

»Woher wußtest du, daß ich Hilfe brauche?«

Jonathan schloß die Tür hinter sich, zog den nassen Regenmantel aus und antwortete: »Ich gucke Fernsehen. Als ich von den Todesfällen hörte, habe ich ein paar Telefongespräche geführt.« Ein kurzes, schiefes Lächeln huschte über sein Gesicht. »Ich habe immer noch Freunde bei der Agentur. In den ersten beiden Fällen scheint die Verpackung nicht beschädigt gewesen zu sein, bevor die Opfer sie öffneten. Eine vorläufige Grobanalyse der unverdauten Produkte ergab, daß der gesamte Inhalt der Packungen verändert worden war, nicht nur das, was die Opfer zu sich genommen hatten. Ich betrachte das als deutlichen Hinweis dafür, daß die Produkte bereits hier im Werk manipuliert worden sind. Nun weiß ich zufällig«, er stellte seine schwarze Nylonreisetasche auf ihren Schreibtisch und öffnete den Reißverschluß eines Seitenfachs, »daß die chemische Verarbeitung und Herstellung hier bei Harmony vollständig computerisiert ist ...«

»Du hast deine Hausaufgaben gemacht«, sagte sie, verblüfft, wie sehr er immer noch die Fähigkeit besaß, die Dinge in die Hand zu nehmen – ein richtiger Mann.

»Darum werden wir den Täter, oder zumindest seine Spuren, irgendwo in eurem Datensystem finden. Und da ich zufällig der absolut beste Computerdetektiv auf diesem Erdball bin ...«

»Kannst du es besser als ein Team von Bundesagenten?«

Jonathan lachte auf. »Die Kerle können nicht mal eine Festplatte von einer Schallplatte unterscheiden. Also gut. Was kannst du mir noch über den Fall erzählen?«

Sie sah seinen herausfordernden Blick und verstand, daß es bei

Jonathans Erscheinen hier um weit mehr ging als um die Suche nach einem Killer. Jonathan hatte sechsundzwanzig Jahre Geschichte mitgebracht – ihre gemeinsame Geschichte. Charlotte spürte die plötzliche Angst, daß sie im Begriff waren, ein sehr gefährliches Raubtier von der Kette zu lassen.
Sie wollte sagen: »Ich bin froh, daß du gekommen bist.« Aber die Worte kamen ihr nicht über die Lippen. Statt dessen erzählte sie ihm alles, was sie wußte, auch von dem Unfall in der Garage, und dann zeigte sie ihm die E-Mails.
Finster betrachtete er den Bildschirm. »Wer wußte von der Sache mit der Garage?«
»Meine Haushälterin und ihr Mann. Ich habe es auch Desmond erzählt. Aber jemand könnte uns belauscht haben. Es war bestimmt ein Unfall, Jonathan, und dieser Mensch will mir einfach nur Angst machen.«
Sein Blick war ausdruckslos. »Wozu soll diese öffentliche Erklärung dienen, die du innerhalb von zwölf Stunden abgeben sollst?«
Charlotte studierte sein Profil und erinnerte sich an eine Zeit, in der Jonathan seine große Nase peinlich gewesen war. Aber natürlich war er mit der Zeit in sie hineingewachsen und hatte zudem noch ein kräftiges Kinn und eine Stirn bekommen, die sie immer sexy gefunden hatte. Sein dunkelbraunes Haar war nach wie vor dicht und ohne jegliches graues Haar, obwohl er in Kürze vierzig werden würde. Sein Körper machte einen durchtrainierten Eindruck. »Erpressung, nehme ich an«, antwortete sie und merkte, wie das alte Verlangen in ihr aufwallte. »Eine solche Erklärung würde meine Firma ruinieren. Der Kerl hofft zweifellos, ich würde ihm anbieten, mich freizukaufen.«
»Und die Todesursache beim dritten Opfer, die Gehirnblutung … du bist sicher, daß niemand davon weiß?«
»Agent Knight hat mir gesagt, daß er diese Information zurückhalte. Ich habe nicht einmal Desmond davon erzählt. Wer also außer dem Killer könnte davon wissen?«

»Es gibt Wege, auch an geheime Informationen heranzukommen«, versetzte Jonathan nachdenklich, den Blick auf den Monitor geheftet. »So, so«, sagte er leise. »Desmond ist also immer noch in der Firma?«

»Er ist Vorstandsmitglied.« Charlotte dachte an die erbitterte Rivalität, die zwischen Jonathan und ihrem Cousin geherrscht hatte. Wie oft mußte sie damals Frieden stiften!

»Gibt es eine Möglichkeit, diese Briefe zurückzuverfolgen?« fragte sie.

»Nein. Sie sind über einen anonymen Provider gekommen. Es ist so gut wie unmöglich, ihren Weg zum Absender zurückzuverfolgen.« Er sah sich im Büro um. »Wer könnte hier hereinkommen und deinen Computer anstellen?«

»Praktisch jeder. Er braucht nur zu wissen, wo die Schlüssel liegen.«

»Wer kennt dein Paßwort?«

»Keiner außer mir, und es gibt keine Möglichkeit es herauszufinden. Ich habe es nirgends aufgeschrieben.«

Sie bemerkte, wie Jonathan aufmerksam ihr Büro musterte, als suche er nach Hinweisen und Antworten. Sie erinnerte sich daran, daß er schon immer so gewesen war und in seiner Umgebung nach Antworten gesucht hatte, die am Ende meist aus seinem eigenen Inneren kamen. Sie bemerkte, daß seine Augen auf dem geöffneten Wandsafe ruhten, worin der in Leder gebundene Gedichtband zu erkennen war. Und in seinem Blick flackerte etwas auf, was Charlotte für einen Moment erschrecken ließ: es schien ihr, als sei es tiefer Schmerz. Aber das konnte nicht sein. *Sie* war diejenige gewesen, der man weh getan hatte.

Sie beobachtete ihn, wie er sich mit langen, eleganten Fingern das nasse Haar zurückstrich, und dachte an den unschuldigen Anfang ihrer Liebe, damals, als sie unzertrennlich gewesen waren, zwei Kinder, die gemeinsam vom Sprungbrett hüpften oder einander umarmten, atemlos vor Lachen, Jonathans Finger um ihr Handgelenk, als er sie endlich an seinen erstaunlichen und geheimen

Ort führte. Damals waren sie dreizehn gewesen, vierzehn, fünfzehn.
Für einen Augenblick wäre Charlotte an diesem stürmischen, alptraumhaften Abend, an dem das Licht flackerte und es überall nur so von Bundesagenten wimmelte, am liebsten in den Schatten der Golden-Gate-Brücke zurückgekehrt, um dort zu sitzen und die Schiffe zu zählen, während Jonathan ihr ein Armband aus Gras flocht. Aber als sie sah, wie er gekleidet war – der maßgeschneiderte Anzug aus London, das Hemd mit den französischen Manschetten und die perfekt geknotete Seidenkrawatte –, wurde sie in die schmerzhafte Wirklichkeit zurückgeholt. Was hatte sie denn erwartet – zerrissene Jeans und ein *Grateful-Dead*-T-Shirt? Den Jonathan gab es nicht mehr. Dieser Jonathan jetzt, wohlhabend und erfolgreich, war ein Fremder. Es würde kein Zurück mehr geben.
Er drehte sich um und wollte etwas sagen. Doch als er innehielt und sie mit ernsten Augen ansah, wußte Charlotte, daß auch er an die Vergangenheit dachte.
Er streckte den Arm aus und berührte den Anhänger ihrer Kette, der auf ihrer Brust lag. »Du trägst ihn immer noch.«
»Damit ich mich immer daran erinnere.« Jonathan war der einzige Mensch, der die Wahrheit über ihr Verschwinden in jenem Sommer kannte, damals, als sie fünfzehn gewesen war. Er war auch der einzige, der wußte, was das Medaillon enthielt.
Er ließ den silbernen Bernsteinanhänger los und sagte: »Harmony Biotec.«
Sie wußte, was er meinte. Sie hatte den Namen geändert, als sie die Firma nach dem Tod ihrer Großmutter übernahm. »Es war an der Zeit moderner zu werden«, erwiderte sie ein wenig abwehrend. »Kräuter allein genügen nicht. Die Menschen brauchen auch echte Arzneien.«
»Die wichtigste Medizin, die deine Großmutter zu bieten hatte, kam nicht aus einer Flasche«, sagte Jonathan leise, und in seinen dunkelbraunen Augen schienen sich Erinnerungen zu spiegeln.

»Ihr wirkungsvollstes Heilmittel war ihr Mitgefühl. Sie hatte begriffen, daß Zuwendung von großer Bedeutung für einen Heilungsprozeß ist«.

»Zuwendung heilt keinen Krebs. Harmony steht kurz davor, ein neues Mittel herauszubringen, das ihn bekämpfen kann. Klinische Tests von GB4204 an freiwilligen Probanden haben erwiesen, daß die Überlebensrate um fast fünfzig Prozent zu steigern ist. Denk doch nur – fünfzig Prozent!«

Er lächelte. »Nach so vielen Jahren erfüllt sich endlich dein Traum.«

Ihre Miene verfinsterte sich. »Oder zerspringt in tausend Scherben.«

Wieder blickte er auf den Monitor und las erneut die letzte bedrohliche E-Mail. »Vielleicht findet sich hier auch das Motiv unseres Freundes. Denn schließlich würde Harmony mit GB4204 sehr hohe Gewinne erzielen.« Er zog sein Handy aus der schwarzen Tasche, und tippte eine Nummer ein.

»Glaubst du, daß hier die Konkurrenz am Werk ist?« fragte Charlotte.

»Wenn jemand Harmony vernichten will, hat er mit diesen drei Todesfällen eine ziemlich gute Eröffnung hingelegt.«

»*Falls* er es tatsächlich auf Harmony abgesehen hat.«

Er horchte auf das Klingeln am anderen Ende. »Die große Frage ist, was genau unser Freund vorhat in zwölf Stunden zu tun, wenn du nicht diese lächerliche öffentliche Erklärung abgibst.« Er hielt die Hand hoch und sagte ins Telefon: »Thorne, bitte. Ja, ich warte.« Dann legte er die Finger über die Sprechmuschel und fuhr fort: »Charlotte – dieser FDA-Agent, der den Fall bearbeitet. Wie hieß er noch gleich?«

»Valerius Knight.«

»Was hat er bis jetzt gemacht?«

»Ich weiß es nicht. Wir sind nicht gerade ein Herz und eine Seele. Ich traue ihm nicht, Jonathan. Zufällig weiß ich, daß Knight mit allen Mitteln an seiner Beförderung arbeitet. Er verfolgt hier seine persönlichen Ziele, und die machen ihn äußerst voreingenommen. Das macht mir große Sorgen.«

»Wem hast du von diesen E-Mails erzählt?«

»Bis jetzt noch keinem.«

»Gut.« Er sprach schnell, die Hand immer noch über der Sprechmuschel. »Im Moment interessieren sich die Leute vom FBI noch nicht für euer Computersystem, außer daß sie vielleicht die Produktionsprotokolle und die Dateien mit den Rezepturen prüfen. Finden sie jedoch etwas über diese E-Mails heraus und falls diese von jenseits der Staatsgrenze kommen, und das FBI zum Ergebnis kommt, daß ein Hacker aus einem anderen Bundesstaat eure Formeln manipuliert hat, dann wird daraus eine bundesweite Angelegenheit. In einem solchen Fall werden sie sich eures gesamten Computernetzes annehmen. Sie werden das System so sichern, daß wir keine Möglichkeit mehr haben werden hineinzukommen. Wenn sich dieser Kerl in das Biotec-Netz hineingeschleust hat, ist euer System aber auch die einzige Verbindung zu ihm und damit unsere einzige Hoffnung, ihn zu erwischen. Wenn das FBI es erst einmal kontrolliert, werden wir ihn niemals kriegen.«

»Mit anderen Worten, die Zeit ist in jeder Hinsicht knapp, nicht nur was das Zwölf-Stunden-Ultimatum betrifft!« Charlotte wandte sich brüsk von ihm ab und lief durch das Zimmer, so als wolle sie gleich mit dem Kopf durch die Wand. Schließlich drehte sie sich wieder um. »Kannst du es schaffen? Kannst du ganz allein diesen Kerl schnappen?«

»Ich arbeite am besten allein, das weißt du doch.«

Sekundenlang war sie in seinem Blick gefangen, und Charlotte bemerkte überrascht, daß sie plötzlich an Jonathans komische Art zu lachen denken mußte. Es hatte sich immer so angehört wie das Geräusch, das ein Auto von sich gibt, wenn es an einem kalten Wintermorgen nur mit Mühe anspringt. Ga-*ha*! Ga-*ha*! Ga-*ha-ha-ha*! Sie hatte sich damals immer lustige Sachen ausgedacht, nur damit er lachte und sie auch lachen mußte, bis sie alle beide brüllten und sich den Bauch hielten, einfach weil es so schön war

und einem dann nichts mehr weh tat, nicht einmal wenn man mit Steinen und Hundekot beworfen und als »Schlitzauge!« auf der California Street beschimpft wurde.
Charlotte fragte sich, ob Jonathan wohl immer noch so lachte. Plötzlich wollte sie es hören, sie wollte sagen: »Kennst du *den* schon?« Aber ihr fiel nichts Komisches ein.
Er schaute sie an. »Und was heißt das?«
»Was?«
»Dieser Ausdruck in deinem Gesicht. Ich wußte schon immer, wenn dir irgend etwas durch den Kopf ging.«
Das war früher, wollte sie antworten, mein Gesicht hat sich verändert. Du kennst es nicht mehr.
Er hob wieder die Hand. »Ja, Roscoe. Hier ist Jonathan Sutherland. Danke, bestens. Kannst du mir einen Gefallen tun? Ich habe hier ein Täterprofil und wäre dankbar, wenn du es durch deine Datenbank laufen lassen könntest.«
Charlotte lief wieder auf und ab. Jonathan fuhr fort: »Zielgruppe ist Pharmazieunternehmen, insbesondere Naturmittelhersteller. Schickt per E-Mail Drohungen über anonyme Wiederversender. Einigermaßen vertraut mit Computern, möglicherweise Kenntnisse in Pharmazie und Biochemie. Eventuell Verbindung zu Harmony Biotec. Ja. Eine private Angelegenheit. Nicht zur allgemeinen Kenntnis. Bitte? Ja, ich bleibe dran.«
Während er darauf wartete, daß Thorne an den Apparat zurückkam, beobachtete Jonathan Charlotte, die kreuz und quer durch ihr geräumiges Büro stapfte. Er ließ seinen Blick ihren Rücken hinabgleiten und erinnerte sich daran, daß sie sich immer über ihre breiten Hüften beschwert hatte. Aber Jonathan liebte die Art, wie der schwarze Rock sich eng um die schmale Taille schmiegte und darunter weiter wurde. Gern hätte er die Hand auf diese großzügigen Hüften gelegt und wie einst ihren Rhythmus gefühlt.
»Ja, Roscoe«, sagte er ins Telefon. »Ja, danke. Das ist die Nummer, unter der du mich erreichen kannst. Ich danke dir sehr für deine Hilfe. Mach's gut.«

Er klappte das Telefon zu. »Ich brauche die Pläne der gesamten Anlage – Fabrik, Gelände, Büros – mit eingezeichneten Telefon- und Elektroleitungen.« Er sprach schnell, als eilten seine Gedanken den Worten voraus. »Und einen Plan, wenn du einen hast, von allen Modems und Computerterminals. Euer Internet-Server befindet sich vermutlich im Hauptgebäude?«

»Ja, im dritten Stock.« Sie erkannte, daß er in vielem der alte geblieben war. Jonathan war immer schon ungeduldig gewesen. Wenn ihm etwas nicht schnell genug ging, dann sorgte er dafür, daß sich das änderte, ungeachtet der Konsequenzen. Jetzt spürte sie wieder die alte Ungeduld in ihm und die vertraute, verbissene Entschlossenheit, die bedeutete, daß Jonathan diesem Geheimnis auf den Grund gehen würde, koste es, was es wolle.

Er warf einen Blick auf seine Uhr und setzte sich dann rasch an ihren Computer. »Wie sicher ist euer System?«

»Wir haben zwischengeschaltete Sicherungssysteme, Paßwörter, Codes.«

»Die Hohenpriester geheuchelter Sicherheit.« Er tippte auf ein paar Tasten, schaute auf den Bildschirm und murmelte: »Dianuba-Software. Gut.«

Er sah zu ihr auf. »Gewährt ihr Dianuba Technologies für die Wartung Zugang zu eurem Netz?«

»Das müßtest du mit unserem Computerbeauftragten besprechen. Er ist allerdings, soviel ich weiß, schon nach Hause gegangen.«

»Hat euer Netz Modems mit automatischer Antwort? Auf diese Weise kommen die meisten Eindringlinge ins System.«

»Nein, wir haben Rückruf-Modems.«

»In Ordnung. Unser Freund hier wird sich zweifellos wieder mit dir in Verbindung setzen. Ich werde eine Falle mit Rückverfolgung einrichten. Kannst du eurem Computerbeauftragten trauen?«

Sie zögerte. »Laß nur«, fuhr Jonathan fort. »Wir arbeiten ohne ihn. Es geht schneller und ist sicherer.«

»Jonathan ... diese Drohung, noch mehr Menschen zu töten. Wie will er sie wahrmachen? Wir haben jetzt alle unsere Produkte aus den Regalen nehmen lassen. Wir werden im Rundfunk und im Fernsehen Warnungen senden. Wie kann er so sicher sein, daß es trotzdem noch Leute gibt, die unsere Produkte einnehmen werden – und zwar Tausende von Leuten?«

»Er scheint sogar zu glauben«, Jonathan sah wieder auf die Uhr, »daß er es innerhalb von zwölf Stunden verhindern oder geschehen lassen kann. Charlotte, ich brauche einen Anschluß, an dem ich ungestört arbeiten kann und der den gleichen Zugangsstatus zu eurem Netz hat wie dein Computer.«

Sie mußte nachdenken. Im gesamten Gebäudekomplex wimmelte es von Bundesagenten und Polizisten. Es gab keinen Ort, an dem er ...

»Ja«, sagte sie plötzlich. »Es gibt einen Anschluß. Ich glaube, niemand weiß, daß er überhaupt existiert.«

»Gut.« Er stand auf, verstaute das Handy wieder in der schwarzen Reisetasche und zog den Reißverschluß zu. »Niemand hat mich reinkommen sehen. Da draußen ist das reinste Irrenhaus. Ich habe Des zugewinkt, aber er hat mich mit der Bemerkung, er würde jetzt keine verdammten Fragen mehr beantworten, abgewimmelt. Ich glaube, er hat mich nicht einmal angesehen. Ich möchte, daß du jetzt hingehst und ihm sagst, daß du eine Weile zu tun hättest und nicht gestört werden möchtest. Schaffst du das?«

»Ja. Warte eine Minute.« Charlotte ging zu ihrem Cousin, der von klingelnden Telefonen, gehetzten Agenten und langsam durchdrehenden Angestellten belagert war. Sie zog ihn in eine Ecke und erklärte, sie wolle die Personalakten durchsehen, um eventuell Verdächtige herauszufinden. Außerdem habe sie vor, die Bücher und Konten auf Verdachtsmomente zu prüfen. Die E-Mail-Drohbriefe und Jonathan erwähnte sie nicht. »Ich brauche dich hier draußen, um die Firma zusammenzuhalten, Des.«

Er tätschelte ihre Hand und sagte hinter der dunklen Sonnenbrille: »Mach dir keine Sorgen, Charlotte. Ich werde mich um alles kümmern.«
Wieder in ihrem Büro, sagte sie zu Jonathan: »Das wäre erledigt. Wir können uns zur Hintertür hinausschleichen, über die Feuertreppe. Schnell!«

6

Sie folgten einem überdachten Weg, der vom Hauptgebäude fortführte und sich dann im Park verzweigte.
Jonathan trottete hinter Charlotte her, umging Pfützen, durchquerte Lichtkegel, die von Strahlern, die im Dach eingelassen waren, auf den Weg geworfen wurden. Plötzlich blieb er stehen und spähte in den dichten Regen.
»Was ist das?«
»Ein Gewächshaus. Wir züchten dort seltene Kräuter.« Jonathan musterte mit schmalen Augen das geisterhafte Gebäude, das im Regen grünlich schimmerte. Ein schwaches Licht im Inneren verwandelte gekrümmte Baumstämme und riesige Blätter in dunkelgrüne Schattenrisse. »Ich muß da rein.«
»In das Treibhaus? Warum?«
»Kannst du mich reinbringen?«
»Ja.«
Sie huschten, immer darauf bedacht, nicht gesehen zu werden, über den Kiesweg. Charlotte tippte an der Schalttafel einen sechsstelligen Code ein, und die Tür sprang auf. Sofort schlugen ihnen warme, feuchte Luft und schwere, lehmige Gerüche entgegen. Jonathan drang in den Dschungel aus Grünpflanzen, Blumen und Bäumen ein und inspizierte jedes einzelne Gewächs, vor allem unten an den Wurzeln. Vor einem schwer mit duftenden rosa Blüten beladenen Busch blieb er stehen. »Was ist das?«

»Eine Baumpäonie. Wir brauchen sie für antiseptische und diuretische Mittel. Jonathan, was ...«
Er fuhr sich über die feuchte Stirn. »Wird damit gerade was gemacht?«
»Nein. Die Wurzeln werden erst im Herbst geerntet.«
Zu ihrer Verblüffung ließ er seine schwarze Tasche fallen, kniete rasch nieder und öffnete den Reißverschluß eines weiteren Fachs, aus dem er drei in Zellophan gewickelte Metallgegenstände hervorholte. Zu ihrem noch größeren Schreck sah sie, wie er vorsichtig die Erde am Fuß des Stamms beiseiteschob und die Gegenstände vergrub.
Während sie zuschaute, wie er die Erde wieder anhäufte, wobei er sorgsam darauf achtete, keine Spuren zu hinterlassen, stiegen ihr die warmen Düfte des Gewächshauses in die Nase – Sommerdüfte. Sie erinnerten sie an die Sommer von einst, als Jonathan in jenem Juni fortging. Sie erzählte ihm dann immer, was sie alles anstellen würde, wenn er weg war, aufgeregt und geschwätzig, damit es so klang, als gäbe seine Abwesenheit ihr endlich Gelegenheit, die Dinge zu tun, die sie wirklich zu tun wünschte. Sie hatte es zwar eigentlich nicht gewollt, daß es sich so anhörte, so, als sei sie erleichtert, ihren Gefängniswärter endlich loszuwerden. Aber sie war verletzt und wollte es nicht zeigen. Sie zählte Spiele der Giants auf, sprach von mittelalterlichen Märkten und vom Reiten im Golden-Gate-Park, um den Kummer über ihre Trennung zu überspielen, ihre panische Angst davor, daß er dieses Mal nicht wiederkommen würde. Schau, wie glücklich ich sein werde, prahlten Stimme und Lächeln, während ihr Herz schrie: Verlaß mich nicht, Johnny, ohne dich bin ich nichts als eine leere Hülle.
Dann stand er da mit seinen gefühlvollen braunen Augen, mit stummem Mund und schwieg. Aber sie sah den verletzlichen Pulsschlag an seinem blassen, dünnen Hals und wußte, daß sein Innerstes mit seiner Stummheit kämpfte. So sagten sie einander auf Wiedersehen, Charlotte plappernd und kichernd, er still und

verwirrt, und beide fragten sich still, wann wohl jemals alles so sein würde, wie es sein sollte.
Als Jonathan die Metallteile mit Erde bedeckte und sie festklopfte, brachen welke Blätter von dem Busch ab und schwebten zu Boden. Sie ließen Charlotte an gebrochene Versprechen denken. Ihr Vater war vor ihrer Geburt gestorben, ihre Mutter, als sie noch ein Baby war. Dann hatte sie zugesehen, wie ihr Onkel Gideon starb. »Sie haben mich alle verlassen, Johnny«, hatte sie gesagt, als er und sie neunzehn waren. »Versprich mir, daß du mich nie verläßt.«
Er hatte es versprochen. Und dann hatte er sie ebenfalls verlassen.
Jetzt stand er von der Baumpäonie auf und rieb sich die Erde von den Händen. Auf ihren fragenden Blick sagte er: »Eine Pistole. Ich habe sie für alle Fälle mitgebracht. Aber sie ist nicht zugelassen, darum darf ich mich nicht damit erwischen lassen. Gehen wir.«
Charlotte führte ihn »zurück ins alte China«. So jedenfalls kam es Jonathan vor, als sie vor ihm durch eine schwere Tür schritt und die Wandlampen einschaltete. Sanftes Licht gab den Blick auf eine Szene aus einer anderen Zeit, einer anderen Welt frei.
»Es war eine Idee meiner Großmutter«, erklärte Charlotte mit gedämpfter Stimme. Jonathan trat von der Tür weg und stand in einem Museum, hier am Rande des Parks, nur wenige hundert Fuß von den Hauptbüros entfernt.
»Früher war es für die Öffentlichkeit zugänglich«, fuhr Charlotte fort. »Aber nach Großmutters Tod habe ich es geschlossen.«
Der Raum war geschickt beleuchtet. Glasvitrinen mit kostbaren Erinnerungsstücken schienen in übernatürlichem Glanz zu schimmern, fast als ob, dachte Jonathan unwillkürlich, eine Zeitmaschine diese Dinge hierhergebracht hatte und sie jetzt von zerbrechlichen Zeitfeldern gehalten würden, immer bereit, in die Vergangenheit zurückzuflimmern.
»Unglaublich«, murmelte er.
»Sie versuchte auf diese Art, an der Vergangenheit festzuhalten.

Ich habe ihr gesagt, das Haus der Harmonie müßte den Schritt ins einundzwanzigste Jahrhundert tun. Es war ein erbitterter Wortwechsel.« Einen Augenblick lang schlug Charlotte die Augen nieder. »Jetzt tut mir das leid«, sagte sie leise. »Aber es ändert nichts an der Tatsache, daß Großmutter die Vision für dieses Unternehmen, die ihr einst vorschwebte, aus den Augen verloren hatte. Ich sagte ihr, ich hielte nichts davon, sich an der Vergangenheit festzuklammern, ganz gleich welcher.« Wieder sah sie Jonathan gerade in die Augen. »Ich bedaure es sehr, daß wir uns nicht versöhnt hatten, bevor sie starb.«

Jonathan musterte die erstaunliche Sammlung, die buchstäblich die Geschichte der chinesischen Medizin darstellte. Er wußte, daß sich hier in diesen Porzellanvasen, Lackwandschirmen, Bambuskörben und Jadefiguren auch ein Großteil der Familiengeschichte der Lees widerspiegelte. Er wunderte sich auch nicht über den Anblick eines riesigen, steinernen chinesischen Tempelhundes, den er sogar wiedererkannte – er hatte ihn früher schon gesehen, vor vielen Jahren. Es war eine Geschichte mit der Steinfigur verbunden, so wie mit all diesen unglaublichen Schätzen Geschichten verbunden waren.

Als er an der Wand einen Plan von San Franciscos Chinatown entdeckte, wurde ihm mit einem Schlag klar, daß auch ein Teil seiner eigenen Vergangenheit hier ausgestellt war, denn sein Lebensweg hatte den von Charlotte Lee und ihrer Familie gekreuzt, als er dreizehn Jahre alt gewesen war.

»Der Computer ist drüben in Großmutters Büro«, erklärte Charlotte und ging voran. »Sie hat ihn natürlich nie benutzt. Sie hat nicht einmal Schreibmaschineschreiben gelernt.«

Er folgte ihr über den weichen Teppich, entlang der Glaskästen voller exotischer Erinnerungsstücke an eine versunkene Vergangenheit. Als er unvermittelt vor einem hochgewachsenen Mann in schönen, seidenen Mandaringewändern stand, stockte ihm vor Schreck der Atem, so lebensecht war die Puppe. Er brauchte das kleine Schild nicht, um zu wissen, daß es sich um ein Abbild von

Charlottes Ur-Ur-Großvater handelte, einem reichen Arzt aus Singapur. Jonathan erkannte das smaragdgrüne Seidengewand und die schwarze Satinjacke von einem Foto, das Charlotte ihm einmal vor langer Zeit gezeigt hatte.

»Am Tag nach Großmutters Tod habe ich hier abgeschlossen«, erklärte Charlotte. Sie betraten das kleine Büro, und Charlotte betätigte einen Wandschalter. »Alles ist noch genauso, wie sie es verlassen hat.« Sie drehte sich zu ihm um und betrachtete ihn mit den klaren grünen Augen, an die er sich so gut erinnerte. »Sie war 91, als sie starb, und leitete immer noch die Firma. Aber die meiste Zeit verbrachte sie hier, pflegte ihre Erinnerungen, hegte die Vergangenheit.«

Das Büro, ebenfalls im gedämpften Licht indirekter Beleuchtung, strömte ein Gefühl von Verlassenheit aus. Charlottes Großmutter war vor sechs Monaten gestorben. Jonathan fragte sich, ob Charlotte wohl die Blumen und die Beileidskarte erhalten hatte, die er ihr aus Südafrika geschickt hatte.

Sie zeigte auf einen kleinen Fernsehapparat in der Ecke. »Den habe ich einbauen lassen«, erklärte sie und schaltete ihn ein, »damit Großmutter nicht mehr überall hinzugehen brauchte. Sie hat ihn nie benutzt. Noch mit einundneunzig besuchte sie immer noch täglich jede einzelne Abteilung, wie sie es seit Jahren gewohnt war.« Sie tippte ein paar Tasten auf der Schalttafel an, und auf dem Bildschirm erschien der Hauptparkplatz mit einem gebieterischen Valerius Knight, der dramatisch im Regen stand und mit ernster Miene eine Erklärung vor den Fernsehkameras abgab. Wieder tippte sie, und die Abfüllstation wurde sichtbar, wo die Arbeiter aufgeregt umherliefen, weil die Maschinen stillstanden.

Charlotte ging zum Schreibtisch ihrer Großmutter, zog die Plastikhülle vom Monitor und startete den Computer. Der Bildschirm wurde hell.

Jonathan stellte seine große schwarze Reisetasche auf den Schreibtisch. Als er sie öffnete, erkannte Charlotte eine enggedrängte, aber sauber geordnete Sammlung von Disketten, Koaxialkabeln, Krokodilklemmen, Telefondrahtrollen, Starkstrom- und Verbindungskabeln, Tonbandkassetten, Kopfhörern, dazu ein Tischmikrofon, Mini-Tonbandgerät, Antenne, Gummihandschuhe, verschließbare Plastikbeutel und Pinzetten.

Er zog seine Jacke aus und warf sie über die Stuhllehne. Charlotte sah ihm dabei zu, wie er sich mit den knappen, zielstrebigen Bewegungen, die ihr immer das Gefühl vermittelt hatten, nun sei alles in Ordnung, die Hemdärmel hochkrempelte. Jonathan war dabei, die Sache in die Hand zu nehmen.

Aber in anderer Hinsicht war er ein Fremder. Er wirkte so perfekt gepflegt, so frisch, ganz und gar nicht wie ein Mann, der nach einem zwölfstündigen Flug auch noch über hundert Meilen durch ein Unwetter gefahren war. Sie überlegte, ob diese Art der Lässigkeit einstudiert wirkte, vielleicht seine Methode war, Klienten Vertrauen einzuflößen. Immerhin arbeitete er im technischen Sicherheitsgeschäft, so daß es von absoluter Wichtigkeit für ihn war, als ein Mann mit überdurchschnittlichen Fähigkeiten zu erscheinen.

Diese Brillanz, begriff Charlotte, war das Ergebnis einer Verwandlung, deren Anfang sie vor zehn Jahren miterlebt hatte. Sie stellte sich vor, wie er einen Apfel nicht mehr aus der Hand aß, sondern sorgfältig mit dem Messer zerteilte, so wie es die Europäer taten. Vermutlich tunkte er keine Pommes frites mehr in Bratensoße und machte auch keine matschigen Sandwiches aus Schweinefleisch, Bohnen und weichem Toast. Sie hatte einen Verdacht, woher diese Veränderung kam. Von ihm selbst war sie nicht ausgegangen. Ein Mann, der erst mit Mitte Zwanzig entdeckt hatte, daß es Socken überhaupt gab, wurde nicht über Nacht so aalglatt. Kein Zweifel, Jonathan hatte zehn Jahre lang unter einem starken äußeren Einfluß gestanden.

Dem seiner Frau natürlich. Adele.

Als er eine Lasche seiner Tasche an einer Seite hochklappte, sah Charlotte einen oben am Rand befestigten Plastikstreifen mit den

Worten: »*Jede ausreichend fortgeschrittene Technologie ist von Zauberei nicht zu unterscheiden.*« *Arthur C. Clarke.* Außerdem bemerkte sie in einem der Fächer ein Taschenbuch, »*Ich, Roboter*«, von Isaac Asimov. Beides wirkte tröstlich auf sie. Jonathan interessierte sich also immer noch für Science-fiction, und er las noch, was hieß, daß sich wenigstens einige Dinge an ihm nicht verändert hatten. Vielleicht waren dann andere auch gleich geblieben.

»Ich muß mich erst einmal in euer Netz einarbeiten und feststellen, wie hoch euer Sicherheitsstandard ist. Wenn unser Freund ein Eindringling ist, kennt er sich mit dem internen System von Biotec aus.«

»Eindringling? Du meinst ein Hacker?«

Er lächelte und runzelte zugleich die Stirn. »Hacker sind die *guten* Jungs, weißt du nicht mehr? Wir waren stolz darauf, daß wir vierzig Stunden ohne Essen und Schlafen daran arbeiten konnten, ein Programm, das kein Mensch je benutzen würde, so zu verfeinern, daß man es nicht mehr weiter verfeinern konnte. Die Medien haben uns diesen Titel gestohlen und ihn den bösen Jungs verliehen.«

Wie hatte sie es vergessen können? Die regnerische Nacht in Boston vor siebzehn Jahren, als ein bärtiger, zerlumpter, gegen das Establishment kämpfender Johnny ihr leidenschaftlich erklärt hatte: »Ich gehe ans Massachusetts Institute of Technology, Charlotte. Dort sind die besten Hacker auf dem ganzen Planeten.«

Und alles, was sie hatte denken können, war: Johnny würde in Amerika sein!

»Würdest du dich bitte für mich einloggen?«

Charlotte kehrte mühsam in die Gegenwart zurück. »Ich kann dir mein Paßwort geben.«

Er trat vom Schreibtisch zurück und schob ihr den Stuhl hin. »Ich möchte, daß du dich einloggst.«

»Aber Jonathan, du darfst mein Paßwort doch kennen.«

»Will ich aber nicht.« Er drehte dem Computer seinen Rücken zu. »Bitte, logg dich für mich ein.«

»Also gut.« Sie setzte sich hin und tippte rasch ein Wort.
»Hier.« Sie stand wieder auf und überließ ihm den Stuhl.
»Danke.« Er nahm Platz.
Voller Erstaunen sah sie, wie aus Jonathan innerhalb von Sekunden ein anderer Mensch wurde. Sie hatte diese Verwandlung früher schon erlebt – sobald seine Finger eine Tastatur berührten und seine Augen einen Monitor wahrnahmen, schaltete sein Gehirn mit unerbittlicher Zielstrebigkeit auf Hochgeschwindigkeit, und dann ließ er sich von nichts mehr ablenken.
»Wie lautet das Paßwort für deinen E-Mail-Briefkasten?« Kurz darauf erschien eine neue Mitteilung auf dem Bildschirm. »Sieh mal einer an«, sagte Jonathan. »Er hat dir schon wieder geschrieben.«
Charlotte spähte über seine Schulter und las die neueste Botschaft.
»An diese drei Frauen heranzukommen, war leicht. Bei Dir ist es noch viel leichter.«
»Er hat dich Charlotte genannt. Er scheint dich zu kennen.«
»Oder er will diesen Eindruck nur erwecken. Wenn er mich bei meinem *wirklichen* Namen nennen würde … dann wäre ich beeindruckt.«
Jonathan nahm die Rolle mit dem Telefondraht, mehrere Kabelklemmen und einen Seitenschneider aus seiner Werkzeugtasche. »Sobald du mir diese Pläne verschafft hast, werde ich mich in eure Kommunikationsleitungen einschleusen.« Er sprach in knappen Worten, was sie von früher her so gut kannte. Wenn er kurz angebunden war, konnte man erkennen, daß er wütend war. Aber worauf? Auf die Situation? Auf sie?
Immerhin war sie es gewesen, die vor zehn Jahren von ihm weggegangen war. Sie war es, die ihn, völlig bestürzt, einfach sitzengelassen hatte.
»Kommst du an diese Pläne heran?«
»Ja. Sie sind in meinem Büro.« Sie griff nach ihrer Ledertasche und wandte sich zum Gehen. »Ich bin gleich wieder da.«

Jonathan sah ihr nach, wie sie durch das Museum ging, und als sie plötzlich vor einer der Vitrinen stehenblieb, beobachtete er sie weiter, unfähig, den Blick von ihr zu wenden.
Nach all diesen Jahren war Charlotte immer noch wunderschön. Sie hatte das glatte schwarze Haar ihrer Vorfahren aus Singapur und die lebhaften grünen Augen ihres amerikanischen Großvaters. Aber die stumpfgeschnittenen Ponyfransen, an die er sich erinnerte, waren verschwunden. Jetzt trug sie das Haar in der Mitte gescheitelt, hinter die Ohren zurückgekämmt und im Nakken mit einer goldenen Klammer zusammengehalten, so daß es wie ein breites, schwarzes Band flach zwischen ihren zarten Schulterblättern lag. Sie war größer als ihre chinesischen Verwandten, hatte aber den geschmeidigen Körper ihrer Großmutter geerbt, eine Figur, die, wie Jonathan einst bemerkt hatte, besser in ein seidenes Cheongsam-Kleid als in Bluejeans paßte.
Plötzlich erinnerte er sich an den Tag, an dem sie sich kennengelernt hatten, eine Begegnung, die in seinem Gedächtnis schimmerte wie eines jener liebevoll angestrahlten Erinnerungsstücke in den Glaskästen. Es war im Pacific-Heights-Distrikt von San Francisco gewesen, vor sechsundzwanzig Jahren. Jonathan war an dem Haus mit dem filigranen Tor und den beiden steinernen Tempelhunden schon oft vorbeigekommen, einem Haus, das für ihn immer voller Geheimnisse gewesen war, bis er einmal an einem Fenster ein Gesicht gesehen hatte, das ihn unverwandt anstarrte. Danach war sie nicht immer dagewesen, nur ab und zu, hatte ihn beobachtet, wenn er auf dem Weg zu seinem Privatgymnasium vorüberging, und ein Bild von ernsten Augen über hohen Wangenknochen bei ihm hinterlassen.
Es war an dem Tag gewesen, als er seine Traurigkeit nicht länger ertragen konnte und sein Leid schwerer geworden war als sein Rucksack. Da hatte er sich in den nahen Park gesetzt, den Kopf auf die Knie gelegt und war in Tränen ausgebrochen. Er hatte sie gespürt, noch bevor er sie hörte oder sah. Ihr Schatten fiel über ihn wie eine Liebkosung. Er wußte noch genau, wie ihre grünen

Augen ausgesehen hatten, als sie vor ihm stand und ihn anschaute. Sie hatte gefragt »Was hast du?«, obwohl sie in Wirklichkeit kein Wort sagte.

Er wischte sich die Nase am Ärmel ab, und sie setzte sich neben ihn und legte die Arme in ihren Schoß wie anmutige Schwingen.

»Ich vermisse meine Mutter so schrecklich«, platzte er heraus. »Ich gebe mir Mühe, nicht zu weinen, aber ich komme nicht dagegen an.«

Mandelförmige Lider senkten sich über jadegrüne Augen. Einen Moment schwieg sie und sah ihn dann wieder an. »Meine Mutter ist auch tot.«

Das hatte ihn verblüfft. Er hatte nicht erwähnt, daß seine Mutter tot war. Aber es stimmte, sie war im letzten Jahr gestorben, und sein Vater hatte ihn geholt, weil er nun hier in diesem fremden Land leben sollte. »Ich bin aus Schottland«, erklärte er und wußte eigentlich nicht, warum er das erzählte. Aber er hatte sich sofort besser gefühlt, als lindere es seinen Schmerz, wenn sie es wußte.

»Möchtest du ein Glas Limonade?« fragte sie und stand auf.

Und so hatte er das außergewöhnliche Haus betreten, das voll war von exotischen Schätzen und einer seltsamen, fast greifbaren Stille.

»Ich heiße Charlotte«, hatte sie gesagt, als sie in einem riesengroßen Wohnzimmer standen, von dessen Fenstern aus man einen atemberaubenden Blick auf die Golden-Gate-Brücke hatte.

»Jonathan«, hatte er geantwortet und sich dann berichtigt: »Johnny.«

»Ich mag deinen Akzent.« Und sie hatte gelächelt.

Jetzt sah er ihr nach, wie sie durch das Museum ihrer Großmutter ging, dieses Denkmal des Wettstreits zwischen Großmutter und Enkelin, der solange zurückreichte, wie er denken konnte, und da tat sie etwas Erstaunliches: sie entriegelte die Rückwand eines Glaskastens und nahm etwas heraus.

Jonathan verließ den Computer und trat zu ihr, um zu sehen, was ihre Aufmerksamkeit erregt hatte. In ihren Händen sah er zwei wundervoll bestickte Seidenpantoffeln.

»Sie haben meiner Urgroßmutter gehört«, sagte Charlotte ehrfürchtig.

»Als sie ein kleines Mädchen war?«

»Als sie eine erwachsene Frau war.« Die Pantoffeln waren nicht mehr als drei Zoll lang.

Charlotte legte sie in die Vitrine zurück und griff in die Ledertasche, die über ihrer Schulter hing. Als Jonathan sah, was sie herauszog, sagte er: »Daran erinnere ich mich. Das ist ein Rätselkästchen.«

»Es gehörte meiner Mutter. Mr. Sung hat es mir vorhin gegeben und gesagt, es könnte mir eine Hilfe in den Stunden der Not sein.« Sie hielt es an Jonathans Ohr. »Hörst du? Es ist etwas drin. Dabei war dieses Kästchen immer leer. Irgend jemand muß etwas hineingetan haben.«

»Kannst du es öffnen?«

»Das ist ewig her ...« Sie drehte das Kästchen in den Händen hin und her, schob vorsichtig hier, zog dort und drückte auf bestimmte Stellen, um den Ausgangspunkt zu finden. »Ich weiß noch, wie meine Großmutter mir zum ersten Mal so ein Rätselkästchen geschenkt hat«, sagte sie sanft, als sie das erste Täfelchen fand und zur Seite schob. »Sie erklärte mir, daß ein solches Kästchen eine Täuschung sei. Es scheint keine Nahtstellen zu haben, keinen Deckel, keinen Weg ins Innere ... Dann zeigte sie mir, wie man es öffnet, welche Geduld dazu nötig ist, wie man das Holz betastet, erst ein Täfelchen und dann ein anderes ausprobiert, und daß man nie glauben darf, man hätte, weil ein Stück in eine bestimmte Richtung gleitet, damit ein anderes freigesetzt. Sie zeigte mir, daß das Ganze von der exakten Bewegung seiner Teile abhängt, jedes einzelne Täfelchen von der Bewegung des vorhergehenden. Ich brauchte eine Woche, um das erste Kästchen zu öffnen, und dabei war es wahrscheinlich ein ganz einfaches mit nur zwölf Schritten. Aber als ich dann hineinsah, war ich enttäuscht, weil es leer war. Ich dachte, ich hätte eine Belohnung verdient, weil ich es so gut hingekriegt hatte.«

Sie verschob ein weiteres Täfelchen des kleinen Kästchens und tastete nach dem nächsten. »Großmutter erklärte mir, das Vergnügen liege in der Suche nach dem Schatz, nicht im Finden. Das sagte sie immer wieder und schenkte mir Jahr für Jahr leere Kästchen.«

Jonathan hörte ihr zu und beobachtete dabei, wie ihre schlanken Finger vorsichtig das Kästchen bearbeiteten, die beweglichen Teile fanden, sie prüften und so sorgfältig hin und her schoben wie ein wachsamer Kundschafter einen trügerischen Irrgarten durchquert. Er erinnerte sich daran, als sie ihm zum ersten Mal gezeigt hatte, wie man ein Rätselkästchen öffnete. Damals hatten sie auch so beieinander gestanden, daß ihre Köpfe sich berührten, und Jonathan hatte gegen den überwältigenden Drang gekämpft, sie zu küssen.

»Großmutter wollte mir beibringen, welche Freude darin liegt, so ein Kästchen zu öffnen. Sie verstand nicht, daß es ohne die Hoffnung auf eine Belohnung auch keine Anstrengung gab. Schließlich, einmal zu Weihnachten, ich war wohl siebzehn oder achtzehn, warf ich nur einen Blick auf das neueste Kästchen und ließ es dann einfach stehen. Großmutter war tief verletzt. Sie hatte mir immer so gern dabei zugeschaut, wie ich begierig die Kästchen öffnete. Und nun wollte ich nicht mehr mitspielen.«

Charlottes Fingerspitzen liefen Schlittschuh auf der glatten Einlegearbeit, fanden die verborgenen Nahtstellen, entlarvten die optische Tauschung, schoben Täfelchen hin und her, nach oben und nach unten. »Im Jahr darauf gab sie mir ein Kästchen und sagte: ›Mit Inhalt.‹ Also öffnete ich es und fand einen Ring mit einer Perle. Aber es war nicht mehr dasselbe.«

Das letzte Täfelchen gab nach, und der Deckel glitt zurück. Das Innere des Kästchens wurde sichtbar. Es enthielt ein kleines Stück Papier.

»Es steht etwas darauf«, meinte Jonathan. »Chinesische Schriftzeichen. Kannst du sie lesen?«
Charlottes Großmutter hatte sie Chinesisch lesen und schreiben gelehrt, ihr geduldig die Pinselstriche vorgeführt und ihr die Zeichen für »Sonne« und »Mond« beigebracht, um ihr dann zu zeigen, wie beide Zeichen zusammen das Wort »morgen« ergaben.
»Es ist einige Zeit her«, sagte Charlotte und hielt den Zettel ins Licht. »Mein Chinesisch ist ziemlich eingerostet.«
»Ich erinnere mich noch an die komischen Unterhaltungen, die du immer mit deiner Großmutter geführt hast.«
Sie hob den Kopf. »Komisch? Wieso?«
»Sie sprach Chinesisch mit dir, und du hast auf englisch geantwortet.«
Charlotte runzelte die Stirn.
»Weißt du das nicht mehr?«
»Das war mir nie bewußt.«
»Ich versichere dir, für Dritte klang es sehr merkwürdig.«
War das wirklich so? fragte sich Charlotte, während sie die geheimnisvollen chinesischen Schriftzeichen auf dem Stück Papier studierte. Sprachen Großmutter und ich zwei verschiedene Sprachen? Oder ist es bei allen Großmüttern und ihren Enkelinnen so, auch wenn sie beide Englisch sprechen?
»Dieses Zeichen«, sagte sie und zeigte es Jonathan, »stellt eine Schlange in einem Haus dar: *Gefahr*. Und das hier hat zwei Gesichter: *Täuschung*.«
»Mr. Sung warnt dich, daß jemand in deinem Unternehmen dich betrügt?«
»Oder jemand in meinem *Haus*«, antwortete Charlotte und ließ den Blick über die Vitrinen schweifen, die ihre Familiengeschichte enthielten.
»Komische Art, dir einen Rat zu geben – eine versteckte Botschaft in einem Rätselkästchen! Warum sagt er nicht einfach: ›Charlotte, ich glaube, es ist ein Verräter unter uns‹?«
»Chinesische Sitte«, murmelte sie.

Jonathan lächelte. Einst war er mit chinesischen Sitten sehr vertraut gewesen.

»Es gibt vieles über meine Familie, das ich nicht weiß.« Ihre Augen glitten über die Schaukästen, und zwischen ihren Brauen war eine kleine Furche. »Wir waren immer Flüsterer, Hüter von Geheimnissen, Großmutter am allermeisten. Und doch schuf sie dieses Museum, dieses Denkmal – ein Keller voller Leichen. Dieser Ort ist voll von unserer Vergangenheit, er ist voll von Andeutungen. Ich frage mich ...«

»Was fragst du dich?«

»Dieser Mensch, der unsere Produkte vergiftet und diese E-Mails geschickt hat ... Vielleicht ist es gar keine Industriesabotage. Vielleicht ist der Eindringling kein Fremder. Er könnte in meiner nächsten Umgebung sein, jemand, der einen ganz persönlichen Groll gegen mich oder meine Familie hegt – der eine alte Rechnung begleichen will.«

Jonathan musterte die Glaskästen. »Ich stecke auch hier drin, weißt du«, sagte er sanft.

»Ja, ich weiß.«

Sekundenlang begegneten sich ihre Blicke. Dann fuhr sie fort: »Ich werde mich einmal hier umschauen. Ich habe Desmond vorhin gesagt, ich wollte die Personalakten und Finanzunterlagen durchsehen, aber nicht, *wo* ich das tun würde. Wir können von Großmutters Büro aus das Gelände überwachen und jederzeit feststellen, wo alle sind. Wenn jemand nach mir sucht, kann ich plötzlich erscheinen.«

Sie griff noch einmal in den Glaskasten und holte die Drei-Zoll-Pantoffeln heraus. »Weißt du«, murmelte sie und sah auf die winzigen Schuhe mit der kostbaren Gold- und Silberstickerei, die Verstümmelung und Schmerz verdeckt hatten, »ich kannte einmal alle diese Geschichten. Großmutter hat sie mir erzählt. Aber irgendwann habe ich nicht mehr zugehört. Und dann nahm ich einen großen Besen und fegte alle diese alten Sachen aus meinem Kopf. Aber weißt du was?« Sie sah ihn mit ihren grünen Augen an. »Wenn ich auf diese Pantoffeln schaue, kann ich meine Großmutter fast wieder hören, wie sie mir von ihrer Mutter, Mei-ling, erzählt, die sie getragen hat. Hören wir wirklich die Stimmen unserer Großmütter, Johnny? Oder wünschen wir es uns nur so sehnlich, daß wir daran glauben?«

Er legte ihr die Hand auf den Arm, eine feste Berührung, als wollte er eine Verbindung zwischen ihnen schaffen. Aber gerade als er sprechen wollte, zerriß ein plötzlicher Ton die Stille.

»Was war das?« fragte Charlotte.

»Der Alarmton des Computers. Jemand ruft dich.«

Sie liefen zurück ins Büro. Auf dem Bildschirm blitzte ein Symbol auf.

»Weiß jemand, daß wir hier sind?«

Jonathan schüttelte den Kopf. »Ich habe alle eingehenden Sendungen von deinem Bürocomputer hierher umgeleitet. Eine Art automatische Weitergabe.« Er doppelklickte auf das Symbol. Auf dem Schirm erschien ein Bild. »Es ist eine Videoübertragung.«

Charlotte hielt den Atem an. »Jonathan, das ist mein Arbeitszimmer zu Hause!«

Er sah sie erstaunt an. »Bist du sicher?«

»Natürlich bin ich sicher! Diese Glasschiebetür führt in meinen Steingarten.«

»Von wo aus ist das aufgenommen?«

»Es müßte von meinem Schreibtisch aus sein. Von meinem Computer.«

»Ist er mit einer Videokamera verbunden?«

»Nein. Ich besitze gar keine.« Ihre Augen wurden groß. »Das ist Yolanda, meine Haushälterin.« Man sah die Lateinamerikanerin, die lächelte und anscheinend etwas zu jemandem sagte, der sich außerhalb des Bildschirms befand. »Stell den Ton an, bitte.«

»Er ist an. Das Video wird ohne Ton gesendet.«

»Ich begreife das nicht. Warum macht jemand Aufnahmen von Yolanda? Und warum in meinem Arbeitszimmer?«

»Deine Haushälterin scheint den Betreffenden zu kennen. Sie benimmt sich, als sei es ganz normal, daß er dort ist.«
»Und daß er sie filmt?«
»Anscheinend weiß sie nichts von der Kamera. Ich glaube, sie ahnt nicht, daß sie gefilmt wird. He! Was ist das?«
Man sah, wie Yolanda die Hand aus dem Bild streckte, als greife sie nach etwas. Als ihre Hand wieder zu sehen war, hielt sie eine Tasse. Yolanda lächelte, nickte und führte die Tasse an den Mund.
»O Jesus«, sagte Jonathan.
»Was? Was ist?« Charlotte beobachtete, wie die Haushälterin ein paar Schlucke nahm, tonlos redete und sich gegenüber der Person hinter dem Bildschirm anscheinend völlig entspannt verhielt.
Das Getränk schien ihr zu schmecken. Ihr Lächeln wurde breiter, und sie trank noch etwas davon.
»O mein Gott«, flüsterte Charlotte, die plötzlich begriff, was sie da sahen. »O mein Gott!« Sie griff zum Telefon und wählte hastig die Nummer ihres Hauses.
Der Anschluß war besetzt.
Sie versuchte es mit ihrer Geheimnummer, die nur die allerengsten Freunde kannten.
Ebenfalls besetzt.
Plötzlich verschwand Yolandas Lächeln. Sie fuhr sich mit der Hand an die Stirn und schien sich nicht wohl zu fühlen. Die Tasse fiel ihr aus der Hand.
»O Gott, nein!« schrie Charlotte. »Er vergiftet sie! Er ermordet Yolanda!«
»Los!« Jonathan griff nach seinem Jackett. »Ich fahre.«
»Nein.« Sie tippte schon die Notrufnummer 911. »Warten Sie«, sagte sie in das Telefon. »Stellen Sie mich bitte sofort durch!« Sie fluchte leise, als am anderen Ende Stille eintrat. Dann starrte sie voller Grauen auf den Schirm. Yolanda, sichtlich verstört, entfernte sich von der Kamera. Sie taumelte zur Tür, brach dort zusammen und sank zu Boden und war nicht mehr zu sehen.

»Ja!« brüllte Charlotte in den Hörer. »Eine Frau wird vergiftet. Schicken Sie einen Arzt. Schnell!« Sie gab ihre Adresse an und legte auf. »Ich gehe allein, Jonathan.« Sie schnappte ihre Ledertasche.

»Charlotte –«

»Jonathan, ich brauche dich hier. Du mußt diesen Schweinehund finden, der an allem schuld ist.«

Bevor er protestieren konnte, war sie bereits fort. Sie konnte ihren Herzschlag in den Ohren hämmern hören, als sie durch das Museum rannte – *Bitte, lieber Gott, laß mich rechtzeitig bei Yolanda sein* –, und um ein Haar hätte sie die Vitrine umgestoßen, in der die Drei-Zoll-Pantoffeln lagen.

7
1908 – Singapur

Noch bevor es den Schmerz fühlte, begann das kleine Mädchen zu schreien.
Die Sechsjährige wurde gezwungen, sich auf den Hocker zu setzen und die Beinchen nach vorn zu strecken, so daß die nackten Füße auf Mei-lings Schoß ruhten. Die Tanten hielten ihre Arme mit aller Kraft fest. Beim Anblick der steifen Bandagen hatte sie angefangen zu schreien, aber als dann der Schmerz wirklich kam – als Mei-ling den rechten Fuß ergriff und rasch die vier Zehen nach unten und wieder zurückbog, sie gegen den Spann preßte, bis mit gedämpftem Knacken die Knochen brachen –, da riß das Kind zwar den Mund weit auf, brachte aber keinen Laut heraus.
Stocksteif und zitternd saß es da, und die Tanten hielten es auf dem Hocker fest, erzählten ihm, wie tapfer es sei und wie schön es nun werden würde, und die ganze Zeit über wickelten Mei-lings flinke Finger die Bandage fest um den Fuß und fixierten die gebrochenen Zehen in der neuen, gequetschten Stellung, die nur den großen Zeh freiließ.
Alle waren sich darin einig, daß es ein Glück für das Kind sei, von Mei-ling eingebunden zu werden. Natürlich war dieser Vorgang nie schmerzlos, weil man dabei die Knochen brechen mußte, aber Mei-ling verfügte über besonders wirksame schmerzstillende Mittel und über Tränke, die den von Angst erfüllten Geist besänf-

tigten. Außerdem hatte sie eine ganz eigene Art – ihre bloße Gegenwart wirkte schon beruhigend.
Tatsächlich war Mei-ling eine Legende auf der Insel: eine hochgebildete junge Frau, die kranke Körper berührte, dabei aber eingebundene Füße hatte, was bedeutete, daß sie von hohem Stande war.
Das Geschrei des Kindes war furchteinflößend, und die Kerzen vor dem Altar der Kwan Yin flackerten, als wollten sie das Mitgefühl der Göttin ausdrücken. Draußen, hinter der hohen Mauer, die den Hof umgab, feierten die Einwohner von Singapur ein lärmendes Fest zu Ehren der Toten.
Mei-ling arbeitete mit geteilter Aufmerksamkeit, halb war sie auf das Füßebinden konzentriert und halb auf ein Omen, das ihr vor ein paar Tagen erschienen war und das eine Wahrsagerin für sie gedeutet hatte. »Das Geisterfest naht«, hatte die alte Frau gesagt. »Es bringt mehr als die Geister der Verstorbenen in Mei-lings Leben. Es bringt einen fremden Teufel.«
Einen Mann, hatte die Wahrsagerin noch ergänzt, von jenseits des Meeres, mit blonden Haaren und grünen Augen.
»Ist es ein Brite, Ehrwürdige?« hatte Mei-ling gefragt. Wie bei allen aus ihrer Familie, die als aristokratische Chinesen ihren Stammbaum bis zur Erschaffung der Welt zurückverfolgen konnten, bestanden ihre Gefühle für die Engländer aus einer Mischung von Nachsicht, Neugier und Ungeduld.
Aber die Wahrsagerin hatte verneint. »Amerikaner.«
Und nun war das Geisterfest da, und in den Straßen von Singapur wimmelte es von Ständen mit erlesenen Köstlichkeiten, Puppenspielern und chinesischen Opern zur Unterhaltung der Toten. Es war der siebte Mondmonat, in dem der Überlieferung nach die Tore der Hölle offenstanden, damit die Seelen der Dahingeschiedenen ihre Nachkommen besuchen konnten. Familien veranstalteten in ihren Häusern üppige Festessen und ehrten damit ihre Verstorbenen. Die Seelen derer jedoch, die keine Nachkommen besaßen, durchstreiften hungrig und neidisch die Straßen und

wurden dort mit Speisen und Zerstreuungen besänftigt. Überall in der Stadt brannten Kerzen und Weihrauch. Die schweren Düfte zogen über die Gartenmauer und legten sich über Mei-ling und die um sie versammelten Frauen.

Als das Einbinden beendet war, befand sich das kleine Mädchen in einem Schockzustand, stumm und am ganzen Leibe bebend. Um es zu trösten, zeigte Mei-ling ihm ihre eigenen Füße, winzig und kostbar, in drei Zoll langen, gestickten Pantoffeln.

Nachdem die Familie ihre Tochter wieder an sich genommen und sie zurück ins Haus getragen hatte, um dort in laute Freudenrufe über ihre neuen Füße auszubrechen, bahnte sich Mei-ling langsam einen Weg durch die vollen Straßen. Gaukler unterhielten Tote und Lebende, und die Menschen saßen an festlichen Tafeln und teilten ihre Köstlichkeiten mit umherirrenden Geistern. An Mei-lings Seite ging ihre treue Dienerin und trug den Kasten mit Arzneien und Instrumenten, ohne den sie nie das Haus verließ. Immer wieder dachte sie an die Worte der Wahrsagerin über den Fremden aus Amerika nach, der in ihr Leben treten würde. Aber wann? Wo? Und woran sollte sie ihn erkennen? Und würde er ihr Gutes oder Schlechtes bringen? Wollte das Omen sie vor ihm warnen oder war es eine Aufforderung, auf ihn zuzugehen?

Mei-ling hatte niemandem davon erzählt, obwohl es sehr schwer für sie war, ein solches Geheimnis zu wahren, denn sie lebte inmitten einer großen Familie. Das prächtige Haus in der Pfauengasse lag im reichen Viertel von Singapur und beherbergte nicht nur Mei-ling und ihren verwitweten Vater, sondern auch etliche weibliche Verwandte, die sonst kein Heim besaßen – Witwen, ledige Tanten, junge Nichten und Kusinen –, und darüber hinaus auch Goldanmut und Sommermorgenröte, die Gattinnen von Mei-lings beiden Brüdern, dem Ersten Jungen Herrn und dem Zweiten Jungen Herrn, sowie Mondorchidee und Mondzimt, die Babys der Dritten Gemahlin ihres Vaters, die im Kindbett gestorben war. Ein Haus voller Frauen, aber es war Mei-ling, deren Name *Strahlende Intelligenz* bedeutete. Und die über das Herz ihres Vaters gebot. Ganz und gar unchinesisch, pflegten die älteren Frauen zu sagen, vor allem diejenigen mit erwachsenen, unverheirateten Söhnen, so in eine Tochter vernarrt zu sein, ihr derartige Freiheiten zu gestatten, sie zwanzig Jahre alt werden zu lassen und immer noch nicht zu verheiraten! Aber ihr Gezeter und Gemecker stieß bei Mei-lings Vater auf taube Ohren, denn er war stolz darauf, seine älteste Tochter so gut unterrichtet zu haben, daß sie Schreibkunst und Heilkunde so gut beherrschte wie er selbst oder ein anderer angesehener Arzt.

Natürlich durfte sie nur Frauen behandeln. Hauptsächlich band sie Füße ein, denn sie war in ganz Singapur bekannt für ihre sanften Hände, und half bei Geburten. Die Frauen sagten, sie brächte Glück und wüßte, wie man ein Baby ohne Schmerzen aus dem Mutterleib lockt.

»*Hilfe! Hilfe*!«

Mei-ling blieb in der von Menschen wimmelnden Straße stehen. »Was war das?« fragte sie die Dienerin.

Sie horchten auf die Musik, das Gelächter und das vor dem Nachthimmel explodierende Feuerwerk. »Was denn, Sheo-jay?« fragte die alte Frau, wobei sie sich der höflichen Anrede »Junge Herrin« bediente.

»Hast du nichts gehört?«

»*Hilfe!*«

»Da ist jemand in Not!« Mei-ling sah sich auf der mit Chinesen und Malaien in Festtagskleidung überfüllten Straße um. Sie fand keinen Ausländer, und doch war der Ruf in englischer Sprache gewesen.

»*O Gott!*«

»Dort!« Sie deutete in eine schmale Gasse. »Da ist jemand in Schwierigkeiten!«

»Aber Sheo-jay ...«

»Schnell!«

Sie rannte in die Gasse hinein, so schnell es ihre winzigen Füße und ebenso winzigen Schritte erlaubten. Die Dienerin, älter, dikker und mit dem schweren Arzneikasten aus Ebenholz beladen, schnaufte hinter ihr her. In der Gasse, die hinter einer Ladenzeile verlief, erkannten sie eine Gruppe von Männern, die auf einen am Boden liegenden Mann eintraten.

»Aii!« schrie die Dienerin. »Zurück, Sheo-jay! Unglück! Die Nacht der Geister!«

Aber Mei-ling ließ sich nicht aufhalten. Sie rief laut und schwenkte die Arme. Die Männer kümmerten sich zunächst nicht darum, aber als Mei-ling in das Licht der im Wind schaukelnden Laterne trat und die Männer ihr seidenes Kleid und die winzigen Füße, die Haarfrisur mit den Kämmen und Ornamenten sahen und in ihr damit die Frau eines reichen Mannes erkannten, machten sie kehrt und flohen barfüßig und geräuschlos die Gasse hinunter.

Mei-ling ließ sie laufen. Rasch kniete sie neben dem Verletzten nieder. Er war bewußtlos und stöhnte. Blut befleckte das weiße Jackett und Hemd, ebenso die weißen Hosen.

»Ein fremder Teufel, Sheo-jay!« warnte die Dienerin und zeichnete hastig ein Schutzzeichen in die Luft. »Bringt Unglück!«

Aber Mei-ling legte die Hand auf seine blutige Stirn. Er hatte blondes Haar, und als sie ein Augenlid hob, fand sie darunter eine grüne Iris.

Der prophezeite Amerikaner.

»Nicht anfassen!« kreischte die Dienerin. »Bringt Unglück!«

Aber Mei-ling blieb ruhig, eher fasziniert als ängstlich. »Er ist verletzt«, erklärte sie. »Wir müssen ihm helfen.«

»Ich hole die Polizei.«

»Nein.« Mei-ling hielt sie zuruck. »Dieser Mann ist mir in einem Traum angekündigt worden. Es hat seinen Grund, daß ich zu ihm geführt wurde.«

»Ja, um die Polizei zu holen!«

Mei-ling richtete sich auf und sah sich in der Gasse um. Es war kaum jemand unterwegs. Das einzige Leben kam von den Schatten, die mit den im Nachtwind schwingenden Laternen über die

Pflastersteine tanzten. »Dort drüben.« Sie deutete auf das Seidengeschäft von Madame Wah. »Geh dorthin. Bitte Madame Wah, ihren stärksten Sohn zu schicken.«
Die Dienerin gehorchte aus Furcht, eine von den Göttern gesandte Prophezeiung zu mißachten, aber sie tat es widerwillig und drehte sich dabei ständig nach ihrer Herrin um, die sich erneut über den am Boden liegenden Fremden beugte.
Madame Wah befahl ihrem größten Sohn, den Bewußtlosen in ihren Laden zu bringen und ihn dann nach oben in ein kleines Zimmer zu tragen, das auf die Gasse hinausging. Sie tat das nicht für den Ausländer, sondern für Mei-ling, die ihr im letzten Winter heimlich einen Kräutertrank gegeben hatte, als nach dem Besuch eines besonderen Gastes in ihrem Haus Madame Wahs Monatsblutung zwei Monate lang ausgeblieben war. Madame Wahs Ehemann war auf Reisen gewesen. Sie hätte ihm nicht vormachen können, daß das Kind von ihm stamme. Mei-lings Trank hatte Madame Wahs Körper die Mondphasen zurückgegeben, und dafür würde sie ewig dankbar sein.
»Rufen wir jetzt die Polizei?« fragte die alte Dienerin wieder, nachdem man den Fremden auf ein Bett gelegt hatte und sie mit ihm allein waren.
»Still«, erwiderte Mei-ling und öffnete rasch den Arzneikasten. »Willst du dich einer göttlichen Prophezeiung widersetzen?«
»Aber vielleicht ist es das, was damit gemeint ist – daß Sie die Polizei holen sollen.«
Mei-ling schüttelte nur den Kopf und fing an, die Wunden des Mannes zu säubern. Jeder Vorübergehende hätte die Polizei rufen können. Ihr Weg hatte den dieses Fremden aus einem anderen, wichtigeren Grund gekreuzt. Wenn er aufwacht, dachte sie, werde ich es wissen.
Als sie ihm vorsichtig das Hemd aufknöpfte, setzte sich die alte Dienerin auf den Fußboden und begann zu jammern. Zu sehen, wie ihre vornehme Herrin sich so erniedrigte, wie eine aristokratische Tochter Singapurs ihre Keuschheit entehrte, indem sie auf

den Körper eines Mannes blickte und ihn dann auch noch berührte!

Mei-ling starrte auf das blasse, blutunterlaufene Fleisch. »Was haben sie ihm angetan!« flüsterte sie voller Empörung. »Wie sie ihn verletzt haben!« Aus ihren Augen tropften Tränen auf seine nackte Brust.

»Vielleicht hat er es ja verdient!« zeterte die alte Dienerin. »Vielleicht ist er ein böser Mensch, Sheo-jay! Ein Dieb, ein Ehebrecher oder noch Schlimmeres!«

Aber Mei-ling strich ihm das blonde Haar aus der Stirn, berührte sacht die geschlossenen Augen und wußte, daß er kein böser Mensch war.

Sie mußte schnell arbeiten. Man erwartete sie zu Hause, und die Familie würde sich wundern, wo sie blieb. Zuerst wusch sie seine Wunden mit einer beruhigenden, keimtötenden Flüssigkeit aus den Wurzeln der weißen Päonie, besprenkelte sie mit pulverisiertem Tintenfisch, um die Blutung zu stillen, und verband sie. Dann fühlte sie, wie ihr Vater es sie gelehrt hatte, seinen Puls an den zwölf Punkten, die den Zustand der lebenswichtigen Organe verrieten. Ihre empfindlichen Fingerspitzen streiften über Handgelenk, Hals und Füße des Fremden und registrierten den Kampf zwischen seinem versagenden Yin und dem verängstigten Yang. Sie hob seine Lider und beobachtete die Pupillen, sie legte die Hand auf seine bloße Haut und berechnete den Grad der Leere, den Mangel an Hitze und die Stellen, an denen sein Geist bebte.

Madame Wah brachte eine dampfende Schale Pinienkernbrühe für den verletzten Fremden und Curryreis mit würzigen Shrimps, Mandelkuchen und grünen Tee für Mei-ling und ihre Dienerin. Sie stellte keine Fragen, als sie die Schüsseln hinstellte und ein kleines Kohlenöfchen anzündete, das den Tee warm halten sollte.

Ohne Mei-lings Saflortrank zur Wiederherstellung ihres Monatsflusses wäre Madame Wah unter den Händen ihres Gatten

gestorben. Statt dessen hatte er ihr Perlen und Duftwässer geschenkt, um sie so für ihre Treue zu belohnen.
Mei-ling sah besorgt, daß der Fremde nicht aufwachen wollte. Sie fragte sich, ob die Wunde an der Schläfe eine unheilbare Störung des Gleichgewichtes der Winde, die durch seinen Kopf wehten, verursacht hatte. Sie legte die Hände auf seine Rippen und unter seine Mitte, um ein inneres Ungleichgewicht zu ertasten. Sie studierte seine ebenmäßigen Gesichtszüge. Sie tropfte ihm Nelkenöl auf die Lippen. Dann zwickte sie ihn in die Wangen, um seinen Geist zurück in den Körper zu scheuchen, und schlug ihn sanft auf die Arme, um seine schlummernde Stärke zu wecken.
Endlich konnte sie nicht länger zögern. Sie mußte fort. »Du bleibst bei ihm«, befahl sie der alten Dienerin, die sich nach dem festlichen Mahl aus Shrimps und Reis, von dem ihre junge Herrin nichts angerührt hatte, erheblich beruhigt hatte. »Morgen bringe ich die Wahrsagerin hierher, damit sie mir sagt, was ich tun soll.«
Eben wollte die alte Frau protestieren, als der Fremde erwachte. Seine Augenlider flatterten, die Pupillen versuchten sich zu konzentrieren. Blinzelnd starrte er auf Mei-ling. »Bin ich ... bin ich tot?«
Weil Mei-lings Vater ein Wanderer zwischen zwei Welten war, zwischen der chinesischen und der britischen, stolz darauf, modern zu sein und Freundschaften und Geschäftsbeziehungen zu Engländern zu unterhalten, schenkte das Haus in der Pfauengasse häufig auch Besuchern aus dem Westen seine Gastfreundschaft. Für diese Anlässe, bei denen sie wichtigen Gästen den duftenden Tee einschenkte, hatte Mei-ling von ihrem Vater Englisch gelernt. Allerdings war es kein besonders gutes Englisch, und sie mußte zunächst einen Augenblick über die Frage des Fremden nachdenken, bevor sie eine Antwort formulieren konnte.
»Sie sind in Sicherheit«, sagte sie, und sofort heftete sich sein Blick auf ihr Gesicht.
»Bist du ein Engel?«

Sie lächelte. »Ich bin Mei-ling. Meine Dienerin und ich brachten Sie in dieses Haus. Wie ist Ihr Name? Und wen sollen wir benachrichtigen, damit man Sie hier abholt?«
Der Mann zog die Brauen zusammen. »Ich ... ich weiß nicht. Ich habe nicht die leiseste Ahnung, wer ich bin.«
»Aii!« kreischte die alte Dienerin, die ahnte, was der Fremde gesagt hatte. »Ein Geist hat sein Gedächtnis gestohlen und wohnt nun in seinem Körper!«
»Schweig«, befahl Mei-ling auf chinesisch. »Reg ihn nicht auf.« Sie legte ihm die Hand auf die Wange und beugte sich dicht über ihn, um in seine Augen zu sehen.
Die alte Frau zitterte vor Furcht, als sie sah, wie ihre junge Herrin dem fremden Teufel ihre Seele auslieferte – denn er starrte Meiling so eindringlich an, daß die alte Dienerin sicher war, daß er nun ihren Geist stahl. Er flüsterte etwas – »du bist so schön« –, und obwohl die alte Dienerin die Sprache nicht wirklich verstand, erkannte sie diesen vertrauten, zeitlosen Ausdruck in seiner Stimme. Unheil war über sie gekommen in dieser verhängnisvollen Nacht – sie sah es an der Art, wie ihre junge Herrin den Fremden anschaute. Sie hatte diesen Blick viele Male in ihrem Leben gesehen, in den Gesichtern von Schwestern und Töchtern, und einmal, vor vielen Jahren, in ihrem eigenen. Es war ein Blick ohne Zeit und überall auf der Welt gleich.
Mei-ling hatte sich verliebt.

Am nächsten Tag kam Mei-ling mit der Wahrsagerin, die, während er schlief, die Handflächen des Fremden studierte. Dann zerbrach sie ein Ei, und als sie den doppelten Dotter sah, schrie sie auf, denn das bedeutete Unglück. »Er ist zwei Männer, Sheo-jay. Der eine wird dich lieben, der andere dich betrügen.«
Dann will ich den lieben, der mich liebt, entschied Mei-ling, und den, der mich betrübt, nicht suchen.

Jeden Tag ging Mei-ling nun in das verborgene Zimmer über Madame Wahs Seidengeschäft und brachte warme Schüsseln mit heilenden Speisen, die sie selbst zubereitet hatte: Rindfleisch mit Fenchel, um das *chi* wieder ins Gleichgewicht zu bringen und die Kälte aus dem Körper zu treiben, Trüffelreis, um den Überschuß an Yang zu verringern, Karpfensuppe, um das Blut zu nähren. Sie wusch seine Wunden, trug heilende Salben auf und wechselte die Verbände. Auf sein wundes Fleisch legte sie lindernde Packungen, um das zornige Blut darunter zu beschwichtigen. Sie ließ ihn Stärkungsmittel und Wein trinken, hergestellt aus Ginseng-, Yams- und Lakritzwurzel, die sie selbst im Hausgarten der Familie geerntet hatte.

Sie wusch ihn im Bett, wobei sie ihn, um den Anstand zu wahren, mit einem Leintuch bedeckte, und stützte seine Schultern, wenn er zu schwach war, sich zum Essen aufzusetzen. Sie verbrannte Weihrauch für die Göttin Kwan Yin und reinigte die Luft mit besonderen Gebeten. Jeden Tag fragte sie ihn nach seinem Namen. Und jeden Tag antwortete er, er wisse ihn nicht.

Sie fragte nach dem Ring an seiner rechten Hand. Er war aus schwerem Gold und schien zwei ineinander verschlungene englische Buchstaben zu zeigen. »R. B.«, murmelte der Kranke und starrte den Ring stirnrunzelnd an. »Ich weiß nicht, was das bedeutet.«

Die alte Dienerin hörte nicht auf, sie zu beobachten und vor Angst zu zittern, denn ihre junge Herrin tat verbotene Dinge – sie berührte die Nacktheit eines Mannes, der kein Verwandter, ja nicht einmal ein Chinese war! Wenn Mei-lings Familie je davon erfuhr, würde man sie und mit ihr die alte Dienerin töten. Aber die alte Frau konnte nichts tun, um die Katastrophe zu verhindern. Ihre junge Herrin war verzaubert.

Als Mei-ling die Kleider des Fremden zum Reinigen schickte, durchsuchte sie vorher die Taschen. Sie fand keinerlei Papiere, keine Art von Ausweis, dafür aber eine bedeutende Menge Bargeld in amerikanischen Dollars und britischen Pfund. »Ich weiß

nicht, was das für Geld ist«, sagte er. Als Mei-ling fragte, ob sie nach der amerikanischen Vertretung schicken sollte, erwiderte er: »Und was ist, wenn ich ein Verbrecher bin?«
Und so hielten sie seine Anwesenheit im Zimmer über Madame Wahs Seidengeschäft geheim und warteten darauf, daß seine Erinnerung zurückkehrte.

Endlich fanden Mei-ling und die alte Dienerin ihn eines Morgens, als sie zu ihm kamen, im Bett sitzend vor. Er sah kräftiger aus und lächelte. Während die alte Frau in der Ecke hockte und zu ihren Ahnen betete, öffnete Mei-ling die Fensterläden weit, um den sanften Sonnenschein einzulassen. Dann half sie dem Fremden beim Waschen und Rasieren, richtete ihm das Frühstück und stellte das Tablett auf seinen Schoß.
Seit sie zur Tür hereingetreten war, hatte er den Blick nicht ein einziges Mal von ihrem Gesicht gewandt.
Jetzt betrachtete er die Speisen. Seine Brauen zogen sich zusammen. »Habe ich das schon die ganze Zeit gegessen?«
Sie nahm die Eßstäbchen und deutete auf jedes einzelne Gericht. »Won-Ton-Suppe, Sesamhühnchen, in der Pfanne gebratene Nudeln, frische Ananas.«
»Ziemlich vielfältig«, murmelte er mit zweifelnder Miene.
»Gegensätze, die das *chi* ins Gleichgewicht bringen.«
Er sah sie fragend an.
»Diese Speise ist heiß«, erklärte sie lächelnd. »Die andere dort ist kalt. Diese ist glatt, jene knusprig. So entsteht Harmonie.«
Er lachte, und seine grünen Augen funkelten. »Wenn's Ihnen nicht ausmacht, hätte ich am liebsten ein paar altmodische Eier mit Speck und dazu schwarzen Kaffee«, sagte er in breitem Amerikanisch.
Mei-ling mußte überlegen, was er gemeint hatte. Sie hatte noch nie amerikanischen Dialekt gehört. Dann sagte sie: »Essen Sie das, und morgen werde ich Eier bringen.«
Als er mit den Fingern nach einem knusprigen Stück Hühnchen

griff, nahm Mei-ling sanft seine Hand und legte die Eßstäbchen hinein. Einen Moment sah er auf ihre Finger, die sich um die seinen schlossen, dann blickte er auf, sah sie an, und die beiden tauschten stumm wortlose Botschaften. »Ich weiß nicht, wie man damit umgeht«, sagte er leise. »Meinen Sie, Sie könnten mir ein Messer und eine Gabel besorgen?«

»Messer und Gabel morgen«, bestätigte Mei-ling und blickte auf die beiden Hände, ihre klein und blaß, seine groß und sonnengebräunt. »Und schwarzer Kaffee«, fügte sie schüchtern lächelnd hinzu.

Sein eigenes Lächeln verschwand, als er sie ansah. Er lag da, in die Kissen gestützt, das Laken bis zur Mitte hochgezogen, die Brust entblößt, und studierte die junge Chinesin auf seinem Bettrand. »Sie haben mir das Leben gerettet. Warum?«

»Hätte ich Sie sterben lassen sollen?«

Sein Blick fiel auf ihren Arzneikasten, einen schwarzen Lackkasten, mit roten und goldenen Drachen bemalt, dessen unzählige Schubladen und Fächer offenstanden und kleine Kräutersäckchen, mit Flüssigkeiten gefüllte Fläschchen und verschnürte Päckchen enthielten. »Sind Sie so etwas wie eine Krankenschwester?«

»Mein Vater lehrte mich die alte Heilkunst«, antwortete sie bescheiden.

»Eine ziemlich mächtige Kunst«, meinte er mit schiefem Lächeln. »Das letzte, woran ich mich erinnere, als ich am Boden lag und diese Banditen auf mich eintraten, ist die Gewißheit, die ich hatte, daß ich sterben würde.«

Mei-ling betrachtete ihn mit ernsten Augen. Als er nach ihrer Hand griff, entzog sie sie ihm nicht. »Sie sind so wunderschön«, sagte er.

Am folgenden Tag brachten Mei-ling und ihre Dienerin ihm Eier mit Speck, zubereitet nach den Anweisungen des Chefkochs im Hotel »Raffles«. Der Fremde war von diesem heimatlichen Frühstück so begeistert, daß er alles verschlang – gebratene Eier, Speckstreifen, Kartoffelbrei in brauner Soße, Buttertoast und heißen Kaffee –, ohne auch nur ein einziges Wort zu sprechen. Als Mei-ling die leeren Teller sah, lächelte sie. Das waren Worte genug.

»Wie lange bin ich schon hier?« fragte er, während er sich mit der Seife und dem Rasiermasser, die sie ihm gegeben hatte, rasierte.

»Drei Wochen.«

Er schaute auf die alte Dienerin, die mit kummervoller Miene in ihrer Ecke saß. »Ich würde Ihnen so gerne erzählen, was geschehen ist«, sagte er zu Mei-ling. »Wenn ich Ihnen nur sagen könnte, wer ich bin und was ich in Singapur vorhatte!«

Trotzdem gab es etliche Sachen, die er wußte. Er wußte, daß er Amerikaner war und sogar, daß der Präsident, der dieses Land zur Zeit regierte, Theodore Roosevelt hieß. Er berichtete Mei-ling von einer Stadt namens San Francisco und davon, daß er glaubte, dort zu wohnen, weil er ihr etwas über Cable Cars, Blumenverkäufer und sein Lieblingsrestaurant auf der Powell Street erzählen konnte. Aber von sich selbst – wer er war, wer seine Familie war, welchen Beruf er hatte – wußte er nichts.

»Mein Gedächtnis kommt allmählich zurück – im Traum. Aber wenn ich erwache, sind die Träume fort.«

Mei-ling kannte die Macht der Träume. Schließlich war es ein Traum, der ihren und seinen Pfad zusammengeführt hatte. »Vielleicht, wenn ich hier wäre, während Sie schlafen ...«

»Es gehört sich nicht, daß Sie die Nacht mit mir verbringen.«

»Sie würden schlafen, und ich würde wachen. Wenn Sie träumen, werde ich Sie wecken, und Sie erzählen mir, was Ihnen im Traum erschienen ist.«

»Die Wahrheit ist, Mei-ling, daß ich nicht schlafen könnte, wenn Sie hier wären.«

»Ich würde mich ganz ruhig verhalten.«

»Das meine ich nicht«, entgegnete er leise.

Die alte Dienerin, die die Worte nicht verstand, wußte trotzdem, was gesagt wurde. Sie las es in ihren Augen, ihren Körpern, dem

Klang ihrer Stimmen. Und sie wußte, daß die Katastrophe, vor der sie solche Angst hatte, unmittelbar bevorstand.

Mei-ling wählte die achte Nacht des achten Monats, um bei ihm zu bleiben, denn acht war die höchste Glückszahl und eine doppelte Acht doppelt glückbringend. Zum ersten Mal verließ sie das Haus ihres Vaters nicht in Begleitung der alten Dienerin, sondern stahl sich, während die Familie schlief, hinaus in die Nacht.
»Ich gehe zu ihm, um sein wanderndes Gedächtnis zurückzuholen«, erklärte sie der Alten. »Ich will ihm helfen, seinen Geist aus dem Nebel zurückzuholen, in den er sich verirrt hat.«
Aber die alte Frau wußte, warum Mei-ling ging, und alles, was ihr übrigblieb, war, sich auf ihrer Schlafmatte zusammenzurollen, die Decke über den Kopf zu ziehen und vor sich hin zu jammern, voller Furcht vor dem Unheil, das nun kommen würde.

Als Mei-ling und der fremde Amerikaner einander das erste Mal liebten, hielt ein sanfter Monsun Singapur in zärtlicher Umarmung.
Mei-ling wußte, daß das, was sie tat, mit dem Tode bestraft wurde. Einer Frau war im Leben nur ein Mann gestattet – ihr Gatte, falls sie heiratete. Eine unverheiratete Frau durfte überhaupt keinen Mann haben. Einem Mann dagegen erlaubten Tradition und Gesetz so viele Ehefrauen und Konkubinen, wie er es sich leisten konnte, denn der Grundgedanke war: »Eine Teekanne braucht viele Tassen.«
Und während Mei-ling in den Armen ihres gutaussehenden Amerikaners lag, dem ihre liebevolle Fürsorge Kraft und Männlichkeit zurückgegeben hatte, sie ihn im Schlaf betrachtete und über diesen schönen Fremden staunte, den die Götter ihr geschickt hatten, überlegte sie, was ein Todesurteil denn schon bedeutete, wenn man liebte. Sie wäre gerne für eine Umarmung von ihm gestorben.
Sie verließ ihn, als er noch schlief, und kehrte nach Hause zurück,

bevor die Dienerschaft aufwachte. In der nächsten Nacht ging sie wieder zu ihm und in der darauffolgenden auch. Sie half ihm, aus dem Bett aufzustehen und ein paar Schritte zu tun, ging langsam mit ihm auf und ab und stützte ihn, mit winzigen, schmerzhaften Bewegungen ihrer verkrüppelten Füße. Sie berichtete ihm Neuigkeiten aus der Welt, und er zog die Nadeln und Kämme aus ihrem langen Haar und sagte ihr, wie sehr er sie liebte.

Tagsüber stellte Mei-ling diskrete Ermittlungen an, ob irgend jemand nach einem vermißten Amerikaner suchte. Nachts lag sie neben ihm und sah, wie er sich im Traum herumwarf und wälzte und dabei Namen und Worte sprach, die ihr fremd waren. Wenn sie ihn weckte, konnte er sich nicht an die Träume erinnern. Als sie ihn fragte, »Wer ist Fiona?«, antwortete er, daß er keine Ahnung habe.

»Vielleicht sollte ich dich doch zu einem englischen Arzt bringen«, meinte sie eines Nachmittags, als die Sonne schräg durch die Fenster schien. »Du lebst schon zu lange ohne Gedächtnis. Deine Familie wird sich Sorgen machen. Du mußt dein Zuhause finden.«

Aber er nahm ihre Hände und erwiderte leidenschaftlich: »Du bist mein Zuhause, Mei-ling. Du bist meine Familie. Ich möchte dich heiraten.«

»Und wenn du schon verheiratet bist?«

»Ich *fühle* mich nicht verheiratet. Müßte ich das nicht, wenn es so wäre?« Und dann, sehr zärtlich: »Doch, ich fühle mich verheiratet – wenn ich mit dir zusammen bin, Mei-ling.«

Sie schlug die Augen nieder. »Ich kann niemals deine Ehefrau werden. Ich muß chinesisch heiraten.«

»Wir sind bereits verheiratet, Mei-ling.« Er zog den Goldring mit den verschlungenen Anfangsbuchstaben R. B. vom Finger und hielt ihre linke Hand fest. »Mit diesem Ring nehme ich dich zur Frau.« Und er ließ ihn auf ihren Finger gleiten. »Wir sind verheiratet, meine Liebste. Vor Gott und in unseren Herzen sind wir Mann und Frau.«

Und dann beging Mei-ling ihren verhängnisvollen Fehler.
Eines Abends kamen vornehme Gäste ihres Vaters in das Haus in der Pfauengasse, Engländer, die über die Gärten und Innenhöfe und geschwungenen Dachbalken dieses so ungemein chinesischen Heimes in Rufe des Entzückens ausbrachen. Mei-ling bewirtete sie mit Tee und Mandelkuchen und fragte dabei einen der Gäste, einen auf Störungen des Geistes spezialisierten Arzt, ob es möglich sei, nur einen Teil seiner Erinnerungen zu verlieren, die übrigen aber zu behalten. Und während der Ausländer ihr erklärte, wie wenig man im Grunde über den menschlichen Geist wisse, beobachtete ihr Vater die beiden mit nachdenklicher Miene. Er tat es nicht, weil Mei-ling einem Fremden Fragen stellte – er hatte sie stets ermutigt, Wissen zu suchen –, und auch die Art der Frage störte ihn nicht, denn auch er hielt den menschlichen Geist für ein höchst faszinierendes Thema. Nein, es war die Art, wie der Engländer Mei-ling ansah, die ihrem Vater die Augen für eine Wahrheit öffnete, der er lange ausgewichen war: Seine schöne Tochter konnte nicht länger unvermählt bleiben.

Die Tanten kamen von weit her, aus dem Dorf der Ahnen in einer südchinesischen Provinz. Und noch während sie lächelte, ihnen Tee einschenkte und so tat, als fühle sie sich geehrt, von ihnen auf ihre Eignung als zukünftige Schwiegertochter geprüft zu werden, hatte Mei-ling ihre Entscheidung bereits getroffen: um der Liebe zu ihrem Amerikaner willen würde sie Schande über ihre Familie bringen.
Einen Tag später packte sie, sorgfältig und vorsichtig, damit die Dienerinnen nicht mißtrauisch wurden. Sie nahm nur das Nötigste und ihre ganz persönlichen Sachen mit – und ihren Arzneikasten. Ihrer Schwägerin Goldanmut sagte sie, man habe sie in ein Haus auf der anderen Seite der Insel gerufen, um bei einer Entbindung zu helfen.
Dann verließ sie das Haus ihres Vaters, in dem sie geboren und aufgewachsen war. Sie kehrte ihrem Leben, ihrer Familie und

ihrer Kultur den Rücken und eilte, so schnell sie konnte, zu dem Seidengeschäft am Hafen.
Doch als sie dort ankam, war ihr Amerikaner nicht da.
Er hatte einen Brief hinterlassen.

»Liebste Mei-ling,
vergib mir. Ich habe gewartet, solange ich konnte. Nun aber geht die Sonne unter, und Du bist noch nicht hier. Ich weiß wieder, wer ich bin, und ich muß fort. Ich habe das Geld genommen, um mir eine Schiffspassage zu kaufen. Mein Trost ist, Dich bis zu meiner Rückkehr im Haus Deines Vaters zu wissen. Ich komme zurück, meine Liebste, um Dich zu heiraten. Aber vorher muß ich noch etwas erledigen …«

Sie rannte zum Fenster und starrte hinaus. Wohin? Wo in diesen überfüllten Gassen steckte er? Ihr Aufschrei verjagte die Tauben, die unter den Dachbalken gehockt hatten. *War das die Strafe dafür, daß sie ihre Familie entehrt hatte?*
Sie blickte auf den Ring an ihrem Finger – natürlich war er kein echter Trauring. Und sie hatte keinen Gatten. Mit Augen voller Tränen las sie noch einmal seinen Brief und die Unterschrift darunter – *Richard.*
Dann legte sie die Hand auf ihren Bauch … denn dort war ich, so fing ich an, daher kenne ich diese Geschichte, darum kann ich die ganz persönlichen Gedanken und Gefühle der Beteiligten beschreiben, und die Ereignisse, die so lange zurückliegen. Ich weiß es, weil meine Mutter es mir erzählt hat. Denn der Amerikaner namens Richard hinterließ Mei-ling nicht nur einen Brief und einen Ring, sondern noch ein anderes Geschenk: mich, ihre Tochter. Ich wurde acht Monate später geboren, und meine Mutter nannte mich *Vollkommene Harmonie,* um sicherzugehen, daß ich mich immer guter Gesundheit und eines langen Lebens erfreuen würde.
Und damit beginnt die Geschichte unserer Familie.

8
19 Uhr – Palm Springs, Kalifornien

Durch den Regen sah Charlotte die roten Lichter aufblitzen. Die Sanitäter waren schon da. »Gott sei Dank«, sagte sie zu Valerius Knight, der am Steuer saß. »Beten wir nur, daß sie rechtzeitig gekommen sind.«

Nachdem sie gesehen hatte, wie Yolanda aus einer Tasse getrunken hatte und zusammengebrochen war, war Charlotte fluchtartig aus dem Museum gerannt und auf dem Parkplatz mit Knight zusammengetroffen. Als sie ihm sagte, ihre Haushälterin sei in Gefahr, hatte er zweien seiner Männer einen Wink gegeben und ihr dann vorgeschlagen, sie zu fahren. Charlotte nahm das Angebot an. Sie war verzweifelt und wußte auch nicht, ob die Corvette mit den möglicherweise überfluteten Straßen fertig werden würde.

Jetzt lenkte Knight seinen Wagen durch die schmiedeeisernen Tore, die ihr Grundstück schützten. Am Ende der langen Auffahrt sprang Charlotte heraus, bevor der Wagen noch völlig zum Stehen gekommen war, und rannte über die mit Steinplatten belegten Stufen zur Eingangstür. »Yolanda!« rief sie.

In der Küche hörte sie Stimmen.

Sie riß die Tür auf und erstarrte zu Stein.

Eine höchst lebendige, wenn auch leicht verwirrte Yolanda fuchtelte mit einem Holzlöffel herum und erklärte zwei ratlosen Sanitätern, daß sie im falschen Haus seien.

»Yolanda! Sind Sie in Ordnung?«

»Miss Lee! Was wollen diese Männer hier?«

Charlotte legte der Haushälterin die Hand auf den Arm, als wollte sie sich vergewissern, daß sie kein Gespenst war. »Sind Sie in Ordnung?« wiederholte sie.

»Mir geht's bestens, Senorita. Warum sollte es nicht so sein?«

Agent Knight kam herein. Bei seinem bloßen Anblick wichen die Sanitäter einen Schritt zurück. »Ma'am«, sagte er zu Yolanda, »Mrs. Lee hat gesagt, Sie befänden sich in Gefahr. Sie hätte gesehen, wie Sie etwas getrunken haben und dann zusammengebrochen sind.«

Yolanda riß die Augen auf. Ein Blick aus dunklen Pupillen huschte vom Gesicht des Agenten zu Charlottes Gesicht und wieder zurück. »Ich verstehe nicht, Senor. Ich trinke nichts.«

»Aber ...«, begann Charlotte. Sie hatte es doch schließlich gesehen! »Yolanda, Sie waren in meinem Arbeitszimmer. Sie sprachen mit jemandem. Man gab ihnen eine Tasse, und Sie haben daraus getrunken.«

Die Haushälterin sah sie mit verständnislosem Blick an.

Charlotte eilte aus der Küche, den Gang hinunter in ihr Arbeitszimmer, wo sie alles so vorfand, wie sie es verlassen hatte. An ihrem Computer war keine Videokamera angeschlossen.

Knight war ihr gefolgt. »Mrs. Lee, Sie sagten, sie hätten eine Computernachricht erhalten, Ihre Haushälterin würde gerade vergiftet. Und Sie sagten, Sie hätten gesehen, wie es geschah. Wie genau haben Sie das gesehen?«

Charlotte wollte antworten, schwieg dann aber. Sie traute Knight nicht. Wenn sie ihm die Wahrheit sagte, erfuhr er, daß Jonathan hier war, und im Augenblick war es besser, das geheimzuhalten. Außerdem war sie selbst nicht mehr ganz sicher, was sie eigentlich gesehen hatte.

Sie verschränkte die Arme vor ihrer Brust und versuchte sich zusammenzureißen. Ihr Körper zitterte, und ihr Herz raste. Es war der zweite grausame Schock in weniger als zwei Stunden. Obwohl das Werksgelände nicht weit von ihrem Haus entfernt lag, war ihr die Fahrt endlos vorgekommen, so groß war ihre Angst gewesen, ihre Haushälterin tot am Boden vorzufinden.

»Ich erhielt ein anonymes E-Mail«, log sie. »Einen Brief, in dem es hieß, meine Haushälterin würde soeben vergiftet.«

»Aber Sie sagten, Sie hätten *gesehen*, wie es passierte. Sprechen Sie von einer Art Vision?« drängte Knight, um dessen Mundwinkel ein Lächeln spielte. »Oder meinten Sie das nur bildlich?«

Charlotte sammelte ihre Sinne. Sie konnte sich jetzt keinen Fehler leisten und erwiderte seinen herausfordernden Blick ebenso herausfordernd. Ihr gefiel sein gönnerhafter Ton nicht, der Ton eines Mannes, der von Begriffen wie weibliche Intuition offensichtlich nichts hielt. »Das E-Mail hat mich in Panik versetzt. Ich war überzeugt, meine Haushälterin sei in Lebensgefahr. Anscheinend war ich das Opfer eines schlechten Scherzes.«

»Na gut«, meinte Knight herablassend, »ich sehe ein, daß Sie in der augenblicklichen Situation hysterisch reagieren – schließlich greift man Ihr Unternehmen an, und Gott weiß, was sonst noch. Ich lasse meine Männer das Gelände absuchen. Vielleicht finden sie etwas Verdächtiges.«

Zum Beispiel Mäuse auf dem Dachboden? hätte sie am liebsten gefragt, aber sie sagte nur »Danke« und ging in die Küche zurück.

Doch auf dem Weg entlang der Galerie, wo ihre Kunstsammlung ausgestellt war, merkte sie, daß ihr wieder die Beine versagten. Yolandas Bild auf dem Computerschirm, und dann die fieberhafte Fahrt durch den Regen ...

Charlotte wurde immer langsamer und blieb schließlich stehen. Mit der Hand stützte sie sich an der Wand ab, starrte in die Schatten, die vor ihr lagen, und lauschte auf die Geräusche ringsum – Stimmen in der Küche, fernes Gewittergrollen, ihre kostbare Standuhr, die die Stunde schlug. Ihr wurde klar, daß etwas mit dem Haus nicht stimmte.

Die dreihundert Quadratmeter große Villa oberhalb von Palm

Springs war aus Lehmbacksteinen, Stuck und Saltilloziegeln erbaut, entworfen und ausgestattet im Stil des Südwestens, geschmückt mit verwitterten Balken, handbemalten und glasierten Fliesen und lebensgroßen, geschnitzten Holzfiguren heulender Kojoten. Obwohl nichts im Haus orientalische Züge trug, kein einziger Gegenstand darin chinesisch war, hatte Charlotte trotzdem vor ihrem Einzug einen Geomanten beauftragt, durch die Räume zu gehen und das richtige *feng shui* zu ermitteln – die chinesische Art, menschliche Umgebung so zu ordnen, daß sie Gesundheit, Glück und Wohlstand brachte.

Der *Feng-shui*-Spezialist hatte in Charlottes Inneneinrichtung einige schwerwiegende Fehler entdeckt. So hatte sie zum Beispiel ihr Bett genau unter einen freiliegenden Deckenbalken gestellt, der nun quer dazu verlief und mit Sicherheit Schmerz und Pein bringen sowie das Leben der Schläferin »entzweischneiden« würde. Das Bett wurde an eine günstigere Stelle geschoben. Die Gästetoilette lag der Eingangstür gegenüber, so daß alles gute *chi*, das ins Haus kam, weggespült werden würde. Ein kleiner Spiegel am Sockel der Toilettenschüssel, der das *chi* vom Abwasserrohr ablenkte, berichtigte den Irrtum. Ebenso führte die Biegung des Gartenteiches vom Haus fort und schuf damit einen »Unglückspfeil«, der genau auf das Wohnzimmer zielte. Der Teich wurde so umgebaut, daß seine Biegung zum Haus wies und es dadurch schützte.

So hatte Charlottes Haus zwei Jahre lang Glück und Gesundheit ausgestrahlt. Aber das hatte sich jetzt geändert. Irgend etwas stimmte nicht, und sie war sich sicher, daß sie sich das nicht nur einbildete.

Als sie wieder in die Küche kam, waren die Sanitäter fort, während Yolanda ein Auge auf Agent Knight hatte, der auf den Stufen vor der offenen Tür stand und in den Regen hinausblickte.

»Yolanda«, sagte Charlotte ruhig, »ich möchte, daß Sie und Pedro heute anderswo übernachten.«

Die Haushälterin warf ihr einen Blick zu, als hätte sie ihr etwas Anstößiges vorgeschlagen.

»Hier ist es zu gefährlich«, erklärte Charlotte. »Jemand wollte mich glauben machen, Ihnen sei etwas angetan worden, und vielleicht passiert es beim nächsten Mal tatsächlich. Gehen Sie ins Hotel Camino Real. Ich rufe dort an und sage, sie sollen mir das Zimmer auf die ...«

»Ah, nein, Senorita! Pedro und ich, wenn es Schwierigkeiten gibt, können wir hier nicht weg.«

»Yolanda, ich bestehe darauf. Bitte. Ich habe genügend Probleme im Laboratorium. Ich kann mir nicht noch Sorgen um Sie machen. Ich muß wissen, daß Sie in Sicherheit sind.«

Yolanda reckte stolz das Kinn und verschränkte die Arme über dem üppigen Busen, aber Charlotte sah das Aufflackern von Furcht in ihren Augen. »Wir können zu meiner Schwester gehen«, gab Yolanda schließlich nach. »Morgen früh.«

»Nein, ich möchte, daß Sie sofort aufbrechen. Wir schließen dann zusammen das Haus ab, und auch das Tor an der Einfahrt. Beeilen Sie sich, Yolanda. Wir haben nicht viel Zeit.«

Einer der anderen Agenten kam zu Knight, reichte ihm etwas und sprach mit leiser Stimme auf ihn ein. Knight trat zurück in die Küche. »Mrs. Lee«, sagte er und hielt einen Gegenstand hoch, »warum haben Sie mir nichts von dem Unfall mit der Garagentür erzählt? Wie ich höre, wurde Ihr Geländewagen dabei stark beschädigt.«

»Wieso hätte ich Ihnen das erzählen sollen?«

»Haben Sie irgendeine Idee, weshalb die Tür heruntergekommen ist?«

»Nein. Angeblich ist das gar nicht möglich. Es gibt in dieser Gegend viele wilde Tiere, Kojoten und ab und zu Berglöwen. Ich habe einmal beim Schließen der Tür eine Luchskatze getötet. Darum ließ ich eine Sicherung einbauen.«

»Diese hier?«

Sie schaute auf das grüne Plastikkästchen in seiner Hand und erkannte es wieder. »Ja. Es sendet einen roten Lichtstrahl aus, der ein paar Zoll über dem Boden verläuft. Wenn die Tür herunterkommt und der Strahl unterbrochen wird, sei es durch ein Auto, ein Tier oder einen Menschen, hält die Tür augenblicklich an. Aber es funktioniert nur, wenn die Tür sich bewegt, Agent Knight, es kann sie nicht in Bewegung setzen. Und die Tür hat sich auch nicht im eigentlichen Sinn bewegt – sie ist heruntergefallen.«

»Und wann war das?«

Charlotte überlegte einen Moment. Es war in der Sekunde passiert, als der Suburban anfing, nach vorn zu rollen.

»Mrs. Lee, Ihr Auto unterbrach den Strahl und brachte dadurch die Tür zum Absturz.«

»Aber wie kann das sein?«

»Weil man die Sicherung umprogrammiert hat.«

»Was? Sind Sie sicher?«

Er deutete auf die mit grüner und roter Isolierung ummantelten, kurzen Kupferdrähte. »Man hat sie vertauscht. Diese Kratzer an den Klemmschrauben zeigen, daß das erst vor kurzem passiert sein muß.«

Charlotte starrte erst das Kästchen, dann den FDA-Agenten an.

»Es stimmt.« Er nickte ernst. »Die Garagentür ist nicht zufällig heruntergekommen. Das war Absicht.«

9

»Es tut mir leid, Charlotte«, sagte Jonathan, als sie wieder im Büro ihrer Großmutter stand und die Außentür des Museums sicher verschlossen war. »Als ich begriff, daß es sich um eine Videoaufzeichnung und keine Direktübertragung handelte, warst du schon weg.«

»Knight hat mich angeschaut, als ob ich verrückt wäre.« Sie warf ihre Umhängetasche auf einen Stuhl und streifte den von zu Hause mitgebrachten Regenmantel ab.

»Komm, sieh es dir selbst an. Ich habe es gespeichert.«
Jonathan ließ die Szene noch einmal laufen. Charlotte sah aufmerksam zu. »Es ist zweifellos meine Haushälterin und ebenso zweifellos mein Arbeitszimmer. Aber ich habe Yolanda befragt, Jonathan. Sie sagte, sie könne sich nicht erinnern, von irgend jemandem etwas zu trinken angenommen zu haben, und sie würde es ganz bestimmt wissen, wenn sie ohnmächtig geworden wäre.«
»Vielleicht ist es schon vor längerer Zeit passiert, und sie hat es vergessen.«
»Willst du damit sagen, jemand hätte sich in mein Haus geschlichen, Yolanda etwas zu trinken verabreicht und dann das Ganze gefilmt?«
»Vielleicht brauchte er sich gar nicht einzuschleichen. Vielleicht geschah es, während du selbst auch da warst. Hast du in den letzten Monaten irgendwelche Feste zu Hause gefeiert?«
Sie zupfte sich am Ohrläppchen. »Es gab eine Einladung ... nicht direkt ein Fest. Als meine Großmutter starb, sagte Naomi – das ist meine beste Freundin –, ich würde nicht richtig um sie trauern, und sie bestand darauf, ich sollte Schiwe sitzen.«
»Schiwe?«
»So etwas wie eine irische Totenwache, nur jüdisch. Naomi ist Jüdin.«
»Und es gab dabei zu essen? Getränke? Viele Leute?«
»Großmutter hatte viele Freunde. Und ja, es gab jede Menge zu essen und zu trinken. Meinst du wirklich, es hätte dabei gefilmt sein können?«
»Sehr möglich. Vor allem dem Benehmen deiner Haushälterin in dem Video nach zu urteilen. Sie wußte ganz offensichtlich, wer der Betreffende war und wunderte sich nicht darüber, daß er sich in deinem Arbeitszimmer aufhielt.«
»Aber warum weiß sie dann nicht mehr, daß sie umgekippt ist?«
»Schau dir das an.« Er ließ das Video Bild für Bild durchlaufen, bis

es aussah, als betrachte man eine Serie von Schnappschüssen. »Siehst du das? Wo Yolanda sich umdreht?«
Charlotte schnappte nach Luft. »Die Frau, die zusammenbricht, ist gar nicht Yolanda!«
»Richtig. Dieses Stück Film wurde woanders aufgenommen und dann eingefügt. Es ist geschickt gemacht, hält aber einer genauen Prüfung nicht stand.«
Sie richtete sich auf. »Und was soll das alles? Mir Angst einjagen?«
»Möglich. Oder dich in Knights Augen unglaubwürdig machen. Dich wie eine Hysterikerin aussehen zu lassen.«
»Das Wort hat er schon gebraucht. Gott, was für ein Alptraum!«
Sie wandte sich ruckartig ab, stockte, drehte sich wieder um. »Es ist noch etwas passiert.«
Er blickte auf.
»Agent Knight sagt, man hätte an meiner Garagentür manipuliert.«
»Was?«
Sie berichtete ihm von der Umprogrammierung und ergänzte mit zitternder Stimme: »Hätte ich in der Corvette gesessen, wäre es vielleicht mein Ende gewesen. Das heißt, wenn jemand es mit Absicht getan hat ... Knight hat mir auf der Fahrt hierher richtig die Daumenschrauben angesetzt. Er wollte wissen, wer die Drähte an der Garagentür so verändert haben könnte, ob ich Feinde hätte, und warum ich gedacht hätte, man wollte Yolanda vergiften.«
»Und was hast du ihm geantwortet?«
»Daß ich es nicht wüßte. Und das stimmt ja auch.«
»Eines wissen wir jedenfalls«, bemerkte er grimmig. »Wir wissen, daß das alles kein Zufall ist – die drei toten Frauen, das Video von Yolanda, die Garagentür. Nichts davon geschah ohne Grund. Der Täter muß alles seit Monaten geplant haben. Und ich habe keinerlei Zweifel daran, daß er es auf dich abgesehen hat, Charlotte.«

»Aber warum? Was will dieser Wahnsinnige von mir? Doch bestimmt nicht nur diese alberne Presseerklärung, die ich abgeben soll.«
Jonathan schüttelte gedankenvoll den Kopf. »Das glaube ich auch nicht. Er will etwas anderes von dir. Seine Drohungen und dieses Ultimatum sind nur Mittel, die er einsetzt, um deine Nerven zu ruinieren, damit du schwach und verletzlich bist, wenn er zum entscheidenden Schlag ausholt.«
»Und die Garagentür und das Video?«
»Um dir zu zeigen, daß er jederzeit an dich und die Menschen, die dir nahestehen, herankommen kann.«
Seine Worte hingen in der Luft wie eine bedrohliche schwarze Wolke, während sie beide über diese neue Entwicklung nachdachten. Der Risikofaktor war um etliches größer geworden, der Einsatz um vieles höher.
Unvermittelt stand Jonathan vom Schreibtisch auf und griff nach seiner Jacke.
»Wo willst du hin?«
»Mir meine Pistole wiederholen. Ich möchte, daß du sie nimmst.«
»Nein.«
»Verdammt, Charlotte ...«
»Jonathan, du kennst mein Verhältnis zu Schußwaffen.«
»Dann möchte ich, daß du wegfährst, an irgendeinen sicheren Ort.«
»Das kann nicht dein Ernst sein. Ich muß hierbleiben.«
»Es geht um deine Sicherheit!« Er schlüpfte in einen Ärmel. »*Ich* kann hier weiterarbeiten. Solange mich niemand entdeckt, kann ich diesen Schweinehund innerhalb von ...«
»Ich werde nicht gehen. Wenn ich überhaupt etwas mache, dann schlage ich zurück.«
Er ließ die Jacke an seinem Arm hängen und musterte Charlotte.
Sie stand mit bleichem Gesicht und zitternden Händen da, aber

ihr Kinn war fest, und ihre Augen leuchteten klar. Sie hatte Angst, verlor dabei aber nicht die Beherrschung. Und sie wollte angreifen, jetzt, wo sie selbst verletzlich war.
Eine großartige Frau.
Er hängte seine Jacke wieder über den Stuhl. »Na schön. Vorläufig. Es gefällt mir zwar nicht, aber ich kann dich ja nicht zwingen.«
Charlotte schwieg.
»Jonathan«, begann sie nach einer Weile. »Hast du eigentlich jemals etwas über das Chalk-Hill-Massaker gehört? Die Demonstranten da draußen haben ein Bild, das mich zeigt, und zwar so, als ob ich an allem schuld wäre.«
Er nickte.
»Weißt du, daß ich nie verurteilt wurde? Man hat mich nicht einmal angeklagt.«
»Ich weiß, Charlotte. Ich weiß.«
»Aber jetzt werden sie von dieser Geschichte Gebrauch machen. Der ganze Alptraum wird wieder ans Licht gezerrt werden, und sie werden Chalk Hill dazu benutzen, mich und meine Firma ans Kreuz zu schlagen und andere unschuldige Menschen zu verletzen. Mein Gott, Jonathan, wie konnte es soweit kommen?«
Er streckte den Arm aus und massierte ihre Schulter, aber sie wich seiner Berührung hastig aus. »Bestimmt hat Großmutter hier irgendwo Tee aufbewahrt.« Sie öffnete die Schränke in der kleinen Kochnische, die zum Büro gehörte. Als sie eine Schublade aufzog, hielt sie inne, griff dann hinein und holte etwas heraus, das wie ein altes Buch aussah. Als sie es aufschlagen wollte, fiel eine Fotografie heraus.
Eine sehr alte Fotografie.
»Was zum Teufel geht hier vor?«
Charlotte und Jonathan fuhren herum. Der private Überwachungsmonitor zeigte den vom Regen gepeitschten Parkplatz.
»Wieso hat die Polizei noch nichts unternommen?« dröhnte Adrian Barclay, der gerade aus einer weißen Stretch-Limousine

stieg, wobei der Chauffeur einen Regenschirm über ihn hielt. Als ein langes, wohlgeformtes Bein vom Rücksitz der Limousine sichtbar wurde, ließ der Chauffeur Adrian Barclay sofort im Stich und beeilte sich, die dünne, sonnengebräunte Frau zu beschirmen, die jetzt in den Regen trat.

Jonathan stieß einen leisen Pfiff aus. »Wie ich sehe, hat Margo sich gut gehalten.«

Aber Charlotte, die das entdeckte Foto in der zitternden Hand hielt, starrte auf die beiden Neuankömmlinge und dachte: Nun geht der Ärger erst richtig los.

10

Sobald die Barclays aus dem Blickfeld der Kamera verschwunden waren, tippte Jonathan auf Tasten an der Schalttafel und holte das Ehepaar auf den Bildschirm zurück, als es durch die Eingangshalle des Hauptgebäudes ging. Beide in weißen Hosen und pastellfarbenen Hemden, braungebrannt und fit, sahen sie unverkennbar nach dem aus, was sie auch waren: Mitglieder der reichen Gesellschaft von Palm Springs, die mit pensionierten US-Präsidenten Golf spielten. Adrian Barclay, klein und stämmig gebaut, mit eisgrauem Haar, sprach in ein Handy, während seine Frau Margo, größer als er, das aschblonde Haar aus dem gelifteten Gesicht zurückgekämmt, den Sicherheitsdienst anfuhr, die Wachen am Haupteingang zu verstärken.

»Wissen sie etwas von diesem privaten Überwachungssystem?« fragte Jonathan. Er drückte auf einen anderen Knopf, und die Kamera im Empfangsbereich der zweiten Etage sprang an.

»Ich habe es sicher einmal erwähnt, aber wahrscheinlich haben sie nicht zugehört. Was für Großmutter war, interessierte sie nicht. Sie hatten nicht das geringste für sie übrig.«

Jonathan nickte. »Ich erinnere mich – es war ein merkwürdiges

Verhältnis.« Als die Fahrstuhltüren aufgingen und die Barclays heraustraten, stellte er den Ton an. »Ich weiß noch, wie es vor fünfundzwanzig Jahren war. Äußerst bizarr.«
»Es wurde schlimmer«, sagte Charlotte so leise, als könnten die Menschen auf dem Bildschirm sie hören, »nachdem Mr. Sung das Testament meiner Großmutter bekanntgab.«
»Wo zum Henker steckt Charlotte?« bellte Adrian Desmond an, der die beiden am Fahrstuhl empfing.
Charlotte sah zu, wie ihr Cousin, der immer noch den schwarzen Ledermantel über dem schwarzen Pullover und den schwarzen Nylonhosen trug, sofort die Sonnenbrille herunterriß, hinter der er sich gewöhnlich versteckte. »Sie hat gesagt, sie wolle die Personalakten durchgehen ...«
Aber Adrian war schon an ihm vorbeigegangen, und einen Moment lang empfand Charlotte Mitleid mit ihrem Cousin. Adrian war Desmonds Vater. Er behandelte seinen Chauffeur besser als seinen Sohn. Margo dagegen begrüßte Desmond, küßte ihn auf die Wange und strich ihm das Haar zurück. Diesmal war es ihr Sohn, der nicht reagierte.
Plötzlich tauchte Margos Sekretärin auf, eine kleine Frau, die sich beeilen mußte, um mit ihrer Chefin Schritt zu halten, denn Margo war nicht stehengeblieben, sondern marschierte schon den Gang hinunter und warf dabei mit Anweisungen um sich, von denen Charlotte und Jonathan die meisten hören konnten.
»Verbinden Sie mich mit Schaeffer & Schaeffer. Benutzen Sie die Geheimnummer. Sagen Sie Tom Schaeffer, er soll sich selbst darum kümmern. Danach mit Richter Batchelor, sagen Sie ihm, es wäre persönlich. Anschließend erkundigen Sie sich bei Aphrodite, ob Simone frei ist. Wenn nicht, können sie Jason oder Nikki schicken. Und holen Sie mir etwas aus der Kantine, aber nicht das chinesische Zeug. Einen einfachen Salat mit Zitronensaft, schwarzen Tee, was sie an frischem Obst haben. Und suchen Sie mir Charlotte. Sagen Sie ihr, ich möchte sie auf der Stelle sprechen.«

Jonathan hatte sich wieder an den Computertisch gesetzt und war dabei, eilig verschiedene Sachen aus seiner schwarzen Tasche zu holen. »Margo läßt dich in ihr Büro zitieren? Weiß sie nicht, daß du hier die Chefin bist?«
»Ich habe noch nie begriffen«, murmelte Charlotte, »warum meine Großmutter sich mit dieser Familie eingelassen hat, vor allem, wenn man bedenkt, wie übel sie ihr mitgespielt haben.«
Jonathan ließ die Hände sinken und betrachtete Charlottes Profil, die zusammengebissenen Zähne und die bebende Unterlippe, und zum ersten Mal fiel ihm auf, wie sehr sie ihrer Großmutter ähnelte – vollkommene Harmonie. Eine bestimmte Schönheit liegt in der Familie, dachte er und hätte sie gerne gefragt, ob sie damals die Blumen bekommen hatte, die er zur Beerdigung geschickt hatte. Die Nachricht vom Tod der Großmutter, vor allem unter so schrecklichen Umständen, hatte ihn, als er davon aus dem Fernsehen erfuhr, so erschüttert, daß er von Johannesburg aus fast zu ihr geflogen wäre. Aber er arbeitete an einem Geheimauftrag der Regierung und hatte nicht weggekonnt, so daß er statt dessen Blumen und ein Telegramm schickte. Charlotte hatte nie etwas darüber gesagt.
Während Adrian, das Handy am Ohr, im Korridor verschwand und seine Sekretärin ihm nachrannte, sahen Charlotte und Jonathan Margo an ihrem Büro vorbeigehen und zielstrebig auf Agent Knight zusteuern. Er erhob sich sofort und zupfte sich Krawatte und Manschetten zurecht. Als Margo ihm beide Hände reichte und ihm ein warmes Lächeln schenkte, sagte Jonathan erstaunt: »Kennt sie ihn?«
»Nicht, daß ich wüßte. Das ist ja äußerst merkwürdig.«
Jonathan fing wieder an, Gegenstände herauszulegen, eine Kamera, Handschuhe, einen Reißverschlußbeutel aus schwarzem Leder. »Du hast gesagt, du traust Knight nicht. Warum?«
»Weil er voreingenommen ist.« Charlotte starrte immer noch auf das Paar auf dem Schirm. Agent Knight, dessen glattgeschorener Kopf im Schein der Deckenlampen wie poliertes Ebenholz

glänzte, überragte Margo um ein ganzes Stück. Er hatte sich dicht zu ihr hinuntergebeugt, ein wenig zu dicht, dachte Charlotte. »Vor zwei Jahren ist eine Frau aus Kansas City schwer erkrankt und fast gestorben, weil sie eine mit Quecksilber versetzte Gesichtscreme benutzt hatte. Knight hat sich mit voller Wucht auf den Hersteller gestürzt. Obwohl sich am Ende herausstellte, daß die Firma keinerlei Verschulden traf und der Exfreund der Frau sogar gestand, daß er die Creme vergiftet hatte, war das Unternehmen ruiniert. Knight betrachtet sich als Sheriff, Richter und Henker in einer Person. Zuerst spricht er das Urteil, danach stellt er die Fragen.«

Sie fügte hinzu: »Ich gäbe eine Menge darum, zu erfahren, worüber er und Margo gerade sprechen.«

»Das werden wir bald wissen«, erwiderte Jonathan entschlossen. »Charlotte, ich möchte, daß du eine Konferenz einberufst.«

Sie drehte sich zu ihm um. »Jetzt?« Ihr Blick fiel auf den Beutel, den er an seinem Gürtel befestigt hatte. »Warum?«

»Ich muß in ihre Büros und darf auf keinen Fall riskieren, von ihnen gesehen zu werden. Es ist zwar schon lange her, aber trotzdem könnte mich einer der Barclays wiedererkennen.«

»Soll ich alle zusammenholen?«

»Nicht die Sekretärinnen. Die kennen mich nicht.«

»Aber wenn eine von ihnen dich in einem Büro erwischt, wird sie wissen wollen, was du da treibst.«

Er griff in seine hintere Hosentasche und zeigte ihr eine Ausweismappe. Als er sie aufklappte, erkannte sie eine Karte und ein Abzeichen. »Ein Andenken an meine Zeit bei der Spionageabwehr«, erklärte er lächelnd.

Sie zögerte. Es war ein bitteres Lächeln, das sie an ihr letztes Zusammentreffen vor zehn Jahren in San Francisco erinnerte, als er ihr erzählte, er sei »raus aus dem Spitzelspiel«.

Daß er überhaupt ein Spion gewesen war, hatte sie überrascht, aber daß er diese Tätigkeit aufgegeben hatte, ohne einen Grund dafür zu nennen, hatte das Geheimnis noch größer gemacht. Sie hatte nicht die Gelegenheit gehabt nachzufragen, denn da hatte er ihr die Neuigkeit mitgeteilt, die wie eine Bombe eingeschlagen war und ihre Beziehung zerstört hatte.

»Also gut«, meinte sie jetzt und legte die alte Fotografie hin, die sie immer noch in der Hand gehalten hatte. »Es wird mir schon etwas einfallen.«

»Hier.« Er streckte ihr die Hand hin.

In seiner Handfläche lag ein kleiner Metallknopf.

»Was ist das?«

»Damit bleiben wir beide in Verbindung. Steck ihn dir ins Ohr. Er funktioniert gleichzeitig als Sender und als Empfänger. Die Schaltung ist offen, so daß ich alles höre, was du sagst. Die anderen kann ich allerdings nicht verstehen, weil der Knopf nur die Stimme dessen, der ihn trägt, aufnimmt.« Er steckte sich ebenfalls einen zweiten Knopf in das eigene Ohr und flüsterte: »Kannst du mich hören?«

Charlotte fuhr zusammen. Es klang fast, als befände sich Jonathan in ihrem Kopf. »Ja, sehr gut. Und was willst du jetzt tun?«

»Ich werde in den wichtigsten Büros Abhörgeräte installieren, damit wir alles mitbekommen, was vorgeht.« Er trat hinter sie und öffnete die goldene Spange, um ihr das Haar über die Ohren zu streichen. »Versteck den Knopf lieber – für alle Fälle.«

Charlotte hätte beinahe einen Satz gemacht. Jonathans Berührung elektrisierte sie noch immer.

Beim Hinausgehen fiel Jonathans Blick auf die Schalttafel und das alte Foto, das Charlotte dort liegengelassen hatte. Er erkannte es wieder, auch wenn es lange her war: ein Bild von Charlottes Großmutter als kleinem Mädchen in Singapur. Ein hübsches Kind in einer Schuluniform, das schüchtern in die Kamera lächelte, das Gesicht umrahmt von zwei langen schwarzen Zöpfen. Darunter stand etwas in chinesischen Zeichen und englischer Schrift: *»Vollkommene Harmonie, zehn Jahre, 1918. Missionsschule St. Agnes.«*

Draußen am Eingang blieben sie stehen, um zu prüfen, ob der

Weg frei war. Jonathan dachte daran, wie er Charlottes Großmutter zum ersten Mal begegnet war. Charlotte und er waren dreizehn gewesen und kannten einander erst wenige Wochen. Charlotte hatte ihn als »mein Freund aus Schottland« vorgestellt.

»Aii-yah, von so weit kommst du her«, hatte die Großmutter gesagt, »deine Familie – so weit, weit fort.« Sie hatte es sanft und traurig gesagt, als erkenne sie in dieser einen Sekunde seinen ganzen Schmerz und verstehe ihn. Charlotte hatte ihm erzählt, ihrer Großmutter gehöre eine Arzneimittelfirma. »Sie heißt nach meiner Großmutter. Ihr Name ist Vollkommene Harmonie.« Bei der Anteilnahme, die aus der Stimme der fremden Dame klang – als wisse sie genau, wie er sich fühlte –, hätte es ihn nicht überrascht, wenn sie auch ein Mittel gegen Heimweh gehabt hätte.

Und in gewisser Weise war es sogar so gewesen, auch wenn der dreizehnjährige Johnny es damals nicht gemerkt hatte. Sie hatte ihn eingeladen, mit ihr und Charlotte zu Abend zu essen, und während der Nebel sich über die Bucht von San Francisco legte, hatte Jonathan zum ersten Mal chinesisches Essen und chinesisches Mitgefühl erlebt.

Charlottes Großmutter hatte ihn von sich selbst erzählen lassen und ihm behutsame Fragen gestellt, während sie ihm Schüsseln mit gedämpften Klößen und Nudeln vorsetzte. Sie goß ihre Neugier über ihn aus, wie sie grünen Tee in kleine Tassen goß. Sie stocherte so vorsichtig in der Geschichte seiner Familie herum, wie sie in einem Teller mit gebratenen Shrimps herumstocherte und die dicksten und schmackhaftesten für ihn heraussuchte. Und ohne daß er es wußte, befreiten ihn die heilenden Speisen der Großmutter, die Ausgeglichenheit, Harmonie und Glück brachten, von seinem Kummer, Groll und Leid.

Es war derselbe Tag gewesen, an dem Charlotte ihm ihren wahren Namen anvertraut hatte, denjenigen, der auf ihrer Geburtsurkunde stand, und Jonathan, dem der Name insgeheim sehr gefiel, ihr aber nicht weh tun wollte, stimmte ihr zu, daß Charlotte viel

schöner klang, auch wenn es nur ein Name aus einem Geschichtenbuch war.
Sie rannten durch den Regen und stiegen, als sie das Hauptgebäude erreicht hatten, eilig die Feuertreppe hinauf. Im zweiten Stock spähten sie vorsichtig in die Empfangshalle. Dort stand Margo.
Jonathan staunte, wie wenig man Margo Barclay ihr Alter ansah. Das gebräunte, glatte Gesicht trug den unsichtbaren Stempel eines teuren Schönheitschirurgen. Jonathan rechnete sich aus, daß sie Ende Sechzig sein mußte. Er erinnerte sich an Gerüchte über ihren unersättlichen sexuellen Appetit und fragte sich, ob das wohl noch immer zutraf. Dachte sie jemals an den Tag in seinem letzten Frühling in Amerika, als er neunzehn Jahre war und in dem Pool hinter Charlottes Haus schwamm? Charlotte war hineingegangen, um Limonade zu holen, und Mrs. Barclay, eine Frau, die gut dreißig Jahre älter war als er, war im grellrosa Bikini erschienen. Ein glatter, lautloser Kopfsprung hatte sie genau an der Stelle auftauchen lassen, wo Jonathan im seichten Wasser auf den Stufen saß. Wie ein Torpedo war sie auf ihn losgeschossen und hatte sich auf ihn gestürzt. Mit knapper Not konnte er aus dem Pool klettern.
Nie hatte er Charlotte davon erzählt. Als sie mit dem Limonadentablett aus dem Haus kam, hatte sich Mrs. Barclay längst auf einer Liege ausgestreckt und zündete sich gelassen eine Zigarette an, während in Jonathan noch der Gedanke an ihren gierigen Mund zwischen seinen Beinen brannte.
Er schüttelte die Erinnerung ab. »Ich warte hier, bis du sie alle im Sitzungszimmer der Geschäftsleitung hast. Du gibst mir ein Zeichen, indem du einen von ihnen bittest, die Tür zu schließen. Dann lege ich los. Ich brauche ungefähr zehn Minuten. Laß sie nicht weggehen, bevor ich Entwarnung gebe.«
Sie fühlte seine Hand auf ihrem Arm, seine Finger gruben sich in ihre Haut. In seinen dunklen Augen erkannte sie den alten Mut, die vertraute Eindringlichkeit. »Ja«, flüsterte sie und dachte an ein

zerbrochenes Windspiel, eingewickelt in ein meerblaues und waldgrünes Seidentuch. Jonathan war zu ihr zurückgekommen, als sie geglaubt hatte, ihn niemals mehr wiederzusehen.

11

Schon von weitem erkannte Charlotte Margos Parfüm: »Tuscany« von Estée Lauder. Sie wußte, daß Margo niemals Produkte von Harmony benutzte. Ihre Bäder zu Hause und das Privatbadezimmer neben ihrem Büro waren voll mit Sachen von Clairol, Lancôme, Elizabeth Arden ... als wollte sie betonen, wie sehr sie das Unternehmen verachtete, das sie doch so gerne besessen hätte.

Margo drehte sich um, und Charlotte bemerkte die harten Wutfalten um ihre Augen. Das Lächeln für die Öffentlichkeit war selbstverständlich da – niemand verstand es besser als Margo, einen guten Eindruck zu machen. Nicht umsonst war sie als Vizepräsidentin für die Öffentlichkeitsarbeit zuständig. Aber unmittelbar unter der Oberfläche brodelte es.

Margos Blick huschte nach unten, und Charlotte wußte genau, wonach sie Ausschau hielt. Charlotte trug das Medaillon aus der Shang-Dynastie nicht immer, sondern nur an Tagen, die innere Stärke von ihr forderten. Wie ihr Sohn Desmond hätte Margo sie nur allzugerne gefragt, was sich in jenem Sommer, als Charlotte verschwunden gewesen war, abgespielt hatte. Aber Charlotte wußte auch, daß Margo im Gegensatz zu Desmond stumm bleiben würde.

Sie hatte nur einmal gefragt.

Nie würde sie Margos überraschende Einladung zu einem Einkaufsbummel vergessen, die einzige Gelegenheit, an die sie sich erinnern konnte, bei der Margo nett zu ihr gewesen war. Charlotte, damals erst fünfzehn, hatte sich geschmeichelt gefühlt und keinerlei Verdacht gehegt. Erst als Margo beim Mittagessen das Gespräch geschickt auf Charlottes geheimnisvolle dreiwöchige Abwesenheit gelenkt hatte, war ihr klargeworden, worum es bei dieser Einladung eigentlich ging. »*Charlotte, Liebes, wo warst du denn nun wirklich mit deinem Onkel?*«

Charlotte hatte das häßliche Wort, das man hinter ihrem Rücken flüsterte, damals noch nicht gekannt: *Inzest*. Erst Jahre später, als Desmond in einer seiner bissigen Stimmungen zu ihr gesagt hatte: »Aber du weißt doch, was die Familie glaubt, was zwischen dir und meinem Großvater passiert ist?«, hatte sie es begriffen. Sie hatte ihm nicht erzählt, was er wissen wollte, so wenig wie Margo bei jenem Mittagessen, oder Tante Olivia, oder sonst irgend jemandem. Der einzige, dem sie es anvertraut hatte, war Jonathan.

»Charlotte! Liebling!« Margo küßte die Luft neben Charlottes Wangen. »Das ist ja furchtbar, wirklich furchtbar! Adrian und ich haben beschlossen, daß diese Last für dich allein einfach zu schwer ist. Laß dir von uns helfen. Leg einen Teil deiner Verantwortung auf unsere Schultern. Du mußt zugeben, daß es nur vernünftig ist, wenn du in dieser schrecklichen Krise für eine Weile zurücktrittst und die Kontrolle Erfahreneren überläßt.«

»Ich schaffe es schon, Margo«, erwiderte Charlotte und dachte an Margos Wut und Empörung, als Charlotte die Führung des Unternehmens geerbt hatte. Margo war sicher gewesen, sie oder Adrian würden den Posten bekommen.

»Aber, Liebes, die gräßlichen Demonstranten da draußen mit ihren Schildern! Diese ganze widerliche Tieraffäre wird wieder an die Öffentlichkeit kommen. Bist du sicher, daß du das alles noch einmal durchmachen willst?«

Sie schien voller Anteilnahme und Fürsorge, aber Charlotte durchschaute diese Fassade und dachte: Sie hat mir immer noch nicht verziehen, daß ich ihr das Geheimnis nicht anvertraut habe.

»Margo, ich habe eine Konferenz angesetzt.«
»Eine Konferenz! Wann?«
»Jetzt gleich. Du, Adrian, Desmond und Mr. Sung. Im Sitzungszimmer der Geschäftsleitung.«
Margo gab einen müden Seufzer von sich. »Es kann wohl nicht warten, Herzchen?«
»Nein. Würdest du bitte Adrian Bescheid sagen?«
Bevor Margo weitere Einwände erheben konnte, war Charlotte den Gang hinuntergegangen, um die anderen Teilnehmer zu holen. Im Aufenthaltsraum der Mitarbeiter fand sie Agent Knight, der sich Kaffee aus dem Automaten holte. Als sie ihn einlud, an der Sitzung teilzunehmen, akzeptierte er auf eine Weise, die ihr sagte, daß er ohnehin teilgenommen hätte, aufgefordert oder unaufgefordert.
Endlich hatten sich alle am Ende des langen, polierten Tisches im Geschäftsleitungszimmer eingefunden. Charlotte räusperte sich, tastete nach dem elektronischen Stöpsel in ihrem Ohr und sagte: »Desmond, würdest du bitte die Tür schließen?«
Während sie zu der kleinen Gruppe sprach und dabei betete, daß Jonathan schnell und ungehindert arbeiten konnte, wanderten Charlottes Gedanken zu dem Foto ihrer Großmutter als Schulmädchen in Singapur. Ob Jonathan sich wohl noch an den Tag erinnerte, als sie ihn zum ersten Mal ihrer Großmutter vorgestellt hatte und er zum Abendessen geblieben war und alles, was ihre Großmutter gekocht hatte, so gierig verschlang, als hätte er seit Ewigkeiten nichts mehr zu sich genommen? Ihre Großmutter hatte ihn geschickt dazu gebracht, von sich zu erzählen, und so hatte Charlotte seine Lebensgeschichte erfahren, die ihr so wunderbar tragisch und romantisch vorgekommen war.
Obwohl Jonathan in Amerika geboren war, hatte er seine Kindheit in Schottland verbracht, am östlichen Rand der Highlands, in einem kleinen Dorf nördlich von Dundee. Sein Vater war ein reicher amerikanischer Geschäftsmann, der einer Laune folgend durch Schottland gereist war, um seine Clan-Wurzeln zu suchen.

Im idyllischen Sommer war Robert Sutherland der hübschen Mary Sutherland – keine Verwandte, es sei denn vielleicht wenn man die Stammbäume über Jahrhunderte zurückverfolgte – begegnet und hatte sich in sie verliebt. Die Flitterwochen im malerischen Inverness brachten ein gutes Zeichen für die Ehe: innerhalb von zwei Monaten war Mary schwanger. Dann aber hatte Robert seine schwangere junge Frau in die USA mitgenommen, in sein Penthaus in Manhattan, zu den Geschäftsessen und Opernabonnements, und Mary hatte durchgehalten, bis das Baby sechs Monate alt gewesen war. Als sie dann erklärte, sie wolle nach Hause zurück, erhob Robert keine Einwände, denn ihre Liebe war irgendwo zwischen der Heide und dem Horizont abgestorben.

Die Scheidung fand einvernehmlich und in aller Stille statt, und Mary durfte den Jungen behalten. Danach sah Jonathan seinen Vater nur noch in den Ferien. Ein Privatflugzeug holte ihn ab, und er verbrachte zwei Wochen in San Francisco, Honolulu oder Chicago, gewöhnlich in der Gesellschaft von Kammerdienern und Leibwächtern, um dann mit Koffern voller nutzloser, teurer Geschenke für die einfachen Leute zu Hause in den Highlands wieder zurückgeflogen zu werden. Mit zwölf Jahren lehnte er die Einladung, Weihnachten mit seinem Vater zu verbringen, schließlich ab. Robert Sutherland bestand nicht darauf. Als Jonathan dreizehn wurde, erkrankte seine Mutter und starb an einer nicht erkannten, angeborenen Herzkrankheit. Der Vater erhob pflichtgemäß Anspruch auf seinen Sohn und holte ihn »heim« nach San Francisco, wo der ungeschliffene Hochlandjunge auf ein teures Privatgymnasium in Pacific Heights geschickt wurde, um ein »richtiger« Amerikaner zu werden. Das war, als Charlotte ihn damals gefunden hatte, weinend im Park, weil er nicht wußte, wohin er gehörte. Und sie hatte ihn damit getröstet, daß sie auch nicht wüßte, ob sie nun Chinesin oder Amerikanerin sei.

Jetzt stellte sie ihn sich vor, wie er ausgesehen hatte, als er vor wenigen Stunden angekommen war. Sein grauer Dreiteiler mit den

feinen maßgeschneiderten Details wie richtigen Ärmelknopflöchern für die Manschettenknöpfe – ein unauffälliger Hinweis auf Geschmack und Reichtum des Trägers – hatte sie an die Abende erinnert, an denen sie mit Jonathans Vater gegessen hatten. Robert Sutherland führte die beiden Halbwüchsigen in die teuersten Restaurants an der Bucht. Bei Kaviar und Wachteleiern, Châteaubriand mit Sauce Béarnaise und stets flambierten Desserts pflegte er sich dann zu räuspern und zu erklären: »Charlotte ist ein Name von großer Bedeutung in der Literaturgeschichte. Man denkt an Charlotte Brontë.« Oder: »Die Chinesen besitzen eine reiche und alte Kultur. Von ihnen haben wir die Spaghetti, wißt ihr, jawohl, das stimmt, Marco Polo ...« Und er hielt ihnen nette kleine Vorträge, um die Kluft zwischen sich selbst und den beiden Kindern zu überbrücken, die ihn verwirrte.
Robert Sutherland, dachte Charlotte, war vierzig gewesen, als er nach Schottland reiste. Ein Millionär und Selfmademan, ein kinderloser Junggeselle, auf der Suche nach seinen Wurzeln. Er fand sie nicht, aber er pflanzte ein Samenkorn. Charlotte staunte, wie ähnlich Jonathan seinem Vater geworden war. Von dem langhaarigen Rebellen gegen das Establishment, dem das FBI auf den Fersen gewesen war, weil er sich in fremde Telefonnetze eingeschlichen hatte, war nichts geblieben. Jetzt arbeitete er mit dem FBI zusammen und zeigte den Leuten dort, wie man internationale Hacker aufspürte.
Dieses Jahr wirst du vierzig, Johnny, hätte sie am liebsten gesagt. Wohin wird deine Midlife-Krise dich führen? In wessen Arme?
Als sie die ungeduldigen Gesichter vor sich wahrnahm, wurde ihr klar, daß sie allmählich den Eindruck erwecken mußte, die anderen nur hinhalten zu wollen, indem sie ihnen Einzelheiten erzählte, die sie schon kannten. Sie schaute auf die Wanduhr. Wieviel Zeit war vergangen? Reichten Jonathan wirklich zehn Minuten, um die Büros zu verwanzen? Außerdem hatte er eine Kamera mitgenommen. Wozu?
»Okay«, fuhr sie fort, »wir müssen also etwas unternehmen. Des-

mond, ich möchte, daß du dich mit sämtlichen Handelsvertretern in Verbindung setzt und ihnen mitteilst, sie sollen jeden einzelnen Großhändler in ihrem Gebiet persönlich aufsuchen. Sie sollen fragen, ob jemand etwas Verdächtiges bemerkt hat, ob sich Kunden über Harmony beschwert haben ...«

»Charlotte!« Die Brauen hinter der Sonnenbrille waren finster zusammengezogen. »Das ist die Aufgabe des FDA, nicht unsere!«

»Des, ich möchte, daß wir der Sache selbst nachgehen. Es ist nicht unmöglich, daß jemand etwas gesehen hat, zum Beispiel einen Kunden, der an unseren Packungen herumhantierte.«

Sie machte eine Pause und wartete vergeblich auf Jonathans geflüsterte Entwarnung in ihrem Kopf. Dann wandte sie sich Margo zu. »Ich werde morgen früh als erstes eine Presseerklärung abgeben. Ich möchte, daß du für möglichst weite Verbreitung sorgst.«

Margo antwortete nicht. Sie nahm keine Anweisungen entgegen, nicht, seit Charlotte, die fast dreißig Jahre Jüngere, Vorstandsvorsitzende geworden war.

Wieder spähte Charlotte auf die Uhr. Sie sah, daß Agent Knight das gleiche tat. Kein Flüstern von Jonathan.

Desmond stand auf. »Wenn es dir recht ist ...«

»Adrian, ich möchte, daß du die Gratifikationen auszahlen läßt. Die Mitarbeiter werden darin ein gutes Zeichen dafür sehen, daß unser Unternehmen nicht gefährdet ist.«

»Tja ...« Adrian zögerte. »Aber das stimmt nicht, oder?«

Beeil dich, Jonathan, dachte sie, als Desmond zur Tür ging.

»Desmond, wir sind noch nicht fertig. Adrian, es ist wichtig für uns, alles zu tun, um Mitarbeitern und Privatinvestoren zu zeigen, daß Harmony eine gesunde Firma ist und wir die Situation unter Kontrolle haben.«

Adrian murmelte etwas von dringenden Telefongesprächen und stand auf. Margo folgte seinem Beispiel, ebenso Mr. Sung, der die ganze Zeit über kein einziges Wort gesagt hatte.

Charlotte suchte krampfhaft nach weiteren Themen. »Ich dachte, ihr hättet auch noch etwas beizutragen«, begann sie.
Desmond hatte die Hand schon an der Klinke. »Mein einziger Beitrag gilt im Augenblick mir selbst: ein dickes Steak, saftig und roh, das in Ketchup schwimmt.«
Agent Knight stieß sich von der Wand ab, an der er gelehnt hatte, und sagte: »Ich stimme für den Steak-Antrag.«
Desmond riß die Tür auf. Man sah den äußeren Empfangsbereich, die Korridore und die Türen zu den Büros.
Charlotte klopfte das Herz bis zum Hals.
Und dann …
»He, Charlotte. Wo bist du? Ich bin auf halbem Weg nach China.«

12

Wieder im Museum, entrollte Charlotte rasch die aus ihrem Büro mitgebrachten Blaupausen und beschwerte die Ränder mit einem Locher und ein paar Kaffeebechern. Sie zitterte vor Wut. »Du hättest sie sehen sollen, Jonathan! Wie sie mich behandelt haben! Bei meiner Großmutter hätten sie nie gewagt, einfach in einer Konferenz aufzustehen.«
»Laß dich von solchen Leuten nicht ärgern, Liebes«, murmelte Jonathan, der damit beschäftigt war, den Plan der Anlage zu prüfen.
Er tippte auf eine Ecke der Zeichnung. »Hier ist es. Nicht gerade leicht zugänglich.«
Sie folgte seinem Blick. Es war ein kompliziertes Diagramm des Kommunikationsnetzes für das gesamte Unternehmen.
»Ich muß dort hinein«, erklärte er, »aber zuerst …« Er ging zum Schreibtisch, an dem er schon vorher seinen mitgebrachten Laptop angeschlossen hatte, und installierte mit geschickten Bewe-

gungen ein kleines schwarzes Kästchen mit grüner Digitalanzeige. »Das ist der Empfänger für die Sender, die ich in euren Büros angebracht habe. Wenn ich ihn hiermit verbinde«, er zeigte auf den Überwachungsmonitor, »können wir jedes Gespräch abhören. Und das«, fügte er mit einem Lächeln hinzu und hielt ein kleineres Gerät hoch, aus dem ein Kabel heraushing, »ist mein Geschenk vom Weihnachtsmann. Agent Knight!« Triumphierend steckte er das Kabel in die Rückseite seines Laptops. »Schau!« Er deutete auf den Monitor. Man sah Valerius Knight, der sich an seinen Schreibtisch setzte und auf die Tastatur einhämmerte. Gleichzeitig hörte man in Jonathans Laptop das Tippen, und auf dem Bildschirm erschien eine Reihe von Buchstaben.
Charlottes Augen wurden groß.
Jonathan lächelte stolz. »Ein kleines Stück Software, von mir selbst erfunden. Ich habe einen Sender an Knights Laptop befestigt. Der Empfänger hier nimmt die Signale auf und leitet sie in meinen Computer, wo dann mein Programm die Anschläge in Buchstaben übersetzt.«
»Du hattest doch auch eine Kamera, Johnny. Was wolltest du damit?«
»Das wird dir Spaß machen.« Er setzte sich an den Computer ihrer Großmutter und nahm die handgroße Kamera aus der Gürteltasche. »Die Software dazu habe ich vorhin installiert.«
Er stöpselte die Kamera ein. Gleich darauf erschienen auf dem Bildschirm Schwarzweißaufnahmen einer nackten Blondine in verführerischen Posen.
»Was ist denn das?«
»Damit, Charlotte, war Desmond beschäftigt, als du deine Sitzung einberufen hast. Als ich die Wanzen anbrachte, habe ich alle aktiven Monitore aufgenommen. Wir können uns jetzt ansehen, was jeder an seinem Computer gemacht hat.«
Sein Gesicht zeigte eine Mischung aus Triumph und Belustigung. Charlotte mußte an einen jüngeren Johnny denken, der einmal voller Leidenschaft gesagt hatte: »Sie sind die verdammt besten

Hacker auf der Welt, Charlie, und ich möchte einer von ihnen sein.«

Das war im Frühjahr 1980 gewesen, und er hatte damit das Institut für Computerwissenschaften am Massachusetts Institute of Technology gemeint. Und während er fortfuhr, ein Loblied auf das MIT zu singen, hatte die dreiundzwanzigjährige Charlotte ihre Tasse mit dem kalten Kaffee festgehalten und den Regen vergessen, der vor dem Caféfenster auf die Straße in Boston strömte, weil sie nur noch einen Gedanken gehabt hatte: Er kommt zurück nach Amerika!

Vier Jahre zuvor, als sie beide gerade die High School abgeschlossen hatten, erfuhr sie von Johnny, daß ihn sein Vater nach Cambridge in England auf die Universität schicken wollte. Nach jahrelangen Versuchen, seinen Sohn in einen Amerikaner zu verwandeln, hatte Robert Sutherland auf einmal gewollt, daß Jonathan in England Mathematik studierte. »Er eröffnet in London ein neues Büro«, hatte Johnny verdrossen erklärt. »Ich will nicht dahin, aber ich glaube, er fühlt sich einsam.«

»Geh mit ihm, Johnny«, hatte sie gedrängt. Es waren die schmerzlichsten Worte gewesen, die sie ihm je gesagt hatte. »Wir können uns immer noch im Sommer sehen, so wie früher.« Also war er nach Cambridge gegangen, und obwohl sie sich schrieben und ab und zu telefonierten, hatten sie sich in den vier folgenden Jahren nur zweimal gesehen. Als sie den Brief bekam, in dem er sie bat, ihn in Boston zu treffen, hatte sie keine Ahnung, was er ihr mitteilen wollte. Sie hatte angenommen, er würde ein Aufbaustudium in England anschließen wollen.

Statt dessen hatte er erklärt: »Ich habe mich für das MIT entschieden.« Er würde auf demselben Erdteil wohnen wie sie und nicht mehr durch ein Meer von ihr getrennt sein.

Als sie ihm jetzt zusah, wie er schnell und energisch mit Apparaten, Drähten und Tastaturen hantierte, zuerst auf dem Computer ihrer Großmutter tippte, dann rasch auf seinen eigenen wechselte, kam die Erinnerung an das, was er ihr an jenem verregneten

Tag im Jahr 1980 gesagt hatte, erneut in ihr auf und erfüllte das Büro ihrer Großmutter mit seiner jugendlichen Leidenschaft und Begeisterung.

»Die Hacker dort sind absolute Spitze, Charlie! Ich hab einen Typ kennengelernt, der behauptet, es gäbe kein System, in das er nicht hineinkäme.« Johnny hatte geredet und dazwischen von seinem Hamburger abgebissen, wobei er sich gelegentlich mit dem Handrücken das Kinn abwischte. »Sitzt der Kerl da in der Kneipe und quatscht so gelassen, als ob wir über Fußballergebnisse reden würden. Dann zählt er mir alle auf, die er geknackt hat: Teradyne, Fermilab, Union Carbide. Ich hab gesagt, leck mich am Arsch! Und er erzählt mir, er geht nach Ostberlin und verkauft einzelne Zugangskonten zu diesen Systemen, Paßwörter und Einlogg-Namen! Prahlt, er bekäme über hunderttausend Deutsche Mark für ein Paßwort und Logg-in für das Jet Propulsion Laboratorium in Pasadena!«

Charlotte hatte auf einmal Angst bekommen. »Johnny – du machst doch nicht auch so etwas?«

»Keine Sorge, Liebes.« Er nahm einen großen Schluck aus seinem Bierglas. »Kann ich mir nicht leisten, oder?«

Charlotte wußte von den beiden letzten Ereignissen, bei denen er mit dem Gesetz in Konflikt gekommen war. Einmal war er am University College von London in das System gestolpert und hatte durch Zufall einen Zugang gefunden, der erstaunlicherweise zu einer geheimen amerikanischen Militärdatenbank im Anniston Army Depot geführt hatte. Johnny hatte es hinbekommen, daß man ihn für unschuldig erklärte. Der gute Name seines Vaters hatte geholfen. Das zweite Mal hatte man ihn verhaftet, weil er in das private E-Mail-Netz der rivalisierenden Schule in Oxford eingedrungen war. Dort hatte er sich einen besonders unbeliebten Professor herausgesucht, dessen ausgehende Computerpost abgefangen, den Text verändert und sie umadressiert. Die gefälschten Briefe waren an Amnesty International gegangen und hatten großzügige Spenden angeboten. Als die dankbaren

Vertreter der Organisation bei ihm erschienen, um das Geld abzuholen, war der erschrockene Professor so peinlich berührt gewesen, daß er es ihnen gegeben hatte. Danach hatte er sich geschämt, weil man ihn erst in Verlegenheit bringen mußte, damit er für einen wohltätigen Zweck spendete, und so schließlich auf die Weiterverfolgung der ganzen Angelegenheit verzichtet.
Charlotte hatte sich damals gefragt, ob Jonathan es wirklich schaffen würde, am MIT nichts mehr anzustellen. Er konnte einfach nicht anders. Wenn er einen Computer fand und ein System, das angeblich nicht zu knacken war, mußte Jonathan mit Zähnen und Klauen darauf losgehen, bis er doch hineinkam.
Wegen der Ereignisse, die dann kamen, hatte Charlotte sich stets angestrengt, die Erinnerung an diesen Tag zu unterdrücken. Jetzt genoß sie die Erinnerung. Dabei fiel ihr etwas ein, das sie wirklich vergessen hatte ... der Bundesagent an dem anderen Tisch im Café.
»Johnny«, hatte sie geflüstert und sich dicht zu ihm hinübergebeugt. »Ich weiß, daß ich es mir nur einbilde, aber ich könnte schwören, der Mann dort belauscht uns.«
Er hatte sich umgedreht und dem Mann freundlich zugewinkt.
»Keine Einbildung, Schätzchen. Er ist vom FBI. Sie glauben, ich stehle Regierungsgeheimnisse.«
»Was!«
»Keine Sorge, Liebes. Meine Art zu Stehlen tut keinem weh. Wenn überhaupt, erweise ich ihnen damit sogar einen Gefallen.« Seine braunen Augen funkelten vor Vergnügen. »Das elektronische Universum wächst, Charlie, und es ist voll gähnender Löcher. Die Streiche, die ich ihnen spiele, machen diese Blödmänner auf die Schwachstellen ihrer Netze aufmerksam. Eigentlich sollten sie mir dankbar sein.« Er lachte und fuhr mit dem Rest seines Hamburgers über den Teller. »Ein Russe war schon bei mir und hat mir ungeheure Summen für amerikanische Software geboten. Ich hab den Bastard hochkant rausgeschmissen.«

Dann hatte er sie angesehen, und sie hatte gemerkt, wie zwei elektrische Blitze bis in ihren Hinterkopf geschossen waren. »Aber hauptsächlich«, hatte er ruhig gesagt, »habe ich mich für das MIT entschieden, weil ich näher bei dir sein wollte.«
Es war ebenjener Tag gewesen, das wurde Charlotte jetzt bewußt. Sie hatten in dem verräucherten Café gesessen, nur durch einen zerkratzten Tisch getrennt, und es war der schönste Tag gewesen, den sie und Johnny jemals zusammen verbracht hatten. Schöner noch als jene Herbst- und Frühlingstage in San Francisco, die Nächte, in denen sie sich geliebt hatten, schöner als sie alle zusammengenommen, war dieser Tag, dieser eine Augenblick, in dem Johnny endlich sein Herz geöffnet und ihr seine Gefühle gezeigt hatte, der Höhepunkt ihrer Beziehung gewesen. Denn danach fiel alles auseinander und konnte, wie Humpty Dumpty, das geplatzte Ei, nicht mehr zusammengesetzt werden.
»So, das war's«, sagte Jonathan jetzt, erhob sich unvermittelt vom Computer und begann seine Weste aufzuknöpfen. »Ich habe euer Sicherheitssystem geprüft – es ist ausgezeichnet. Euer internes Telefonnetz hängt nicht am Computernetz, und ihr macht keinen Gebrauch von den Standardsicherungsanweisungen, die zur Software gehören. Es gibt auch keinen beliebigen Zugang vom Netz zu sensiblen Informationen, nicht einmal vom Anschluß deiner Großmutter. Wer immer euer Sicherheitssystem installiert hat, leistete erstklassige Arbeit. Ich hätte es selbst nicht besser gekonnt.«
Er faltete seine Weste sorgfältig über die Stuhllehne, an der bereits seine Jacke hing. Dann griff er in seine schwarze Werkzeugtasche und holte eine schwarze Nylonkugel heraus, die sich, als er sie schüttelte, als Anorak entpuppte. »Ich habe auch die E-Mail-Protokolle aller Mitarbeiter überprüft. Die Botschaften unseres Erpressers kommen nicht aus dem Haus, es sei denn, über ein verstecktes Modem. Außerdem habe ich die Rezepturen in der Datenbank mit den Sicherheitsaufzeichnungen verglichen – alles scheint normal, nichts verändert. Wenn also die Manipulation

hier im Werk vorgenommen wurde, dann bei einem anderen Schritt in der Bearbeitung.«

Charlotte sah zu, wie er in den schwarzen Anorak schlüpfte. Eine Million Fragen schossen ihr durch den Kopf. Sie wollte wissen, was er an jedem einzelnen Tag der letzten zehn Jahre getan hatte – was hatte er zum Frühstück gegessen, was für Filme gesehen, aß er immer noch gerne Scones mit Marmelade? Aber wie konnte sie fragen? Wo sollte sie überhaupt anfangen? »Wo willst du hin?« sagte sie endlich.

»Ich muß auf eurem Kommunikationsfeld einen elektromagnetischen Pulsmonitor anbringen.« Er griff in die Werkzeugtasche und nahm Handschuhe, Taschenlampe und Seitenschneider heraus. »Man schließt ihn an einen Stromkreis an, wo er dann die unterschiedlichen Arten ausgehender Signale aufnimmt – in diesem Fall Tastenanschläge innerhalb einer bestimmten Bandbreite. Wenn also jemand heimlich das Internet benutzt, erfahren wir es.«

Er lächelte sie zuversichtlich an, aber seine Augen blieben ernst, und Charlotte überlegte, ob auch sein Kopf voller Fragen steckte.

»Sieht aus, als würdest du überall Fallen stellen«, sagte sie.

»Als nächstes kommt der Käse und die Schachtel auf dem Zweig«, antwortete er und zwinkerte ihr zu. »Verschließ die Tür hinter mir ...«

Der Computerton meldete einen Posteingang.

»Eine Frage, Charlotte: in den Abendnachrichten wurde nicht erwähnt, wie viele Kapseln Wonne das Opfer eingenommen hat. Aber es waren mehr als zwei, nicht wahr, Charlotte? Denn von zweien wäre ihr lediglich übel geworden.

Sie mußte drei oder mehr schlucken, damit die Dosis tödlich wirkte. Habe ich recht?«

Jonathan sah sie an. »Stimmt das?«

»Agent Knight sagt, in der Packung fehlten vier Kapseln.«

»Wie hoch ist die empfohlene Dosis für *Wonne*?«

»Zwei Kapseln.«
»Also wollte er nur, daß ihr schlecht wurde?«
»Vielleicht. Ich weiß es nicht. Weil es für Naturheilmittel keine bundesgesetzlichen Vorschriften gibt, glauben viele Leute, es könnte nicht schaden, die Menge zu verdoppeln oder zu verdreifachen, um eine noch bessere Wirkung zu erzielen.«
Jonathans Miene verfinsterte sich. »Unser Freund weiß das und hat darauf gezählt, daß jemand genau das tun würde. Also wurde die Getötete nicht gezielt ausgesucht, sondern war ein Zufallsopfer. Und wie ich schon vermutete, ist er in Wirklichkeit hinter dir her.« Er verstummte und schaute sie aus schwermütigen Augen an. »Charlotte, ich wünschte, du würdest meinem Rat folgen und dir irgendwo einen sicheren ...«
»Wenn wir nur wüßten, *wie* er die Sachen vergiftet hat!«
Er warf ihr einen Blick zu, der zugleich Ärger und Stolz verriet. Es war ihm klar, daß sie sich nicht verstecken würde. »Das wäre dann der nächste Schritt. Wenn ich zurückkomme, möchte ich, daß du mir die Labors und die Fabrikationsanlagen zeigst.«
»Wozu?«
»Das sage ich dir, wenn ich wieder hier bin.«
»Okay. Ich werde sehen, wann Schichtwechsel ist, damit wir die kurze Pause ausnützen können und keiner dich sieht. Wie ich Margo kenne, verschwindet sie jetzt sofort in ihrem Büro und ihrem privaten Badezimmer, um zu duschen und sich komplett neu zu frisieren und zu schminken, bevor sie noch mehr Leuten gegenübertritt. Außerdem hat sie ihrer Sekretärin gesagt, sie sollte bei *Aphrodite* anrufen und eine Masseurin bestellen. Bei Adrian können wir sicher sein, daß er auf fünf Apparaten gleichzeitig telefoniert, so daß Desmond den ganzen anderen Ärger am Hals hat. Das gibt uns die Chance, die wir brauchen, um dich in die Labors zu schmuggeln.«
»Inzwischen«, fuhr Jonathan fort und hakte sich Rollen von rotem und blauem Draht an den Gürtel, »solltest du versuchen, den gemeinsamen Nenner der drei Produkte herauszufinden, die ver-

giftet wurden. Es könnte eine Chemikalie sein, oder der Abpacktag, oder vielleicht der Transport im selben Lastwagen. Gibt es darüber Aufzeichnungen in eurer Datenbank?«

»Alles, was bei Harmony Biotec geschieht, kommt ins Computersystem.«

»Weiß man schon, woran genau diese Frauen gestorben sind?«

»Agent Knight wollte mich informieren, sobald die Analyse vorläge. Ich glaube allerdings nicht, daß wir mit einem schnellen Bericht von ihm rechnen können.«

»Ihr habt keine Proben der entsprechenden Produktionsgruppen?«

»Das FDA hat alles mitgenommen, bis zur letzten Flasche und Packung. Ich habe sogar versucht, in einem Gesundheitsladen noch etwas aufzutreiben, aber es war vergeblich. Wir liefern überall in die USA ... und weltweit.«

»Ich weiß.« Jonathan erinnerte sich schmerzhaft an einen Vorfall vor zwei Jahren, als er sich zu einer Sicherheitsberatung in Paris aufgehalten hatte. Er hatte gewußt, daß Harmony-Produkte auf der ganzen Welt verkauft wurden, daß es sogar einen Katalog gab und eine Kette kleiner, vornehmer Geschäfte unterhalten wurde. Aber er hatte nicht gedacht, daß es so ein Schock sein würde, an der Ecke Rue d'Odéon und Boulevard St. Germain einen kleinen Laden zu sehen, auf dessen Schild »*Parapharmacie et Herboristerie*« stand und in dessen Schaufenster die Kräuterprodukte von Harmony ausgestellt waren.

»Gut«, sagte er und wandte sich zur Tür. »Uns bleiben weniger als elf Stunden.«

Er stockte, drehte sich wieder um, kam näher, um für einen Moment in ihren klaren, grünen Augen zu baden. Er sah, wie ihre Pupillen sich weiteten und der Atem in ihrer Kehle stockte, und wußte, daß das alte Verlangen noch da war, denn es war auch sein Verlangen. »Charlotte«, begann er in plötzlicher Leidenschaft, »es tut mir leid, daß ich auf diese Weise zurückkommen mußte. Es tut mir leid, daß es einer Tragödie bedurfte, damit wir uns wiedertrafen. Aber bei Gott, ich bin froh, daß ich hier bin, und ich schwöre dir bei allem, was mir lieb und wert ist, daß ich bei dir bleibe, bis dieser Alptraum vorbei ist.«

Ihre Lippen öffneten sich leicht. Vor vielen Jahren, als sie noch sehr jung gewesen waren, hatte er sich immer ausgemalt, wie es sein würde, Charlotte zu küssen. Es hatte Gelegenheiten gegeben und sogar Momente, in denen er gedacht hatte, sie lade seinen Mund dazu ein, wenn sie einander im Golden-Gate-Park gejagt hatten und er sie fing, und sie sich dann zu ihm umdrehte und zu ihm aufschaute, und ihr Mund sich ihm anbot wie eine exotische Frucht. Doch mit fünfzehn hatte Jonathan nicht den Mut gehabt, diesen Schritt zu wagen. Aber ein Jahr später hatte er es getan, als sie ihn umarmt hatte, weil er weinte, und er ihren weichen Körper an seinem und ihren warmen Atem auf seiner Wange gespürt hatte, während sie flüsterte: »Wein nicht, Johnny, es wird alles wieder gut.«

Plötzlich erschüttert von dem unerwarteten Aufwallen seiner Begierde, trat er zurück und fuhr sich mit der Hand über die Augen, um den Bann zu brechen. »Es dauert nicht lange«, sagte er und war schon fort.

Sie sah ihm nach. Die Tür fiel ins Schloß. Einen langen Augenblick stand sie da wie verzaubert.

Vor weniger als zwei Stunden hatte sie sich in einer Welt, die auseinanderbrach, gänzlich allein gefühlt. Nun war Johnny hier. Er hatte nicht gefragt. Er war einfach gekommen.

Um sie herum war die Stille des Museums, das Echo einer anderen Stille aus vergangenen Tagen. Damals kam sie von der Schule heim in das große Haus, das nach Möbelpolitur und Vollkommenheit roch. Das Dienstmädchen begrüßte sie mit »Guten Abend, Miss«, und die Köchin zeigte ihr stolz die Glasnudeln, die sie extra für sie zubereitet hatte. Charlotte setzte sich an den Küchentisch und las die Nachricht ihrer Großmutter, die sich entschuldigte, nicht dasein zu können. Aber es war eine Ladung seltener Kräuter eingetroffen, die sie persönlich inspizieren mußte.

Dann lauschte Charlotte den Nebelhörnern draußen in der Bucht und starrte auf den Teller mit den Glasnudeln, speziell für sie gekocht, weil es ihr Lieblingsessen war und sie der Köchin leid tat, und die Einsamkeit schnürte ihr die Kehle so zu, so daß sie nichts hinunterbrachte.

Wenige von ihren Schulfreundinnen kamen ein zweites Mal. Ihnen war das Haus zu fremd, vor allem, wenn ihre Großmutter im Cheongsam erschien, das Haar nach chinesischer Art mit Kämmen und Elfenbeinnadeln aufgesteckt. Die Mädchen hatten alle den Film »Suzie Wong« und im Abendprogramm die alten Charlie-Chan-Streifen gesehen. »Raucht deine Großmutter Opium?« hatte ein Mädchen unschuldig gefragt.

Charlotte hatte die Brücke nicht finden können, über die ihre amerikanischen Freundinnen in die chinesische Welt ihrer Großmutter gelangt wären. Sie schienen sich immer unbehaglich zu fühlen in dem großen Haus, als könne der böse Dr. Fu Manchu jederzeit plötzlich hinter einem Vorhang hervorspringen. Nur Johnny hatte den Übergang spielend geschafft, weil er schon darin geübt war, zwischen zwei Welten zu wandern.

Johnny hatte es geschafft, daß sich ihr Gefühl der Einsamkeit allmählich verlor. Johnny mit seiner impulsiven Art und seinem Hang zu Streichen, der plötzlich anrief und sagte: »He! Ich habe eine phantastische Idee!« Dann verbrachten sie den Tag womöglich damit herauszufinden, mit wie vielen Cable Cars sie fahren konnten, ohne zu bezahlen, indem sie jedesmal absprangen, bevor der Schaffner kam, und dann auf die nächste Bahn aufsprangen, nur um »das System zu schlagen«. Oder sie führten umsonst Telefongespräche nach Kairo und Athen. Das ging mit Hilfe einer Pfeife aus den Cap'n-Crunch-Cornflakes-Schachteln, deren Tonhöhe 2600 Megahertz betrug, derselbe Ton, der die Fernschaltungen von AT&T aktivierte.

Johnny verscheuchte aber nicht nur ihre Einsamkeit. Er machte das ganze Leben aufregend, spontan und überhaupt erst richtig lebenswert.

Und nun war er wieder da, mit all seiner Leidenschaftlichkeit und Intensität, und erfüllte sie mit verzehrender Neugier darauf, wie er selbst diese letzten zehn Jahre verbracht hatte. Aber sie würde ihn nicht fragen. Charlotte wußte, daß er nicht bleiben konnte, daß er zurück mußte zu seiner Frau und seinem Leben in einer anderen Welt.

Sie unterdrückte ihren Schmerz und ihre Angst und weigerte sich, an die Garagentür und Knights Vermutung, jemand hätte daran herummanipuliert, zu denken. Sie sah sich in dem Museum um, dessen Reliquien ihr aus den Glaskästen zuwinkten, und fragte sich, ob der Schlüssel zu dem Rätsel, wer sie und ihr Unternehmen attackierte, vielleicht wirklich, wie sie schon gedacht hatte, unter all diesen Erinnerungsstücken verborgen lag. Sie trat vor einen der beleuchteten Schaukästen. Ein kleines Kärtchen gab an: »*Die Göttin Kwan Yin, etwa 1924. Singapur.*« Ihre Großmutter hatte ihr die Geschichte der kleinen Porzellanfigur, die allein in der Vitrine stand, erzählt, aber Charlotte erinnerte sich nicht mehr daran.

Doch als ihre Finger sich jetzt um das zierliche Figürchen schlossen, fühlte sie, daß ihr alles wieder einfiel ... das seltsame Schicksal einer Göttin, die nicht einmal ein Dieb zu stehlen wagte ...

13
1924 – Singapur

Wir schauten zu, wie das letzte Schiff in den Hafen segelte, beobachteten die Passagiere, die die Gangway herunterkamen, und sahen sie durch die Zollbaracken gehen und sich zerstreuen. Meine Mutter drehte sich zu mir um. »Harmonie«, sagte sie, »das ist das letzte Mal, daß ich hierher zum Hafen komme. Das letzte Mal.«
Seit siebzehn Jahren war meine Mutter jeden Tag zum Hafen gegangen.
Nachdem ich geboren war, kam sie, mit mir auf dem Arm, und sah zu, wie die Schiffe einfuhren, während sie darauf wartete, daß ihr geliebter Richard zurückkehrte. Er hatte es versprochen, und sie gab niemals die Hoffnung auf, daß er sein Versprechen eines Tages einlösen würde.
Als ich laufen konnte, nahm sie mich bei der Hand und führte mich her, um die Schiffe mit den mächtigen Segeln und Masten und die Dampfer mit den rauchenden Schornsteinen und ohrenbetaubenden Sirenen zu betrachten. Wir stellten uns auf unseren üblichen Platz am Kai, ein vertrauter Anblick für Fischer und Dockarbeiter, und richteten unsere Augen wie Zwillingsleuchttürme auf den Horizont. Sie folgten den Frachtschiffen, Ozeanlinern, Privatyachten, Kriegsschiffen, Dschunken und Schleppern, die ihre unterschiedlichen Bahnen durch das grüne Wasser zogen. Wir brachten uns bescheidene Mahlzeiten aus Reisbrei

und Fischköpfen mit und studierten die Gesichter der Passagiere, die in die Docks herunterstiegen. Fuhr das Schiff zu einem anderen Hafen weiter, suchten wir die Gesichter der Männer ab, die an der Reling standen. Meine Mutter fragte die Vorübergehenden, ob sie von einem amerikanischen Reisenden namens Richard gehört hätten, der auf der Rückfahrt nach Singapur war. Sie ging auch in die Zollbaracke, zur Paßstelle und zum Hafenmeister und stellte ihre Fragen. Alle waren freundlich, aber jeder sagte »Nein«.

Sie gab die Hoffnung nie auf.

Selbst als ihre verkrüppelten Füße das viele Laufen und Stehen nicht mehr aushielten – denn eine Rikscha konnten wir uns nicht leisten –, verzichtete meine Mutter nicht auf den Gang zum Hafen. Ich war ihre Stütze, ihr Stock. Ihre Hand hob sich mit meiner Schulter, als ich größer und kräftiger wurde und sie kleiner und gebeugter, obwohl sie noch keine alte Frau war. Abends wechselte ich ihre Verbände, schabte die faulende Haut ab und badete ihre Füße in süß duftenden Ölen.

Und heute, nur wenige Wochen nach meinem sechzehnten Geburtstag, standen wir zum letzten Mal am Hafen, denn meine Mutter würde den Weg nicht mehr zurücklegen können.

»Harmonie«, sagte sie, »letzte Nacht im Traum ist mir die Göttin erschienen und hat mir verkündet, daß ich bald sterben werde. Es ist Zeit für dich, Singapur zu verlassen, meine Tochter, und dein neues Leben zu beginnen.«

Ich hatte gewußt, daß dieser Tag kommen würde, so wie ich gewußt hatte, daß es mein Schicksal war, den Ort meiner Geburt zu verlassen. Trotzdem protestierte ich.

»Es gibt für dich keine Zukunft hier«, antwortete meine Mutter. »Wenn ich nicht mehr da bin, stehst du allein, die uneheliche Tochter einer Ausgestoßenen. Du weißt, was du hier bist, Harmonie«, fügte sie kummervoll hinzu.

Ich kannte den verächtlichen Ausdruck, der für mich galt, *stengah*, was malaiisch war und »kleiner Whisky« bedeutete. Wörtlich hieß es »halb«, denn ich war Eurasierin und gehörte damit zur niedrigsten sozialen Schicht.

»In Amerika ist es anders«, erzählte mir meine Mutter. »Dort wird man dich akzeptieren.« In Singapur dagegen war es wie in China: als Mädchen geboren werden, war Strafe genug. Ein Mädchen, das noch dazu eine Ausgestoßene war, hatte keinerlei Zukunft. »In Amerika kannst du dein Glück beeinflussen. In Amerika kann ein Bauernsohn König werden und eine uneheliche Tochter Ansehen erwerben.«

Ich konnte es mir nicht vorstellen.

Ich war unsichtbar aufgewachsen. Wir waren »Nicht-Menschen«, die Verstoßene, die einst die geliebte Älteste Tochter eines Gelehrten und seiner Ersten Gemahlin gewesen war, und ihre von einem Ausländer gezeugte, illegitime Tochter. Wir gehörten nirgendwohin, hatten keine Familie, keinen Clan, keine Ahnen. Keine Kaste würde uns aufnehmen, und weil jeder Mensch auf einen anderen heruntersehen muß, zählten wir zur niedrigsten Gesellschaftsschicht, knapp über den Bettlern und Aussätzigen.

Endlich kehrte meine Mutter dem Hafen und seinen Schiffen den Rücken und sagte: »Wir wollen nach Hause gehen und unsere Vorbereitungen treffen.«

Meine Mutter und ich lebten in der Malay-Straße, die auch die »Blutige Gasse von Singapur« genannt wurde. Hier, zwischen den offenen Läden, den Trinkständen, den Schießbuden und Bordellen, war das übelste Verbrechen der Insel ebenso zu Hause wie die beste Unterhaltung. Es gab chinesische Theater, voll von Ladenbesitzern und Rikschajungen oder Pantomimenkünstler, die auf der Straße spielten, und indische Gully-Gully-Männer, die Kobras aus Körben flöteten.

In unserem kleinen Zimmer über Abdul Salahs Freudenhaus bereiteten meine Mutter und ich die Arzneien zu, die wir verteilten oder verkauften. Ich lernte von ihr das Geheimnis des Goldlotustranks, benannt nach der Dame Goldlotus, einer Dichterin des elften Jahrhunderts. Sie soll das Rezept von einem Wassergeist erhalten und den Trank jeden Tag getrunken haben. Sie wurde hundertzwanzig Jahre alt und gebar ihr letztes Kind, als sie weit über sechzig war. Der Trank, eine magische Mischung ausgewählter Kräuter, in der richtigen Phase von Mond und Jahr gepflückt, wirkte auf das Fortpflanzungssystem und belebte Herz, Leber, Haar und Gemüt. Es war der Verkauf unserer kleinen Flaschen mit Goldlotustrank, der uns das Dach über dem Kopf und den Reis in der Schüssel sicherte.

Die Hauptkundinnen meiner Mutter waren die Dirnen, die alle zu ihr kamen, um empfängnisverhütende Salben und Tees zur Wiederherstellung des Monatsflusses, Glückszauber gegen Seemannskrankheiten, stimulierende Mittel für sich selbst und die Freier, Tabletten zur Erhöhung der Ausdauer und Gleitwachs zu kaufen. Meine Mutter deutete ihnen außerdem die Zukunft, sagte ihnen, ob sie schwanger waren, und versorgte sie mit Kräutern und guten Ratschlägen.

Aber sie hatte auch andere Patienten. Da sie nicht länger die hochgestellte Tochter eines Edelmannes war, brauchte sie sich auch nicht mehr nur auf das Einbinden von Füßen und die Geburtshilfe zu beschränken. Jetzt behandelte sie auch die Ladenbesitzer und ihre Frauen, die Fischer, Dockarbeiter, Schmiede, Pfandleiher, Opiumhändler, die Hafenfährmänner, Maurer und Korbflechter und sogar die Bettler, Landstreicher und Diebe. Manchmal suchten sogar auch weiße »Mems« heimlich die Hilfe meiner Mutter, vornehme Damen der Oberschicht, die die gleichen Ratschläge, Arzneien und mitfühlenden Worte brauchten wie die niedrigstehenden Prostituierten.

Indem sie sich selbst zur Ausgestoßenen erklärte, brauchte meine Mutter sich auch nicht länger den Regeln zu unterwerfen, die einst alles, was sie tat, bestimmt hatten. Sie trotzte der Tradition und den Gesetzen unserer Ahnen und band mir nicht die Füße ein. Als ich sechzehn war, wurde das Einbinden ohnehin verboten, und so sah man nur noch ältere Frauen mit trippelnden Schritten durch die Straßen von Singapur humpeln, wie es meine

Mutter tat, die sich dabei auf meine Schulter stützte und ging, als überquere sie auf wackligen Trittsteinen einen Bach.
Sie schickte mich in die christliche Missionsschule, wo ich Englisch und westliche Umgangsformen lernte. Jeden Abend, wenn ich in unsere kleine Wohnung über dem Bordell zurückkam, sprach ich Englisch mit meiner Mutter und zeigte ihr, wie man Tee mit Milch trinkt. Meine Mutter antwortete mir auf chinesisch und unterwies mich in *feng shui*. In der Mission brachten die englischen Damen mir das Fußballspielen bei. Zu Hause lehrte meine Mutter mich ein Benehmen von blumenhafter Bescheidenheit. Tagsüber lernte ich Eiscreme essen und abends Glasnudeln. Sonntags betete ich zu Jesus, an den anderen Tagen zu Kwan Yin. Ich feierte sowohl Weihnachten als auch das Geisterfest. Ich lernte, auf chinesische Weise die Augen niederzuschlagen und auf amerikanische das Kinn zu heben.
Hauptsächlich jedoch unterrichtete mich meine Mutter in der alten Heilkunst unserer Vorfahren. Sie lehrte mich, das Rezept für jede einzelne Arznei sorgsam in ein Buch einzutragen, in chinesischen Schriftzeichen ebenso wie auf englisch: »Gegen Yin-Leere: ein Teil *Sha-shen*-Wurzel, drei Teile Wolfsbeerenfrüchte, zwei Teile gemahlene Schildkrötenschale. Langsam kochen lassen, damit der Dampf nicht zu schnell aufsteigt.«
Sie erklärte mir auch die Harmonie von Yin und Yang. »Yin ist dunkel und naß, symbolisiert durch Wasser und Mond. Yang ist hell und heiß, symbolisiert durch Feuer und Sonne.« Als ich darauf hinwies, daß Yang dann ja überlegen wäre, entgegnete sie: »Hast du schon einmal gesehen, wie Wasser Feuer löscht? Wasser erweicht mit der Zeit den härtesten Felsen. Was ist also überlegen?«
Und nun, an diesem Tag, der unser letzter am Hafen sein sollte, sagte meine Mutter: »Deine Erziehung ist abgeschlossen. Nun gehst du hinaus in die Welt.«
Als wir wieder in der Malay-Straße waren, hielten wir bei einer Garküche an. Meine Mutter verschwendete kostbare Münzen für

Reisschüsseln mit Curryshrimps, die wir dort stehend aßen, während hungrige Dockarbeiter und Rikschajungen am Rinnstein hockten und sich eilig Nudeln und Klöße in die Münder schaufelten. Das Essen war ein besonderes Geschenk für mich, denn wir konnten uns diesen Luxus eigentlich nicht leisten. Nachdem meine Mutter ein paar ganz kleine Bissen zu sich genommen hatte, klagte sie über Völlegefühl, beschwerte sich sogar bei der Garküchenbesitzerin über die zu große Portion und leerte dann ihre Schüssel in meine und gab mir ihre dicken, unberührten Shrimps und den feuchtesten Teil von ihrem Reis. »Du brauchst Kraft, Harmonie«, sagte sie, »für deine lange Reise.«

Als ich aufgegessen hatte, selig über dieses seltene Festessen, gab mir die Besitzerin der Garküche noch eine große Papaya und sagte: »Umsonst, umsonst! Ein Geschenk für euch. Aii-yah!« Und zu meiner Mutter: »Deine Medizin hat Wunder gewirkt. Meine beiden Babys husten nicht mehr und schlafen die ganze Nacht durch. Komm, schau sie dir an!«

Sie zeigte uns ein Zwillingsbettchen. Es war leer, denn ihre Kinder waren vor zwanzig Jahren bei einer Grippeepidemie gestorben. Ihre Nachbarn und Kunden meinten alle, es sei besser, ihr nicht zu widersprechen, als sie zu zwingen, der Wahrheit ins Auge zu sehen, und darum gab ihr meine Mutter auch jede Woche einen Kräutersaft, um ihn in die Milch für die Babys zu mischen.

»Vergiß das nicht, Harmonie«, sagte meine Mutter, und ich begriff, daß sie mir damit eine letzte Lektion erteilte.

Doch bevor wir von unserem letzten Besuch am Hafen nach Hause kamen, seufzte meine Mutter leise, »Aii-yah«, und stützte sich auf mich. »Ich kann nicht weiter, meine Füße quälen mich so sehr.«

Ich führte sie in den Schatten, wo sie sich an eine Mauer lehnen konnte.

Während wir dort warteten und ich den Vorübergehenden nachschaute – kleinen Chinesinnen beim Einkaufen, lachenden Malaiinnen, lässig dahinschlendernden Arabern und eiligen Englän-

dern –, blieb auf einmal ein hochgewachsener, würdig aussehender Herr vor uns stehen.
Obwohl er Chinese war, trug er die weiße Jacke und die weißen Tropenhosen eines angesehenen Engländers, eine kleine, runde Brille über intelligenten Augen, und auf dem Kopf einen Hut, wie ihn Reverend Peterson von der Mission benutzte, um seine helle Haut vor der Sonne zu schützen. Der Herr musterte uns einen Augenblick, griff dann in die Tasche und nahm eine Münze heraus.
Tief beschämt verstand ich, daß er uns für Bettlerinnen hielt. Als er jedoch meine Mutter anschaute, hielt er inne. Einen langen Moment ruhte sein Blick auf ihr. Dann, mit einem Ausdruck, den ich zunächst nicht deuten konnte, steckte er die Münze wieder ein und setzte seinen Weg fort.
»Warum hat er dir das Geld nicht gegeben?« fragte ich, obwohl ich wußte, daß sie es ohnehin zurückgewiesen hätte.
»Um meine Würde zu wahren.« Ihre Augen folgten der hohen Gestalt die Straße hinunter, bis sie in der Menge verschwunden war. »Eine Bettlerin zu sein, Harmonie, wenn man einst die Tochter eines Edelmannes war, ist ein Gesichtsverlust, schlimmer als der Tod.«
»Aber warum hat er innegehalten?«
»Weil er erkannte, daß meine Ehre mir nötiger war als das Geld.«
»Woher konnte er das wissen?«
»Weil dieser Mann, Harmonie, dein Großvater ist ... mein Vater.«
Und so erfuhr ich die wahre Geschichte meiner Mutter, denn sie erzählte sie mir, als wir langsam heim zu unserem kleinen Zimmer über dem Freudenhaus in der Malay-Straße gingen.
Vor siebzehn Jahren, als Mei-ling in den Raum über Madame Wahs Seidengeschäft zurückgekehrt war, den Amerikaner nicht mehr vorfand und sich ein neues Leben in ihrem Leib regte, wußte sie, daß sie nach Hause gehen und ihren Vater um Gnade

anflehen konnte. Vielleicht hätte sie sein Herz gerührt, und er hätte sie versteckt, so daß sie weiterhin in dem Haus hätte leben können, das sie so liebte, um dort auf ihren Amerikaner zu warten. Aber Mei-ling brachte es nicht über sich, ihren Vater zu entehren.

Statt dessen wurde sie Zeugin ihres eigenen Begräbnisses. Sie hatte ihre alte Dienerin in das Haus in der Pfauengasse geschickt, um dort zu melden, daß ihre junge Herrin in die Bucht gefallen sei, als sie ein ertrinkendes Kind retten wollte. Die Dienerin bestach Dockarbeiter und Kulis, die bezeugten, auch sie hätten die Heldentat gesehen. Der Vater, so berichtete die Dienerin Mei-ling, sei in tiefen Kummer verfallen, denn er hatte seine Tochter sehr geliebt. Er ließ ihr eine prunkvolle Bestattung ausrichten, obwohl ihr Leichnam nie aus dem Wasser geborgen worden war. Mei-ling war traurig über soviel Schmerz gewesen, aber sie wußte, daß der Schmerz der Wahrheit weit größer gewesen wäre – eine in Ehren verstorbene Tochter war besser als eine ehrlos lebende.

Nun begriff ich den Ausdruck in den Augen des Mannes, als er meine Mutter erblickte, zuerst unsicher und verwirrt, dann entsetzt und schließlich bewundernd, denn als er mich sah und meine Züge erkannte – schließlich war ich seine Enkelin –, wurde ihm urplötzlich klar, was Mei-ling getan und welches Opfer sie für die Familienehre gebracht hatte.

Als sie mit ihrer erstaunlichen Geschichte fertig war, hatten wir das Zimmer in der Malay-Straße erreicht. Dort wartete ein Mann auf uns. Ich kannte ihn aus der Mission. Er überbrachte ein Päckchen von Reverend Peterson – die Papiere, die mich nach Amerika bringen sollten, alle vom US-Konsul in Singapur amtlich gestempelt. Ich hatte sogar eine richtige Geburtsurkunde, die meinen Vater als amerikanischen Bürger aufführte. Der Grund dafür war, daß meine Mutter von Reverend Peterson erfahren hatte, daß es in Amerika ein Gesetz gab, nach dem die Kinder von Amerikanern, wo immer auf der Welt sie auch geboren waren, automatisch zu Bürgern der Vereinigten Staaten wurden. Als ich die Heiratsurkunde von Mei-ling und Richard sah, erklärte meine Mutter: »Dein Vater und ich *waren* verheiratet, Harmonie. In unseren Herzen waren wir ein Ehepaar. Reverend Peterson ist ein guter Mensch, der weiß, wie schlecht es den Frauen geht. Mit diesen Papieren, die zu beschaffen mich viele Jahre, viele Gefälligkeiten und viel Geld gekostet hat, Harmonie, werden sich die Tore des Goldenen Landes für dich öffnen.«

Goldenes Land ... der Name für das Land am östlichen Rand des Meeres.

Aber als meine Mutter die Papiere prüfte, stieß sie einen Schrei aus. »Aii-yah! Sie haben einen Fehler gemacht! Sie haben das Jahr deiner Geburt verändert.«

Ich schaute auf die Dokumente. Sie hatte recht. Überall hieß es, ich sei 1906 geboren, nicht 1908.

»Du bist ein Drache! Sie haben dich zu einem Tiger gemacht. Das bringt Unglück! Du wirst einen verworrenen Weg gehen, hierhin gerissen und dorthin. Der Drache ist glücklich und erfolgreich und findet einen guten Gatten. Der Tiger ist unvorsichtig und ungeduldig und heiratet überhaupt nicht.« Traurig schüttelte sie den Kopf. »Nicht mehr zu ändern. Du bist nun zwei Jahre älter. Daran mußt du für den Rest deines Daseins denken.«

Und so geschah es durch einen seltsamen Zufall, daß ich von da an immer zwei Jahre in der Zukunft lebte.

»Bring mir die Göttin, Harmonie«, sagte meine Mutter endlich. Vor unseren Fensterläden verschwand das letzte Sonnenlicht, und von den Kochöfen stieg Rauch auf und erinnerte uns daran, daß wir Hunger hatten. Ich holte die Göttin und auch ein Messer, denn wir wollten jetzt die Papaya verspeisen, die uns die Mutter der Geisterzwillinge geschenkt hatte.

Meine Mutter hatte mir, als ich noch ganz klein war, gezeigt, wie man zu Kwan Yin, der Göttin der Barmherzigkeit, spricht und dabei Weihrauchstäbchen anzündet, damit der Rauch die Gebete zum Himmel trägt. Heute abend jedoch beteten wir nicht zu Kwan Yin. Denn als ich meiner Mutter die kleine Statue brachte, die, solange ich mich erinnern konnte, auf ihrem Altar gestanden hatte, nahm sie mir die Porzellanfigur aus der Hand und sagte: »Ich werde dir jetzt ein Geheimnis verraten.«

Meine Mutter verteilte Geheimnisse so sparsam wie Reverend Peterson Süßigkeiten. Darum sperrte ich beide Ohren auf, so wie ich für die Süßigkeiten immer beide Hände hinhielt.

»Die Göttin hat uns gut beschützt, Harmonie. Als dein Vater fortging, hinterließ er mir kein Geld, nur seinen Ring. In das Haus deines chinesischen Großvaters konnte ich nicht zurückkehren. Was sollte ich tun? Eine Woche nach der Abreise deines Vaters empfing ich in dem kleinen Raum über Madame Wahs Laden einen Besucher. Er kam von der Bank of London in der Orchard-Straße. Er bat mich, mich auszuweisen, und gab mir dann einen Umschlag. Darin waren zwei Briefe, von denen der eine versiegelt war. Er enthielt eine auf dem Papier der Bank geschriebene Nachricht deines Vaters. Er schreibe in Eile, teilte er mir mit, weil er ein Schiff erreichen müsse. Er habe mir ein Bankkonto eingerichtet, und zwar geheim, aus Gründen, die er mir erklären würde, wenn er wieder da sei, um mich zu heiraten. Über das Konto könne ich beliebig verfügen. Der zweite Brief stammte vom Geschäftsführer der Bank und nannte die Kontonummer und die Höhe der Einlage. Es war sehr viel Geld.

Ich ging noch am selben Tag zu der Bank, mit dir, gerade sechs Wochen alt, in meinem Bauch. Ich hob die ganzen Papierscheine ab und wechselte sie in Geld ein, das nicht brennen kann. Schau.«

Sie drehte die Figur um und zeigte mir ein mit Wachs verstopftes Loch im Sockel. »Mach es auf.«

Ich tat es. Heraus rieselte ein Regen funkelnder Steine.

»Smaragde«, erklärte meine Mutter. »Die besten.«

So erfuhr ich, daß meine Mutter und ich in Wirklichkeit sehr reich waren und die ganzen Jahre über im Wohlstand hätten leben können. »Aber diese Steine waren dein Vermächtnis. Für deine Zukunft. Nimm sie. Geh nach Amerika und such deinen Vater.«

Ich konnte die herrlichen Edelsteine nur anstarren und die Klugheit meiner Mutter bewundern. Denn obwohl unser Zimmer im Lauf der Jahre vielfach ausgeraubt worden war, hatte niemand je auch nur daran gedacht, das bescheidene Abbild der Göttin zu stehlen.

14
20 Uhr – Palm Springs, Kalifornien

»Nimmst Du mich ernst, Charlotte? Bereitest Du die öffentliche Erklärung vor? Oder verschwendest Du Deine Zeit damit, nach mir zu suchen? Gib es auf. Du wirst mich niemals finden. Setz die Pressekonferenz an, Charlotte. Sonst werde ich Dir noch einmal zeigen müssen, wozu ich fähig bin.«

Charlotte hämmerte auf eine Taste und schloß das abscheuliche E-Mail. Sie blickte auf ihre Uhr. Wo blieb Jonathan?

Sie ging zur Schalttafel des Überwachungsmonitors und drückte auf die Knöpfe für die verschiedenen Ansichten der Firmenanlage. Büros und Korridore, Außenwege, Parkplätze, Laboratorien, Fabrikations- und Versandhallen erschienen nacheinander auf dem Schirm. Sie konnte einen nervösen Adrian sehen, der mit einem Handy an jedem Ohr auf und ab marschierte, dann Margo, die in ihrem Büro eine Frau mit einer großen Tasche und einem zusammengeklappten Massagetisch begrüßte, schließlich Desmond, der Agent Knight etwas an der Verladerampe zeigte. Die beiden standen schon seit einer halben Stunde dort. Charlotte fragte sich, was Knights Interesse wohl so erregte. Leider hatte Jonathan an der Verladerampe kein Abhörgerät installiert.

Sie warf einen Blick auf den Museumseingang und rätselte, was Jonathan aufhielt. Er war vor mehr als einer halben Stunde fortgegangen, um seinen elektromagnetischen Pulsmonitor an der

Schalttafel des Kommunikationsfeldes anzubringen, und hätte eigentlich längst zurück sein müssen.
Charlotte wurde immer unruhiger. Die Sache mit der Garagentür ging ihr nicht aus dem Kopf. Hatte wirklich jemand daran herummanipuliert? Konnte Agent Knight hundertprozentig sicher sein, daß es sich nicht um einen Unfall handelte? Es überlief sie ein kalter Schauer. Wenn es absichtlich geschehen war, würde der Täter es wieder versuchen, und Charlotte hatte keine Ahnung, wo oder wann er das nächste Mal zuschlagen konnte.
Sie drückte einen Knopf auf der Schalttafel, und der Seiteneingang zum Hauptgebäude wurde sichtbar. Sie sah, wie jemand in den Regen hinaustrat und schnell zum nächsten schützenden Dach lief. Mr. Sung. Wohin mochte er so eilig unterwegs sein? Er wirkte erregt. Etwas, das gar nicht zu ihm paßte ...
Wieder blickte sie zum Museumseingang. Jetzt war die Gelegenheit, die sie gesucht hatte, denn alle waren so beschäftigt, daß sie Jonathan unbemerkt in die Laboratorien und Fabrikationshallen hätte führen können. Aber er hatte sich nicht gemeldet.
Sie betrachtete die beiden Computer, die wie fremdartige Ungeheuer auf dem Schreibtisch ihrer Großmutter hockten. Der eine zeigte den letzten Bildschirm, den Jonathan aufgenommen hatte. Es war Margos und zeigte ihren geöffneten E-Mail-Briefkasten. Hatte sie gerade ein E-Mail abschicken wollen? Auf dem anderen Computer blitzten Textstücke auf, während ein Suchprogramm die Datenbank der Firma durchstreifte und komprimierte – eine KI, hatte ihr Jonathan erklärt, »Künstliche Intelligenz«, seine eigene Erfindung, ein Softwareprogramm, das, während es arbeitete, dazulernte.
Lief es schnell genug? Charlotte bemühte sich, ein Zittern zu unterdrücken. Wie konnte Jonathan so fest darauf vertrauen, daß er diesen Irren erwischen würde? Vielleicht sollte sie Knight doch von den E-Mails erzählen. Nein – Jonathan hatte recht. Am besten führten sie ihre eigene, geheime Untersuchung durch. Soweit sie wußte, kam das FDA-Team kaum voran. Außerdem be-

zweifelte sie, daß der Kerl, der sie mit der Garagentür umbringen wollte, sich von den Bundesagenten abschrecken lassen würde.

Plötzlich flog die Tür auf, und Jonathan kam herein. Er schüttelte den Regen ab und sagte: »Erledigt. Sobald sich hier jemand ins Internet einloggt, wissen wir es. Irgendwelche Neuigkeiten von unserem anonymen Freund?«

Sie sah, wie seine feucht gewordenen Haare sich ganz leicht kräuselten, und mußte an das Gefühl von einst denken, wenn sie ihm mit den Fingern durch diese Locken gefahren war – damals. Heute hatte eine andere Frau das Privileg. »Nur die eine, die schon vor einer Weile kam. Ich habe die Mail zugemacht. Ich konnte den Anblick auf dem Bildschirm nicht ertragen. Jonathan, jetzt ist ein günstiger Moment, um in die Laboratorien zu gehen.«

»Gut.« Er sammelte seine Sachen zusammen, schloß die schwarze Tasche und hängte sich den Riemen über die Schulter. »Denk immer daran, daß wir äußerst vorsichtig sein müssen. Niemand darf uns sehen. Das Werk steht unter offzieller Beobachtung durch eine Bundesbehörde, und man könnte uns alles mögliche zur Last legen – angefangen von Behinderung der Ermittlungen bis hin zu Verfälschung von Beweismaterial.«

Die Warnung war unnötig. Charlotte war schon einmal verhaftet worden. Sie hatte überfüllte Gefängnisse, gleichgültige Polizisten und das Entwürdigende einer Leibesvisitation kennengelernt. Das wollte sie kein zweites Mal riskieren. Und die Handschellen ... nie würde sie das Gefühl von kaltem Metall an ihren Handgelenken vergessen, als ob sie ein stummes Tier war, das man zur Schlachtbank führt. Der Beamte, der sie verhaftet hatte, wollte ihr nicht einmal erlauben, sich das Blut von den Händen zu waschen. Er hatte wütend gewirkt, als wollte er, daß sie den Beweis ihrer schändlichen Tat auch zur Schau trage. Sie hatte versucht, ihm alles zu erklären, aber er hatte nicht zugehört. Niemand wollte ihr zuhören, außer ihrer Freundin Naomi. Sie allein hatte verstanden, warum Charlotte so handeln mußte.

15

Als sie am Museumseingang standen, hörten sie in der Ferne gedämpftes Donnergrollen, und gleich darauf bebte das Gebäude. Jonathan öffnete die Tür einen Spalt breit. Draußen war es dunkel. Das Licht der Lampen am Weg schien auf strömenden Regen. Als es wieder krachend donnerte, lauter und näher, sah Jonathan in Richtung der Büros und fragte: »Hat der Computer eine Stromreserve?«

»Ja, alle unsere Geräte haben eine. Für zwei Stunden, glaube ich.«

»Nicht viel, wenn der Strom ganz ausfällt. Bist du bereit?«

Sie huschten hinaus in den Regen und rannten über die überdachten Wege, wobei sie sich ständig vergewisserten, daß niemand, der womöglich ebenfalls bei diesem Gewitter unterwegs war, sie sehen konnte. Aber Pfade und Rasenflächen waren verlassen. Der Regen wurde immer stärker, es bildeten sich Pfützen, und in unsichtbaren Kanälen rauschte lärmend das Wasser. »Hier entlang!« Charlotte führte Jonathan zur Tür des Hauptgebäudes, wo sie sich unter dem gelben Band hindurchduckten, das vor der Tür gespannt war.

Sie gingen durch einen stillen Korridor und gelangten so in den Außenbereich des Hauptlaboratoriums. Dort streiften sie eilig weiße Wegwerfoveralls, Papierschuhe und Hauben über.

»Nimm das – für alle Fälle«, sagte Charlotte und gab Jonathan einen Mundschutz. »Falls jemand überraschend auftaucht, kannst du dein Gesicht dahinter verstecken.«

Charlotte öffnete die Glastür, auf der stand »NUR FÜR ZUGANGSBERECHTIGTE«. Einen Augenblick sah sie sich um und lauschte. Das Laboratorium schien verlassen. Sie ging voran, und Jonathan folgte ihr, vorbei an Arbeitstischen aus Chrom, Kühlschränken, Brutkästen, Sterilisationsgeräten. »Sehr eindrucksvoll«, sagte er und musterte die Massenspektrometer, Oszilloskope, Elektronen-

mikroskope und sonstigen, dem neuesten Stand der Technik entsprechenden Apparaturen. »Ein bißchen anders als damals, als bei deiner Großmutter chinesische Damen an Holztischen saßen und von Hand Wurzeln und Beeren sortierten.«
Er blieb bei einem Arbeitsplatz voller Reagenzgläser, Petrischalen und Fläschchen stehen und hob einen durchsichtigen Plastikbeutel mit dunkelgrünen Blättern hoch. »Oder vielleicht sollte ich das zurücknehmen.«
»Das ist unser neuster Erfolg«, erläuterte Charlotte und horchte aufmerksam, ob sich jemand näherte. »Johanniskraut. Seit Jahren bietet Harmony Produkte an, die es enthalten, aber sie dienten immer nur zur äußerlichen Behandlung von kleinen Wunden und Verbrennungen. Die Pflanze enthält jedoch auch den Stoff Hyperizin, ein Antidepressivum. Als ich im *British Medical Journal* las, daß die Pharmaindustrie den Nutzen des Krautes bei depressiven Erkrankungen erforscht, war mir klar, daß es einen riesigen Markt für ein weiteres pflanzliches Präparat von uns geben würde. Deshalb haben wir letztes Jahr ein brandaktuelles neues Produkt herausgebracht – Johanniskraut zum Einnehmen, gut gegen Angstzustände, Anspannung und Schlaflosigkeit.«
Er legte den Beutel wieder hin. »Eine Art Kräuter-Prozac?«
»Die Reaktion war enorm, größer, als wir erwartet hatten. Die Bestellungen kamen schneller, als wir liefern konnten. Wir mußten die Produktion rund um die Uhr laufen lassen, um den Bedarf zu decken.«
»Gut für euch«, meinte er ruhig, in seiner alten Johnny-Art, und aus seinen dunklen Augen strahlten Bewunderung und Lob.
»Des hat auch dazu beigetragen. Er hat eine großartige Werbekampagne gestartet.«
»Ich wette, er ist dadurch noch eingebildeter geworden. Er hat sich nicht verändert. Ich habe deinen lieben Cousin auf dem Überwachungsmonitor beobachtet.«
»Desmond kann nichts dafür, daß er so ist«, begann Charlotte und

unterbrach sich, als sie ein Geräusch hörte. »Sch! Was war das?«
Er lauschte. »Nur der Donner.« Er blickte auf ihre Hand, die auf seinem Arm lag, und spürte den leisen Druck ihrer Fingerspitzen durch die Papierärmel des Overalls. Während er zusah, wie ihre grünen Augen langsam durch das Laboratorium schweiften, sagte er leise: »Verteidigst du immer noch den armen, alten Desmond – nach so vielen Jahren?« Aber sie antwortete nicht.
Sie gingen weiter und gelangten zu einem verglasten Raum, den mehrere Türen mit Warnschildern abschirmten. »Was ist da drin?« fragte Jonathan.
»Das ist eine unserer kontrollierten Umweltkammern. Ein Ultra-Hochsicherheitsbereich.«
»Eingeschränkter Zugang?«
»Extrem eingeschränkt. Zusätzlich zu den Ausweisanhängern und einer Schließanlage mit Zugangscode haben wir eine biometrische Identifikation installiert.«
Jonathan beugte sich über die Schalttafel der Türsicherung und untersuchte sie. »Infrarot-Gesichtsaufnahme. Auch hier hat eure Sicherheitsfirma gut gearbeitet. Wurde in diesem Labor GB4204 entwickelt?«
»Und andere Präparate in unterschiedlichen Stadien von Forschung und Entwicklung.«
Er nickte. »Da steckt eine Menge Geld drin, auch zukünftiges Geld.«
»Wir haben privaten Investoren angeboten, sich zu beteiligen.«
Überrascht drehte er sich um. »Fremdes Geld?«
»Wir brauchten Kapital.«
»Und wer kümmerte sich darum, es zu beschaffen?«
»Adrian.«
»Das heißt, er steckt tiefer in der Sache drin, als ich vermutet habe.«
»Also verdächtigst du die Barclays.«
»Charlie, ich habe diesen Leuten nicht getraut seit dem Tag, als

Adrian zu deiner Großmutter ins Haus kam, ohne auch nur anzuklopfen, und von ihr wissen wollte, was zum Teufel sie sich dabei denke, Angestellte, die nicht arbeiteten, auf der Gehaltsliste zu lassen.«
»Ich erinnere mich daran. Adrian wollte die Belegschaft des Werks verkleinern, aber Großmutter weigerte sich, ihren Arbeiterinnen zu kündigen. Ein paar davon waren schon seit über dreißig Jahren bei ihr – warte! Hast du das gehört?«
Sie spitzen die Ohren. Draußen im Korridor vernahm man Schritte.
»Hier entlang! Schnell!« Charlotte zog Jonathan zu einer Metalltür mit der Aufschrift »KEIN ZUTRITT« und schob den Riegel auf. »Hier geht es zu den Produktionsanlagen.«
»Was ich nie vergessen habe«, fuhr Jonathan fort, als sie in einen schwach erleuchteten Gang schlüpften und die Tür sich leise hinter ihnen schloß, »ist die Art, wie Adrian einfach hereinstürmte, unangemeldet, als gehörte das Haus ihm. Er hat mich richtig weggestoßen ... ich war ja auch erst dreizehn.«
»Sei nicht gekränkt, er hat seinen eigenen Sohn auch nicht besser behandelt.«
»Ja, und aus dem armen Schwein einen Klon von sich gemacht.« Jonathan fand, daß zwei Jahrzehnte nicht dazu beigetragen hatten, die Arroganz zu mildern, die zu Desmond zu gehören schien wie sein protziger Ledermantel und die ewige Sonnenbrille. Vielleicht konnte er nicht anders, als seinen Adoptivvater zu imitieren, gab Jonathan zu. Schließlich war Desmonds DNA selbst für ihn ein Geheimnis. Charlottes Cousin schien ein Mensch zu sein, der sich komplett selbst erfunden hatte, dachte Jonathan, wie Frankensteins Monster, ein Sammelsurium von Teilchen und Fetzen aus Zeitschriften und Filmen.
Diese Meinung verheimlichte er allerdings Charlotte, denn er war sich sicher, daß sie sich sofort zu Desmonds Verteidigung aufschwingen würde. Was er in Wirklichkeit fragen wollte, war: »Ist Desmond immer noch in dich verliebt? Wart ihr jemals ein

Paar?« Schließlich war es kein Geheimnis, daß Desmond nicht wirklich Charlottes Cousin, ja nicht einmal ein Barclay war. Jonathan hatte sich oft überlegt, ob die Art, wie Adrian mit Desmond umging, vielleicht auf eine heimliche Wut zurückzuführen war, weil es ihm nicht möglich gewesen war, selbst einen Sohn zu zeugen.

Sie kamen zu einer Tür. Charlotte blieb stehen und horchte. »Hier ist unsere Besucherzone. Manchmal gestatten wir Gruppen oder privaten Investoren den Zutritt.« Sie stieß die Tür auf und spähte in den dahinterliegenden Raum. »Die Luft ist rein.«

Die Besucherzone diente zugleich als Ausstellungsraum für die Produktion von Harmony Biotec. In Glasvitrinen waren Flaschen und Packungen, Elixire, flüssige Stärkungsmittel, Heiltränke und Tabletten ausgestellt. »Ich weiß noch«, sagte Jonathan, »wie peinlich dir das früher alles war.«

»Nicht wirklich peinlich. Ich fand es nur alles nutzlos und hoffnungslos altmodisch.« Sie standen vor der Tür auf der anderen Seite des Raumes. Charlotte zog eine Sicherheitsmagnetkarte aus der Tasche und erklärte, bevor sie sie in den Schlitz schob: »Mein Gott, war ich damals arrogant. Ich erinnere mich, wie ich aus dem Sommerferienlager nach Hause kam. Ich war elf und hatte eine Blasenentzündung. Der Arzt im Ferienlager hatte mir Antibiotika gegeben, aber Großmutter schüttete bitteren Tee in mich hinein, um mein *chi* wiederherzustellen. Sie meinte, ich litte an Leberträgheit, die sich als feuchte Hitze niederschlüge. Ich sagte ihr, der Arzt hätte von Bakterien gesprochen. Und sie antwortete: ›Das mag sein, Charlotte, aber etwas in deinem Körper muß aus dem Gleichgewicht geraten sein, damit diese Bakterien überhaupt wachsen können.‹«

Jonathan lächelte freundlich. »Weißt du was? Ich bin sicher, du glaubst das alles.«

»Aber natürlich! Fünftausend Jahre gesunde, langlebige Chinesen sind schließlich ein Beweis. Meine eigene Großmutter war ein Beweis. Ohne den Unfall wäre sie nicht mit einundneunzig gestorben. Du hättest sie jederzeit für zwanzig Jahre jünger gehalten. Sie ging immer noch jeden Tag in die Firma wie vor sechzig Jahren. Sie kannte den größten Teil der Mitarbeiter, ihre Namen, ihre Familien. Darum hat sie auch das Überwachungssystem, das ich für sie einbauen ließ, nie benutzt.«

Jonathan sah zu Charlotte hin, wie sie ihr Ohr an die Tür legte.

»Weißt du, daß ich nie erfahren habe, wie deine Großmutter gestorben ist? Ich habe die Todesanzeige gelesen, aber es waren keine Einzelheiten daraus zu entnehmen.«

»Es war ein Unfall. Sie hielt sich in der Karibik auf, um nach einem seltenen afrikanischen Kraut zu suchen, von dem sie gehört hatte. Es soll von Sklaven dorthin gebracht worden sein und große Heilkräfte besitzen.«

»Was ist passiert?«

»Sie wollte zu einer der äußeren Inseln fahren. Das Boot kenterte. Mr. Sung war bei ihr. Er hat ihren Leichnam nach Hause gebracht.« Sie wandte den Blick ab. »Es war eine riesige Beerdigung. Hunderte von Leuten.«

Zu viele Blumen, dachte Jonathan. Hunderte von Trauerkränzen, zu viele, um für jeden einzelnen zu danken. Ob sie wohl trotzdem das Telegramm erhalten hatte? Hätte sie nicht wenigstens darauf antworten können?

»Wußtest du, daß mir Großmutter ihre gesamten Firmenanteile vermacht hat? Jeder ging davon aus, daß sie sie gleichmäßig aufteilen würde, damit nicht ein einzelner allein das Sagen habe. Aber sie hinterließ alles mir.«

»Wie haben die anderen reagiert?«

»Ich dachte, Adrian würde der Schlag treffen, gleich dort in Mr. Sungs Büro. Und Margo ... der Blick, den sie mir zuwarf, hätte die Hölle gefrieren lassen können.«

Sie steckte ihre Karte in das Sicherheitsschloß. »Von hier aus überwachen wir mit Hilfe von Mikroprozessor-Kontrollsystemen die vielen unterschiedlichen Produktionsparameter. Bevor wir diese Anlage eingerichtet haben, wurde die Qualitätskontrolle

von unseren Mitarbeitern durchgeführt, und es gab natürlich ab und zu Unregelmäßigkeiten, was menschlich ist. Es dürfte jetzt niemand dort sein. Agent Knight hat alle Gebäude räumen und versiegeln lassen, noch bevor ich hier war.«
Aber beide erschraken heftig. Es war doch jemand da. Hastig band Jonathan sich den Mundschutz vor das Gesicht.
Auch Mr. Sung fuhr erschrocken vom Schreibtisch auf. »Charlotte!« Er schien einen Moment verwirrt, dann war es, als gehe ein Vorhang herunter, und er zeigte sich gelassen wie stets. »Ich brauchte unbedingt einige wichtige Informationen, und dieser Bundesagent, Mr. Knight, lungert dauernd vor meiner Bürotür herum. Ich hatte den Eindruck, er könnte alles auf meinem Bildschirm lesen.« Sie sah auf den Schreibtisch. »Und haben Sie gefunden, was Sie suchten?«
»Ja, Charlotte«, antwortete er sanft. »Das habe ich.« Er warf einen Blick auf ihren maskierten Begleiter.
»Ich mache einen Sicherheitscheck«, erklärte sie. »Das Isolierlabor bereitet mir Sorgen.«
»Ja. Es muß geschützt werden.« Mr. Sung machte eine kleine Verbeugung und wandte sich zum Gehen.
»Mr. Sung!« rief Charlotte ihm nach.
»Bitte?«
»Warum haben Sie mir das Rätselkästchen gegeben?«
»Es hat deiner Mutter gehört. Jetzt gehört es dir.«
»Aber ...«
Er war fort.
Sobald die Tür ins Schloß gefallen war, sagte Charlotte erregt: »Er hat gelogen! Valerius Knight stand nicht vor seinem Büro. Als ich sah, wie Mr. Sung das Hauptgebäude verließ, sprach Knight an der Verladerampe mit Desmond.«
Sie blickte auf die geschlossene Tür und mußte an den Brief denken, den Mr. Sung voller Stolz in seinem Büro aufgehängt hatte, gerahmt und beleuchtet. Er stammte aus dem Jahr 1918 und war an Mr. Sungs Vater gerichtet, dessen Patriotismus und Amerika-

nismus gelobt wurden. Ebenfalls in diesem Rahmen befand sich ein vergilbter Zeitungsartikel aus demselben Jahr, in dem berichtet wurde, daß ein chinesischer Einwanderer in San Francisco sein Kind nach dem US-Präsidenten genannt hatte. Den Brief hatte Präsident Wilson unterzeichnet. Der neugeborene Junge, der für Nachrichten gesorgt hatte, war Woodrow Sung.

»Vertraust du ihm?« fragte Jonathan.

»Er war viele Jahre ein enger Freund und Berater meiner Großmutter. Ja, ich vertraue ihm. Aber irgend etwas ist da ...«

»Was?«

»Ich weiß nicht. Nur ein Gefühl. Jonathan, letztes Jahr bin ich mit einer Gruppe von Arzneimittelherstellern nach Europa gereist. Ich war einen Monat weg, und als ich wiederkam ...« Sie schüttelte den Kopf. »Es war nichts Konkretes und ist es auch jetzt nicht, aber ich hatte ein ganz merkwürdiges Gefühl ... als ob sich Mr. Sungs Einstellung mir gegenüber geändert hätte. Ich kenne ihn mein ganzes Leben lang, aber ich könnte schwören, daß er nach meiner Rückkehr ein anderer war.«

»In welcher Hinsicht? Gut? Schlecht?«

»Einfach ... anders.«

Jonathan sah auf seine Uhr. »Wir sollten uns lieber beeilen.«

Sie durchquerten das Büro und traten vor das große Panzerglasfenster, das auf eine riesige Fabrikations-, Abfüll- und Verpackungsanlage hinausging. Die ungeheuren Stahltanks, die Metallrohre, Fließbänder, Gabelstapler, Wände und Fußböden waren makellos sauber. Obwohl alle Lichter brannten und die Flaschen wartend in den Fülltrichtern steckten, wirkte der Raum beängstigend still und verlassen.

»Wie weit ist der Herstellungsprozeß automatisiert?« Jonathan stellte seine schwarze Tasche auf einen Schreibtisch.

»Es gibt eine spezielle Schalttafel für die Hardware, die die Datenbank abliest – sie kontrolliert die Maschinen.«

Jonathan begann, Fächer zu öffnen und Disketten herauszuholen. »Und wer setzt sie in Gang?«

»Der technische Leiter. Zuerst loggt er sich in den Computer ein und liest die tägliche Produktionsanweisung. Dann stellt er die Anlage auf beispielsweise zweihundert Flaschen Goldlotus ein. Entweder er oder ein Assistent gehen nach unten zu den Maschinen, die auf Berührung reagierende Kontrollschalter haben. Er gibt die Produktnummer ein, die auf die Etiketten gedruckt werden soll, und drückt den Startknopf. Dadurch setzen sich Fließband und Karussell in Bewegung, und das Produkt wird in die Flaschen gefüllt – in diesem Fall also Goldlotuswein, der sich dann bereits schon in den Hochbehältern befinden würde. Anschließend wird automatisch verschlossen und etikettiert. Danach werden die Flaschen in die Versandabteilung gebracht und dort von Hand in Kisten verpackt und verschickt.«

»Ich nehme an, es gibt Zwischenkontrollen?«

»Ja. Die erste Flasche Goldlotus wird herausgenommen und ins Labor gebracht, um sie einer Massenspektrometrieanalyse zu unterziehen, bei der man ein Abbild der Molekularstruktur erhält. Das wird dann mit der Hauptdatenbank verglichen, um Unregelmäßigkeiten festzustellen. Ergeben sich Abweichungen, hält man die Produktion an und fährt das System runter.«

»Und diese Analyse wird aufgezeichnet?«

»Jeder einzelne Herstellungsschritt wird aufgezeichnet und nochmals überprüft. Es wäre also sehr schwierig, das Produkt in diesem Stadium zu verfälschen. Die Fließbänder laufen schnell, und du kannst von hier aus sehen, daß man gar nicht nah genug an die Flaschen herankommen kann. Aber selbst wenn es jemand schaffen würde, sich ihnen so weit zu nähern, daß er einen zusätzlichen Stoff hinzufügen könnte, würde man ihn dabei sehen. Außerdem würden ihm garantiert die Finger zerquetscht.«

»Könntest du mir eine kurze Vorführung geben?«

Charlotte überlegte einen Augenblick. Sie sah auf die unterschiedlichen Maschinen und endlos scheinenden Fließbänder. »Da drüben.« Sie zeigte auf eine kompakte mechanische Anlage gleich unter dem Kontrollraum. Im Vergleich zu den übrigen Maschinen war diese Anlage klein, und Charlotte wußte, daß sie relativ geräuscharm arbeitete. »Das ist unsere neueste Errungenschaft – ein computerisiertes Meß- und Dosierungssystem für Ampullen. Es füllt und versiegelt Glasampullen.«

»Ich wußte gar nicht, daß Harmony auch Arzneien, die gespritzt werden, herstellt.«

»Das tun wir auch nicht. Ich bin auf diese Idee gekommen, als wir Schwierigkeiten mit unserem Rosenöl hatten. Natürliche ätherische Öle machen einen großen Teil unseres Geschäfts aus. Wir gehören zu den wenigen Herstellern, die noch nicht zu synthetischen Ersatzstoffen übergegangen sind. Das Problem liegt in der Flüchtigkeit. Ätherische Öle verdunsten schnell, und wenn es um Rosenöl geht, bei dem man viertausend Pfund Rosenblätter braucht, um eine einzige Unze Öl zu destillieren ... na ja, du wirst verstehen, daß uns die hohen Kosten dazu gezwungen haben, eine bessere Aufbewahrungsmethode für das Öl zu finden, um so die Verdunstung aufzuhalten.«

»Versiegelte Ampullen.«

»Paß auf.« Sie trat vor eine mit Lämpchen, Knöpfen, Anzeigen und Hebeln bedeckte Tafel. Sie drehte an einem Schalter, um den Motor anzulassen, und drückte dann auf eine Taste, die die Anlage in Gang setzte. Der Roboterarm wurde lebendig, bewegte sich über eine glatte Schiene und führte einen dreischrittigen Vorgang aus. Zuerst schossen große Nadeln nach unten und spritzten Öl in die Ampullen, dann loderten Flammen auf, erhitzten und schmolzen die Spitzen der Röhrchen, und schließlich versiegelten Metallzangen das heiße Glas und trennten es ab.

»Ich verstehe, was du meinst«, sagte Jonathan. »Jeder, der versuchen würde, hier einzugreifen, würde sich stechen, verbrennen oder den Finger abgehackt bekommen.«

Charlotte drehte wieder am Schalter, und der Roboterarm stand still.

Jonathan betrachtete die Hochbehälter aus glänzendem Stahl. »Was geht dem eigentlichen Abfüllvorgang voraus? Ich nehme an, es gibt eine Nachtschicht, die alles reinigt und für den nächsten Tag vorbereitet?«

»Ja, alle Behälter und Rohre werden jeden Morgen gereinigt. Es wird notiert, was von einem bestimmten Produkt noch darin übriggeblieben ist. Das geschieht wegen der Nachbestellungen, die nach Menge berechnet werden, nicht nach dem, was in die Flaschen abgefüllt wurde.«

Er setzte sich an den Schreibtisch, startete den Computer und schaltete den Monitor ein. »Wer ist für die Nachbestellungen zuständig? Der technische Leiter?«

»Nein, das erledigt ein anderer Mann.«

»Und Ein- und Ausgang aller zugelieferten Stoffe werden überwacht und aufgezeichnet?«

»Ja, bis zum letzten Tropfen. Für *Goldlotus* bestellen wir beispielsweise Baldriantinktur bei einem medizinischen Zulieferbetrieb. Nehmen wir einmal an, wir erhalten neunzig Liter, die in den Behälter kommen, um dort mit anderen Kräuterbestandteilen vermischt zu werden. Wir berechnen die Abfüllmenge und setzen sie in Bezug zu Schwund und Überlauf, und am Ende haben wir neunzig Liter. Seitdem wir vor einigen Jahren Probleme mit Diebstählen hatten, haben wir ein mehrfaches Kontrollsystem eingeführt. Jeder Tropfen ist erfaßt.«

Plötzlich grollte Donner über ihnen. Die Lichter flackerten. »Ich sollte lieber diese Dateien kopieren, solange wir noch Strom haben«, sagte Jonathan. »Würdest du dich bitte einloggen?« Er stand auf und bot ihr den Stuhl an.

Charlotte setzte sich hin und gab ihre Kennung und die Paßwörter ein, um die Produktionsprotokolle zu öffnen. Dann überließ sie Jonathan den Stuhl. Er pfiff durch die Zähne. »Wirklich erstaunlich, was Harmony so alles herstellt! Also ... *Wonne, Goldlotus,* und was war das andere?«

»*Strahlende-Intelligenz-Balsam.*«

Er schob eine Diskette in das A-Laufwerk und tippte Befehle ein, die die Speicherung der Daten in Gang setzten. »Hast du alles im

Blick?« fragte er dabei. »Wenn man uns erwischt, werden wir nämlich die größten Schwierigkeiten haben, uns herauszureden.«
Als er auf die Uhr sah, fiel sein Blick auf ein Klemmbrett, das am Schreibtisch hing und die Tagesproduktion dokumentierte: Rezeptur 8, *Die 8 himmlischen Kräuter.* Es erinnerte ihn daran, daß Charlotte ihm einst, als sie in ihrem Lieblingsteehaus in Chinatown saßen und Schweinefleisch mit Pilzen aßen, erklärt hatte, daß die Acht die höchste Glückzahl der Chinesen darstellte. »Chinesen lieben Homonyme«, hatte sie gesagt, und Jonathan mußte jetzt grinsen, denn er hatte sie damals gefragt, ob das etwas zum Essen sei. Sie hatte das lange Haar zurückgeworfen und vor Lachen gebrüllt, bis die anderen Gäste stirnrunzelnd von ihrem Reis und ihren Nudeln aufgeschaut hatten. »Ein Homonym ist ein Wort, das genau wie ein anderes klingt, Johnny! Und wenn das eine Wort ein glückliches Wort ist, dann ist es das andere auch.«
»Klingt ja toll«, hatte er neckend erwidert.
»Das kantonesische Wort für acht ist *baat,* und auf mandarin heißt es *pa.* Beides klingt wie *faat,* was »Glück« bedeutet. Wenn also deine Adresse oder Telefonnummer eine Acht enthält, bringt sie Glück. Wenn sie zwei Achten hat, bringt sie noch mehr Glück, denn dann klingt es wie ›Glück und noch mehr Glück‹. Verstehst du?«
»Du bist keine Chinesin mehr«, sagte Jonathan unwillkürlich laut.
Charlotte sah ihn überrascht an. »Wie bitte?«
Er schüttelte den Kopf. »Nichts. Ich habe nur nachgedacht.«
»Aber ich war nie Chinesin.«
»O doch. In deiner Jugend, als wir in San Franciso befreundet waren, warst du Chinesin, Charlotte. Ich weiß noch, wie du dich aufgeregt hast, wenn sich jemand deiner Meinung nach schlecht benahm, und du ›*Chow mah!*‹ gezischt hast. Hieß das nicht ›ganz und gar schändlich‹ oder so ähnlich? Und als ich dich zu mir

nach Hause mitnahm und du mein Zimmer gesehen hast, mußte ich sofort mein Bett verschieben, weil es, wie du sagtest, in der ›Todesstellung‹ stand. Und ich mußte ein schwarzes Tuch über meinen Fernseher hängen, weil er sonst meinen Geist stören würde, wenn ich schlief.«

Charlotte wanderte in dem kleinen Kontrollraum auf und ab und beobachtete die Tür mit dem darüber angebrachten Überwachungsmonitor. »Das war der Einfluß meiner Großmutter. Inzwischen habe ich all diese Dinge hinter mir gelassen.«

»Eine hundertprozentige Amerikanerin«, bemerkte er mit leiser Ironie.

Er ließ den Blick noch einen Augenblick auf ihr ruhen und wandte sich dann ab. Mit atemberaubender Geschwindigkeit stürzten Erinnerungen auf ihn ein, überschwemmten ihn wie eine jähe Sintflut aus der Vergangenheit. Als er über seine speziellen Kontakte vom dritten Todesfall, verursacht durch ein Harmony-Produkt, erfahren hatte, gab es für ihn nicht das geringste Zögern – er hatte eine Reisetasche gepackt, das Computerwerkzeug, das immer für Notfälle bereitlag, hineingestopft, und sowohl der Haushälterin als auch der Sekretärin mitgeteilt, daß er für ein paar Tage verreisen müßte.

Vom Flugzeug aus hatte er Adele, seine Frau, angerufen und ihr, ohne auf Einzelheiten einzugehen, das gleiche gesagt. Sie hatte die Nachricht mit demselben Gleichmut wie schon die Haushälterin und die Sekretärin aufgenommen. Früher in ihrer Ehe hatten sie sich oft gestritten, weil Jonathan immer wieder ohne Ankündigung verschwand, um streng geheime Aufträge auszuführen. Inzwischen hatte Adele sich daran gewöhnt. »Melde dich, wenn du zurück bist«, hatte sie lediglich gesagt.

Während seines Flugs in die USA hatte er sich noch einmal alles durch den Kopf gehen lassen, was er über Pharmafirmen und ihre speziellen Bedürfnisse bei der Computersicherung wußte, und sogar schon eine auf Harmony zugeschnittene Sicherheitsprofilanalyse entworfen, für den Fall, daß jemand in das dortige System eingedrungen war. Was er sich nicht gestattet hatte, war, an Charlotte zu denken, zuzulassen, daß sich Erinnerungen zwischen Erwägungen über Industriespionage und Verschlüsselungs-Algorhythmen schlichen. Indem er sich auf die Checkliste auf seinem Laptop-Bildschirm konzentrierte, war es ihm gelungen, sie aus seinem Kopf zu verdrängen. Selbst als sie einander heute endlich gegenüberstanden, hatte er sich nicht aus der Fassung bringen lassen. Er war hier, um seine Arbeit zu tun. Schön, man hatte ihn nicht beauftragt, man bezahlte ihn nicht, es war eher eine Art Gefälligkeit – aber es ging dabei um nichts Persönlicheres als um die Tatsache, daß er und Charlotte einmal Freunde gewesen waren.

»Großmutter regt sich sooo auf!«

Die Stimme von vor dreiundzwanzig Jahren klang so frisch und lebendig, als stehe die sechzehnjährige Charlotte neben ihm im Kontrollraum. »Laß mich in Ruhe«, wollte er dem Phantom sagen, aber statt dessen hörte er seine eigene sechzehnjährige Stimme in dem breiten Hochlanddialekt, den er erst noch abstreifen mußte, fragen »Was ist denn passiert?«.

»Es sind diese neuen Vorwahlnummern! Großmutter hat gerade festgestellt, daß San Francisco 415 hat.«

Sie saßen an Charlottes geheimem Ort, einem Versteck, in das sie sich zurückzogen, wenn sie der Welt entfliehen wollten. Sie hatte ihn zum ersten Mal dorthin mitgenommen, als sie dreizehn waren. Damals hatte er gesehen, wie ihr ein paar Jungen auf der Straße hinterherrannten, ihr »Schlitz-Schlitz-Schlitzauge!« nachriefen und mit Schleudern kleine Steine auf sie schossen. Charlotte hatte Haltung bewahrt und war mit erhobenem Kopf weitergegangen, während ihr die Tränen über das Gesicht strömten, aber Jonathan hatte sich in eine Kanonenkugel verwandelt und war über die Straße gerannt, um es an Ort und Stelle mit den drei anderen aufzunehmen. Zwei der Jungen hatte er niedergeschlagen, der dritte war geflohen. Jonathan trug eine Platzwunde über einer Augenbraue davon, und Charlotte hatte ihn mit nach Hause genommen, so wie sie es ein paar Wochen zuvor getan hatte, als sie ihm Limonade vorgesetzt und ihm gesagt hatte, daß auch ihre Mutter tot sei. Sie führte ihn in die Küche, wusch seine Wunde aus und zeigte ihm dann ihren ganz privaten Ort, den kein anderer betrat.

Und dort saßen sie dann, drei Jahre später, an jenem Tag im Jahr 1973, und Charlotte erzählte ihm, wie sehr ihre Großmutter sich aufregte, weil San Francisco die Vorwahl 415 bekommen hatte. »Denn die Vier ist für Chinesen die allerunglücklichste Zahl. Sie klingt wie das Wort für ›Tod‹, darum benutzen Chinesen sie *niemals*. Aii-yah, Großmutter schreibt schon Briefe an unsere Kongreßabgeordneten, Senatoren und sogar an Präsident Nixon!«

Während sie sprach, hatte er nur stumm dagesessen und zugeschaut, wie der Wind mit ihrem Haar spielte und die Sonne auf ihre glatte Haut schien. Charlottes Geheimversteck war ein kleiner Garten auf dem Dach der Villa ihrer Großmutter, wo jemand vor langer Zeit eine zierliche Laube errichtet hatte. Charlotte hatte sie mit Topfpflanzen und kleinen Bäumchen in einen Wald verwandelt und sogar ein Vogelbad aufgestellt, das sie regelmäßig auffüllte. Von dort oben konnte man die Golden-Gate-Brücke sehen, die Bucht, die Stadt und den Rand der Welt.

Damals mit dreizehn, als Charlotte schüchtern gesagt hatte, »Möchtest du vielleicht mein Geheimversteck sehen?«, hatte Johnny die Geste unbeholfen erwidert, indem er ihr *seinen* privaten Zufluchtsort gezeigt hatte. Sie war der einzige Mensch, den er je dorthin gebracht hatte, und nie würde er ihren entsetzten Gesichtsausdruck vergessen, als sie sah, wohin er sich zurückzog.

Genauso, dachte er jetzt düster, wie er einen anderen entsetzten Blick, sechzehn Jahre spater, nie vergessen würde, damals in San Francisco, als sie sich zum letzten Mal begegnet waren. Er war in der Hoffnung gekommen, den Riß zu kitten, der sich sechs Jahre zuvor zwischen ihnen aufgetan hatte, nachdem er ein Jahr am MIT gewesen war. Das war 1981 gewesen, und seine Welt war zerbrochen, als sie am Telefon zu ihm sagte: »Ich brauche meine Freiheit.«

In diesem schwarzen Jahr 1981 hatte er gedacht, sie würde ihn heiraten. Statt dessen wollte sie ihren eigenen Weg gehen. Darum war er sechs Jahre später nach San Francisco gekommen, weil er gehofft hatte, sie hätte es sich zwischenzeitlich anders überlegt und wollte doch bei ihm bleiben.

Aber sie hatte ihn einfach sitzenlassen und war fortgegangen.

»Jonathan?«

Er blinzelte. Das italienische Restaurant und Charlottes entsetzter Blick verschwanden. Sie stand in ihrem Papieroverall, die Papierhaube auf dem Kopf, vor ihm und musterte ihn mit leichtem Stirnrunzeln. »Wie läuft es mit dem Speichern?« Es klang, als stelle sie die Frage schon zum zweiten Mal.

»Informationen haben ihre eigene Geschwindigkeit«, antwortete er stockend, die Kehle von Erinnerungen zugeschnürt. Damals war er fast hinter ihr hergerannt, hätte ihr beinahe nachgerufen: »Sag mir, ich soll sie nicht heiraten, Charlie! Sag mir, daß du es bist, die ich heiraten muß!«

»O mein Gott!« Charlotte zeigte plötzlich auf den Überwachungsmonitor. Jemand hatte das angrenzende Labor betreten. »Es ist Knight, und er kommt hierher!«

Sofort schaltete Jonathan den Bildschirm aus und sprang auf.

»Dort!« flüsterte Charlotte, und die beiden schlüpften in eine Abstellkammer, in der Besen, Schrubber und Eimer ihnen kaum Platz ließen. »Jetzt bete bloß, daß das System sich nicht einfallen läßt, mit einer Defragmentierung zu beginnen!« sagte Jonathan ganz leise. Sie starrten auf die Tür.

»Wieso?«

»Knight wird es hören und merken, daß der Computer läuft.«

Durch den Türspalt sahen sie Knight eintreten. Sein Regenmantel tropfte, der kahle Kopf glänzte. Er blickte sich um. Einen Moment lang ruhten seine Augen auf dem dunklen Monitor.

Charlotte schlug das Herz bis zum Hals. Konnte er das Summen des Computers unter dem Schreibtisch hören?

Auch Jonathan folgte Knight mit besorgten Blicken, aber seine

Gedanken waren anderswo. Charlotte stand so dicht neben ihm, daß sie ihn fast berührte, und erfüllte ihn mit dem Duft ihres Shampoos und ihrer Hautcreme – dem unaufdringlichen, feinen Parfüm der Schlüsselblumen-Serie von Harmony.

»Jonathan!« zischte sie plötzlich und nickte zum Schreibtisch hinüber. Dort stand seine schwarze Tasche auf dem Boden neben dem Stuhl.

»O Gott.« Er hatte sich nicht auf seine Arbeit konzentriert, sonst wäre ihm nie ein solcher Fehler unterlaufen.

»Wenn er sie bemerkt ...«

Sie hielten den Atem an. Charlotte drängte sich dichter an Jonathan. Er legte den Arm um sie, und sie sahen, wie Knight langsam den Kontrollraum prüfte und die Augen über Schreibtische, Monitore, Schalttafeln wandern ließ. Als er vor die große Panzerglasscheibe trat, um sich die Fabrikationsanlage anzuschauen, wäre er mit dem linken Fuß beinahe gegen die Tasche gestoßen.

Charlotte gab sich alle Mühe, ruhig zu bleiben. Sie sagte sich, daß die Firma schließlich ihr Eigentum war, daß sie das Recht hatte, sich hier aufzuhalten, daß es ihr freistand, einen außenstehenden Berater zu engagieren. Warum gab man ihr das Gefühl, eine Verbrecherin zu sein? Es war Knights Schuld. Einem anderen hätte sie vielleicht erzählt, was sie wußte. Aber diesem Mann traute sie nicht, vor allem nicht, seit sie wußte, daß er anscheinend ein äußerst freundschaftliches Verhältnis zu Margo hatte.

Sie fühlte Jonathans Arm um ihre Taille, die Wärme seines Körpers, die durch Overall, Rock und Bluse drang. Sie wollte sich an ihn schmiegen, eine Weile in seiner Stärke ausruhen. Aber das hatte sie schon einmal getan, und er war zurückgetreten und hatte sie fallenlassen.

Sie hob den Kopf ein wenig, um zu ihm aufzuschauen, und fast instinktiv drehte er sich um und sah zu ihr hinunter. Ihre Gesichter waren nur wenige Zentimeter voneinander entfernt, beide konnten sich in die Augen des anderen versenken. Und plötzlich wurde die kleine Abstellkammer zu einem Strudel brennender

Leidenschaft und feuriger Erinnerung. Jonathans Arm schloß sich fester um ihren Körper, und in Charlottes Kehle stockte der Atem. Vergessen waren Valerius Knight, die schwarze Tasche auf dem Fußboden, der Computer, die Abfüllanlage, die ganze Welt – alles verschwand, als Jonathan und Charlotte für einen winzigen, elektrisierenden Augenblick zusammenkamen.

Ihre Lippen näherten sich.

Und da fiel die Außentür ins Schloß. Die Magie des Augenblicks verflog. Sie lösten sich voneinander.

»Er ist weg«, sagte Jonathan und riß sein Herz von ihr los, um an den Computer zurückzukehren. Während er die Diskette herausnahm und das Gerät abschaltete, kam Charlotte allmählich wieder zu Atem. Plötzlich hatte sie das Gefühl, etwas sagen zu müssen, die Stille zu füllen, die ihre alte Leidenschaft hatte entstehen lassen, sie beide in die Wirklichkeit zurückzuführen. »Du hattest einen langen Flug. Bist du nicht müde oder hungrig?«

Er sah zu ihr auf, öffnete den Mund, zögerte und meinte schließlich: »Nein, alles in Ordnung.«

»Ich gehe hinüber in die Kantine. Viele von unseren Mitarbeitern sind noch hier, wenigstens um zu Abend zu essen, bevor sie in dem Gewitter nach Hause fahren. Es gibt Räucherlachssuppe«, fügte sie mit einem schwachen Lächeln hinzu. »Verbessert die Nervenfunktion.«

Ihre Blicke begegneten sich, und auf einmal war sie die alte Charlotte, die wie ihre Großmutter klang.

16

Sie kehrten eilig ins Museum zurück, rannten durch den Wolkenbruch, duckten sich einmal in einen dunklen Eingang, als plötzlich ein Polizist im gelben Regenumhang auftauchte.

Als Jonathan wieder vor dem Computer saß, betrachtete Charlotte seinen breiten Rücken, die Art, wie sich das dunkle Haar über dem Hemdkragen kräuselte. Sie konnte seine Energie fast körperlich spüren, als strahle sie von ihm aus und fülle den Raum. Sie mußte an die Männer denken, mit denen sie im Lauf der Jahre zusammengewesen war: Der Berufssportler, großartig im Bett, aber ein Mensch, der andere manipulierte. Der Werbechef, der niemals fair argumentierte, sondern immer zuerst seinen Standpunkt vortrug und Charlotte dann rasch küßte und sagte: »Wir wollen uns doch nicht streiten«, bevor sie *ihre* Meinung vertreten konnte. Der Nachrichtensprecher, der so von der Gleichberechtigung der Frau überzeugt war, daß er auch im Auto sitzenblieb, als sie einmal einen Reifen wechseln mußte. Der Wirtschaftsprüfer, der im Restaurant jedesmal den Taschenrechner herauszog und bis auf den letzten Cent das Trinkgeld ausrechnete. Sie hatten alle ihre guten Seiten gehabt, denn meist war es ihr gelungen, liebenswürdige Männer zu finden, die freundlich und humorvoll waren, aber auch ihre Fehler, so wie sie wußte, daß sie selbst Fehler hatte, die diese Männer am Ende vertrieben: Ungeduld, Harmony als absoluter Lebensmittelpunkt, Geheimnisse, die sie nicht offenbaren wollte, Schranken, die sie errichtete. Keinem hatte soviel an ihr gelegen, daß er ihr Wesen ändern oder bei ihr bleiben und die Schranken niederreißen wollte. Ihr größter Fehler aber war, daß sie es sich nicht abgewöhnen konnte, jeden neuen Mann mit Jonathan zu vergleichen.

Es war nicht deshalb, weil Jonathan alle anderen Männer der Welt übertraf. Nein, es lag einzig und allein an der unbestreitbaren Tatsache, daß sie sich in seiner Nähe immer besser fühlte.

Ohne auch nur zu fragen, war er gekommen, um ihr zu helfen.

Charlotte drehte sich um und ging zur Tür, um in das Museum zu schauen. Während Jonathan am Kommunikationsfeld gearbeitet hatte, war sie tiefer in die Familiengeschichte eingetaucht. Sie hatte nicht gewußt, daß die Eltern ihrer Großmutter nicht verheiratet gewesen waren, daß die Großmutter und deren Mutter in

Singapur als Ausgestoßene der Gesellschaft gelebt hatten und daß ihr Urgroßvater nie zurückgekehrt war. Ihre Großmutter war mit sechzehn Jahren allein nach Amerika gereist, um ihren Vater zu suchen. Hatte sie ihn gefunden?

Ihre Augen schweiften über die Vitrinen mit den verstaubten Andenken einer vergessenen Geschichte und blieben an einer Puppe hängen, die einen lavendelblauen, seidenen Cheongsam trug, ein körpernahes, knielanges Kleid mit Mandarinstehkragen und Schlitzrock. Sie versuchte sich vorzustellen, wie es dem jungen Mädchen zumute gewesen sein mußte, das da so ganz allein in einem neuen Land ankam, voller Hoffnung, seinen Vater zu finden.

»Was ist das?« Jonathan deutete auf den Anrufbeantworter neben dem Telefon. »Das Eingangslicht blinkt.«

»Es ist mir gar nicht aufgefallen.« Charlotte drückte auf die Wiedergabetaste. »Der Anruf muß gekommen sein, als wir drüben in der Fabrikation waren.«

Naomis energische Stimme erfüllte das Büro. »Charlie! O Gott, es ist etwas Schreckliches passiert. Ich habe gerade die Nachrichten gesehen. Sie sprachen nur von dir.«

»O nein«, stöhnte Charlotte und machte sich auf Schlimmes gefaßt.

Aber ihre Befürchtungen wurden noch übertroffen. »Sie zeigen nicht nur dieses gottverdammte Bild«, sagte Naomi mit vor Erregung schriller Stimme. »Sie haben ein Stück aus dem verfluchten Interview gebracht!«

Charlotte blieb das Herz stehen. Das Fernsehinterview von damals, als man sie nach dem Chalk-Hill-Skandal aus dem Gefängnis entlassen hatte, war ihrem Ansehen weit schädlicher gewesen als das Foto mit erhobenen, blutigen Armen. Die Reporterin hatte ihr ein faires Gespräch zugesagt, und es war gut gelaufen. Dann aber hatten sie es zusammengeschnitten und Charlottes Worte so verdreht, daß man sie für eine wahnsinnige Sadistin halten mußte.

»Charlie«, fuhr Naomi hitzig fort, »ich hoffe, du sitzt. Dir steht nämlich ein Schock bevor. Ich meine ... wir haben lange nicht mehr über Chalk Hill gesprochen und uns große Mühe gegeben, nicht mehr daran zu denken. Darum habe ich auch, als die Sache letzte Woche in den Nachrichten kam, zuerst keinen Zusammenhang gesehen. Und ich weiß, daß du es ebenfalls vergessen hattest.«

Jonathan sah sie fragend an. »Zusammenhang?«

Sie zuckte mit den Achseln. Sie hatte keine Ahnung, worauf Naomi hinauswollte.

»Sie haben das Interview heute abend doch nicht einfach nur so wiederholt. Irgendein cleveres Kerlchen hat die Verbindung gefunden und es aus den Archiven ausgegraben. Charlie, diese Hexe, die dich damals interviewt und dafür gesorgt hat, daß du wie Lucretia Borgia ausgesehen hast – Charlotte, ist dir klar, daß sie das erste Opfer war? Lieber Gott, Charlie! Sie hat *Strahlende-Intelligenz-Balsam* benutzt und ist gestorben!«

17
1924 – San Francisco, Kalifornien

Wir wurden auf eine Insel namens »Angel«, Engel, gebracht, aber dort herrschten Teufel. Ich erfuhr zum ersten Mal vom Ausschlußgesetz, einer unsichtbaren Mauer, die die Chinesen abwehren sollte. Aber ich hatte Glück. Mein Vater war Amerikaner. Noch vor einem Jahr hatten die Ehefrauen und Kinder in Amerika lebender Chinesen einreisen dürfen. Nun gab es ein neues Gesetz, das Einwanderungsgesetz von 1924, das selbst den Familien legal nach Amerika Eingewanderter keinen Zuzug mehr erlaubte. Die Frauen und Babys, die die lange Seereise mit mir gemacht hatten, wurden nach China zurückgeschickt, zurück zu Armut und Krankheit. Sie sahen ihre Ehemänner und Väter nie wieder. Eine junge Frau erhängte sich im Brautkleid, weil man den Mann, den sie liebte, einreisen ließ und sie abwies.

Die Baracken auf Angel Island waren aus rohem Holz errichtet. Durch die vergitterten Fenster konnten wir die Stadt San Francisco sehen. Wir blieben Tag und Nacht eingesperrt. Manche Frauen schrieben Gedichte voll von Qual an die Wände. Ich wußte nicht, warum man uns in ein Gefängnis steckte. Man hatte uns vom Schiff geholt und auf die Insel gebracht, wo wir nun warteten – unerwünschte Chinesinnen, die die richtigen Papiere hatten und sich nach der Stadt jenseits des Wassers sehnten.

Ich wartete zweiundvierzig Tage. Jeden Morgen verließen Frauen, mit denen ich mich angefreundet hatte, die Baracken. Manche kamen wieder und erzählten uns von ihrer Befragung. Andere kamen nicht wieder. Ich weiß nicht, ob sie in die Stadt gelangten oder ob man sie nach China zurückschickte. Als ich an der Reihe war, fragte man mich nur nach Namen, Adresse und Beruf meines Vaters. Weil meine Mutter das alles nicht wußte, hatte sie es mit Hilfe von Reverend Peterson erfunden.

Als die Gefängniswärter von Angel Island keinen Richard Smith finden konnten, der in der Powell Street wohnte und als Buchhalter arbeitete, erklärte ich, daß mein Vater Singapur vor sechzehn Jahren verlassen hätte und der Kontakt abgerissen wäre. Vielleicht ist er in New York, sagte ich, oder in New Hampshire oder New Orleans. Diese Namen wählte ich, weil das »neu« darin Glück verhieß. Am Ende ließen sie mich einreisen, weil meine Papiere vom US-Konsul in Singapur abgestempelt waren. Nicht einmal die Teufel von Angel Island konnten das außer acht lassen.

So setzte ich schließlich den Fuß in die Stadt, in der mein Vater wohnte, und ich schäme mich zu sagen, daß ich voller Freude war. Meine Mutter war tot, und ich war nicht bei ihr gewesen, um sie zu begraben und um sie zu trauern. Mit Reverend Peterson hatte ich vereinbart, daß er sich um sie kümmern würde, wenn sie starb. Ich ließ ihm eine Menge Geistergeld zurück, das er bei der Trauerfeier verbrennen konnte, und bat ihn, die besten Klageweiber der Stadt zu mieten. Obwohl meine Mutter lebte, als ich sie zum Abschied küßte und an Bord ging, sah ich die Wolken des Todes auf ihrem Gesicht.

Auf der Fahrt über den Pazifik hatte ich um sie getrauert, auf einem überfüllten Schiff, wo Frauen fieberhaft Angaben auswendig lernten, die sie bei der Befragung brauchen würden, und dann die Blätter über Bord warfen, bevor die Beamten sie sehen konnten. Ich suchte jeden Tag den Horizont ab und fragte mich, ob sie heute gestorben war, allein und ausgestoßen. Während das Schiff ostwärts segelte, schaute ich nach Westen und dachte an meine Mutter, an unser gemeinsames Leben, an alles, was sie mich ge-

lehrt hatte. Doch als ich endlich amerikanischen Boden betrat, richtete ich den Blick nach Osten, meinem neuen Anfang entgegen.
Reverend Peterson hatte mir von Chinatown erzählt und mir gesagt, daß ich mir dort eine Unterkunft suchen sollte. »Bemüh dich nicht um ein Zimmer in einem anderen Viertel«, ermahnte er mich. »Sie vermieten nicht an Chinesen.«
Damals waren seine Worte für mich wie Federn im Wind. Amerika war das Land der Gleichheit. Ich konnte überall wohnen.
Trotzdem suchte ich mir ein Zimmer in Chinatown, denn ich wollte unter Menschen leben, die mir vertraut waren. Während ich mich umsah, dachte ich daran, daß mein ganzes bisheriges Leben eine Geschichte der Heimatlosigkeit gewesen war. Meine Mutter und ich waren ständig umgezogen, und sie hatte mir dabei von dem großen Haus in der Pfauengasse erzählt, in dem sie aufgewachsen war und wo Generationen unserer Familie geboren worden waren, gelebt hatten und starben. Ich wünschte mir sehnsüchtig, in einem solchen Haus zu wohnen. Wenn ich meinen Vater fand, dachte ich, würde er mich vielleicht einladen, zu ihm zu ziehen. Ich stellte mir eine große Villa auf einem der Hügel von San Francisco vor, von der aus man das Wasser und den Himmel sehen konnte. Dort würde ich den Rest meines Daseins verbringen.
Ich erfuhr, daß vor achtzehn Jahren ganz Chinatown nach einem großen Erdbeben abgebrannt war. Jemand, dessen Vorstellungen von chinesischer Architektur alles andere als chinesisch waren, hatte es wieder aufgebaut. Die Bewohner allerdings waren echte Chinesen. In diesen wenigen Straßenzügen drängten sich Menschen aus Kanton und Peking und aus sämtlichen Provinzen, und ihre vielen verschiedenen Dialekte wehten im Wind wie Neujahrsbänder. Ich bekam große Augen beim Anblick der Läden, in denen gegrillte Enten im Fenster hingen und reichgefüllte Körbe mit Zwiebeln, Auberginen und Orangen die Käufer anlockten. Für die Hungrigen gab es Teehäuser und Straßenküchen, die Se-

samkuchen, gedämpfte Klöße und Hühnerbrötchen anboten. Ich roch bekannte Gerüche, sah eine vertraute Umgebung, hörte heimatliche Laute. Ich hatte angenommen, Amerika sei ein seltsamer und fremder Ort, an dem ich großes Heimweh haben würde. Aber auf den Bürgersteigen kamen mir Menschen entgegen, die mein Lächeln lächelten und mich mit meinen Augen ansahen. Wir kamen aus ganz Asien, wir »Himmlischen«, wie die Amerikaner uns nannten – manche bezeichneten uns auch als »Gelbe Gefahr« –, aber wir waren eine einzige, große Familie, die Kultur, Götter und Nudeln miteinander teilte.

Ich wußte, hier würde ich glücklich sein.

Während ich mit meinem Koffer, einem Geschenk von Reverend Peterson, und dem schwarzlackierten Arzneikasten meiner Mutter durch die Straßen wanderte, sah ich mich nach den »Zu vermieten«-Schildern um. Sie waren chinesisch geschrieben und hingen in den Schaufenstern der Glücklichen Wäscherei, des Yin-Fei Teehauses und der Ping Huang Handelsgesellschaft. Aber die Straßen hießen Grant, Stockton und Jackson. Ich fand ein Haus ein der Grant Street. Nummer acht-neun. Eine glückbringende Adresse.

Die Vermieterin hieß Mrs. Po und war die Besitzerin der Glücklichen Wäscherei. Sie hatte einen goldenen Vorderzahn und sprach einen chinesischen Dialekt, den ich nicht kannte. Darum fragte sie mich auf englisch: »Du ganz allein? Keine Familie?«

Ich zeigte ihr meine Papiere. Sie musterte mich scharf. »Sehen jünger aus als achtzehn.« Sie schüttelte den Kopf. »Mädchen ganz allein nicht gut. Männer kommen her, geben meinem Haus schlechten Namen.«

Aber ich wollte hier wohnen. Sie hatte mir gesagt, die Wohnung liege nach vorn heraus, im zweiten Stock, und ich sah, wie das Licht der Morgensonne ins offene Fenster fiel. Gut für das *chi*. Und die Eingangstür war rot gestrichen, um Unglück fernzuhalten. Also bot ich ihr die doppelte Miete, und sie wurde sehr freundlich, trug meinen Koffer und sagte, was ich doch für ein an-

ständiges Mädchen sei. Trotzdem ermahnte sie mich, als wir die Wohnung betraten, noch einmal: »Keine Männer! Viele Huren in Chinatown, aber nicht in meinem Haus.«
Sobald ich eingezogen war, änderte ich die Nummer an der Tür in eine Acht, bis ich merkte, daß drei andere Mieter das gleiche getan hatten. Da wir aber nicht alle in Nummer acht wohnen konnten, machte ich eine Zwei daraus, weil die Zahl Zwei Überfluß bedeutet.
Es war eine hübsche Wohnung mit einer winzigen Küche und einem ebenso winzigen Badezimmer. Mir genügte sie, und bald richtete ich sie mir mit neuen Vorhängen und einem neuen Teppich ein. Ich stellte Pflanzen und ein Aquarium auf, weil Wasser Wohlstand bringt, und kaufte mir zur Gesellschaft einen Engelfisch. Das Bett schob ich vom Fenster weg, damit nicht alle meine Hoffnungen in die darunterliegende Gasse flossen. Ich richtete das Kopfende nach Osten, von wo das Glück kommt, und das Fußende nach Westen, damit ich mein Schicksal nicht verpaßte. Ich erwarb eine Lampe und stellte sie auf die linke Seite des Bettes, so daß die linken Kammern meines Herzens morgens die erste Wärme empfingen. Und ich setzte einen Topf mit Wasser unter das Bett, um schlechte Träume zu ertränken.
In der Küche, wo ich meine Tage damit verbringen wollte, meine Mahlzeiten zu kochen, um dann später an den Abenden meine Kräuterarzneien zuzubereiten, reinigte ich erst einmal den kleinen Gasofen, weil verstopfte Brenner das Familieneinkommen blockieren. Als ich sah, daß der Ofen unmittelbar neben dem Spülbecken stand, so daß zwei widerstreitende Elemente sich berührten – Feuer, also Yang, und Wasser, also Yin –, beseitigte ich das Problem, indem ich ein hölzernes Küchenbrett dazwischenschob. Dann erstand ich zwei Ih-Hsing-Teekannen, eine für den Morgentee, »für Glück«, und eine für den Abendtee, »für gute Träume«. Zuletzt hängte ich ein Windspiel aus Kristall ans offene Fenster, damit das gute *chi* in Bewegung blieb.
Verglichen mit unserer bescheidenen Behausung über dem Bor-

dell in der Malay-Straße war es ein Palast. Ich hatte ihn gemietet, um meinen Vater zu ehren, wenn ich ihn hierher führte.
Ich verkaufte einen meiner Smaragde und kaufte dafür schöne neue Kleider – einen handbestickten Cheongsam aus taiwanesischer Seide – und modische Schuhe mit passenden Lederhandtaschen. Ich wollte so gut aussehen, wie nur möglich, wenn ich meinem Vater gegenübertrat.
Und dann begab ich mich auf die Suche.

Es war sein Ring, der mich zu ihm leiten würde, denn wie sonst sollte ich ihn in einer so großen Stadt finden?
Der Ring war zweifellos ein Einzelstück. Die verschlungenen Initialen »RB« stammten von Künstlerhand. Also wollte ich mich bei den Juwelieren erkundigen, ob sich jemand daran erinnerte, einen so einzigartigen Ring angefertigt zu haben.
Auf dem Schiff hatte ich gelernt, meinen wertvollsten Besitz ständig am Körper zu tragen. So trug ich auch den Ring meines Vaters an einer langen Kette um den Hals und versteckte ihn unter meinem Kleid. Bei einem Juwelier nach dem anderen zog ich sittsam die Kette aus dem Ausschnitt und zeigte den Ring, gab ihn aber niemals aus der Hand.
Zuerst erkundigte ich mich in Chinatown und lernte dabei gleichzeitig meine neuen Nachbarn kennen. Bei den Ladenbesitzern war ich bereits beliebt, weil ich nie um die Preise feilschte, immer die beste Qualität kaufte und nie das Wechselgeld zählte, das sie mir herausgaben. »Sehr nettes Mädchen«, erzählte Mrs. Po den Nachbarn. »Aus Singapur. Schwerreiche Familie. Ich habe nur die vornehmsten Mieter in meinem Haus.«
Weil die Juweliere in und um Chinatown den Ring nicht erkannten, dehnte ich meine Suche aus. Ich fuhr Cable Car, bis mir schwindlig wurde, und merkte, daß die Leute mich anstarrten, als hätten sie noch nie eine Chinesin gesehen. Als ich in einem Restaurant zu Mittag essen wollte, gab man mir keinen Tisch, obwohl viele leer standen, und ich begann Reverend Petersons

Ermahnung zu verstehen, immer schön in Chinatown zu bleiben.
Je mehr ich mich aus meiner eigenen Welt entfernte, desto feindseliger wurde die andere.
Überall, wohin ich kam, sagten Polizisten: »Geh weg.« Oder sie hielten mich an und stellten mir Fragen, verlangten meine Papiere, fragten, ob ich eine Prostituierte wäre. Ich lernte, was Rassenhaß bedeutet. Ich lernte, daß Chinesen die einzigen waren, die nicht in die Vereinigten Staaten von Amerika einreisen durften. Ich lernte, daß es Gesetze gab, in denen stand »KEINE CHINESEN MEHR«. Wir durften kein Land besitzen, keine Weißen heiraten, keine weißen Krankenhäuser betreten. Wagte sich ein Chinese in ein weißes Viertel und wurde dort zusammengeschlagen und ausgeraubt, sagte die Polizei nur: »Was wollten Sie auch dort.« Aber ich war Amerikanerin. Doch wenn ich das zu erklären versuchte, musterten sie mich nur von oben bis unten, und wenn sie den Cheongsam an mir sahen, wußte ich, daß sie jetzt an die durchtriebenen Chinesinnen aus den amerikanischen Filmen dachten.
Aber ich gab nicht auf. Der Ring war die einzige Verbindung zu meinem Vater. Ich kannte weder seinen Nachnamen, noch seinen Beruf, noch die Anschrift seiner Familie. Der Ring würde mich zu ihm führen, und um den Ring zu identifizieren, mußte ich mich in eine Stadt hinauswagen, in der ich unerwünscht war.
Endlich, nach Tagen voller Mißerfolge, mit schmerzenden Füßen voller Blasen vom vielen Herumlaufen, niedergeschlagen und mit nagendem Hunger, beobachtet von allen Polizisten, hatte ich Glück. Ich betrat den Laden von Sadler & Sons in der Market Street – weit entfernt von meiner Wohnung – und erkannte sofort das Aufflackern der Erinnerung in den Augen des Juweliers, als er den Ring sah.
»Lassen Sie mich das genauer ansehen«, meinte er und griff danach.
Ich trat zurück. »Bitte ... ich muß wissen, was diese Buchstaben bedeuten.«

»Ich weiß es nicht«, antwortete er und wich meinem Blick aus. »Aber ich würde den Ring gern einigen meiner Kollegen zeigen.«
Ich erklärte ihm, ich würde wiederkommen, und begriff voller Erregung, daß er vielleicht sogar meinen Vater benachrichtigen, daß ich ihm hier in diesem Laden begegnen würde.
Am nächsten Tag erschien ich in meinem schönsten Kleid aus lavendelfarbener Seide, das lange schwarze Haar aufgesteckt und mit kostbaren Elfenbeinkämmen befestigt. Mein Herz eilte meiner Hoffnung voraus, aber ich näherte mich dem Laden mit großer Vorsicht.
Wie sollte ich meinen Vater begrüßen? Wie ihn anreden? Würde er mich freudig aufnehmen und rufen, wie ähnlich ich meiner Mutter sähe? Plötzlich überfielen mich Zweifel. Er war nie nach Singapur zurückgekehrt. Hatte er die Frau vergessen, die ihm das Leben gerettet hatte? War seine Erinnerung an Singapur verdrängt worden, als die alten Erinnerungen wiederkamen? Würde er mich anschauen und fragen: »Wer sind Sie?«
Bevor ich den Laden betrat, spähte ich durch das große Fenster, um zu sehen, ob mein Vater gekommen war. Statt seiner bemerkte ich jedoch einen gutaussehenden, jungen Mann, begleitet von einem jungen Mädchen etwa meines Alters, mit gelbem Haar und weißer Haut. Aber es war der junge Mann, ein paar Jahre älter als ich, der meine Aufmerksamkeit fesselte. Er lehnte lässig an der Theke und unterhielt sich lachend mit dem Juwelier. Durch die offene Tür hörte ich seine klangvolle Stimme und sah das eindrucksvolle Profil, das einem Filmstar gehören konnte. Und als er sich plötzlich umdrehte, als hatte er meinen Blick gespürt, begegneten sich unsere Augen.
Von diesem Moment an änderte sich mein Leben für immer.
Ich hatte in Theaterstücken und Filmen gesehen, wie Held und Heldin sich auf den ersten Blick verlieben, und hatte sich nicht auch meine Mutter sofort in meinen Vater verliebt? Dennoch hatte ich das bis zu dieser Sekunde nicht wirklich verstanden – bis

ich durch das Schaufenster spähte und die funkelnden grauen Augen des gutaussehenden jungen Mannes an der Theke mich in ihren Bann schlugen.
Ich nahm allen Mut zusammen, schluckte und trat ein. Hoffentlich hatte der Juwelier Neuigkeiten für mich.
Die Augen des jungen Mannes, dessen Lächeln auf seinem Gesicht erstarrt zu sein schien, ließen mich nicht los. Ich wollte wegschauen, brachte es aber nicht fertig. Zögernd blieb ich an der Tür stehen und fühlte, wie mich ein Zauber umgab. Ich glaube, der Laden war voller Silber und Gold, Glanz und Glitter, mit schimmernden Schaukästen und Kristallampen. Aber ich sah nur zwei durchdringende Augen von der Farbe des Morgennebels und ein Lächeln, das mir das Gefühl gab, es wolle mehr sagen.
»Das ist sie! Das ist die Diebin!«
Ich starrte auf den Juwelier. Er zeigte auf mich. Plötzlich tauchte aus dem Hinterzimmer ein Polizist auf. Als ich gerade wegrennen wollte, hörte ich den gutaussehenden jungen Mann sagen: »Warten Sie! Wir wollen erst mit ihr sprechen. Vielleicht hat sie den Ring meines Vaters nur gefunden.«
»Es sind alles Diebe, Mr. Barclay!« schrie der Juwelier. »Das ganze Pack!«
Ich rannte den ganzen Weg nach Hause, eine Straße hinunter, eine Gasse hinauf, die nächste hinunter, die übernächste wieder hinauf. Ich sprang auf eine Cable Car auf und von der nächsten ab, bis ich endlich in Sicherheit war, unter Leuten, die ich kannte, Leuten in gefütterten blauen Jacken und schwarzen Seidenhosen, die an die Wand gekleisterte, chinesische Zeitungen lasen, eine Ente zum Abendessen aussuchten oder über das Gewicht einer Melone stritten. Ich war zu Hause bei meinen eigenen Leuten, der Polizist war mir nicht gefolgt.
In meinem Kopf überschlugen sich wirre Gedanken. Der Juwelier hatte den jungen Mann »Mr. Barclay« genannt. »Der Ring Ihres Vaters.« Das hieß, daß er mein Halbbruder war. Ich hatte schon gewußt, daß mein Vater eine Erste Gemahlin hatte, weil es in dem

Brief stand, den er meiner Mutter hinterlassen hatte – dem Brief, der nur mit »Richard« unterschrieben war und das Versprechen seiner Rückkehr enthielt.

Warum war er nie gekommen? Hatte seine Erste Gemahlin ihn davon überzeugt, daß er seine chinesische Konkubine vergessen mußte?

Mit schwerem Herzen stieg ich die Treppen zu meiner Wohnung hinauf. Wie sollte ich meinen Vater finden, wenn an jeder Ecke ein Polizist lauerte?

Als ich die offene Wohnungstür sah, dachte ich, Mrs. Po sei zu Besuch gekommen. Dann sah ich die Verwüstung.

Ein Einbrecher war da gewesen.

Der schwarzlackierte Arzneikasten meiner Mutter war fort. Die Matratze auf dem Bett war aufgeschlitzt, die amerikanischen Dollars, die ich in der Füllung versteckt hatte, waren verschwunden. Mein Aquarium lag in Scherben, der Engelfisch tot dazwischen. Das war das Schlimmste, das zerbrochene Fischglas und der feine weiße Sand überall auf dem Boden.

Meine Augen wanderten zu der bescheidenen Kwan-Yin-Figur, von der meine Mutter gesagt hatte, kein Dieb würde sie stehlen. Es stimmte. Aber weil ich gedacht hatte, Kwan Yin habe die Last der Smaragde meiner Mutter schon allzu viele Jahre getragen, hatte ich ihr Ruhe gegönnt, indem ich die Steine aus ihrem Körper entfernt und anderswo versteckt hatte. Und gab es ein besseres Versteck als den Sand in einem Aquarium?

Am liebsten hätte ich um das Verlorene geweint. Aber dann dachte ich an die Ironie des Schicksals – daß man mir auf der einen Seite alles gestohlen, auf der anderen aber zwei Geschenke gemacht hatte, Geschenke, die mir niemand rauben konnte.

Das erste war der Name meines Vaters: Barclay. Nun konnte ich ihn finden.

Das zweite war eine taufrische Liebe, wenn auch von der falschen Art. Denn der schöne junge Mann, in den ich mich soeben verliebt hatte, war mein Bruder.

18
21 Uhr – Palm Springs, Kalifornien

»Bleib dran, Charlotte. Ich werde bald eine kleine Überraschung für Dich haben, die Du auf keinen Fall versäumen solltest.«

»Charlotte!« rief Jonathan. »Eine neue Nachricht!«

Charlotte legte Richard Barclays Ring zurück in die Vitrine und hastete zurück ins Büro ihrer Großmutter. Als wollte es sie verhöhnen, leuchtete auf dem Computerbildschirm ein neues E-Mail.

»Was könnte das für eine Überraschung sein?« fragte Jonathan.

Ihr Magen krampfte sich zusammen. Seit sie durch Naomis Anruf wußte, daß es sich bei dem ersten Opfer um die Reporterin handelte, die sie damals im bundesweiten Fernsehen fast gekreuzigt hatte, waren ihre Nerven angespannt wie Drahtseile. Es war nur eine Frage der Zeit, bis Valerius Knight den Zusammenhang selbst herstellte, wenn er es nicht bereits getan hatte. Dann würde er sie über die beiden anderen Opfer befragen.

»Weißt du ganz genau, daß du sie nicht kennst?« hatte Jonathan gefragt.

Aber Charlotte war sicher, von den beiden anderen Frauen nie gehört zu haben. Ihre Namen klangen völlig unbekannt, und sie wohnten nicht in Kalifornien. Sie betete, daß der Tod der Reporterin nur ein unglaublicher Zufall gewesen war, denn sie wußte, wie es nach außen hin aussehen würde: Die Frau hatte damals um

ein Haar Charlottes Ruf für immer zerstört und ihr so unbestreitbar ein Mordmotiv gegeben.
»Inzwischen«, fuhr das E-Mail fort, »eine Kleinigkeit zu Deiner Unterhaltung.«
Eine Dokumentendatei öffnete sich.
»Was um Himmels willen ist das?« Charlotte beugte sich tiefer über den Bildschirm, um den Rest der Nachricht zu lesen. Mit großen Augen überflog sie die Liste der Zahlen, die jetzt dort erschienen. »Das ist ja meine Kontonummer! Und die meiner American-Express-Karte! Meine Sozialversicherungsnummer, mein PIN-Code ...«
Jonathan tippte bereits, zog die Kopfzeile der Nachricht herunter und ging dem Versandweg des E-Mails nach.
Charlotte stand mit verschränkten Armen da. »Weißt du, was er mit diesen Informationen alles anfangen kann? Er ist imstande, meine Bankkonten zu löschen, meine Kreditwürdigkeit zu ruinieren, mir Ärger beim Finanzamt zu machen.«
Jonathan kopierte die Adresse des Wiederversenders, setzte sie in eine neue Nachricht, adressierte sie an den Administrator des Großversenders und tippte: »Wir werden von diesem Absender belästigt und bedroht. Können Sie die Herkunft der Nachricht für uns feststellen?« Er hatte die gleiche Botschaft bereits an die früheren Weiterleiter geschickt, jedoch ohne Ergebnis.
Dann prüfte er den Empfänger des elektronischen Pulsmonitors. Nichts. Auch der von ihm in Knights Laptop eingeschmuggelte Sender schwieg.
»Gut, das sagt uns schon etwas.« Er griff wieder zu dem zerlegten Handy, an dem er vor Eingang des E-Mails gearbeitet hatte. »Keine Sorge, Charlotte, wir kriegen ihn.« Er klappte das Gehäuse zu, drehte sich im Stuhl um und stöpselte das Handy in eine Dose seines Laptops. »Schau.« Auf dem Bildschirm erschien ein Lageplan.
Charlotte neigte sich vor, um besser sehen zu können, und ihr langes Haar streifte seinen Nacken. »Was ist das?«

»Dieses kleine Gerät spürt jedes Telefongespräch auf, das von diesem Gebäude aus geführt wird.« Er nahm sein anderes Handy und wählte eine Nummer. Sofort schossen blaue Linien über den Bildschirm, während die Namen und Orte von Schaltern und Knoten als rote Punkte auftauchten. »Leider funktioniert es nicht rückwärts, aber wenn unser anonymer E-Mailer mit einem Komplizen in deiner Firma zusammenarbeitet, schnappen wir ihn beim nächsten Gespräch.«
»Es ist alles so frustrierend. Da baust du dieses komplizierte Spinnennetz auf, alle diese Fallen, und trotzdem kommen wir nicht an ihn heran.«
»Beim Katz-und-Maus-Spiel, Liebes, gewinnt immer der Spieler mit der größten Geduld. Das habe ich damals bei der Spionageabwehr gelernt.«
Charlotte drehte sich abrupt um, griff nach ihrem Regenmantel und ging zur Tür. »Ich werde mit Agent Knight reden. Ich muß wissen, was er bisher herausgefunden hat, ob er von meiner Verbindung zu der Reporterin weiß und ob ihm inzwischen der Laborbericht über das letzte Opfer vorliegt.«
»Hier drin stecken Tausende von Produktionsprotokollen.« Jonathan klopfte auf den Bildschirm. »Wir haben nicht die Zeit, jedes einzelne nachzuprüfen. Was wir brauchen, ist der gemeinsame Nenner. Etwas, von dem aus man weiterarbeiten kann. Wir müssen wissen, welcher Inhaltsstoff tödlich war.«
»Ich werde es Knight aus der Nase ziehen, wenn es sein muß.«
»Laß dich aber nicht verhaften«, meinte er grinsend, und als sie ihn erschrocken ansah – wie konnte er über das scherzen, was sie nach Chalk Hill durchgemacht hatte? –, merkte sie, daß er nicht diese Verhaftung meinte, sondern eine andere, die schon so lange zurücklag, daß Charlotte sie fast vergessen hatte, und bei der man sie *beide* verhaftet und in den Knast gesteckt hatte.
Und dann erkannte sie die Erwartung in seinen Augen, als hätte er Fragen und wollte, daß *sie* es war, die damit anfing. Aber sie wußte nicht wie.

»Sei vorsichtig«, sagte er endlich und wandte sich ab, damit sie gehen konnte, bevor der Augenblick voll stummer Fragen zu lang wurde.
»Ich werde pünktlich zur Stelle sein – für die kleine Überraschung unseres E-Mailers«, versprach sie sanft und verschwand.
Als er die Außentür zufallen hörte, stand Jonathan vom Schreibtisch auf und ging zum Überwachungsmonitor. Er drückte auf einen Knopf an der Schalttafel, und der überdachte Weg zum Hauptgebäude wurde sichtbar. Zuerst sah er nur den stetig strömenden Regen, dann tauchte rechts im Bild eine Gestalt auf – Charlotte, die durch den Regen rannte. Mit dem langen, schwarzen Haar, das flach zwischen ihren Schultern hing, sah sie von hinten fast wie ein Teenager aus.
»Ich könnte schwören, daß meine Großmutter mich nicht mag«, erklärte Charlotte mit ihrer hohen Singsangstimme, mit der sie, ohne es zu wissen, den Tonfall ihrer Großmutter nachahmte. Die sechzehnjährige Charlotte gab sich große Mühe, Amerikanerin zu sein, aber der chinesische Einfluß ihrer Großmutter war stark. »Als ich klein war, wollte sie immer, daß ich Alpträume bekam. Zum Beispiel mit ihrer Geschichte vom unartigen kleinen Mädchen, das so fest mit dem Fuß aufstampfte, daß sich die Erde auftat und es hineinfiel, worauf sich die Erde wieder schloß. Ich hatte deswegen noch jahrelang Alpträume.«
»Sie wollte nur, daß du ein braves Mädchen bist«, hatte Jonathan ihr geantwortet und sich darauf konzentriert, ein Teil auf die Leiterplatte zu löten, die er auf dem Schoß hielt. Er hockte im Schneidersitz am Boden, umringt von allerlei elektronischem Krimskrams und verstreuten Exemplaren der Zeitschrift *Popular Electronics*, während Charlotte in Leggings und einem übergroßen Greenpeace-Sweatshirt auf seinem Bett saß, die Knie an die Brust gezogen, die Arme um die Beine geschlungen. Als er sie damals mit dreizehn zum ersten Mal in sein Zimmer mitgenommen hatte, dachte er sich nichts dabei, wenn sie dort saß. Jetzt, mit sechzehn, konnte er an nichts anderes mehr denken. Die Konzen-

tration auf sein neues Projekt war nur vorgetäuscht. Sein ganzer Kopf war voll von Charlotte auf seinem Bett und davon, wie schön es war, sie zu küssen, und er fragte sich, ob er je den Mut aufbringen würde, einen Schritt weiterzugehen.

»Meine Großmutter hat immer erzählt, ich wäre eigentlich gar kein kleines Mädchen gewesen, sondern eine Ente, die gerupft und gebraten im Ah Fongs Markt auf der Stockton Street hing. Aber ich war so wertlos, daß niemand mich kaufen wollte, darum tauschte sie mich gegen eine Wassermelone ein und zog mich als Menschen auf. Das hat sie wirklich gesagt, Johnny. Sie hält mich für wertlos.«

Er griff nach der Mikrozange, den Blick auf die empfindliche Arbeit geheftet. »Sie hält dich für kostbarer als ihr eigenes Leben. Sie will nicht, daß man dich ihr wegnimmt.«

Charlotte lächelte schief. »Woher weißt du das?«

»Weil chinesische Großmütter kein Monopol auf Methoden zur Abwehr böser Geister haben, kapiert?«

Sie musterte das Gebilde in seinen Händen. »Was baust du da eigentlich?«

»Einen Computer.«

»Und was computet er?«

»Verschiedene Methoden«, antwortete er völlig ernsthaft, »um böse Geister fernzuhalten.«

Er hatte ihr nicht sagen können, wie sehr er sie darum beneidete, eine Großmutter zu besitzen, die sie so sehr liebte, daß sie den bösen Blick von ihr abhielt. Seine eigene Oma in Schottland hatte das gleiche getan und ihm erzählt, sie hätte ihn gegen einen Kohlkopf von einem durchreisenden Zigeuner eingetauscht. Auf diese Weise teilte sie den Feen mit, daß es sich nicht lohne, ihn zu stehlen.

Aber er war nicht mehr in Schottland, sondern in Amerika, und sein Vater schien keine Ahnung vom bösen Blick oder von Feen zu haben. Anscheinend wußte er auch nichts von Liebe oder darüber, wie man seinem Sohn ein Vater ist. Jonathan warf ihm das

eigentlich nicht vor. Schließlich gab der Mann sich Mühe – Jonathan hatte alles, was er wollte und brauchte, das bewies sein Zimmer.
Als die ersten tragbaren Rechner auf dem Markt auftauchten – für die meisten Leute viel zu teuer –, hatte der vierzehnjährige Johnny gleich ein paar davon zum Spielen bekommen.
»Eines Tages, Charlie«, sagte er und warf das lange Haar zurück, »wird jeder Haushalt einen eigenen Computer haben.«
Charlotte lachte. »Unserer nicht! Großmutter erlaubt nicht einmal eine Fernbedienung für den Fernseher. Sie sagt, alles, was einen Sendekanal verändern kann, ist auch imstande, das *chi* eines Menschen zu verändern. Sie mißtraut sogar elektrischen Uhren, weil sie meint, man wisse nicht, wie schnell der Strom darin fließt. ›Uhr kann langsam gehen oder schnell‹.«
Charlotte hatte sich vom Bett erhoben und aus der riesigen Schultertasche, die sie überallhin mitschleppte, einen Schokoladenriegel hervorgeholt. Sie packte ihn aus, brach ihn auseinander und reichte Jonathan wie immer das größere Stück. Dann rutschte sie neben ihn auf den Boden, knabberte Erdnüsse mit Karamel und sah zu, wie er die Leiterplatte mit einem Fernschreiber verband, der die Zeichen auf eine Papierrolle übertrug. Sie saß so dicht neben ihm, daß seine Handflächen zu schwitzen begannen. Außerdem spürte er zu seiner peinlichen Verlegenheit eine gesunde Erektion.
Charlotte hatte diese Wirkung auf ihn gehabt, soweit er sich überhaupt zurückerinnern konnte.
Daran hatte sich nichts geändert.

19

Charlotte fand Agent Knight an dem Arbeitsplatz, den er sich an einem unbesetzten Schreibtisch eingerichtet hatte. Inzwischen hatte er nicht nur einen aufgeklappten Laptop in Betrieb, sondern auch einen Drucker. Neben dem Monitor standen zwei Telefone. Sie fragte sich, was er wohl davon halten würde, daß ein Exspion des Abwehrdienstes heimlich seine Anschläge auf der Tastatur überwachte.

Er aß gerade – und zwar äußerst elegant, fand Charlotte – ein Käsesandwich, tupfte sich nach jedem Bissen säuberlich den dicken schwarzen Schnurrbart ab und achtete darauf, die auf seinem breiten Oberschenkel liegende Serviette zu benutzen. Seine Jacke hatte er ausgezogen und die Krawatte gelockert.

Charlotte sah das Schulterhalfter und die Pistole. Sie fragte sich, woher er das Sandwich hatte.

»Ah, Mrs. Lee, da sind Sie ja!« begrüßte er sie mit großer Herzlichkeit, legte das Sandwich hin und wischte sich dezent die Fingerspitzen ab. »Ich wollte gerade nach Ihnen suchen.« Er riß ein Blatt von seinem Computerausdruck und reichte es ihr. »Der Abschlußbericht«, erläuterte er lächelnd. »Der zugesetzte Stoff heißt Ephedrin.«

»Ephedrin«, wiederholte sie laut und hörte sofort durch ihren elektronischen Ohrstöpsel Jonathans Bestätigung: »Ephedrin! Verstanden!«

Während sie den Bericht überflog, bemerkte Knight: »Wir kennen die Rezepturen für *Zehntausend Yang* und *Strahlende-Intelligenz-Balsam*, und in keine davon gehört Ephedrin. Darf ich dasselbe von *Wonne* annehmen?«

»Ja«, murmelte sie stirnrunzelnd. »In der Formel für *Wonne* ist kein Ephedrin vorgesehen.«

»Aber es wird in Ihrem Unternehmen verwendet?«

Sie blickte auf. Knight überragte sie wie ein Turm. »Eine ganze

Reihe unserer Erzeugnisse enthält Ephedrin. Man nimmt es gegen Brustleiden. Außerdem ist es ein Anregungsmittel.«

»Dann frage ich mich, wie Ephedrin in diese drei Produkte hineingekommen ist. Sie werden feststellen, daß es in ganz genau bemessenen Dosen hinzugefügt wurde. Das war keine hastige Pfuscharbeit. Und wenn man von dieser sorgfältigen Dosierung ausgeht, kann es auch nicht passiert sein, nachdem die Produkte Ihre Fabrik schon verlassen hatten. Würden Sie mir darin zustimmen?«

Sie las die Ergebnisse noch einmal. Jede Kapsel *Wonne* hatte exakt die gleiche Menge Ephedrin enthalten. Jede Probe von *Strahlende-Intelligenz-Balsam,* an verschiedenen Stellen des Tiegels entnommen, wies die gleichen Ephedrinspuren auf. Bei dem *Yang*-Tonikum ließ es sich nicht so genau bestimmen, weil es sich um eine Flüssigkeit handelte, aber der Bericht bestätigte, daß die Flasche neu gewesen war und ein Teil der Versiegelung noch am Deckel klebte.

Agent Knight hatte recht. Die Verfälschung war höchstwahrscheinlich innerhalb des Werkgeländes erfolgt. Also hatte Jonathan ebenfalls recht. Der Schlüssel lag in den Produktionsprotokollen.

»Es liegt also entweder grobe Fahrlässigkeit vor«, fuhr Knight fort, nachdem er einen Schluck Kaffee getrunken und die Tasse vorsichtig wieder auf den Schreibtisch gestellt hatte, »oder jemand hat es vorsätzlich getan. Und ich glaube, es handelt sich um einen Menschen, der sehr genau weiß, was er tut.« Er hielt inne und tupfte sich die Lippen mit der Serviette ab. »Nur eines macht mich neugierig ... soweit ich weiß, ist *Zehntausend Yang* ein Präparat für Männer. Aber das zweite Opfer ist eine Frau. Woran könnte das liegen?«

»Wir haben herausgefunden, daß *Yang* in kleinen Dosen Frauen manchmal gegen Haarausfall hilft.«

»Und wenn eine Frau nun, sagen wir, eine Überdosis nimmt? Könnte ihr das schaden?«

»Nein.«
Er überlegte. »Aber dieser Balsam. Finden Sie das nicht merkwürdig?«
»Was meinen Sie?«
»Nun ja – *Wonne* und das *Yang*-Tonikum sind Mittel zum Einnehmen. Der Balsam wird äußerlich angewendet.«
Dieser Gedanke war Charlotte auch schon gekommen. Es war in der Tat sonderbar, daß man einen Balsam vergiftete. Daß jemand Produkte zum Einnehmen veränderte – ein Tonikum oder Teezusätze –, leuchtete ein, weil das Ergebnis garantiert war. Aber Ephedrin in ein lokal wirkendes Mittel zu mischen, brachte normalerweise kein Ergebnis, es sei denn, das Produkt würde auf eine offene Wunde aufgetragen. Dann aber mußte es in den Blutkreislauf eintreten und Gegenreaktionen hervorrufen. »Die Frau hat den Balsam benutzt, um Geschwüre an den Beinen zu heilen«, murmelte Charlotte nachdenklich. »Agent Knight ... hätte sie das Ziel dieser Angriffe sein können?« Sie suchte in seinem Gesicht nach Anzeichen dafür, daß er mit ihr spielte. Aber falls er den Verdacht hegte, es sei dem Attentäter um die Fernsehreporterin gegangen, und er Charlottes Verbindung zu ihr kannte, verbarg er es gut.
»Diese Möglichkeit wird bereits untersucht. Aber wenn sie es gewesen wäre, müßte doch trotzdem ein Zusammenhang zu den beiden anderen Frauen bestehen, oder nicht?«
Bestand dieser Zusammenhang? Es überlief Charlotte eiskalt. Und waren sie alle drei auch mit *ihr* verbunden? »Sie glauben also, das Ziel der Person, die die Produkte verfälscht hat, sei mein Unternehmen und diese Frauen seien nur zufällige Opfer?« fragte sie so ruhig sie konnte.
»Ihr Unternehmen – oder Sie selbst.«
Sie hielt den Bericht hoch. »Darf ich das hier behalten?«
»Natürlich. Vielleicht können Sie bei Gelegenheit noch einmal hineinschauen und sich etwas dazu einfallen lassen.«
»Danke.« Sie wollte gehen.

Knight setzte sich wieder hin, breitete die Serviette über seinen Schenkel und griff nach dem Käsesandwich. Bevor er hineinbiß, fragte er noch: »Ach – wo finde ich Sie übrigens, wenn ich Sie brauche?«

Charlotte warf ihm einen Blick zu. »Ich gehe in die Kantine, Agent Knight. Wenn Sie mich brauchen, bin ich leicht zu finden.«

Er schenkte ihr ein glattes Lächeln. »Das hätte ich mir denken können.«

Charlotte blieb wieder stehen. Zorn stieg in ihr auf. »Agent Knight ... würden Sie mir bitte noch den Namen Ihres Vorgesetzten geben?«

»Darf ich fragen, warum?«

»Weil ich glaube, daß Sie meinem Unternehmen gegenüber voreingenommen sind. Ich bin nicht davon überzeugt, daß Sie im öffentlichen Interesse handeln, sondern denke, daß Sie private Gründe haben.«

Seine Miene verfinsterte sich. »Damit, Mrs. Lee, haben Sie vollständig recht. Ich habe persönliche Gründe, und es ist mein Ziel, mich selbst und die Menschheit vor Quacksalberfirmen wie die Ihre zu schützen.«

Charlotte wurde ein wenig milder. »Agent Knight, ich weiß von Ihrem Sohn, und es tut mir leid ...«

Er hob die große, schaufelartige Hand. »Mein Sohn ist bei Gott. Bitte reden Sie nicht hier von ihm.«

Sie wollte etwas sagen, nickte dann aber nur und entfernte sich.

Mein Sohn! dachte Knight und sah ihr nach, wie sie im Korridor verschwand. Was wissen Sie schon von meinem Sohn? hätte er am liebsten geschrien. Was wissen Sie von Ärzten, die einem sagen, sie könnten nichts tun, es sei eine seltene Krebsart, die da in einem sechsjährigen Kind so einfach heranwächst?

Er schloß die Augen und rang mit den Erinnerungen, die ihn Tag und Nacht verfolgten: die langen Fahrten nach Mexiko und die Klinik dort, das Beschaffen von »Wunderkuren« aus Schweden,

Taiwan und Peking, die Abwendung von Gott, statt dessen das Anbeten der Natur.
Naturheilmittel! Ihre verzweifelte Suche nach einer Möglichkeit der Heilung hatte eine gottesfürchtige Christin in eine Pflanzen vergötternde Heidin verwandelt. Falsche Hoffnung war schlimmer als gar keine, weil sie die Seele des wahren Glaubens beraubte und dazu führte, daß man sich von Gott, dem Herrn, abwandte.
In der Nacht, als der Junge schließlich starb, hatte Valerius den kleinen Körper nicht aus den Armen seiner Frau lösen können, und so war er statt dessen durch ihr Haus in Santa Monica gestampft und hatte alle jene Flaschen, Tiegel, Päckchen und Nadeln der falschen Hoffnung eingesammelt, alle Regale, Schubladen und Schränke von den dämonischen Kräutermixturen befreit, jede Pille, jedes Blatt und jede Wurzel dieser Hokuspokus-Heilkunst entfernt, und alles zusammen auf dem Gartengrill hinter dem Haus verbrannt. Seine Tränen funkelten im Feuer, während drinnen die Sanitäter versuchten, seine Frau dazu zu bewegen, den steifen Leichnam ihres Sohnes endlich loszulassen.
Sie hatte nie wieder zu Gott zurückgefunden. Die falsche Hoffnung und der Glaube an heidnische Elixiere hatte das Vertrauen in Gott aus ihrer Seele verdrängt und durch die Finsternis des Teufels ersetzt.
Ob ich ein persönliches Interesse an diesem Fall habe, wollen Sie wissen? hätte er Charlotte Lee gerne angebrüllt. Verlassen Sie sich darauf. Denn für jede dieser Festungen des Bösen, die ich niederreiße, zündet mein kleiner Junge im Himmel eine neue Kerze an.

20

Mit dem Toxikologiebericht im Rockbund versteckt eilte Charlotte über den Gang in ihr Büro. Dort stand noch die Tasse mit dem inzwischen kalt gewordenen Tee vom Vormittag. Sie griff nach der Schachtel mit den Teebeuteln, stopfte sie in die Tasche ihres Regenmantels und verließ ihr Büro sofort wieder.
Statt jedoch den direkten Weg zu den Fahrstühlen einzuschlagen, machte sie einen kurzen Abstecher in den Korridor, von dem die Büros der Geschäftsleitung abgingen. Sie blieb vor Margos Tür stehen und lauschte: leise Musik und gedämpfte Stimmen. Sie hörte Adrian in seinem Büro sagen: »Regen Sie sich nicht wegen Ihrer gottverdammten Einlage auf. Sie kriegen Ihr Geld wieder, verlassen Sie sich drauf.« Die Tür zu Mr. Sungs Büro stand offen. Von dem alten Anwalt war nichts zu sehen. Auch die Tür am Ende, die zu Desmonds Zimmer führte, war geöffnet, aber es brannte darin kein Licht, und sie nahm an, daß er schon gegangen sei.
»Scheißspiel, was?« sagte eine Stimme aus der Dunkelheit.
Charlotte fuhr zusammen.
»Versuchst du zu schlafen?« fragte sie, nachdem ihre Augen sich der Dunkelheit angepaßt hatten und sie ihn in seinem Ledersessel sitzen und in den Regen hinausstarren sah.
»Nein. Ich sitze bloß hier und wünsche mir, ich könnte mich besaufen.«
Desmond hatte nie mit Alkohol umgehen können. Nie würde Charlotte den Silvesterabend vergessen, an dem er ein paar Gläser Champagner getrunken und mit verwaschener Stimme zu ihr gesagt hatte: »Becky verläßt mich. Kannst du dir das vorstellen? Meine dritte Scheidung, und ich bin noch keine fünfunddreißig.«
»Ich kann's ihr nicht übelnehmen«, hatte Charlotte geantwortet, »so wie du sie behandelst. Warum bist du immer so, Des? Zuerst so nett und dann so ekelhaft?«

»Liebe Cousine«, hatte er gesagt, »das ist ganz einfach: ich kann vor niemandem Achtung haben, der sich in *mich* verliebt.«
Selbst im Dunkeln konnte Charlotte die vielen Trophäen sehen, die Desmonds Büro schmückten. Ihr Cousin war ein Mensch, der immer gewinnen mußte – seine Lieblingsdroge und zugleich sein Aufputschmittel war der Sieg. Er nahm irgendeine Sportart in Angriff und ruhte nicht eher, bevor er sie so beherrschte, daß er die dazugehörigen Bänder, Pokale und Anerkennungen errungen hatte. Dann wechselte er zur nächsten. Zu den ausgewählten Sportarten, deren Auszeichnungen hier standen, zählten Tennis, Fechten, Rennfahren und koreanisches Kickboxen. Wenn er gekonnt hätte, wäre da auch eine Vitrine gewesen, um die Frauen auszustellen, denn auch sie waren Pokale, die man gewinnen konnte und die danach uninteressant wurden.
»Weißt du, was ich glaube?« sagte er jetzt leise. Er war kaum sichtbar, weil seine Kleidung die Farbe der Nacht trug. »Ich glaube, man hat uns verflucht, Charlie. Es ist eine Strafe.«
Sie starrte ihn an. Selbst in der Dunkelheit hatte er die Sonnenbrille auf, als fürchte er, böse Mächte könnten durch seine Augen in seine Seele eindringen. »Eine Strafe wofür?« fragte sie.
Er drehte den Kopf zur Seite. Ein Paar schwarzer Linsen starrte sie an. »Du weißt, wofür, Charlie«, entgegnete er. »Du weißt es.«

21

Als Charlotte Wind und Regen entkommen und wieder ins Museum gelangt war, vergewisserte sie sich zuerst, daß die Tür abgeschlossen war, und eilte dann hinüber ins Büro, die Arme voller Schüsseln mit warmen Speisen.
»Irgend etwas Neues von unserem E-Mailer? Hat er seine kleine Überraschung schon preisgegeben?« fragte sie atemlos und stellte alles auf die Theke der Küchenecke.

»Bisher nicht. Vielleicht war es ja doch nur eine leere Drohung.«
»Und was ist mit dem Ephedrin?«
»Die Suche läuft.« Er tippte etwas in sein Laptop ein. Charlotte hörte das Modem wählen und sah ihn verblüfft an. »Gehst du ins Internet?«
Er schüttelte den Kopf. »Ich rufe nur jemanden an.« Er schaute auf seine Uhr. »Schlechte Nachrichten, Charlie. Während du in der Kantine warst, habe ich eine Übertragung von Knight abgefangen. Er hat ein Noteinsatzteam angefordert. Man wird euer gesamtes Computernetz beschlagnahmen.«
»Wieviel Zeit bleibt uns?«
»Hängt davon ab. Wenn Knight Washington angerufen hat, werden die Männer nicht vor morgen hier sein. Kommt das Einsatzteam aber aus Los Angeles ...«
Auf seinem Laptop zeigte sich plötzlich ein Gesicht – ein Mann mit schütterem Haar und einer Drahtbrille. Er machte keinen glücklichen Eindruck. »Roscoe«, sagte Jonathan, »ich muß etwas über ein Noteinsatzteam des FDA wissen. Was kannst du mir darüber sagen?«
»Ich habe hier Probleme, Jonathan. Ein Eindringling hat die MCI-Schnittstelle in Dayton, Ohio, geknackt.«
»Mist.«
»Allerdings. Der Schweinehund hat tatsächlich fünfundzwanzig Prozent aller E-Mails nach Europa blockiert.«
Jonathan dachte einen Moment nach. »Klingt nach der Jaguarbande.«
»Das glauben wir auch. Tut mir übrigens leid mit dem Profil, John. Ich hatte noch keine Zeit, es durch unsere Computer laufen zu lassen. Wir drehen hier gerade durch.«
»Sitzt Pogo noch im Knast?«
»Er war der erste, den wir überprüft haben. Er hat Latrinendienst im Hochsicherheitstrakt. Aber wir schnappen sie uns schon«, fügte Roscoe Thorne mit mattem Lächeln hinzu. »Sie denken sich

immer irgend etwas Neues aus, und wir erwischen sie dann doch.«

»Viel Glück«, sagte Jonathan und griff nach dem Handy.

Charlotte hob die Deckel von den dampfenden Speisen. »Ich hoffe, du ißt immer noch gerne in der Pfanne gebratene Shrimps und Klöße mit Schweinefleisch.«

»Keine Zeit zum Essen, Liebes. Sobald Knights Männer hier sind, werden wir vom System ausgesperrt.« Er hämmerte eine Nummer in sein Handy ein und preßte es mit der Schulter ans Ohr, während er von neuem in seinen Laptop tippte.

Sie sah, daß er wie früher ständig in Bewegung war, die Hände rastlos tätig, der Körper voll unerschöpflicher Energie. »Du mußt etwas zu dir nehmen.«

Er grinste. »Du hörst dich an wie deine Großmutter.«

»Ich höre mich an wie jedermanns Großmutter. Hat deine nicht auch darauf geachtet, daß du immer viel zu essen hattest? Hat sie dir nicht dauernd Kartoffelsuppe aufgenötigt?«

»Meine Oma brauchte mich nie zu nötigen, ihre Kartoffelsuppe zu essen!« lachte er. »Spezialagent Varner bitte«, sagte er in das Telefon.

»Jeden September, wenn du wiederkamst, hattest du kein anderes Gesprächsthema – Haggis hier und Scones da.«

Er legte die Hand über die Sprechmuschel. »Das ist nicht alles, worüber ich geredet habe.«

»Forellenangeln und Bergsteigen! Du hattest so tolle Sommer, und ich mußte zu Hause bleiben und lernen, wie man ein braves, respektvolles chinesisches Mädchen wird.«

»Bis ich in Tartan und Kilt erschien und dich wieder völlig verdorben habe.«

»Ich habe dich noch nie im Kilt gesehen.« Sie wandte sich ab. Wußte er, wie schrecklich diese Zeiten ohne ihn für sie gewesen waren? Verstand er wirklich, was sie in jenem Sommer, als sie fünfzehn war und er sie allein und verletzlich zurückließ, erlebt hatte?

Während Jonathan kurz mit dem Spezialagenten sprach, füllte Charlotte dampfenden Reis in eine blaue Porzellanschale. »Hier, nimm«, sagte sie, sobald er aufgelegt hatte. »Es ist kein schottischer Räucherfisch, aber es muß reichen.«
»Nichts über dieses FDA-Eingreifteam.« Jonathan betrachtete stirnrunzelnd das Telefon.
Charlotte griff nach der Sojasoße und sah dabei zufällig nach oben auf den Überwachungsmonitor. Mr. Sung stand im Empfangsbereich der Vorstandsbüros und sprach mit Adrian. Desmonds Vater wirkte erregt und fuchtelte mit den Armen, während Mr. Sung ihn gleichmütig anhörte. »Ich möchte nur wissen, was er vorhin im Kontrollraum zu suchen hatte«, murmelte Charlotte.
Jonathan blickte auf. »Mr. Sung?«
»Er benimmt sich sonst nicht so geheimnisvoll.«
»Du hast gesagt, als du letztes Jahr aus Europa zurückgekommen bist, wäre er verändert gewesen.«
»Ich dachte eigentlich, ich hätte es mir nur eingebildet. Aber irgend etwas an ihm ist tatsächlich anders.« Sie öffnete eine Schublade, schaute hinein, schloß sie und öffnete die nächste.
»Charlotte ... er war ein enger Freund deiner Großmutter, Könnte es vielleicht mehr gewesen sein?«
Sie hob die Brauen. »Du meinst, ob er ihr Geliebter war? Das glaube ich nicht. Immerhin war sie zehn Jahre älter als Mr. Sung.«
Außerdem, hätte sie am liebsten hinzugefügt, haben die Frauen meiner Familie bekanntlich immer Pech in der Liebe – meine Urgroßmutter, deren schöner Amerikaner nie zurückkehrte. Meine Großmutter, die sich in ihren Halbbruder verliebte. Meine Mutter, verwitwet, ehe ich noch auf der Welt war. Und ich selbst, verzweifelt verliebt in einen Jungen, der in meinem Leben nur eine kurze Gastrolle spielen wollte.
»Keine Gabeln.« Sie zog die letzte Schublade auf und förderte ein Paar Eßstäbchen zutage. »Geht das?«
»Ich denke schon«, entgegnete er mit einem Blick voller schmerzlicher Erinnerungen. »Ich hatte die beste Lehrerin.«

Charlotte legte mehrere Frühlingsrollen in den noch nie benutzten Mikrowellenherd und hatte dabei das Bild ihrer glatten Hände auf seinen rauhen, ungeschickten vor Augen – Eßstäbchenunterricht, damals, als schon die bloße Berührung mit Johnny sie völlig elektrisiert hatte. »Weißt du –«, sie benutzte die Worte dazu, die Erinnerung zu verdrängen, »daß meine Großmutter fast ein Jahr in diesem Büro gearbeitet und die Mikrowelle kein einziges Mal benutzt hat? Sie mißtraute der Technik. Ich habe ihr erklärt, daß ihr Essen aus der Mikrowelle nicht schaden würde, es sei nur bequemer, weil es schneller gar würde. Sie antwortete, zu schnell gekochtes Essen würde zu schnell verdaut und brächte das Gleichgewicht im Körper durcheinander.«
»Vielleicht hatte sie nicht einmal unrecht.«
Charlotte merkte, daß Jonathan sich benahm, als speise er mit der Königin. Sie mußte an die Tage denken, die sie in seinem Schlupfwinkel in dem großen Haus seines Vaters an der Jackson Street verbracht hatten. Es hatte etwas ganz und gar Exotisches für sie gehabt, aus der altmodischen, technikfeindlichen Welt ihrer Großmutter in Johnnys Welt der fortgeschrittenen Elektronik zu kommen, wo Fußboden, Bett und sämtliche anderen Oberflächen mit Schokoladenpapier, Colaflaschen und getrockneten Pizzastücken übersät waren. Sie wußte noch, wie Jonathan sie einmal angerufen und ihr gesagt hatte, sie müßte sofort zu ihm kommen. Es war in dem Jahr gewesen, als sie beide achtzehn wurden, dem Jahr vor ihrem Schulabschluß und einer unbekannten Zukunft. Charlotte war die zwei Blocks bis zu seinem Haus gerannt, vom Hausmädchen eingelassen worden und gleich weiter in den Keller gelaufen, in dem Jonathan seine private Werkstatt eingerichtet hatte, eine mit Radios, auseinandergenommenen Hi-Fi-Anlagen, Fernseherteilen, Drähten und elektronischen Kleingeräten vollgestopfte Welt. Er hatte dort ein Bett und eine Kochplatte aufgestellt, dazu einen winzigen Kühlschrank und einen Farbfernseher, der mit abgeschaltetem Ton ununterbrochen lief. Charlotte erinnerte sich daran, daß sie drei bekannte Gesichter auf dem Bild-

schirm gesehen hatte: Haldeman, Erlichman und Mitchell. Wegen ihrer Rolle bei der Vertuschung der Watergate-Affäre hatte man sie gerade zu Gefängnisstrafen verurteilt. Charlotte hatte einen äußerst aufgeregten Jonathan vorgefunden, der aussah, als hätte er in seinen Jeans und dem T-Shirt geschlafen, und dessen langes Haar ihm ungekämmt über die Schultern fiel. »Hier, Charlie!« hatte er gerufen, ihre Hand gepackt und sie zu einer Werkbank gezerrt, die mit Radio- und Fernsehbestandteilen sowie leeren Puffreis- und Weingummi-Schachteln bedeckt war.

Sie schaute hin. »Und was ist das?«

Er strahlte. »Der erste Computer der Welt auf Mikroprozessor-Basis! Siehst du? Man gibt Programme in rein binärem Code ein, indem man diese Schalter an der Vorderseite betätigt. Paß auf!«

Sie hatte aufgepaßt. »Was bedeuten die Blinklichter?«

»Das Programm läuft! Ein Programm, das ich ihm eingegeben habe! Zweihundertsechsundfünfzig Bytes Gedächtnis, Charlie! Stell dir das vor! Stell dir vor, was das bedeutet!«

Sie hatte gesehen, wie er lächelte, wie stolz er auf sich war und wie schön ihn seine Freude machte, und sie hatte an das Geheimnis ihrer Party zum fünfzehnten Geburtstag gedacht, das sie vor ihm hütete. Damals hatte sie ihre Freundinnen und Freunde eingeladen, und sie hatten gesagt: »Gerne, solange dieser doofe Johnny Sutherland nicht auch kommt.« Daraufhin hatte sie ihre sogenannten Freundinnen und Freunde wieder ausgeladen und ihre Party allein mit Jonathan gefeiert. Sie waren Cable Car gefahren, hatten im Golden-Gate-Park Blumen gepflückt und in der Ross Alley gedünstetes Won-ton und Frühlingsrollen verschlungen.

Was für ein wohlerzogener Esser er doch geworden ist, dachte sie jetzt. War das derselbe Mensch, der einmal erklärt hätte, Essen müsse ein »Ganzkörpererlebnis« sein? Damals tat er unerhörte Dinge, aß Spaghetti und Spiegeleier mit den Fingern und ließ Messer und Gabel unberührt auf dem Tisch liegen. Noch vor zehn Jahren hatte er sich sein Brötchen auf der Hand geschmiert, obwohl es damals bereits gewisse Anzeichen von Verfeinerung gegeben hatte. Sie fragte sich, ob auch seine Art zu lieben sich geändert hatte – früher hatte Jonathan keine Hemmungen gekannt. Sex mit ihm war ebenfalls ein »Ganzkörpererlebnis« gewesen. Unwillkürlich fragte sie sich, ob er jetzt auch im Bett so wohlerzogen war.

Jonathan stellte die Schale hin und sah auf den größeren Computer, der noch immer die Datenbank absuchte. »Charlotte, hast du zufällig einen Tiegel mit diesem Balsam griffbereit? *Strahlende Intelligenz*?«

»Es müßte noch etwas hier sein.« Sie öffnete eine Schreibtischschublade und nahm einen kleinen Topf Mei-ling-Balsam, eine Flasche Goldlotuswein, eine Packung *Wonne* und eine Schachtel Keemun-Tee heraus.

Während Jonathan den Tiegel öffnete und an dem duftenden Inhalt roch – wiederum eine elegante, geschliffene Bewegung –, überlegte Charlotte, was sich in den zehn Jahren der Entfremdung wohl noch alles an ihm geändert hatte. Plötzlich wollte sie die Lücken füllen. »Wie geht es eigentlich deinem Vater, Johnny?«

»Ausgezeichnet. Sie wohnen jetzt in Hawaii.«

»Sie?«

»Ach ja, richtig, das weißt du ja nicht. Er hat geheiratet.«

»Du machst Witze.«

»Ich war auch ganz verdattert.« Er stand auf, zog das Portemonnaie aus der Hüfttasche und klappte das Farbfoto eines lächelnden Paares unter einer Palme auf.

»Aber das ist doch Miss O'Rourke!«

»Seine getreue Sekretärin. Du erinnerst dich.«

»Wie könnte ich sie vergessen! Sie war öfter bei euch zu Hause als dein Vater. Wie ist denn das gekommen? Haben sie sich plötzlich ineinander verliebt – nach wie vielen Jahren?«

»Tja, für meinen Vater kam es jedenfalls plötzlich. So wie er es erzählt, waren sie gerade wie üblich mit der Limousine zum Flughafen gefahren, und Vater wollte ins Firmenflugzeug steigen, um

Gott weiß wohin zu fliegen, und alles in Miss O'Rourkes bewährten Händen lassen, wie seit zwanzig Jahren. Sie gab ihm seinen Aktenkoffer, wie immer, und auf einmal sagte sie in ihrem ›feinen‹ breiten Irisch: ›Wenn Sie wiederkommen, Mr. Sutherland, verlasse ich Sie. Ich habe Ihnen zwei Jahrzehnte lang treu gedient, Ihnen stets auf jeden Wink zur Verfügung gestanden, für Sie auf ein eigenes Leben verzichtet. Aber ich werde nicht jünger, und es wird Zeit, daß ich auch einmal etwas für mich tue, solange mir noch ein paar Jahre übrigbleiben.‹ Worauf sie, sagt mein Vater, in Tränen ausbrach, vor den Augen des Chauffeurs und des Piloten, und so lange schluchzte und schluchzte, bis mein Vater nicht anders konnte, als sie in die Arme zu nehmen und zu trösten.«

»Das glaub ich nicht.«

»Und weißt du, was er noch gesagt hat? Er hat gesagt, vorher wäre ihm nie aufgefallen, was sie für schöne rote Haare hatte.« Er steckte das Bild wieder ein. »Eine Woche später haben sie geheiratet, und auf einmal gab es große Weihnachtsessen und herzliches Rückenklopfen und Ausrufe wie ›Johnny, mein Junge‹! Neunundzwanzig Jahre nach der Geburt seines Sohnes wurde aus Robert Sutherland überraschend ein Vater.«

Robert Sutherland, der jemanden tröstete! Mit plötzlichem Bedauern dachte Charlotte: Ich habe soviel verpaßt.

Gegen ihren Willen kam ihr wieder der Tag in den Sinn, mit dem ihre ganz persönliche Eiszeit angefangen hatte, damals in dem Restaurant in San Francisco. Sie waren beide höflich und reserviert gewesen, nach sechs Jahren, in denen sie kaum voneinander gehört hatten. Zwischen ihnen stand der Gedichtband mit den Gewinnern des *Silberlorbeerkranzes* von 1981, den er ihr vor sechs Jahren geschickt und der ihr das Herz zerrissen hatte. Warum hatte er ihr jetzt auf einmal geschrieben und um ein Treffen gebeten? »Wir müssen getrennte Wege gehn«, hatte es in einem Gedicht geheißen. Und Charlotte, die immer gedacht hatte, Jonathan liebe sie und wolle sie heiraten, hatte verstanden. Hatte

er seine Meinung mittlerweile geändert? Wollte er nun doch sein Leben mit ihr teilen?
Sie trafen sich im Römischen Garten an der Polk Street, wo rotweißkarierte Tischdecken und Kerzen einen freundlich neutralen Ort für zwei Menschen schufen, die einst ein Liebespaar gewesen und nun beinahe Fremde waren. Jonathans Erscheinung war ein Schock für Charlotte. Als sie ihn 1980 in Boston das letzte Mal gesehen hatte, war er langhaarig und dürr gewesen und hatte ein zerlumptes T-Shirt und ausgebleichte Jeans angehabt. Der Mann, der sich vom Tisch erhob, als sie das italienische Restaurant betrat, hätte ein Model für Brooks Brothers sein können. Natürlich wußte sie aus ihrer spärlichen Korrespondenz – meist in Form höflicher Weihnachtskarten –, daß er nach seinem Abschluß am MIT eine Stelle bei der Regierung gefunden hatte, als *Computerspezialist*, was immer das auch sein mochte. War das das Ergebnis von sechs Jahren Büroarbeit?
Sie setzten sich und sprachen über das Wetter, die Speisekarte, Bücher und Filme, und näherten sich dabei ganz langsam persönlicheren Themen: Charlottes biochemische Forschungsarbeiten im Naturheilmittelbetrieb ihrer Großmutter, Jonathans Leben zwischen seinem Wohnsitz in London und seiner Arbeit für die US-Regierung. Aber das Gespräch war voll nervöser Spannungen, eine Unterhaltung voller Räuspern und unruhigen Händen. Immer wieder fingen sie gleichzeitig an zu sprechen, unterbrachen sich, lachten, sagten: »Nein, du zuerst.«
Sie bestellten Salat und Spaghetti mit Muschelsoße, dazu den Chianti des Hauses. Charlotte fiel auf, daß Jonathan wußte, welches die Salatgabel war, und daß er am Wein roch und ihn probierte, bevor er den Kellner beide Gläser füllen ließ.
Mitten im Essen überraschte er sie mit einem Geschenk. Sie hatte ihm nichts mitgebracht. Als sie das wunderschöne Seidentuch und das Windspiel aus Kristallglas sah, durchzuckte sie eine plötzliche Hoffnung, er sei tatsächlich gekommen, um ihr zu sagen, daß er wieder mit ihr zusammensein wolle.

»Du arbeitest also immer noch für die Regierung?« fragte sie und hatte auf einmal keinen Appetit mehr, sondern fühlte sich federleicht. Was für ein schönes Geschenk! Und noch wundervoller war, daß er sich entspannte und so dem alten Johnny, den sie kannte, wieder ähnlicher wurde. Erinnerungen an ihre gemeinsame Jugend in San Francisco ließen sie auf einem Zauberteppich aus großen Hoffnungen und neuentflammter Liebe dahinschweben. »Ich weiß gar nicht mehr, was es war – das FBI? Oder der CIA?«

»Die NSA – National Security Agency. Wir schützen den Nachrichtenverkehr unserer Regierung.«

Sein schottischer Akzent war längst verschwunden. Damals am MIT hatte Jonathan eine sehr englische Aussprache gehabt, das Ergebnis von vier Jahren Cambridge. Inzwischen war sein Tonfall weicher geworden und klang amerikanischer, vermutlich die Folge der sechsjährigen Tätigkeit für die US-Regierung. Es war ein Tonfall, der sie daran erinnerte, daß Jonathan sich immer noch zwischen zwei Welten bewegte. Sie fragte sich, ob er sich jetzt endlich für eine davon entschieden hatte, um dort seßhaft zu werden.

»Du machst mich neugierig. Wie um alles in der Welt bist du denn dort gelandet?« Wie typisch für Johnny, dachte sie in einem plötzlichen Anflug von Glück. Ein gewöhnlicher Bürojob kam für ihn nicht in Frage!

»Man hat mich angeworben.« Er lachte. »Genauer gesagt, ich wurde verhaftet. Sie schnappten ein paar von uns. Einige meiner Kumpel wurden eingelocht, weil sie Zeugnisse fälschten und Noten änderten. Mit unseren Fähigkeiten konnten wir jedem, der es haben wollte, für fünfzigtausend Dollar eine hochoffizielle MIT-Promotionsurkunde besorgen.«

»Hast du das auch gemacht?«

Er schüttelte den Kopf. »Nein, das war mir zu einfach. Mein Ding war die Flugsicherung. Ich suchte mir einen Zugang zu ihrem System und schaffte es, bis in den Kontroll-Tower am John-F.-Kennedy-Flughafen vorzudringen.«

»Und?« Sie stützte sich auf die Ellbogen und kam ihm ganz nah.
»Ich griff nirgends ein, obwohl ich es hätte tun können. Ich habe nur eine Weile zugeschaut – und dabei gesehen, wie ein TWA-Jet ein brasilianisches Flugzeug ganz knapp geschnitten hat. Offenbar ist es dort oben manchmal ziemlich eng.«
»Und dann haben sie dich beim Schnüffeln erwischt?«
»Nein, ich lasse mich nie erwischen. Ich schrieb einen anonymen Brief an die FAA und wies sie auf die Sicherheitsmängel in ihrem Flugkontrollsystem hin.« Er errötete. »Woran ich nicht gedacht hatte, waren die Fingerabdrücke auf dem Briefpapier.«
»Und deshalb haben sie dir einen Job angeboten?«
»Ich konnte wählen: entweder für sie arbeiten oder ins Gefängnis gehen.«
Es wurde immer wundervoller. Plötzlich dachte Charlotte, daß sie das Gedicht und den kalten Abschied von vor sechs Jahren vielleicht doch vergessen konnten. Sie würden durch die Stadt spazieren, die Orte, an denen sie früher oft gewesen waren, aufsuchen und dann in ihre Wohnung gehen und sich lieben, wundervoll lieben.
»Mit anderen Worten, du bist ein Spion. Bist du deshalb hier? Ich habe gehört, daß es im Silicon Valley von KGB-Agenten nur so wimmelt.«
Jonathan drehte das Weinglas zwischen den Fingern, daß der Chianti wie ein Rubin mit tausend Facetten strahlte. »Nun ja ... jeder weiß, daß über das sowjetische Konsulat hier in San Francisco amerikanische Technologie nach Rußland geschafft wird. Sie haben sogar Antennen und anderes Überwachungsgerät auf dem Dach, um im Silicon Valley geheime Telefongespräche abzuhören. Sie haben Agenten, die Strohfirmen gründen, diese mit den neuesten Computersystemen ausstatten, und dann in aller Stille dichtmachen und mit der ganzen Ausrüstung nach Hause zurückkehren.« Er schüttelte den Kopf. »Eigentlich traurig. Ihre gestohlene Software ist eine zusammengewürfelte Mischung aus nach-

gebauten Betriebssystemen und Programmen, die ins Kyrillische übertragen wurden.« Er hob den Kopf und sah ihr geradewegs in die Augen. »Ich arbeite nicht mehr für die NSA, Charlie. Ich bin gegangen. Ich gründe meine eigene Firma.«

Eine Pause trat ein. Anscheinend wollte er mehr sagen, darum wartete sie. »Hast du schon mal etwas von der Amsterdamer Acht gehört?«

Sie schüttelte den Kopf. »Leider nein. Ich fürchte, ich bin nicht mehr ganz auf dem laufenden. Ich vergrößere Großmutters Forschungslabor, engagiere neue Chemiker und versuche, unsere Produktion zu verbessern. Ich bin so eingepannt, daß ich nicht mal mehr die Klatschspalte in der Zeitung lese.«

»Also ...«, begann er, und seine Miene verdüsterte sich auf eine Art, die sie kannte. Es bedeutete, daß ihn irgend etwas bedrückte. Als er den Blick abwandte und so tat, als interessiere er sich für die Passanten auf dem Bürgersteig, hätte sie am liebsten seine Hand genommen. Johnny schien große Sorgen zu haben.

»Was ist?« fragte sie sanft.

Er sah sie an, als wollte er in ihrem Blick lesen. Charlotte bemerkte das Abwägen und Austarieren, das hinter der Fassade seiner angenehmen Züge vorging – Johnny schien sich mit einer schwierigen Entscheidung zu quälen. Schließlich schüttelte er den Kopf.

»Lassen wir das. Es ist eine lange und recht unerfreuliche Geschichte. Ich will uns damit nicht das Wiedersehen verderben. Jedenfalls sind es die Acht von Amsterdam, die mich dazu gebracht haben, mein Abschiedsgesuch einzureichen. Sie sind schuld daran, daß ich die Lust am Spitzelspiel verloren habe.«

»Wolltest du mich hier treffen, um mir zu erzählen, daß du nicht mehr bei der NSA bist?« Sie wußte genau, daß es nicht so war. Es gab noch etwas anderes, und die Vorfreude ließ ihr Herz schneller schlagen.

Jonathan betrachtete aufmerksam den kleinen Glaskrug mit Brot-

stangen auf dem Tisch. »Charlotte ...« Sein Ton war erschreckend ernst. »Ich muß dir etwas sagen.«
Sie wartete. Sie hielt Atem und Herz an und wartete.
»Ich werde heiraten.«
Sie sah ihn an.
»Ich habe sie letztes Jahr kennengelernt.«
Das kleine Restaurant mit seinen Tischtüchern und Brotstangen war plötzlich für sie nicht mehr da. So als wäre eine Bombe explodiert.
Jonathan musterte sie erwartungsvoll.
Als sie endlich begriff, was er soeben gesagt hatte, schrie sie innerlich auf: Was ist aus »Ich muß meinen eignen Weg gehen, meinen Weg allein suchen« geworden? Sie wollte ihn anbrüllen: Wie kannst du es wagen, einfach eine andere zu heiraten! Wir sind doch seelenverwandt, Johnny, siamesische Zwillinge, zusammengewachsen am Herzen! Hatten wir nicht einen Vertrag geschlossen, niedergeschrieben in der Sprache unseres Pulsschlags, daß wir entweder zusammensein oder allein bleiben würden?
Was hatte diese dritte Person hier zu suchen?
Am liebsten hätte sie ihm den Wein ins Gesicht geschleudert.
»Ihr Name ist Adele«, begann er.
Charlotte stand auf. Ihr Stuhl schabte über den Holzfußboden.
»Herzlichen Glückwunsch.«
»Charlie.« Es klang flehend.
»Danke für das Essen.« Sie griff nach der Schachtel mit dem Seidentuch und dem Windspiel und fand irgendwie den Ausgang, den Bürgersteig und entkam, von der Sonne geblendet, die Straße hinunter.
Sie hatte ihn nicht wiedergesehen.
Und nun, zehn Jahre später, schaute sie ihm zu, wie er sein Handy nahm und wählte, um selbstsicher, fast gebieterisch, einen weiteren Spezialagenten zu verlangen, und sie dachte: Johnny, du hast gesagt, du hättest von Großmutters Tod gelesen. Warum hast du mir damals nicht geschrieben? Oder wenigstens ein Telegramm

geschickt? Bedeutete ihr Verlust dir so wenig? Oder lag es daran, daß ich damals weggelaufen bin?

Sie tastete nach dem Shang-Dynastie-Anhänger auf ihrer Brust und dachte daran, wie wichtig und bedeutend er für sie war. Sie stellte sich seinen Inhalt vor. War es wirklich nur Zufall gewesen, daß sie die Kette, als sie sich sofort nach Desmonds Anruf hastig angezogen hatte, noch umgelegt hatte? Sie hatte den Anhänger seit Monaten nicht getragen.

Es ist kein Zufall. Es ist ein Zeichen …

Als wollte sie die schmerzliche Erinnerung fortwischen, rieb sie sich die Hände an der Serviette ab und trat an die Tür zum Museum. Vor sich sah sie den Nachbau eines chinesischen Kräuterladens, mit Theke und Regalen, Waage und Abakus und allen Arten von Essenzen und Substanzen, die in die Heilmittel hineinkamen: Flaschen mit konservierten Aalen, Fässer mit eingelegten Wurzeln, getrocknete Blätter, Gräser und Blumen, Säcke mit Rinde, Gewürzen, Reis, Krüge mit getrockneten Skorpionen, Schlangen und Käfern. Ein Füllhorn von Balsamen, Elixieren, Heil- und Stärkungsmitteln. Und in einem der obersten Fächer eine riesige, schlafende weiße Perserkatze …

Während sie noch dastand und den alten Laden betrachtete, ertönte vom Computer ein Signal. Charlotte fuhr herum. »Was gibt es?«

»Das darf nicht wahr sein! Ein neues Video.«

Sie hatte schon damit gerechnet, wieder das Innere ihres Hauses zu sehen, aber zu ihrer Überraschung erschien eine Außenaufnahme. Sie zeigte ein Wohnviertel bei Nacht und starkem Regen.

»Ist das echt, oder …«, begann Charlotte und stockte. »O mein Gott.«

»Was ist?«

»Das ist Naomis Haus. Jonathan, das ist von der gegenüberliegenden Straßenseite aufgenommen.« Sie packte ihn am Handgelenk. »Kannst du herausfinden, ob das gefälscht oder echt ist?«

»Warte.« Er setzte sich hin und gab einen Suchlauf ein. Während sie warteten, sah Charlotte ein Auto herankommen und anhalten. Sie kannte den Wagen. »Es ist Naomi!«

»Scheiße«, flüsterte Jonathan, als in dem DOS-Fenster die IP-Adresse auftauchte. »Diese Sendung kann von überall herkommen.«

»Aber ist es echt?«

»Das kann man nicht feststellen.«

Sie sahen Naomi auf der Fahrerseite aussteigen. Sie hielt sich einen Schal über den Kopf und rannte die Auffahrt zu einem von Farnbäumen und Azaleen umgebenen rosa Stuckhaus hinauf.

»Irgend etwas wird passieren, Jonathan. Diesmal ist es echt.« Sie griff zum Telefon.

»Woher weißt du das?«

»Naomi und ich haben heute morgen zusammen Kaffee getrunken, bevor sie zur Universität fuhr. Sie hatte diese Sachen an.«

Jonathan griff nach seinem Handy. »Welche Nummer hat die Polizei?«

»Nimm lieber den Notruf.«

»Und wenn es wieder ein falscher Alarm ist? Du hast sie schon einmal vergeblich losgeschickt.«

Ihre Blicke trafen sich. »Ruf die Vermittlung an, Johnny. Verlang die Polizeistation Palm Springs.«

Charlotte wählte Naomis Nummer, zitterte aber so heftig, daß sie sich verwählte. Während sie es noch einmal versuchte, beobachete sie mit angehaltenem Atem, wie Naomi an der Haustür stehenblieb und aus der Handtasche einen Schlüsselbund herauszog. Inzwischen ließ Jonathan sich mit der Polizei verbinden. Bei Naomis Anschluß war das Besetztzeichen zu hören. Naomi schob den Schlüssel ins Schloß und drehte den Knauf.

»Ich fasse es nicht«, sagte Jonathan ungläubig. »Es ist ein Tonband. Ich bin in der Warteschleife.«

Naomi schob die Haustür auf, aber gerade, als sie eintreten wollte, schoß plötzlich etwas Kleines, Dunkles heraus und raste den Weg hinunter. Naomi fuhr herum und rief etwas.

»O Gott, hoffentlich ist es nur ein Video, das mir Angst einjagen soll«, betete Charlotte und wählte mit bebenden Fingern weiter.
»Ja, Officer«, begann Jonathan hastig, als auf dem Revier endlich jemand abnahm. »Ich möchte einen Vorfall …«
»Jetzt ist frei!« rief Charlotte.
Gleich darauf leuchtete ein blendend helles Licht auf. Die Vorderfenster sprangen in Scherben nach außen, Flammenzungen loderten durch die offene Tür, und ein Feuerball explodierte in den Nachthimmel.

22
1925 – San Francisco, Kalifornien

Glaubte der Dieb wirklich, er hätte mir alles genommen?

Er hatte meine Smaragde und meine amerikanischen Dollars gestohlen, meine Perlenkette und die Jadeohrringe. Aber er hatte die Lebensmittel in der Küche zurückgelassen, die Kräuter, Wachse und Öle, die ich für meine Arzneien brauchte, eine Flasche mit dem Stärkungswein meiner Mutter, einen Krug mit ihrem geheimen Balsam, und meine beiden Ih-Hsing-Teekannen. Hielt dieser Tor Smaragde für wertvoller als Heilmittel?

Als ich zum Juwelierladen gegangen war, hatte ich meine Papiere bei mir gehabt, weil ich dachte, ich müßte mich vielleicht ausweisen. Deshalb besaß ich, obwohl ich nun mittellos war, noch immer meine Identität, das Foto von mir aus der Missionsschule und auch den Brief meines Vaters an meine Mutter.

Ich berichtete Mrs. Po von dem Einbruch. Sie fragte, ob ich trotzdem die Miete bezahlen könnte. Ich sagte ja, aber ob sie den Vorfall denn nicht melden wollte. »Wem denn?« sagte sie.

Der Dieb hatte auch meine Seidenkleider und die teuren Schuhe und Handtaschen dagelassen. Ich verkaufte alles und erstand mit dem Geld noch mehr Kräuter, Mineralien und Mixturen, dazu einen Dampfkochtopf, einen Seiher, Töpfe, eine Waage, Nesseltuch, einen Mahlstein, Krüge, Papier und Schnur. Denn das Wertvollste hatte der dumme Dieb übersehen: das kleine Buch, in dem meine Mutter alle ihre Rezepte für die Heilmittel aufgezeichnet hatte.

Ich würde sie herstellen und an die Einwohner von Chinatown verkaufen.
Um Geld zu sparen, zog ich in Mrs. Pos Haus in eine kleinere Wohnung, ein Stockwerk tiefer. Es war nur ein Zimmer, mit einer elektrischen Kochplatte statt einer Küche. Aber es gab ein Spülbecken, und so hatte ich alles, was ich zur Arbeit brauchte. Mrs. Po ermahnte mich nochmals: »Keine Männer!«, denn offenbar glaubte sie, alle Mädchen, die allein lebten, seien Prostituierte.

Ich suchte weiter nach meinem Vater.
Zuerst mußte ich wissen, wie man den Namen schrieb. Ich hatte ja nur gehört, wie der Juwelier ihn aussprach. Hieß es Barklay, Barklie oder Barclay? Es gab so viele Möglichkeiten. Und wo sollte ich es herausfinden? Zu dem Juwelierladen konnte ich nicht zurückgehen. Die Polizei würde mir keine Auskunft geben. Mein Vater schien so unerreichbar wie der Mond und die Sterne.
Und genauso verhielt es sich mit der Liebe, die sich an jenem Tag in dem Juweliergeschäft in mein Herz gebrannt hatte.
In den folgenden Tagen, Wochen und Monaten konnte ich die rauchgrauen Augen und das leicht schräge Lächeln ebensowenig vergessen wie die Art, mit der der junge Mann mich angestarrt hatte, als ich den Laden betrat – so, als hätte auch er den Blitzschlag gespürt. Meine Liebe zu ihm wurde immer größer, eine furchtbare, verbotene Liebe, denn er war mein Bruder.
Jede Nacht vor dem Einschlafen sah ich sein schönes Gesicht vor mir, aber dann drängte sich die Stimme des Juweliers dazwischen, verhöhnte mich und erinnerte mich an meine Sünde: »Da ist sie, Mr. Barclay. Das Mädchen, das den Ring Ihres Vaters gestohlen hat.«
Man hielt mich also für eine Diebin. Ich mußte einen anderen Weg zu meinem Vater finden.
Zu meinen Mitmietern in Mrs. Pos Haus gehörte ein sanfter junger Mann namens Mr. Lee, ein Künstler, der chinesische Tusche-

bilder für Touristen malte. Nach dem Wohnungseinbruch bot er mir seine Hilfe an, aber ich wollte nicht, daß er mir Geld gab. Als ich nach unten in das kleinere Zimmer zog, wiederholte er in seiner schüchternen Art das Angebot. Aber ich konnte seine Wohltätigkeit nicht annehmen. Eines Abends jedoch, als ich mit meinem schweren Korb voller Arzneien, die ich in den Straßen von Chinatown zu verkaufen versucht hatte, die Treppe hinaufkam, nahm mir Mr. Lee den Korb ab und trug ihn den Rest der Stufen. Er lud mich zum Tee ein und erzählte mir von sich. Er stammte aus Hawaii und hoffte, seine Familie nach Kalifornien nachholen zu können. Auch ich erzählte ihm von mir und meiner Suche nach einer bestimmten Person.

So erfuhr ich, daß Leute, die ein Telefon besaßen, in einem städtischen Buch aufgeführt waren. Mr. Lee, der in seinem Atelier an der Stockton Street über einen Apparat verfügte, zeigte mir das Buch, und ich las voller Erregung die Namen darin – keine Barklays, keine Barklies, aber mehrere Barclays!

Ich fand keinen Richard, schrieb aber trotzdem alle Adressen ab. Vielleicht waren diese Barclays miteinander verwandt und konnten mir sagen, wo mein Vater sich aufhielt. So wagte ich mich von neuem aus Chinatown hinaus.

Das erste Haus, das ich mir ansah, gehörte einem reichen Mann. Es war eine Villa auf einem der Hügel. Ich bestaunte die Erkerfenster und Säulen, die Rasenflächen und Gartenanlagen, die Aussicht über die Bucht, und dachte: In so einem Haus würde mein Vater wohnen.

Während ich so auf dem Bürgersteig stand und durch den schmiedeeisernen Zaun spähte, kam ein Polizist auf mich zu und wollte wissen, was ich da machte. Ich sagte ihm nicht die Wahrheit – hätte er mir geglaubt? Ich antwortete, daß ich lediglich das Haus bewunderte, worauf er mir befahl, »mich zu trollen«.

Ich klapperte die ganze Stadt ab, mit der Straßenbahn und dem Cable Car, meistens aber, Meile für Meile, zu Fuß, durch fremde Viertel, wo die Hausfrauen mich mißtrauisch beobachteten. Immer wieder aber kehrte ich zu der großen Villa auf dem Hügel zurück, allmählich davon überzeugt, daß hier mein Vater sein mußte.

Und dann, eines Tages, als ich an der Ecke stand und darüber nachgrübelte, ob ich mich an die Tür wagen sollte, sah ich ein Auto aus der Remise hinter der Villa kommen. Es fuhr langsam die lange Auffahrt zur Straße hinunter und hielt dort einen Moment an, so daß ich den Fahrer deutlich erkennen konnte.

Es war der junge Mann aus dem Juwelierladen. Der junge Mann, der mein Herz gestohlen hatte. Mein Bruder.

Dann war das hier also wirklich das Haus meines Vaters. Er mußte einer der reichsten Männer von San Francisco sein.

Bei einem so vornehmen Haus konnte man nicht einfach an der Tür läuten, aber es gab einen anderen Weg, Verbindung mit meinem Vater aufzunehmen. Mr. Lee erlaubte mir freundlicherweise, sein Telefon zu benutzen. Er zeigte mir, wie man hineinsprach und wie man hören konnte, und auch, wie man die Vermittlung um eine Nummer aus dem Buch bitten mußte.

Das erste Mal, als ich die Dame am anderen Ende sagen hörte: »Hier bei Barclay«, brachte ich kein Wort heraus. »Wer ist dort, bitte?« fragte sie. Ich lauschte voller Furcht. Dann hängte ich die Hörmuschel des Telefons wieder auf ihren Haken.

Am nächsten Tag kam ich wieder, und wieder war Mr. Lee so liebenswürdig, mich telefonieren zu lassen. Dieselbe Dame antwortete. Auch diesmal fand ich nicht den Mut, etwas zu sagen.

Bei meinem dritten Versuch war eine andere Dame am Apparat, und als ich stumm blieb, fragte sie: »Sind Sie das Mädchen, das den Ring meines Mannes gestohlen hat?« Ihre Stimme war kalt und hart. Ich legte den Hörer auf.

Mr. Lee, still und sanft wie stets, empfahl mir, zu einer anderen Tageszeit anzurufen, wenn nicht nur die Damen zu Hause waren. Also ging ich abends noch einmal in seinen Laden, und dieses Mal nahm ein Mann ab. »Hier Gideon Barclay«, meldete er sich.

Ich schwieg.

»Hallo? Ist dort jemand?« er stockte und fuhr dann mit milderer Stimme fort: »Sind Sie das Mädchen aus dem Juwelierladen?«
Ich wollte sprechen. Mein Mund stand offen, aber es kam kein Wort heraus. Ich konnte nur an die Polizisten denken, die mich gequält hatten, die Dienstmädchen und Hausfrauen mit ihren verächtlichen Blicken, die vielen Vorurteile, die mir in dieser großen Stadt begegnet waren. Ich legte die Hand auf die Brust und fühlte den Ring meines Vaters, schwer und tröstlich, das einzige Andenken an ihn, das ich besaß. *Sie werden ihn mir wegnehmen.*
»Haben Sie etwas erfahren?« fragte Mr. Lee, als ich wortlos auflegte.
Ja, ich hatte etwas erfahren. Gideon. Mein Bruder hieß Gideon.

Ich schrieb an Reverend Peterson und teilte ihm mit, ich sei heil und gesund und hätte die Familie meines Vaters gefunden. Ich fragte, ob meine Mutter gestorben sei, und falls ja, wann, und ob sie ein würdiges Begräbnis gehabt hätte. Denn die Furcht, sie könnte nicht gestorben sein, begann mich zu quälen – was ist das für eine Tochter, die ihre schwerkranke Mutter im Stich läßt?
Der Brief kam ungeöffnet zurück mit einer erklärenden Nachricht, geschrieben von einer der Damen aus der Missionsschule: Reverend Peterson sei an eine Mission im Inneren Chinas versetzt worden. Darum wußte ich nicht, ob meine Mutter bereits gestorben oder noch irgendwo am Leben war, allein und krank.
Meine Arzneien verkauften sich nicht.
Jeden Tag zog ich mit meinem Weidenkorb los und rief: »Gute Gesundheit zu verkaufen! Langlebigkeit für fünfundzwanzig Cents! Glückstee, nur einen Zehner!«
Aber ich mußte erfahren, daß die Chinesen viele von den Heilmitteln meiner Mutter schon kannten. Sie brauten sie zu Hause selbst und sagten: »Warum dafür bezahlen?«
Ich lernte auch, daß die Menschen nichts kauften, was sie nicht schon kannten. Ich ging in Kräuterläden und sah dort die rotgol-

denen Packungen der Roter-Drache-Gesundheitsgesellschaft. Ganz Chinatown kaufte Roter-Drache-Heilmittel und -Tees. Es gab keinen Platz für jemand Neues.

Schließlich mußte ich Gelegenheitsarbeiten annehmen, um Geld zu verdienen. Ich bügelte in Mrs. Pos Wäscherei, fegte Mr. Chins Teeladen, trug überlasteten Einkäuferinnen die Pakete. Das Geld benutzte ich dazu, weitere Zutaten für meine Heilmittel zu kaufen, mit denen ich mich spät nachts auf meiner Kochplatte herumplagte – ich pulverisierte, mischte, rührte, kochte, verschnitt. Mein Glaube an die Medizin meiner Mutter war so stark, daß ich überzeugt war, die schlechten Zeiten würden nicht lange dauern.

Als ich das Zimmer über der Wäscherei nicht mehr bezahlen konnte, zog ich in den Keller. Dort hatte ich kein Fenster, und mein Lebensraum war so breit wie fünf meiner Füße vom Absatz bis zur Zehe und so lang wie sechs davon. Eine Strohmatte auf dem Boden wurde mein Bett. So, wie ich selbst immer tiefer sank, sank auch meine Wohnung in die Erde.

Ältere Nachbarinnen, die ebenfalls in engen Kellerlöchern hausten, sagten, nun käme nur noch das Grab.

Aber ich weigerte mich, die Hoffnung aufzugeben.

Ich behielt meine kleine Kochplatte und schaffte es irgendwie, mir die Substanzen zu beschaffen, die ich für die Arzneien meiner Mutter brauchte. Ich ging nicht in die nächste Kirche, um milde Gaben zu empfangen, und ich bettelte nicht um Geld, denn meine Mutter hatte mich gelehrt, daß der Sarg immer noch besser sei als die Bettelschale. Es gab Wohltätigkeitsvereine in Chinatown, die Bedürftigen halfen, aber sie gehörten bestimmten Clans. Einwanderer aus Hongkong und Schanghai, Kanton und Peking, selbst aus winzigen Dörfern der inneren chinesischen Provinzen, fanden den Verein ihres Clans, wo man sich um sie kümmerte. Ich jedoch stammte aus Singapur und war keine Vollblutchinesin, darum blieb ich selbst in Chinatown eine Außenseiterin.

Als ich selbst gar kein Geld für Essen mehr hatte, ging ich zur Hintertür von Wong Los Restaurant, mit dessen Koch ich mich angefreundet hatte. Er gab mir die Abfälle der Mahlzeiten des jeweiligen Abends: Hühnerknochen, an denen noch Knorpel hing, Fischhäute, abgehackte Gemüsestengel, die papierdünne Außenschale einer Zwiebel, einen Kohlstrunk. Ich kochte alles auf meiner kleinen Platte und hatte so jeden Abend eine Suppe.

Weil die Menschen auf der Straße nur taube Ohren für mich hatten, überlegte ich schließlich, ob nicht Mrs. Po meine erste Kundin werden könnte. Von dem Bleichmittel ihrer Wäscherei waren ihre Hände immer rauh und rissig. Wenn ich sie überzeugen konnte, meine Mittel zu probieren, würden sie ihr gefallen, das wußte ich, und sie würde ihren Freundinnen und Kunden davon erzählen. Darum gab ich ihr eines Tages ein kleines Glas mit dem Balsam meiner Mutter. »Wie heißt das?« fragte sie. Insgeheim nannte ich es immer *die Medizin, die die Wunden eines Amerikaners heilte, der nicht wußte, wer er war.*

»Es hat keinen Namen«, antwortete ich.

»Wozu ist es gut?«

Um die geschwärzten Füße meiner Mutter zu behandeln, wenn sie auf ihren Goldlilien nicht mehr laufen konnte.

»Es heilt die Haut.«

»Was noch?«

»Das ist alles.«

»Pah! Geld ausgeben für Medizin, die nur eine Sache kann?« Sie zeigte mir einen Krug mit Himmlischer-Roter-Drache-Salbe. »Lesen Etikett«, befahl sie stolz. Ich tat es und konnte gar nicht glauben, was die Salbe alles zu kurieren versprach – von Halsweh bis zu Hämorrhoiden.

»Natürlich klappt nicht immer«, fügte Mrs. Po hinzu. »Ehemann immer noch schlimme Kopfschmerzen. Ich sage, nimm mehr Salbe, nimm ganzen Krug, dann Kopfschmerzen weggehen.«

Ich bot ihr die schlichte Flasche mit dem Stärkungswein meiner Mutter an. »Bitte versuchen Sie das hier.«

»Hmph! Habe etwas Besseres.« Sie holte es hinter der Theke vor. Es war in einer auffälligen roten Flasche mit goldenen Buchstaben.
Ich probierte es. Als sie meine saure Miene sah, erklärte Mrs. Po: »Bitter heilt am besten. Sie das nicht wissen, dann Ihre Medizin nicht gut.«
Aber meine Mutter hatte gesagt: »Erfreue die Geschmacksknospen, und der Magen wird folgen.«
Ich verlor allmählich den Mut. Mrs. Po war Chinatown – sie stand für all die Menschen, denen ich meine Arzneien verkaufen wollte. Wenn ich sie schon nicht überzeugen konnte, wie durfte ich hoffen, Tausende für mich zu gewinnen?
Also gab ich kostbares Geld dafür aus, Roter-Drache-Mittel zu kaufen, um sie zu testen. Ich stellte fest, daß die Tees bitter, die Balsame übelriechend und die Kräuter von mangelhafter Qualität waren. Anscheinend kaufte sie jeder nur deshalb, weil die anderen es eben auch taten. Ich sah auch, daß jedes Roter-Drache-Produkt mehr als eine Heilwirkung versprach. Für die sparsame und pragmatische Denkweise der Chinesen war das Mittel, das die größte Zahl von Leiden kurierte, auch das beste. Warum sechs Arzneimittel kaufen, wenn man sechs Kuren für den Preis von einer bekam? Ich setzte mich auf den Boden und verglich. Zuerst legte ich meine eigenen zwölf Arzneien vor mich hin, die ich auf der Kochplatte zusammengebraut hatte. Es waren zwölf Medikamente gegen zwölf Beschwerden. Dann stellte ich daneben die Roter-Drache-Salbe, die »die Manneskraft stärkt, Würmer vertreibt, die heiße Leber kühlt, die Milz wärmt und Warzen beseitigt«, und den Roter-Drache-Tee, der »Mumps vorbeugt, Zahnschmerzen lindert, Unregelmäßigkeiten des Monatsflusses heilt, mangelndes Yin ersetzt«.
Ich staunte, daß ein Heilmittel so viele Wunder wirken konnte. Auf den Packungen stand nicht, welche Kräuter sie enthielten. Aber darauf kam es auch nicht an. Die Chinesen dachten: *Alles in einem Topf. Sehr kluger Kauf.*

Ich dachte an den Balsam meiner Mutter, den Mrs. Po nicht haben wollte. Er hatte ein einfaches Rezept und bestand aus Menthol, Wachs, Eukalyptus, Vaseline und Kampfer gegen blaue Flecke und verletzte oder geschädigte Haut. Er funktionierte gut und schnell. Aber das reichte nicht. Konnte ich weitere Inhaltsstoffe hinzufügen, die den Balsam auch gegen andere Leiden wirksam machten?
Während ich über dieses Rätsel nachgrübelte, schrubbte ich Fußböden für Mr. Chin und Töpfe für Wong Lo, bis meine Hände wund und blutig waren. Ich bügelte für Mrs. Po und erledigte Botengänge für Ladenbesitzer, bis ich zu Tode erschöpft war. Mit dem Geld, das ich verdiente, kaufte ich neue Kräuter und mischte sie in meinen Balsam – Mandelöl, um die Haut zu nähren, und gemahlene Zikaden, um sie vor Allergien zu schützen, Chrysanthemenblüten, um Abszesse abheilen zu lassen, und Kudzuwurzel, um Muskelverspannungen und Schmerzen zu lindern, Rhabarber, um Schwellungen zurückgehen zu lassen, und Gips gegen Hitzeausschlag. Jede Nacht mühte ich mich an meiner kleinen Kochplatte um die richtige Mischung der Zutaten – nicht zuviel von einer Substanz, damit die Salbe nicht giftig wurde, aber auch nicht zu wenig, weil sie sonst nicht wirkte. Ich kaufte eine kleine Uhr mit lautem Weckton, so daß ich schlafen konnte, während meine Gardenienfrucht köchelte, und rechtzeitig aufwachte, um die Brühe abzuseihen, neues Wasser hinzuzufügen, das Ganze weiterköcheln zu lassen und wieder ein bißchen zu schlafen.
Wenn ich ein Kraut nicht bezahlen konnte, arbeitete ich dafür bei Mr. Huangs Handelsgesellschaft. Dann stand ich um Mitternacht an seiner Hintertür, nahm eine Lieferung aus China importierter Kräuter entgegen und arbeite den ganzen Rest der Nacht daran, sie zu sortieren und zu prüfen, sie von Schmutz und Verunreinigungen zu befreien und alle medizinisch nicht verwendbaren Pflanzenteile zu entfernen. Anschließend trennte ich sorgfältig Blüten, Stengel und Wurzeln, wusch und trocknete sie und legte sie Mr. Huang hin, der sie morgens begutachtete. Dafür erhielt

ich eine bestimmte Menge *Yunnan bai yao*, sogenannten Berglack, eine starke Substanz, die Blutungen stoppt und Wunden schnell heilt.
Der Balsam meiner Mutter wurde um viele neue Inhaltsstoffe bereichert. Aber würden sie sich auch miteinander vertragen? Und wie sollte ich das herausfinden?
Ich brauchte einen Patienten. Mrs. Po wollte mir ihre rauhen Hände nicht anvertrauen, ihr Ehemann zog es vor, seine Migräne zu pflegen, Mr. Huang lehnte die Möglichkeit, sein Ekzem heilen zu lassen, höflich ab, und Mr. Lee hatte keine körperlichen Beschwerden.
Am Ende blieb nur ein wirklich zuverlässiger Weg, meine Salbe zu testen.
Ich fügte mir selbst eine Brandwunde zu. Ich schlief ohne Kopfkissen, damit mein Hals schmerzte. Ich ließ mich im Golden-Gate-Park von den Mücken stechen. Dann trug ich meinen Balsam auf und stellte fest, wann er wirkte und wann nicht. Ich erhöhte die Dosierung des einen und verminderte die eines anderen Stoffes. Als ich Ausschlag bekam, rührte ich einen Topf mit neuem Balsam an und ließ dabei das Jimsonkraut weg, das zur örtlichen Betäubung dient. Das nächste Mal bekam ich keinen Ausschlag. Schließlich, nach vielen Selbstversuchen, linderte der neue Balsam Verbrennungen, minderte Juckreiz und besänftigte Schmerzen. Ich dachte, ich hätte die vollkommene Medizin gefunden.
Und dann kam Mrs. Po und erklärte mir, jemand anderes brauche mein Zimmer, jemand mit Geld. Ich müsse ausziehen. Ich flehte sie an. Ich sagte, ich hätte eine neue Medizin entwickelt, die ich auf der Straße verkaufen würde. »Zwei Tage«, antwortete sie nur und hielt zwei rissige Finger hoch.

Nie im Leben hatte ich solchen Hunger gekannt.
Selbst in unserer schlimmsten Zeit in Singapur, als meine Mutter keine Patienten hatte und keinen Wein verkaufen konnte, weil es

ihr an Geld fehlte, um die Zutaten dafür zu beschaffen – selbst damals war ich nie so hungrig gewesen wie in diesen dunklen Tagen in Chinatown.
Während ich mich mit meinem Korb durch die Menge auf der Grant Avenue schleppte und meine Waren ausrief, versuchte ich, nicht auf die Speisen in den Auslagen zu schauen, denn beim Anblick saftiger Pekingenten und im Ganzen gedünsteter Fische lief mir das Wasser im Mund zusammen. Ich atmete nicht durch die Nase, um die Düfte von gebratenen Garnelen und knusprigen, mit Reis gefüllten Hühnern nicht zu riechen. Ich bemühte mich, nicht hinzuschauen, wenn ein Kind die Zähne im hellroten Fleisch einer frischen Wassermelone versenkte, eine ältere Frau Sonnenblumenkerne in den Mund stopfte und dezent die Schalen ausspuckte oder ein Mann im Büroanzug an einem Eßstand dampfende Nudeln verschlang.
Ich durfte nicht an Essen denken ...
Schließlich mußte ich an einer Ecke stehenbleiben. Mein Korb war auf einmal bleischwer und mein Kopf federleicht. Als ich eine Hand auf meinem Arm spürte, schrie ich auf.
Ich fuhr herum und sah in ein Paar graue Augen, die mich seit einem Jahr verfolgten.
»Warten Sie«, sagte Gideon Barclay. »Laufen Sie nicht weg. Bitte! Ich werde Ihnen nichts tun.«
Ich hätte nicht fortlaufen können, selbst wenn ich es gewollt hätte, denn ich war wie bezaubert. Er trug einen schönen blauen Blazer und weiße Hosen. Als er den Hut abnahm, fing sich die Sonne in seinem braunen Haar und küßte kastanienrote und goldene Strähnen hinein.
»Ich suche Sie schon seit dem Tag im Juwelierladen. Waren Sie es, die bei uns zu Hause angerufen hat?«
Ich nickte.
»Warum?«
»Ich suche meinen Vater.«
»Oh. Nun, das läßt sich leicht arrangieren. Geben Sie mir seinen

Namen, und wenn ich nach Hause komme, erkundige ich mich bei der Personalabteilung. Obwohl ich mich nicht erinnern könnte, daß wir viele Chinesen beschäftigen ...«

»Richard Barclay«, sagte ich. Die Menschen strömten an uns vorbei wie ein Fluß um eine Insel.

Gideon starrte mich an. »Was sagen Sie?«

»Mein Vater ist Richard Barclay. Ich habe seinen Ring als Beweis.«

»Ja, gewiß, der Juwelier hat ihn erkannt. Er konnte sich nicht irren, weil meine Mutter den Ring für meinen Vater dort anfertigen ließ. Aber ... woher haben Sie ihn? Mein Vater trug ihn, als er starb.«

»Als er starb? Richard Barclay ist tot?«

»Er ist vor siebzehn Jahren auf See gestorben, bei der Rückreise von Singapur.«

»Aii-yah!« kreischte ich, und Gideon mußte mich stützen und mir vom Bürgersteig forthelfen, heraus aus der Menge. »Tot!« schrie ich auf chinesisch. »Nach so vielen Jahren! Mein Vater ist tot!«

Er führte mich in einen Hauseingang zwischen zwei Läden. Eine Treppe führte zu Büros und Wohnungen in den oberen Stockwerken. Der Eingang war eine Zuflucht, dunkel und still. Ein guter Ort um zu weinen.

»Also worum geht es hier eigentlich?« fragte Gideon ein paar Minuten später und sah zu, wie ich mir mit dem Taschentuch, das er mir gereicht hatte, die Augen trocknete.

Ich erzählte ihm alles, und als ich fertig war, schüttelte er verblüfft den Kopf. »Wir hatten tatsächlich eine Zeitlang den Kontakt zu meinem Vater verloren. Er reiste geschäftlich nach Singapur, und wir hörten mehrere Wochen lang überhaupt nichts von ihm. Dann kam plötzlich ein Telegramm an meine Mutter, in dem er ihr mitteilte, er würde noch am selben Abend nach San Francisco aufbrechen. Aber das Schiff ging in einem Sturm auf dem Pazifik unter, und mit ihm die ganze Mannschaft und alle Passagiere. Wir dachten, er hätte den Ring bei sich gehabt. Und Sie sagen, er gab ihn Ihrer Mutter?«

Ich suchte in seinem Gesicht nach Anzeichen von Mißtrauen und fand sie. Er nahm mir meine Geschichte nicht ab. *Er glaubt, ich hätte den Ring seines Vaters gestohlen. Er wird einen Polizisten rufen.* Ich verfügte über den Beweis, der seine Meinung ändern würde – den Brief seines Vaters an meiner Mutter. Aber dieser Brief eines Liebenden an seine Geliebte war nicht für die Augen Dritter bestimmt. Ich hatte meiner Mutter versprochen, ihn nur Richard zu zeigen, um ihm zu beweisen, wer ich war. Nicht einmal sein Sohn durfte ihn sehen, auch wenn er dann wissen würde, daß ich die Wahrheit sprach.

Es gab aber noch einen anderen Grund, weshalb ich Gideon den Brief nicht zeigen konnte. Es stand etwas darin, Worte meines Vaters an meine Mutter, die Gideon verletzen und ihm weh tun würden. Und das war etwas, was ich niemals übers Herz bringen konnte.

»Wie ist Ihr Name?« fragte er behutsam.

Ich nannte ihn.

»Vollkommene Harmonie – für ein vollkommen schönes Mädchen.« Und dann bot er mir ein äußerst ungewöhnliches Geschenk an. Er sagte, er wolle mir einen Sonntag kaufen.

Er lachte über meine Verwirrung, warf den Kopf zurück und zeigte ebenmäßige, weiße Zähne. »Nein«, erklärte er, »nicht der Sonntag, der vor dem Montag kommt. Nicht ›sunday‹, sondern ›sundae‹ – mit ›e‹ am Ende. Ein Sundae ist ein Eiscremedessert. Ich wette, das haben Sie noch nie probiert – heißen Karamel-Sundae mit Nüssen, Schlagsahne und einer Kirsche obendrauf. Einen Block weiter gibt es einen Drugstore.«

Dann erschreckte er mich aufs neue, indem er mir meinen Korb abnahm und ihn sich über die Schulter hängte – aii-yah! Ein Mann, der die Last einer Frau trägt! Die Leute glotzten, aber meinem Bruder schien es nichts auszumachen.

Ich fragte ihn, wofür der Sundae gut sei, und er antwortete, gut

zum Essen. Ich fragte: »Was heilt er? Einen Überschuß an Yang? Zuviel Hitze auf der Leber?«
»Er heilt gar nichts. Er schmeckt nur gut.«
»Und warum kaufen wir ihn dann in einem Drugstore? Ich dachte immer, dort gebe es nur Medikamente.«
Er lachte wieder und schockierte mich, als er meinen Arm nahm. Aber dann fiel mir ein, daß er ja mein Bruder war und mich darum berühren durfte. Aber seine Hand verwirrte mich. Obwohl ich einen langärmligen Pullover trug, fühlte ich, wie die Hitze seiner Finger meine Haut verbrannte. Ich fühlte den leichten Druck, mit dem er mich festhielt. Er hatte etwas Besitzergreifendes, das mir gefiel und gleichzeitig Furcht einflößte. Meine Füße folgten ihm aus Höflichkeit, aber mein Herz ging freiwillig mit.
Der Drugstore war ganz anders als die chinesischen Kräuterläden. Hier standen die Wände weit auseinander, die Decken waren hoch, und alle Medikamente wurden hinter Glas oder auf Regalen hinter der Theke aufbewahrt. Ich sah keine Fässer oder Säcke mit Kräutern, keine Waage zum Wiegen und Abmessen, keine Schaubilder mit den Meridianpunkten des menschlichen Körpers. Alles war peinlich sauber und ordentlich.
Ich trat näher an den verglasten Ladentisch heran, weil ich neugierig auf die westliche Medizin war, und während ich über das nachgrübelte, was ich dort sah, sagte Gideon: »Wenn ich schon hier bin, kann ich auch gleich etwas gegen dieses Kratzen im Hals mitnehmen.«
Er musterte die ausgestellten Hustenmittel, die es in allen möglichen Geschmacksrichtungen und Schachteln gab. Ich ließ meine Blicke über die unter Glas ausgestellten Arzneien wandern und staunte über die merkwürdigen Namen: *Anti-Katarrh, Gas-Ex, Dis-Pepso*. Es klang alles recht unangenehm. Vielleicht vertrieb der häßliche Name die häßliche Krankheit.
Gideon bezahlte seine Hustenbonbons und führte mich hinüber zu ein paar kleinen Tischen, die um einen »Limonadenbrunnen« herum aufgestellt waren. Ich fühlte deutlich, wie andere Kunden

uns anstarrten, aber Gideon merkte es entweder nicht oder kümmerte sich nicht um die mißbilligenden Blicke. Inzwischen war ich lange genug in San Francisco, um zu wissen, was sie bedeuteten: Weißer Mann mit Chinesin.

Gideon rückte mir einen Stuhl zurecht und setzte sich dann ebenfalls. Er nahm meinen Korb von der Schulter und stellte ihn auf den Boden. Der Tisch war klein und aus Marmor. Er hatte dünne Metallbeine. Die Stühle waren nicht besonders bequem. Vielleicht sollte man sich hier nicht aufhalten, sondern nur schnell sein Eis essen und dann neuen Kunden Platz machen.

Mein Bruder betrachtete meinen Korb. »Wie gehen die Geschäfte?«

»Das Glück ist mir wohlgesonnen«, erwiderte ich und zupfte verlegen an meinen ausgefransten Ärmeln.

Er prüfte meine bescheidenen Waren: einfache Flaschen, dazwischen braune, mit Bindfaden verschnürte Päckchen und die ganz unterschiedlichen Marmeladengläser, in denen ich meinen neuen Balsam anbot. Er lächelte und sagte neckend: »Was Sie brauchen, ist gute Werbung.«

Ich verstand nicht, was er meinte, aber er hatte eine lustige Art, es zu sagen ... die Art, wie seine Stimme manchmal brach, das gelegentliche kleine Lachen. Ich lachte auch und bedeckte dann schnell meinen Mund mit der Hand.

»Sie haben ein sehr nettes Lachen, Harmonie. Verstecken Sie es nicht.«

Dann merkte ich, wie er mein Kleid musterte, die an manchen Stellen fadenscheinige Seide, die mit verschiedenfarbigem Garn reparierten Schlingenverschlüsse, den abgewetzten Mandarinkragen und den langärmligen Pullover mit den Löchern an den Ellbogen. »Sie sind sehr blaß. Bekommen Sie eigentlich genug zu essen?«

»Mehr, als ich zu mir nehmen kann«, antwortete ich, obwohl ich gestern das letzte Mal gegessen hatte. »Ich muß die Reste verschenken, es ist zu viel.«

Er winkte dem Kellner. »Dann warten Sie, bis Sie erst die heiße Schokoladensoße hier probiert haben. Sie geben Rosinen hinzu, das macht sie so besonders gut.«
Mein Magen gab plötzlich ein lautes Geräusch von sich, und ich legte, peinlich berührt, rasch die Hand darauf. Gideon lachte. Dann sah er nach unten auf meine Hand, und das Lachen verstummte. Auch ich schaute nach unten. Tief beschämt erkannte ich, daß sich der Pulloverärmel hochgeschoben hatte und mein verbundenes Handgelenk sichtbar geworden war.
»Haben Sie sich verletzt?«
»Es ist nichts.« Er hielt mir die Hand hin. »Darf ich sehen?«
Ich schob ihm vorsichtig die Hand hin und merkte dabei, wie mein Herz hämmerte und mein Gesicht brannte. Als seine Finger mich berührten, schoß die Hitze in mein Blut und raste durch meine Adern. Er ist mein Bruder, ermahnte ich mich. Wir haben denselben Vater. Er streifte den Ärmel zurück und sah die frischen Narben von Stichen und Verbrennungen. Sein Gesicht verfinsterte sich. »Was hat das zu bedeuten?«
Ich berichtete ihm von meinem Balsam und wie ich prüfte, was wirkte und was nicht.
»Guter Gott! Sie experimentieren an sich selbst herum?«
»An wem sonst?«
»Für eine verdammte Salbe?«
Ich sah in Gideon Barclays Augen und hatte plötzlich den Wunsch, mein Herz auszuschütten. »Chinatown ist voll von Heilmitteln. Jeden Tag kaufen die Leute irgend etwas. Dabei wählen sie die Mittel, die ihnen am meisten versprechen. Aber was diese Arzneien versprechen, halten sie nicht. Sie leisten nicht das, was auf ihren Etiketten steht. Die Leute geben das Geld aus und gehen dann nach Hause, ohne daß sie geheilt werden. Die Mittel meiner Mutter können viele Beschwerden kurieren, aber wie kann ich die Menschen davon überzeugen, wenn sie an die Roter-Drache-Arzneien gewöhnt sind und ich neu in Chinatown und nur ein Mädchen bin?«

Ich unterbrach mich, denn obwohl er mein Bruder war, war er mir doch fremd und außerdem ein Mann, und ich war es nicht gewöhnt, fremden Männern lange Reden zu halten. »Was ich will«, fügte ich bescheidener hinzu, »ist, ein Mittel zu finden, das sich jeder leisten kann und das allen nützt.«

»Klingt ziemlich ehrgeizig.« Er sah wieder auf meinen Verband und runzelte die Stirn. »Trotzdem muß es einen besseren Weg als diese Selbstversuche geben. Wie kann Ihre Familie so etwas zulassen?«

»Ich habe keine Familie.«

Er starrte mich entsetzt an. »Lieber Gott, wollen Sie damit sagen, daß Sie ganz allein leben? Aber Sie können doch nicht älter sein als … wie alt sind Sie denn?«

Sollte ich ihm die Wahrheit sagen – siebzehn? Oder, wie es in meinen Papieren stand, neunzehn?

»Entschuldigung«, sagte er, bevor ich antworten konnte. »Ich hatte nicht das Recht, Sie zu fragen.« Er verstummte und betrachtete mich einen langen Augenblick, erst sehr ernsthaft, dann mit dem Ausdruck milder Ratlosigkeit. Ich merkte, wie meine eigene Miene von Schüchternheit zu Verwirrung wechselte. Und als Gideon lächelte, tat ich es auch, als sei eine wortlose Übereinkunft erzielt worden. Ich mußte an etwas denken, das mir meine Mutter einmal über sich und meinen Vater erzählt hatte, von der Zeit, als sie ihn in dem Raum über Madame Wahs Seidengeschäft pflegte. »Wir führten Auge-in-Auge-Gespräche«, hatte sie gesagt.

Damals hatte ich nicht verstanden, was sie meinte. Jetzt aber, Gideons Blick in meinem, begriff ich.

»Können Sie mir von meinem Vater erzählen?« bat ich. »Ich habe ihn nie kennengelernt.«

»Ich kannte ihn auch kaum. Als er nach Singapur ging, war ich fünf Jahre alt.«

Es gab etwas, das ich wissen mußte. »Damals, in dem Juwelierladen …«

»Ach, das! Die Sache mit dem Polizisten. Das tut mir leid. Ich hatte keine Ahnung davon, daß er da sein würde.«
»Ein Mädchen war bei Ihnen ... blond, sehr hübsch.«
»Ja. Olivia.«
»Ist sie ... Ihre Schwester?« Hatte *ich* eine Halbschwester mit gelbem Haar und weißer Haut?
»O nein, unsere Familien sind befreundet. Ich kenne Olivia seit ... lassen Sie mich überlegen ... seit der Party zu meinem dreizehnten Geburtstag. Olivia ist sechs Jahre jünger als ich, das müßten also rund zehn Jahre sein. Natürlich war damals der Unterschied zwischen einem Dreizehnjährigen und einer Siebenjährigen viel größer als heute zwischen einem Dreiundzwanzigjährigen und einer Siebzehnjährigen! Inzwischen sind wir gute Freunde geworden.« Er lächelte.
Gute Freunde? hätte ich gerne gefragt.
»Darf ich den Ring meines Vaters einmal sehen?«
Als er sah, wie ich zögerte, fügte er hinzu: »Keine Sorge, ich will ihn Ihnen nicht wegnehmen.«
Ich zog die Kette unter dem Kleid hervor, und Gideon beugte sich näher, um den Ring zu untersuchen. »Es ist zweifellos der meines Vaters. Genauso habe ich ihn in Erinnerung.«
Schnell wich ich zurück. Als ich den Ring wieder in den Ausschnitt gleiten ließ, warf mir Gideon einen merkwürdigen Blick zu. »Entschuldigen Sie bitte, wenn ich so direkt bin, aber Sie scheinen nicht gerade im Geld zu schwimmen. Ich meine, Sie sehen ziemlich ärmlich aus.«
Seine Worte taten mir weh, aber ich glaubte nicht, daß er sich dessen bewußt war. Er sprach mit der Unverblümtheit des Amerikaners, wie kein Chinese es je getan hätte.
»Sie könnten diesen Ring für viel Geld verkaufen.«
Ich starrte ihn entsetzt an. »Würden Sie das einzige verkaufen, was Ihnen von Ihrem Vater geblieben ist?«
Und dann las ich etwas in seinen Augen – die Antwort auf eine Frage, die ihn gequält hatte. In diesem Moment begriff ich, daß

Gideon Barclay nach mir gesucht hatte, weil er mich für eine Diebin gehalten hatte, die den Ring seines Vaters gestohlen hatte. Er hatte mich in diesen Eissalon geführt, um mir den Ring auf irgendeine Weise abzunehmen. Jetzt aber wußte ich, daß er mir meine Geschichte glaubte.

»Sie sind wirklich die Tochter meines Vaters?« sagte er mit ungläubigem Staunen.

»Warum glauben Sie mir das erst jetzt?«

»Verzeihen Sie mir die Bemerkung, aber Sie sehen aus, als hätten Sie seit Wochen keine anständige Mahlzeit zu sich genommen. Ihr Kleid hat bessere Tage gesehen. Und diese Mittelchen hier ...« Er deutete auf meinen bescheidenen Korb. »Ich habe nicht den Eindruck, daß das Geschäft blüht. Und ich könnte wetten, daß Sie nicht im Mark Hopkins wohnen. Habe ich recht?«

»Ich kann mir nicht mehr wünschen, als ich habe«, entgegnete ich und versuchte mir vorzustellen, wie meine Mutter in dieser beschämenden Situation reagiert hätte.

Er beugte sich vor und berührte meinen Arm. Das Lächeln kehrte in seine Augen zurück. »Wenn Sie den Ring entwendet hätten, wäre er längst verkauft. Daß es Ihnen wichtiger ist, den Ring zu behalten, als zu überleben, beweist mir, daß Sie die Wahrheit sagen.«

Ein wunderbares Glücksgefühl durchflutete mich. Richard Barclays Sohn, mein Bruder, hatte mich akzeptiert!

»Du mußt mit mir nach Hause kommen«, rief er plötzlich ganz aufgeregt. »Du mußt bei uns wohnen!«

Für einen Augenblick war ich vollkommen selig und außer mir vor Freude. Ja, ja, ja, wollte ich rufen. Ich komme mit und wohne bei dir im Haus meines Vaters!

Aber gleich darauf hörte ich wieder die kalte, harte Stimme am Telefon, die mich fragte: »Sind Sie das Mädchen, das den Ring meines Mannes gestohlen hat?« Sie hatte mich beschuldigt, bevor ich überhaupt etwas erklären konnte. Wie konnte ich Gideon beibringen, daß ich nicht glaubte, seine Mutter würde das Kind der

chinesischen Konkubine ihres Mannes mit offenen Armen aufnehmen?
Als er den Ausdruck von Verwirrung und wohl auch Furcht in meinen Zügen bemerkte, sagte Gideon, als wolle er mich beruhigen: »Aber darüber können wir noch in aller Ruhe nachdenken.«
»Hast du vielleicht«, fragte ich vorsichtig, »ein Bild von meinem Vater?«
»Ja, das habe ich.« Er griff in seinen Blazer und nahm eine Brieftasche heraus. Unter den kleinen Bildern in Plastikhüllen, die er aufblätterte, erkannte ich ein Foto der blonden Olivia.
»Nur eine Freundin«, hatte er gesagt. War es wirklich nicht mehr? Trug man das Bild von »einer Freundin« immer bei sich?
»Hier.« Er lehnte sich über den Tisch, um es mir zu zeigen. »Wir drei am Strand.«
Ich beugte mich näher und blickte ehrfürchtig auf das Bild.
Mein Vater trug einen Hut, sein Gesicht lag im Schatten. Gideon war noch ganz klein, vielleicht zwei Jahre alt. Aber es war das Gesicht der Frau, das mich festhielt. Sie lächelte nicht, und es war, als wollte sie mir über die Jahre hinweg sagen: »Du und deine Mutter bekommt meinen Mann nicht.«
Gideon sah mich lange und forschend an und sagte schließlich: »Behalt den Ring, Harmonie. Ich erfinde eine Geschichte für meine Mutter. Ich werde ihr sagen, ich hätte dich nicht gefunden.« Er fing an, Dollarnoten aus der Brieftasche zu ziehen.
»Aii-yah!« rief ich. Ich wollte keine Wohltätigkeit, auch nicht von meinem eigenen Bruder.
»Nun *komm* schon!« Er versuchte mir das Geld hinzuschieben.
Ich war sprachlos vor Scham. Als er es merkte, steckte er das Geld wieder ein, saß schweigend da und starrte mich von neuem an. »Jemand wie du ist mir noch nie begegnet«, erklärte er leise. »Wenn deine Mutter auch so war, dann verstehe ich, daß mein Vater ...« Er errötete und richtete sich abrupt auf.
»Warum werden wir hier eigentlich nicht bedient?« Er winkte

dem Kellner in der Ecke. »Ich brauche unbedingt meinen Sundae! Ah, da kommt er.« Er drehte sich wieder zu mir und schenkte mir ein Lächeln, in dem seine ganze Aufmerksamkeit lag. Es wärmte mein Herz und zerbrach es zugleich. Wie grausam war doch das Schicksal – zuerst zeigte es mir die Liebe, dann verbot es sie mir.
»Vollkommene Harmonie«, sagte er nachdenklich. »Und wie hieß deine Mutter?«
»Mei-ling, das heißt Strahlende Intelligenz.«
»Die Chinesen haben wirklich eine ganz besondere Art, den Dingen schöne Namen zu geben. Als ich das letzte Mal in Hongkong war – ich arbeitete an einer Brücke, das ist nämlich mein Beruf, ich bin Ingenieur ... das heißt«, er lachte und errötete wieder, »ich will erst noch einer werden!«
»Wie ein Maschinist auf einem Zug?«
»Wie? O nein. Ich arbeite im Tiefbau – Straßen, Brücken, Dämme. Ich gehe dorthin, wo die großen Industrien sind, also meistens nach Südostasien – Zinnminen, Gummiplantagen und ähnliches. Jedenfalls habe ich dort in Hongkong zu Abend gegessen, und das Restaurant hieß ›Die Pagode des Berges, der davonflog‹. Ein Amerikaner hätte es ›Harrys Kneipe‹ genannt.«
Endlich erschien der Kellner an unserem Tisch, und ich erkannte sofort an seinem Gesichtsausdruck, daß etwas nicht stimmte. Der Laden war nicht voll, und trotzdem hatte er ewig gebraucht, bis er zu uns kam. Selbst jetzt näherte er sich nur widerwillig. Ich wußte, warum, und Gideon, das fühlte ich, wußte es auch.
Er sagte zu dem Kellner: »Wir möchten bestellen.«
Als der Mann nicht antwortete und uns weder fragte, was wir wollten, noch uns etwas empfahl, fragte Gideon: »Ist irgend etwas nicht in Ordnung?«
Der Kellner sah auf mich und räusperte sich.
»Wenn es ein Problem gibt«, meinte Gideon langsam, »würde ich es gerne wissen.« Er lächelte immer noch, aber ich sah, daß es eine Maske für den Ärger war, der hinter seinen grauen Augen wuchs.

»Die Geschäftsführung hat ihre Vorschriften, Sir«, sagte der Mann. »Es tut mir leid, aber ich kann nichts ...«
»Bringen Sie uns zwei Schokoladen-Sundaes und zwei eisgekühlte Limonaden«, sagte Gideon mit ruhiger Stimme.
Der Kellner räusperte sich wieder. »Hören Sie, wir wollen keinen Ärger ...«
»Und den bekommen Sie auch nicht, wenn Sie uns einfach unsere Bestellung bringen. Zwei Schokoladen-Sundaes und zwei eisgekühlte Limonaden.«
»Bitte, Gideon«, sagte ich, »ich möchte keinen Sundae.«
Aber er war zornig. »Harmonie, es geht ums Prinzip. Diese Bastarde kommen nur damit durch, weil kein Schwein sich dagegen wehrt.«
Als der Kellner sich achselzuckend entfernte, wollte Gideon ihm nachlaufen. Aber ich legte ihm die Hand auf den Arm. »Es ist richtig, daß ein Bruder die Ehre seiner Schwester verteidigt, aber ich gehöre nicht hierher.«
Bevor er reagieren konnte, schnappte ich mir meinen Korb und floh vom Tisch. Gideon rief hinter mir her, bat mich zu warten, zurückzukommen. Ich hörte, wie mir seine Stimme nach draußen und bis in die Gasse hinein folgte. Dann aber rannte ich um einen Lastwagen herum, der hinter Wong Los Restaurant parkte, sprang durch die Hintertür in Mrs. Wus Blumenladen und vorn wieder hinaus, immer weiter durch die gleichgültige Menge, bis Gideons Stimme aufhörte, nach mir zu rufen.

In dieser Nacht schwor ich, mir meinen Bruder und die verbotene Liebe zu ihm aus dem Kopf zu schlagen. Ich würde mich auf die Verbesserung meiner neuen Medizin konzentrieren und meinen Kopf mit Rezepten und Formeln und den Namen von Kräutern und Mineralien vollstopfen. Ich würde meine Gedanken mit glückverheißenden Daten und Mondphasen füllen. Ich würde die richtigen Gewichte und erforderlichen Temperaturen auswendig lernen. Tagsüber würde ich daran arbeiten, eine Medizin herzustellen, und in den Nächten würde ich verzweifelten Schlaf suchen. Und bei all dem würde ich mir die größte Mühe geben, nicht an ihn zu denken, obwohl ich wußte, er würde immer dasein und mir niemals aus dem Sinn gehen.

Am nächsten Morgen, nach einem mageren Frühstück aus Tee und Reiskuchen, das mir der mitleidige Koch von Wong Los Restaurant schenkte, trug ich meine Arznei, die ich jetzt »Heilt Alles« nannte, auf die Straße. Aber obwohl mein Balsam jetzt vieles zugleich heilte – er half gegen rissige Hände, Verbrennungen, Stiche und Bisse, er beruhigte den Magen, linderte Kopfschmerzen, verlieh der Haut Wohlgefühl, beseitigte Verspannungen und Schmerzen in Gelenken und Muskeln –, wollte ihn keiner kaufen. Ich zählte die Heilwirkungen zusammen: mein Balsam kurierte zwei Dinge mehr als Tigerbalsam. Und alle Leute in Chinatown kauften Tigerbalsam. Warum gefiel ihnen meiner nicht?

Ich sah, daß ich am Ende war. Ich hatte kein Material für meine Medizinen mehr, kein Essen, kein Geld. Meine Hauswirtin wollte mich morgen früh hinauswerfen, damit ein zahlender Mieter einziehen konnte. Mein Leben zerriß wie Wolken im Sturm. Warum hatte ich nur soviel Pech? Lag es daran, daß Reverend Peterson sich bei meinen Papieren geirrt und mich vom Drachen zum Tiger gemacht hatte?

Ich lag auf dem Boden und weinte. Ich weinte, weil meine Mutter, die nun tot war, vom Himmel auf mich herabblickte und sehen konnte, wie tief ihre Tochter gefallen, wie weit ich heruntergekommen war.

Voller Verzweiflung warf ich mich der Gnade Kwan Yins zu Füßen. Ich zündete die Kerzen und Räucherstäbchen an und kniete vor der kleinen Porzellanfigur nieder, die auf der langen Seereise von Singapur hierher meine Gefährtin gewesen war. Ich vollzog den Kotau vor der Göttin, preßte die Stirn an den Boden und betete so inbrünstig, daß ich gar nicht merkte, daß mein Gebet nach einer Weile nicht mehr der Göttin galt, sondern meiner Mutter. Vergib mir, schrie mein Herz. Ich wollte dich nicht verlassen! Ich

wollte dich nicht im Stich lassen, so daß du allein sterben mußtest! Ich hätte niemals hierherkommen sollen! Ich habe keinen Vater hier! Ich habe keine Mutter!
Plötzlich hämmerte es an die Tür. »Sie da drin?« schrie Mrs. Po. »Öffnen Tür!« Aber ich wollte meiner Vermieterin jetzt nicht gegenübertreten. Morgen früh war noch Zeit genug, mich meiner trüben Zukunft zu stellen.
»*Chow ma!* Respektloses Ding! Hure!«
Ich hörte sie die Treppe hinaufstampfen.
Ich war schwach vor Hunger und Müdigkeit, hielt aber weiter Wache vor Kwan Yins Altar. Mein Kopf wurde so leer, als entschwinde meine Seele durch Mund und Nase. In meinen Ohren summte es. Hinter geschlossenen Augen sah ich Erscheinungen. Und dann vernahm ich die Stimme meiner Mutter: »*Hör zu, Harmonie, aber höre nicht mit den Ohren oder dem Verstand. Lausche mit deinem Herzen. Die Antwort liegt dort.*«
Ich schnappte bestürzt nach Luft und sah mich in meiner armseligen Kammer um. War sie hier bei mir? Warum konnte ich ihren Geist nicht sehen? »Welche Antwort, Mama?« fragte ich laut.
»*Lausche mit den Sinnen. Lausche mit der Erinnerung …*«
Ich strengte meine Ohren an. Ich hörte die Geräusche der Wäscherei, Mrs. Pos zornige Stimme, Rufe von der Gasse und ferne Jazzmusik, den Lärm der Füße und des Verkehrs draußen auf der Straße, der nie nachzulassen schien. Was war es, auf das ich lauschen sollte?
Ich fing an zu weinen. Ich konnte nicht hören, was meine Mutter mich hören lassen wollte.
»*Lausche mit den Sinnen, die angenehm sind …*«
Und ich versuchte es. Nach einer Weile merkte ich, daß das Wasser, das durch die Rohre in der Wand gluckerte, wie ein klarer Waldbach klang. Aus dem Geruch von Feuchtigkeit und Moder in meinem Kellerraum wurde der Geruch von fruchtbarer Erde und Lehm. Die Sandelholz-Räucherstäbchen verströmten den harzigen Duft des Waldes an einem heißen Sommertag. Und dann,

ganz plötzlich, laut und klar wie die Stimme meiner Mutter und so, als stünde er hier im Zimmer, hörte ich noch eine Stimme – die meines Bruders Gideon, und er sagte: »Die Chinesen haben eine besondere Art, den Dingen schöne Namen zu geben.«
Und vor meinem inneren Auge sah ich, wie er in dem Drugstore nach der Schachtel mit den Hustenbonbons griff, und ich erkannte, was mir dort nicht aufgefallen war: daß er das ganze Sortiment, das dort auslag, geprüft und sich aus der großen Auswahl die hübscheste Schachtel mit dem verlockendsten Namen ausgesucht hatte.
Plötzlich erinnerte ich mich an die anderen Arzneien, die dort verkauft wurden, die mit den häßlichen Namen und den langweiligen oder unharmonischen Verpackungen. Sie hatten verblaßt, vergilbt und verstaubt gewirkt, so als würden sie schon lange in ihrem Glaskasten liegen. Aber es hatte andere gegeben, mit Namen, die lieblich im Ohr klangen – Elfenbeinseife, Duft von Kaschmir –, und die standen oben auf dem Ladentisch und sahen neu aus, als seien sie frisch geliefert, weil sie sich so gut verkauften.
Ich bat die Göttin um Vergebung, sprang auf und ging zu meinem Arzneivorrat. Ich leerte die Gläser mit dem Balsam in den Topf auf der Kochplatte, fügte eine Prise Rosenöl hinzu, bis der himmlische Duft den Geruch nach Kampfer und Bienenwachs überdeckte, und veränderte durch den Saft zerquetschter Wolfsbeeren die Farbe von Weiß in Blaßrosa. Als die Mixtur abgekühlt war, sah ich mir die Marmeladengläser an, in denen ich die Salbe anbot. Sie waren einfach und nicht neu, denn ich hatte sie in Mülltonnen gefunden.
Wie konnte ich meinen süß duftenden, lieblich anzuschauenden Balsam in solche Gläser füllen? Ich blickte mich um und entdeckte den kleinen Tonkrug, den Mr. Lee mir zum Geburtstag geschenkt hatte. »Ich bemale sie für die Touristen«, hatte er mir mit seiner Stimme, die weich war wie die Seide, auf der er malte, erklärt. »Dieser hier hat sich nicht verkauft. Würde er Ihnen gefallen, Harmonie?« Und an der Art, wie er ihn mir hinhielt, hatte ich ge-

merkt, daß es der schönste von seinen kleinen Töpfen war, mit Blumen und Vögeln verziert, und daß er ihn absichtlich nicht hergegeben hatte. Ich hatte mir gelobt, ihn nie zu verkaufen. Er war das ideale Behältnis für meine neue Salbe.
Nun brauchte ich nur noch einen neuen Namen. »Etwas Hübsches, etwas Chinesisches«, stellte ich mir vor, würde Gideon sagen.
Ich brauchte nicht lange zu suchen. Ich würde dem neuen Mittel den Namen meiner Mutter geben, um sie zu ehren. *Strahlende-Intelligenz-Balsam.* Und zwar deshalb, weil ich jetzt wußte, daß sie wirklich tot war, denn wie hätte ich sonst ihre Stimme hören sollen, wenn nicht aus dem Himmel? Ich betete, daß sie nicht allein oder unter Schmerzen gestorben war.
Während ich meinen neuen, duftenden Balsam vorsichtig in den hübschen kleinen Krug füllte, erschreckte mich ein Klopfen an der Tür, und ich merkte am Straßenlärm, der zu mir hereindrang, daß es Morgen war. Ich hatte nicht geschlafen und fühlte mich trotzdem erfrischt und verjüngt.
Draußen stand mit Gewittermiene Mrs. Po. »Sie ziehen heute aus!« schrie sie. »Dieser Mann! Kommen mehrere Male! Ich schicke ihn weg. Sie auch weggehen! Wir wollen hier keine Huren. Sie jetzt sofort ausziehen!«
»Das hier ist für Sie.« Ich streckte die Hand aus.
Mißtrauisch beäugte sie den Krug.
»Bitte öffnen Sie ihn«, forderte ich sie auf.
Sie nahm den Deckel ab und spähte hinein. Dann hob sie den Krug an die Nase. Sekundenlang leuchteten ihre Augen vor Entzücken.
»Wofür ist es gut?«
»Man reibt es auf schmerzende Körperteile, wunde Stellen, Insektenstiche, Verbrennungen, Abszesse, rissige Haut.«
»Oh? Was noch?«
»Man inhaliert es bei verstopfter Nase, Lungenstau, trockenem Hals und Kopfschmerzen.«

Ihr Lächeln wurde breiter.
»Man massiert es in die Magengegend ein, um die Verdauung zu verbessern, und weiter unten, um die weibliche Kraft und Fruchtbarkeit zu fördern.«
»Ah?«
»Wenn Sie es Ihrem Gatten unter den Nabel reiben, wird es seine Männlichkeit stärken.«
Mrs. Po lachte so laut, daß ich auch ihre übrigen Goldzähne sah. »Ich fange an mit Mr. Po«, erklärte sie und klopfte sich die Seite. »Erst seine Kopfschmerzen wegbringen, dann strammstehen lassen!« Sie musterte den Krug. »Wieviel?«
An den Preis hatte ich noch gar nicht gedacht. Zu hoch, und sie würde ablehnen. Zu niedrig, und sie würde den Balsam für nutzlos halten. Und der Krug selbst, wie hoch sollte ich Mr. Lees reizendes Kunstwerk ansetzen? »Fünfundzwanzig Cents.«
Sie spitzte den Mund.
»Und Sie können den Krug behalten.«
Sie strahlte. »Sie gutes Mädchen, anständig. Ich habe Sie immer gern.«
Ob vor Hunger oder vor Freude, mir war auf einmal ganz schwindlig. In meinem Kopf drängten sich die Ideen. Ich würde allen meinen Heilmitteln Namen geben – den Stärkungswein würde ich *Goldlotus* nennen, nach der Dichterin, die ihn erfunden hatte, und die beruhigenden Kräuter *Wonne*, denn das brachten sie den Menschen. Ich würde sie meinen Nachbarn und den Leuten auf der Straße verkaufen, ich würde Geld verdienen und meine Selbstachtung zurückgewinnen, und dann würde ich Gideon Barclay anrufen und ihm sagen, seine Schwester würde sich geehrt fühlen, ihn wiederzusehen ...
»Sie gutes Mädchen, anständig, immer gern gehabt. So okay, dieser Mann kann kommen, Sie besuchen.«
»Was denn für ein Mann?« Erst jetzt fiel mir wieder ein, was sie gesagt hatte, als ich die Tür öffnete – etwas über einen Mann, der dagewesen war und den sie weggeschickt hatte.

»Aii-yah! Ich vergesse. Er letzten Abend das für Sie hierlassen.« Sie fuhr in die Tasche ihrer Strickjacke und holte einen Umschlag heraus. »Er kommt, sucht Sie. Ich sagen, Sie nicht zu Hause.«

Ich sah das Wappen auf dem Kuvert: *GB*. »Aber ich war doch zu Hause!«

Sie zuckte die Achseln. »Ich wollte nicht, Sie Kunden empfangen in meinem Keller.«

»Es war verflixt schwierig, Deine Wohnung herauszufinden«, hatte Gideon geschrieben. »Die Glückliche Wäscherei. Klingt gemütlich.« Ich konnte mir vorstellen, wie er dabei lächelte. Dann aber fuhr er fort, sagte, daß er die Stadt verlasse, Worte, die ich nicht völlig verstand, etwas über einen Ingenieurvertrag in Übersee. Was ich aber sehr wohl verstand, war, daß sein Schiff heute morgen um acht Uhr abfuhr, und daß er ein Jahr wegbleiben würde. Er bat mich, zum Dock zu kommen, um ihm Lebewohl zu sagen; er würde so lange wie möglich warten. Er schrieb: »Ich weiß, daß Du kein Geld von mir haben willst, Harmonie, aber ich weiß, daß Du es brauchst, darum hier etwas, das Dir weiterhilft.«

In dem Umschlag waren tausend Dollar in bar. Ein Vermögen.

Mrs. Po quollen die Augen schier aus den Höhlen. »Aii-yah!« kreischte sie. »Soviel Glück für meine Lieblingsmieterin!«

Am Ende seines Briefs hatte Gideon noch etwas hinzugefügt. »Übrigens scheint hier noch ein Mißverständnis vorzuliegen. Du hast gesagt, Du seist meine Schwester. Aber ich bin nicht Dein Bruder, Harmonie. Meine Mutter war verwitwet und ich ein Baby, als sie Richard Barclay heiratete. Du und ich sind in keiner Weise miteinander verwandt. Bitte komm zum Dock und nimm Abschied von mir. Ich kann nicht aufhören, an Dich zu denken.«

Ich wollte die Treppe hinaufrennen. Durch die offene Tür zur darüberliegenden Gasse strömte Sonnenlicht. Ich blieb stehen. »Bitte, Mrs. Po«, sagte ich, »wie spät ist es?«

Sie hielt ihre Uhr hoch. Es war nach zwölf Uhr.

Gideons Schiff war längst auf See.

23
22 Uhr – Palm Springs, Kalifornien

Sie spürte ihn.

Noch bevor sie sich von der Ausstellung chinesischer Mischgefäße und Kochtöpfe abgewandt hatte – »Herstellung einer Kräutermischung, um 1925« – und ihn auf der anderen Seite des schwach erleuchteten Museums in der Tür stehen sah, mit verschränkten Armen und grübelndem Blick, hatte sie seinen Blick auf sich gefühlt wie eine schwermütige Liebkosung.

Sie versuchte darin zu lesen, herauszufinden, was er empfand, wie sie es so oft getan hatte, weil er außerstande war, seine Gefühle in Worte zu kleiden. Selbst einen so ungeheuerlichen Schritt wie den, ihr mitzuteilen, er brauche Freiraum, müsse seinen eigenen Weg gehen, hatte er nicht ohne Umwege getan. Er hatte es ihr nicht ins Gesicht und auch nicht am Telefon sagen, ihr nicht einmal einen Brief schreiben können. Statt dessen hatte er ihr einen Band mit preisgekrönten Gedichten des Jahres 1981 geschickt, mit einer einzeiligen Notiz auf dem Titelblatt: »Das sind meine Gefühle. Seite 197.« Das Gedicht eines anderen hatte für sein Herz sprechen müssen. Die Botschaft, die jetzt in seinen dunkelbraunen Augen stand, konnte sie nicht lesen. Er war zu weit entfernt, in Metern und in Jahren.

»Alles in Ordnung?« fragte er.

Sie nickte steif. Ihr Körper war immer noch wie betäubt von dem Schock, den sie bei ihrer Ankunft vor Naomis Haus erlitten hatte.

Beim Anblick des Feuerballs auf dem Computerbildschirm waren sie in die Regennacht hinaus und zu Jonathans Mietwagen gerannt. Es war ihnen gelungen, den Parkplatz unbemerkt zu verlassen. Die Fahrt durch das Unwetter zu Naomis Haus in Indian Wells war eine Qual gewesen. Charlotte hatte die ganze Zeit über gebetet, daß das, was Jonathan und sie gerade gesehen hatten, wieder nur ein gefälschtes Video gewesen war.

Diese Hoffnung zerschlug sich sofort, als sie den Rauch erkannten, der den Himmel überzog, die Wasserbogen aus den Feuerwehrschläuchen, die Blaulichter der Mannschaftswagen. Trotz des Regens war die Straße von Gaffern blockiert. Ein Polizist wollte auch Charlotte verscheuchen, bis es ihr gelang, ihn zu überzeugen, daß das brennende Haus ihrer besten Freundin gehörte.

Eigentlich brannte das Haus nicht mehr, sondern schwelte im strömenden Regen, und während Charlotte fieberhaft nach Naomi suchte, begriff sie, daß es nicht vollständig zerstört, sondern nur schwer beschädigt war. Sie hörte, wie Leute meinten, der Hausbesitzer habe Glück gehabt, daß es so regnete.

Als sie ihre Freundin auf der Heckklappe des Ambulanzfahrzeugs sitzen sah, wäre Charlotte vor Erleichterung fast in Ohnmacht gefallen. Naomi hatte eine Decke um die Schultern, einen frischen Verband auf der Stirn und einen verwirrten Ausdruck im Gesicht.

Zuerst schien sie Charlotte nicht zu erkennen und warf nicht einmal einen Blick auf Jonathan, der Charlotte zunächst gefolgt war und sich dann rasch entfernte. Er verlor sich in der Menge, um seine eigenen Nachforschungen anzustellen.

»Naomi!« rief Charlotte. »Gott sei Dank, du lebst!« Auf dem Arm ihrer Freundin sah sie eine triefnasse, zitternde Katze. Es war die rotweiße, Juliette. Charlotte setzte sich neben Naomi und legte den Arm um sie. »Wie geht es dir? Kümmert man sich um dich?«

»Hallo, Charlie. Mir geht's ganz gut.« Naomi strich das strähnige rote Haar aus der Stirn. »Ich habe Kopfschmerzen. Irgend etwas ist explodiert und hat mich weggeschleudert. Ich glaube, ich habe mir die Stirn verletzt. Hast du mein Haus gesehen?«

»Ja. O Gott, Naomi, es tut mir so schrecklich leid.«

»Und ich hatte gerade erst die Teppiche reinigen lassen!«

Charlotte suchte im Gesicht ihrer Freundin nach Anzeichen von Schock oder Gehirnerschütterung. Aber als sie in Naomis grünbraune Augen sah, in denen Tränen schimmerten, begriff sie, daß ihre Freundin nur einen Scherz gemacht hatte, wie immer in kritischen Situationen.

Charlottes Herz krampfte sich zusammen. Da saß die gute Naomi, die keiner Fliege etwas zuleide tun konnte, im Arm eine patschnasse, völlig verängstigte Katze, und mußte zusehen, wie Männer mit Stiefeln durch das kleine Stuckhaus trampelten, das sie so liebte. Es machte sie ganz krank, Naomi so verwundbar zu sehen, Naomi, die immer die Starke gewesen war, die »Walküre der Wüste«, die damals vor acht Jahren, in der verhängnisvollen Nacht von Chalk Hill, selbst den Angriff angeführt hatte. Ein Kloß wuchs in Charlottes Kehle. *Es ist alles meine Schuld. Ich habe dir das angetan.*

»Sie ist rausgerannt«, erklärte Naomi und streichelte den Kopf der Katze. »Als ich die Tür öffnete, sauste sie ins Freie. Ich lief ihr nach. Hätte ich das nicht getan ...« Sie schluckte mühsam. »Rodeo ist tot. Er war nur ein blinder, alter Kater, aber das hat er nicht verdient – als Brikett zu sterben.«

»Soll ich Mike anrufen?«

Naomi fuhr sich mit dem rußigen Arm über die Stirn. Als sie den Verband streifte, zuckte sie zusammen. »Das hat schon jemand getan. Er müßte gleich hier sein.«

»Kannst du bei ihm bleiben?«

»Klar. *Sein* Haus ist nicht abgebrannt.«

Einer der Feuerwehrleute, das Gesicht rauchgeschwärzt, kam näher. »Wir haben den Ursprung des Feuers gefunden, Miss Morgenstern. Es ist in der Küche ausgebrochen. Das Gas war an.«

Naomi sah Charlotte an und zog langsam die Brauen zusammen.

»Ich habe das Gas bestimmt nicht angelassen. Ich habe den Herd heute morgen gar nicht benutzt. Ich habe mit dir Kaffee getrunken, Charlotte, stimmt's?«

Ein BMW kam mit quietschenden Bremsen schleudernd zum Stehen. Der Fahrer sprang heraus und rannte zu Naomi. »Ankunft der Kavallerie«, murmelte sie mit zittrigem Lächeln.

Ein rundlicher Mann mit langem Pferdeschwanz und Ben-Franklin-Brille drängte sich durch die Menge. »Mein Gott – Naomi – was?«

»Mike«, sagte Charlotte zu Naomis Verlobtem, »bring sie zu dir nach Hause. Laß sie nicht aus den Augen, ja? Paß auf sie auf.«

»Sicher – was – mein Gott, Charlotte!«

»Es war ein Unfall«, erklärte sie ruhig. Sie hatte beschlossen, weiter nichts zu sagen, denn sie wußte, daß Naomi imstande war, etwas Unüberlegtes zu tun, wenn sie glauben mußte, das Feuer sei mit Absicht gelegt worden. Dafür, daß er den alten Rodeo eingeäschert hatte, würde Naomi auf jeden Fall das Blut des Brandstifters fordern. »Die Brandinspektoren werden eine genauere Untersuchung durchführen. Vorläufig steht Naomi unter leichtem Schock und braucht Pflege.«

»Natürlich ... klar ... sicher. Mein Gott!«

Jonathan kam und nahm Charlotte beiseite. »Siehst du die Stelle dort am Bordstein?« fragte er leise und zeigte auf einen kleinen, trockenen Fleck auf der nassen Straße. »Ich vermute, daß dort das Auto parkte, von dem aus gefilmt wurde. Ich könnte sogar wetten, daß der Schweinehund dageblieben ist, um alles zu beobachten, und gerade erst weggefahren ist.« Charlotte war sicher, daß er recht hatte. Noch während sie hinsah, verschwand der trockene Fleck im leichten Regen. »Und niemand hat ihn gesehen?«

»In diesem Chaos, diesem ständigen Kommen und Gehen? Ich habe in jedes Auto auf der Straße geschaut. Nirgends eine Videokamera.«

Bei seinem nächsten Satz blieb Charlotte fast das Herz stehen. »Hör zu, sie sagen, die Brandursache sei sicherlich das Gas in der

Küche gewesen, aber sie wüßten nicht, wodurch es sich entzündet hätte. Nun, ich weiß es.«

»Nämlich?«

»Du hast Naomis Nummer gewählt. Als das Telefon klingelte, flog das Haus in die Luft.«

»*Was?*«

»Ein alter Brandstiftertrick. Man bringt am Telefon einen Zünder an. Sobald es klingelt, entsteht ein Funke.«

»Aber wie konnte er sich darauf verlassen, daß das geschehen würde?«

»Weil er wußte, daß du anrufen würdest, um sie zu warnen.«

»Das heißt, ich wäre ihre Mörderin gewesen! Jonathan, wenn die Katze nicht rausgerannt wäre ...«

»Wahrscheinlich jagte ihr der Gasgeruch Angst ein, so daß sie in Panik geriet.«

Sie starrten einander an und malten sich aus, was sie vorgefunden hätten, wenn Juliette nicht aus dem Haus gesprungen wäre.

»Wir müssen es der Polizei sagen.«

»Nein. Charlotte, wenn zwischen dir und der Explosion eine Verbindung besteht, nehmen sie dich zur Befragung mit. Das kann Stunden dauern, und inzwischen ist unser Freund imstande, weiteres Unheil anzurichten. Wir müssen ihn finden.«

»Oje«, stöhnte Charlotte plötzlich und blickte mit wachsamem Ausdruck an Jonathans Schulter vorbei. Er drehte sich um. Eine Frau mit einem Mikrophon, gefolgt von einem Kameramann, steuerte auf sie zu. »Mike«, sagte Charlotte eindringlich, »schaff sofort Naomi hier weg. Mein Name war heute abend in allen Nachrichten.«

»Ich weiß«, erwiderte er düster und rieb Naomis Hände zwischen seinen Fingern. »Ich habe es gesehen. Mein Gott – Charlotte – Chalk Hill!«

»Wenn diese Reporterin Wind davon bekommt, daß Naomi meine beste Freundin ist, und sie uns dann noch mit Chalk Hill in Verbindung bringt ...«

Charlotte brauchte nicht mehr zu sagen. Mike war bereits dabei, seiner Verlobten aufzuhelfen. »Ich kümmere mich um sie. Mach dir keine Sorge.«

»Ich melde mich später bei dir, um zu hören, wie es ihr geht.«

Charlotte und Jonathan waren rasch verschwunden. Sie wichen der Reporterin aus und fuhren so schnell wie möglich zu Harmony Biotec zurück, wobei Jonathan die letzten Meter ohne Licht fuhr und den Wagen an einer Stelle parkte, an der die Leute vom FBI ihn nicht sehen würden.

Jetzt kam er zu ihr, dort im Museum, wo sie schon ein paar Minuten gestanden und stumm über die Vergangenheit nachgegrübelt hatte, weil die Gegenwart unerträglich war. Er nahm ihre Hände. Sie waren kalt wie Eis.

»Ich möchte, daß du abreist, Jonathan.«

Er lächelte. »Diese Möglichkeit gibt es gar nicht.«

»Er greift Menschen an, die mir nahestehen. Du könntest der nächste sein.«

»Hör zu, niemand weiß, daß ich hier bin. Wir halten meine Anwesenheit einfach weiterhin geheim. Und wir strengen uns noch mehr an, herauszufinden, wer er ist.« Er sah auf ihre glatten, elfenbeinfarbenen Hände. Auf dem Weg hierher hatte Charlotte erst geweint und dann vor Wut getobt. Schließlich war sie still geworden. Innerhalb eines halben Tages war sie einem Mordanschlag nur knapp entgangen, hatte geglaubt, Zeugin des Mordes an ihrer Haushälterin geworden zu sein, und hatte um ein Haar ihre beste Freundin bei einem Brand verloren. Es kam gar nicht in Frage, daß er abreiste.

»Ich will sie sprechen«, dröhnte plötzlich eine Stimme, »und das sofort!«

Jonathan fuhr herum. »Was ...«

»Es ist Agent Knight.« Charlotte entzog ihm ihre Hände und ging hinüber ins Büro.

Sie erreichten den Überwachungsmonitor, als Knight gerade sagte: »Würden Sie sie *bitte* suchen und ihr mitteilen, daß ich sie

sprechen muß?« Er stand im Empfangsbereich der Vorstandsbüros, die Hände in die Hüften gestemmt, das Kinn wie eine Bulldogge vorgeschoben.
Desmond wirkte nervös und aufgeregt. »Mr. Knight, ich habe Ihnen schon gesagt, daß ich keine Ahnung habe, wo meine Cousine steckt.«
»Ach ja? Sie ist nicht in ihrem Büro, und ihre Sekretärin ist nach Hause gegangen. Sieht so aus, als ob sie sich in Luft aufgelöst hätte, wie?«
»Ich sollte lieber hingehen.« Charlotte griff nach ihrem Regenmantel.
Jonathan hielt sie zurück. »Geht es dir denn auch wirklich gut? Knight kann ruhig noch eine Weile schmoren.«
»Ich habe jetzt keine Zeit, mich zu schonen, Jonathan. Wir dürfen keine Zeit verlieren.« Sie sah auf den Computer. Ein Querbalken auf dem Bildschirm füllte sich langsam und zeigte damit an, wie hoch der Anteil der bisher geprüften Produktionsprotokolldaten war. Eine Zahl in einem kleinen oberen Fenster, die sich laufend änderte, zeigte die Anzahl der Verweise an, die zum Schlüsselwort gefunden wurden.
»Ihr verwendet Ephedrin bei dreizehn Produkten«, hatte Jonathan erklärt. »Zufällig sind es alles sehr gängige Produkte, vor allem dieser *Goldlotuswein*. Nach *Wonne* verkauft er sich am besten. Weißt du, wieviel *Goldlotus* ihr pro Jahr herstellt? Es wird eine Weile dauern, bis wir den unvollständigen Produktionsabschnitt gefunden haben.«
Jonathan war überzeugt, daß der Täter das Ephedrin von einem der anderen Erzeugnisse »geborgt« und irgendwie in die Rezeptur von *Wonne, Zehntausend Yang, Goldlotus* und *Mei-ling-Balsam* hineingeschrieben hatte. Die Aufgabe bestand darin herauszufinden, aus welchem Produktionsabschnitt er es herausgenommen hatte und die entsprechenden Protokolle mit den Herstellungsprotokollen der verfälschten Produkte zu vergleichen. Wenn er das hatte, wollte er die Nutzerdokumentation überprüfen und feststellen,

wer an den jeweiligen Tagen Zugang zur Produktionsdatenbank gehabt hatte. Obwohl fast tausend Mitarbeiter auf der Gehaltsliste von Harmony Biotec standen, konnte es nicht allzu schwierig sein, diejenigen herauszufinden, die über ausreichende Möglichkeiten und Kenntnisse verfügten, ein Produkt zu manipulieren. »Es muß jemand mit Server-Berechtigung sein«, hatte Jonathan gesagt. »Jemand, der Zugang zu der Funktion ›Neue Rezeptur schreiben‹ hat. Zumindest jemand, der an die Paßworte dafür herankommt. Das System zeichnet auf, was ein Nutzer veranlaßt hat, und wird uns so zu ihm führen. Wir kriegen ihn.«

Charlotte war weniger zuversichtlich. Die Zeit wurde knapp. Agent Knights Eingreifteam mußte unterwegs sein. Und wenn diese Leute erst alles beschlagnahmten, konnten sie und Jonathan nirgends mehr in das System eindringen.

Sie schlüpfte in ihren Regenmantel. »Ich gehe zu Knight, bevor er auf den Gedanken kommt, mich selbst zu suchen.« Sie hielt inne. »Ich habe Des gesagt, ich wollte mir die Konten anschauen, um festzustellen, ob irgendwelche Unregelmäßigkeiten darin auf einen unzufriedenen Mitarbeiter hinwiesen. Ich sollte lieber ein paar Nachweise dafür mitnehmen. Kann ich an die Konten heran, während deine Suche läuft?«

»Du brauchst nur ein neues Fenster zu öffnen.«

Sie setzte sich hin, blätterte die Finanzdateien auf und tippte Nutzername, Kennung und Paßwort ein.

»Zugang ungültig. Bitte geben Sie Ihr Paßwort ein.«

»Zu schnell getippt«, murmelte sie und gab erneut ihre Nutzeridentität und das Paßwort ein, diesmal sorgfältiger.

»Zugang ungültig. Bitte geben Sie Ihr Paßwort ein.«

»Wieso komme ich nicht hinein?«

»Laß mich mal versuchen. Verwendest du dieselbe Identität und dasselbe Paßwort für diese Dateien wie für das allgemeine System?«

»Nein. Meine Kennung ist ›Bessere Gesundheit‹.«

»Zugang ungültig. Bitte geben Sie Ihr Paßwort ein.«

»Ich werde es anders probieren.« Jonathan schloß das Fenster und ging direkt in das Betriebssystem.
»War da unser Eindringling am Werk?«
»Nein.« Er tippte Befehle ein. »Dein Paßwort ist schattiert. Siehst du?« Er zeigte auf die Daten im Monitor. »Ein Hacker sucht nach der Paßwortdatei. Aber ein guter Datenschützer versteckt die Datei in einer anderen und setzt einen Hinweis in das Stammverzeichnis. Ich prüfe jetzt, ob ... hm.«
»Was?«
»Ich dachte, man hätte dein Paßwort geändert. Aber das ist nicht so. Schau.«
Charlotte beugte sich vor und sah auf den Bildschirm. »Was heißt das?«
Jonathan ging zu dem Unterverzeichnis *Finanzen* zurück und versuchte nochmals, es zu öffnen.
»Zugang ungültig. Bitte geben Sie Ihr Paßwort ein«.
»Man hat dich ausgesperrt.«
»Ausgesperrt? Du meinst – der Eindringling?«
»Wenn das der Fall ist«, entgegnete Jonathan, »könnten wir es mit einem weitaus größeren Problem als nur mit verfälschten Produktrezepturen zu tun haben.«
»Wieso? Er kann uns nicht bestehlen. Wir haben von allen Buchhaltungsprogrammen Sicherungskopien.«
»Hast du je von Salami gehört?«
»Soll das ein Witz sein?«
»Es ist eine bestimme Art von Angriff auf die Unversehrtheit in Systemen gespeicherter Daten. Typischerweise wird die sogenannte Salamiangriffstaktik in einem trojanischen Pferd eingeschmuggelt – in der Regel ein autorisiertes Programm, in dem sich eine Angriffs-Software verbirgt.«
»Wie zum Beispiel?«
»Nun, nehmen wir einmal an«, antwortete er rasch, mit abgehackter Stimme, während er Programme öffnete und wieder schloß und seine Finger noch schneller flogen als seine Worte,

»du installierst eine neue Software, um die Arbeitsleistung deiner Mitarbeiter zu bewerten. Ja? Ein völlig harmloses, kleines Programm. Aber was du nicht weißt, ist, daß die Software zusätzliche Anweisungen enthält, die unautorisierte Funktionen ausführen. Du weißt ja, was Computerviren sind. Also gut … eine Salamiangriffstaktik ist etwas Ähnliches, nur daß sie nicht gleich ein ganzes System verfälscht oder zerstört, sondern Daten langsam löscht, immer schön scheibchenweise, so daß es gar nicht auffällt – daher der Name Salami. Man bedient sich dieser Taktik gewöhnlich dann, wenn es um Finanzdaten geht.«
»Aber wir haben ein Sicherheitsprogramm, das uns alarmiert, sobald Daten verändert werden.«
»Auf Zehntelcents genau? Ihr verwendet Dianuba-Software, Charlotte. Dieses System rundet auf drei Stellen hinter dem Komma ab, und weil es das auch soll, wird eure Sicherheitskontrolle daran nichts zu beanstanden finden. Ein Eindringling könnte mit Hilfe der Salamitaktik diese abgerundeten Zehntelcents auf ein Sonderkonto umleiten. Charlotte, euer Unternehmen erwirtschaftet jährlich Millionen. Die Bruchteile von Cents, die unentdeckt auf ein Privatkonto wandern, summieren sich zu erheblichen Beträgen, und du würdest es nie merken.« Er drehte sich mit dem Stuhl um. »Wem hast du gesagt, du wolltest die Buchungsdateien prüfen?«
»Desmond. Adrian und Margo. Mr. Sung. Die ganze Firma weiß es, Jonathan. Es könnte jeder sein. Über tausend Menschen.«
»Von denen einer«, ergänzte er grimmig, »ein Killer ist.«

24

Als sie gegangen war, trat Jonathan vor den Überwachungsmonitor, auf dem sich Valerius Knight und Desmond Barclay ein unfreundliches Wortgefecht lieferten.
Jonathan musterte Charlottes Cousin prüfend. Äußerlich hatte sich Desmond, seit Jonathan ihn vor zwanzig Jahren zum letzten Mal gesehen hatte, ziemlich verändert. Das üppige schwarze Haar seiner Jugend war dünn und sein Körper, einst athletisch und drahtig, dick geworden. Jonathan wunderte sich über die Sonnenbrille. Es war Abend und es regnete. Warum trug Desmond dunkle Gläser?
Während er zusah, wie Desmond in seinem langen, schwarzen Ledermantel, den er in den letzten vier Stunden nicht ausgezogen hatte, so als wollte er jeden Augenblick nach draußen gehen, durch den Eingangsbereich marschierte, schien es ihm, daß sich Des zwar im Lauf der Zeit physisch verändert hatte, seine Persönlichkeit jedoch immer noch dieselbe war. Die Goldkette, der Ring am kleinen Finger, dazu die Art und Weise, wie er vor Valerius Knight auf- und abstolzierte, vervollständigten das Bild eines Menschen ohne Selbstvertrauen, der unter dem unablässigen Bedürfnis litt, sich beweisen zu müssen.
Jonathan erinnerte sich an einen der letzten Anlässe, bei dem er Desmond getroffen hatte. Er hatte in Charlottes Wohnzimmer gesessen und darauf gewartet, daß sie herunterkam. Sie wollten zum Menlo-Park fahren, wo der »Hobby-Computerclub« eine Tauschbörse für Computerzubehör veranstaltete. Plötzlich war Desmond aufgetaucht, in einer weiten Jogginghose und einem Stanford-Universität-Sweatshirt, obwohl er gerade erst die High School abgeschlossen und noch gar nicht an der Uni angefangen hatte. Schon damals hatte Jonathan vermutet, daß er sich nur so verkleidete, um einen lähmenden Minderwertigkeitskomplex zu überspielen. Desmond hatte nie eine Gelegenheit ausgelassen, um

Jonathan zu zeigen, daß er »etwas Besseres« war, obwohl Jonathans Vater wahrscheinlich sogar reicher war als Desmonds.
»Es liegt daran, daß er adoptiert ist«, hatte Charlotte einmal zu Desmonds Verteidigung gesagt, als Jonathan ihn wegen einer gehässigen Bemerkung über die Schotten, die doch nur saufen und raufen könnten, fast mit der Faust geschlagen hätte. Sie waren erst sechzehn, und Jonathan mußte noch lernen, sich zu beherrschen. Mehr als einmal hatte Charlotte schon eingreifen müssen. »Desmond ist sehr unsicher. Er versucht das, was er für seine eigenen Unzulänglichkeiten hält, auszugleichen, indem er andere herabsetzt. Er meint es nicht so.«
Am Ende hatte Jonathan nachgegeben, weil er fand, es könnte wirklich kein Vergnügen sein, Eltern wie Adrian und Margo Barclay zu haben – Adrian, selbst ein langweiliger Angeber, und Margo, der Sex-Barrakuda im Swimmingpool. Was würde Desmond wohl sagen, dachte Jonathan oft, wenn er wüßte, wie seine Mutter sich auf seinen Rivalen gestürzt hatte?
Denn Rivalen waren sie, und es ging um Charlotte.
An jenem Tag in Charlottes Wohnzimmer, als Desmond so unvermittelt hereinplatzte, wie er und seine Eltern es immer taten – als ob ihnen das Haus gehörte –, hatte er Jonathan von oben bis unten gemustert, den schlaksigen Körper, das lange, strähnige Haar, die blasse Haut des Anti-Establishment-Computerfreaks registriert und gesagt: »Du kriegst sie nie.«
Und ironischerweise hatte sich herausgestellt, daß Desmond recht gehabt hatte.
Jonathan ging zum Schreibtisch zurück, sah auf seine Uhr und setzte sich vor den Laptop. Er wählte das Modem an. Gleich darauf teilte ihm eine Nachricht auf dem Bildschirm mit, die Verbindung sei hergestellt und »warte auf Antwort«.
Er hatte in den letzten vier Stunden mehrfach versucht, seinen Partner zu erreichen, aber anscheinend verbrachte Quentin die Nacht nicht in seinem eigenen Bett.
Immer noch keine Nachricht. Kein Anrufbeantworter. Kein Um-

schalten auf eine andere Nummer. Jonathan runzelte die Stirn. Es war nicht Quentins Art, unerreichbar zu sein.
Das Symbol für »Posteingang« blinkte. Quentin! Aber als er die Datei öffnete, war es nicht das jungenhafte Gesicht von Jonathans Partner, das auf dem Bildschirm erschien, sondern es waren die aristokratischen Züge seiner Frau. Er klickte auf »abspielen«, und das Gesicht wurde lebendig. Adeles Lippen bewegten sich in perfektem Gleichklang mit ihrer aufgezeichneten Stimme. »Ich konnte nicht schlafen. Ich muß wissen, wann du zurückkommst. Oder muß ich dich wieder entschuldigen?«
Er stoppte das Gesicht und staunte wie jedesmal über Adeles Schönheit und Vollkommenheit, selbst nach einer schlaflosen Nacht. Allerdings war nicht zu übersehen, was die schmollende Unterlippe bedeutete. Sie waren übers Wochenende eingeladen, auf den Landsitz eines von Adeles Lord- oder Lady-Freunden, wo man zum Frühstück Champagner trank und dann zum Reiten, Schießen oder Kahnfahren ging, je nachdem, was für Leute dort waren, und wo abends etwa ein Picknick im weißen Dinnerjackett und Abendkleid stattfand, auf einer mondbeschienenen Wiese mit Tischen im feuchten Gras, an denen Butler auf Porzellan und Kristall servierten.
Es hatte eine Zeit gegeben, in der Adele es genoß, Jonathan zu entschuldigen. Voller Begeisterung hatte sie ihren Freunden erzählt, daß er leider nicht kommen könne, weil er zu einem äußerst geheimen, dringenden Auftrag gerufen worden sei. Jonathans Arbeit an geheimen Projekten für internationale Unternehmen und ausländische Regierungen hatte Adeles sonst so korrektem Dasein einen Hauch von Abenteuer verliehen.
Aber inzwischen fand sie es nicht mehr schön, sein Fehlen entschuldigen zu müssen.
Er griff nach dem Handy, wählte die Nummer seiner Wohnung und lauschte auf das Läuten des Telefons am anderen Ende. Adele hatte ihre Nachricht um 17 Uhr 20 aufgegeben, Londoner Zeit. Es war jetzt achtzehn Uhr. Es hob niemand ab.

25

Charlotte lief durch den Regen, hielt sich die Hand vor die Augen, wenn es blitzte, und fragte sich, ob es eigentlich noch schlimmer kommen konnte. Bei ihrer Rückkehr von Naomis Haus hatten sie eine Nachricht auf dem Anrufbeantworter vorgefunden. Ein Mitglied des FDA-Beratungsausschusses in Washington DC, jemand, der Harmony Biotec freundlich gesinnt war und die Zulassung von GB4204 unterstützte, teilte ihr mit: »Sie haben Ihren Antrag zunächst zurückgestellt, Charlotte, bis die Untersuchung der drei Todesfälle durch die Anwendung von Harmony-Produkten abgeschlossen ist. Es tut mir leid, aber wenn Ihr Unternehmen dafür haftbar gemacht wird, müssen Sie zurück zum Start, und es wird Jahre dauern, bis man Ihr Präparat genehmigt. Aber es gibt noch schlimmere Neuigkeiten, Charlotte. Ich sollte es Ihnen eigentlich nicht erzählen, aber ich bin selbst ein großer Befürworter von Naturheilmitteln, und ich mag Ihre Firma und das, wofür Sie immer eingetreten sind. Sie müssen wissen, daß Synatech soeben ein eigenes Anti-Krebs-Mittel zur Genehmigung eingereicht hat. Das ist alles, was ich Ihnen sagen kann. Und ich kann Sie nur warnen: Wird die Entscheidung über Ihren Antrag allzulange zurückgestellt, ist Synatech vor Ihnen am Ziel.«

Nein, dachte sie und beeilte sich, aus dem Regen ins Haus zu kommen. Sie legte die Hand auf die Brust, um die tröstliche Gegenwart des Shang-Dynastie-Medaillons zu fühlen. Unser Präparat *muß* als erstes herauskommen. Ich habe es versprochen.

»Charlotte!« Als sie aus dem Fahrstuhl trat, stand Desmond vor ihr. »Gott sei Dank, daß du noch da bist!«

Sie zog den Regenmantel aus und schüttelte das Wasser ab. »Warum, was ist passiert?«

»Ich dachte, du wärst vielleicht nach Hause gefahren.«

»Mein Wagen steht immer noch auf dem Parkplatz, Des. Außerdem würde ich dir auf jeden Fall vorher Bescheid sagen.« Sie

wandte sich an Valerius Knight, der sie nachdenklich betrachtete.
»Sie schaffen es, immer im richtigen Moment aufzutauchen«, meinte er. »Haben Sie eine Kristallkugel?«
Sie hoffte, daß ihm der klopfende Puls an ihrem Hals nicht auffiel. »Brauchen Sie mich, Agent Knight?«
»Ich habe schlechte Nachrichten. Es hat ein viertes Opfer gegeben. In Chicago.«
Charlotte preßte die Hand an den Mund. »O Gott, nein.«
»Ein älterer Mann. Nicht tot, aber schwer erkrankt. Er wurde in die Notaufnahme gebracht. Er hatte ein paar Schlucke von Ihrer sogenannten Impotenzkur genommen ...«
»*Zehntausend Yang*.«
»Wir haben die Endergebnisse der Blutuntersuchung noch nicht, aber die Symptome decken sich mit denen einer Ephedrin-Vergiftung.«
Er sah auf seine Armbanduhr und dann nach oben zur Wanduhr – ein Mann, dem die Zeit knapp wird, dachte Charlotte, oder der auf jemanden wartet.
»Desmond«, sagte Charlotte. »Stell fest, was du über das neueste Opfer und seine Familie und so weiter herausfinden kannst.«
»Wird erledigt. Äh ... Charlotte?«
»Bitte?«
»Hast du schon etwas entdeckt? In den Finanzunterlagen?«
Sie sah in die schwarzen Gläser seiner Ray-Ban-Sonnenbrille und dachte an die »Zugang ungültig«-Mitteilung, die ihr den Zutritt zur Finanzdatenbank versperrt hatte. Wußte Desmond, daß die Dateien blockiert waren? Hatte *er* die Sperrung eingerichtet, als Falle für sie, um in Erfahrung zu bringen, was Charlotte wirklich plante?
Sie schüttelte den Kopf. »Noch nicht, Des. Aber ich arbeite daran. Wo ist Margo?«
Desmond vergrub die Hände in den Taschen. »Ich nehme an, sie schminkt sich noch.«

Charlotte musterte ihn forschend. Es lag ein neuer Ton in seiner Stimme, eine gewisse Bitterkeit, wenn er von seiner Mutter sprach. Zum ersten Mal war es Charlotte im letzten Jahr aufgefallen, als sie von ihrer Reise durch Europa und der Besichtigung dortiger Pharmaziefirmen zurückgekehrt war. Da hatte sie Mr. Sung auch so verändert vorgefunden. Bei ihm meinte sie, daß sie sich diese Veränderung nur eingebildet habe, weil sie keine konkreten Anhaltspunkte finden konnte. Mit Desmond verhielt es sich ein wenig anders. Er war immer stolz auf seine Mutter gewesen und hatte gerne mit Margos vielseitigen Talenten und damit, wie jugendlich und schön sie immer noch war, geprahlt. Jetzt aber hörte Charlotte etwas anderes aus seinen Worten heraus. Die Einstellung zu seiner Mutter schien nicht mehr die gleiche zu sein. Was war während ihrer Abwesenheit geschehen?

»Sag Margo, wenn du sie siehst –«, Charlotte verschob das Nachdenken über dieses neue Geheimnis auf später –, »daß ich mit ihr über meine Presseerklärung im Fernsehen sprechen möchte.«

»Okay. Was willst du denn bekanntgeben?«

Wenn ich Glück habe, den Namen des Killers.

Charlotte antwortete nicht. Ihr Cousin ging. Sie sah ihm nach und mußte an Naomi denken, wie sie in eine Decke gewickelt eine nasse Katze umklammerte, und sie fragte sich: Könnte Desmond es getan haben?

»Agent Knight«, sagte sie. »Wenn Sie mich nicht mehr brauchen …?«

Er sah wieder auf die Uhr und lächelte sein glattes Lächeln. »Ich warte nur noch auf … bestimmte Informationen. Sie lassen mich doch wissen, wenn Sie das Gelände verlassen?«

Als sie gehen wollte, sagte er plötzlich: »Ach, noch eins. Sie sagten, Sie hätten das erste Opfer – die Frau, die nach dem Gebrauch von *Strahlende-Intelligenz-Balsam* starb – nicht gekannt.«

Charlotte fühlte, wie ihr Mund trocken wurde. Sie sah ihn mit festem Blick in die Augen. »Das stimmt.«

»Und dabei bleiben Sie? Sie sind der Frau nie begegnet?«

»Nicht, daß ich wüßte.«
Sie ging durch den Korridor zu Adrians Büro und blieb dort, wo Knight sie nicht mehr sehen konnte, erst einmal stehen und atmete tief durch, um zur Ruhe zu kommen. Wußte er inzwischen von dem Interview vor acht Jahren und daß die Verstorbene es geführt hatte? Oder war er nur gründlich? Charlotte hatte Angst, die Fassung zu verlieren, wenn er sie noch einmal danach fragte.
Der Finanzchef des Unternehmens telefonierte auf zwei Handys gleichzeitig. Im Gegensatz zu Margo, bei der man sich darauf verlassen konnte, daß sie frisch, tadellos geschminkt und als Herrin der Lage aus ihrem Büro treten würde, sah Adrian nicht gut aus. Zum ersten Mal, dachte Charlotte, merkt man ihm jeden Tag seiner achtundsechzig Jahre an.
»Ich muß mit dir reden«, sagte sie.
Er hielt fünf Finger hoch.
»Jetzt«, beharrte sie.
Er beendete die beiden Gespräche und wandte ihr seine volle Aufmerksamkeit zu. »Also gut. Was gibt es?«
Wie immer fielen Charlotte Adrians Augen auf. Sie hatte sich oft gefragt, ob er wußte, wie sie auf andere wirkten. Hinter der rauchgrauen Iris und den dichten, schwarzen Wimpern schienen Geheimnisse und Macht zu liegen. Es waren diese Augen, mußte Charlotte plötzlich denken, in die Vollkommene Harmonie sich verliebt hatte, als sie durch das Fenster eines Juwelierladens spähte. Es waren Gideon Barclays Augen, denn Adrian war Gideon Barclays Sohn.
Charlotte erinnerte sich daran, wie diese Augen, denen nichts entging, sie in dem Sommer beobachtet hatten, als sie fünfzehn war. Die Barclays waren wegen irgendwelcher Firmenangelegenheiten zu ihnen gekommen. Die Erwachsenen saßen in der Bibliothek – Gideon, Margo, Adrian, Olivia und Charlottes Großmutter –, und Mr. Sung reichte Verträge herum, die genehmigt werden sollten. Charlotte hatte auf der Fensterbank gehockt und sich Jonathan

vorgestellt, der ihr auf dem Bürgersteig entgegenrannte, wie er es in ein paar Wochen wirklich tun würde, wenn er aus Schottland zurückkam. Sie hatte einen Blick im Nacken gespürt und war, als sie sich umdrehte, Adrians grauen Augen begegnet. Sie kannte die Gedanken, die hinter ihnen verborgen lagen. Wie alle anderen wollte auch Adrian wissen, wohin sie für drei Wochen verschwunden war. Aber anders als die anderen, hatte er sie nicht gefragt.

»Hast du mich aus den Kontendateien ausgeschlossen?« fragte sie ohne Umschweife.

Er seufzte und knetete sich den Nacken. »Ja. Tut mir leid, ich hätte es dir sagen sollen. Ich habe jeden ausgesperrt, bis hier alles wieder in Ordnung ist.«

»Dazu bist du nicht berechtigt, ohne mich vorher zu fragen.«

»Ja, das ist mir klar.« Er rieb sich das stoppelige, unrasierte Kinn. »Aber ...«

Eines seiner Telefone klingelte. Als er danach griff, legte Charlotte die Hand auf den Apparat. »Adrian, was geht hier vor? Mit wem telefonierst du seit drei Stunden?«

»Was glaubst du denn? Mit unseren Investoren natürlich.«

»Und du versicherst ihnen, daß kein Grund zur Aufregung besteht?«

Durch die von Jonathan in Adrians Büro angebrachte Wanze hatte Charlotte einige seiner Gespräche mithören können, sich aber daraus nicht den ganzen Sachverhalt zusammenreimen können. Adrian schien irgendwie in Schwierigkeiten zu stecken.

»Charlotte, wie zum Teufel kann ich das tun, wenn ich es selber nicht weiß! Außerdem«, fügte er müde hinzu, »ist das die Domäne meiner Frau – sie ist diejenige, die alles für die Öffentlichkeit zurechtbiegt. Verdammt, Margo kann Shell aussehen lassen wie Greenpeace!«

Das Telefon läutete nicht mehr. Sofort fing das andere an zu scheppern. »Mach dir keine Sorgen wegen der Investoren, Adrian. Wenn es ganz schlimm kommt, geben wir ihnen eben ihr Geld wieder.«

Er wandte das Gesicht ab und fuhr sich mit seinen dicken Fingern durch das eisgraue Haar. »Das können wir nicht«, erwiderte er ruhig.

»Warum nicht?«

Adrian trat ans Fenster, zog die Vorhänge zur Seite und sah in den Sturm hinaus. Normalerweise bot die Aussicht aus Adrians Vorstandsbüro einen atemberaubenden Blick auf den schneebedeckten Mount St. Jacinto und smaragdgrüne Golfplätze. Jetzt war da nur tiefe Dunkelheit, aufgewühlt durch Wind, Regen und Blitze.

»Weil wir es nicht haben«, erklärte er behutsam.

»Weil wir was nicht haben?«

Er drehte sich mit düsterer Miene um. Seine grauen Augen waren wie kalter Nebel. »Das Geld unserer Anleger, Charlotte. Wir haben es nicht.«

26

Jonathan ließ den Computerbildschirm nicht aus den Augen. Der Balken war fast voll, die Suche so gut wie abgeschlossen.

Endlich: »Suche beendet. 68 Übereinstimmungen gefunden.«

Rasch tippte er: »Ephedrinmangel.«

Ungeduldig sah er zu, wie das kleine Lupensymbol sich im Kreis um das Wort »Suche« bewegte.

Und dann: »0 Übereinstimmungen gefunden.«

Nächster Versuch: »Ephedringehalt zu niedrig.«

»0 Übereinstimmungen gefunden.«

»Verdammt«, flüsterte er und klopfte mit dem Finger auf die Schreibtischplatte.

Er versuchte es mit: »Ephedrin, extra.«

»0 Übereinstimmungen gefunden.«

»Ephedrin, Übermenge.«

»0 Übereinstimmungen gefunden.«

Jonathan sah auf den Cursor, der stetig vor sich hin blinkte, und dachte nach. Dann tippte er »Suche nach Datum« und gab den Monat und die Tage an, innerhalb derer die verfälschten Präparate hergestellt worden waren.

»Zwei Übereinstimmungen gefunden.«

Er rief die beiden Übereinstimmungen auf und verglich die Daten. Die beiden ephedrinhaltigen Präparate waren am selben Tag hergestellt worden wie die veränderten *Wonne*-Kapseln und der Mei-ling-Balsam. Und es gab keinen Bericht über Ephedrinfehlmengen.

Nun holte er sich die Tätigkeitsberichte der ganzen Woche auf den Bildschirm und ließ die Liste der gesamten Produktionen ablaufen. Als er unten angekommen war, ging er zurück zum Anfang und folgte der Liste dann noch einmal ganz langsam bis zum Ende. Er las Tag und Uhrzeit jeder einzelnen aufgezeichneten Herstellung.

Drei Daten fehlten. Die Dateien waren gelöscht worden.

Jonathan ließ den Computer stehen und ging zum Überwachungsmonitor.

Charlotte war immer noch in Adrians Büro. In ihrem Gesicht stand helle Wut.

»Bleib ruhig, Charlotte«, murmelte Jonathan. »Wir sind dicht dran. Dreh jetzt nicht durch.«

Plötzlich erinnerte er sich an einen anderen Abend vor langer Zeit, als er und Charlotte gegen das Gesetz verstoßen hatten, und ihm fiel wieder ein, wie ruhig sie damals trotz großer Anspannung geblieben war. An diesem Abend hatte er ihr seine erste »Blue Box« gezeigt, ein kleines Gerät, das Wähltöne imitierte, so daß man umsonst telefonieren konnte. Natürlich war es verboten und deshalb um so aufregender. Die beiden Fünfzehnjährigen hatten sich nachts aus dem Haus geschlichen und zu zweit in eine Telefonzelle an der Ecke von Geary und Van Ness Street gezwängt. Dort hatte Jonathan Charlotte gezeigt, wie man die »Blue Box« am Hörer anbrachte, wählte und dann am anderen

Ende das Telefon klingeln hörte, ohne einen einzigen Cent eingeworfen zu haben. Es war mitten in der Nacht, und als er ihr den Hörer ans Ohr hielt, hatte Charlotte ganz dicht neben ihm gestanden.

Der Spaß hatte noch in derselben Nacht ein Ende gefunden. Jonathan hatte in einem Müllcontainer hinter dem Gebäude der Telefongesellschaft herumgestöbert und Charlotte, die zitternd im Dunkeln auf ihn wartete, eine frierende, aber treue Komplizin seines Verbrechens, ein paar alte Handbücher und Ausdrucke zum Halten gegeben.

Als sie dann eine halbe Stunde später auf dem Polizeirevier saßen und darauf warteten, daß Jonathans Vater und Charlottes Großmutter sie abholten, hatte Jonathan Charlottes tapfere Miene bewundert.

Sie wußten beide, daß sie eine harte Strafe zu erwarten hatten – höchstwahrscheinlich würde man ihnen den weiteren Umgang miteinander verbieten.

Jonathan erinnerte sich, daß er davor die meiste Angst gehabt hatte. Mehr als alle Polizeistrafen, mehr als alles, was sein Vater mit ihm anstellen konnte, hatte er gefürchtet, man könne ihm Charlotte wegnehmen.

27

»Du hast mit dem Geld der Investoren gespielt?« Charlottes Stimme war lauter geworden.

»Nicht gespielt, Charlotte«, erwiderte Adrian. »Es ist eine todsichere Sache. Wir können aus diesen Millionen Hunderte von Millionen machen.«

»Adrian, du hattest nicht das Recht dazu! Mein Gott! Wie konntest du! Du ruinierst die Firma. Ist dir das klar? Ich hätte nie geglaubt, daß du so raffgierig sein könntest. Verdammt, Adrian!«

Er breitete die Hände aus. »Hör zu, noch ist nichts verloren. Niemand will aussteigen. Sobald diese Giftaffäre vorbei ist ...«
»Wir haben jetzt schon eine vernichtende Presse. Die Verkäufe gehen zurück. Und noch dazu hat es ein viertes Opfer gegeben.«
»*Was!*«
»Häng dich ans Telefon und sag deinen Anlegern, du würdest ihnen das Geld persönlich zurückzahlen.«
»Das kann ich nicht. Woher sollte ich soviel Geld nehmen?« schrie er.
»Das ist deine Sache«, erwiderte Charlotte gelassen. »Aber laß die Finger von der Mitarbeitergratifikation. Das Geld haben wir ihnen versprochen. Wenn du auch nur versuchst, irgend etwas daran zu drehen ...«
»Du bist unvernünftig, Charlotte.«
Sie starrte ihn blaß vor Wut an. »Tu, was ich sage«, und marschierte aus dem Zimmer.
Adrian stand einen langen Augenblick da und starrte auf die handgearbeitete Teakholztür, die Charlotte hinter sich zugeknallt hatte. Es war eine Tür, die allen zeigte, daß dieses Büro einem sehr mächtigen Mann gehörte. Dann kehrte er an das große Fenster zurück, legte die Hände flach auf das kalte Glas und schaute in das Unwetter hinaus. Niemals im Leben hatte er sich so alt, so hilflos, so *nutzlos* gefühlt.
Glaubte Charlotte wirklich, er hätte das Geld aus Habgier für sich genutzt? Aus Geldgier?
Er preßte die Stirn an die Scheibe und schloß die Augen.
Es hatte nichts damit zu tun, daß er reicher werden wollte, als er ohnehin schon war. Es hatte überhaupt nichts mit Geld zu tun. Es war viel einfacher. Adrian Barclay hatte nur einen Wunsch: einmal etwas ganz allein zustande zu bringen. Er wollte Anerkennung dafür, daß er mehr geleistet hatte, als nur einen Namen zu erben. Er wollte etwas ganz und gar Eigenes, das er weder geerbt noch geschenkt bekommen hatte.

Ein kurzes, trockenes Schluchzen schüttelte ihn. Gott, was für ein Elend! Und er war so sicher gewesen, daß er endlich die Antwort gefunden hatte.
Die Antwort darauf, wie man der würdige Nachfolger eines Vaters wird, der mit Tapferkeitsmedaillen aus dem Krieg zurückkommt, der monumentale Brücken baut und überall den Anschein erweckt, er könne selbst durch den Dschungel laufen und die Tiger auslachen. Solange Adrian denken konnte, hatte es immer geheißen: »Ach, Sie sind Gideon Barclays Sohn?« Und dann hatten sich Türen für ihn geöffnet, waren Einladungen gekommen, hatten Frauen ja gesagt. Nicht seinetwegen, sondern wegen des Mannes, der ihn gezeugt hatte.
Das Projekt, an dem er heimlich mit dem Geld der Anleger arbeitete, hätte ihm etwas Eigenes gegeben, eine Schöpfung, die nur ihm gehörte, von der ersten Eingebung an bis hin zum Ergebnis. Es war ein selbstverwaltetes, wirtschaftlich unabhängiges, sich aus eigenen Erträgen erhaltendes Modelldorf für die dritte Welt, das geistige Kind von Adrian Barclay, in seinem Kopf entstanden, entworfen auf seinem eigenen Computer, finanziert durch seine eigenen, geschickten Investitionen, und es würde eines Tages perfekt funktionieren, irgendwo in Afrika oder Lateinamerika, mit glücklichen, satten Dorfbewohnern, die in sauberen Häusern lebten und moderne Schulen, Kirchen und Krankenhäuser besuchten.
Eine brillante Idee, der man auf der ganzen Welt Beifall und Anerkennung zollen würde, und das Verdienst würde *ihm* gehören.
Adrian hob den Kopf und sah sein gespenstisches Bild im Spiegel. Dahinter tauchte eine weitere Vision auf. Er drehte sich um. Margo stand so dicht an der Tür, als wäre sie durch das Holz geschwebt wie ein Geist. Seine schöne Margo, die auch nach so vielen Jahren immer noch stolz auf ihn sein sollte. Er hatte ihr kein Kind schenken können. Vielleicht waren Ruhm und Anerkennung ein guter Ersatz.

Margo sah auf ihren Mann, der vor der Kulisse des Unwetters stand. Sie hatte den Wortwechsel zwischen ihm und Charlotte mit angehört und wünschte sich nur eines: wie eine Tigerin über Charlotte herzufallen, sie zu zerreißen und Adrian ihre Knochen als Opfer darzubringen.

Für Adrian würde sie töten.

Adrian, ihren Retter – Adrian, der für sie sorgte und sie vor einem Leben voller Männer und Sex beschützte – Adrian, der verstand, was ihre sexuellen Lockrufe in Wirklichkeit bedeuteten, der wußte, warum sie flirtete und Männer anlockte, wie eben erst Agent Knight ... sie hatte so getan, als fände sie ihn begehrenswert, hatte Zeichen ihres Interesses ausgesandt.

Sie tat es, weil es die Männer am Ende immer vertrieb. Man brauchte ihnen nur hart genug entgegenzutreten, Zähne und Klauen gewetzt, und sie liefen davon. So war es auch bei Valerius Knight gewesen, der sich erst für sie erwärmt hatte und dann plötzlich erstarrt war, sich räusperte und deutlichen Wert darauf legte, daß sie den Trauring an seiner linken Hand nicht übersah. Einmal abgewiesen, brauchte Margo sich keine Sorgen mehr darüber zu machen, daß ein Mann von sich aus wieder auf sie zukam. Sie war frei von allem Sexgeplänkel und damit frei von Sex überhaupt.

Auch damals vor vielen Jahren hatte es geregnet, als die siebenjährige Margo aus einem Alptraum aufgewacht war. Sie war den langen, beängstigenden Korridor hinuntergelaufen, vorbei an »Onkel« Gideons Zimmer, zu Adrian. Sie hatte an seinem Schlafanzugärmel gezupft und geflüstert: »Ich habe Angst.« Die beiden Kinder kannten einander noch kaum. Margo war gerade erst bei den Barclays eingezogen – bei Gideon, den sie »Onkel«, und der älteren Dame, Fiona, die sie »Tante« nennen sollte. Es war nur für kurze Zeit, dann würde ihre Mutter sie wieder abholen.

Aber selbst hier, viele Meilen von zu Hause entfernt, hatte sie diese Alpträume, und sie fürchtete sich davor, allein zu schlafen.

Wenn sie allein schlief, konnte der Alkohol kommen … und die Schmerzen.

Wortlos hatte der siebenjährige Adrian die Decke hochgehoben, und Margo war neben ihn geschlüpft. Sie hatte ruhig und ohne Träume geschlafen.

Von ihrer Kindheit in Philadelphia wußte sie kaum noch etwas. Sie erinnerte sich nur an schöne Möbel in einem großen Haus, an Kronleuchter und elegante Frauen in weißen Kleidern. Aber das Bild verschwamm an den Rändern, und dann kamen der Geruch von Alkohol und die Schmerzen. Und Mama am Bahnhof, die zu ihr sagte: »Beeil dich, Margo. Und schau nicht zurück. Was immer du tust, schau nie zurück.«

Und das hatte sie auch nicht getan. Seit zweiundsechzig Jahren hatte sie niemals zurückgeschaut. Bis heute.

Heute stürmten die Erinnerungen auf sie ein – nicht an damals, als sie im Bett lag und sich fragte, ob sie wieder Alkohol riechen und Schmerzen haben würde –, sondern an das große Haus in San Francisco, in dem sie aufgewachsen war und entdeckt hatte, daß der Neid anderer – auf das Haus, die Kleider, den Erfolg – einem half, das schmutzige Gefühl von Männerhänden auf dem Körper und den Anblick von Dollars, die aus der Hand eines fremden Mannes in die des eigenen Vaters wechselten, zu vergessen.

»Die Depression hat unsere Lage verschlechtert«, hatte ihre Mutter damals zu Gideons Mutter Fiona gesagt, um zu erklären, warum sie ihre Tochter gern eine Zeitlang bei den Barclays lassen wollte, »nur vorübergehend, um ihr wirklich alle Möglichkeiten zu geben«. Margos Großmutter war eine alte Schulfreundin Fionas gewesen, und auch Margos Mutter kannte die Familie gut. Sie wollte Margo nach ein paar Wochen wieder mitnehmen. Aber sie kam nie mehr zurück. Wenige Monate, nachdem Margos Vater unter einem U-Bahn-Zug starb – »muß irgendwie ausgerutscht sein«, sagten Zeugen –, verließ Margos Mutter mit Hilfe von Gin und Schlaftabletten ebenfalls diese Welt. Danach war nie mehr

davon die Rede, daß Margo die Barclays wieder verlassen oder nicht mehr in Adrians Bett schlafen sollte.
Genausowenig war es eine Frage gewesen, daß sie Adrians Frau werden würde. Er war der einzige, der ihr Geheimnis kannte: daß ihr Vater sie zu sexuellen Zwecken an andere Männer verkauft hatte. Nur Adrian hatte gesehen, wie sie im Schlaf weinte, nur er wußte, daß Sex für Margo ein Ding der Unmöglichkeit war. Aber er liebte sie trotzdem und wollte sie heiraten. Der Grund war, daß sie wiederum *sein* Geheimnis verstand: den verborgenen Schmerz, der darin lag, daß er sich für minderwertig hielt.
Die ganzen Jahre über war er gut zu ihr gewesen, hatte sie geliebt und respektiert und sorgfältig darauf geachtet, seine Affären diskret und kurz zu halten. Und sie war gut zu ihm gewesen, hatte ihn aufgebaut, als er im Schatten seines großen Vaters immer schwächer geworden war, hatte ihn vergöttert, als alle anderen Gideon vergötterten.
Als sie ihn jetzt dastehen sah, hilfloser, als sie ihn je erblickt hatte, mußte sie an eine andere Nacht vor achtunddreißig Jahren denken, als Charlottes Großmutter aus dem mitternächtlichen Nebel aufgetaucht war und mit einem Baby im Arm auf ihrer Türschwelle gestanden hatte. Die winzigen Fäuste, das zarte rosa Gesichtchen ... ein Baby! Ein Geschenk Gottes!
»Ich nehme ihn«, hatte Margo gesagt, ohne zu fragen, woher das Kind kam und warum Harmonie es ihnen so heimlich brachte. Es war ihr egal, was andere dazu sagen würden. Adrian und sie hatten ihn Desmond genannt, nach einem romantischen Roman.
»Hast du uns gehört?« fragte Adrian. »Charlotte und mich?«
Aus seiner Stimme klang soviel Furcht, daß er sich wie ein kleiner Junge anhörte. Er sah sogar kleiner aus, als sei er dabei, sich in den Jungen von einst zurückzuverwandeln, der wußte, daß er nie die Größe seines Vaters erreichen würde.
Margo hatte keine Angst vor dem, was hier vorging, weder vor Charlotte noch vor sonst jemandem. Aber sie wußte, daß Adrian sich fürchtete, darum war sie gekommen, um ihn zu trösten, ihn

in die Arme zu nehmen und zu sagen: »Hab keine Angst, es wird alles wieder gut.«
Statt dessen sagte sie: »Adrian, ich habe Angst.«
Er breitete die Arme aus, und sie glitt hinein. Während er sie tröstend festhielt, spürte sie, wie seine Arme stärker wurden, und hörte den kräftigen Ton seiner Stimme, der Stimme eines Mannes, der wieder Herr der Lage war. »Mach dir keine Sorgen, Häschen«, sagte er. »Es wird alles wieder gut.«

28

Charlotte kam ins Museum gerannt, warf die Tür hinter sich zu und schloß ab. Dann stürzte sie ins Büro, wo Jonathan gerade ein Blatt aus dem Drucker zog. »Ich glaube, jemand hat mich verfolgt.« Sie trat vor den Überwachungsmonitor und hämmerte auf die Tasten. Die unterschiedlichen Orte flackerten schnell hintereinander über den Bildschirm.
»Wer?«
»Ich weiß nicht.« Auf dem Monitor wechselten die Bilder. Aber Fabrik und Gelände schienen verlassen zu sein. Die Gebäude machten im erbarmungslosen Regen einen fast verlassenen Eindruck.
»Ich habe dein Gespräch mit Adrian mit angehört.«
»Ich könnte ihn erwürgen.« Sie betätigte die Knöpfe auf der Schalttafel. In ihren Augen standen Tränen. »Und Desmond!« Sie fuhr herum, ihr Körper zitterte vor Wut. »Weißt du, was er zu mir gesagt hat? Ich sollte das Unternehmen verkaufen. Ist es nicht unglaublich? Es liegen sogar Angebote vor. Desmond sagt, wenn wir jetzt eines davon annehmen, kommen wir gut aus der Sache raus und verdienen immer noch. Mein Gott! Des hat seit Wochen private Gespräche mit Synatech geführt. Ich habe ihn gefragt, ob

er unser GB4204-Präparat mit ihnen diskutiert hat. Er schwört, daß er das nicht getan hat. Ich glaube ihm kein Wort. Diese Familie!« Sie stemmte die Hände in die Hüften und funkelte Jonathan an, als wäre er alle drei Barclays auf einmal. »Sie nehmen es mir übel, daß ich das Haus geerbt hatte. Wußtest du, daß Großmutter es mir hinterlassen hat? Margo dachte, sie und Adrian würden es bekommen. Ich bot es ihnen zu einem sehr günstigen Preis an. Margo war außer sich. Sie sagte, es sei ihr Haus, und sie würde nichts kaufen, was ihr schon gehörte. Also bat ich Mr. Sung, einen anderen Käufer zu suchen, und er fand auch einen.«

Durch Tränen, die sie nicht zurückhalten konnte, schweiften Charlottes Blicke vom großen zum kleinen Computer und weiter zum Drucker und blieben schließlich wieder an Jonathan hängen. »Ich weiß nicht, was ich getan hätte, wenn Naomi etwas zugestoßen wäre. Ich hätte meines Lebens nicht mehr froh sein können.«

Er legte ihr die Hand auf den Arm und sah sie an. »Es war nicht deine Schuld, Charlotte. Du bist genauso ein Opfer wie Naomi.«

»Sag mir, daß du gute Neuigkeiten hast. Sag mir, daß dieser Alptraum ein Ende haben wird.«

Er nahm den Ausdruck vom Tisch. »Drei Produktionsabschnitte von *Goldlotus* wurden ohne Ephedrin abgefüllt.«

»Bist du sicher?«

»Es gibt eine Lücke in den Datenaufzeichnungen. Jemand hat drei Produktionsprotokolle gelöscht.«

»Wie bist du darauf gekommen?«

»Als ich keine Dateien fand, in denen etwas von zu geringen Ephedrinanteilen stand, wurde mir klar, daß man sie nicht im System gelassen hatte – der Täter war nicht dumm. Ich ging also davon aus, daß er sie gelöscht hatte. Und offensichtlich war es auch so.«

»Und du konntest sie trotzdem wiederherstellen?«

»Nicht allein das, sondern ich habe dadurch auch etwas über un-

seren Saboteur erfahren. Die meisten Leute glauben, wenn man eine Datei löscht, ist sie damit endgültig verschwunden und hinterläßt auf der Festplatte eine leere Stelle. Aber so ist es nicht. Wenn man eine Datei löscht, geht eine Flagge hoch und meldet dem System, daß hier Platz für neue Daten ist. Aber die gelöschte Datei ist trotzdem noch vorhanden und bleibt es solange, bis sie mit neuen Daten überschrieben ist. Ich brauchte nur ein Hilfsprogramm einzusetzen und konnte so die Daten wieder abrufen.«
Charlotte runzelte die Stirn. »Wie hast du das gemeint – du hättest dadurch etwas über den Saboteuer gelernt?«
»Ich weiß jetzt, daß er kein echter Hexenmeister am Computer ist.«
Sie überflog den Ausdruck. »Drei Produktionseinheiten von *Goldlotus* blieben ohne Ephedrin. Das heißt, daß dieses Ephedrin drei Einheiten eines anderen Produktes, oder je einer Einheit von drei anderen Produkten, hinzugefügt wurde.« Sie warf das Blatt Papier hin. »GB4204 ist mein Lebensinhalt. Ich kann jetzt nicht alles aufgeben. Es war der Grund, weshalb ich meine Großmutter überhaupt überredet habe, eine biotechnische Firma zu kaufen: damit wir unsere Kräuterextrakte biochemisch untersuchen konnten. Ich war mir einfach sicher, daß ich unter den Arzneien meiner Urgroßmutter etwas finden würde, das auch gegen Krebs hilft.«
Sie brauchte Jonathan nicht davon zu überzeugen, wieviel ihr an Präparat GB4204 lag. Sie wollte damit einem Mann, den sie verehrt hatte, ein Denkmal setzen. Jonathan kannte die Geschichte vom tragischen Tod ihrer Mutter, die von einer Treppe gestürzt war. Sie war eine junge Witwe gewesen, deren Mann sein Leben bei einem Tauchunfall verloren hatte, noch bevor ihr Baby zur Welt gekommen war. Charlotte war allein zurückgeblieben und von ihrer Großmutter in einem großen Haus mit dunklen Möbeln und schweigendem Personal aufgezogen worden. Gideon Barclay war mehr als ein Onkel für sie gewesen.
Jonathan erinnerte sich, wie Gideon damals anstelle von Charlot-

tes Großmutter auf dem Polizeirevier erschienen war, wie er gelächelt und die beiden Missetäter geneckt hatte, während sie darauf warteten, daß der Butler der Sutherlands kam und Jonathan auslöste, weil sein Vater verreist war. Am Ende waren die beiden für ihren Raubzug durch den Müllcontainer der Telefongesellschaft nicht einmal bestraft worden. Charlottes Onkel hatte sie statt dessen in ein Restaurant auf der Powell Street eingeladen und interessiert Jonathans begeisterten Ausführungen über Elektronik und Kommunikationstechnik zugehört. Er hatte sogar versprochen, Charlottes Großmutter nichts zu erzählen, und dieses Versprechen, soweit Jonathan wußte, auch gehalten.

Das Signal des Computers ertönte.

»Verrat mir Deine Pläne, Charlotte. Es bleiben Dir weniger als acht Stunden. Schreib mir unter RB(a)outlaw.com. PS. Hat Dir der kleine Braten gefallen?«

Sofort setzte sich Jonathan an den Computer, schloß das Datenbanksuchfenster und klickte das Internetsymbol an.

»Was hast du vor?« fragte Charlotte.

»Ich versuche, seinen Standort zu identifizieren. Bleib dran ...«

»RB«, sagte Charlotte nachdenklich. »Soll das ein Insiderwitz sein?«

»Wieso?«

»RB – für Richard Barclay?«

Gleich darauf erschien die Adresse von »outlaw.com«. »Es ist ein Internet-Café in West Hollywood.«

»Dann ist er dort! Wir können ihn festnehmen lassen.«

»Vielleicht – vielleicht ist er aber auch nicht so dumm. Vielleicht ruft er nur seine Post von dort ab – per Fernabfrage.« Jonathan tippte weiter, holte die Adresse des Postversenders aus der Kopfzeile, setzte sie in das Fenster und schrieb:

»Dieser Teilnehmer bedroht und belästigt uns. Können Sie uns seine Identität mitteilen?«

»Jonathan, diese Bemerkung über den kleinen Braten ... Er meint Rodeo.«

»Entweder hat er Naomi selbst angegriffen, oder er weiß, wer es getan hat.« Er wurde nachdenklich. »Charlotte ...«
»Ja?«
»Der Tod deiner Großmutter.«
»Was ist damit?«
»Bist du sicher, daß es ein Unfall war?«
Bevor sie etwas erwidern konnte, hörten sie es plötzlich klappern. Agent Knight tippte in seinen Laptop, und die Anschläge wurden auf Jonathans Gerät übertragen. Sie standen am Bildschirm und sahen zu, wie die Buchstaben erschienen.
»Mein Gott«, flüsterte Charlotte, als sie sah, was Knight schrieb.
»Charlotte ...«
»Das wußte ich nicht. Ich schwöre dir, ich wußte es nicht!«
Fassungslos verfolgten sie mit den Augen Knights Bericht, bis er endlich zum Schluß kam. Er teilte mit, daß nach neueren Erkenntnissen des FDA Charlotte Lee nicht nur einen unerfreulichen Zusammenstoß mit dem ersten Opfer gehabt hätte, sondern auch als Mitbeklagte in einem Scheidungsprozeß benannt worden sei, den vor acht Jahren Frau Dr. Laura Philipps angestrengt hatte. Frau Dr. Philipps, die behauptet hatte, Mrs. Lee unterhalte ehebrecherische Beziehungen zu ihrem Mann, sei damals Leiterin des Chalk-Hill-Forschungslabors gewesen.
Sie sei das zweite Opfer gewesen und nach dem Gebrauch von *Zehntausend Yang* gestorben, einem Erzeugnis von Harmony.

29
1927 – San Francisco, Kalifornien

»Harmonie, Sie brauchen einen Namen«, erklärte Mr. Lee unvermittelt an einem schwülen Nachmittag, während er an einem seiner Tuschbilder arbeitete.

Seine Worte erschreckten mich, denn ich dachte, er meine einen anderen Namen, den Namen, an den ich auch gerade gedacht hatte. Aber dann wurde mir klar, daß ich ihn mißverstanden haben mußte, denn ich hatte Mr. Lee nie etwas von meiner heimlichen Suche erzählt.

Als ich sagte, der Dieb, der meine Wohnung ausräumte, habe mir zumindest meine Identität gelassen, stimmte das nicht ganz, denn ich besaß nach wie vor nur eine halbe Identität. Ich war Vollkommene Harmonie. Doch ich hatte keinen Nachnamen.

»Wenn du deinen Vater findest«, hatte meine Mutter am letzten Tag in Singapur zu mir gesagt, »wird er dich als Tochter anerkennen. Er wird dir eine ordnungsgemäße Geburtsurkunde verschaffen, und du trägst dann seinen Namen.«

Ich trug nicht den Familiennamen meiner Mutter, denn sie hatte diese Familie entehrt und sich selbst zur Ausgestoßenen gemacht. Darum hatte sie den Namen ihres Vaters abgelegt und nannte sich nur Mei-ling. Ich war nach Amerika gekommen, um meinen Namen einzufordern, doch statt dessen mußte ich feststellen, daß mein Vater auf See verunglückt war und mich nichts weiter mit

ihm verband als sein Ring und der Brief, den er meiner Mutter zurückgelassen hatte.
Das genügte nicht, um vor Gericht zu gehen. Das bestätigten mir auch die Anwälte, die ich aufsuchte, zuerst die chinesischen, dann die amerikanischen. Sie sagten: »Damit kriegen Sie keinen Fuß auf den Boden.«
Immer noch fuhr ich mit dem Cable Car die California Street hinauf und starrte auf das große Haus hinter dem hohen Zaun – die Villa Barclay. Sie gehörte meinem Vater und hätte nun mir gehören müssen. Einer der Anwälte hatte es herausgefunden: Richard Barclay hatte keine Blutsverwandten hinterlassen, sondern nur einen Adoptivsohn. Ich war sein einziges leibliches Kind. Der Anwalt meinte, ich könne Anspruch auf das Haus erheben und hätte sogar, auch wenn es viel Geld und Zeit kosten würde, die Chance, es zu bekommen.
Aber ich wollte dieses große Haus mit den vielen Räumen und Fenstern gar nicht. Es genügte mir, über der Glücklichen Wäscherei zu wohnen, denn ich war, seitdem meine Arzneien sich gut verkauften, wieder in den zweiten Stock gezogen, in die geräumigen Zimmer, in denen das gute *chi* floß und die in der glückbringenden Ost-West-Richtung lagen.
Alles, was ich wollte, war ein Name.
»Sie können nicht beweisen, daß der Brief an *Ihre* Mutter gerichtet war«, sagte der eine Anwalt, »Sie können nicht beweisen, daß Richard Barclay ihr den Ring geschenkt hat«, ein anderer. Der dritte meinte: »Fiona Barclay ist eine sehr reiche und mächtige Frau, die nie zulassen würde, daß Sie ihren Namen tragen. Sie können nicht gewinnen.« Und der vierte nahm mein Geld und erklärte: »Wollen Sie meinen Rat? Gehen Sie zurück nach China.«
Ich war neunzehn Jahre alt, aber in meinen Papieren stand einundzwanzig. Es war höchste Zeit, daß ich einen Namen bekam.
Ich hatte den Anwälten den Brief meines Vaters nie vorgelegt, immer nur davon gesprochen, denn ich hatte meiner Mutter ver-

sprochen, ihn nur Richard zu zeigen. Aber der Brief war der einzige Beweis dafür, daß er tatsächlich mein Vater war, und nun war Richard Barclay tot. Was sollte ich tun?
Ich hatte daran gedacht, Gideon den Brief zu bringen, denn ich fühlte, daß er mich nicht betrügen würde. Aber ich konnte meinen Gefühlen für ihn nicht trauen. Es war leichter gewesen, als ich noch verwirrt war und glaubte, mich in meinen eigenen Bruder verliebt zu haben. Als ich dann erfuhr, daß wir gar nicht verwandt waren und ich mich ganz normal in einen Mann verliebt hatte, wurde die Last unerträglich, denn nun quälte mich die Frage: Konnten wir jemals zusammenkommen?
Auf den Tag genau ein Jahr, nachdem er morgens um acht Uhr abgesegelt war und mein Herz mitgenommen hatte, kehrte Gideon nach San Francisco zurück. In den zwölf Monaten seit seiner Abreise hatte ich mich ganz meinen Arzneien gewidmet. Ich machte sie überall in Chinatown bekannt, verbesserte sie und verbreitete sie, so gut ich nur konnte. Ich begann sogar Patienten zu empfangen – meist ältere Menschen, die sich keinen erfahrenen Arzt leisten, oder solche, die überhaupt nichts bezahlen konnten. Es war ein bescheidener Anfang, und man betrachtete mich mit Vorsicht, weil ich noch so jung war, aber allmählich sprach es sich herum, und mein Ansehen wuchs. Darum vermißte ich auch mein Herz nicht besonders. Ausgefüllte Tage und Nächte mit tiefem Schlaf lassen keinen Raum für Sehnsucht. Aber als ich aus der Zeitung erfuhr, daß ein riesiger Ozeandampfer angelegt hatte, die Namen der Prominenten auf der Passagierliste las und dann noch ein Foto von Gideon fand, das ihn auf einer Begrüßungsparty in der Villa Barclay zeigte, zu der selbst der Bürgermeister von San Francisco und mehrere bekannte Filmstars und Politiker geladen waren, da fühlte ich, wie sich mein Herz in meiner Brust zurückmeldete und mir von neuem süßen Kummer brachte.
Die blonde Olivia war mit Gideon auf dem Bild zu sehen. Sie hatte ihn untergehakt, und so, wie sie mit glückseligem Lächeln zu ihm aufsah, während er direkt in die Kamera strahlte – Olivia, die

»Freundin der Familie«, deren Foto er in seiner Brieftasche trug –, wußte ich, daß meine heimliche Liebe sinnlos war.
Als er mir einen Boten mit einem Brief sandte und fragte, ob er mich besuchen dürfe, antwortete ich nicht. Als eine Woche später ein zweiter Brief kam, schickte ich den Boten zurück.
Den dritten Brief überbrachte Gideon selber.
Ich hatte zu der Zeit schon einen kleinen Raum im Hinterhaus von Mr. Huangs Handelsgesellschaft gemietet, so daß die Kräuter und Mineralien, die ich von ihm bezog, ohne Umwege an die Arbeitstische, Spülbecken und Herde gingen, an denen eine kleine Truppe von vier Mädchen mir dabei half, meine Heilmittel herzustellen, sie zu verpacken und sie dann auszuliefern.
Wir waren ein bescheidener Betrieb. Jedes kleine Päckchen, jedes schmale Fläschchen, jeder Tontopf wurde von Hand gefüllt, etikettiert, eingewickelt und in Kisten verpackt. Eines der Mädchen saß an einem vollgestopften Schreibtisch und beschriftete mit größter Sorgfalt die Etiketten in chinesischer und englischer Sprache, wobei sie sowohl das Herstellungsdatum als auch die enthaltenen Kräuter aufschrieb. Die meisten Naturheilmittelhersteller führten keine Inhaltsstoffe auf, weil sie fürchteten, andere könnten die Mischung nachahmen. Aber manche Menschen sind gegen bestimmte Kräuter allergisch, wie ich es gegen Jimsonkraut bin, und es kann zu ernsthaften Beschwerden kommen.
Zuerst wollten die Besitzer der Kräuterläden von Chinatown meine Mittel nicht führen. »Wir haben jede Menge Roter-Drache-Artikel. Warum sollen wir Ihre Sachen ans Lager nehmen?« Also ging ich von einem zum anderen und überreichte jedem drei Flaschen *Goldlotus*, drei Packungen *Wonne* und drei Krüge mit *Mei-ling-Balsam*. Ich sagte: »Behalten Sie das Geld, das Sie damit verdienen. Was Sie nachbestellen, gebe ich Ihnen in Kommission.« Soviel Vertrauen hatte ich zu meinen Produkten. Die Kräuterhändler verkauften die Artikel und bestellten neue bei mir nach. Damit begann ich zu verdienen.
Wenn ich einer Freundin oder Nachbarin etwas verkaufte, er-

klärte ich immer: »Wenn es nicht wirkt, gebe ich Ihnen Ihr Geld zurück.« Aber mit Ausnahme von Mrs. Po war es allen zu peinlich, mir etwas wiederzubringen, und ich glaube, ihre Scham führte auch dazu, daß sie gesund wurden.

Und so geschah es am Jahrestag meiner erhörten Gebete, ein Jahr, nachdem Kwan Yin mit der Stimme meiner Mutter zu mir gesprochen und mich gelehrt hatte, mit Augen und Erinnerungen anstatt mit den Ohren zu lauschen, daß Gideon Barclay von neuem in mein Leben trat.

Ich trug eine Metzgerschürze und hatte das lange Haar unter einer weißen Chirurgenhaube aufgesteckt. Ich stand am Herd, rührte in meinem empfindlichen Balsam und ließ das feste Wachs vorsichtig schmelzen, bevor ich die Vaseline und das erste Kraut hinzufügte. Plötzlich merkte ich, daß meine Mädchen aufgehört hatten zu schwatzen – sonst war es in meiner kleinen Fabrik niemals still. Ich drehte mich um und wollte nachsehen, was passiert war. Da stand ein langer Amerikaner in der Tür, das Gesicht gebräunter, als ich es in Erinnerung hatte, das Haar ein wenig länger. Und er lächelte, wenn auch nicht mehr so jungenhaft wie damals im Drugstore.

»Hallo, Harmonie«, sagte er.

Die Mädchen kicherten und nahmen ihre Arbeit wieder auf. Ich ließ Judy Wong den Balsam weiterrühren und ging, ohne auch nur Schürze und Haube abzulegen, mit Gideon nach draußen. Es war nur ein kurzes Gespräch. Er wollte mir sagen, daß er nicht lange zu Hause bleiben würde, weil schon ein neuer Auftrag in Panama auf ihn wartete. Aber er hatte jetzt sein Diplom. Er war Ingenieur und konnte auf der ganzen Welt Brücken, Dämme und Straßen bauen. Und die Nachfrage war groß.

War es das, was er mir in Wirklichkeit sagen wollte? Daß er nie ein fester Bestandteil meines Lebens sein konnte? Daß unser Schicksal die gestohlenen Begegnungen zwischen seinen Aufträgen in fernen Ländern bleiben würden?

Er blickte durch die offene Tür auf meine fleißig arbeitenden

Mädchen und sagte: »Seit wir uns das letzte Mal gesehen haben, scheint es dir besser zu gehen. Bist du glücklich, Harmonie?«
»Ich habe viel zu tun, meine Stunden sind ausgefüllt.«
Er war näher gekommen, an diesem Nachmittag vor über einem Jahr, so nahe, daß ich einen winzigen Punkt in seinem rechten Auge sehen konnte, einen Fleck aus Gold, der in der rauchgrauen Iris schwamm. »Bist du glücklich?« wiederholte er leiser, und wenn er mich damals geküßt hätte, wären alle meine guten Vorsätze vergessen gewesen. Ich hätte Chinatown und meine Arzneien verlassen und wäre ihm bis ans Ende der Welt gefolgt.
Aber er trat plötzlich zurück, und seine Miene verfinsterte sich. »Du willst es mir nicht verraten, nicht wahr? Warum bist du so voller Geheimnisse, Harmonie? Warum muß ich dauernd an dich denken?«
»Du darfst nicht an mich denken.«
»Warum nicht?«
Weil ich den Namen deines Vaters haben will. Ich will als seine Tochter anerkannt werden, als sein einziges Kind. Ich würde dich verdrängen, Gideon. Wir würden Rivalen werden.
Aber ich sagte nur: »Weil ich Chinesin bin und du Amerikaner.«
»Verflixt, Harmonie, du denkst immer noch an diesen Mistkerl von Kellner im Drugstore!«
Und wie sollte ich das nicht? Schlechter als ein Hund behandelt zu werden, nur wegen der Form meiner Augen?
»Ich möchte mit dir reden, Harmonie. Wenn dir ein persönliches Gespräch unangenehm ist, kannst du es als geschäftliche Verhandlung sehen. Ich bin daran interessiert, in deine Arzneimittel zu investieren. Du brauchst nicht mit vier Mädchen in einem Hinterzimmer zu arbeiten. Du könntest eine Fabrik kaufen und überall in die Vereinigten Staaten liefern. Würde dir das nicht gefallen?«
Ja, das würde mir gefallen, aber von welchem Geld? Aber dann begriff ich: Er wollte mir das Geld geben.

Ich schüttelte den Kopf. Es war *eine* Sache, daß ich etwas von ihm angenommen hatte, als ich ihn für meinen Bruder hielt. Aber jetzt, nachdem wir nicht einmal miteinander verwandt waren, kam es überhaupt nicht in Frage.

Ich sagte, ich müsse wieder zu meinem Balsam zurück. Er wollte nicht gehen, bevor ich nicht versprach, ihn am nächsten Abend zum Essen zu treffen. Ich willigte ein. Aber ich ging nicht hin. Danach hörte ich nichts mehr von ihm.

Und nun, an einem schwülen Nachmittag ein Jahr später, malte Mr. Lee an einem Tuschbild und verkündete plötzlich und unerwartet, daß ich einen Namen brauchte.

Ich liebte es, ihm bei seiner Kunst zuzuschauen, denn er brachte in seinen Bildern die taoistische Bewunderung für die Schönheit der Natur zum Ausdruck. Jeder von Mr. Lees Pinselstrichen erfolgte auf präzise, traditionelle Art. Die Pinselhaare küßten das Reispapier und ließen Farbe darauf zurück – das Abbild dessen, was sein geistiges Auge sah. Er malte Tiger, die einem aus dem Papier entgegensprangen, und atemberaubende Landschaften zwischen Himmel und Erde. Die Menschen waren begeistert von seinem Talent, kein anderer Künstler in Chinatown malte so lebensecht. Ich glaube, das Geheimnis seiner Kunst lag darin, daß Mr. Lee jeden Morgen, wenn er seine Tuschsteine und Lammwollpinsel vorbereitete, schweigend um innere Erleuchtung betete.

An diesem drückenden Nachmittag nun, ein Jahr, nachdem Gideon wieder in mein Leben getreten war und es gleich darauf von neuem verlassen hatte, hob Mr. Lee den Blick von seiner Malerei und sah mich mit seinen seltsam hellen Augen an. Ein Chinese mit solchen Augen war ungewöhnlich, aber an Mr. Lee war alles ungewöhnlich. Er hatte mir erzählt, er sei noch nicht dreißig, aber er wirkte älter. Sein Haar wich von der Stirn zurück, und er trug eine sehr dicke Brille. Seine Schultern waren von den vielen Jahren, die er nun schon über seinen Bildern saß, und auch davon, daß er sehr hochgewachsen und deshalb verlegen war, leicht nach vorn gebeugt. Er war so schüchtern, bescheiden und zurückhaltend, daß

ich oft dachte, Mr. Lee gehöre eigentlich in eine andere Zeit, in die ferne Welt klösterlicher Gelehrter, die raschelnde Seidengewänder trugen und über das Wesen der Engel nachsannen.
In den letzten beiden Jahren war er im wahrsten Sinne des Wortes heruntergekommen, denn er wohnte jetzt unter mir in dem kleinen Raum, den ich auch für kurze Zeit bezogen hatte. Obwohl er ein hervorragender Künstler war – der beste in Chinatown –, arbeitete er qualvoll langsam, zu langsam für die Touristen, die schnell hingeworfene Bilder wollten und keinen Wert auf Qualität legten. Als andere Künstler zuzogen und Erfolg hatten, verlor Mr. Lee allmählich an Boden. Er verkaufte nur noch wenige Gemälde und fürchtete schon, unter großem Gesichtsverlust zu seiner Familie zurückkehren zu müssen. Aber wenn er es in Kalifornien nicht aus eigener Kraft schaffte, mußte er eben über seinen Schatten springen und wieder nach Hawaii gehen.
»Sie brauchen einen Namen«, wiederholte er sanft und legte den Pinsel beiseite.
Und er hatte recht. Nachdem mein bescheidener Ruf sich zu verbreiten begonnen hatte, fingen die Leute an, in die Kräuterläden zu gehen und zu den Inhabern zu sagen: »Ich brauche etwas von dem rosa Balsam, den dieses Mädchen macht, das über der Glücklichen Wäscherei wohnt.« Wie umständlich und mühsam! Der Kunde konnte viel leichter sagen: »Roter-Drache-Balsam, bitte.«
Aber welchen Namen sollte ich meinen Mitteln geben, welches Symbol für sie wählen? Die Roter-Drache-Gesundheitsgesellschaft verwendete Rot und Gold, die Farben des Glücks, und natürlich das Drachenbild, das bei allen Chinesen als mächtigstes Glückszeichen gilt. Und obwohl meine Arzneien in ihren neuen, hübschen Flaschen und Verpackungen ansprechend aussahen, fielen sie im Regal nicht so auf wie die Roter-Drache-Mittel.
Ich hatte den Mann, dem die Roter-Drache-Gesundheitsgesellschaft gehörte, nie gesehen, aber ich kannte seinen Ruf. Ich glaube sogar, daß es Ladenbesitzer gab, die Angst hatten, seine Er-

zeugnisse nicht zu führen, und es nur deshalb taten, weil man sie einschüchterte. Denn wie anders ließ es sich erklären, daß Medikamente von so geringer Qualität – einige davon waren meines Erachtens geradezu gefährlich – immer wieder in den Regalen angesehener Kräuterläden standen?
»Sie brauchen ein Symbol, Harmonie«, sagte Mr. Lee, »damit Ihre Heilmittel auffallen und die Leute sich daran erinnern.«
Aber was für ein Symbol? grübelte ich. Was konnte sich mit einem Drachen messen?
Das große Haus auf dem Hügel war vollgestopft mit schweren, viktorianischen Möbeln. Ich saß inmitten der prunkvollen Einrichtung mit ihren Topfpflanzen, den sanft tickenden Uhren und dem köstlichen Duft von Zitronenöl auf Holz, und mußte immer daran denken, wie es gewesen wäre, wenn mein Vater das Schiffsunglück überlebt hätte. Würde er meine Mutter und mich hierhergeholt haben? Bestimmt wäre unser Leben in diesem Haus ganz anders verlaufen.
Ich war gekommen, um endlich mit Fiona Barclay zu reden. Ich wollte sie um den Namen meines Vaters bitten.
Als sie eintrat, erhob ich mich respektvoll. Ich hatte noch nie ein westliches Haus betreten und mit Ausnahme der Damen aus der Missionsschule in Singapur, bei denen ich Englisch gelernt hatte, keine westliche Frau kennengelernt.
Sie sagte: »Sie möchten mich sprechen?« Dann blieb sie plötzlich stehen und starrte mich an.
Ich weiß nicht, was bei amerikanischen Frauen als schön gilt, aber ich fand Fiona Barclay hübsch. Sie war geschickt geschminkt und trug das Haar so frisiert, wie ich es in einer Zeitschrift gesehen hatte. Ihre Kleidung war aus Seide und elegant. Sie zeigte die Haltung und Würde, die der Herrin eines so großen Hauses angemessen war. Ich schätzte sie auf Mitte Vierzig, aber ich bemerkte eine sonderbare Atemlosigkeit in ihrer Art zu sprechen – es klang wie bei Mrs. Pos Schwiegermutter, einer Frau fortgeschrittenen Alters, wenn sie einen Tag mit ihrer Pfeife verbracht hatte.

»Sind Sie das Mädchen, das den Ring meines Mannes hat?« fragte sie, als sie mich lang genug angestarrt hatte.
»Ich ehre Sie, Erste Gemahlin.«
»Ich bin keine Erste Gemahlin. Ich bin *die* Gemahlin, und der Ring gehört mir.«
»Verzeihen Sie mir, aber dieser Ring ist alles, was ich von meinem Vater besitze.«
Sie bot mir weder einen Stuhl noch Tee an. Vielleicht ehrten die Amerikaner ihre Gäste anders als wir. »Ihr Vater?« fragte sie.
In diesem Moment betrat eine andere Frau den Raum. Ich erkannte sie von dem Foto in Gideons Brieftasche – es war Olivia, die Gideon seine Freundin genannt hatte. Jetzt sah ich sie aus der Nähe, sah, wie hübsch sie war, wie ihr blondes Haar glänzte, so als sei sie ein Filmstar. Ich erinnerte mich, daß mir Gideon damals vor zwei Jahren im Drugstore erzählt hatte, Olivia sei siebzehn. Also war sie jetzt neunzehn, so alt wie ich. Sie lächelte und fragte, ob ich gerne eine Tasse Tee hätte.
Mrs. Barclay unterbrach sie. »Keinen Tee, Olivia. Diese Frau bleibt nicht lange.« Sie richtete den kalten Blick auf mich. »Sie behaupten, Richard sei Ihr Vater. Können Sie das beweisen? Haben Sie eine Heiratsurkunde?«
Die Heiratsurkunde war gefälscht. Mein Vater hieß darin Richard Smith, irgendein Nachname, damit ich in die Vereinigten Staaten einreisen konnte.
»Eine Geburtsurkunde?«
Ebenfalls gefälscht.
»Junge Dame, ich weiß nicht, was Sie für einen Plan haben, und es ist mir auch gleichgültig. Aber der Ring gehört mir, und ich will ihn wiederhaben.«
»Ich habe keinen Plan.«
»Was wollen Sie dann? Einen Teil der Erbschaft? Geld? Vielleicht in diesem Haus wohnen?«
Ich schüttelte den Kopf. »Nichts davon.«
»Aber irgend etwas müssen Sie doch wollen.«

»Ich will seinen Namen.«
Sie sah mich mit aufgerissenen Augen an. Olivia beobachtete uns mit verwirrter Miene. »Das kann nicht Ihr Ernst sein.«
»Es ist mein Name. Sie sind die einzige, die ihn mir rechtmäßig zurückgeben kann.«
Richard Barclays Witwe musterte mich einen langen Augenblick. Um uns herum ertönten die Geräusche des Nachmittags, das Klingeln der Cable Cars und das ferne Dröhnen der Nebelhörner, die vor dem heranziehenden Nebel über der Bucht warnten. »Ich sollte eigentlich überhaupt keine weitere Minute an Sie verschwenden«, sagte sie endlich, »aber ich gestehe, daß ich neugierig auf die unverschämte Geschichte bin, die Sie mir offenbar auftischen wollen. Wie soll denn mein Mann Ihre Mutter kennengelernt haben?«
Ich erzählte ihr, wie man Richard zusammengeschlagen und meine Mutter ihn gepflegt hatte. Ich berichtete von seinem Gedächtnisverlust und den tiefen Wunden. Ich sagte ihr nicht, daß sich alles im geheimen über Madame Wahs Seidengeschäft abgespielt hatte, und auch nicht, daß meine Mutter und Richard nicht verheiratet gewesen waren, als sie zueinanderfanden.
»Gedächtnisverlust? Woher wissen Sie dann, wer er war?«
Ich erklärte ihr, was ich mit dem Ring im Juwelierladen erlebt und wie der Juwelier den jungen Mann mit »Mr. Barclay« angeredet hatte. Was ich verschwieg, war, daß Gideon mich in einen Drugstore geführt und versucht hatte, mich zu einem heißen Karamelsundae einzuladen. Ich glaubte ihm, daß er sein Wort gehalten und seiner Mutter erzählt hatte, er habe mich nicht finden können.
»Aber das ist nicht alles«, fuhr ich hoffnungsvoll fort. »Mein Vater konnte sich zwar an nichts erinnern, was ihn selbst betraf. Aber er erinnerte sich an San Francisco und erzählte meiner Mutter Geschichten ...«
Fiona hob die Hand. »Genug. Nichts von dem, was Sie mir da erzählen, ist ein Beweis.«

Aber ich hatte einen Beweis: den Brief, den Richard Barclay meiner Mutter hinterlassen hatte. Mrs. Barclay würde seine Handschrift und seinen Namenszug wiedererkennen. Der Brief steckte in meiner Handtasche, und ich wollte gerade danach greifen, als Mrs. Barclay plötzlich sagte: »Das ist alles zu schmerzlich für mich. Ich hätte Sie nicht empfangen dürfen.« Sie holte schwer Atem. »Geben Sie mir den Ring meines Mannes, und ich sehe davon ab, die Polizei zu rufen.«
»Aber ich habe einen Beweis«, beharrte ich und holte den Brief heraus. Mrs. Barclay hätte nur einen kleinen Teil davon zu lesen brauchen, um zu erkennen, daß ich wirklich Richards Tochter war.
»Ich interessiere mich nicht für Ihren sogenannten Beweis«, antwortete sie und atmete noch mühsamer.
»Fiona ...« Olivias Gesicht nahm einen besorgten Ausdruck an.
Mrs. Barclay winkte ab. Sie legte die Hand auf ihre Brust und sagte mit gepreßter Stimme: »Ich bin Ihnen keine Erklärung schuldig. Aber falls Sie glauben, ich nähme diese Angelegenheit leicht: Richard Barclay war mein geliebter Gatte. Er liebte mich von ganzem Herzen, wir waren unzertrennlich, und wenn Sie nun hier mit Ihren schmutzigen Geschichten auftauchen ...« Sie fing plötzlich an zu keuchen.
Olivia eilte herbei und half ihr in einen Sessel.
»Der Ring«, flüsterte Mrs. Barclay heiser. »Ich muß den Ring ...«
Olivia rannte in die Diele und schrie: »Rufen Sie Dr. Hafner! Mrs. Barclay hat einen Anfall! Schnell!«
Sie kam zurück, lief zu Mrs. Barclay und bemühte sich ungeschickt, die Knöpfe an ihrem Kragen zu öffnen. Aber Fiona versuchte zu atmen. Sie stieß Olivia zurück und riß den Mund weit auf, um nach Luft zu ringen.
»Kämpf nicht dagegen an, Fiona!« rief Olivia. »O mein Gott!«
Ich warf meine Tasche auf einen polierten Tisch, stopfte den Brief hinein und zog ein Fläschchen *Goldlotus* heraus, das ich für den

Notfall immer bei mir trug. Ich hielt es Olivia hin. »Geben Sie ihr das.«
»Sehen Sie nicht, daß sie nicht atmen kann? Sie erstickt!«
Ich ging zu Fiona, legte ihr den Arm um die Schultern und hielt die geöffnete Flasche an ihre Lippen. »Kämpfen Sie nicht dagegen an«, sagte ich, »wehren Sie sich nicht. Sie haben genügend Luft in den Lungen. Nehmen Sie einen Schluck hiervon. Es löst den Krampf.«
Nach dem ersten Schluck hustete, spuckte und keuchte Fiona nur noch mehr. Aber ich blieb hartnäckig. »Versuchen Sie zu schlukken«, sagte ich und flößte ihr noch etwas ein, aber es lief ihr nur das Kinn hinunter.
»Was tun Sie da?« schrie Olivia.
Mrs. Barclays Augen waren angstgeweitet. Ich sah die bläuliche Verfärbung ihrer Lippen. Kurzentschlossen hielt ich ihre Schultern fest und kippte die Flasche in ihren aufgerissenen Mund. Sie hustete wieder und spuckte den Wein nach allen Seiten.
»Sie werden Sie ertränken!« kreischte Olivia und versuchte mich wegzureißen.
Andere Leute kamen herbeigerannt. Jemand rief: »Öffnen Sie die Fenster, damit Luft hereinkommt!«, und jemand anders sagte: »Doktor Hafner ist unterwegs.«
Ich kümmerte mich nicht um sie und versuchte erneut, Fiona den Goldlotuswein einzuflößen. Nicht aus Liebe zu Mrs. Barclay war ich so hartnäckig, denn ich mochte sie nicht. Ich tat es für Gideon. Beim vierten Versuch schluckte sie den Wein. Der Husten ließ nach und das mühsame Schnaufen beruhigte sich. Sie füllte ihre Lungen und brach in meinen Armen zusammen. Ich ließ sie in den dicken Polstersessel sinken und trat zurück, damit die anderen sich um sie kümmern konnten. Ein großer Mann mit Gärtnerschürze hob die fast Bewußtlose auf seine Arme und trug sie aus dem Zimmer.
Gleich darauf war ich allein. Niemand sagte etwas zu mir oder würdigte mich eines einzigen Blickes.

Während ich in dem großen, stillen Empfangszimmer saß und wartete, holte ich den Brief meines Vaters heraus und las ihn, obwohl ich ihn schon so oft gelesen hatte, daß ich ihn auswendig konnte.
»Ich verlasse Dich nur ungern, Mei-ling, mein kostbarer Schatz. Aber bevor wir heiraten können, muß ich zu Hause etwas in Ordnung bringen, und ich muß es selbst tun. Mein Liebling, ich bin an eine Ehe ohne Liebe gefesselt. Aus Mitleid habe ich eine Frau geheiratet, die ein gewissenloser Schuft mit ihrem Baby sitzenließ. Ich will nicht weiter mit Fiona leben.
Meine Anwälte sollen eine Regelung finden, damit sie und Gideon versorgt sind, und dann werde ich zu Dir, mein Herz, zurückkehren, und für immer mit Dir glücklich sein.«
Ich faltete den Brief sorgsam zusammen, steckte ihn wieder in die Handtasche und schaute an die Decke, als könnte ich durch sie hindurchsehen und beobachten, was im Obergeschoß vor sich ging.
»Richard Barclay war mein geliebter Gatte. Wir waren unzertrennlich.«
Mein Brief bewies, daß der Ring mir gehörte und ich ein Recht auf den Namen Barclay hatte. Aber wenn ich ihn Fiona zeigte, würde ich ihre kostbaren Erinnerungen an Richard und die Illusion seiner Liebe zerstören. Verschwieg ich ihn jedoch, konnte ich meinen Rechtsanspruch auf den Ring nicht nachweisen, und sie konnte mich verhaften lassen.
Was sollte ich ihr geben – Brief oder Ring?
Olivia betrat das Empfangszimmer. »Fiona möchte Sie sprechen. Würden Sie mir bitte folgen?«
Am Fuß der Treppe drehte sie sich zu mir um. »Das war sehr mutig und gut von Ihnen, vor allem, nachdem sie Sie so behandelt hat. Ich weiß nicht, was für Geschäfte Sie mit Mrs. Barclay haben und wie Sie zueinander stehen, aber ich finde, daß sie grob zu Ihnen war. Auf jeden Fall danke ich Ihnen für Ihre Hilfe.«
Während ich ihr die große Treppe hinauf folgte, sah ich erst, wie

groß das Haus wirklich war und wie voll von Reichtümern und Erinnerungsstücken an eine glorreiche Vergangenheit. Überall hingen Gemälde von Vorfahren in der Tracht ihrer Zeit. Es war dem Haus meiner Mutter in Singapur, das wir verlassen mußten, sehr ähnlich – bewohnt von Geistern früherer Generationen. Fiona Barclay hatte alles, und ich hatte nichts.
Ich traf meine Entscheidung. Ich würde ihr den Brief geben und meinen Namen fordern.
Doch dann betrat ich ihr Schlafzimmer. Ich sah mich um. Überall hingen und standen Bilder – gemalte Porträts, kleine Schnappschüsse, ausgeschnittene Zeitungsfotos – eine einzige Erinnerung an meinen Vater. In diesem Zimmer hatte Fiona ihren Mann und ihre Liebe zu ihm am Leben erhalten. Aber es gab auch noch andere Bilder: ein Baby, ein Krabbelkind, ein kleiner Junge in kurzen Hosen, ein älterer in weißem Tennisdreß, ein junger Mann in Blazer und bequemen Hosen – ihr Sohn, mein geliebter Gideon.
»Meine Mutter war verwitwet und ich ein Baby, als sie Richard Barclay heiratete«, hatte mir Gideon im Drugstore erzählt. Und doch hatte Richard in seinem Brief geschrieben, er hätte Fiona aus Mitleid zur Frau genommen, weil ein Schuft sie sitzengelassen hatte.
Gideon wußte also nichts davon. Fiona mußte ihm irgendeine Geschichte erzählt haben, vielleicht etwas ganz Edles – daß sein Vater als Kriegsheld gestorben war, zum Beispiel. Genauso hatte meine Mutter ihrer Dienerin befohlen, ihrem eigenen Vater zu berichten, sie sei in der Bucht ums Leben gekommen, während sie versuchte, ein ertrinkendes Kind zu retten.
Wie engherzig war ich doch gewesen! Ich hatte nur an mich selbst und Fiona Barclay gedacht und das Herz des Dritten in dieser Gleichung nicht berücksichtigt, das meines geliebten Gideon, dem das, was ich mitgebracht hatte, sehr weh tun würde.
»Ich kann so gut atmen wie schon seit Jahren nicht mehr«, sagte Mrs. Barclay aus ihrem imposanten Himmelbett heraus. Sie war jetzt in Satin und Spitzen gehüllt und lehnte in üppigen weißen

Kissen. »Olivia hat mir gesagt, Sie hätten mir etwas von Ihrer eigenen Medizin gegeben.«
Ich holte die Flasche *Goldlotus* aus der Tasche und gab sie ihr. Sie inspizierte das Etikett. »Ich werde es natürlich von meinem Drogisten analysieren lassen. Vielleicht kann er etwas davon für mich herstellen.« Sie stellte die Flasche beiseite. »Kann ich nun bitte den Ring meines Mannes haben?«
Ich sah auf die ausgestreckte Hand und überlegte, weshalb ich hergekommen war. Ich dachte an das, was in meiner Handtasche steckte. Ich betrachtete die Frau, die Gideons Mutter war, und das kleine Foto im silbernen Rahmen neben dem Bett: Gideon als kleiner Junge.
Schließlich nahm ich die Kette vom Hals und trennte mich zum ersten Mal, seit meine Mutter ihn mir gegeben hatte, vom Ring meines Vaters.
Ihre Finger umklammerten ihn. Sie schloß die Augen und führte die Faust an die Brust. Ich wußte, daß sie in dieser Sekunde ihren geliebten Richard umarmte.
Nach einer Weile sagte sie mit glänzenden Augen: »Ich bin jetzt müde. Olivia wird Sie hinausbringen.«
»Ich bin Richard Barclays Tochter«, erklärte ich sanft. Ich wollte, daß sie es bestätigte, hier vor Olivia, einer Zeugin, die es Gideon berichten würde. Ich verlangte nicht mehr. Nur ein »ja«.
Aber Fiona schüttelte den Kopf. »Sie sind nicht die Tochter meines Mannes.« Sie rief einen Hausdiener, damit er ihr Mittagessen hereinbrachte, und bat Olivia, ihr die Kissen aufzuschütteln, die Vorhänge zu öffnen und ihr eine Zeitschrift zu reichen. Während der chinesische Junge, den ich draußen stehen gesehen hatte, mit dem Tablett kam und es an Olivia weitergab, die es dann auf Fionas Schoß stellte, blieb ich regungslos stehen. Worauf wartete ich noch? Ich wußte es nicht.
Fiona Barclay begann zu essen. Sie bemerkte, es fehle der Suppe an Salz, und fügte welches hinzu.
»Mrs. Barclay«, sagte ich, »als Sie vorhin herunterkamen, blieben

Sie stehen und starrten mich an. Mein Anblick hat Sie erschreckt. Warum? Was haben Sie gesehen? Die Ähnlichkeit mit Ihrem verstorbenen Gatten?«

Ohne die Augen von ihrer Suppe zu heben, erwiderte sie: »Als mir das Mädchen eine Besucherin meldete, rechnete ich nicht mit einer Chinesin. Ich danke Ihnen, daß Sie mir meinen Ring zurückgegeben haben. Sie können jetzt gehen.«

Ich wartete weiter, bis schließlich Olivia zu mir kam und mit freundlicher Stimme sagte: »Bitte, kommen Sie. Ich bringe Sie hinaus.«

Aber ich hatte noch meine Würde. Ich konnte den Weg allein finden. Ich sah auf Fiona und verabschiedete mich. »Es war eine Ehre, Sie kennengelernt zu haben, Erste Gemahlin.«

Halbblind vor Schmerz und Enttäuschung stolperte ich nach unten. An der Haustür war mir, als hörte ich jemanden leise nach mir rufen. Ich sah den chinesischen Jungen hinter einem Vorhang hervortreten. Er winkte mir, und ich ging zu ihm. »Ist okay«, sagte er auf englisch und grinste. »Alles okay.«

»Was ist okay?«

»Dame nicht nett zu Ihnen. Aber okay.« Sein Grinsen wurde breiter. »Ich pisse in ihre Suppe.«

Als ich in meine Wohnung zurückkam, fand ich dort Mr. Lee, der mich geduldig erwartet hatte. »Ich habe etwas für Sie, Harmonie«, sagte er und überreichte mir schüchtern ein kleines Blatt Papier. Es war das köstlichste Miniatur-Tuschbild, das ich je gesehen hatte: eine silberne Trauerweide, die sich in einem blauen See spiegelte. Geschickt in die Blätter und Zweige verflochten waren chinesische Schriftzeichen und englische Buchstaben mit dem Text

»*Chinesische Heilmittel von Vollkommener Harmonie.*«

»Ich habe darüber nachgedacht«, erklärte Mr. Lee, »was für ein Symbol Sie benutzen könnten. Der Rote Drache ist rot und aggressiv, zuviel Hitze, zuviel Yang. Ihre Heilmittel sind sanfter, mehr Yin. Darum ist mir dieses Bild eingefallen. Wir können es auf allen Ihren Erzeugnissen anbringen.«

»Können Sie es vervielfältigen, Mr. Lee?« fragte ich. Obwohl wir uns seit zwei Jahren kannten, nannte ich ihn noch immer nicht beim Vornamen.

»Ich kann es einem Mann bringen, der so etwas macht. Und ich kann andere Bilder malen – Schildchen für Ihren Tee und Ihre Tabletten.« Ich merkte, daß wir plötzlich die gleiche Vision hatten: meine ganzen Heilmittel in den Regalen, alle mit diesen schönen, neuen, blausilbernen Etiketten, an denen die Leute sie sofort erkannten.

Lächelnd meinte er: »Jetzt haben Sie einen Namen.« Und als er meine Tränen sah, nahm er an, es seien Freudentränen.

30
23 Uhr – Palm Springs, Kalifornien

Es war eine schlechte Nachricht, und Jonathan mußte sich etwas einfallen lassen, um sie Charlotte vorsichtig beizubringen.

Durch die offene Tür zum Museum sah er sie vor einer Vitrine stehen, die mit Schachteln, Flaschen und Krügen in blausilberner Verpackung gefüllt war. Das Schild auf dem Glas lautete: »Harmony-Produkte, um 1927«.

Nachdem sie gelesen hatte, was Knight über ihre Verbindung mit dem zweiten Opfer schrieb, war sie wieder zurück ins Museum gegangen und hatte dort fieberhaft nach weiteren Hinweisen auf die Person gesucht, die es so grausam auf sie abgesehen hatte.

»Ich schwöre dir, Jonathan«, hatte sie erklärt, »daß an dieser Anklage wegen Ehebruchs kein wahres Wort ist. Dr. Laura Phillips' Ehe zerbrach während der Chalk-Hill-Geschichte. Weil sie so fest davon überzeugt war, ich hätte mir ausgerechnet ihr Laboratorium für meine kriminellen Zwecke ausgesucht – die sie sich alle nur einbildete –, kam sie auf die verrückte Idee, daß ich außerdem noch eine Affäre mit ihrem Mann hätte. Der Mann und ich bestritten das gleichermaßen, und Dr. Phillips verzichtete schließlich auf einen Prozeß. Daß ich, als ich von dem zweiten Opfer las, den Zusammenhang nicht hergestellt habe, liegt daran, daß die Phillips' sich inzwischen scheiden ließen und Laura wieder heiratete. Ich kannte ihren neuen Namen nicht, und sie ist vor fünf Jahren aus dem Labor ausgeschieden.«

Nie würde Jonathan diesen Schock vergessen, den er an einem nebligen Abend vor acht Jahren erlebt hatte, als er den Fernseher anstellte und den schrecklichen Filmausschnitt eines amerikanischen Nachrichtensenders sah. Es ging um ein Massaker an Tieren auf einer nordkalifornischen Versuchsstation. Zuerst hatte er Charlotte gar nicht erkannt, so wut- und schmerzverzerrt war ihr Gesicht. Aber als ihre Hände wieder und wieder auf den Kopf eines wehrlosen Schäferhundes niedersausten und ihm mit einem großen Stein den Schädel einschlugen, begriff Jonathan, daß die Charlotte Lee, die der Kommentator namentlich benannte, *seine* Charlotte war – auf den Knien, blutig, wild, die verkündete: »Wenn das die einzige Art ist, wie wir uns Gehör verschaffen können, dann werden wir es eben tun.«

Damals wie heute hatte er sich gewünscht, sie in die Arme nehmen und trösten zu können, denn er wußte, warum sie es getan hatte, auch wenn der Rest der Welt davon keine Ahnung hatte. Aber die unsichtbaren Schranken blieben unüberwindlich. Immer, wenn er es versucht hatte, war er gegen eine Mauer gestoßen.

Andererseits mußte er zugeben, daß auch er solche Mauern hatte. Auf der Rückfahrt von Naomis Haus hatten sie an einer roten Ampel angehalten, und mitten im Schweigen hatte Charlotte plötzlich gefragt: »Was ist damals in Amsterdam eigentlich passiert?« Sie meinte die Amsterdamer Acht, die Hackerbande, die Jonathan am Ende dazu gebracht hatte, seinen Posten bei der Spionageabwehr aufzugeben. Jonathan hatte es nicht fertiggebracht, ihr zu antworten, und sie hatte die Frage nicht wiederholt.

»Charlotte«, sagte er jetzt. »Knights Leute sind soeben eingetroffen.«

Sie sah ihn ohne Überraschung an und folgte ihm ins Büro. Auf dem Überwachungsmonitor erkannte man zwei Personenwagen und einen Kleinbus, die gerade anhielten. Fahrer und Insassen sprangen hinaus in den Regen.

»Als erstes werden sie den Netzwerk-Server lahmlegen. Wir müssen sie aufhalten.« Er trat zum Computer und tippte einen Befehl, das Dateienverzeichnis aufzurufen, ein. »Ich habe angefangen, eure Datenbank zu kopieren, aber ich brauche mehr Zeit.«

Für einen Herzschlag trafen sich ihre Blicke. Beide wußten, um was es ging: Charlotte mußte einen Weg finden, um Knight und seine Leute zu blockieren. Das bedeutete aber auch, daß sie das Risiko einging, von Knight über die beiden Opfer ausgefragt zu werden, von denen sie behauptet hatte, sie nicht zu kennen.

»Wieviel Zeit?« fragte sie.

»Es sind neun Gigabytes. Ich mußte jedes Verzeichnis einzeln herunterladen. Ich brauche noch wenigstens dreißig Minuten. Nimm den Ohrstöpsel und warte auf mein Zeichen, bevor du sie an den Server heranläßt.«

Charlotte blickte wieder auf den Überwachungsmonitor. Die Bundesagenten beeilten sich, ins Hauptgebäude zu kommen. Sie sahen aus, als meinten sie es ernst. »Ich werde mir etwas ausdenken.« Sie fing an, in ihren Taschen herumzuwühlen. »Ich fürchte, ich habe den Stöpsel verloren. Er muß mir heruntergefallen sein.«

»Ich habe keinen anderen. Hast du einen Piepser?«

»Ja.«

Sie hakte den Piepser in ihren Rockbund, gab Jonathan die Nummer und erklärte: »Ich habe ihn auf Vibration gestellt. Piep mich an, sobald du mit dem Herunterladen fertig bist. Dann weiß ich, daß Knights Männer die Maschinen übernehmen können.«

»Ja, aber warte unbedingt auf mein Signal. Wenn sie ins System eindringen, während ich noch herunterlade, werden sie mich entdecken und finden. Sie werden mir Verfälschung von Beweisen vorwerfen und mich deshalb verhaften. Charlotte – ich *darf* nicht verhaftet werden, verstehst du? Nicht wegen eines Computerdelikts.«

»Schon verstanden. Mach dir keine Sorgen. Ich lasse nicht zu, daß sie dich erwischen.«

Er lächelte. »Und versuch, Knight möglichst aus dem Weg zu gehen. Er hätte genügend Gründe, dich für ein Verhör festzuhalten.«
»Mit Knight werde ich schon fertig.«
»Aber vor allem: halt sie vom Server fern.«

31

»Wir gehen zuerst an den Server«, sagte einer der Agenten gerade zu seinen Männern, als Charlotte ein paar Minuten später aus dem Aufzug trat. »Das hat Vorrang.«
»Entschuldigen Sie«, fragte Charlotte, »aber wer sind Sie?«
Der Mann zeigte ihr einen Ausweis. »Wir haben eine behördliche Anweisung, Ma'am.«
»Davon bin ich überzeugt.« Sie blickte sich im Empfangsbereich um. Bis auf die soeben eingetroffene Truppe war er leer. Ringsum standen Bürotüren offen, die Räume dahinter lagen verlassen. Ob die Barclays wohl auch nach Hause gegangen waren? »Ich möchte gern die Anweisung lesen.« Sie streckte die Hand aus.
Er fischte Papiere aus der Innentasche seiner losen Jacke, wobei sie sein Schulterhalfter und die Pistole sah, und erklärte: »Wir werden jetzt Ihr System übernehmen, Ma'am.«
»Ich habe das Recht, vorher diese Anweisung zu lesen.«
»Das Recht haben Sie, Ma'am.«
Und ohne sich weiter um sie zu kümmern, wandte er sich wieder den anderen Agenten zu, die er auf dem Stockwerk ausschwärmen ließ. Sie sollten zuerst die Büros in Angriff nehmen, die noch besetzt waren, die Geräte dort lediglich etikettieren und fotografieren, und auf den Technikberater warten, bevor sie irgendeine Maschine abschalteten.

Charlotte sah, wie die Männer sich rasch und zielstrebig in die Büros bewegten und sich in keiner Weise darum kümmerten, daß sie darauf bestanden hatte, zuerst den Text der Anweisung zu lesen. Sie knallte die Papiere auf die Rezeption und eilte hinter den Agenten her. Unterwegs spähte sie in jedes Büro, um festzustellen, wer noch da war, immer auf der Suche nach Hindernissen für die Agenten.

Vor dem Fotokopierraum stieß sie auf Valerius Knight, der dem Teamleiter gerade einen Plan des Biotec-Geländes zeigte und ihn auf einzelne Gebäude und die Lage der verschiedenen Abteilungen hinwies. Sie blieb stehen. Wenn sie jetzt umkehrte, entging sie seinen Fragen.

»Ah, Mrs. Lee. Wie ich sehe, sind Sie wieder mal im rechten Augenblick aufgetaucht.«

Angriff, entschied Charlotte, war die beste Verteidigung.

»Ich kenne meine Rechte, Agent Knight.« Sie trat zu ihm. »Ihre Beamten sind verpflichtet, sich auszuweisen und den Zweck ihres Besuches anzugeben, *bevor* sie das Gelände betreten.«

Sein Lächeln war kurz und bissig. »Außer natürlich dann, wenn diese Ankündigung zur Vernichtung von Beweismaterial führen könnte.«

»Ach, hören Sie auf. Sehen Sie hier jemanden, der wie verrückt Dateien löscht?«

»Genau das will mein Team ja auch verhindern.«

Charlotte warf einen Blick auf den Plan in seinen Händen, auf dem der Standort jedes einzelnen Computerterminals von Harmony Biotec verzeichnet war, und begriff, daß Valerius Knight in den letzten vier Stunden nicht müßig gewesen war. Außerdem stellte sie fest, daß das Museum nicht auf dem Plan verzeichnet war. »Sie übernehmen sämtliche Computer?«

»Das komplette System bis zur letzten Diskette. Mit dem Netzwerkserver fangen wir an. Übrigens brauche ich Sie, um den Schaltschrank aufzuschließen, wenn es Ihnen nichts ausmacht.«

Sie reckte das Kinn. »Ich bestehe darauf, daß Ihre Männer von allem, was sie mitnehmen, eine komplette Liste erstellen.«
»Selbstverständlich. Das wird immer so gehandhabt.«
»Und ich möchte, daß mein Computerbeauftragter dabei ist.«
»Ich habe schon mit ihm gesprochen. Leider wohnt er jenseits des Saguaro-Canyons, der zur Zeit ein reißender Strom ist. Wollen wir jetzt den Netzwerkschrank öffnen?«
Weil Harmony ein Pharmazie-Unternehmen war, dessen Datenbank auch Rezepturen für genehmigungspflichtige Arzneimittel speicherte, unterlag die klimatisierte Kammer mit dem Netzwerkserver der höchsten Sicherheitsstufe. Während Charlotte Agent Knight widerwillig den Korridor hinabbegleitete und sich den Kopf darüber zerbrach, wie sie Zeit gewinnen konnte, erklärte sie ihm gleichzeitig, die Sicherheitsstufe sei so hoch, daß ein einzelner allein sich keinen Zugang zum Netzwerkverteiler verschaffen konnte. Um die Tür zu öffnen, seien immer zwei Personen nötig.
»Normalerweise sind das der Computerbeauftragte und ich.«
»Ich bin sicher, wir finden bestimmt noch jemanden, der eine Schlüsselkarte hat.«
»Da bin ich nicht so sicher. Anscheinend sind alle schon weg.«
»Ach, übrigens, Mrs. Lee, wenn Sie einen Moment Zeit hätten, würde ich mich auch gern noch einmal mit Ihnen über die drei Opfer unterhalten.«
Sie zuckte zusammen. »Ich dachte, das Thema hätten wir bereits erledigt.«
Seine Augen durchbohrten ihr Gesicht wie schwarze Sonden. »Es hat neue Informationen gegeben, die ich gerne mit Ihnen durchgehen würde, vor allem, weil Sie sagten, daß Sie die drei Frauen nicht kennen. Vielleicht finden Sie das, was ich Ihnen berichten kann, erhellend.«
»Was zum Teufel geht hier vor?« Adrian kam polternd aus seinem Büro. »Kommt doch so ein Bastard hier hereingeplatzt und sagt mir, ich dürfte meinen Computer nicht mehr benutzen! Und jetzt nimmt ihn dieser Mistkerl auch noch auf Video auf!«

Auch Margo erschien. »Was genau suchen Sie eigentlich in unseren Computern?«

»Digitale Fingerabdrücke, Mrs. Barclay. Ich glaube nämlich, daß die betroffenen Produkte hier bei Harmony Biotec verändert wurden. Und ich glaube, daß ich den Beweis dafür – *und* den Täter – in Ihren Dateien finden werde.«

»Wollen Sie andeuten, es könne sich um Sabotage handeln? Ein unzufriedener Mitarbeiter vielleicht?«

»Ach, Motive gibt es genug«, lächelte er. »Zum Beispiel das Verdecken von Veruntreuungen auf Vorstandsebene.«

Sie erwiderte seinen Blick mit einer Härte, der standzuhalten selbst ihm schwerfiel. »Meinen Sie damit, daß *wir* unter Verdacht stehen?«

»Im Moment, Ma'am, verdächtige ich jeden.«

»Wir sind Barclays«, versetzte sie kühl. »Wir veruntreuen und betrügen nicht, und wir begehen auch keine anderen Verbrechen.«

»Sie werden verzeihen, Ma'am, aber das habe ich schon öfter gehört.«

Ohne weiter auf ihn zu achten, wandte sich Margo an Charlotte. »Ich habe die Pressekonferenz angesetzt. Morgen früh um neun Uhr. Sowohl die örtlichen Sender als auch CNN werden vertreten sein.«

Agent Knight sah Charlotte an. »Und worum geht es bei dieser Pressekonferenz?«

»Darum, den guten Ruf meines Unternehmens zu wahren«, antwortete sie, zupfte an den Manschetten ihrer weißen Bluse und schaute dabei verstohlen auf die Uhr. Erst fünf Minuten waren vergangen. Wie sollte sie ihn weitere fünfundzwanzig Minuten ablenken?

»Agent Knight, ich hatte angefangen, unsere Unterlagen durchzusehen. Ich bin zuversichtlich, daß ich den Ursprung der Verfälschungen aufdecken kann, aber Sie müssen mir einfach mehr Zeit lassen.«

Er hob die Brauen. »Darf ich fragen, von wo aus Sie diese Suche durchgeführt haben? Ich kann mich nicht erinnern, Sie in Ihrem Büro gesehen zu haben.«
»Das hier ist ein großes Werk, Agent Knight. Wir haben überall Terminals.«
Er nickte langsam und ließ sie dabei nicht aus den Augen. »Davon bin ich überzeugt.« Nachdem er sie noch einen Moment angestarrt hatte, sagte er schließlich: »Bitte öffnen Sie diesen Raum.«
»Wie lange soll diese Sache überhaupt dauern?« Adrian starrte ungeduldig und mürrisch auf die offene Tür zu seinem Büro, hinter der man einen Agenten sehen konnte, der unter dem Tisch hockte und Schnüre und Kabel beschriftete. »Ich muß an meine Dateien.«
Charlotte fand, daß Adrian Barclay besser aussah als noch vor einer Weile. Seine Haut war nicht mehr so blaß, und er schien sogar ein Stück größer geworden zu sein. Sie sah auf Margo, die ihrem Mann auf den Gang gefolgt war. Auch sie wirkte zuversichtlicher.
»Wir verfrachten das gesamte System in unser Laboratorium für Computerkriminalität, Mr. Barclay«, erläuterte Knight geduldig. »Ab sofort hat niemand mehr Zugang zu den Dateien.«
Adrian brauste auf. »Aber das können Sie doch nicht tun!«
Knight stemmte die Hände in die Hüften und fragte müde: »Also – wer sonst besitzt einen Kartenschlüssel zu diesem Raum?«
»Ich habe keine Ahnung, wo meiner steckt«, bemerkte Margo und beobachtete dabei ihr Büro, das ein weiterer Agent soeben betrat. Auch aus den anderen offenen Türen hörte man Geräusche. Rasch und methodisch bemächtigten sich Knights Leute des Systems. Bald würden sie es ganz abschalten und sämtliche Geräte fortschaffen. Charlotte tastete nach dem Piepser unter ihrer Jacke und betete, daß es ihr gelingen würde, die Übernahme so lange zu verhindern, bis Jonathan mit dem Herunterladen fertig war. Es waren immer noch zwanzig Minuten zu überbrücken.

»Ich hatte noch nie das Bedürfnis, dieses Ding aufzuschließen«, fuhr Margo fort und deutete auf die Netzwerkkammer. Charlotte hörte den verächtlichen Unterton in ihrer Stimme und erinnerte sich, daß Margo ihren Computer, abgesehen von E-Mails, nie besonders viel benutzt hatte. Ob sie wußte, daß gelöschte Dateien auf der Festplatte erhalten blieben?

Aber vielleicht gehörte es auch nur zu ihrem Image, so zu tun, als sei sie über technische Geräte erhaben. Bei Margo wußte man nie.

»Ich werde meine Karte holen«, sagte Charlotte. »Ich glaube, Desmond hat auch eine. Vielleicht ist er ja noch hier.« Sie eilte davon. Auf dem Gang drehte sie sich noch einmal um. Adrian hatte sich in eine ruhige Ecke zurückgezogen, das Handy am Ohr. Margo stand wieder dicht bei Agent Knight und schien mit ihm über einen Witz zu lachen, der nur sie beide anging. Die Bundesagenten arbeiteten ruhig und konzentriert, etikettierten, fotografierten, zogen die Stecker aus bereits abgeschalteten Maschinen, packten die Geräte in Plastik, nahmen Disketten und steckten sie in Schutzhüllen. Charlotte fragte sich, was wohl inzwischen aus Desmond und Mr. Sung geworden war.

Als sie sich ihrem Büro näherte, bemerkte sie, daß die Tür offenstand. Sie erinnerte sich genau, sie vorhin beim Gehen zugemacht und abgeschlossen zu haben. Hatte sich ein Agent Zutritt verschafft? Es war niemand dort. Ihr Computer war eingeschaltet. Sie ging zum Schreibtisch. Noch während sie die neue Nachricht auf dem Bildschirm bemerkte, roch sie einen Duft – vertraut, aber nicht eindeutig zuzuordnen.

Das E-Mail lautete:

»Schlaues Kind, Charlotte! Hast dem FBI nichts von mir erzählt. Ha, ha. Die können das System absuchen, soviel sie wollen – mich finden sie da nicht. Dir bleiben nur noch sieben Stunden.«

Der Schreiber hatte die Pressekonferenz nicht erwähnt. Vorher hatte er von ihr verlangt, sie solle ihm schreiben, für wann die Konferenz angesetzt sei. Sie hatte diese Möglichkeit nicht gehabt,

weil sie gar nicht wußte, was Margo arrangiert hatte. Und nun fragte er seltsamerweise nicht mehr danach.
Als ob er es schon wußte.
Er wußte auch Bescheid über die FDA-Agenten. Wie? Andererseits schien er nichts von Jonathan zu wissen.
Zornig starrte Charlotte auf den Bildschirm. Sie beherrschte sich nur mühsam. Ich schwöre, sagte sie wortlos zu ihrem anonymen Folterer, daß du für das, was du Naomi angetan hast, bezahlen wirst.
Sie schloß eine Schreibtischschublade auf, holte die Sicherheitskarte heraus und steckte sie ein. Dann sah sie auf die Uhr. Noch fünfzehn Minuten. Kurze Zeit erwog sie, ob sie Knight erzählen sollte, sie hätte die Karte nicht gefunden, aber sie hatte das Gefühl, daß er ihr das nicht abnehmen würde. Außerdem war eine zur Schau getragene Hilfsbereitschaft die beste Methode, ihn aufzuhalten.
Beim Hinausgehen fiel ihr ein, welcher Duft es war, der noch immer in der Luft hing: *Organza* von Givenchy.
Margos Lieblingsparfüm.
Bevor sie sich Knight und den anderen wieder anschloß, schlüpfte Charlotte rasch in den Aufenthaltsraum der Mitarbeiter. Der Kühlschrank dort war bedeckt mit Notizen und Zetteln, die von kleinen Magneten gehalten wurden. Sie suchte sich den größten Magneten davon aus und zog ihn über ihre Sicherheitskarte. Dann steckte sie ihn wieder an seinen Platz und verschwand lautlos.
Vor dem Computerraum hatte sich mittlerweile auch Mr. Sung eingefunden. Er trug immer noch denselben grauen Anzug wie vor vielen Stunden bei seiner Ankunft im Büro. Während jedoch Agent Knight inzwischen in Hemdsärmeln war, die Krawatte gelockert, den Kragen aufgeknöpft und leichte Bartstoppeln am Kinn hatte, wirkte Mr. Sung so makellos gepflegt, als habe der Tag gerade erst begonnen.
Charlotte hörte, wie er zu Knight sagte: »Es wäre äußerst hilf-

reich für uns, wenn Sie das Netz unbeeinträchtigt lassen könnten. Wir müssen Muster von Rezepturen testen und die Bonus-Schecks für unsere Mitarbeiter ausstellen. Vielleicht könnten Ihre Leute ja das System an Ort und Stelle durchsuchen?«
Knight antwortete, als predige er von der Kanzel. »Die Vorschriften, Mr. Sung, verlangen, daß wir das System vom jeweiligen Ort entfernen und im Labor des FBI prüfen lassen. Nur so ist sichergestellt, daß während der Untersuchung kein Fremdeingriff erfolgen kann.« Ein blitzendes Lächeln. »Ihnen als Anwalt, Sir, wird einleuchten, daß wir sehr sorgfältig handeln müssen, damit kein Beweismaterial verlorengeht. Würden wir das System vor Ort prüfen, würden wir es möglichen Eingriffen aussetzen, wie etwa dem Löschen und Ändern von Dateien.«
»Was für ein verdammter Beweis ist schon so ein blöder Computer?« knurrte Adrian, der jetzt wieder zu ihnen trat und erbost sein aufklappbares Handy zuknallte.
»Mehr als ein Beweis, Mr. Barclay«, versetzte Knight gleichmütig. »Ich glaube, daß die Präparate hier im Haus verändert wurden, durch Eingriffe in das System von Harmony Biotec. Damit ist Ihr Computer zugleich das Tatwerkzeug. Stellen Sie sich ihn«, sein Grinsen wurde breiter, »als rauchenden Colt vor.« Er sah auf Charlotte. »Sie haben Ihren Kartenschlüssel? Mr. Sung hat uns seinen zur Verfügung gestellt.«
Charlotte zog zögernd die Karte heraus. Wenn der Magnettrick nicht funktioniert hatte, würden sie Jonathan schnappen.
Mr. Sung zog als erster seine Karte durch den in den Türpfosten eingelassenen Metallschlitz. Eine Digitalanzeige bestätigte den ersten Teil des Ablaufs und fuhr fort: *»Bitte zweite Karte einführen.«*
Charlotte trat vor. Ihre Pulse jagten. Was würden sie mit Jonathan tun, wenn sie ihn erwischten? Er hätte dann Beweismaterial in einem von einer Bundesbehörde verfolgten Verbrechen verfälscht.
Er setzt seine Karriere aufs Spiel, um meine Firma zu retten.

Die Karte glitt ihr aus den Fingern und landete weich auf dem Teppich.
»Entschuldigung«, murmelte Charlotte und hob sie auf.
Komm schon, Jonathan! Piep mich an!
Sie holte tief Luft, hielt den Atem an und zog die Karte durch den Schlitz. Nichts geschah. »Ich glaube«, bemerkte Agent Knight trocken, »Sie haben sie verkehrt herum gehalten.«
Sie drehte die Karte um und zog sie noch einmal durch. Einen Sekundenbruchteil später stand auf der Anzeige: »*Karte ungültig. Bitte zweite Karte einführen.*«
»Darf ich?« Knight hielt ihr die Hand hin. Sie gab ihm die Karte. Nun versuchte er es, ließ die Karte mehrfach durchgleiten, drehte sie um, wechselte die Richtung. Nichts.
»Das ist mir noch nie passiert«, versicherte Charlotte und begegnete gelassen Knights bohrendem Blick. »Könnte es sein, daß jemand an dem Schloß manipuliert hat?«
Sie sah auf die Wanduhr. Zwanzig Minuten waren vergangen. Noch zehn.
»Keine Sorge«, antwortete Knight. »Wir sind auf alles vorbereitet.« Dann rief er: »Randall? Wir brauchen den Schweißbrenner!« Sein Lächeln war einem finsteren Blick gewichen. »Es wird sicher eine Stunde dauern, aber wir kriegen ihn auf, verlassen Sie sich darauf.«
Charlotte wurde es leichter ums Herz. Eine Stunde war mehr als genug.
»Um Himmels willen!« sagte Margo plötzlich. »Was sind das für brutale Methoden!« Sie machte auf dem Absatz kehrt und marschierte in ihr Büro, um gleich darauf mit einem Kartenschlüssel zurückzukommen. »Hier. Ich weiß nicht, ob er funktioniert, ich habe ihn noch nie benutzen müssen.«
Bevor Charlotte irgend etwas tun konnte, zog Knight die Karte durch den Schlitz. Auf der Digitalanzeige erschien ein grünes Licht, und die Tür sprang auf.
Charlotte sah auf ihre Armbanduhr. Jonathan brauchte immer

noch acht Minuten. »Agent Knight«, bat sie, »könnten Ihre Leute nicht wenigstens bis morgen früh warten? In ein paar Minuten beginnt die Buchhaltung ihre Schicht, die auch die Gratifikationsschecks ausstellt.«

»Mrs. Lee! Wir haben es hier mit drei Morden, vielleicht sogar einem vierten, zu tun. Wir können keine Zeit verschwenden. Wer weiß, ob nicht weitere Leben gefährdet sind. Ich meine, die Schecks können noch ein oder zwei Tage warten, finden Sie nicht?« Er wandte sich ab. »Wo ist O'Banyon? Sagen Sie ihm, wir haben den Server!«

Während sie wartete und darauf hoffte, daß dieser O'Banyon sich Zeit ließ, beobachtete Charlotte Margo, Adrian und Mr. Sung und fragte sich, ob einer von ihnen der Schuldige sein konnte. War Adrian schlau genug, aus einem Gasherd und einem Telefon eine Bombe zu basteln? Würde Mr. Sung sie wirklich mit einer Garagentür umbringen wollen? Und besaß Margo soviel technisches Wissen, daß sie das Video mit Yolandas Mord fälschen konnte? Und welche Motive konnten sie haben? Jeder von ihnen war vielleicht, so wie Knight es angedeutet hatte, zu einer Veruntreuung fähig. Aber Mord?

»Unser Freund versteht genug von Computern«, hatte Jonathan gesagt, »um eine Rezeptur zu verändern, aber er weiß nicht, daß eine gelöschte Datei nicht zerstört wird.«

Soweit Charlotte wußte, verfügten sowohl Margo als auch Adrian und Mr. Sung über eine gewisse Computererfahrung, ohne deshalb Experten zu sein. Mr. Sung benutzte sein Gerät zum Texteschreiben und bei der Suche nach juristischen Informationen im Netz. Adrian verfolgte die Börse und las das elektronische *Wall Street Journal*. Margo ließ den Computer wahrscheinlich meist ausgeschaltet.

Natürlich hatte sich Charlotte darüber bisher nie den Kopf zerbrochen. Sie hatte sich stets auf das verlassen, was man ihr erzählte. Schließlich bestand kein Anlaß, die Angaben ihrer Vorstandskollegen anzuzweifeln. Jetzt war sie sich nicht mehr so sicher. Viel-

leicht hatte sich einer der drei heimlich weitergebildet und kannte sich jetzt im System von Harmony besser aus als sie selbst?
Und was war mit Desmond, der merkwürdigerweise nirgends zu sehen war? Er verachtete Computer. Sie wußte noch, wie er sich früher über Jonathan und seine Leidenschaft für die Elektronik lustig gemacht hatte. Als Jonathan einmal gesagt hatte: »Eines Tages werden die Computer alles übernehmen«, hatte Desmond grinsend geantwortet: »Aber mich nicht.«
Ironischerweise, so wurde ihr plötzlich klar, taten sie es doch. Desmond war der am meisten computerisierte, von High-Tech abhängige Mensch, den sie kannte, stets umgeben vom letzten Schrei der Elektronik, den neuesten, teuersten Geräten. »Ich muß immer da sein, wo es heiß hergeht«, hatte er einmal prahlerisch erklärt, als er sie mit einem neuen, computerbetriebenen Spielautomaten beeindrucken wollte. Charlottes Großmutter hatte bemerkt, das Spielzimmer in Desmonds Haus am Hang sei wie ein Raumschiff, voll von blitzenden Lichtern und Digitalanzeigen. Selbst das eigentliche Haus wurde von einem Zentralcomputer gesteuert, der Temperatur, Beleuchtung, Musik und Sicherheitsvorkehrungen regelte. Andererseits hatte Desmond, abgesehen davon, daß er gelegentlich ein paar Stunden »Myst« auf seinem PC spielte, bisher weder eine besondere Leidenschaft noch Geschick für Computer gezeigt.
Konnten die Barclays wirklich verdächtig sein, wie Knight dachte und auch Jonathan zu glauben schien? Alle drei verfügten über eine Zugangsberechtigung zu den Verschlußdateien und ausreichend Erfahrung, um die Rezepturen zu ändern. Und trotzdem sollte keiner von ihnen wissen, daß gelöschte Dateien auf der Festplatte blieben?
Aber warum sollten sie das alles tun? Charlotte sah sich um. Auf dem Schreibtisch vorn an der Rezeption stapelten sich bereits die Monitore, unten baumelten die Kabel herunter, oben lagen die dazugehörigen Modems. Knights Männer arbeiteten unglaublich schnell.

Was sagte die Wanduhr? Noch fünf Minuten. Jonathan mußte sie jeden Augenblick anpiepen. *Los, Jonathan,* drängte sie innerlich. *Beeil dich!*
Sie musterte die beiden Menschen, an die sie auf seltsame Weise unwiderruflich gebunden schien. Sie hatte schon vor Jahren aufgehört, sie »Tante« und »Onkel« zu nennen, als sie von ihrer Großmutter erfuhr, daß sie nur angeheiratete Verwandte waren. Gleichzeitig hatte sie auch erfahren, warum erst Adrians Mutter Olivia und später seine Frau Margo Harmonie so lange mit ihrem Haß verfolgten. Es lag daran, daß sie, für die der Name Barclay gleichbedeutend mit amerikanischer Aristokratie war, zwar diesen Namen besaßen, aber auch nur ihn, während bei Harmonie und Charlotte, die nicht so hießen, dafür das Barclay-Blut in den Adern floß. Aber war das Grund genug, das Unternehmen zu ruinieren? Und warum jetzt, nach soviel Jahren?
Sie entfernte sich einige Schritte von den anderen und schob ihre Jacke zur Seite, um die Digitalanzeige auf dem Piepser zu lesen. Hatte Jonathan sich bereits gemeldet, und sie hatte es nicht mitbekommen?
Sie erstarrte.
Ein Blinksignal: »Batterie leer.«
Der Piepser funktionierte nicht! Jonathan konnte sie gar nicht benachrichtigen, wenn er fertig war!
»Was ist denn hier los?«
Charlotte fuhr herum. Desmond kam den Gang heruntermarschiert, ein nervöser Mann in Schwarz, die Augen hinter der schwarzen Ray-Ban-Sonnenbrille versteckt. Als er seine Frage in zornigem Ton wiederholte, dachte sie: Früher war er nicht so aggressiv.
Erneut beschlich sie das sonderbare Gefühl, daß Desmond sich irgendwie verändert hätte. Er und Mr. Sung. Bei Adrian und Margo hatte sie dieses Gefühl nicht. Was war im letzten Jahr während ihrer Europareise geschehen? War etwas zwischen Desmond und Mr. Sung vorgefallen?

»Bist du sicher, daß der Tod deiner Großmutter ein Unfall war?« Bevor Jonathan es ausgesprochen hatte, war Charlotte gar nicht auf die Idee gekommen, daran zu zweifeln. Und er hatte weitere, noch beunruhigendere Fragen gestellt: Gab es eine polizeiliche Untersuchung? Mit wem wollte ihre Großmutter sich auf jener äußeren Insel treffen? Wie hatte Mr. Sung überlebt?

Als sie geantwortet hatte: »Er war nicht in dem Boot. Er hat den Unfall vom Ufer aus gesehen«, und Jonathan fragte: »Wieso hat er sie denn nicht begleitet?«, hatte sich ein ganzer Berg von Zweifeln und Fragen vor ihr aufgetan.

Zunächst war sie vor einem Jahr nach Europa gereist und hatte bei ihrer Rückkehr Desmond und Mr. Sung verändert vorgefunden. Dann war vor sechs Monaten ihre Großmutter plötzlich bei einem höchst merkwürdigen Bootsunfall umgekommen. Als Charlotte zugesehen hatte, wie man den Sarg in die Erde senkte, hatte sie nur noch daran denken können, daß sie nun ihre ganze Familie verloren hatte. Es war ihr nicht in den Sinn gekommen, die Ursache dieses Verlustes in Frage zu stellen.

Aber jetzt tat sie es.

»Sie nehmen unser Computersystem mit, Liebling«, sagte Margo zu Desmond und streckte die Hand aus, um ihm eine Locke aus der Stirn zu streichen. Aber Desmond wich zurück.

Charlotte dachte: Auch zu seiner Mutter ist er anders geworden.

Als Kind hatte Charlotte die beiden nur selten getrennt gesehen. Sie schienen immer zusammen zu sein, eine Gesellschaft zur gegenseitigen Vergötterung – Desmond prahlte mit seiner Mutter, und Margo lobte ihren Sohn über alles. Jetzt erkannte Charlotte, daß in Desmonds merkwürdiger neuer Einstellung zu seiner Mutter fast so etwas wie Verachtung lag.

Endlich tauchte O'Banyon, der Techniker, auf. Er warf seinen nassen Regenmantel ab und machte eine Bemerkung über das Unwetter. Dann ging er sofort in den Computerraum und verschaffte sich einen Überblick über die Einrichtung.

Charlotte warf einen Blick auf das Großraumbüro mit den Schreibtischen der Sekretärinnen. Konnte sie von einem der Telefone dort im Museum anrufen und Jonathan warnen? Würde er abnehmen?

»Mrs. Lee?«

Sie fuhr erschrocken herum und begegnete Knights fragendem Blick. »Sie sagten, Sie wollten dabeisein, wenn abgeschaltet wird. Das hier ist O'Banyon, unser technischer Berater. Er kennt sich mit Computern aus«, fügte er grinsend hinzu.

»Tja ... also, bevor ich abschalte«, erklärte O'Banyon umständlich und sah sich dabei um, »muß ich sicherstellen, daß niemand im System ist. Sonst verliert der Benutzer alle Daten, an denen er gerade arbeitet.«

»Aber wir müssen auch verhindern, daß jemand Beweismaterial fälscht, und darum jeden unterbrechen, Mr. O'Banyon«, erklärte Knight unmißverständlich.

»Stimmt ... stimmt ...« Der Techniker nickte und prüfte die Verbindungen zwischen Monitor, Tastatur und Hauptschalttafel. »Wir haben also drei Server«, murmelte er. »Okay, das da ist die Servereinheit ... sehen wir mal nach, mit welchem Server der Monitor gerade verbunden ist ...«

Charlotte sah auf die Uhr. Fünfunddreißig Minuten. War Jonathan fertig? Hatte er sie schon zu erreichen versucht?

O'Banyon, der sich mittlerweile mit der Anlage vertraut gemacht hatte, setzte sich an die Tastatur und drückte die Leertaste. Der Bildschirmschoner verschwand und machte dem Befehl zur Eingabe des Benutzernamens Platz. O'Banyon tippte den Namen des Computerbeauftragten ein, den Knight ihm gegeben hatte, und gab dann das Paßwort ein, das er ebenfalls von Knight erhielt. Anstatt jedoch nun mit dem System verbunden zu sein, erhielt er eine neue Nachricht auf dem Bildschirm.

»Logg-in unkorrekt. Bitte Paßwort eingeben.«

Stirnrunzelnd fuhr sich O'Banyon über seinen Stoppelhaarschnitt und wiederholte die Angaben.

»Logg-in unkorrekt. Bitte Paßwort eingeben.«
Gerade wollte er es nochmals versuchen, als eine andere Botschaft zu blinken begann.
»Warnung! Nach drei unkorrekten Logg-ins schaltet das System ab und löscht sämtliche Dateien.«
»Was zum Teufel soll das?« bellte Knight.
»Verdammt gutes Sicherungsprogramm«, sagte O'Banyon beeindruckt.
»Aber was bedeutet es?«
»Es ist eine zusätzliche Sicherung gegen Eindringlinge, die alle möglichen Paßworte ausprobieren, bis sie vielleicht auf das richtige stoßen. Eine sogenannte Giftpille.«
»Und werden wirklich alle Dateien gelöscht?«
O'Banyon zuckte die Achseln. »Sicher, warum nicht? Die Firma hat garantiert Bänder mit Sicherungskopien.« Er sah zu Charlotte auf, und sein Lächeln war voller Bewunderung. »Mächtig schlau von Ihnen, Ma'am, so etwas zu installieren. Sicherungsprogramme wie dieses kenne ich nur aus militärischen Geheimeinrichtungen. Die Rezepturen für *Ihre* Arzneien klaut oder fälscht Ihnen keiner, darauf wette ich.«
Knight wandte sich an einen anderen Mann. »Holen Sie diesen Computerfritzen ans Telefon«, knurrte er. »Die Nummer liegt neben meinem Laptop. Fragen Sie ihn nochmals nach seinem Benutzernamen und dem Paßwort. Vielleicht hat er sich beim ersten Mal versprochen. Und wenn das nicht funktioniert, dann schalten wir das ganze verdammte Ding eben ab, ziehen es raus und nehmen es mit.«
»Das ist vielleicht keine so gute Idee, Sir«, gab O'Banyon zu bedenken.
»Warum nicht?« fauchte Knight.
Der Techniker klopfte auf die Unterseite des Bildschirms, wo ein kleines Symbol rot aufblinkte. »Das hier heißt, daß der Server über eine nicht abschaltbare Energieversorgung verfügt.«
»Na und? Wir stecken mitten in einem Unwetter. Die Lichter

flackern, O'Banyon, ist Ihnen das nicht aufgefallen? Dieses Notstromaggregat schützt den Server.«

Der Techniker sah auf Charlotte. »Hinter Ihrer Fabrikhalle habe ich einen Generatorschuppen gesehen, Ma'am. Ich nehme an, daß er bei Stromausfall die ganze Anlage versorgt?«

»Ja.«

»Dann ist das Stromaggregat in diesem Fall keine Notversorgung, sondern eine Alarmeinrichtung. Es macht den Computer auf einen Stromausfall vor Ort aufmerksam, nicht auf einen allgemeinen, Mr. Knight.«

Knight zog die Brauen zusammen. »Sie meinen, wenn der Strom hier unmittelbar an der Maschine ausfällt?«

»Richtig. Wenn die Maschine keinen Strom mehr bekommt, bedeutet das eine lokale Unterbrechung, also einen Eindringling. Die Maschine schützt sich dann, indem sie Daten löscht. Sehr eindrucksvoll. Das Unternehmen verliert nichts, weil es ja Bänder mit Kopien hat, aber der Hacker kommt nicht weit.«

»Und wie«, fragte Knight langsam, wobei er sichtlich um Geduld rang, »kommen wir nun in das System?«

»Ich schätze, dazu brauchen wir den Computermann. Er dürfte der einzige sein, der dieses Biest knacken kann.«

Knight grübelte noch darüber nach, als der andere Agent wiederkam. Er meldete, daß in der Wohnung des Computerbeauftragten niemand abnahm.

»Na schön!« bellte Knight. »Versiegeln Sie diesen Raum und lassen Sie ihn rund um die Uhr bewachen, bis der Mann herkommen kann. Ich will, daß niemand Zugang zu den Dateien hat. Lassen Sie jedes einzelne Gerät auf dem Werksgelände abschalten, einschließlich des gottverdammten Computerspiels im gottverdammten Aufenthaltsraum. Ich möchte, daß solange hier nichts mehr läuft, bis wir das Netz unter Kontrolle haben, verstanden?«

»Hallo zusammen.«

Alle Köpfe drehten sich.

»Wer zum Teufel sind Sie?« polterte Adrian.
Charlotte sah zutiefst erstaunt auf Jonathan, der dastand und lächelte.
»Jonathan!« rief Desmond ungläubig.
Knight drängte sich nach vorn. »Darf ich fragen, wer Sie sind?«
Jonathan streckte die Hand aus. »Jonathan Sutherland, Berater für Sicherheitstechnik«, sagte er freundlich.
Knights Augen wurden schmal. »Sicherheitstechnik? Sind Sie der Sutherland, der die Amsterdamer Acht aufgespürt und gefaßt hat?«
Ein Flackern in Jonathans Blick.
Knight nickte. »Ich habe von Ihnen gehört.«
»Und Sie sind?«
Knight zückte sein Abzeichen. »Valerius Knight, Food and Drug Administration.«
Jonathan holte ein Blatt Papier heraus und hielt es Charlotte hin. »Ich habe gefunden, was du gesucht hast.«
»Und was ist das?« fragte Knight.
»Den Schuldigen«, erwiderte Jonathan lächelnd. »Den, der die drei Produkte verfälscht und die drei Frauen ermordet hat.«

32
1928 – San Francisco, Kalifornien

Ich erwachte vom lauten Geschrei und den Rufen »Feuer!«.
Ich rannte ans Fenster. Vor dem Nachthimmel standen Flammen. Bedrohliche Rauchwolken quollen empor. Schnell zog ich einen Morgenrock über und lief nach unten. Dabei stieß ich mit Mr. Lee zusammen, der ebenfalls dabei war, sich hastig einen Bademantel überzustreifen. Wir hörten das Läuten der Feuerwehr näher kommen, aber wie sollte sie den Brandort erreichen?
Und dann wurde mir bewußt, was da brannte. Es war Mr. Huangs Lagerhaus.
Mehrere Menschen hatten bereits eine Eimerkette gebildet. Mr. Lee und ich reihten uns hastig ein und begannen fieberhaft, Eimer weiterzureichen. Dabei schwappte soviel Wasser über, daß die Eimer halb leer an der Brandstelle ankamen. »Laßt den Löschwagen durch! Laßt den Löschwagen durch!« schrien die Leute.
Plötzlich hörten wir eine Frau kreischen. »Wo ist mein Mann? Wo ist Mr. Huang? *Aii-yah*!«
Ohne auch nur einen Augenblick zu überlegen, rannte Mr. Lee in das brennende Haus. Sofort hatten Flammen und Rauch ihn verschlungen. Ich rannte hinterher, wurde aber von den mit Schläuchen herbeieilenden Feuerwehrmännern zur Seite gestoßen.
»Sie müssen ihn rausholen!« brüllte ich. »Mr. Lee ist im Haus!«

Das Pflaster war naß und schlüpfrig. Ich verlor das Gleichgewicht und rutschte aus, aber jemand fing mich auf. Ich drehte mich um und blickte in ein besorgtes Augenpaar.
»Gott sei Dank, du lebst«, sagte Gideon.
»Mr. Lee ist dort drin!« schrie ich.
Gideon riß sich die Jacke vom Leib und stürzte sich mit vor das Gesicht gehaltenen Armen in die Flammen. Ich bedeckte meinen Mund mit den Händen, als ich die Situation begriff: drei Männer steckten in dieser Hölle, zwei davon waren meine guten Freunde, der dritte war der, den ich liebte. »Hilfe!« schrie ich und rannte von einem Feuerwehrmann zum anderen. »Sie müssen sie retten! Holen Sie sie raus!«
Aber alle Leute schrien auf einmal, es kamen neue Löschwagen und Schläuche, und in all dem Rauch und der Hitze herrschte ein solches Durcheinander, daß ich den Feuerwehrmännern nicht einmal mehr sagen konnte, wo genau Mr. Lee und Gideon verschwunden und in welchen Eingang sie gerannt waren.
Feuerwehrleute mit Äxten versuchten einzudringen, wurden aber von den Flammen bald wieder hinausgetrieben. Ich wollte selbst hineinlaufen, aber Hände packten mich und zerrten mich zurück.
»Gideon!« schrie ich. »Gideon!«
Dann bemerkte ich Mr. Huang, der am Straßenrand saß und sich den versengten Kopf hielt. Ich rannte zu ihm. Hatte er Mr. Lee gesehen? Wußte er, wo Gideon war?
Betäubt vom Schock schüttelte er den Kopf. Seine Frau umarmte ihn und rief immer wieder seinen Namen.
Voller Grauen starrte ich auf die Fenster, aus denen Flammen schlugen und in den schwarzen Himmel leckten. Rauchfahnen stiegen auf wie böse Geister, wuchsen und wurden breiter, bis sie die Sterne verdunkelten. »Gideon«, schluchzte ich. Neben mir tauchte plötzlich Mrs. Po auf. Ihr kurzes Haar stand in alle Richtungen. »Sie kommen, Sie kommen«, sagte sie immer wieder. Sie mußte mich mit Gewalt von dem brennenden Haus wegziehen,

die Straße hinunter und in eine kleine Gasse. Ich stolperte und schaute unter Tränen zurück. Gideon ...
Aber als ich um die Ecke bog, hinter der noch mehr Feuerspritzen mit langen Schläuchen, Menschen und Autos standen, bemerkte ich nur einen Mann – Gideon, der an einem Laternenpfahl lehnte und sich über die Stirn fuhr.
Ich flog zu ihm. Er fing mich in den Armen auf.
Sein Mund auf meinem schmeckte nach Feuer und Hitze.
»Wo ist Mr. Lee?« fragte ich dann.
»Unversehrt. Wir konnten alle beide durch die Hintertür ins Freie torkeln. Er ist wieder hingegangen, um dem anderen Herrn zu helfen – Gott im Himmel, es war die Hölle da drin.«
Mir wurde klar, daß sie durch den Hintereingang entkommen waren, an der Stelle, wo die Lastwagen immer ihre Kräuter abluden und wo meine kleine Fabrik lag. Das Feuer hatte sich nicht so weit ausgedehnt.
Ich schluchzte, und Gideon nahm mein Gesicht zwischen seine Hände. »Ich dachte, ich hätte dich verloren!« rief ich – oder war es Gideon, der das sagte? Wieder suchten seine Lippen meinen Mund, mitten auf der belebten Straße, umwogt von der Menge. Ich stand im Morgenrock da, die Haare offen bis über die Taille, vor mir Gideon im modischen Smoking, das Gesicht schwarz von Ruß. Wir hielten einander umschlungen und ließen uns nicht los, betäubt von Lärm, Rauch und Hitze.
Als meine Augen nicht länger tränenblind waren, suchte ich in Gideons Gesicht nach Verletzungen, aber er schien sich nichts Schlimmeres zugezogen zu haben als verrußte Wangen und versengte Haare. Ich nahm ihn bei der Hand und führte ihn in meine Wohnung, wo ich hartnäckig darauf bestand, daß er einen Kräutertee trank, den er ebenso hartnäckig ablehnte.
Das Feuer war inzwischen unter Kontrolle und konnte nach einiger Zeit gelöscht werden. Ein Teil der Nachbarn ging zurück ins Bett, während andere stehenblieben und kopfschüttelnd den Schaden besahen. Die meisten Bewohner erinnerten sich an den

großen Brand von 1906, als ganz Chinatown zerstört worden war.
Ich zog mich im Schlafzimmer an, während Gideon im Wohnzimmer seinen Tee trank. Er war seit sechs Wochen zu Hause. Ich hatte nichts von ihm gehört, jedoch sein Foto im Gesellschaftsteil der Zeitung gesehen.
Als ich ins Wohnzimmer kam, sah er mich mit großen Augen an.
»Wie ist es möglich«, begann er nach einer Weile, in der wir die Stille mit unseren Augen und das Jahr der Trennung mit einer fast greifbaren Sehnsucht ausgefüllt hatten, »daß du bei jedem Wiedersehen schöner bist? Ich war auf einer Party oben auf dem Hügel. Als ich das Feuer sah, konnte ich nur noch an dich denken. Ich bin weggerannt, ohne jemandem einen Ton zu sagen.«
»Du bist seit sechs Wochen zu Hause.« Warum sagte ich das? Es klang wie ein Vorwurf. Es klang, als sei er verpflichtet, zu mir zu kommen – etwas, das nicht stimmte.
»Ich weiß. Ich wollte dich auch sehen, Harmonie. Aber beim letzten Mal hast du mich versetzt, weißt du nicht mehr? Ich habe damals auf dich gewartet, den ganzen Abend habe ich gewartet, Harmonie, und du hast nicht einmal angerufen. Das wollte ich mir nicht noch einmal antun. Aber verdammt, ich habe das letzte Jahr in einem stinkenden Dschungel verbracht und dabei nur an dich gedacht. Warum gehst du mir nicht aus dem Sinn?«
Wir verstummten, und der Straßenlärm wehte zu uns herauf. Die Feuerwehr fuhr ab, die Nachbarn riefen sich etwas zu. Jemand spielte eine Platte auf seinem Grammophon.
Ich ertrug seinen Blick nicht mehr, darum trat ich ans Fenster und betrachtete die geschwärzten Fenster von Mr. Huangs Lagerhaus.
»Gideon, ich fühle mich ganz elend«, sagte ich und wußte selbst nicht genau, ob ich das Feuer meinte oder sein plötzliches Erscheinen.
»Warum?« fragte er, folgte mir ans Fenster und lächelte mich versöhnlich an. »Hast du etwa das Feuer gelegt?«
»Nein, aber es galt mir.«

»Dir? Wieso?«
»Weil ich diese Räume für meine neue Fabrik mieten wollte. Aber es war ein Geheimnis. Niemand wußte es.«
Er rieb sich das Kinn, das immer noch Rußspuren zeigte, und sagte: »Komm, wir machen eine Autofahrt.«
»Eine Autofahrt! Um diese Zeit?«
»Wir müssen aus diesem Rauch raus. Unterwegs kannst du mir alles erzählen.«
Wir fuhren die Columbus Avenue hinunter nach Fisherman's Wharf. Es kam mir seltsam vor, in einem Auto zu sitzen, ich hatte dazu sonst kaum Gelegenheit. Noch seltsamer war die große Nähe zu Gideon, fast wie auf einem kleinen Sofa, und doch ohne jede Intimität, denn durch die offenen Fenster wehte ein kalter Wind, und wenn die Reifen über die Cable-Car-Schienen fuhren, wurden wir kräftig durchgerüttelt.
»Du meinst also, daß man das Feuer gelegt hat, damit du mit deiner Fabrik nicht dorthin umziehen kannst. Warum?«
Während ich die schlafende Stadt vorbeifliegen sah und vor uns aus dem Nebel undeutlich die Bucht auftauchte, eine immer näher kommende schwarze Wand, berichtete ich Gideon die Ereignisse des vergangenen Jahres.
Mein Unternehmen hatte sich vergrößert. Das neue Markenzeichen, die Trauerweide am See, war bekannt geworden. Leute, die nicht lesen konnten, sahen das Bild und wußten, daß sie dem dazugehörigen Heilmittel vertrauen konnten. Aber obwohl ich jetzt Geld verdiente, standen meine wenigen Artikel in ihren blausilbernen Packungen in den Regalen immer noch neben Bergen von rotgoldenen Roter-Drache-Produkten, von denen viele nutzlos oder sogar gefährlich waren. Wie sollten die Käufer sich da entscheiden? Mein Traum war es, die kleine Fabrik zu erweitern und mit meinen Arzneien so viele Menschen zu erreichen wie mein großer Konkurrent.
Eines späten Abends, als ich nach einem Tag des Abfüllens, Etikettierens und Verpackens mit meinen Arbeiterinnen Tee trank,

hatte ich mit Mr. Lee darüber gesprochen. Er schlug vor, ich sollte alle meine Preise um einen Cent senken, denn kein Chinese kommt an einem Schnäppchen vorbei. Aber als ich am nächsten Tag die Runde in den Läden machte, entdeckte ich, daß alle Roter-Drache-Artikel soeben einen Cent billiger geworden waren.

Daraufhin kam mir die einzigartige Idee, meine Sachen über andere Läden zu vertreiben, zum Beispiel über Lebensmittelgeschäfte, Zigarettenhändler und sogar Fahrradwerkstätten. Aber nur wenige Tage, nachdem ich den Plan mit Mr. Lee erörtert hatte, tauchten plötzlich im Lebensmittelgeschäft, beim Zigarettenhändler und in der Fahrradwerkstatt Roter-Drache-Mittel auf.

Diese Zufälle verwunderten mich. Dann erfand ich eine neue Art von Tabletten für frischen Atem, viereckig, flach und hart. Sie bestanden im wesentlichen aus Lakritze und Menthol, und noch bevor ich sie überhaupt in die Läden gebracht hatte, verkaufte Roter-Drache ein brandneues, ganz ähnliches Produkt, das aber angeblich nicht nur für frischen Atem sorgte, sondern auch Halsschmerzen heilte.

Das letzte war, daß ich beschloß, meinem Goldlotuswein rote Farbe hinzuzufügen, um die Leute daran zu erinnern, daß es ein Mittel zur Blutauffrischung war, und weil mir die Farbe passender erschien als der ursprüngliche Bernsteinton. Sofort färbte Roter-Drache seinen beliebten Hautbalsam rot und behauptete nun auch noch, er »kräftige das Blut«.

Ich wußte also, daß jemand meine Geheimnisse an die Roter-Drache-Gesundheitsgesellschaft verriet.

Gideon stimmte mir darin zu. »Du mußt eine Spionin unter deinen Mädchen haben, Harmonie. Eine, die dem Roten-Drachen alles meldet, was in deinem Betrieb vorgeht.«

»Mr. Huang hat vorhin noch gesagt, das Feuer sei kein Zufall gewesen. Ein Feuerwehrmann fand einen leeren Benzinkanister und Lumpen. Meine Firma ist so klein, Gideon, und Roter-Drache so groß. Warum sollten diese Leute so etwas tun?«

Der Wind peitschte Gideons schönes Haar, der mir durch das Dröhnen seines Automotors hindurch antwortete: »Ich weiß, wie groß sie sind, Harmonie. Wo immer ich bisher tätig war, habe ich gesehen, daß die Arbeiter Roter-Drache-Mittel benutzten. Ich selbst halte das Zeug übrigens auch für minderwertig.« Ein Lächeln blitzte auf. »Keine so hervorragende Qualität wie deine Sachen. Leider hat Roter-Drache Abkommen mit allen großen, ausländischen Unternehmen – auch mit der Titan Minengesellschaft, bei der ich unter Vertrag bin. Das Unternehmen stellt seinen Arbeitern als freiwillige Sonderleistung Unterkunft, Essen und medizinische Versorgung.«

Wir hielten an einer Ampel und sahen einen Lastwagen vorbeirollen. Das Licht wechselte, und wir beschleunigten wieder.

»Roter-Drache ging vor ungefähr zwanzig Jahren nach Südostasien«, fuhr Gideon fort, »und hat seitdem die Auslandsfirmen dort ziemlich gut im Griff. Die einheimischen Arbeiter bekommen am Arbeitsplatz die Sachen von Roter-Drache. Sie nehmen sie mit nach Hause und geben sie ihren Frauen. Wenn die Frauen dann selbst Medikamente im Dorf kaufen, sehen sie die vertrauten rotgoldenen Etiketten, und schon greifen sie zu. Jeder verwendet Roter-Drache, einfach, weil es in allen Läden steht, nicht, weil es gut ist.«

Ich legte die Hand auf das Armaturenbrett, verwundert darüber, daß Menschen reisen konnten, wenn ihnen die Straße derart schnell unter den Füßen davonlief. »Aber trotzdem – Roter-Drache ist so groß. Warum verfolgen sie ein so kleines Unternehmen wie meines?«

Er schenkte mir ein wundervolles Lächeln. »Deine Konkurrenz muß sie ziemlich beeindrucken, wenn sie sich die Mühe machen, eine Spionin einzuschmuggeln. Hast du den Besitzer von Roter-Drache je kennengelernt?«

Ich hatte sein Bild in der Zeitung gesehen. Er war ein Chinese, der Jazzmusik liebte und mit weißen Frauen in Flüsterkneipen ging, ein Mann, dem es gleichgültig war, daß seine Heilmittel nichts taugten, daß sie sogar schädlich sein konnten und daß sie falsche Versprechungen machten.

Wir brausten über den Highway, der sich an die Bucht schmiegte, und fuhren mit dem Mond, der über das schwarze Wasser eilte, um die Wette. Chinatown, Fisherman's Wharf und den Yachthafen hatten wir weit hinter uns gelassen. Weiter vorn lag Fort Point und dahinter das goldene Tor ... Golden Gate.

Endlich lenkte Gideon den Wagen von der Hauptstraße auf einen kleinen, ungepflasterten Weg, der zu einer grasbewachsenen Klippe führte. Ich seufzte erleichtert auf. Er hielt an, stieg aus, kam auf die andere Seite und öffnete meine Tür. Dann nahm er meine Hand, um mich in die belebende Nachtluft zu heben.

Er führte mich zum Klippenrand, wo der Wind an unseren Kleidern zog und uns gierig in die Haare griff. »Schau dorthin, Harmonie.« Er schwenkte den Arm. »Was siehst du?«

Ich sah den Nachthimmel, einen schwarzen Ozean, in dem Sterne funkelten, und die Ewigkeit.

Wir gingen durch das Gras und atmeten den Salzgeruch der See ein. Das grüne Gebirge gehörte uns ganz allein, und es war, als wären wir die beiden einzigen Menschen auf der Welt.

»Genau hier wird eine Brücke entstehen, quer über die Bucht, eine Verbindung zwischen San Francisco und Marin.«

»*Aii-yah*«, flüsterte ich. »Wie kann das sein? Es ist zu weit und das Wasser zu tief. Die Brücke würde einstürzen.«

Er lachte. »Es wird auch keine gewöhnliche Brücke sein, Harmonie, sondern eine Hängebrücke auf Stelzen. Paß auf!« Er holte ein kleines Notizbuch aus der Jacke und blätterte es auf. Seiten voller Diagramme und Zahlen flogen vorbei. Endlich fand er ein leeres Blatt und fing im Mondlicht zu zeichnen an. Dabei erklärte er: »Die Idee dazu ist mir eines Nachts im Traum gekommen. Was man tun muß, ist folgendes: man braucht drei getrennt gegossene, massive Betonsockel, die durch eine Treppenstufenkonstruktion ineinander verkeilt sind. Siehst du?« Ich schaute hin, aber ich sah nichts. Mein Blick galt der Hand des Zeichners, nicht

dem Gezeichneten. Gideon hatte schöne Hände, schmal und ausdrucksvoll, die Hände eines Dichters, nicht eines Baumeisters.
»Zweck dieser Verankerung ist es«, fuhr er fort und zog Linien hierhin und dorthin, zeichnete Bögen und Pfeile, schraffierte blitzschnell Flächen mit Tinte, und ließ ein Bild entstehen, das mir sinnlos schien, aber offensichtlich das wiedergab, was sein Geist vor sich sah. »Zweck dieser Verankerung ist es, dem durch Gewicht und Brückenlast entstehenden Zug der Kabel Widerstand zu leisten.«
»Die Kabel halten die Brücke?«
Er strahlte mich an. »Genau. Es gibt allerdings einen starken Widerstand gegen den Bau einer Brücke über das Golden Gate. Die Leute sagen, sie würde die Landschaft entstellen. Aber das stimmt nicht. Sie wird ein wundervolles Denkmal dafür sein, wie Mensch und Natur zusammenarbeiten können. In Harmonie!« fügte er mit dem komischen Lachen hinzu, das ich so liebte.
Er wollte das Notizbuch wieder einstecken, aber ich legte schüchtern die Hand auf seinen Arm und griff nach der bekritzelten Seite. Immer noch lachend riß er sie heraus und gab sie mir. Während ich sie sorgsam zusammenfaltete und in der Tasche meines Kleides verstaute, sah er auf die Bucht hinaus und meinte: »Alle sagen, es sei unmöglich. Wir müßten Wind, Nebel und Gezeiten jeden einzelnen Schritt abtrotzen. Das stimmt, aber es ist trotzdem möglich. Und ich bin der Mann, dem es gelingen wird.«
»Ja, das bist du. Ich weiß, daß du es schaffen kannst.«
Er drehte sich um und sah mich fest an, die Hände auf meine Arme gelegt. »Du glaubst an mich, nicht wahr? Ich lese es in deinen Augen. Weißt du, daß mich keine andere Frau je so angesehen hat? Und wenn ich dich anschaue, empfinde ich etwas, das ich nie zuvor gefühlt habe.«
Ich empfand es auch. Und ich wußte, was es war. Wir führten Auge-in-Auge-Gespräche.
Unvermittelt trafen sich unsere Lippen. Ich schlang die Arme um seinen Hals, und diesmal war es kein fieberhafter Kuß voller Pa-

nik und Furcht und brennender Häuser, sondern ich küßte meinen geliebten Gideon so, wie ich es mir erträumt hatte, zärtlich und voller Liebe.
Er hob den Kopf und blickte mich aus grauen, erstaunten Augen an. »Heirate mich, Harmonie«, stieß er hervor und sah plötzlich ganz überrascht aus. »Ja!« bestätigte er lachend. »Das ist es! Wir heiraten!«
Ich war zu bestürzt, um zu antworten.
Er deutete mein Zögern falsch. »Ich kann für dich sorgen, Harmonie. Ich bin sechsundzwanzig und fange an, mir in meinem Beruf einen Namen zu machen. Mit dir als Frau ...«
»Ach, Gideon!« rief ich, denn ich sah, daß er es wirklich ernst meinte. »Wir können nicht heiraten! Hast du vergessen, was damals im Drugstore passiert ist?«
»Du kannst unmöglich noch daran denken! Das war ein kleiner Laden und der Besitzer ein ungebildeter Idiot.«
»Gideon, ich gelte hier als Farbige. Das Gesetz verbietet mir, einen Weißen zu heiraten.«
»Dieses Gesetz gilt nicht für uns. Du bist schließlich Amerikanerin.«
»Aber ich bin auch Chinesin.«
»Und ich liebe euch zufällig beide.«
»Und du fällst in mein Leben wie Regen!« rief ich. »Man weiß nie, wann er kommt und wann er geht, ob es ein sanfter Regen oder ein Wolkenbruch sein wird. Ich wünsche mir Beständigkeit, Gideon. Ich möchte ein Heim.«
»Aber das meine ich doch. Ich werde nicht mehr weggehen. Wenn mein jetziger Vertrag abgelaufen ist, bleibe ich in San Francisco. Ich habe schon einen Antrag für das Brückenprojekt eingereicht, und man hat mir mitgeteilt, ich hätte gute Aussichten, den Zuschlag zu bekommen. Sag, daß du mich heiraten willst, Harmonie, dann habe ich alles, was ich mir vom Leben wünsche.«
Aber ich konnte die Szene im Drugstore nicht vergessen – den

Kellner, die Kunden, die uns anstarrten und schwiegen, Gideons hilflosen Zorn.

»Und was ist mit Olivia?« fragte ich.

»Olivia? Was soll mit ihr sein? Sie und ich sind lediglich Freunde.«

Aber ich hatte auf den Zeitungsfotos gesehen, wie sie Gideon anschaute. Es war kein »Lediglich-Freunde«-Blick.

»Und deine Mutter?«

»Meine Mutter wird mich verstehen, wenn ich ihr erkläre, wie sehr ich dich liebe. Sie mag kalt und herzlos wirken, aber sie weiß, was Liebe ist. Sie und Richard Barclay verband eine Leidenschaft, wie sie nur wenige Glückliche erleben dürfen. Vielleicht ist sie darum so geworden, wie sie heute ist. Sie begegnete Richard, als sie verwitwet war und sich allein mit einem Kind durchschlagen mußte. Es war eine Romanze aus dem Märchenbuch, und dann verlor sie ihn. Sie kennt die Liebe, Harmonie. Sie wird uns verstehen.«

Ich unterdrückte mühsam die Tränen. Richard Barclays Brief an meine Mutter – »eine Ehe ohne Liebe ... ich habe Fiona aus Mitleid geheiratet ... er hatte sie sitzengelassen ...«

Gideon durfte es nie erfahren.

Er nahm wieder meine Hände. »Du bist damals zu meiner Mutter gegangen und hast gehofft, sie würde dich als Tochter ihres Mannes anerkennen. Du wolltest den Namen deines Vaters. Es war dein gutes Recht. Sie hätte dich nicht so behandeln, sie hätte dir seinen Ring nicht wegnehmen dürfen. Olivia hat mir alles erzählt. Aber wenn du mich heiratest, Harmonie, bekommst du den Namen deines Vaters, und den Ring gebe ich dir auch zurück.«

Ich schüttelte den Kopf. Mein Herz war so voll, daß ich erst kein Wort herausbrachte. Doch dann sagte ich: »Ich werde dich nicht deshalb heiraten, Gideon. Alles, was früher war – die Vergangenheit, mein Vater, unsere beiden Mütter –, das alles bedeutet mir nichts mehr, denn mein Leben beginnt jetzt in diesem Augenblick – mit dir. Ja, mein Geliebter, ich möchte dich heiraten.«

Er zog mich an sich und murmelte: »Du machst mich zum glücklichsten Mann der Welt.« Dann küßte er mich wieder.
Wir liebten uns, dort unter den Sternen über dem Golden Gate, dort, wo Gideons und mein Traum seinen Anfang nehmen sollte.

Ich musterte die acht Mädchen, die für mich arbeiteten. »Eine von euch verrät meine Geheimnisse an die Roter-Drache-Gesellschaft. Wer ist es?«
An der Art, wie sie einander ansahen und mit niedergeschlagenen Augen schwach protestierten, sie wüßten nicht, wovon ich redete, erkannte ich, daß sie die Schuldige deckten.
Wie sollte ich das Problem lösen? Was würde Gideon raten? Trotz meiner unerfreulichen Lage mußte ich lächeln. Wie konnte ich anders, als zu lächeln, wenn ich an meinen Geliebten dachte? Erst fünf Wochen war er weg, und schon zählte ich die Tage bis zu seiner Rückkehr. Zehn Monate schienen eine Ewigkeit. Aber wenn er dann nach Hause kam, würde er hierbleiben und nie mehr von mir fortgehen.
»Ich bin gut zu euch gewesen«, sagte ich zu den Mädchen. »Dafür hätte ich zumindest so etwas wie Treue erwartet. Was eine von euch getan hat, schadet dem Haus und damit allen, die hier arbeiten. Ist es das, was ihr wollt?«
Sie machten beschämte Gesichter und wollten mir nicht in die Augen sehen. Was konnte ich tun? Keinesfalls konnte ich alle entlassen, weil eine davon eine Verräterin war.
Ich dachte daran, Mr. Lee um Rat zu bitten, aber er hatte eigene Sorgen, die schwer auf ihm lasteten. Noch immer beugten sich seine Schultern unter den Geldsorgen seiner Familie, und er sah mit seinen dreißig Jahren wie sechzig aus. Ich bot ihm ein Darlehen an, aber er wollte es nicht nehmen. Und weil er sich solche Sorgen machte, konnte er sich nicht einmal mehr auf die wenigen Aufträge konzentrieren, die er noch bekam. Meine Etiketten entwarf und druckte jetzt ein Betrieb in Oakland, so daß auch ich

keine Arbeit mehr für Mr. Lee hatte. Manchmal erzählte ich ihm, jemand sei in meine Fabrik gekommen und hätte sich nach dem Mann erkundigt, von dem meine Etiketten stammten, und gefragt, ob er wohl für einen Privatkunden ein größeres Bild malen würde. Dann blühte Mr. Lee für eine Weile auf, beschäftigte sich mit Tusche und Pinseln, verlor aber bald wieder die Lust. Er beschimpfte sich selbst als Versager, das Bild wurde nie vollendet, und ich mußte ihm versichern, daß der Kunde – der nur in meiner Phantasie existierte – Verständnis haben und warten würde, bis das Gemälde fertig sei.

Ich sah meine acht Mädchen an und entschied, daß ich im Augenblick nichts tun konnte. Bevor er abreiste, hatte Gideon mir das Versprechen abgenommen, nichts zu unternehmen, was die Aufmerksamkeit der Roter-Drache-Gesellschaft erregen konnte. Ich sollte meine Pläne zurückstellen, jeden, auch den kleinsten Erweiterungsversuch unterlassen und nicht mit neuen Arzneien experimentieren ... mein Leben einfach vertagen, bis er zurück wäre. »Das nächste Mal könnte es deine Wohnung sein, die brennt«, hatte er gesagt, als über der Bucht der Morgen dämmerte und wir zum Auto zurückgingen. Er hatte nur noch drei Stunden gehabt, um zu packen und zum Hafen zu fahren.

Wieder hatte er mein Gesicht in seine Hände genommen und gefordert: »Versprich es mir, Liebste. Tu nichts. Keine Veränderungen, keine Einstellungen, keine Entlassungen. Ich traue diesem Roter-Drache-Bastard nicht. Laß ihn vorläufig glauben, er hätte dir Angst eingejagt.«

Also schickte ich die Mädchen wieder an die Arbeit. Als ich mich umdrehte, sah ich einen Mann in Uniform an der Tür stehen. Einen Moment lang hielt ich ihn für einen Polizisten, bis ich seine dunkle Haut bemerkte. Afrikaner tragen die Polizeiuniform von San Francisco genausowenig wie Chinesen.

Er fragte mich, ob ich Vollkommene Harmonie heiße, und teilte mir dann mit, daß Mrs. Barclay mich sprechen wolle.

Ich hatte etwas Ähnliches bereits erwartet. Gideon hatte mir ver-

sprochen, seiner Mutter noch vor seiner Abreise von unserer Verlobung zu erzählen. Ich hatte mir schon fieberhaft überlegt, wie sie darauf reagieren würde. Nun würde ich es erfahren.
Ich hatte mit vielem gerechnet – von Geld bis zu Drohungen. Was ich mir nicht hatte vorstellen können, war eine lächelnde und wohlwollende Fiona Barclay, die im Fond einer langen, glänzenden Limousine saß – der Uniformierte war ihr Chauffeur – und mich einlud, in ihrem Club mit ihr zu Mittag zu essen. »Wir müssen die Vergangenheit vergessen«, erklärte sie mit Wärme in der Stimme. »Ich respektiere die Wünsche meines Sohnes. Sie werden zur Familie gehören. Es ist Zeit, daß wir einander kennenlernen.«
Wir verabredeten einen Tag in der nächsten Woche, an dem sie mich mit ihrem langen, glänzenden Wagen abholen wollte.

Ich machte mir große Sorgen wegen meiner Kleidung und suchte verzweifelt nach dem schönsten Cheongsam.
Aber als ich mir vor dem hohen Spiegel jedes einzelne Kleid vorhielt, begriff ich, daß ich damit einen schrecklichen Fehler begehen würde. Mrs. Barclay hatte bestimmt keine Lust, mit ihrer chinesischen Schwiegertochter essen zu gehen! Für diesen Anlaß mußte ich Amerikanerin sein.
Ich verließ Chinatown und fuhr zu einem Schönheitssalon in der Clay Street. Dort ließ ich mir das taillenlange Haar abschneiden. Was dann noch übrig war, wurde zu Locken gedreht, damit ich aussah wie Clara Bow auf dem Titelblatt von *Photoplay*. Ich kaufte die neueste Kosmetik – Elizabeth-Arden-Lippenstift und -Nagellack in Ochsenblutrot. Und schließlich erstand ich das modernste Kleid: saphirblauer Chiffon mit tiefblauen, losen Stoffbahnen, aufwendig verziert mit Perlen, Quasten und Schleifen. Die Verkäuferin erzählte mir, daß man dieses Modell in Paris als »le cocktail dress« bezeichnete.
Als Mrs. Barclays lange Limousine vorfuhr, standen alle Nachbarinnen auf dem Bürgersteig, bewunderten mich, machten ihre

Bemerkungen und winkten mir zum Abschied zu. Mrs. Barclay lächelte und sagte, wie entzückend ich aussähe und daß sie sich darauf freute, mich ihren Freundinnen vorzustellen.
Der Club lag in der Nähe des Palastes der Schönen Künste und war, wie mir Mrs. Barclay erzählte, früher ein Privathaus gewesen. Jetzt hatte man einen Geselligkeitsclub für Damen daraus gemacht, wo man sich traf, um Tennis zu spielen und Wohltätigkeitsveranstaltungen abzuhalten. Ich war so aufgeregt, und mein Herz pochte so sehr in meinen Ohren, daß ich kein Wort von dem verstand, was sie sagte. Mit großen Augen sah ich zu, wie unser Wagen durch ein prachtvolles Tor aus Schmiedeeisen fuhr. Ein Mann in Uniform öffnete den Schlag und begleitete uns die Stufen zu einem imposanten Eingang hinauf.
Dort fanden wir uns in einer prächtigen Halle wieder, wo etliche vornehm gekleidete Damen unter kleinen, in Weidenkörbe gepflanzten Palmen saßen und Tee tranken. Der Club war wie ein Grandhotel. Ich war überwältigt.
Der Speisesaal, den sie Hofgarten nannten, hatte eine hohe Glasdecke, durch die verstreutes Sonnenlicht fiel. Der Raum war voller Grünpflanzen und Blumen, und Musiker mit Geigen und Harfen spielten reizende Melodien. Als wir dem Restaurantleiter zu einem Tisch folgten, war ich so selig, an einem solchen Ort zu sein und von Gideons Mutter so freundlich behandelt zu werden, daß ich mir wie in einem Traum vorkam.
Und dann hörte ich ein Flüstern. »Ich dachte, in diesem Club gäbe es Regeln.«
Und ich sah, wie alle Frauen mich anstarrten.
Aber Gideons Mutter schien die Blicke und das Getuschel nicht zu bemerken, und so erreichten wir endlich unseren Tisch. Olivia saß schon dort. Ich hatte nicht erwartet, daß Mrs. Barclay sie ebenfalls einladen würde. Olivias Mund lächelte, aber ihre Augen sagten: *Das werde ich dir niemals verzeihen.*
In diesem Moment wurde mir klar, daß ich alles falsch gemacht hatte.

Ich sah, wie Fiona und Olivia und die übrigen Damen gekleidet waren. Sie trugen schlichte Pullover und Faltenröcke in Beige, Weiß und Pastelltönen, und ich verstand, wie schockierend ich mit meinem gekrausten Haar, den knallroten Lippen und Fingernägeln und dem Pariser Cocktailkleid aussehen mußte.

Gideons Verlobte, ein Halbblut ohne jeden Geschmack.

Die Speisen waren mir fremd. Wir begannen mit Fischeiern – »Kaviar«, sagte Mrs. Barclay –, und ich beging den Fehler, mehrere große Löffel voll davon zu nehmen, was für die Gastgeberin eines chinesischen Essens ein Kompliment bedeutet hätte, hier aber, wie ich später lernte, grundfalsch war. Als nächstes gab es Artischocken, und ich hatte keine Ahnung, wie man so etwas aß.

Die Dame zu meiner Rechten wandt sich mir lächelnd zu. »Erzählen Sie mir doch, Miss … äh …«

»Mein Name ist Harmonie.«

»Spielen Sie Bridge?«

Ich wußte nicht, was ich antworten sollte. Was für eine Art Brücke meinte sie?

»Oder Tennis?«

Ich schüttelte den Kopf.

Die Damen unterhielten sich quer über den Tisch, alle um mich herum sprachen, über andere Clubmitglieder, Ferienreisen, neue Filme und Bücher, alles Themen, zu denen ich nicht das geringste zu sagen hatte.

Die Dame zu meiner Linken fragte: »Wo, sagten Sie, wohnen Sie, Liebes?«

Wie konnte ich antworten »Über der Glücklichen Wäscherei«? Ich konnte noch nicht einmal Chinatown erwähnen. Also erwiderte ich: »Jackson Street.«

»Oh! Ist das in der Nähe der Lovecrafts? Sie wohnen auch auf der Jackson Street, Höhe Broderick.«

Da begriff ich, daß sie das obere Ende der Jackson Street meinte, das oben auf dem Hügel lag, während ich von der Jackson Street

unten in Chinatown gesprochen hatte. »Ich kenne sie nicht«, sagte ich.
Eine andere Dame schaltete sich ein. »Sie haben einen köstlichen Akzent, Herzchen. Darf ich fragen, woher Sie stammen?«
»Aus Singapur.«
»Ach ja! Dort war ich vor drei Jahren mit meinem Mann. Wir hatten das Glück, im Raffles-Hotel Mr. Somerset Maugham kennenzulernen. Sind Sie ihm schon einmal begegnet?«
Ich hatte nie von ihm gehört.
Und dann kam endlich der Moment, auf den ich die ganze Zeit gewartet hatte.
Diesmal war es der Restaurantchef selbst, kein kleiner Limonadenkellner. Der Kellner damals war jung gewesen, dieser Mann schon älter. Aber sein Gesichtsausdruck war genau der gleiche. »Es tut mir leid, Mrs. Barclay, die anderen Mitglieder haben mich gebeten ...« Den Rest flüsterte er ihr ins Ohr, so daß ich ihn nicht hören konnte. Das war auch gar nicht nötig. Die anderen Damen am Tisch waren plötzlich damit beschäftigt, hierhin und dahin zu blicken, sie falteten ihre Servietten immer wieder neu und drehten Kristallgläser auf dünnen Stielen. Nur Olivia ließ mich nicht aus den Augen, als wolle sie sehen, wie ich reagierte.
»Sie können den anderen Mitgliedern sagen, Steven«, erklärte Mrs. Barclay ruhig, »daß diese junge Dame mit meinem Sohn verlobt ist und bald meine Schwiegertochter sein wird. Sie sehen also, daß sie ebenso berechtigt ist hier zu sein, wie ich.«
Der Mann wurde so rot, daß er mir leid tat.
In diesem Augenblick wurde mir bewußt, wie mein Leben mit Gideon aussehen würde. Speisen, von denen ich nicht wußte, wie man sie aß. Spiele namens »Bridge« und »Polo«. Menschen, die uns anstarrten, unbehaglich husteten und immer einen Weg finden würden, uns hinauszukomplimentieren.
Ich erhob mich. »Vielen Dank für die Einladung zum Essen, Mrs. Barclay.« Ich sah die anderen Damen an. »Es war mir ein Vergnügen, Sie kennenzulernen.«

Vom Clubhaus fuhr ich direkt nach Chinatown in meine Wohnung. Ich wusch mir die Locken aus dem Haar, schrubbte Elizabeth Arden von Gesicht und Fingernägeln, faltete mein Pariser Kleid zusammen und zog meinen Cheongsam wieder an. Dann ging ich hinüber in meine kleine Fabrik hinter Mr. Huangs Handelsgesellschaft und entließ die acht Mädchen fristlos. Ich schickte sie sofort nach Hause und schloß den Fabrikraum ab.
Anschließend suchte ich Mr. Lee in seiner Wohnung auf und sagte zu ihm: »Ich werde nach neuen Räumlichkeiten Ausschau halten, die ich mieten kann, um meine Fabrik zu erweitern. Ich möchte, daß Sie mir eine Werbekampagne entwerfen, komplett mit Plakaten, Zeitungsanzeigen und Anschlagtafeln. Ich werde dem Roten Drachen eine Schlacht liefern, die er so schnell nicht vergißt. Außerdem gebe ich Ihnen das Geld, um Ihre Familie aus Hawaii herzuholen, und jeder von ihnen kann in meiner Firma arbeiten. Es handelt sich dabei weder um ein Almosen noch um ein Darlehen. Sie bekommen das Geld für einen Gefallen, um den ich Sie bitten möchte.«
Schließlich kehrte ich in meine Wohnung zurück, setzte mich hin und schrieb einen Brief an Gideon.

Als es an der Tür klopfte, dachte ich: Ah, ein später Gast. Aber als ich öffnete und Gideon draußen stehen sah, erstarrte ich hinter der erst einen Spaltbreit geöffneten Tür zu Stein.
»Ich weiß, ich hätte dich vorwarnen sollen«, sagte er schnell. »Aber ich wollte sofort zu dir.« Er unterbrach sich und riß die Augen weit auf. »Harmonie, du hast ja deine Haare abgeschnitten!«
Ich fuhr mit der Hand an den eckigen chinesischen Pagenschnitt, der mir knapp bis unter die Ohren reichte. »Du wolltest doch erst in acht Monaten wiederkommen«, sagte ich, gelähmt vor Entsetzen. Es war, als hätte ich einen Geist vor mir.
»Ich habe meinen Vertrag gekündigt. Als ich deinen Brief bekam ...«

Ich sah den Schmerz und die Verwirrung in seinem Blick und den Brief in seiner Hand, meinen Brief, in dem ich ihm mitteilte, daß ich ihn nicht heiraten konnte.

»Was ist denn nur geschehen, Harmonie? Warum hast du deine Meinung geändert? Es war meine Mutter, nicht wahr? Was hat sie gesagt? Sie würde mir abraten, dich zu heiraten? Mein Gott, du glaubst doch nicht, irgend etwas könnte mich abhalten?«

»Deine Mutter war sehr freundlich zu mir. Sie hat mich zum Mittagessen eingeladen.«

Er legte die Hand an die Tür. »Bitte laß mich hereinkommen. Wir müssen reden.«

Aber ich ließ ihn nicht hinein. »Ich würde niemals in deine Welt passen, Gideon«, sagte ich fast flehend, »und du nicht in meine.«

»Dann bauen wir uns eine eigene Welt. Hier.« Er hielt mir lächelnd einen Umschlag hin. »Mein Hochzeitsgeschenk. Ich wollte bis zum Tag der Trauung warten, aber jetzt ist vielleicht der bessere Zeitpunkt.«

»Was ist das?«

Er öffnete den Umschlag und entfaltete mehrere zusammengeheftete Blätter. »Es ist ein Vertrag zwischen der Titan Minengesellschaft und den *Chinesischen Heilmitteln von Vollkommener Harmonie.* Darin steht, daß du die Alleinrechte für Vertrieb und Verkauf medizinischer Produkte an Angestellte und Arbeiter der Titan Minengesellschaft hast.«

Ich betrachtete ihn verstört. Sein Lächeln wurde breiter. »Es hat mich einige Mühe gekostet, aber endlich haben sie eingewilligt, ausschließlich *deine* Produkte zu führen. Das bedeutet Tausende von Arbeitern in ganz Asien, die alle deine Stärkungsmittel und Salben verwenden. Dein Zugang zum Exportmarkt! Diese Arbeiter werden deinen Goldlotuswein mit nach Hause zu Frau und Kindern nehmen und nie wieder etwas anderes kaufen. Roter-Drache wird nicht länger den Markt beherrschen. Nun? Willst du nichts sagen?«

»Ich wußte nicht, daß du so etwas vorhattest.«
»Es sollte eine Überraschung sein. Ich hatte so viele Pläne für die Zeit nach meiner Rückkehr, aber, mein Gott, als ich deinen Brief bekam und du mir schriebst, du hättest deine Meinung geändert, da verlor ich fast den Verstand. Darum bin ich abgereist. Ich habe den Leuten gesagt, es sei etwas Schlimmes zu Hause passiert. Übrigens wirst du sehen, daß mein Name auch im Vertrag steht.« Er grinste. »In deinem Brief stand nicht, warum du dich anders entschlossen hast, darum habe ich eine Klausel hinzugefügt, damit du dich noch einmal anders entschließen kannst. Wir sind Geschäftspartner, Harmonie. Der Vertrag besteht zwischen dir, der Titan Minengesellschaft und mir.«
Ich nahm die Papiere und starrte sie an.
»Harmonie, du bist mein Leben, meine Seele«, fuhr er leidenschaftlich fort. »Ohne dich kann ich nicht leben. Es ist mir gleich, was meine Mutter denkt. Wenn ich zwischen dir und ihr wählen muß, entscheide ich mich für dich. Ich flehe dich an, Harmonie. Sag, daß du mich heiratest.«
Ich sah auf den Vertrag in meiner Hand und konnte vor lauter Tränen kaum die Sätze lesen, die mir garantierten, daß ich als einzige berechtigt war, Naturheilmittel und Medikamente für die Angestellten und Arbeiter der Titan Minengesellschaft zu liefern. Die Gesellschaft verfügte über Niederlassungen in Ländern, die ich sofort als bisherige Domäne der Roter-Drache-Gesundheitsgesellschaft erkannte. Ich fühlte, wie mir das Herz stockte, als ich meinen schrecklichen und furchtbaren Fehler begriff.
Ich konnte den ratlosen Ausdruck in Gideons Gesicht nicht ertragen, als ich zurücktrat und die Tür so weit öffnete, daß er die Menschen in der Wohnung sehen konnte, die angeschnittene Hochzeitstorte und Mr. Lee im Smoking des Bräutigams.
»Wer hat denn geheiratet?« fragte Gideon.
Ich hielt sein Hochzeitsgeschenk in der Hand, und in meinem Bauch regte sich mein zwei Monate altes Geheimnis. Und ich antwortete: »Ich.«

33
Mitternacht – Palm Springs, Kalifornien

»Es ist vorbei«, sagte Jonathan, als er ins Museum kam. »Die Sheriffs von Riverside County haben Brown verhaftet.«

Charlotte blickte von dem Foto auf, das sie gerade studiert hatte, und sah die Plastiktüte in seiner Hand. Er war im Gewächshaus gewesen und hatte seine Pistole ausgegraben. Sein Gesicht war so düster und undurchschaubar, als ringe er in seinem Inneren mit Dämonen.

Auch Charlotte war in einem Strudel widerstreitender Gefühle gefangen. Eine ungeheure Erleichterung, daß Jonathan den Täter so schnell gefunden hatte, kämpfte mit der Verzweiflung über ebendiese Schnelligkeit, denn sie bedeutete, daß er nun nach Hause zurückkehren würde.

»Sie sagen, Brown hat die Sabotage zugegeben. Die Polizei fand in seinem Haus Disketten, auf denen er die von ihm manipulierten Protokolle kopiert hatte. Offenbar wollte er mit ihrer Hilfe den Eindruck erwecken, daß das Unternehmen an allem schuld sei.«

Das war nicht das einzige belastende Material. Während die Polizei zu Browns Haus fuhr, um ihn zu verhaften, durchsuchten die Bundesagenten seinen Spind im Werk. Sie fanden alte Zeitungen mit Chalk-Hill-Schlagzeilen, eine Karte, auf der der Weg zu Naomis Haus markiert war, einen Grundriß, auf dem Herd und Telefon eingezeichnet waren, sowie eine Videokamera mit der Aufzeich-

nung von Yolanda. Nachdem Charlotte bei Valerius Knight eine Aussage über ihre Verbindung zu den beiden ersten Opfern gemacht und erklärt hatte, wieso sie sie nicht erkannt hatte, ging der Agent jetzt davon aus, daß Brown beide Frauen absichtlich ausgesucht hatte, um Charlotte als die Schuldige erscheinen zu lassen.
»Hat er gesagt, warum er es getan hat?« fragte sie leise, um nicht das auszusprechen, was sie eigentlich sagen wollte.
Jonathan zuckte mit den Schultern. »Er sagt, die Firma hätte ihm etwas versprochen und das Versprechen nicht gehalten.«
»Rusty Brown«, murmelte sie. Der Mann hatte zuerst drei Paletten *Goldlotuswein* ohne Ephedrin abfüllen lassen und dann je einer Palette *Mei-ling*-Balsam, *Zehntausend Yang* und *Wonne* ebenjenes zurückgehaltene Ephedrin beigemischt. Er hatte alle sechs Paletten als geprüft abgezeichnet, danach die Systemdateien gelöscht und gedacht, damit sei die Sache erledigt.
»RB«, sagte sie plötzlich.
»RB?«
Sein Blick unter den dichten Brauen war finster. Charlotte begriff, daß Jonathan und sie über Rusty Brown redeten, weil sie die tiefergehenden, aufwühlenden Gedanken, die sie beide quälten, nicht in Worte zu fassen wagten. »Das RB in der E-Mail-Adresse aus dem Internet-Café«, erklärte sie und merkte, wie der Schmerz auf sie zurollte wie eine Meereswoge, die sich weit draußen auftürmt, um dann erbarmungslos ans Ufer zu branden, gewaltig und unaufhaltsam. Sie wußte, daß sie diesmal den Abschiedsschmerz vielleicht nicht mehr überwinden würde. »Ich dachte, es wäre so etwas wie ein Insider-Witz – RB gleich Richard Barclay. Ich hatte vermutet, der Täter wäre jemand, den ich gut kenne. Aber Rusty Brown kenne ich überhaupt nicht.«
»Knight meint, Brown hege einen persönlichen Groll gegen Pharmaziefirmen. Der Grund dafür läge in seiner Vergangenheit begründet. Bei seinem letzten Job ist er wegen irgend etwas verhaftet worden. Er wäre fast im Gefängnis gelandet, aber er hatte einen guten Anwalt.«

»Er hat also allein gearbeitet? Niemand aus meinem Unternehmen hat ihn dafür bezahlt?«
»Er sagt, er hätte zur Beförderung angestanden und man hätte sie ihm verweigert.«
»Eine Menge Aufwand wegen einer Beförderung.«
Jonathan sah auf die Plastiktüte in seiner Hand und entfernte unsichtbare Erdkrümel. »Hast du Naomi erreicht?«
»Sie klingt schon viel besser. Alles in allem, sagt sie, wäre sie lieber in Philadelphia. Ich habe ihr alles erzählt, auch, warum ihr Haus in die Luft geflogen ist. Sie macht mir keine Vorwürfe, sondern sagt genau wie du, ich sei schließlich auch nur Opfer. Trotzdem fühle ich mich verantwortlich. Rusty Brown war einer von meinen Angestellten, und ich trage für alles, was in dieser Firma geschieht, die Verantwortung.«
Sie verstummte. Von fern grollte gedämpfter Donner, und die Glasvitrinen zitterten und klirrten. Schatten zogen über Jonathans Gesicht, und in seinem Blick braute sich ein Gewitter zusammen. Er sah auf das Foto in ihrer Hand, und sie reichte es ihm.
»Es ist 1930 aufgenommen worden, als meine Mutter ein Jahr alt war.« Jonathan nahm das Bild.
Während er den schwarzweißen Schnappschuß eines Paares betrachtete, das vor einer Tür mit dem Schild »Harmonie-Barclay Hongkong Ltd.« stand, studierte sie sein Gesicht, sah sich an jeder Einzelheit satt – der langen, geraden Nase, dem forschen Kinn, der verlockenden Unterlippe – und hielt sein Bild fest, wie die beiden Gestalten auf dem Foto festgehalten waren. Auf diese Art konnte sie ihn sich bewahren, wenn er in Kürze nicht mehr dasein würde, diesmal, das wußte sie, für immer.
Sie beobachtete seinen Mund und erinnerte sich an ihren ersten Kuß, mit sechzehn, in Johnnys Versteck. Er hatte irgend etwas verdrahtet und dann plötzlich aufgeblickt und gesagt: »Gestern nacht habe ich ein ganz merkwürdiges Geräusch gehört. Es kam aus dem Zimmer meines Vaters.«

Charlotte, die auf dem Bett hockte, fragte: »Was für eine Art Geräusch war es denn?«
»Mein Vater hat geweint. Ich habe an seiner Tür gehorcht. Es war schrecklich ... ein qualvolles Schluchzen.«
»Und was war der Grund?«
»Ich habe geklopft. Er hat nicht gesagt, daß ich reinkommen soll, mich aber auch nicht weggeschickt. Also habe ich den Griff runtergedrückt, und es war nicht abgeschlossen. Ich öffnete die Tür und sah ihn im Schlafanzug am Fenster stehen. Er stand einfach da und schluchzte. Ich sagte: ›Dad? Ist was nicht in Ordnung, Dad?‹ Und er sah mich an und weinte immer noch, und die Tränen strömten ihm über die Wangen.«
»Und?«
»Das war alles. Er ... er sah mich nur an.«
Sie merkte, daß auch seine Augen feucht wurden, rutschte vom Bett und setzte sich neben ihn auf den Boden. »Was kann es gewesen sein? Warum sollte er weinen?«
»Ich glaube, ich weiß es.«
»Ja?«
»Ich glaube, er wollte mir sagen, daß er einsam ist, aber er wußte nicht, wie.«
»Und was hast du gemacht?«
»Ich bin gegangen. Ich schloß die Tür und ging. Ach, Charlie, warum konnte er es nicht aussprechen? Die Luft war voll davon, schwer wie Rauch. Mein Vater, so reich an Geld und Einfluß, stand im Schlafanzug und weinte vor lauter Einsamkeit. Warum konnte er es mir nicht sagen? Vielleicht hätte ich ihm helfen können.«
Warum kannst du auch nie sagen, was du empfindest? hätte sie am liebsten geantwortet. Aber es wäre grausam gewesen, Johnny klarzumachen, daß er lediglich in den Spiegel gesehen hatte. Darum hatte sie ihn nur mitfühlend in die Arme genommen, diesen einsamen Jungen, der um seinen einsamen Vater weinte, und ihre Lippen hatten ihn getröstet.

In den Monaten danach hatten sie sich oft geküßt, einander erforscht, Dinge ausprobiert und die Freude genossen, die sie einander schenkten. Aber ohne Worte waren sie sich darin einig gewesen, den letzten Schritt nicht zu tun. Beide wünschten sich, daß das erste Mal etwas Besonderes sein sollte, und beide wußten, wenn der Augenblick kam, würde es genau der richtige sein.

Es geschah ein Jahr später, als Johnny an der Reihe war, *sie* zu trösten, sie in die Arme zu nehmen und ihren Kopf an seine Brust zu drücken, während er etwas Trauriges, Schottisches raunte. Sie hatte ihr Gesicht in seinem rauhen Hemd vergraben und endlich schluchzen können, ein schweres, schmerzhaftes Schluchzen, das ihren ganzen Körper erschütterte. Johnny hatte sie noch fester gehalten und hin und her gewiegt. Er wußte, wie es war, wenn man einen geliebten Menschen verliert, eine Mutter oder einen Onkel, der wie ein Vater ist. Aber dieses Mal hatte das Trösten nicht mit einem Kuß aufgehört.

Charlotte zwang sich in die Gegenwart zurück. »Ich habe immer gewußt, daß Onkel Gideon und ich in Wirklichkeit nicht verwandt waren. Er war der Adoptivsohn meines Urgroßvaters. Aber jetzt ...«

»Nun?«

»Sieh dir das Bild an. Die Frau ist meine Großmutter, Vollkommene Harmonie. Sie war damals zweiundzwanzig.«

»Eine Schönheit«, murmelte Jonathan.

»Und nun der Mann. Das ist Onkel Gideon.«

»Ich weiß. Ich erkenne ihn.«

»Aber schau ihn dir genauer an, Jonathan, achte darauf, wie er meine Großmutter ansieht, während sie in die Kamera blickt. Es ist der Ausdruck eines Liebenden. Und was verrät ihr Gesicht? Es ist voller Trauer. Das Bild wurde aufgenommen, als sie ihr erstes Büro in Hongkong eröffneten und anfingen, die Titan Minengesellschaft mit Naturheilmitteln zu beliefern. Es hätte ein glücklicher Tag sein müssen. Aber meine Großmutter wirkt so verloren. Weshalb?«

»Was glaubst du, Charlotte?«
»So, wie Gideon sie betrachtet – die Liebe in seinen Augen, der Kummer in ihren ... Jonathan, meine Mutter kam sieben Monate nach der Hochzeit meiner Großmutter mit Mr. Lee zur Welt. Man hat mir immer erzählt, sie sei zwei Monate zu früh geboren worden. Aber heute glaube ich das nicht mehr. Ich denke, sie war schon schwanger, als sie Mr. Lee heiratete, und Mr. Lee war nicht der Vater meiner Mutter. Es war Gideon Barclay. Onkel Gideon war in Wirklichkeit mein Großvater.«
»Wahrscheinlich hast du recht.« Er gab ihr das Bild zurück. »Er war ein toller Mann. Du weißt, wie sehr ich ihn bewundert habe.«
»Jonathan, Agent Knight beharrt darauf, daß Harmony Biotec für die Todesfälle verantwortlich ist. Er wird alles daran setzen, uns zu ruinieren. Ich kann diesem Sturm trotzen. Harmony Biotec wird den Kampf, der vor uns liegt, überstehen. Aber was wird aus GB4204?«
Jonathan wußte, daß Charlotte ihr Präparat zu Ehren von Gideon Barclay »GB4204« genannt hatte. Er war aufrichtig betrübt gewesen, als Gideon starb, auch wenn seine Sorge weniger dem Mann selbst galt als Charlotte, die am Boden zerstört war. Sie waren siebzehn gewesen, und Jonathan hatte sie jeden Tag ins Krankenhaus begleitet. Auf der Intensivstation hatte sie am Bett ihres Onkels gesessen, seine Hand gehalten und leise mit ihm gesprochen, obgleich er im Koma lag und die Schwestern meinten, er könne sie nicht hören. Jonathan würde die Nacht von Gideons Tod nie vergessen, denn mit ihr hatte auch ein neues Leben begonnen.
Charlotte wollte zu ihm kommen, um sich einen Film anzusehen. Als sie nicht erschien, rief er bei ihr zu Hause an. Niemand ging ans Telefon. Nicht einmal das Hausmädchen nahm ab. Von einer schrecklichen Ahnung erfüllt, hatte Jonathan seine Jacke geschnappt und war durch die dunklen Straßen gerannt.
Im Haus brannte Licht, aber niemand öffnete. Er spähte in die

Fenster und hatte das Gefühl, in ein Museum zu schauen – lauter möblierte Zimmer ohne Menschen. Schließlich ging er um das Haus herum. Auf der Rückseite führte ein Terrassengarten hinunter zur Bucht. Der Nebel verschlang die Stadt. Weiße Schwaden schlängelten sich über das glitzernde Gras und durch die Hecken, ließen Feuchtigkeit von den Zitrusbäumen tropfen und Blumen die taunassen Köpfe beugen.

»Charlotte?« hatte er leise gerufen.

Er stapfte vorsichtig über den von heruntergefallenen Blättern aufgeweichten Rasen. »Charlie?« Irgendwo dort im Nebel steckte sie, er konnte es fühlen.

Dann fand er sie, eine geisterhafte Gestalt, das Gesicht der Bucht zugewandt, in den dichten Nebel hinausspähend. Er hatte kein Wort mehr gesagt. Als er näher kam, drehte sie sich um, und sie glitten in eine Umarmung, die mehr sagte als alle Worte.

Er hatte seine Jacke ausgezogen und ins Gras gelegt und dann Charlottes Körper mit seinem zugedeckt. Sie unterdrückte ihr Schluchzen, bis Johnnys Zärtlichkeit, die sanften Bewegungen, mit denen er sie liebte, den Krampf lösten. Dann hatte sie sich an ihn geklammert und geweint, als bräche ihr das Herz entwei.

»Ich weiß, daß GB4204 meinen Onkel – oder Großvater – nicht zurückbringen kann«, sagte sie jetzt. Sie konnte den Blick nicht von dem Foto abwenden. Sie dachte an Gideon und die Nacht, in der er starb, und das Gefühl, das sie von Jonathan gehabt hatte, als sie sich das erste Mal liebten. »Aber am Ende litt er so sehr, daß ich ihm schwor, ich würde einen Weg finden, wenigstens anderen Menschen diese Qual zu ersparen. Ich weiß, daß er mich gehört hat, Jonathan. Er lag im Koma, aber ich weiß es trotzdem. Und jetzt habe ich irgendwie das Gefühl, ihn enttäuscht zu haben.« Sie hob die feuchten Augen. »Ich verstehe inzwischen auch andere Dinge. Im Museum ist der Originalvertrag zwischen Harmonie-Barclay und der Titan Minengesellschaft ausgestellt. Auf dem Schild steht, er sei ein Hochzeitsgeschenk von Gideon Barclay an Vollkommene Harmonie gewesen. Vielleicht habe ich das schon früher gewußt, dann aber vergessen. Jedenfalls weiß ich jetzt, was meine Großmutter an eine Familie band, die sie behandelte wie den letzten Dreck.«

Er lächelte sanft, ein Lächeln, das sie an den Abend im Nebel erinnerte, als er sie mit soviel Liebe und Zärtlichkeit angelächelt hatte. »Vielleicht hast du hier im Museum keinen Killer gefunden, dafür aber die Antwort auf ein paar Fragen.«

Der Augenblick dehnte sich aus. Jonathans Miene wurde wieder düster und grübelnd, und sekundenlang fürchtete sie, er würde sie küssen.

Statt dessen sagte er: »Charlotte, ich bleibe hier.«

Sie starrte ihn an. »Was? Nein! Das ist unmöglich. Es gibt keinen Grund mehr.« Sie trat einen Schritt zurück. »Jonathan, du mußt nach Hause. Und du mußt mir versprechen, daß du nicht wiederkommst.«

»Warum denn?« fragte er überrascht.

»Weil seit dem Tag im italienischen Restaurant, als ich dir weggelaufen bin, zuviel geschehen ist. Jeder von uns hat sich sein eigenes Leben aufgebaut. Wir gehören in zwei verschiedene Welten.«

»Ich reise nicht ab, bevor wir hier einiges geklärt haben, Charlotte«, versetzte er zornig. »So, wie es jetzt zwischen uns steht, kann es nicht bleiben.«

»Zwischen uns ist alles so, wie es sein muß. Wir können nicht zurück, und wir können nicht vorwärts. Wir sind wie ein zerbrochenes Windspiel, das man nicht kitten kann.« Sie wandte sich ab und sagte über die Schulter: »Während du weg warst, kamen zwei Anrufe für dich, und zwar über deinen Computer. Ich konnte nicht umhin, sie mitzuhören.«

Er betrachtete sie schweigend.

»Der eine war von deinem Partner«, fuhr sie ruhiger fort, »der andere von deiner Frau.«

Sie erfand eine Ausrede, um noch einmal in die Kantine zu gehen, und ließ ihn allein. Als sie mit einer Schachtel Donuts – Johnnys

Lieblingsnachtisch – wiederkam, sprach er mit Quentin. Sie wollte nicht lauschen, aber nachdem sie einen Teil gehört hatte, wollte sie auch den Rest erfahren.

Es war eine merkwürdige Unterhaltung – Jonathans britischer und Quentins amerikanischer Akzent, aber Jonathan in Amerika und Quentin in London. »Hör zu, John, ich sage dir, sie sind mit keinem anderen zufrieden«, erklärte Quentin in seinem näselnden Midwestern-Tonfall. »Sie bestehen darauf, daß du kommst. Ich reiche ihnen einfach nicht. *Du* bist der Wunderknabe.«

»Lieber Gott, Quentin! Nicht das schon wieder.«

Aus dem Computer kam ein Lachen, aber es klang bitter. »John, du weißt, daß mir das scheißegal ist. Verdammt, ich weiß, daß die Medien die Sache so aufgeblasen haben. Das Problem ist nur, daß diese Leute das nicht wissen. Und wir brauchen das Geld. Die Konkurrenz auf unserem Gebiet wächst wie verrückt. Wenn wir diesen Supervertrag an Land ziehen, sind wir die Größten. Aber verflucht, John, die Leute wollen sich nicht mit mir allein begnügen! Sie beharren darauf, daß du an der Sitzung teilnimmst, oder die ganze gottverdammte Sitzung findet nicht statt. Ich habe mir darum die Freiheit genommen, dir einen Flug ab Los Angeles zu buchen. Entweder du fliegst, Kumpel, oder wir können uns von dem Geschäft verabschieden.«

Charlotte kam ins Büro. »Siehst du?« sagte sie sanft. »Zwei verschiedene Welten.«

Jonathan hatte das Gespräch mit Quentin beendet und klappte seinen Laptop zu. »So verschieden nun auch wieder nicht.« Er stöpselte das Zubehör aus und packte alles wieder in die vielen Fächer seiner schwarzen Tasche.

Sie erkannte vertraute Bewegungen, die schnellen, abgehackten Gesten, die immer anzeigten, daß Jonathan zornig oder frustriert war. »Was meinte er, als er dich einen Wunderknaben nannte?«

»Das hängt mit der Amsterdamer Acht zusammen, einer Bande von Hackern, die in ganz Europa Unheil anrichtete. Quentin und ich gehörten zu einem internationalen Team, das ihnen auf der

Spur war. Als wir sie endlich erwischten, richteten sich alle Scheinwerfer auf mich, Gott weiß, wieso, und Quentin wurde kaum erwähnt. Darum glaubt dieser neue Kunde offenbar, wenn er es nur mit Quentin zu tun hat, bekommt er nicht das volle Programm.«

»Wie ist es denn überhaupt dazu gekommen, daß ihr zusammenarbeitet?«

»Wir haben schon bei der Spionageabwehr zusammengearbeitet«, antwortete er in gleichmütigem Ton und sah sie dabei nicht an. Seine Hände arbeiteten schnell, sammelten Drähte, Zangen und kleine schwarze Kästchen ein, stopften sie in Fächer und zogen Reißverschlüsse zu. »Ich bin nicht im Guten von der NSA geschieden, Charlie, wie ich dir gesagt habe. Tatsächlich war es eine ziemlich unerquickliche Trennung.«

Wieder hörte sie den merkwürdig bitteren Unterton, der sich bei diesem Thema immer in seine Stimme zu schleichen schien. »Was ist denn eigentlich damals passiert? Du hast es mir nie erzählt.«

Endlich drehte er sich um und sah ihr offen ins Gesicht. »Nein«, sagte er und ließ sie nicht aus den Augen, »du hast das Restaurant verlassen, bevor wir unser Gespräch beenden konnten.«

Das ist nicht fair, wollte sie schreien. Du hast das Thema gewechselt.

Jonathan fuhr fort, seine Sachen einzusammeln und in der Reisetasche zu verstauen. »Als ich aufhörte, kam Quentin mit, und wir beschlossen, uns gemeinsam selbständig zu machen. Quentin mag London, und ich hatte schon eine Wohnung dort, also gingen wir nach London.«

Und nach London mußt du jetzt wieder zurück ...

»Quentin ist mein bester Freund.« Er knöpfte die Weste zu und fuhr in die Anzugjacke. »Meinetwegen hat er eine tadellose Karriere bei der National Security Agency aufgegeben. Ich war sein Trauzeuge. Ich bin der Pate seiner Tochter. Quent ist fast wie ein Bruder für mich.«

»Und darum hast du dich nun doch entschieden abzureisen, ob-

wohl du noch vor ein paar Minuten gesagt hast, du würdest bleiben?«
Er sah auf seine Uhr. »Ich bin auf den Drei-Uhr-Nachtflug gebucht. Ich müßte es schaffen.« Aus der Tasche seines Regenmantels zog er den Autoschlüssel mit einem *Alpha-Rents-Leihwagen*-Anhänger.
Charlotte hatte sich eine Tasse Tee gemacht, vorsichtig das Folienpäckchen aufgerissen, den Teebeutel herausgenommen und ihn in heißes Wasser getaucht, auf und ab und auf und ab, um die Hände beschäftigt zu halten, hatte den aufgeweichten Beutel herausgehoben, ins Spülbecken gelegt und zugeschaut, wie der restliche Tee in den Aluminiumabfluß tröpfelte.
»Nein«, sagte Jonathan und beantwortete damit endlich ihre Frage. »Ich gehe nicht wegen Quentin. Ich habe mich dazu entschlossen, weil du recht hast. Wir können weder zurück noch vorwärts. Wir haben uns schon vor Jahren und bei vielen Gelegenheiten Lebewohl gesagt. Man kann kein Leben auf Abschieden aufbauen.«
Das war nicht der wahre Grund. Ihm war klargeworden, daß er Charlotte verlassen mußte. Quentins Anruf hatte es ihm ins Gedächtnis zurückgerufen. Besser gesagt, der Anruf hatte ihn an die Amsterdamer Acht erinnert ... und an seine Alpträume. Wenn er bei Charlotte blieb, würde der Tag kommen, an dem er ihr sagen mußte, was damals geschehen war. Und er konnte ihr Leben nicht mit diesem Grauen belasten.
Schweigend beobachtete Charlotte das dunkle Funkeln in seinen braunen Augen und die angespannten Halsmuskeln. Johnnys Gefühle, die versuchten, hervorzubrechen.
Er trat ganz nahe an sie heran. Als er einen Finger unter ihr Kinn legte, erlaubte sie ihm, ihr Gesicht zu seinem zu heben. Selbst wenn sie gewollt hätte, sie hätte nicht zurückweichen können. Sein magnetischer Blick bannte sie. »Ich werde immer an dich denken, Charlie«, murmelte er, küßte sie sacht auf die Wange und ließ sie los.

Er nahm den Regenmantel, warf ihn über die Schulter, griff nach der schwarzen Tasche und verließ Büro und Museum. Leise fiel die Eingangstür hinter ihm ins Schloß. Charlotte stand da und starrte auf die geschlossene Tür, ratlos und verwirrt. Sie erwartete, daß sich die Tür plötzlich wieder öffnen und Jonathan hereinkommen würde, um zu sagen, er habe es nicht so gemeint, er werde doch bleiben. Als die Tür geschlossen blieb, ging Charlotte zum Überwachungsmonitor und sah Jonathan mutig durch den Regen stapfen, einen Mann, aus dessen Gang Entschlossenheit und Zielstrebigkeit sprachen. Er drehte sich nicht um. Als er sein Auto erreicht hatte, stieg er sofort ein, ließ den Motor an und fuhr los.

Was war nur geschehen? Eben noch hatte er darauf bestanden, hierbleiben zu wollen, und nun packte er seine Sachen und verschwand. War es wirklich das Telefongespräch mit Quentin, das seine Meinung geändert hatte, diese dringende Sitzung, die für seine Firma eine so entscheidende Bedeutung hatte? Oder lag der Grund beim zweiten Anruf, dem Gespräch mit seiner Frau, das er in Charlottes Abwesenheit geführt hatte?

Das Schluchzen, das in ihrer Kehle saß wie damals in der Nebelnacht, als Onkel Gideon starb, brach sich endlich Bahn. Sie preßte die Finger an die Augen, lehnte sich gegen die Theke der Küchenecke und wehrte sich nicht mehr. Tränen strömten über ihr Gesicht, und die Meereswoge des Schmerzes riß sie fort wie eine riesige Flutwelle.

Ein Bild ging ihr nicht aus dem Sinn.

Während Jonathan im Gewächshaus seine Pistole ausgegraben hatte, war Charlotte hier gewesen und hatte auf seinen Computer gestarrt. Plötzlich war das Videogespräch aus London gekommen und ein Gesicht auf dem Bildschirm erschienen, das Charlotte erschreckte und erstarren ließ. Es war Adele Sutherland, die ihr direkt ins Gesicht sah – zumindest kam es Charlotte so vor – und erklärte: »Wir haben eine Einladung zur Eröffnung der Opernsaison bekommen, Jonathan. Für die königliche Loge. Bitte sag mir, daß du hier sein wirst. Es bedeutet mir so viel.«

Charlotte hatte dagesessen wie angewurzelt. Zum ersten Mal sah und hörte sie die Frau, die es geschafft hatte, Jonathan einzufangen, nachdem er Charlotte auf dem Umweg eines Gedichtes mitgeteilt hatte, er müsse seinen Weg allein gehen. Sie studierte das Gesicht und suchte nach Merkmalen des Bösen. All die Jahre über hatte sie sich diese Frau als Hexe vorgestellt. Sie wußte, daß Adele die Tochter eines Lords war und einen eigenen Titel besaß: »Hon.«. Das hieß »The Honourable«. *Die Ehrenwerte*. Sie hatte sich scharfe, gemeißelte Züge vorgestellt, eine aristokratische Nase und hochgewölbte Brauen. Doch ihre Gesichtszüge waren zwar vielleicht aristokratisch, auf keinen Fall aber scharf: ein hübsches Gesicht, rund und warm, umrahmt von einer Wolke weicher, brauner Haare. Auch ihre Stimme war weich, als sie sagte: »Hallo, Johnny. Ich frage mich, wo du wohl steckst.«

Das war das Schlimmste, daß er eine *sympathische* Frau geheiratet hatte.

Eine Einladung in die Oper, dachte sie. Die königliche Loge. Jonathan ging mit dem Königshaus in die Oper!

Wir leben wirklich in verschiedenen Welten.

Blindlings griff sie nach der Teetasse und zwang sich, den beruhigenden Duft einzuatmen, während sie um Gleichgewicht und Harmonie rang und zugleich versuchte, die Tränen zurückzudrängen. Die Brust wurde ihr eng vom unterdrückten Schluchzen. Sie legte die Hand auf die Seidenbluse und fühlte den silbernen Anhänger mit dem Bernsteintropfen. Dabei fiel ihr der Tag ein, an dem sie mit Jonathan zu Wallgreen auf der Powell Street gegangen war. Sie hatten sich in die kleine Fotokabine gesetzt und kleine Streifen mit schwarzweißen Automatenbildern von sich gemacht, Charlotte auf Johnnys Schoß, seine Arme um ihre Taille. Später hatte sie auf ihrem Bett gelegen und noch einmal das Gefühl seines Körpers so nah an ihrem erlebt, als sie auf seinem Schoß hin und her gerutscht war, bis sie etwas Hartes fühlte, bei dem sie kichern mußte und Johnny rot wurde. Sie hatte das beste Bild genommen, die beiden Gesichter ausgeschnitten und so in die bei-

den Hälften des Medaillons gesteckt, daß sie einander anschauten. Wenn sie es schloß, küßten Johnny und sie sich in alle Ewigkeit.
Ach, Jonathan, rief ihr gebrochenes Herz. Weiß Adele von deiner Zeit als Computerhacker? Weiß sie, daß man dich mehrfach verhaftet hat, weil du für Tausende von Dollars illegal telefoniert hast? Hast du ihr von den Nächten und Tagen erzählt, in denen wir uns ewige Treue geschworen haben? Jonathan!, hätte sie am liebsten laut geschrien. Das ist nicht fair! Adele und du, ihr habt keine gemeinsame Geschichte!
Warum hast du sie genommen und nicht mich?
Immer noch stieg der Teedampf auf, drang in ihre Nase, entfaltete langsam seinen heilenden Zauber. Charlotte fühlte sich ausgelaugt. Sie brauchte Schlaf. Morgen würde sie ihre Gefühle unter Kontrolle bringen und mit der schmerzlichen Arbeit beginnen, die Mauern um ihr Herz von neuem aufzurichten und Jonathan in die kleine Kammer zurückzuverbannen, in der sie ihn die letzten zehn Jahre versteckt gehalten hatte. Sie würde ihn und alle Erinnerungen wieder einmotten und weiterhin ihr eigenes Leben leben.
Sie führte die zerbrechliche Porzellantasse an die Lippen.
Morgen würde sie sich auch nach einem neuen Haus für Naomi umsehen und damit anfangen, ihr Unternehmen zu reparieren. Sie würde sich mit Adrian, Margo und Desmond zusammensetzen …
»Trink diesen Tee nicht.«
Charlotte schnappte nach Luft. Die Tasse entglitt ihren Fingern und zerschellte auf der Theke.
Sie fuhr herum. »Wer ist da?« Sie lauschte, vernahm aber nur das gedämpfte Rauschen des Regens um das Haus.
»Der Tee ist vergiftet.«
Auf dem Überwachungsmonitor sah man nur den verregneten Parkplatz. Sie rannte ins Museum und schaltete alle Lampen ein. Aber sie erblickte nur stumme Glaskästen voller verstaubter Erinnerungsstücke.

Wer hatte gesprochen?
Sie lief wieder zurück ins Büro, ergriff die Teeschachtel, setzte sich an den Computer und gab die auf der Verpackung aufgedruckte Produktionsnummer ein, um sie mit dem Produktionsprotokoll zu vergleichen. Sechzig Sekunden später hatte sie die Antwort: Rusty Brown hatte die Serie abgezeichnet.
»O mein Gott«, flüsterte sie. Der Tee war giftig. Was hatte er noch alles verseucht? Wie hatte er nur damit durchkommen können?
Sie starrte auf den Bildschirm und versuchte zu begreifen, wie diese Katastrophe überhaupt möglich gewesen war. Irgend etwas nagte an ihr, etwas, dem sie bisher ausgewichen war, weil ihr die Kraft dazu fehlte. Jetzt aber, die Finger auf der Tastatur, versuchte sie herauszufinden, was sie so beunruhigt hatte.
Auf dem Überwachungsmonitor tauchte Agent Knight auf. Er trug einen Regenmantel und war auf dem Weg zu dem unauffälligen Kleinbus, mit dem sein Team gekommen war.
Es war etwas, das Jonathan über Knight gesagt hatte.
Es war ihr sofort merkwürdig erschienen, aber sie hatte es erst einmal verdrängt, weil es soviel anderes zu überlegen gab. Jetzt gab sie ihm Raum, öffnete ihr Gehirn, ließ es hinein.
»Knight hat gesagt, Brown hege einen persönlichen Groll gegen Pharmaziefirmen. Der Grund läge in seiner Vergangenheit begründet. Bei seinem letzten Job hat man ihn verhaftet. Man hätte ihn beinahe verurteilt, aber er hatte einen guten Anwalt.«
Ja, das war es. Harmony Biotec hatte strenge Einstellungskriterien, zu denen auch die sorgfältige Prüfung der Vergangenheit eines Bewerbers gehörte. Wie konnte ein Mann wie Brown überhaupt eingestellt werden?
Hastig rief sie das Personalverzeichnis auf und öffnete Rusty Browns Akte. Sie enthielt seinen Lebenslauf, Geburtsdatum und -ort, bisherige Tätigkeiten. Nichts über eine Verhaftung. Er war vor sechs Monaten eingestellt worden, am Tag nach der Beerdigung ihrer Großmutter.

Der plötzliche Ton des Postalarms ließ sie zusammenzucken. Noch bevor sie auf »Neue Post lesen« klickte, wußte sie, was sie erwartete.

»Sag die Pressekonferenz nicht ab, Charlotte.
Sie haben Rusty Brown erwischt, aber nicht mich.
Er war nicht der, den Du suchst.
Tu, was ich sage, oder Tausende werden sterben …«

»O mein Gott«, murmelte Charlotte mit aufgerissenen Augen.

»Und mit Deinem miesen Engländer fange ich an.«

Sie überzeugte sich, daß das Museum abgeschlossen war, und rannte durch den Regen zurück ins Hauptgebäude. Statt des Fahrstuhls nahm sie die Nottreppe. Im zweiten Stock öffnete sie die Tür und spähte hinaus. Der Korridor lag verlassen, aber als sie vorsichtig auf den großen Empfangsbereich zuschlich, hörte sie Stimmen.

Sie bog um die Ecke. Mr. Sung und Margo sprachen mit einem der Bundesagenten. Adrian war aus seinem Büro zu vernehmen, wie er in ein Telefon brüllte. Desmond war nirgends zu erblicken.

Es gelang ihr, ungesehen in ihr Büro zu kommen. Sie schnappte ihre Tasche und die Autoschlüssel und floh lautlos über den teppichbelegten Gang, die Treppe hinunter und hinaus in den Regen. Gleich darauf saß sie am Steuer der Corvette und raste mit quietschenden Reifen vom Parkplatz.

Der Regen machte sie blind. Obwohl sie die Scheibenwischer auf Höchstgeschwindigkeit gestellt hatte, konnte sie kaum die Straße erkennen. Sie beugte sich vor und versuchte sich zu orientieren. Welche Straße hatte er genommen – Palm Canyon Road oder die Landstraße? Sie mußte ihn einholen, bevor er das verschlungene Autobahnnetz von Los Angeles erreicht hatte, denn dort würde sie ihn niemals mehr finden.

Sie entschied sich für die Landstraße und fuhr, so schnell es auf der vom Regen schlüpfrigen Wüstenpiste eben möglich war. Sie folgte den Schildern nach Los Angeles und nahm die Auffahrt nach Westen. Es herrschte so gut wie kein Verkehr. Nur ab und zu

zogen Scheinwerfer vorbei. Vor ihr waren keine roten Rücklichter zu sehen.
Auf diesem Abschnitt, der hauptsächlich durch Sanddünen führte, war die Landstraße kaum beleuchtet. Nur manchmal unterbrachen Reklametafeln die Schwärze des Regens: Motel-Werbung, Hinweise für das Joshua-Tree-National-Denkmal und die Painted Hills, Aufforderungen, im Morongo-Indianerreservat Bingo zu spielen.
Wie weit konnte er sein? Er hatte fünfzehn Minuten Vorsprung gehabt, und sie wußte, daß Jonathan nicht langsam fuhr.
Als sie an der Abfahrt San Gorgonio vorbeikam, sah sie zufällig auf die Benzinuhr und erschrak. Der Tank war fast leer.
Ein paar Meilen vor ihr lag die Stadt Banning und dahinter eine Gegend, die man die »Badlands« nannte, weil durch sie eine gefährliche, kurvenreiche Straße führte, berüchtigt wegen der tödlichen Unfälle, die sich dort ereignet hatten. Dort gab es weder Notrufsäulen, noch Abfahrten, noch einen Seitenstreifen zum Halten. Sie würde in der Falle sitzen.
Sollte sie anhalten und tanken?
Es hätte zu lange gedauert. In zweieinhalb Stunden startete Jonathans Flugzeug. Wenn er am Flughafen ankam, bevor sie ihn eingeholt hätte, würde er unverzüglich an Bord gehen.
Mit feuchten Handflächen umklammerte sie das Steuerrad. Das Benzin reichte gerade noch für die Rückfahrt zu Harmony Biotec. Von hier ab gab es kein Zurück mehr.
Sie holte tief Luft, gab Gas und beschleunigte.
Als sie endlich Rücklichter vor sich sah, flehte sie stumm: Bitte, laß es Jonathan sein. Aber beim Näherkommen erkannte sie einen mit Palmen beladenen roten Pickup.
Sie überholte und versuchte schneller zu fahren. Aber die Straße war glatt. Die ersten Regenfälle in Kalifornien spülten jedesmal das Öl an die Oberfläche, das aus Millionen von Autos gesickert war. Es mußte erst noch viel mehr regnen, bevor es wieder weggeschwemmt sein würde.

Als das Heck der Corvette leicht zu tänzeln anfing, packte sie das Steuer noch fester und starrte angestrengt hinaus in den Sturm.
Wieder Rücklichter.
Ihre Scheinwerfer überfluteten den Wagen vor ihr. Aber es war ein mit vier Personen besetzter weißer Honda.
Die Stadt Banning näherte sich und zog vorüber. Jetzt fuhr sie durch die Badlands. Die Benzinuhr zeigte auf »Leer«.
Wieder Rücklichter.
»Bitte«, flüsterte sie. »Bitte!«
Aber es war ein Ferrari, und es waren zwei Köpfe zu sehen.
Charlotte war so damit beschäftigt, nach vorn zu blicken, daß sie die herankommenden Lichter hinter sich zunächst gar nicht bemerkte. Es waren nicht nur Scheinwerfer, sondern auch rote Warnlichter.
Ein Streifenwagen.
»O Gott, nein! Haltet mich jetzt nicht an!«
Der Polizist betätigte die Lichthupe, und Charlotte durchzuckte der plötzliche, wahnsinnige Wunsch, noch mehr zu beschleunigen und einfach abzuhauen. Statt dessen nahm sie den Fuß vom Gaspedal und machte sich aufs Schlimmste gefaßt.
Zu ihrer Verwunderung überholte der Polizeiwagen sie jedoch nur und brauste weiter. Offenbar genügte es dem Polizisten, daß er sie ermahnt hatte, langsamer zu fahren.
Charlotte atmete tief durch, um sich zu beruhigen, griff das Steuerrad wieder fester und bemühte sich mit Gewalt um Zurückhaltung, bis der Streifenwagen am Horizont verschwunden war. Dann trat sie auf das Gaspedal und erhöhte die Geschwindigkeit.
Weitere Abfahrten flogen vorbei, neue Gelegenheiten zum Anhalten und Tanken. Aber sie mußte weiter, mußte Jonathan einholen …
Endlich tauchten vor ihr wieder Rücklichter auf. Anscheinend ein ziemlich großer Wagen, der nicht allzu schnell fuhr. Mit einem

Auge auf der Benzinuhr, kam Charlotte näher. Der Strahl ihrer Scheinwerfer erfaßte die hintere Stoßstange und einen Aufkleber mit dem Text *Alpha Rents-Leihwagen.*

Jonathan!

Sie betätigte die Lichthupe.

Er beschleunigte.

»Nein!« Sie gab ebenfalls Gas.

Sie wechselte die Spur und versuchte neben ihn zu kommen. Sie hupte aus Leibeskräften. Das Auto fing an zu rutschen: Aquaplaning. »Jonathan!« schrie sie, versuchte mit ihm gleichzuziehen, hupte, blinkte.

Sie sah sein angespanntes Profil und merkte, daß er völlig in Gedanken versunken war. Er hatte die Fenster geschlossen und den Blick auf die Straße geheftet.

Wieder trat sie das Gaspedal durch und beschleunigte. Die Hinterreifen begannen durchzudrehen. Ihr wurde übel. An der Benzinuhr brannte das rote Lämpchen. Mit einer letzten, verzweifelten Anstrengung schob sich die Corvette nach vorn und ließ seinen Wagen um ein paar Zoll hinter sich. Charlotte stemmte sich in den Sitz und steuerte scharf nach rechts, um Jonathan den Weg abzuschneiden. Sie sah seine Scheinwerfer nach unten gehen, als er voll abbremste.

Charlotte flog von der Landstraße. Sie lenkte den Wagen noch in ein weiches Bankett. Der Motor ging aus. Der Tank war endgültig leer.

Sie glaubte sich übergeben zu müssen. Sie zitterte so sehr, daß ihre Zähne klapperten. Als sie merkte, daß sie ohnmächtig wurde, legte sie den Kopf auf das Steuerrad.

»He! Sie da drin!« schrie Jonathan, hämmerte gegen das Fenster und versuchte, ins Innere des Wagens zu blicken. »Sind Sie verletzt?«

Er riß die Tür auf. »Mein Gott! Charlotte!«

Sie streckte ihm die Arme entgegen, und er zog den bebenden Körper an sich.

Sie standen im strömenden Regen an der Straße, und er hielt ihr Gesicht in beiden Händen. »Um Himmels willen, Charlotte. Du hättest uns fast beide umgebracht.«
»Es ist noch nicht vorbei, Johnny«, antwortete sie atemlos. »Du mußt zurückkommen.«

34

Sie ließen Charlottes Wagen verschlossen am Straßenrand stehen und fuhren, so schnell sie konnten, zu Harmony Biotec zurück. Kurz vor der Einfahrt ging Jonathan vom Gas, schaltete die Scheinwerfer aus und lenkte den Lincoln an eine Stelle, die von der Parkplatzbeleuchtung nicht erfaßt wurde. Sie vergewisserten sich, daß niemand in der Nähe war, und hasteten zum Museum. Schnell schlüpften sie hinein, schüttelten sich den Regen aus den Haaren und schlossen die Tür hinter sich ab – gerade rechtzeitig, um den Postalarm des Computers zu hören.
Jonathan klickte auf *Neue Post lesen*, und Charlotte hielt den Atem an, als die neue Nachricht erschien:
»Fast ein Uhr, Charlotte.
Nur noch fünf Stunden.«
Ohne den Mantel auszuziehen, riß Jonathan den Laptop aus der Reisetasche und hatte ihn binnen zwei Minuten aufgestellt und eingestöpselt. Er drückte eine Taste, und man hörte den Wählton eines Telefons. Gleich darauf meldete der Bildschirm:
Zielnummer erreicht ... Anruf wird weitergeleitet ... Bitte warten.
Plötzlich öffnete sich ein Computerfenster, und Quentins Gesicht zeigte sich. »Hallo?« Und dann: »John! Ich denke, du sitzt im Flugzeug nach London! Was gibt es?«
»Ich kann hier noch nicht weg. Es ist wieder etwas passiert.«
»Was? Jetzt paß mal auf ...«

»Ich möchte, daß du eine Konferenzschaltung herstellst, Quent. Sag den Leuten, unser derzeitiger Klient stecke in einer Krise und ich könne ihn nicht im Stich lassen, würde aber per Videotelefon an der Sitzung teilnehmen. Das kann eigentlich nur einen positiven Eindruck machen. Quentin, was ist das für ein Lärm?«
Aus dem Hintergrund hörte man ein stetiges *Ka-wumm, Ka-wumm, Ka-wumm.*
Quentin legte die Hand ans Ohr. »Gräßlich, was? Sie schachten einen neuen U-Bahnhof aus, direkt unter meinem Fenster.«
»Wo bist du denn?«
»Habe ich dir das nicht gesagt? Ich wohne im Hotel Vier Jahreszeiten, solange meine Wohnung renoviert wird. Das habe ich dir aber bestimmt erzählt.«
Jonathan zog die Brauen zusammen. »Vor zwanzig Stunden warst du noch zu Hause. Ich erinnere mich nicht, daß du etwas ...«
»Sorry! Verstehe kein Wort! Aber he, die Sache mit der Konferenzschaltung ist genial. Sie zeigt diesen neuen Leuten, wie wir uns für unsere Klienten einsetzen und gibt ihnen einen Vorgeschmack auf die Loyalität, die sie von uns erwarten können, wenn wir für sie arbeiten. Gefällt mir, John, mein Junge!«
Ka-wumm, Ka-wumm. »Jetzt hör dir das an! Ich werde wohl noch ins Dorchester umziehen müssen, sonst werd ich verrückt. Also gut, ich richte die Schaltung ein. Imponieren wir ihnen mit ein bißchen High-Tech! Ich melde mich in ein paar Stunden wieder bei dir.«
Als das Gespräch beendet war, blieb Jonathan sitzen und starrte auf den Bildschirm.
»Was ist los?« fragte Charlotte.
»Irgendwas stimmt nicht. Ich kenne Quent, und ich weiß, wann er mir etwas verschweigt. Er ist nervös, Gott weiß warum.«
»Jonathan, fahr nach Hause. Ich hätte dich nicht zurückholen sollen. Du wirst dort gebraucht.«
Jonathan, der noch immer finster auf den Computer starrte,

wollte gerade etwas sagen, als der Postalarm wieder ertönte. Die neue Botschaft lautete:

»LOLOLOLOL.«

»Was heißt denn das?« fragte Charlotte verblüfft.

»L-O-L«, erklärte Jonathan, stand auf und riß sich den Regenmantel herunter. »Das ist Internet-Jargon für ›Laughing Out Loud‹, das heißt ›Brüllendes Gelächter‹.« Er setzte sich wieder hin, krempelte mit knappen, entschlossenen Bewegungen die Ärmel auf und sagte: »Der Schweinehund lacht dich aus. Bei Gott, das wird ihm noch leid tun.«

Zweiter Teil

35
Zwei Uhr morgens – Palm Springs, Kalifornien

»Harmonie, warum hast du nicht auf mich gewartet?« rief Gideon, als er die Hochzeitstorte, die Gäste und Mr. Lee im Smoking des Bräutigams sah.

Wie konnte ich denn? erwiderte Harmonie wortlos und nur in ihrem Herzen, so daß keiner, nicht einmal Gideon, es hören konnte. Wie hätte ich warten können, wenn du zehn Monate wegbleiben wolltest und unser Kind in neun Monaten zur Welt kommen wird?

»Ich werde nie eine andere so lieben wie dich, Charlotte«, erklärte Gideon leidenschaftlich, nur daß es nicht mehr Gideon, sondern Jonathan war, der nach ihr griff, die Hände auf ihren Schultern …

Charlotte schrie auf.

»He!« Jonathan rüttelte sie sanft. »Alles in Ordnung?«

Sie blinzelte.

»Du hast schlecht geträumt.«

Charlotte richtete sich auf und rieb sich die Augen. Sie hatte sich auf die Couch im Büro ihrer Großmutter gelegt, um ein kleines Nickerchen zu machen. Sie sah auf die Uhr. Sie hatte eine Stunde geschlafen.

»Das muß ja ein toller Traum gewesen sein«, meinte er.

»Ja … ein seltsamer Traum.« Sie sah zu ihm auf. Das dunkel-

braune Haar fiel ihm unordentlich in die Stirn, und er war unrasiert. Aber seine Augen zeigten keine Müdigkeit.
»Ich habe etwas herausgefunden.« Er roch nach Regen. War er draußen gewesen? »Unser Täter ist hinter etwas her, und ich glaube, ich weiß, was es ist.«
Charlotte setzte sich auf und wartete einen Augenblick, das Gesicht in den Händen. Ihr Kopf war immer noch ausgefüllt von diesem Traum, den durcheinanderwirbelnden Bildern, die keinen Sinn ergaben: Ihre Mutter, die sie nie gekannt hatte, saß mit ihr in der Laube auf dem Dach und sagte: »Es war der Tee, Charlotte, der Tee.« Mr. Sung drehte unaufhörlich ein Rätselkästchen in den Händen. Ihre Großmutter wandte das Gesicht von einer Artischocke ab, die Charlotte gerade zum Abendessen gedünstet hatte.
Der kurze Schlaf hatte sie nicht erfrischt. Sie fühlte sich sogar noch müder als vorher. Die Erinnerungen verfolgten sie, lasteten auf ihr wie Blei.
Sie stand auf und ging in die Küchenecke, wo sie den Hahn aufdrehte und sich Wasser ins Gesicht spritzte, bis der Traum sich auflöste und die Gesichter und Stimmen allmählich verschwanden. Als sie sich das Gesicht abtrocknete, waren die Bilder, die sie so aufgewühlt hatten, verflogen.
Jonathan saß schon wieder am Laptop. Während sie schlief, hatte er weitergearbeitet. »Hast du etwas rausgefunden?«
»Ich bin die Dateien durchgegangen, die ich kopiert hatte. Dabei habe ich in dem Verzeichnis, in dem ihr eure hochempfindlichen Geheimrezepturen speichert, etwas sehr Interessantes entdeckt. Schau hier.«
Er klopfte auf den Bildschirm.
Charlotte beugte sich über ihn. »Man hat sie kopiert?«
»Unser Eindringling scheint nicht zu wissen, daß euer System es automatisch aufzeichnet, wenn jemand Dateien öffnet und kopiert. Und dann hier – sieh dir Uhrzeit und Datum dieser Öffnungen an.«
»Der ganze heutige Abend!«

»Ist es zu fassen? Der Mistkerl hüpft seit zwölf Stunden durchs System und kopiert eine Datei nach der anderen. Nach jeder einzelnen Kopie verläßt er das System wieder, damit man ihn nicht erwischt. Aber das hier ist das Entscheidende, Charlotte, sein bisher letzter Zugriff.«

Sie sah, worauf er deutete. »Er hat die Rezeptur kopiert, *nachdem* Knight alle Terminals vom Verteiler abgeschaltet hat.«

»Und das bedeutet, daß es irgendwo ein geheimes Modem gibt.«

»Kannst du es lokalisieren?«

»Ich denke schon. Die Suche ist bereits eingeleitet.« Er stand auf und ging hinüber zu den Blaupausen des Werksgeländes, die noch immer ausgebreitet auf dem Schreibtisch lagen. »Ein Weg, in ein System einzudringen, besteht darin, die Rückwahl eines Modems auszuschalten. Wäre jedoch eines eurer Modems auf diese Art beschädigt worden, hätte das System es aufgezeichnet. Das war nicht der Fall. Darum wissen wir, daß es ein verstecktes Modem geben muß, das jemand mit dem Netzwerk verknüpft und auf automatische Antwort gestellt hat.«

»Und wie sollen wir das finden?«

»Ich habe in meinen Computer einen sogenannten Kampfwähler installiert.« Er zog mit der Fingerspitze eine Linie nach. »Hast du zufällig den Film ›War Games‹ gesehen? Ein Kampfwähler ist ein Programm, das Hunderte von Nummern anwählt, bis es ein Modem findet, mit dem eine Verbindung möglich ist. Während du schliefst, habe ich die Parameter der Telefonnummern in dieser Gegend eingegeben. Das Programm wird so lange weiterwählen, bis es auf dem Werksgelände ein aktives Modem findet. Ich habe es auf meinen Piepser geschaltet, damit ich Nachricht bekomme, wenn der Wähler etwas entdeckt.«

Sie beobachtete ihn, während er die Pläne studierte. Seine zusammengezogenen Brauen bildeten eine tiefe, senkrechte Falte, als er auf Linien, Bogen und Vierecke blickte und sich so intensiv darauf konzentrierte, als öffne er ein chinesisches Rätselkästchen. So

hatte er auch ausgesehen, als er nach dem Gespräch mit seinem Partner aufgelegt und erklärt hatte, etwas stimme nicht mit Quentin. Mit der gleichen Furche im Gesicht hatte er die Lage überdacht und seine Entscheidung getroffen, während Charlotte versucht hatte, ihm zu helfen und mit ihrer Aufforderung »Fahr nach Hause« den Ausschlag zu geben. Dann war das LOLOLOLOL erschienen, und Jonathan hatte seinen Entschluß gefaßt.
Nur eine Stunde früher hatte Charlotte noch darauf beharrt, daß er gehen müsse. Jetzt war sie froh, daß er geblieben war.
Sie kramte in ihrer ledernen Umhängetasche nach dem Kamm mit goldenem Stiel, der unter dem zerbrochenen Windspiel versteckt lag. »Jonathan, wir müssen herausfinden, welche Verbindung zwischen dem Eindringling und Rusty Brown besteht. Vielleicht haben sie zusammen gearbeitet, oder es ist jemand, der von der Sabotage wußte und jetzt daraus Kapital schlagen will. Brown hat darauf beharrt, allein gearbeitet zu haben, und nach seinem Strafregister zu urteilen, entspricht das auch seiner Vorgehensweise.«
»Ich habe mich ein bißchen umgesehen, während du schliefst. Zum Beispiel in Rustys Spind. Er war natürlich leer, Knights Leute haben ihn schon ausgeräumt. Aber dabei traf ich einen alten Nachtwächter, der mir zwei äußerst interessante Dinge erzählt hat. Das erste war, daß er und Brown nach der Arbeit immer in eine Kneipe an der Autobahn One-Eleven gegangen sind.«
»Die Kojoten Bar.« Sie nickte. »Viele von unseren Mitarbeitern gehen dorthin.«
»Er sagte, Brown sei ziemlich verschlossen gewesen und hätte nie damit angegeben, irgendwelche Produkte manipuliert zu haben. Anscheinend hatte er keine Freunde, bis auf einen Angeber, wie der Nachtwächter sich ausdrückte. Offenbar war dieser Typ ein paarmal mit in der Kneipe und hat sie zu teuren Getränken eingeladen. Er schien sich irgendwie um Brown zu kümmern. Rusty war sauer über seine Leistungsbeurteilung, weil man ihm die erwartete Beförderung nicht geben wollte. Dieser Fremde, der die

teuren Drinks bezahlte, redete ihm zu, er solle sich das nicht bieten lassen und seiner Firma zeigen, daß sie nicht so mit ihm umspringen könnte.«

»Wann war das?«

»Vor fünf Monaten.«

Charlotte starrte Jonathan an. Die Produktrezepturen waren vor *vier* Monaten verändert worden. »Und Rusty hat erzählt, man hätte ihm eine Gehaltserhöhung versprochen?«

»Und eine Beförderung. Ziemlich ungewöhnliche Zusagen bei einem brandneuen Mitarbeiter.«

»Konnte der Nachtwächter den Fremden beschreiben?«

»Er sagte, der Mann hatte einen Bart und lange Haare, zum Pferdeschwanz gebunden. Auf dem Kopf eine Baseballmütze. Aber das ist nicht einmal das Seltsamste, Charlie. Am merkwürdigsten ist die Art, wie Rusty eingestellt wurde. Er behauptet, man hätte ihn angeworben. Jemand von Harmony Biotec hätte ihn angerufen, ihm gesagt, es täte der Firma leid, daß er seinen letzten Job verloren hätte und daß sie jemanden mit seinen Fähigkeiten und Begabungen brauchen könnten.«

»Das heißt, dieser Jemand hörte oder las von seiner Verhaftung und dem Prozeß und wollte Brown benutzen, um unser Unternehmen zu ruinieren, während er selbst sich völlig im Hintergrund halten konnte.« Diesen Verdacht hatte sie schon die ganze Zeit gehabt. »Aber du sprachst von zwei Sachen, die der Nachtwächter erzählt hat.«

»Das zweite bestärkt unsere Vermutung. Der Nachtwächter hat gesagt, daß er vor etwa zwei Stunden jemanden an Browns Spind ertappt hätte. Leider entkam die Person, bevor er sie richtig erkennen konnte, so daß er nicht einmal weiß, ob es sich um einen Mann oder eine Frau handelte – anscheinend trug sie oder er einen langen Mantel und einen Hut. Auf jeden Fall machte sie sich an Browns Spind zu schaffen.«

»Sie hat Beweismaterial ausgelegt.«

Er nickte. »Genau. Und wahrscheinlich erzählt Brown das gerade der Polizei. Er hat gestanden, die Produkte verfälscht zu haben, aber wenn sie ihn fragen, ob er an deiner Garagentür herumgespielt oder die Explosion in Naomis Haus verursacht hat, wird er keine Antwort geben können.«

»Und Knight wird zum selben Schluß kommen wie wir – daß jemand Rusty als Werkzeug benutzte, ohne daß er es ahnte.«

Jonathan streckte die Finger der rechten Hand aus und ballte sie dann zur Faust. »Ich fürchte, wir sind mit Bundesagent Valerius Knight noch nicht fertig.«

Charlotte griff sich in den Nacken und löste ihre Haarspange. »Aber Rustys Strafregister«, murmelte sie. »Wie hat er es geschafft, unsere Nachprüfungen zu umgehen? In seiner Personalakte steht nichts von einer Verhaftung. Ich habe unsere Personalchefin, Mrs. Ferguson, zu Hause angerufen, aber nur den Anrufbeantworter erreicht. Ich habe um dringenden Rückruf gebeten. Leider wohnt sie genau wie unser Computerbeauftragter auf der anderen Seite der Schlucht, durch die jetzt ein reißender Fluß tobt. Man kann nicht mehr mit dem Auto hinfahren.« Sie blickte auf den Überwachungsmonitor, der den verlassenen Empfangsbereich zeigte. »Wo stecken die Leute bloß alle?«

»Knight und seine Männer sind vor einer Weile gegangen.« Jonathan brütete immer noch über den Lageplänen. »Ich habe ihm eine Kopie der Daten gegeben, die ich heruntergeladen hatte. Damit ist er erst einmal glücklich. Er hat sie mit ins FBI-Labor genommen, wo sie jetzt Beweise für Rusty Browns Verbrechen darin suchen. Ein Mann ist hiergeblieben, um den Computerraum zu bewachen, aber das macht nichts, wir können trotzdem ins System. Wir müssen allerdings vorsichtig sein, denn ich habe das Gefühl, daß Knight zurückkommen wird.«

»Etwas ist mir immer noch ein Rätsel.« Charlotte verließ den Überwachungsmonitor. »*Wie* will er das machen? Ich meine, dieser Verrückte, der versucht hat, mich und Naomi und Gott weiß wen noch umzubringen – er hat gesagt, er will Tausende töten. Aber wie? Wenn er unsere vergifteten Heilmittel dazu benutzen will, dann kann er die Leute doch nicht zwingen, etwas einzunehmen oder aufzutragen, vor dem man sie ausdrücklich gewarnt hat?«

Jonathan blickte von seinen Blaupausen auf und sah das lange, schwarze Haar, das wild und frei über ihre Schultern lag. Ein Bild desselben Haars von vor langer Zeit blitzte in ihm auf: Seidenweiche Strähnen, ausgebreitet auf betautem Gras ... Charlotte mit geschlossenen Augen, selig lächelnd ...

Er wandte den Blick ab. »Das werden wir herausfinden, wenn wir euer System untersuchen. Ich muß mich einloggen.«

»Okay.« Sie zog den Stuhl unter dem Tisch vor.

»Nein, ich muß es tun.«

»Aber du kennst doch mein Paßwort nicht. Als du kamst, hast du mir sogar erklärt, du *wolltest* es nicht wissen.«

»Das gehört zu meinem speziellen Sicherheitstest.« Er setzte sich. »Dabei gehe ich so vor, als wäre ich der Eindringling. Dadurch finde ich die undichten Stellen in den Schutzmaßnahmen, die sich mit anderen Mitteln nicht aufspüren lassen. Es beginnt gleich beim Logg-in. Ich wollte absichtlich nicht, daß du mir dein Paßwort sagst. Jetzt paß auf.«

»Du willst raten?«

»Wetten, daß ich es mit drei Versuchen schaffe?«

»Warte.« Sie legte ihm die Hand auf den Arm. »Knights Techniker ist auf ein Sicherheitsprogramm gestoßen, von dem nicht einmal ich wußte. Wenn du zweimal vergeblich versuchst, dich einzuloggen, führt der dritte Anlauf dazu, daß das System alle Daten löscht.«

Er schüttelte den Kopf und sah sie aus dunklen Augen eindringlich an. »Das war ich, Charlotte. Ich wollte nicht, selbst nachdem ich alle Dateien heruntergeladen hatte, daß die Feds das Netzwerk übernehmen, weil wir es vielleicht noch brauchen würden. Darum ging ich ins System und änderte die Paßwörter, um anschließend die falsche Botschaft einzuschmuggeln, daß die Dateien beim dritten Versuch gelöscht würden.«

Auf dem Bildschirm erschien die Aufforderung »*Benutzername*«. Jonathan tippte »Charlotte Lee« und drückte auf *Eingabe*. Der nächste Befehl war »*Paßwort*«. Er tippte, und im Fenster erschienen Sternchen. Wieder drückte er auf *Eingabe*, und eine neue Nachricht wurde sichtbar:
»Willkommen bei Harmony Biotec«
Charlotte riß die Augen auf. »Wie hast du denn das geschafft?«
»Durch einfaches Schultersurfen.« Er tippte eilig weiter. »So nennt man es, wenn Verbrecher Kontonummern stehlen. Sie schauen dir über die Schulter, wenn du etwas in einen Bankautomaten tippst.«
»Aber als ich mein Paßwort eintippte, waren auf dem Bildschirm auch nur Sternchen zu sehen, genau wie eben. Selbst wenn du mich also beobachtet hast ...«
»Ich habe auch zugehört. Sechs Anschläge, und du hast weder die Leertaste noch die Umschalttaste betätigt. Natürlich«, seine Augen glitten über die Angaben auf dem Bildschirm, »hat mir geholfen, daß ich schon einiges über dich weiß. Am häufigsten wird der eigene Name oder der Name des Hundes als Paßwort verwendet. Viele nehmen auch ihr Geburtsdatum, den Geburtsort, das Autokennzeichen. Worte wie ›Genie‹ oder ›Gandalf‹ sind ebenfalls beliebt. Und du würdest dich wundern, wie viele Leute einfach nur denselben Buchstaben oder dieselbe Zahl benutzen, zum Beispiel siebenmal die Sieben.«
»Das ist aber doch immer noch nur eine Vermutung.« Sie fuhr sich mit dem Kamm durch die Haare, befestigte sie wieder mit der Spange und warf den Kamm in die Ledertasche.
»Die meisten Eindringlinge raten das Paßwort in zehn Anläufen. Wenn sie in ein System einbrechen, das über keine Abwehrmaßnahmen bei mehrfachen Einlogg-Versuchen verfügt, haben sie es dann geschafft. Aber, wie gesagt, in unserem Fall wußte ich schon etwas über dich und hatte darum einen Ausgangspunkt. Als ich die sechs Buchstaben hörte, war mir ziemlich klar, wie das Paßwort lauten mußte.«

Charlotte hatte es gewählt, weil niemand es kannte: Es war ein Teil ihres richtigen Namens.
Jonathan streckte die Arme nach vorn und ließ die Knöchel knakken. Er stand auf, ging in die Küchenecke hinüber, füllte den Wasserkessel und setzte ihn auf den Herd. »Uns bleiben weniger als vier Stunden. Ich brauche ein bißchen Raketentreibstoff.«
Er öffnete ein Seitenfach seiner Tasche und holte ein Päckchen Kaffee, Filter und eine Schachtel mit schottischen Keksen heraus.
Als sie die vertraute Packung mit dem rotgelben Karo sah, spürte Charlotte Freude und Schmerz zugleich.
Sie waren wieder siebzehn, und Charlotte saß in Jonathans Zimmer auf dem Bett. Sie knabberten Kekse, und er zeigte ihr seine neueste Errungenschaft, ein Computerspiel namens *Pong*, das es eigentlich bisher nur in Spielhallen und Bars gab. Aber Johnny besaß es, weil er gerade erst von den Sommerferien in Schottland zurückgekommen war und sein Vater am selben Tag zu einer internationalen Konferenz nach Peru fliegen mußte. Das teure Spielzeug sollte ein Trost für seinen Sohn sein. Jonathan aß, lachte und redete, alles gleichzeitig. Er erklärte ihr, das Spiel hätte ursprünglich *Ping Pong* geheißen, aber die Firma Atari hätte den Namen aus urheberrechtlichen Gründen ändern müssen.
Das war die schöne Erinnerung.
Die schmerzliche datierte sechs Jahre später, eine verregnete Nacht in Boston, als Johnny ihr verkündet hatte, er wolle ein MIT-Hacker werden. Sie hatten mit Rotwein und schottischem Shortbread gefeiert und sich dann auf dem Madras-Bettüberwurf in seiner Wohnung langsam und wundervoll geliebt. Die ganze Nacht über lagen sie aneinandergekuschelt, beide dreiundzwanzig Jahre alt, und damit beschäftigt, sich ihre gemeinsame Zukunft auszumalen. Jeder hatte noch mehr Farbe in die Vorstellungen des anderen gebracht.
Sie wollte ein Heilmittel gegen den Krebs finden, er den schnellsten Supercomputer der Welt bauen. Sie würden nicht aufzuhal-

ten sein, zwei junge Raketen, die in die Zukunft sausten. Außerdem würden sie reisen und die Welt sehen. »Wir werden am Bosporus stehen«, hatte Charlotte gesagt, »und die Sonne hinter den Kuppeln und Spitztürmen von Istanbul untergehen sehen.« Johnny hatte ergänzt: »Und in Venedig werden wir an der Piazza San Marco Cappuccino trinken und zuschauen, wie die Flut steigt.«
Sie wollten alles tun, alles probieren, alles erfahren, das ihnen das Leben zu bieten hatte. Als Charlotte am nächsten Tag nach San Francisco zurückfliegen mußte, hatte Jonathan sie zum Flughafen begleitet, und sie hatte ihn noch nie so strahlend glücklich gesehen.
Zwölf Monate danach war der Gedichtband angekommen, der ihre Welt zerstört und ihre Träume für immer vernichtet hatte.
Jonathan nahm das kochende Wasser vom Herd und zog einen flach zusammengefalteten Metallkegel aus seiner unerschöpflichen Tasche. Wenn man ihn aufklappte, paßte der Kegel genau auf einen Becher und bot Platz für einen kleinen Papierfilter und zwei gehäufte Teelöffel starken, gemahlenen Kaffee. »Ich reise nie ohne meinen Kaffee«, erklärte er und bereitete zwei Becher vor. »Trinkst du ihn immer noch schwarz? Ich habe auch Sahnepulver, wenn du möchtest.«
»Schwarz«, antwortete sie und fragte plötzlich, zu ihrem eigenen Erstaunen: »Jonathan, bist du glücklich?«
Er drehte sich überrascht zu ihr um. Dann verdüsterte sich seine Miene. »So glücklich, wie man erwarten kann, nehme ich an.«
Sie konnte die Frage, die ihr seit acht Stunden auf der Zunge lag, nicht länger unterdrücken. »Führt ihr eine gute Ehe?«
»Ich kann nicht klagen«, meinte er ausdruckslos und ließ den Blick über ihr Haar schweifen, das jetzt gezähmt und wieder mit der Spange befestigt war. »Das Leben mit Adele ist bequem. Es gibt keine Überraschungen.«
Charlotte wandte sich ab. ›Bequem‹ und ›keine Überraschungen‹ – für Jonathan klang das traurig.

Jonathan betrachtete ihren Hinterkopf. An einer Stelle, die der Kamm nicht erreicht hatte, war das schwarze Haar noch immer zerwühlt vom Schlaf. Er sehnte sich danach, die Hand auszustrecken und es glattzustreichen, aber dann fiel ihm Adele ein und das Videotelefongespräch mit ihr, kurz nach Mitternacht, als Charlotte in der Kantine gewesen war. In Adeles Augen hatten Tränen gefunkelt, und sie hatte gefragt: »Du bist bei ihr, nicht wahr? Quentin wollte mir nur sagen, daß du an einem Fall arbeitest. Aber du bist bei ihr, um sie zu retten, das weiß ich.«
Jonathan hatte nie verstehen können, wie ein Thema, das er mit solcher Sorgfalt vermied, dennoch immer da zu sein schien, unüberwindbar zwischen ihnen stand. Der Schmerz in Adeles Stimme ... konnte er anders, als zu antworten: »Ja, ich helfe ihr«? Adele verdiente Aufrichtigkeit, das war das mindeste, was er ihr schuldete.
Trotzdem blieb ein Rest von Unsicherheit. War ihr Schmerz wirklich echt? Litt sie tatsächlich unter seiner alten Beziehung zu Charlotte, über die doch niemals ein Wort fiel? Manchmal konnte er sich des Eindrucks nicht erwehren, Adeles zur Schau getragener Kummer über seine häufige Abwesenheit diene vor allem dazu, ihm Schuldgefühle einzuflößen. Schließlich saß sie, wenn er nicht in London war, keineswegs zu Hause, sondern genoß das Leben im Kreis ihrer vornehmen Freunde in vollen Zügen. Und was ihre Vergangenheit betraf, so wußte er so gut wie nichts von ihr. Wen hatte sie in ihrer Jugend geliebt, wen trug sie vielleicht jetzt noch im Herzen? Adele war nie sehr offen gewesen, und in den letzten Monaten hatte er oft das Gefühl gehabt, sie verheimliche ihm etwas.
Als er den Kessel wieder auf den Herd stellte, folgte ihm Charlottes Blick und fiel auf die Teeschachtel. »Ich werde diesen Traum einfach nicht los«, sagte sie plötzlich. »Irgend etwas ist mit diesem Tee, das ich wissen muß.«
»Du weißt es doch schon. Er ist vergiftet.«
»Nein, das ist nicht alles. Aber ich kann mich nicht ... Jonathan,

meine Großmutter war ungeheuer abergläubisch und hielt eine Menge von Dingen, die für mich altmodischer Unfug und Hokuspokus waren. Sie erzählte mir immer, daß wir im Augenblick der Not die Stimme unserer Mutter hören könnten, weil wir von einer langen Reihe mutterloser Töchter abstammten. Ich habe ihr das nie recht geglaubt. Aber sie bestand darauf, sie selbst hätte vor vielen Jahren, als es ihr so schlecht ging und sie halbverhungert in einem Kellerloch hauste, weil niemand ihre Arzneien kaufen wollte, die Stimme ihrer Mutter vernommen. Ihre Mutter hätte aus dem Himmel zu ihr gesprochen und ihr erklärt, daß sie ihre Heilmittel ansprechend gestalten müßte, damit sie den Leuten gefielen. Und heute abend, als ich gerade den Tee trinken wollte – Jonathan, ich habe die Stimme so klar und deutlich gehört, als ob du es gewesen wärst.«

»Und war es deine Mutter?«

»Wie soll ich das wissen? Ich kenne ihre Stimme ja gar nicht. Aber eben hat sie im Traum wieder zu mir gesprochen und mich auf den Tee hingewiesen. Irgend etwas soll ich über ihn herausfinden.«

Er musterte sie so eindringlich, als wolle er in ihren Kopf sehen und darin selbst den Traum und dessen geheimnisvolle Botschaft erkennen. »Ruf ihn dir ins Gedächtnis zurück, deinen Traum, Charlotte, und geh ihn von Anfang bis Ende noch einmal durch. Wenn dir jemand eine Botschaft schickt, solltest du darauf hören.«

Sie nahm den Kaffee, den er ihr eingoß, und dachte: Er ist immer noch so abergläubisch wie früher, wenn er aus den Highlands wiederkam und mir Geschichten von Schlachtfeldern, auf denen es spukt, und Frauen, die sich in Seehunde verwandeln, erzählte.

Jonathan sah zu, wie sie den Keks in den Kaffee tunkte und an die rosigen Lippen führte. Er hatte Charlotte oft beim Essen zugeschaut. Sie tat es mit der gleichen Begeisterung, mit der sie auch alle anderen Dinge in Angriff nahm. Wie damals in dem Café in

Boston, als sie eine Extraportion Salatsoße bestellt und sich dann den Salat mit einem Stück Stangenbrot mit Butter in den Mund geschaufelt und die ganze Zeit leidenschaftlich weitergeredet hatte. »Das ist das einzige, worüber meine Großmutter und ich uns einig sind: Westliche und chinesische Medzin können zusammenarbeiten. Sie sagt immer: ›Charlotte, westliche Medizin ist neu und schnell, chinesische ist alt und langsam. Ein sehr gutes Gleichgewicht, wie Yin und Yang.‹ Aber ich habe mich entschlossen, nicht Medizin zu studieren, Johnny. Onkel Gideons Tod hat mir klargemacht, daß Ärzte nicht helfen können. Sie sind machtlos, wenn sie nicht die richtigen Medikamente haben.«

Sie war so lebhaft gewesen an diesem verregneten Nachmittag, hatte ihm zuerst zugehört, als er von seiner Absicht, ans MIT zu gehen, erzählte, hatte über die Computer-Geschichten aus seiner Zeit in Cambridge gelacht und dann mit ungezügelter Begeisterung ihren eigenen Traum vor ihm entfaltet.

»Biotechnologie, Johnny!« In ihren grünen Augen flammten Visionen. »Das ist die Zukunft! Und ich versuche, Großmutter von dem Potential zu überzeugen, was sie bereits in Händen hält. Das Lager von Harmony ist eine Schatzkiste voller Heilkräuter. Aber Großmutter verarbeitet sie immer noch so wie vor vielen Jahren. Ich möchte ihr beibringen, daß man die Kräuter auf Molekularebene analysieren und so ihre äußersten Heilkräfte ausschöpfen kann. Denk doch nur an den Weidenbaum. Seine Rindenextrakte kurieren seit Jahrtausenden Schmerzen von Kopf und Körper und senken das Fieber. Als die Chemiker dann die Molekularstruktur dieses heilenden Wirkstoffs der Weide entdeckt hatten, konnten sie ihn auch synthetisch herstellen. Das Medikament heißt Aspirin. Harmony besitzt wahre Schätze an Heilmitteln. Und ich bin entschlossen, diese Schätze zu heben, Johnny – jeden einzelnen.«

Sie liebten sich in Johnnys Wohnung die ganze Nacht hindurch, feierten ihre Wiedervereinigung in Amerika und webten ihre beiderseitigen Träume zu einem gemeinsamen Teppich. Ein Jahr später schickte er ihr den Band mit dem preisgekrönten *Silberlorbeerkranz*-Gedichten von 1981. Dann kam ihr Anruf und zerriß das Traumgewebe, so daß die Fäden unrettbar verwirrt am Boden lagen.

Wenn er es damals nicht gewagt hätte, ihr auf dem Umweg des Gedichts seine Gefühle zu offenbaren – würden sie einander immer noch lieben? Hätte er ihr das Buch nicht geschickt – würde sie trotzdem angerufen und ihm erklärt haben, sie brauche ihren Freiraum, ihre Ungebundenheit? Und hätte sie sich dann sechs Jahre später in San Francisco mit ihm getroffen? Hätte sie mit ihm geschlafen, anstatt vor ihm davonzulaufen?

»Charlotte«, fragte er mit plötzlicher Neugier, »wie hast du eigentlich deine Großmutter dazu überreden können, die Fabrik hierher zu verlegen? Ich hätte nie gedacht, daß sie aus San Francisco weggehen würde.«

»Ich stellte ein paar Nachforschungen an und fand heraus, daß in Südkalifornien mehr auf dem Gebiet der biomedizinischen Forschung und Entwicklung getan wird als irgendwo sonst auf der Welt. Da wußte ich, daß hier der richtige Standort für Harmony sein würde. Adrian fand die Idee auch gut und versuchte, meine Großmutter davon zu überzeugen. Er legte ihr Ertragstabellen vor, zeigte ihr Gewinnspannen auf und nannte die Gegend eine ›Gemeinde der Wissenschaft‹. Sie stellte sich taub. Ich sagte nur, daß wir dort zu einer Familie von Pharmaziefirmen gehören würden, und das machte sie zugänglich. Sie hat immer eine Schwäche für das Wort ›Familie‹ gehabt.«

»Kein Wunder, daß sie dich zur Nachfolgerin bestimmt hat. Du hattest die gleiche Vision wie sie.«

»Es gab eine Zeit«, sagte Charlotte leise, »da hatten du und ich die gleiche Vision.«

Ihre Blicke begegneten sich, und innerhalb von drei Herzschlägen waren sie in der Erinnerung an eine gemeinsame Vergangenheit vereint.

Er löste sich als erster aus der gefährlichen Situation. »Wir haben nur wenig Zeit.« Er stellte den Kaffee hin, wischte sich die Krümel von den Händen und fuhr fort: »Zuerst werde ich die geheimen Rezepturen durchgehen und nachsehen, ob unser Eindringling eine Prüfspur hinterlassen hat. Dann muß ich noch einmal ins Hauptgebäude hinüber.«

»Eine Prüfspur?«

»Das ist eine chronologische Aufzeichnung der Aktivitäten eines Systems. Prüfspur-Programme suchen nach fehlgeschlagenen Logg-ins für eine bestimmte Nutzer-Identität, ungewöhnlichen Logg-in-Zeiten, Löschungen, Änderungen und ähnlichen Dingen. Unser Freund hier erledigte seine Schmutzarbeit während der Geschäftszeiten. Die Sorte Eindringling, die sich erwischen läßt, macht dumme Fehler – sie dringen mitten in der Nacht ins System ein oder benutzen die Identität von jemandem, der in Urlaub ist.«

»Und wie ist unser Mann in das System eingedrungen?«

»Möglicherweise durch eine Hintertür, zum Beispiel über ein vom Software-Hersteller eingebautes Meister-Paßwort oder eine Lücke im Schutzprogramm. Äußerlich strotzt euer System vor Sicherheit, aber dahinter, wo die Datenbank sitzt, ist alles mehr oder weniger ungeschützt.«

Während er seinen Suchlauf durchführte, betrachtete Charlotte die Teeschachtel. Plötzlich war der beunruhigende Traum wieder da und mit ihm die seltsame Warnung, die so real geklungen hatte, daß sie die Teetasse fallengelassen und zerbrochen hatte. War es wirklich die Stimme ihrer Mutter gewesen oder nur eine Einbildung?

Sie nahm die Schachtel in die Hand und untersuchte sie. Die blau silberne Schrift und das kleine Bild der Trauerweide am See verrieten ihr nichts. Sie zog einen Teebeutel heraus und legte ihn in die Handfläche. Und dann fiel ihr etwas auf.

»Das ist es! Das ist es, was ich bemerken sollte! Schau her, Jonathan. Diese Teebeutel sind verändert worden, und zwar nicht in der Fabrik, sondern später.«

»Was? Das heißt, daß es nicht Rusty war.«
»Genau! Jemand will es so aussehen lassen, als ob Rustys Sabotage daran schuld wäre. Aber ich wette, wenn wir den Tee aus dem von ihm abgezeichneten Produktionsabschnitt untersuchen ließen, wäre er einwandfrei.«
»Verdammt!« Jonathan sprang auf. »Man hat absichtlich *deinen* Tee vergiftet. Charlotte, man hat es auf dich abgesehen.«

36

»Der Killer ist kein Fremder.« Charlotte musterte grimmig den vergifteten Teebeutel. »Es ist jemand, der mich gut genug kennt, um zu wissen, daß ich immer mit der Corvette fahre, daß ich nur diesen speziellen Tee trinke, daß ich ein enges Verhältnis zu meiner Haushälterin habe und daß Naomis Tod mich umbringen würde. Ein Fremder würde das alles nicht wissen und könnte mich darum auch nicht an diesen empfindlichen Stellen angreifen.«
Sie ging hinüber in das Museum und blieb mitten im Raum stehen, als wollte sie dem Schuldigen zurufen, er solle sich zeigen und stellen. »Bist du hier?« fragte sie leise. »Habe ich dein Gesicht gesehen und es für das eines Freundes gehalten?«
Gleich neben ihr befand sich eine Vitrine mit dem Schild »Neue Fabrik, 1936«. Darin war das Modell einer Fabrikations- und Abfüllanlage aufgebaut – mit winzigen Menschen an einem Miniaturfließband. Weiter obend hing ein Foto, das eine Gruppe von Menschen unter dem riesigen Schild »VOLLKOMMENE HARMONIE – Gesellschaft für chinesische Naturheilmittel« zeigte.
Charlotte trat näher, um das Bild genauer zu betrachten. Sie konzentrierte sich auf die Figur in der Mitte, ihre Großmutter, obwohl man sich diese schöne junge Frau nur schwer als Großmutter vorstellen konnte. Zur Zeit der Aufnahme war Harmonie

erst achtundzwanzig Jahre alt gewesen, wenn auch offiziell dreißig. Sie war ganz in Weiß gekleidet, weil sie Trauer trug.
Vorn in der ersten Reihe standen Seite an Seite Margo und Adrian – sieben Jahre alt und schon ein Paar. Margo war hier größer als ihr zukünftiger Gatte, und Adrian hatte bereits diesen streitsüchtigen Ausdruck im Gesicht, der sich im Lauf der Jahre noch verstärken würde.
Charlotte war natürlich nicht auf dem Bild, ebensowenig Desmond oder Jonathan. Sie gehörten erst zur nächsten Generation. Aber es gab andere, die Charlotte wiedererkannte, lächelnde Gesichter, bei deren Anblick sie sich fragte, ob sie Geheimnisse verbargen, die Geheimnisse eines Killers, der sie töten wollte.
»Charlotte?«
Sie drehte sich um. Jonathan wirkte besorgt.
»Möglicherweise ist die Person, die wir suchen, nicht hier.«
»Was meinst du?«
Er zögerte. »Während du schliefst, habe ich mir die Finanzen von einigen eurer Konkurrenten angesehen, weil ich dachte, es könne sich trotz allem um Industriesabotage handeln.«
Sie hörte an seinem Tonfall, daß er auf etwas gestoßen war – etwas Unerfreuliches.
»Charlotte, welches Unternehmen würde am meisten davon profitieren, wenn Harmony in Konkurs ginge?«
Es gab mehrere. »Mondstein, nehme ich an. Sie sind unsere schärfsten Konkurrenten.«
»Ich habe mir eine Aufstellung ihrer Investoren besorgt.« Er reichte ihr einen Ausdruck. »Die Liste ist lang, aber alphabetisch geordnet, so daß man leicht nach bekannten Namen suchen kann.«
Sie fürchtete sich beinahe, einen Blick darauf zu werfen. »Sag mir nicht, du hättest einen der Barclays darauf gefunden!«
»Nein, aber einen anderen Namen, den ich kenne.«
Charlotte überflog die Liste und suchte nach einem Namen, der ins Auge sprang. Tatsächlich. »Naomi Morgenstern!«

»Zwanzigtausend Anteile. Beachte das Datum.«
»Vor vier Tagen gekauft.«
»Hat sie ein Wort davon erwähnt?«
Charlotte schüttelte stumm den Kopf. Ihr fiel kein Grund ein, weshalb Naomi Anteile einer Konkurrenzfirma erwerben sollte. Es sei denn … »Mike! Naomis Verlobter ist Anlageberater. Er muß sie überredet haben, diese Anteile zu kaufen. Sonst hätte sie es nicht getan.«
»Wie sehr vertraust du Mike?«
»So sehr wie Naomi.« Doch im selben Moment fiel ihr ein, daß Jonathan gesagt hatte, der Fremde in der Kojoten Bar, der Rusty Brown dazu angestachelt hatte, sich an der Firma zu rächen, habe einen langen Pferdeschwanz gehabt.
Naomis Verlobter hatte seine langen Haare immer zu einem Pferdeschwanz zusammengebunden.
Entschlossen schüttelte sie den Kopf. »Nein, das ist zu albern. Mike wäre als Killer genauso überzeugend wie Donald Duck.«
Jonathan streckte seine rechte Hand aus und schaute so angespannt in die Handfläche, als suche er in seiner Lebenslinie eine Antwort. »Wo hast du Naomi eigentlich kennengelernt? War es nicht im Zusammenhang mit Chalk Hill?«
»Ja. Naomi gehörte damals zu einer Gruppe mit dem Namen ›Segnet die Tiere‹.«
»Die Tierschützer?«
»Du kennst sie?«
»Es gibt sie auch in London. Was genau ist damals passiert?«
Chalk Hill war das letzte, über das Charlotte sprechen wollte, aber Jonathan mußte die Wahrheit wissen. »›Segnet die Tiere‹ hatte einen großen Feldzug gegen Tierversuchslaboratorien gestartet. Ihre Methode bestand darin, einzubrechen, die Tiere freizulassen und das Labor dann abzufackeln.« Sie sah wieder verblüfft auf den Ausdruck der Mondstein-Investoren in ihrer Hand. »Die Behörden bekamen einen Tip. Polizei und Medien waren vor Ort, bevor alle fliehen konnten. Naomi und ich wurden verhaftet.«

»Aber du wurdest nicht verurteilt.«
»Das Verfahren gegen mich wurde eingestellt.«
»Und Naomi?«
Charlotte biß sich auf die Unterlippe. »Naomi bekam eine Geldstrafe und sechs Monate auf Bewährung.«
»Ihr wurdet beide aus demselben Grund verhaftet und wegen desselben Vergehens angeklagt. Deine Anklage wurde fallengelassen und du kamst frei, während Naomi Strafe zahlen und Bewährungsauflagen einhalten mußte. War sie darüber nicht sauer?«
Charlotte hob ruckartig den Kopf. »Natürlich nicht!«
»Sie könnte es dir nicht nachgetragen haben?«
»Selbst wenn es so wäre, würde sie deshalb nicht versuchen, mich umzubringen, meine Firma zu ruinieren oder ihr eigenes Haus in die Luft zu sprengen, Herrgott noch mal!«
»Ihr Haus ist sehr hoch versichert.«
Sie sah ihn entsetzt an. »Wie kommst du dazu, in Naomis Privatangelegenheiten herumzuschnüffeln?«
»Ich schnüffele bei jedem herum, der verdächtig sein könnte.«
»Aber Naomi ist nicht verdächtig, also hör auf damit! Mein Gott, sie ging zu ›Segnet die Tiere‹, weil ihr nichts heiliger ist als das Leben. Und außerdem ...«
Jonathan runzelte plötzlich die Stirn.
»Was ist?« fragte sie ungeduldig.
»Dieser Name ... ›Segnet die Tiere‹ ... ich könnte schwören, daß er mir vor kurzem untergekommen ist.«
Sie folgte ihm ins Büro, wo er hastig einen Stapel Papier, der auf dem Schreibtisch lag, durchblätterte. »Ich versuche immer noch, einen Hinweis zu finden, irgendeine Verbindung zwischen dir, den Opfern und Harmony Biotec. Ich habe das staatliche Nachrichtenarchiv durchforstet und etwas entdeckt ... ja, hier ist es.« Er hielt ein Blatt hoch. »Richtig. ›Segnet die Tiere‹. Es betrifft ... o Gott.«
»Nun?«
»Ich hatte einen Suchlauf ›Chalk Hill‹ gestartet und fand dabei

einen Artikel über die Vorsitzende von ›Segnet die Tiere‹. Aber als ich sah, daß er neueren Datums war, habe ich ihn weggelegt, weil mich nur die Zeit vor acht Jahren interessierte.«

»Na und?«

»Charlotte, der Artikel ist ein Nachruf!« Er gab ihr das Blatt. »Die Frau, die vor acht Jahren Vorsitzende von ›Segnet die Tiere‹ war, ist das dritte Opfer. Sie starb an den *Wonne*-Kapseln.«

Charlottes Augen eilten über den Text. »Jetzt erinnere ich mich. Sie und ich hatten in einer Fernsehdiskussion, die bundesweit ausgestrahlt wurde, eine ziemlich häßliche Auseinandersetzung, bei der wir uns gegenseitig beschimpften. Sie war plötzlich nicht mehr gegen Tierversuche überhaupt, sondern nur noch gegen die anderer Leute. ›Segnet die Tiere‹ wollte eigene Laboratorien einrichten, in denen die Tiere angeblich humaner behandelt und nicht gequält werden würden. Ich hielt das für Augenwischerei und wurde schrecklich wütend. Sie drohte, sie würde mich verklagen, und ich schrie, ich würde jedes einzelne von ihren Versuchslabors anzünden. Aber ich hatte ihren Namen längst vergessen, Jonathan, das ist die Wahrheit. Es waren damals so viele Leute beteiligt. Als Desmond mir von dem dritten Opfer erzählte – o Gott!« Sie fuhr sich mit der Hand an den Mund. »Knight!«

»Ja, Knight.« Jonathan öffnete rasch ein Fach seiner Tasche und begann Werkzeuge herauszuräumen. »Wenn er es noch nicht weiß, wird er bald davon erfahren, sobald er nämlich merkt, daß Rusty nicht unser Mann ist. Und dann wird er sich nach einem anderen Verdächtigen umschauen.«

Charlotte brauchte nicht zu fragen, wen er meinte.

Als sie sah, welche Sachen er ausgesucht hatte, um die Taschen seines schwarzen Anoraks zu füllen, fragte sie: »Was hast du vor?«

Er hakte sich verschiedene Werkzeuge an den Gürtel. »Wir müssen hier weg, Charlotte. Du bist auf diesem Gelände nicht mehr sicher. Weder vor dem Killer noch vor Valerius Knight, der jeden Augenblick mit einem Haftbefehl aufkreuzen kann. Ich richte eine Fernverbindung ein, so daß wir von einem anderen Computerstandort aus weiterarbeiten können, und dann suchen wir uns ein Versteck.«

Sie griff nach der Ledertasche. »Ich nehme ein paar Sachen mit. Jonathan … du hast doch nicht wirklich Naomi verdächtigt?«

»O doch.« Er sah ihr gerade ins Gesicht. »Und ich tue es noch.«

37
1936 – San Francisco, Kalifornien

Der Tag, an dem der Drache schließlich offen auf mich losging, war ein Tag mit kaltem Wind und heißer Sonne, einem porzellanblauen Himmel und strahlend weißen Wolken – ein Glückstag. Ich kleidete mich sorgfältig an und gab mir große Mühe, nicht vor lauter Aufregung etwas umzuwerfen und zu zerbrechen, denn dann hätte ich meine Verabredung auf einen anderen Tag verschieben müssen. Mr. Lee begleitete mich natürlich, und wir nahmen auch unsere Tochter Iris mit, ohne die wir nirgends hingingen.

Auf dem Weg nach Daly City achtete ich aufmerksam auf alle Omen. Beim ersten Hinweis auf Unglück würden wir umkehren und nach Hause zurückfahren. Heute brauchte ich soviel Glück wie nie zuvor, denn heute sollte sich endlich mein Traum verwirklichen.

Als ich damals vor sieben Jahren zutiefst gedemütigt Mrs. Barclays Club verließ, war ich sofort zu Mr. Lee gegangen und hatte ihm gesagt, ich würde seiner Familie die Überfahrt nach Kalifornien bezahlen. Außerdem würde ich ihnen allen Arbeit geben. Dafür sollte er mir einen Gefallen tun. Ich bat ihn, mich zu heiraten.

Für eine Chinesin ist eine solche Bitte eine Schande, aber Mr. Lee reagierte anders. Er antwortete mir ehrenhaft und würdig.

Er wußte, daß ich schwanger war, und erklärte, das sei nicht von Bedeutung. Wir sprachen nicht von Liebe, aber ich glaube, er liebte mich. Heute glaube ich, daß Mr. Lee mich die ganzen Jahre über geliebt hat, damals in Chinatown, als ich sein Telefon benutzte, als unsere Wohnungen wie unsere Lebensumstände auf und ab gingen, als ich ihm dabei zuschaute, wie er seine Träume malte, und er sich anhörte, wie ich meine Träume spann. Er drückte seine stille Liebe aus, indem er das Kind eines anderen als eigenes annahm. Jeder glaubte uns, als wir sagten, Iris sei zwei Monate zu früh geboren, denn der Zufall wollte es, daß sie ein kleines, zerbrechliches Geschöpf war, das die ersten Wochen fast nicht überlebt hätte.
Gideon freilich ließ sich nicht täuschen. An dem Abend vor acht Jahren, als er beim Hochzeitsempfang so überraschend vor der Tür stand, hatte er gefragt: »Warum, Harmonie? Warum hast du nicht gewartet?« Sieben Monate später bekam er seine Antwort.
Iris wurde zum Mittelpunkt meiner Welt. Wie hätte es anders sein können? In ihren Adern floß das Blut meines verehrten Vaters Richard Barclay und das des Mannes, der mein Herz in seinen Händen hielt, meines geliebten Gideon. Sie war ein süßes, bezauberndes Kind, und als man sie mir in die Arme legte, wurde mein neuer Traum geboren – für Iris würde ich meinen kleinen Betrieb zu einem Imperium ausbauen.
Ich wurde wieder ganz Chinesin. Nach meiner Erfahrung in Fionas Club versuchte ich nie wieder, eine Weiße zu sein. Ich sah Gideons Mutter nur einmal – als Gideon und Olivia heirateten und Mr. Lee und ich an der Trauung teilnahmen. Ihr Sohn kam sechs Monate nach Iris zur Welt. Sie nannten ihn Adrian, nach Olivias Großvater. Damit hätten sich eigentlich meine Wege und die meines geliebten Gideon trennen sollen, aber wir blieben trotzdem miteinander verbunden, zum einen durch das niemals ausgesprochene Wissen, daß Iris unser Kind war, zum anderen durch den Vertrag, den Gideon für mich bei der Titan Minengesellschaft

durchgesetzt hatte. Wir waren Geschäftspartner und beließen es dabei.
Mr. Lee war Iris ein guter Vater und mir ein respektvoller Gatte. Weil die *»Vollkommene Harmonie«-Gesellschaft für chinesische Heilmittel* florierte und unsere Gewinne stetig stiegen, konnte mein gelehrter Ehemann sich in Muße seiner Kunst widmen, und er begann so inspirierte und großartige Gemälde zu schaffen, daß die Nachfrage immer größer wurde. Ich wußte es damals nicht, aber an dem Tag, als der Drache von neuem in mein Leben trat, hatte Mr. Lee gerade mit dem Bild begonnen, das das Meisterwerk seines Lebens werden sollte.
Als wir in Daly City ankamen, bog Mr. Lee von der großen Landstraße ab und fuhr durch Obstgärten und Gehölze, voll von lebendigem Grün und Glück. Schließlich erreichten wir einen hohen Zaun mit einem Schild, auf dem »Taft & Söhne, Apfelwein« stand. Ich sagte zu Iris: »Schau nur, die vielen Häuser!« Aber natürlich sah sie sie nicht. Iris verstand nicht, was ich sagte. Sie schaute nicht hin, wenn ich auf etwas zeigte. Sie blickte mich nicht an, wenn ich mit ihr sprach. Ihre Augen waren überall, oben im Himmel, unten im Gras, hier und dort, unablässig umherflatternd wie ein Paar gefangener Schmetterlinge in einem unsichtbaren Käfig.
»Sie ist schwachsinnig«, hatten die Fachärzte gesagt. »Ihr Gehör und ihr Sehvermögen sind vollkommen in Ordnung, Mrs. Lee. Das Problem Ihrer Tochter liegt im Gehirn. Sie wird nie ein Wort sprechen und nie verstehen, was man ihr sagt.«
Trotzdem nahm ich Iris bei der Hand und führte sie zu dem großen Fabrikgebäude, um ihr die Maschinen und Fließbänder, die Lagerschuppen und Büros zu zeigen. Ich würde ihr auch die vielen Arbeiterinnen und Arbeiter beschreiben, die hier damit beschäftigt sein würden, alle die wunderbaren Arzneien herzustellen, zu etikettieren und zu verpacken, die die *»Vollkommene Harmonie«-Gesellschaft für chinesische Naturheilmittel* produzierte. Ich wollte meine Tochter immer wie ein normales Kind behandeln,

denn wer konnte mit Sicherheit wissen, ob ihr Gehirn meine Worte nicht doch aufnahm? Vielleicht würde sie ja eines Tages plötzlich zu mir aufsehen und sagen: »Ja, ich verstehe.«

Der Hausmeister der Fabrik, ein freundlicher alter Mann im blauen Overall, winkte uns zu und kam mit seinem Besen in der Hand näher. Er begrüßte Iris, aber sie reagierte nicht darauf, obwohl sie ihn schon öfter gesehen hatte. Dann griff er in die Tasche und holte ein Bonbon heraus, aber als er es ihr hinhielt, nahm sie es nicht. Ihr Blick wanderte hinauf in die Sonne und dann hinunter auf ihre Schuhe, über die Schulter nach hinten und schließlich wieder in den Himmel.

Ich dankte dem Hausmeister und nahm das Bonbon, reichte es aber Iris nicht weiter, denn sie hatte keine Vorstellung von Geben und Nehmen. Statt dessen hielt ich es an ihre Lippen, und sofort lutschte sie daran und begann es zu zerbeißen. Dabei bewegten sich ihre Augen unaufhörlich, spähten, suchten einen Ort, an dem sie sich ausruhen konnten.

»So ein wunderschönes kleines Mädchen«, murmelte der Hausmeister.

Und das war sie. Obwohl Iris' Vater wie auch schon meiner Amerikaner war, besaß meine Tochter die Mandelaugen und hohen Wangenknochen ihrer chinesischen Vorfahren. Ich erinnerte mich an ein Foto meiner Mutter Mei-ling als Kind, das ich einmal gesehen hatte. Iris hatte große Ähnlichkeit mit ihr.

Endlich erschien der Makler. Aber als er aus seinem Auto stieg, sah ich an seinem Gesicht sofort, daß etwas nicht in Ordnung war.

Der Wind wehte schärfer, und eine Wolke verdeckte die Sonne.

»Es tut mir leid, Mrs. Lee«, sagte er. »Der Eigentümer möchte das Geschäft doch nicht mit Ihnen machen.«

»Aber das ist unmöglich«, wandte ich ein und wußte schon, was er erwidern würde. Ich wunderte mich eigentlich nur darüber, daß ich nicht damit gerechnet hatte.

Mr. Osgood schnaubte, warf einen Blick auf den alten Hausmeister, der auf seinen Besen gelehnt danebenstand, und meinte: »Tja ... tut mir leid, aber jemand hat ihm ein höheres Angebot gemacht, und er hat es angenommen.«

»Aber das ist rechtswidrig. Ich habe Ihnen eine Anzahlung gemacht. Der Scheck ist bindend, Mr. Osgood.«

»Tja ...«, wiederholte er, griff in die Jacke und holte den uneingelösten Scheck heraus. »Hier haben Sie ihn zurück. Das andere Angebot war eben besser.«

Ich hatte diese Worte schon früher gehört.

Beim ersten Mal ging es um eine große Ladung Kräuter aus Schanghai. Durch die wachsenden Unruhen in China, wo Chiang Kai-shek und Mao Tse-tung um die Macht rangen und Japan die Küstenstädte überfiel, waren Importe aus dem Reich der Mitte rar geworden. Aber ich hatte einen Dauerauftrag bei der Ostwind-Handelsgesellschaft, und die Kräuter, die im Dock verschwunden waren, gehörten mir. Später fand ich heraus, daß es einen Geheimvertrag gegeben hatte und die gesamte Lieferung seltener Kräuter, Mineralien und Gewürze an die Roter-Drache-Gesundheitsgesellschaft verkauft worden war.

Der zweite Vorfall betraf einen Antiquitätenhändler, der sich auf orientalische Raritäten spezialisiert hatte. Er rief mich ganz aufgeregt an und erzählte von einem erst vor kurzem entdeckten Buch, das über vierhundert Jahre alt war und von Dr. Li Shizhen, dem großen Arzt der Ming-Dynastie, stammen sollte. Angeblich enthielt es viele bisher unbekannte Rezepte. Er versprach mir das Buch, aber am Ende landete es doch im Besitz des Roten Drachen.

Und jetzt gehörte ihm auch meine Fabrik, mein Traum.

»Wer hat das höhere Gebot abgegeben?« fragte ich und hielt immer noch meine Tochter an der Hand. Sie zog nach allen Richtungen wie der unstete Wind, dem sie folgen wollte, fort von diesem Unglücksort.

Ich kannte die Antwort bereits, aber ich wollte sie hören, wollte, daß der Mann mir die Worte ins Gesicht sagte.

Er räusperte sich und sah mir nicht in die Augen. »Die Roter-Drache-Gesundheitsgesellschaft.«
Ich fühlte, wie der Tag vor mir davonrollte, als rollten Kiesel eine Klippe hinunter. Ich legte die Hand auf den Arm meines Mannes, um mich zu stützen. »Mr. Osgood«, begann ich, »der Mann, dem die Roter-Drache-Gesundheitsgesellschaft gehört, ist ein Mensch ohne Ehre und Gewissen.«
»Hören Sie, ich weiß, daß Sie jetzt aufgeregt sind ...«
»Er hat versucht, Mr. Huangs Lagerhaus niederzubrennen. Er hat eine Spionin bezahlt, damit sie ihm meine Geheimnisse verriet. Er hat mich bestohlen. Und er stellt wissentlich Gifte her, die unschuldigen Menschen Schaden zufügen.«
»Also hören Sie, ich weiß nichts von diesen Dingen, ich habe lediglich ...«
»Und auch Sie haben Ihre Ehre beschmutzt, Mr. Osgood.«
»Ich! Jetzt warten Sie aber mal einen Moment!«
»Was hat er Ihnen bezahlt, damit Sie mir meine Anzahlung zurückgeben?«
Als mir eine Woche später die Klage zugestellt wurde, saß ich in meinem Büro in Chinatown, einem kleinen Zimmer über der Huang-Handelsgesellschaft. Der Inhaber der Roter-Drache-Gesundheitsgesellschaft verklagte mich wegen Verleumdung und absichtlicher Kränkung seiner Gefühle.
Ich rief sofort Gideon an. Ich sagte mir, daß er ja mein Geschäftspartner sei und ich ihn informieren müsse. Ich sagte mir, ich sei dazu gezwungen, weil die Sache vor Gericht gehen werde und Gideon Beziehungen zu den besten Anwälten der Stadt unterhalte. Ich gab mir viele Gründe, warum ich ihn anrief und nicht meinen Mann, meinen eigenen Anwalt, Mr. Huang oder irgendeinen anderen Menschen, der mir vielleicht helfen konnte. In Wirklichkeit wußte ich genau, warum: Ich hatte Angst, und ich brauchte Gideon.

Zum ersten Mal seit dem Tag, an dem ich Fiona Barclay den Ring meines Vater gegeben hatte, setzte ich wieder einen Fuß in ihre Villa.

In neun Jahren schien sich das Innere des Hauses nicht verändert zu haben – immer noch dieselben schweren, viktorianischen Möbel mit ihrem Samt, den Quasten und den gestickten Kissen und eine ungeheure Ansammlung von Porzellanfiguren, die jeden Zoll freien Raums einnahm. Gideon hatte mir erzählt, Olivia führe einen heimlichen Feldzug gegen seine Mutter, um sie zu einer neuen Einrichtung zu überreden. Er selbst bewohnte mit Olivia und ihrem Sohn Adrian einen Flügel des Hauses, den sie nach ihrem eigenen Geschmack möblieren konnten, was sie, wie er mir sagte, auch taten, denn Olivia hatte eine Leidenschaft für die neuen Innenausstattungen aus Europa – Bauhaus, Stahlrohr und skandinavisches Bugholz. In den übrigen Räumen der palastartigen Villa jedoch durfte auf Fionas ausdrückliche Anweisung nicht ein Aschenbecher, kein noch so winziges Bild verrückt oder gar entfernt werden.

Das Herrenzimmer, in dem ich mich mit Gideon und seinem Anwalt traf, hatte mit seiner viktorianischen Überladenheit, der stark gemusterten Tapete und den geblümten Teppichen etwas Bedrückendes. Ich wußte, daß Olivia am liebsten wie ein Sturmwind durch alle Räume gefegt wäre, um den ganzen Trödelkram hinauszuwerfen, die Tapeten von den Wänden zu reißen, die Teppiche aufzurollen, modernes Linoleum zu verlegen, Möbel mit glatten, schlanken Linien und Satinpolstern aufzustellen und die Oberflächen von Porzellanfiguren aller Art zu befreien: alles modern, alles praktisch. Ich wußte es deshalb so genau, weil ich das gleiche getan hätte, wäre es mein Haus gewesen.

Dort, wo ich mit Mr. Lee und Iris in Oakland wohnte, war ich auch nicht glücklich. Das *feng shui* dort war einfach zu schlecht. Das Haus lag an einem Hang, so daß unser Glück den Berg hinunterrollte. Irgendwann in der Vergangenheit hatte man einen Raum angebaut und damit den Grundriß von einem angenehmen

Viereck zu einem Viereck »mit Anhängsel« verändert. Ursprünglich hatte Iris in dem Anbau geschlafen, aber als sie noch ein Kleinkind war und wir merkten, daß sie sich nicht normal entwikkelte, ließ ich sie aus dem Unglücksraum in unser Schlafzimmer umziehen. Der Wohnraum war L-förmig und vermittelte ein Gefühl der Unvollständigkeit. Als ich bemerkte, daß meine Tochter nur langsam lernte, so spät lief, daß ihr Verstand Lücken aufwies, wußte ich, daß das Unglückswohnzimmer daran schuld war. Ich hätte gerne ein Haus in San Francisco gekauft, aber weil mein Gatte Chinese war, hatten wir nur beschränkte Möglichkeiten. In Oakland waren die Gesetze für den Grunderwerb großzügiger.
Gideons Haus verfügte über gutes *chi*, wenn auch sein Fluß durch das viele dunkle Holz und die vollgestopften Zimmer behindert wurde. Olivia wußte das so gut wie ich. Darum war mir auch klar, was sie tun würde, um das Haus zu verändern, damit Glück und Gedeihen Einzug halten konnten – und vielleicht ein zweites Kind.
Olivia hatte zwei Fehlgeburten gehabt, und man hatte sie vor weiteren Schwangerschaften gewarnt. Ich gab Gideon eine Flasche *Goldlotuswein* für seine Frau, aber ich weiß nicht, ob sie je davon Gebrauch machte. Was meine eigene Kinderlosigkeit in der Ehe mit Mr. Lee betraf, so konnte *Goldlotus* nicht helfen. In unseren gemeinsamen Jahren in Chinatown war er mir immer wie ein sanftes Gemüt vorgekommen, das in ein klösterliches Skriptorium gehörte, um dort sinnend über mystischen Manuskripten zu sitzen. Und als er in unserer Hochzeitsnacht still in meinen Armen weinte und mir gestand, ich könne von ihm nie ein zweites Kind erwarten, hatte ich ihn getröstet. Ich würde Gideons Kind haben, das genügte.
Aber deshalb wußte ich, was Olivia empfand. Auch wenn sie es nicht ahnte, besaß sie mein tiefstes Mitgefühl.
Wir saßen nur zu viert in jenem Herrenzimmer. Entweder absichtlich, weil sie wußte, daß ich kommen würde, oder aber zufällig war Fiona Barclay heute nicht zu Hause. Sie machte mit ihrem

Enkel Adrian einen Ausflug in den Park und hatte die kleine Margo mitgenommen, die Tochter einer Freundin Olivias, im gleichen Alter wie Adrian, die ihre Ferien bei den Barclays verbrachte.

Als Mr. Winterborn, Gideons Anwalt, ein in Juristenkreisen hochangesehener Mann, die mir zugestellten Papiere zu Ende gelesen hatte, meinte er: »Das sieht nicht gut aus, Mrs. Lee. Gar nicht gut.« Er blinzelte mich über seine Bifokalbrille an. »Haben Sie das alles vor Zeugen gesagt?«

Außer Mr. Osgood war auch noch der Hausmeister dabeigewesen und hatte jedes Wort gehört. »Ja.«

»Sie behaupten, Ihre Anschuldigungen entsprächen der Wahrheit – die gestohlenen Rezepturen, der Brand bei der Huang Handelsgesellschaft. Haben Sie Beweise dafür?«

Ich warf einen Seitenblick auf Gideon. »Für das Feuer nicht.«

»Was ist mit der Behauptung, der Rote Drache stelle giftige Produkte her, die arglosen Menschen Schaden zufügen?«

»Das ist wahr. Ich habe am Krankenbett solcher Opfer gesessen.«

»Ich kenne mich ein wenig auf dem Gebiet der Pharmazie aus, Mrs. Lee. Wie Sie selbst wissen, unterliegen Naturheilmittel keiner bundesweiten Regelung. Kein Gesetz schreibt vor, daß die Etiketten Warnhinweise enthalten müssen. Das heißt, daß im wesentlichen der Käufer das Risiko trägt.« Er nahm die Brille ab, legte sie auf das Tischchen neben seinem Sessel und fuhr fort: »Es geht hier um viel Geld, Mrs. Lee. Im Verhältnis zum Rest unserer Wirtschaft läuft Ihr Unternehmen außerordentlich gut.« Tatsächlich litt die Welt damals unter einer schweren Wirtschaftskrise. Es gab viele Arbeitslose, manche Menschen hatten ihr gesamtes Bankguthaben verloren. Selbst die Barclays hatten Verluste hinnehmen müssen und fast die Hälfte ihres Anlagevermögens eingebüßt. Aber mein Unternehmen gedieh, denn wenn die Menschen sich keinen Arzt mehr leisten können, behandeln sie sich selbst. »Dieser Mann hat es auf jeden Cent abgesehen, den

Sie besitzen. Er kann Ihnen Ihre Firma wegnehmen, Ihr Haus, Ihr Auto, sogar Ihre Teekanne.«

»Was ist mit uns?« warf Olivia ein, steckte eine Zigarette in eine lange Spitze und zündete sie mit einem goldenen Feuerzeug an. »Können sie uns auch belangen?«

Als ich Gideon angerufen und »ich brauche dich« gesagt hatte, war seine Antwort gewesen: »Komm sofort her.« Dabei war ich mitten in ein Tennisspiel geplatzt. Olivia trug noch ihren weißen Rock und die weiße Bluse, als handele es sich nur um eine kurze Unterbrechung, nach der sie ihr Spiel fortsetzen würde.

»Sie und Ihr Gatte, Mrs. Barclay, werden in der Anklageschrift nicht genannt und werden es höchstwahrscheinlich auch nicht werden«, erläuterte Mr. Winterborn. »Da sich Ihre Beteiligung an der *›Vollkommene Harmonie‹-Gesellschaft für chinesische Naturheilmittel* auf den Exportbereich beschränkt, der seinen Sitz in Hongkong hat, besteht keine Verbindung zwischen Ihnen und dem Kapitalbesitz in San Francisco.«

Unser erster Vertrag mit der Titan Minengesellschaft hatte zu Folgeverträgen geführt, so daß wir schon bald meine Heilmittel nach ganz Ostasien lieferten. Da wir zunächst die Kräuter aus Hongkong importierten, die Mischungen aber in San Francisco herstellten und die fertigen Produkte dann wieder zurückschickten, war es nur vernünftig gewesen, eine Fabrik in Hongkong einzurichten. Gideon war Direktor von Harmony-Barclay Ltd., was dazu beigetragen hatte, ihn mit vierunddreißig Jahren wohlhabend und erfolgreich zu machen.

»Vorläufig, Mrs. Barclay«, sagte Mr. Winterborn zu Olivia, »sieht es nicht so aus, als könnten Sie und Ihr Gatte in die Sache hineingezogen werden.«

Sie lehnte sich zurück und blies einen langen, dünnen Rauchfaden in die Luft. Ich sah, wie sich ihre Augen hinter dem Rauch auf mich hefteten. Sie saß in dem hochlehnigen Sessel, ein gebräuntes Bein nachlässig über das andere geschlagen, und ich erinnerte mich, daß Olivia einmal freundlich zu mir gewesen war. Aber da-

mals hatte mich Gideon noch nicht gebeten, seine Frau zu werden, und auch sie noch nicht gefragt, nachdem er erfahren hatte, daß ich Mr. Lee geheiratet hatte.
Ich wandte den Blick von Olivia ab und schaute durch die offene Tür in das große Wohnzimmer. Auf der anderen Seite gingen hohe Fenster auf den nördlichen Bogen der Stadt und die dahinterliegende Bucht hinaus. Man konnte gerade eben die neue Brücke erkennen, an der noch gebaut wurde, zwei Türme, an deren Befestigungskabeln halbfertige Streben hingen, die einander entgegenzuwachsen schienen. Ich erinnerte mich an die Nacht, als ich mit Gideon auf der Landspitze gestanden und er mir seinen Traum geschildert hatte – eine Brücke zu bauen, wie sie die Welt noch nicht gesehen hatte.
Die Golden Gate-Brücke würde tatsächlich ein monumentales Bauwerk werden, aber nicht Gideons Werk.
»Mrs. Lee«, unterbrach der Anwalt meine Gedanken. »Wie viele Rezepturen, meinen Sie, hat der Rote Drache Ihnen gestohlen?«
Ich zwang mich, aufmerksam zu sein. »Vier, bei denen ich ganz sicher bin. Insgesamt vielleicht fünf oder sechs.«
Warum, Gideon? wollte ich fragen. Warum ist es nicht deine Brücke? Hat der Staat deinen Vorschlag abgelehnt? Hat jemand, der den Ausschuß bestochen oder dort einen Verwandten sitzen hat, den Auftrag bekommen? Nach unserer Nacht unter den Sternen hatte Gideon die Golden-Gate-Brücke nie wieder erwähnt, und ich wußte nicht, weshalb sein Traum gestorben war.
»Was wir brauchen, Mrs. Lee, sind solide, greifbare Beweise.«
Ich lauschte dem Ticken der prunkvollen Standuhr, die die Minuten zerteilte, und dachte an die beiden Seiten der Brücke, die aufeinander zustrebten, wie Gideon und ich es manchmal taten, in den gestohlenen Momenten, in denen wir über Transporte, Kosten und Gewinne unserer asiatischen Filialen diskutierten und ich plötzlich spürte, wie er mich ansah. Dann begegneten sich sekundenlang unsere Blicke und beide fühlten wir die Sehnsucht

des anderen. Ich vermutete, daß er in seiner Ehe nicht glücklich war.

»Olivia.« Er stand abrupt auf und kämmte sich mit den Fingern das Haar zurück. Auch er war ganz in Weiß gekleidet, Hose, Pullover, Schuhe. Aber bei ihm hatte ich nicht den Eindruck, daß es ihn unbedingt zu seinem Tennisspiel zurückzog. »Könnten wir bitte Kaffee haben?«

»Gewiß.« Sie erhob sich aus ihrem Sessel, sah auf mich und fragte: »Möchten Sie auch Kaffee, Mrs. Lee?«

Ich verstand genau, was sie meinte. Gideons »wir« hatte mich nicht eingeschlossen. »Vielen Dank«, sagte ich.

Sie ging in eine Ecke des Herrenzimmers und betätigte einen Klingelzug. Ein Hausmädchen erschien, und Olivia bestellte Kaffee und Sesamkuchen. Dann setzte sie sich wieder in ihren Sessel, schnippte die Zigarettenasche in einen Kristallbecher und meinte: »Findest du es wirklich vernünftig, Gideon, daß du dich überhaupt in diese Sache hineinhängst? Denk doch an das Risiko für den Namen Barclay.«

Er schaute nicht von meinen Papieren auf, die er stirnrunzelnd durchblätterte. »Um Himmels willen, Olivia! Was für eine törichte Bemerkung.«

Sie lächelte mich an. »Ich bin sicher, auch Mrs. Lee ist der Ansicht, daß wir den Namen Barclay schützen sollten.«

Sie nannte mich stets Mrs. Lee, als ob ich eine ältere Frau wäre, dabei waren wir beide achtundzwanzig. Ich wußte, daß sie mich damit an meinen chinesischen Namen erinnern wollte und an das, was ich vor neun Jahren in diesem Haus nicht bekommen hatte – das Recht, so zu heißen wie mein Vater. Sie wollte mir außerdem sagen, daß sie jetzt eine Barclay war, daß es ihr Haus war, daß Gideon ihr gehörte. Irgendwie hatte sie in einem Duell gesiegt, von dem ich gar nicht wußte, daß es stattgefunden hatte.

»Ihre Frau hat recht, Gideon«, sagte Mr. Winterborn. »Vorläufig werden Sie mit diesem Fall nicht in Verbindung gebracht. Die Roter-Drache-Gesellschaft ist mächtig und verfügt über viel Geld.

Wenn sie sich entschließt, auch gegen Sie vorzugehen, könnten Sie verlieren.«
Gideon gab ihm die Papiere zurück. »Ich stehe zu Harmonie«, erklärte er ruhig, »ganz gleich, was geschieht.«
»Welch noble Haltung«, bemerkte Olivia mit einem gefrorenen Lächeln.
Mr. Winterborn erhob sich zu seiner vollen Größe. Er war ein hochgewachsener Mann, dünn bis zur Hagerkeit, mit weißem Haar und scharfen, blauen Augen. »Mrs. Lee, Sie können sicher sein, daß der Rote Drache schwerwiegende Beschuldigungen gegen Sie vorbringen wird. Wir müssen noch schwereres Geschütz auffahren. Zunächst möchte ich Ihre Produktionsprotokolle sehen. Wir werden die Daten, an denen *Sie* mit Ihren Rezepturen experimentiert oder die Arzneien hergestellt haben, mit dem jeweiligen Zeitpunkt vergleichen, an dem der Rote Drache *seine* Präparate auf den Markt brachte.«
»Ich besitze keine Produktionsprotokolle, Mr. Winterborn.«
Er machte eine Pause und sah erst auf Gideon, dann auf mich.
»Nun, dann alle Notizen und Briefe, in denen Sie die Rezepturen erwähnen, überhaupt alle schriftlichen Aufzeichnungen, die datiert und überprüfbar sind.«
»Ich habe das Rezeptbuch meiner Mutter. Es enthält Daten und Rezepturen.«
Mr. Winterborn knöpfte sein dunkelblaues Jackett auf und versenkte die Hände in den Hosentaschen. Sorgfältige Gesten, während sein Hirn arbeitete. »Dann wird das wohl reichen müssen«, meinte er. »Wenn Sie sonst nichts haben. Ich werde auch die Namen von allen Leuten brauchen, die in den letzten, sagen wir, zehn Jahren für Sie gearbeitet haben.« Wieder machte er eine Pause und sah mich fragend an. »Sie haben doch Namenslisten?«
»Mr. Winterborn«, erklärte ich geduldig, »Chinatown ist nicht San Francisco. Ein Mädchen kommt in meine Fabrik und sagt mir, sie sei hungrig, sie brauche Geld, sie sei in Schwierigkeiten. Ich führe sie in den Packraum und bitte eine der anderen, ihr zu zei-

gen, wie man Etiketten auf Schachteln klebt. Abends bezahle ich sie. Vielleicht kommt sie am nächsten Tag wieder, vielleicht auch nicht.«

»Sie haben ein paar äußerst grobe Anschuldigungen dem Roten Drachen gegenüber erhoben, und wenn es uns nicht gelingt, zu beweisen, daß sie der Wahrheit entsprechen, werden Sie alles verlieren, was Sie besitzen. Das verstehen Sie doch, oder?«

»Er hat mich bestohlen.«

Er strich sich über das weiße Haar. »Ja, das ist mir klar. Aber wir brauchen Beweise. Wenn wir wenigstens *einen* Fall finden, in dem nachweislich Ihre Eigentumsrechte verletzt wurden ... den Nachweis einer einzigen entwendeten Rezeptur ...«

Es gab ein Präparat, von dem ich sicher wußte, daß der Rote Drache es mir gestohlen hatte und bei dem ich über schriftliche Beweise verfügte. Aber wie konnte ich hier darüber sprechen, mit diesem Mann, den ich gerade erst kennengelernt hatte, und vor Gideon und Olivia?

»Ich werde Ihnen das Rezeptbuch meiner Mutter geben. Bei einigen der Rezepte stehen Daten.«

Er rieb sich das Kinn. »Das wird vor Gericht vielleicht nicht standhalten. Aufzeichnungen lassen sich fälschen. Haben Sie denn keine Briefe, in denen Sie die Rezepturen beschreiben?«

»Doch, einen«, gab ich widerwillig zu. »Es handelte sich um eine Geheimformel, die ich ausgehend von einem uralten Rezept auf einem Papyrus entwickelt hatte. Niemand wußte, daß ich daran arbeitete, und der Rote Drache hatte keinen Zugang zu dem Papyrus.«

»Und weiter?«

Ich sah auf Olivia und wich Gideons Blick aus. »Es gab ein Problem bei der Zusammensetzung, darum schickte ich das Rezept an einen Chemiker, der eine Analyse durchführte. Er antwortete mir, ich solle einen der Inhaltsstoffe herausnehmen, was ich auch tat. Eine Woche später führte der Rote Drache ein neues Produkt ein. Es war dieselbe Rezeptur, die ich in dem Papyrus gefunden hatte. Sie enthielt den Stoff, den ich bei meinem Mittel später weggelassen hatte.«

»Was bedeutet«, sagte Mr. Winterborn mit erfreutem Lächeln, »daß das Rezept gestohlen wurde, *bevor* Sie die Antwort des Chemikers erhielten. Haben Sie die Briefe noch?«

»Ja.«

»Schön, das ist immerhin ein Anfang.« Er rieb sich die Hände. »Ach übrigens – was ist das für ein Medikament?«

»Es heißt *Zehntausend Yang.*«

»Ein ungewöhnlicher Name.«

»Auf chinesisch hat er einen sehr guten Klang. Die Zehntausend ist nach chinesischer Rechenart eine magische, äußerst mächtige Zahl. Und Yang ist das männliche Prinzip. *Zehntausend Yang* ist ein Stärkungstrank.«

»Ein Stärkungstrank?« Seine silbernen Augenbrauen hoben sich. »Guter Gott, wollen Sie damit sagen ...?«

»Es ist ein Potenzmittel.«

Am Tag, als der Prozeß begann, hatte ich zwar Angst, war aber nicht ohne Hoffnung. Mr. Winterborn und seine Mitarbeiter hatten sich unermüdlich angestrengt, eine starke Verteidigung für mich aufzubauen, eine Verteidigung, die im Grunde ein Angriff war – gegen die Roter-Drache-Gesundheitsgesellschaft. Mr. Winterborns Leute hatten Mädchen aufgespürt, die vor Jahren für mich gearbeitet hatten, und ihre Zeugenaussagen aufgenommen. Sie hatten das Rezeptbuch meiner Mutter durchforstet und Rezepturen und Daten mit denen der Roter-Drache-Produkte verglichen. Dabei waren sie auf acht Fälle gestoßen, in denen ich ein Heilmittel neu entwickelt und der Rote Drache es eine Woche später auf den Markt geworfen hatte. Wir hatten außerdem eine Aussage von Mr. Huang, daß er nach seinem mündlichen Mietvertrag mit mir von einem Vertreter des Roten Drachen angesprochen worden war, der dieselben Räume von ihm mieten wollte.

Wenn wir Glück hatten, versicherte mir Mr. Winterborn, würde die Roter-Drache-Gesellschaft auf die Fortführung des Prozesses verzichten und die ganze Angelegenheit sich in ein paar Tagen in aller Stille außergerichtlich erledigen lassen.

Ich betete um dieses Glück, als ich Iris in der Obhut von Mr. Lees Cousine zurückließ, der ich geholfen hatte, aus Hawaii überzusiedeln. Wir taten beide so, als winke Iris mir zum Abschied, obwohl ihre Hand in Wirklichkeit hinter etwas herjagte, das nur ihre eigenen rastlosen Augen sahen.

Am ersten Prozeßtag schien die Sonne. Als ich auf den Stufen des Gerichtsgebäudes innehielt, um aufzuschauen, und ein Vogel mit langem Hals vom Dach aufflog, wertete ich es als gutes Omen.

Der Mann, der für mich den Drachen verkörperte, erschien vor Gericht zurückhaltend gekleidet und wirkte seriös. Er war in den Sechzigern, mit schwarzgefärbtem Haar und faltenlosem Gesicht, ein gutaussehender Chinese, ebenso bekannt für sein Charisma und seine Großzügigkeit wie für seine Vorliebe für Nachtclubs und weiße Frauen. Als ob er seinem Ruf als Playboy etwas entgegensetzen wollte, hatte er seinen achtzehnjährigen Sohn mitgebracht, der hinter ihm auf der anderen Seite der Absperrung saß, ein ruhiger Junge mit schmalem Gesicht, der einen dunklen Anzug und einen steifen Kragen trug.

Zu meiner Freude bemerkte ich unter den Geschworenen vier Frauen. Mr. Winterborn erklärte mir, das sei höchst ungewöhnlich und sicher in meinem Fall nützlich. Ich betrachtete es als weiteres glückliches Omen. Zu meiner Erleichterung war der Gerichtssaal fast leer. Nur Gideon und Olivia saßen vorne in der ersten Reihe, Mr. Lee einige Stühle von ihnen entfernt. Es würde also kein Publikum bei diesem Ehrverlust geben. Als der Anwalt des Roten Drachen sich erhob, um seine einleitenden Worte zu sprechen, hallte seine Stimme hohl durch den großen Raum.

Als erster Zeuge sagte der Makler Mr. Osgood aus, danach der alte Hausmeister, der mich mit einem Blick um Entschuldigung bat, als er Mr. Osgoods Aussage bestätigte. Aber damit war der Rote

Drache noch nicht fertig. Er ließ einen Zeugen nach dem anderen aufmarschieren, und alle bestätigten, daß ich mich abfällig über den Roten Drachen geäußert hatte. Manche dieser Angaben stimmten, die meisten aber waren erlogen.

Im Lauf der nächsten Tage machten sie sich dann daran, meine Behauptungen eine nach der anderen zu entkräften. Sie legten Berichte und Protokolle aus den letzten zehn Jahren vor, in denen sämtliche Rezepturen und Herstellungsdaten aufgezeichnet waren. Es handelte sich natürlich um die Rezepte, die der Rote Drache mir gestohlen hatte, aber alle Aufzeichnungen waren früher datiert. Ich wußte, daß die Unterlagen gefälscht waren, aber ich konnte es nicht beweisen. Sie ließen Frauen auftreten, die für mich gearbeitet hatten und nun bezeugten, daß es niemals einen Spitzel des Roten Drachen unter ihnen gegeben hätte. Schließlich wurden Beweise beigebracht, daß der Rote Drache sich damals, als das Feuer in Mr. Huangs Lagerhaus ausbrach, außer Landes befunden hatte.

Meine eigenen Zeugen wurden aufs geschickteste unglaubwürdig gemacht. Mr. Winterborn rief Mrs. Po in den Zeugenstand. Auf seine Frage hin erzählte sie dem Gericht begeistert von der neuen Salbe in dem hübschen Krug, die ich ihr gegeben und die ihre aufgesprungene Haut, ihre Schlaflosigkeit und die Kopfschmerzen ihres Mannes geheilt hatte. Und ja, sie erinnerte sich noch ganz genau daran, wann sie sie bekommen hatte, gerade zwei Wochen nach dem chinesischen Neujahr, weil sie zur selben Zeit eine neue Dampfpresse in ihrer Wäscherei aufgestellt hatte. Es waren also Wochen, bevor der Rote Drache seine eigene neue Salbe herausgebracht hatte, genauso zusammengesetzt wie meine und ebenfalls in einem hübschen Krug.

Mich durchzuckte ein winziger Triumph. Aber dann stand der Anwalt des Drachen auf und fragte: »Mrs. Po, können Sie uns sagen, wer zu dieser Zeit Präsident war?«

»Was? Präsident?«

»Präsident der Vereinigten Staaten.«

Ich wußte, daß Mrs. Po sich nicht für Dinge außerhalb Chinatowns interessierte, und weshalb der Anwalt diese Frage gestellt hatte. Als sie »George Washington?« antwortete, brach der Saal in schallendes Gelächter aus.
Denn inzwischen gab es auch ein Publikum. Vermutlich handelte es sich um Leute aus der Fabrik des Roten Drachen, denn sie bejubelten jeden kleinen Sieg seiner Partei und buhten mich aus, wenn ich einen Punkt sammelte.
Das Arzneimittelbuch meiner Mutter wurde angefaßt, gelesen, kopiert, fotografiert, herumgereicht und untersucht, bis es auseinanderzufallen drohte. Mr. Winterborn brachte Zeugen bei, die die Zeiträume bestätigten, zu denen ich bestimmte Rezepturen entwickelt hatte. Der Rote Drache ließ Sachverständige auftreten, die bewiesen, daß die Rezepturen mehr als tausend Jahre alt waren. Die Tatsache, daß der Rote Drache die Mischungen jedesmal erst herstellte, nachdem ich sie ausprobiert hatte, war kein Nachweis für den Diebstahl.
Allmählich wurde offensichtlich, daß der Prozeß für mich und die *»Vollkommene Harmonie«-Gesellschaft für chinesische Naturheilmittel* nicht gut lief.

Mr. Winterborn hatte mir erklärt, er hoffe *Zehntausend Yang* nicht ins Spiel bringen zu müssen, weil es sich dabei um ein so delikates Produkt handele. Als sich allerdings andeutete, daß ich die Schlacht verlieren würde, hatte ich, obwohl er mich vor Unannehmlichkeiten warnte, keine andere Wahl.
Ich fand keine Zeugen mehr, die mein Anliegen unterstützten. Viele, die im Lauf der Jahre für mich gearbeitet hatten, fürchteten sich auszusagen oder waren bestochen. Es war kein Geheimnis, daß der Eigentümer der Roter-Drache-Gesundheitsgesellschaft im Verdacht stand, Verbindungen zur chinesischen Unterwelt zu besitzen.
»Was ihm am meisten Schaden zufügen kann«, erklärte Mr. Winterborn eines Abends nach einem weiteren vernichtenden Tag im

Gericht, »ist nicht, daß der Rote Drache Rezepturen gestohlen und eine Spionin in Ihre Fabrik eingeschmuggelt hat, sondern die Sache, daß er wissentlich lebensgefährliche Medikamente herstellt und in Umlauf bringt. Wenn wir ihm das nachweisen können, haben wir eine Chance, zu gewinnen. Ich fürchte allerdings, dazu brauchen wir *Zehntausend Yang*.«

»Dann geht es eben nicht anders«, sagte ich.

»Aber das ist noch nicht genug, Mrs. Lee. Können Sie Menschen finden, die nach der Einnahme von *Starkem Mann* erkrankt sind?« So nannte der Rote Drache sein *Zehntausend-Yang*-Mittel: *Starker-Mann-Tonikum*. »Können Sie Witwen finden, die bereit sind, auszusagen?«

»Mein Gott«, mischte Gideon sich ein, »man kann doch nicht so eine arme Frau auffordern, in den Zeugenstand zu treten und in aller Öffentlichkeit zu erklären, ihr Mann sei an einem Potenzmittel gestorben.«

»Ich werde die Frauen finden«, sagte ich.

Während der Prozeß stattfand, fuhren mein Mann und ich jeden Abend heim nach Oakland. Ich fütterte und badete Iris und brachte sie zu Bett, um dann meine Notizen über den Ablauf des Tages durchzuarbeiten und mir zu überlegen, wie es am nächsten Tag weitergehen würde. Mr. Lee zog sich in sein Studio zurück, um still an seinem Gemälde zu arbeiten.

Morgens lasen wir in der Zeitung merkwürdig verzerrte Berichte über den Vortag, die sich hauptsächlich auf mich zu konzentrieren schienen. Sie schilderten meine »chinesischen Kleider« und mein Mittagessen: »Gedünstete Klöße und Chow-Mein-Nudeln, die man ihr aus Chinatown bringt«. Sie nannten mich eine »Ehefrau und Mutter, die ein Geschäft betreibt«, bezeichneten aber nie meinen Gegner als »Ehemann und Vater, der ein Geschäft besaß«. Selbst meine Stimmungen wurden notiert – »Mrs. Lee wirkte traurig« – und Sensationelles angedeutet: »Die schöne junge Harmonie Lee blickte sehnsüchtig auf Mr. Gideon Barclay«.

Endlich führte kein Weg mehr daran vorbei. *Zehntausend Yang* wurde in den Prozeß aufgenommen.
Obwohl Mr. Winterborn mir davon abriet, trat ich selbst in den Zeugenstand. Er warnte mich, daß der Anwalt des Roten Drachen die Chance nutzen würde, mich zu demütigen und in Verlegenheit zu bringen. Aber es war meine einzige Möglichkeit, selbst zu Wort zu kommen und die Geschworenen und die ganze Welt über meine Ehrlichkeit entscheiden zu lassen.
»Sie behaupten, Ihr Tonikum sei ungefährlich, Mrs. Lee«, begann der Anwalt des Roten Drachen. Er war ein großer Mann, der auffällig karierte Westen trug und eine Vorliebe für dramatische Gebärden hatte.
»Das stimmt.«
»Sie müssen lauter sprechen, Mrs. Lee«, schrie er fast, »damit das Gericht Sie hört.« Ich durchschaute seine Strategie. Er selbst brüllte, damit er und der Rote Drache stark wirkten und ich schwach erschien.
»Das stimmt«, wiederholte ich in derselben Lautstärke, denn ich wußte, daß das Gericht mich verstand und wollte nicht so aussehen, als könne er mich beeinflussen.
»Wieso ist Ihr Tonikum ungefährlich, wenn ihm doch die gleiche Rezeptur zugrunde liegt wie *Starkem Mann*?«
In diesem Augenblick fiel mir eine Frau auf, die hinten im Gerichtssaal stand. Sie kam mir bekannt vor, aber ich wußte nicht, woher. Sie wirkte nervös und ängstlich. Als sich unsere Blicke begegneten, las ich in ihren Augen die stumme Botschaft: *Es tut mir leid.*
»Es ist eben nicht die gleiche Rezeptur. Das Roter-Drache Produkt enthält einen zusätzlichen Stoff, der meinem Präparat fehlt.«
»Ach ja … ein interessanter Widerspruch … Sie behaupten, *Starker Mann* sei Ihr Rezept und dann wieder nicht.«
Durch die Menge ging ein Raunen.
»Ich habe mein Tonikum für einen einzelnen Kunden entwickelt.

Das kommt in besonderen Fällen vor, wenn andere Mittel versagen. Dann stelle ich ein spezielles Präparat für einen individuellen Fall zusammen.«
»Und wie kamen Sie auf dieses spezielle Präparat?«
»Ich fand ein Rezept auf einem alten Papyrus und entwickelte daraus meine eigene Mischung.«
»Sie sagen, ein alter Papyrus. Das Rezept wäre demnach also ... wie alt?«
Im Gerichtssaal herrschte gespanntes Schweigen. Alles wartete auf meine Antwort. »Das Rezept ist über tausend Jahre alt.«
»Aha! Sie haben es also gar nicht erfunden!« verkündete er theatralisch, und wieder entstand Gemurmel, bis der Richter mit seinem Hammer auf den Tisch klopfte.
Als nächster befragte mich Mr. Winterborn. »Das Rezept ist also alt, Mrs. Lee. Haben Sie es in irgendeiner Weise verändert?«
»Ja. Ich entwickelte ein neues Mischungsverhältnis, so daß es in dieser Form allein mir gehört.«
»Und was geschah, nachdem Sie diese einzigartige Rezeptur entwickelt hatten?«
»Mein Klient, für den ich das Mittel speziell hergestellt hatte, erkrankte, nachdem er es probiert hatte. Als ich die Symptome erkannte – den beschleunigten Herzschlag, den erhöhten Blutdruck –, vermutete ich, daß ein bestimmter Stoff in dem Rezept daran schuld war. Ich bat einen Chemiker, der schon früher Analysen für mich durchgeführt hatte, um seine Meinung. Er antwortete mir, es läge tatsächlich an der Substanz, die ich verdächtigte, und riet mir, sie aus der Rezeptur zu entfernen. Das tat ich.«
»Welche Substanz war das?«
»Ephedrin.«
»Sie verwenden also in Ihren Produkten kein Ephedrin mehr?«
»Doch, in meinem *Goldlotuswein*. Ephedrin lindert Asthma.«
»Es ist also kein Gift?«
»Nur in großen Mengen. Es ist aber lebensgefährlich für Menschen mit schwachem Herzen und hohem Blutdruck.«

»Aber woher soll der Kunde das wissen?«
»Auf dem Etikett steht eine Warnung, daß der Wein Ephedrin enthält, das von Herzkranken nicht eingenommen werden soll.«
Er gab mir eine Flasche mit *Starkem Mann,* hergestellt vom Roten Drachen. »Würden Sie mir bitte das Etikett vorlesen?«
»Hier steht, daß dieses Tonikum die Männlichkeit, Kraft und Potenz stärkt.«
»Werden irgendwelche Inhaltsstoffe erwähnt?«
»Nein.«
»Wird davor gewarnt, zu große Mengen einzunehmen?«
»Nein.«
»Euer Ehren, ich habe hier die Berichte von zwei unabhängigen Analysen des Inhalts dieser Flasche. Beide kommen zu dem Ergebnis, daß *Starker Mann* einen Ephedrin-Anteil aufweist, der über der Gefahrengrenze liegt.«
Der Gerichtssaal explodierte. Ich sah Gideon lächeln und mir zuzwinkern.

Zum Wochenende brachte die Zeitung die Schlagzeile »HEILMITTELHERSTELLER DES HANDELS MIT TÖDLICHEM SEXTRANK BESCHULDIGT«. Darunter war eine Künstlerzeichnung abgebildet, die mich darstellen sollte, aber aussah wie die chinesische Filmschauspielerin Anna May Wong. Am Montagmorgen waren die Straße, der Bürgersteig und die Stufen vor dem Gerichtsgebäude derart überfüllt, daß Polizei kommen und die Menge in Schach halten mußte. Es gab Reporter und Wochenschaukameras, und alle versuchten, einen Platz im Zuschauerraum zu ergattern.
Nun verstand ich, weshalb Mr. Winterborn *Zehntausend Yang* aus der Sache hatte heraushalten wollen.
»Was also soll Ihr Tonikum stärken, Mrs. Lee?« dröhnte der Anwalt des Roten Drachen und starrte dabei theatralisch ins Publikum, anstatt mich anzusehen.
»Die Manneskraft«, erwiderte ich. Ich antwortete nur ungern

auf eine derartige Taktlosigkeit, wußte aber, daß ich kooperativ wirken mußte. Die Stimmung im Gerichtssaal und unter den Geschworenen war schwer einzuschätzen. Ich hoffte, daß sie auf meiner Seite wären, konnte es aber bisher nicht beurteilen.

»Sie meinen, kräftige Muskeln?«

»Männlichkeit«, sagte ich.

»Nach dem Motto: ›Davon kriegen Sie Haare auf der Brust‹?«

Ich blickte zu Gideon, der mir ermutigend zulächelte. Das Publikum wurde unruhig. Ich spürte die Erregung, mit der jeder einzelne darauf wartete, daß ich die verbotenen Worte aussprach. Auf einmal war ich zornig. Warum wurde ich hier bestraft, ich, das Opfer? »*Zehntausend Yang* ist ein Mittel zur Steigerung der sexuellen Leistungskraft, Euer Ehren«, sagte ich zu dem Richter, »und dieser Mann«, ich wies auf den Drachen, »stahl nicht nur mein Rezept, sondern ließ auch einen Stoff darin, der lebensgefährlich ist, einen Stoff, den ich aus der endgültigen Formel herausnahm. Das Mittel dieses Mannes ist Gift.«

Der Drache sprang auf. »Das ist es nicht!«

»Dann trinken Sie es doch, Sie Mistkerl!« schrie Gideon plötzlich und sprang ebenfalls auf. »Trinken Sie hier und jetzt eine Flasche davon und beweisen Sie damit, daß es harmlos ist.«

»Ich brauche solche Mittel nicht«, schoß der Drache zurück, »aber Sie vielleicht!«

Im Gerichtssaal brach Tumult aus. Der Richter donnerte mit seinem Hammer auf den Tisch, aber der Lärm war so groß, daß man es kaum hörte.

Als endlich die Ordnung wieder hergestellt war, sagte der Anwalt des Roten Drachen mit lauter Stimme, und wieder hatte er mir den Rücken dabei zugewandt: »Mrs. Lee, Sie haben angegeben, dieses Präparat auf Wunsch eines einzelnen Kunden hergestellt zu haben. War dieser Kunde ein Mann?«

»*Zehntausend Yang* ist ein Mittel, das speziell für Männer entwickelt wurde.«

»Würden Sie dann dem Gericht noch etwas mitteilen, Mrs. Lee? Wie hieß der Kunde, für den der Trank bestimmt war?«
Mr. Winterborn stand auf. »Einspruch, Euer Ehren. Die Identität des Kunden ist hier ohne Belang.«
»Ich bin anderer Ansicht, Euer Ehren. Mein Klient ist überzeugt, daß man eine Verschwörung gegen ihn angezettelt hat. Der Name von Mrs. Lees Kunden ist von unmittelbarer Wichtigkeit.«
»Einspruch abgelehnt. Beantworten Sie die Frage, Mrs. Lee.«
Ich hatte nicht gedacht, daß es so weit kommen würde. Ich hatte geglaubt, die Briefe würden vertraulich bleiben.
»Mrs. Lee?« sagte der Anwalt. »Würden Sie bitte dem Gericht den Mann nennen, für den Sie Ihr Stärkungsmittel herstellten?«
Ich drehte mich zu Gideon um. Sein Gesicht war bestürzt.
»Mrs. Lee?«
Und so erklärte ich vor allen diesen gaffenden Fremden und Reportern und Wochenschaukameras: »Ich erfand dieses Mittel für meinen Ehemann, Mr. Lee.«
Bei diesen Worten brach im Gerichtssaal Chaos aus. Grelle Blitzlichter zuckten auf, und Reporter rannten zur Tür. Ich sah auf meinen Mann, der mit ruhiger Würde, den Kopf hocherhoben, in der ersten Reihe saß.

Nie hatte ich Gideon so zornig gesehen. »Sie wird den Geiern zum Fraß vorgeworfen!«
Mr. Winterborn schüttelte den Kopf. »Gideon, uns sind die Hände gebunden. Harmonie hat für ihre Behauptungen keine Beweise vorlegen können. Jetzt müssen die Geschworenen entscheiden, und ich glaube nicht, daß man auf unserer Seite ist.«
Gideon starrte ihn grimmig an. »Haben Sie nicht gesagt, es wäre hilfreich, Frauen unter den Geschworenen zu haben?«
»Das dachte ich auch, aber ich habe mich getäuscht.«
»Wieso?«
»Weil Harmonie jung und schön ist und ihren Männern Sexmittel verkauft. Die Frauen betrachten sie als Bedrohung.«

»Hören Sie«, sagte Gideon, »wir verfügen über unterzeichnete, eidesstattliche Erklärungen von Chemikern, die bezeugen, daß das Tonikum des Roten Drachen gefährlich ist. Unterstützt das nicht Harmonies Aussage?«

»In ausreichend großer Menge ist jeder Stoff giftig. Außerdem haben wir keinen Beweis dafür, daß jemand an *Starkem Mann wirklich gestorben* ist. Darin liegt das Problem ... wir arbeiten mit Vermutungen, nicht mit Tatsachen.«

»Aber Harmonie hat Namen genannt.«

»Ja, von Männern, die krank waren und starben. Aber woran? Es gab keine Autopsien. Wir kennen den Gesundheitszustand vor Eintritt des Todes nicht.« Er wandte sich mir zu und stieß einen rauhen Seufzer aus. »Mrs. Lee, ich glaube, Sie sollten sich auf das Schlimmste gefaßt machen.«

Aber ich weigerte mich, die Hoffnung aufzugeben. »Mr. Winterborn«, sagte ich, »neulich war eine Frau im Gerichtssaal. Sie blieb nur ein paar Minuten. Ich glaube, sie hatte Angst. Gleich, nachdem ich sie sah, verschwand sie wieder.«

»Und wer ist sie?«

»Zuerst konnte ich mich nicht erinnern, aber dann fiel es mir ein. Sie heißt Betty Chan und hat vor neun Jahren für mich gearbeitet. Ich bin fast sicher, daß sie es war, die meine Ideen stahl und an den Roten Drachen weitergab. Wenn wir sie finden und zur Aussage bewegen könnten ...«

»Ich werde meinen Privatdetektiv auf sie ansetzen.«

Nachts lag ich im Bett und weinte. Welche Zukunft konnte ich meiner Tochter jetzt noch bieten? Eine Mutter ohne Ehre? Eine Familie ohne Vermögen? Mr. Lee nahm mich in die Arme und tröstete mich. Selbst im Bett nannte ich ihn Mr. Lee. Er hielt mich in seiner sanften Umarmung, bis ich einschlief.

Als wir am nächsten Morgen zum Gericht kamen, hatte Mr. Winterborn gute Nachrichten. »Mein Detektiv hat die Adresse von Betty Chan herausgefunden. Er ist unterwegs zu ihr.«

»Glauben Sie, er kann sie überreden, auszusagen?« fragte Gideon. Wie üblich ging er an meiner Seite, als wir uns einen Weg durch die Menge bahnten, während Mr. Lee und Olivia uns folgten. Die Presse hatte das bereits bemerkt und sparte nicht mit Anspielungen auf »die ständige Begleitung durch Mr. Gideon Barclay«. Mr. Winterborn hatte vorgeschlagen, Gideon solle sich nach außen hin von mir fernhalten, war aber auf taube Ohren gestoßen.

»Das kommt natürlich auf die Umstände an, aber mein Mann kann sehr überzeugend sein«, antwortete Mr. Winterborn mit einem Lächeln, »vor allem bei den Damen. Ich habe ihn außerdem beauftragt, ihr anzudeuten, daß man sie für ihre Mühe entschädigen würde. Das ist nicht unbedingt die feine Art, aber dieser ganze Prozeß ist schließlich eine Farce.«

Mr. Winterborn beantragte eine Unterbrechung, während wir auf einen neuen Zeugen warteten. Der Richter gewährte uns eine Stunde.

Es war die längste Stunde meines Lebens. Wir gingen im Korridor auf und ab, beobachteten beide Eingänge und sahen ständig auf unsere Uhren. Der Drache und sein immer größer werdendes Gefolge saßen auf Bänken unter den hohen Fenstern, unterhielten sich leise und lachten gelegentlich laut auf. Manchmal sah er mit triumphierendem Blick zu mir herüber, und ich fragte mich zum wiederholten Mal, womit ich mir eigentlich eine solche Feindschaft verdient hatte.

Betty Chan kam nicht.

»Wo bleibt Ihr Zeuge, Mr. Winterborn?« fragte der Richter, als der überfüllte Gerichtsaal zur Ruhe gekommen war.

»Euer Ehren, wenn wir vielleicht noch ...«

»Mr. Winterborn, haben Sie einen Zeugen, den wir aufrufen können, oder nicht?«

»Euer Ehren, ich beantrage eine ...«

»Sie strapazieren die Geduld des Gerichtes, Mr. Winterborn.«

In diesem Moment öffnete sich die Doppeltür, und Mr. Winter-

borns Privatdetektiv eilte herein. Im Zuschauerraum gab es Gemurmel und Bewegung. Die Menschen spürten, daß sich etwas Dramatisches anbahnte, als der Mann hinter uns an die Absperrung trat und leise sagte: »Betty Chan ist tot. Sie haben ihre Leiche soeben aus der Bucht gezogen.«
Ich muß laut aufgeschrien haben, denn der Richter mußte erneut seinen Hammer einsetzen, um die Ordnung im Saal herzustellen. Ich sah Gideons blasses Gesicht und dann den ungeheuren, leeren Schlund am Ende der Welt, der sich auftat, um mich zu verschlingen. Ich würde alles verlieren.
Den Prozeß, meine Firma, meine Ehre, meinen Traum.
Als mein Gatte sich langsam erhob, dachte ich, er wolle den Saal verlassen. Statt dessen erklärte er zu meinem Entsetzen mit uncharakteristisch lauter Stimme: »Ich bin der Zeuge, Euer Ehren.« Und zu Mr. Winterborn: »Ich bin jetzt bereit auszusagen.«
Der Anwalt sah ihn ratlos an und blickte dann mit hochgezogenen Augenbrauen auf mich. Aber ich hatte keine Ahnung, worauf Mr. Lee hinauswollte.
Ich sah zu, wie er vor den Richtertisch trat, dieser große, überschlanke Mann, der mir immer älter vorgekommen war, als er tatsächlich war, ein Mann von so stillem Wesen, daß ich in seiner Gegenwart an klösterliche Gelehrte in Mandaringewändern denken mußte. Er ging zum Zeugenstand, zog einen Umschlag aus der Tasche und reichte ihn dem Richter. Dann verkündete er dem verstummten Publikum laut und klar: »Dieser Umschlag enthält ein Attest, das meinen einwandfreien Gesundheitszustand bestätigt. Der Arzt, der mich untersucht hat, befindet sich im Saal.«
Hierauf griff er zu meinem noch größeren Entsetzen wieder in die Tasche und holte eine Flasche heraus. »Diese Flasche *Starker Mann* habe ich in Fen Yuens Markt auf der Grant Street gekauft und den Ladeninhaber gebeten, sie zu versiegeln.« Er gab sie dem Richter. »Wie Sie sehen, ist das Siegel unversehrt. Der Ladeninhaber ist ebenfalls anwesend.«

Die Zuschauer tuschelten, sprachen durcheinander, staunten.
Ich saß zu Stein erstarrt, als mein Mann den Richter bat, die Flasche zu öffnen. Während die Blitzlichter zuckten und die Wochenschaukameras surrten, erfüllte der Richter den Wunsch und gab Mr. Lee dann die Flasche zurück.
Mit einer dramatischen Gebärde, die ich ihm nie zugetraut hätte, wandte sich mein Gatte dem Publikum zu und trank, bevor ich überhaupt reagieren konnte, die ganze Flasche *Starker-Mann-Tonikum,* hergestellt von der Roter-Drache-Gesundheitsgesellschaft, aus.
»Nein!« schrie ich.
Der Gerichtssaal tobte. Kameras blitzten, Menschen brüllten, Reporter rannten zu den Telefonen. Der Anwalt des Roten Drachen, außer sich vor Wut, versuchte dem Richter etwas mitzuteilen. Wieder und wieder sauste der Hammer nieder. Ich eilte zu meinem Gatten, der mit der leeren Flasche in der Hand dastand.
Er hatte das Mittel auf leeren Magen genommen und spürte die Wirkung fast sofort. Als der Arzt eintraf, saß Mr. Lee auf dem Boden, den Rücken gegen den Richtertisch gestützt, und sein Herz raste so, daß ich den Puls nicht fühlen konnte. Sein Gesicht war totenbleich, die Haut naß von Schweiß. Ich fürchtete, er würde an Ort und Stelle sterben. Sein Leben rann durch meine hilflosen Finger.
In sprachloser Verwunderung starrte ich ihn an und merkte kaum, daß Gideon die Neugierigen zurückhielt. »Machen Sie Platz!« schrie er. »Ist der Doktor da?« Männer mit Kameras versuchten sich vorzudrangen. Ich hörte das Schluchzen von Frauen.
Mr. Lee wurde sofort ins Krankenhaus gebracht. Ich fuhr mit ihm im Rettungswagen. »Warum?« fragte ich. »Warum hast du das getan?«
Er nahm meine Hand in seine, lächelte sanft und antwortete: »Weil mein Bild fertig ist.«

Er starb in derselben Nacht im Krankenhaus, und die Ärzte bestätigten, daß das *Starker-Mann-Tonikum* den Tod verursacht hatte. Danach meldeten sich andere Leute und berichteten von ihren eigenen Erkrankungen oder von Sterbefällen nach dem Gebrauch von Roter-Drache-Mitteln. Arbeiterinnen der Roter-Drache-Fabrik gaben der Polizei anonyme Tips, und eine darauf folgende Untersuchung enthüllte, daß die Produktionsberichte tatsächlich gefälscht gewesen waren. Als die Polizei mehrere Mitarbeiter des Unternehmens nach Betty Chan fragte, deren armer Körper immer noch im Leichenschauhaus lag, bezeugten sie, daß sie die Spionin des Roten Drachen gewesen war.

Eine weitere Untersuchung, vom Finanzamt eingeleitet, förderte gefälschte Geschäftsbücher und Beweise für Steuerhinterziehung, Geldwäsche und Verbindungen zur chinesischen Mafia zutage. Die Fabrik wurde geschlossen, der Drache ohne Möglichkeit, Kaution zu stellen, in Untersuchungshaft geschickt, bis die Ermittlungen abgeschlossen sein würden. Doch noch bevor es zum Prozeß kam, starb der Drache im Gefängnis, angeblich an einem Herzanfall, obwohl es Gerüchte gab, daß er wegen des großen Gesichtsverlustes Selbstmord begangen habe.

Zu meiner Überraschung litt der Absatz von Vollkommene-Harmonie-Mitteln nicht unter dem Skandal, sondern stieg im Gegenteil an. Der Prozeß hatte soviel öffentliches Interesse erregt, daß auch meine Arzneien dadurch bekannt wurden. Leute, die vorher niemals zu *Mei-ling*-Balsam und *Wonne*-Kapseln gegriffen hatten, versuchten sie nun und wurden treue Kunden. Deshalb und um die Zukunft meiner Tochter zu sichern, führte ich, obwohl ich in Trauer war, meinen Plan aus, die Fabrik in Daly City zu kaufen. Mr. Lee hätte es so gewollt.

Ich beauftragte eine Geomantin, das *feng shui* zu prüfen. Sie fand ein Leck in einem der Rohre – »Ihr Geld wird davontröpfeln« – und eine Tür, die den *chi*-Fluß blockierte. Wir ließen die Gebäude in Farben streichen, die sie in Einklang mit ihrer Umgebung brachten, hingen Windspiele auf, um gutes *chi* einzufangen und wieder auszustrahlen, und als ich entdeckte, daß die Hausnummer 626 lautete – was in der Quersumme vierzehn ergab und somit eine äußerst ungünstige Zahl war, die soviel wie »sicherer Tod« bedeutete –, änderte ich sie in 888, um Glück und Wohlstand anzuziehen.

Am Tag der Neueröffnung, einem von einer Wahrsagerin gewählten Glückstag, mieteten wir Löwentänzer, um die Götter günstig zu stimmen. Dann stellten sich alle zu einem Gruppenfoto auf, auch Gideon und Olivia, die ihren Sohn Adrian und die kleine Margo, die bei ihnen zu Besuch war, mitgebracht hatten.

Mit Hilfe von Mr. Winterborn sorgte ich dafür, daß der achtzehnjährige Sohn des Drachen, Woodrow Sung, von mir anonym unterstützt wurde, denn er war inzwischen Vollwaise, und ich fand nicht, daß er für die Sünden seines Vaters büßen sollte.

Es dauerte Monate, bis ich mich überwinden konnte, Mr. Lees Atelier zu betreten. Sein letztes Gemälde hatte ich seit dem Tag, an dem er es begonnen hatte, nicht mehr gesehen. Ich wußte nicht, was er in all diesen stillen Nächten während des Prozesses geschaffen hatte. Aber ich mußte mich dem Bild stellen, um herauszufinden, ob es Antwort darauf gab, warum Mr. Lee sich umgebracht hatte.

Das Bild stand noch so, wie er es verlassen hatte. Ich merkte sofort, daß es nicht die üblichen Pandabären, Pferde oder Tempelhunde darstellte. Hier ging es um Menschen in einer gewaltigen Landschaft mit Bergen und Wolken und einem fernen Meer. Es war atemberaubend. Noch nie hatte ich ein so wundervolles Gemälde gesehen.

Nach und nach erkannte ich die Figuren und begriff, was sie aussagten. Und ich verstand, warum Mr. Lee die Flasche ausgetrunken hatte.

Ich selbst bildete den Mittelpunkt der Szene. Ein roter Drache spie mir Feuer entgegen, und ich schien mit ausgestreckten Armen auf einen Mann zuzulaufen, der kein Chinese war. Im Hintergrund,

kaum sichtbar und geisterhaft, war das Bildnis meines Mannes, der zusah, wie ich Gideon entgegenlief. Im Vordergrund saß ein kleines Mädchen mit Schmetterlingen als Augen, und neben ihr ein gespenstisches Baby.
Das Baby, das er mir niemals geben konnte.

38
3 Uhr morgens – Palm Springs, Kalifornien

Atemlos kam Charlotte ins Büro gestürzt. »Du kannst dir nicht vorstellen, was ich gefunden habe!«

Jonathan lag auf dem Rücken unter dem Schreibtisch. »Moment noch!« Sie hörte, wie er etwas durchschnitt. »So.« Er zog sich unter dem Tisch hervor, richtete sich auf, legte Seitenschneider und Schraubenzieher beiseite und wischte sich den Staub von der Stirn.

Charlotte hielt ihm eine Zeitung entgegen. »Das habe ich in einem der Schaukästen gefunden. Jonathan, Mr. Sung ist der Sohn des größten Konkurrenten meiner Großmutter, des Mannes, der sie damals zugrunde richten wollte!«

Er sah, daß es eine Titelseite des *San Francisco Chronicle* aus dem Jahr 1936 war. Die Überschrift lautete »WEIDE SCHLÄGT DRACHEN«.

Charlotte faßte in ein paar Worten die Ereignisse des Prozesses zusammen und endete mit dem Satz: »Mr. Sungs Vater hatte seine Produkte sehr stark mit Ephedrin versetzt.«

Jonathan stand auf und klopfte sich den Staub aus der Hose. »Du willst also sagen, Mr. Sung benutzt jetzt Ephedrin, um eine Art ironische Gerechtigkeit herzustellen?« Er betrachtete sie zweifelnd. »Genausogut könnte das jemand tun, der den Verdacht auf ihn lenken will.«

»Vielleicht.« Charlotte faltete die Zeitung zusammen und legte sie vorsichtig in ihre große lederne Umhängetasche, in die sie alles gepackt hatte, was nur hineinging, darunter eine neue Schachtel mit Tee aus ihrem Büro und – ein Einfall in letzter Minute – das Buch mit den preisgekrönten Gedichten aus dem Jahre 1981. »Eines weiß ich jedenfalls: Rusty Brown kann unmöglich auf dem üblichen Weg bei uns eingestellt worden sein. Unsere Personalabteilung überprüft die Vergangenheit der Bewerber sehr gründlich. Dieser Mann wurde verhaftet, weil er in einer Pharmaziefirma Rezepturen manipuliert hat. Er wurde nicht nur festgenommen, sondern sogar vor Gericht gestellt. Es ist völlig unmöglich, daß Mrs. Ferguson so etwas übersehen konnte. Also muß sie ihn entweder selbst angeheuert haben, oder es war einer ihrer Vorgesetzten. Mr. Sung verfügt über die nötigen Vollmachten.«
Jonathan streifte enge, schwarze Handschuhe über. »Wenn Mr. Sung unser Mann ist – warum hat er dir dann das Rätselkästchen gegeben, durch das du überhaupt auf die Idee gekommen bist, im Museum zu suchen? Warum sollte er das tun, wenn er selbst der Schuldige wäre?«
»Das weiß ich nicht. In meinem Kopf schwimmt alles.« Charlotte massierte ihren Nacken und blickte sich in dem kleinen Büro um, das sie vor sechs Monaten hinter sich abgeschlossen hatte, um nie wieder einen Fuß hineinzusetzen. Jetzt sah sie das Geschirr aus der Kantine, die Teeschachteln, Jonathans Regenmantel an einem Haken, die Kaffeebecher, das elektronische Gerät, die Disketten und die Computerausdrucke. Das kleine Büro ihrer Großmutter, als bescheidener Aufenthaltsort für eine alte chinesische Dame und ihre Erinnerungen gedacht, war zu einer Kommandozentrale geworden.
Nun würde das Büro wieder ein Ort der Ruhe werden. Jeden Augenblick drohte Valerius Knight einzutreffen, womöglich mit einem Haftbefehl für Charlotte, und es gab keine Möglichkeit, ihn davon zu überzeugen, daß ihre Bekanntschaft mit allen drei Op-

fern wirklich nur ein Zufall war. Darum bereiteten sie und Jonathan sich auf einen hastigen Aufbruch vor, um sich dann ein Versteck zu suchen und den Killer von dort aus aufzuspüren.
Sie dachte an den Zeitungsartikel, den sie gerade gelesen hatte, den erschreckenden Bericht über einen Prozeß, der vor über sechzig Jahren stattgefunden hatte. Sie mußte zugeben, daß es vielleicht zu einfach war, Mr. Sung für den Killer zu halten, nur weil sein Vater mit Ephedrin gearbeitet hatte. In einem Punkt war sie sich allerdings ganz sicher: auch wenn Jonathan sie verdächtigte, war Naomi ganz bestimmt nicht die Täterin.
Was bedeutete es schon, wenn sie Anteile an einem Konkurrenzunternehmen besaß? Mondstein war eine solide Firma mit guten Zukunftsaussichten, und Naomis Verlobter schließlich Anlageberater. Falls Harmony je an die Börse ging, würde Naomi zweifellos auch Aktien erwerben. Die Tatsache, daß Naomi den Ankauf nicht erwähnt hatte, immerhin eine Investition von über dreißigtausend Dollar, obwohl sie erst vor ein paar Wochen erzählt hatte, sie sei knapp bei Kasse – nun ja, Naomi war manchmal zerstreut. Außerdem erzählten sich auch die besten Freundinnen nicht immer alles. Jedenfalls war es ein ungeheuerlicher Gedanke, daß Naomi ihr eigenes Haus wegen der Versicherungssumme abbrennen würde, und ebenso ungeheuerlich von Jonathan, es auch nur anzudeuten.
Deshalb und weil es gut sein konnte, daß Naomi auch von Knight verdächtigt werden konnte, war Charlotte mehr denn je dazu entschlossen, den Killer in der Vergangenheit ihrer Familie zu suchen. Aus diesem Grund hatte sie, während Jonathan den Computer ihrer Großmutter neu verdrahtete, um ihnen den Fernzugriff zu ermöglichen, hastig Gegenstände aus dem Museum in ihre Ledertasche gestopft – Dokumente, Briefe, Zeitungen –, alles, was vielleicht hinweisen konnte auf den, der es darauf abgesehen hatte, das Unternehmen zu zerstören.
Jonathan sah erst auf seine Uhr, dann auf den Überwachungsmonitor. »Wir müssen noch einmal an den Netzwerkverteiler und

dann schnellstens weg, bevor Knight kommt. Unser Eindringling ist über ein Terminal im Haus in das System eingedrungen und benutzt höchstwahrscheinlich noch immer diesen Weg. Ich muß den Suchpfad so umleiten, daß der Täter, wenn er sich wieder einloggt, um eine Rezeptur zu kopieren, direkt bei uns landet. Dann können wir ihn von unserem neuen Standort aus per Fernzugriff schnappen.«

Sie blickte auf den Bildschirm. »Aber wenn wir ihn umleiten, findet er die Rezepturen nicht und loggt sich wieder aus.«

»Schau genauer hin.«

Sie bekam große Augen. »Falsche Formeln?«

»Mit unsichtbaren Anhängern, stummen Codeketten, die ich hinzugefügt habe. Sie wirken wie eine Art Signalfeuer. Er braucht nur eine davon herunterzuladen, und ich kann die Spur aufnehmen. Dann haben wir in Minutenschnelle seine Position. Aber wir müssen uns beeilen.«

Auf dem Überwachungsmonitor sah man den Parkplatz. Nur wenige Autos standen im strömenden Regen. Jonathan drückte auf eine Taste, und die Büros im zweiten Stock erschienen. »Er ist immer noch da.« Gemeint war der Bundesagent, der den Raum mit dem Netzwerk bewachte. »Ich brauche ungefähr zehn Minuten am Netz-Server. Die Frage ist, wie lenke ich den Mann ab?«

Charlotte betrachtete den Posten. Er war groß, hatte militärisch kurzgeschnittene, blonde Haare und Hals und Arme eines Football-Spielers. Charlotte bezweifelte, daß man ihn leicht ablenken konnte. »Ich werde es tun«, sagte sie.

»Nein. Du mußt dich versteckt halten, bis wir aufbrechen. Wir können nicht riskieren, daß du Knight in die Arme läufst.«

»Du hast gesagt, es geht nur um zehn Minuten. Ich werde gut aufpassen. Wenn Knight am Horizont auftaucht, bin ich weg.«

Jonathan überlegte kurz. »Also gut, aber nur, wenn du mir versprichst, beim ersten Anblick von Valerius Knight wegzurennen, als ob der Teufel hinter dir her wäre.«

39

»Hallo«, sagte sie und kam lächelnd auf ihn zu. »Ich bin Mrs. Lee, aber ich glaube, Sie kennen mich schon.«
Der Agent erhob sich von seinem Stuhl und stellte sich zwischen Charlotte und die Tür zum Netzwerk. »Guten Abend, Ma'am«, murmelte er. »Ja, ich kenne Sie.«
»Was für eine schreckliche Geschichte! Ich kann Ihnen gar nicht sagen, wie froh ich über das schnelle Eingreifen Ihres Teams bin. Je schneller wir den Täter finden, der mein Unternehmen sabotiert, um so besser.« Sie bot ihm das Tablett an, das sie aus der Kantine geholt hatte. »Ich dachte, Sie hätten vielleicht gerne etwas zu essen.« Um diese Uhrzeit hatte es nicht viel Auswahl gegeben, und die warme Küche war längst geschlossen. Aber sie hatte noch Kaffee gefunden, und die Donuts mit Himbeermarmelade schienen einigermaßen frisch zu sein.
»Nein, danke, Ma'am. Ich brauche nichts.«
»Aber Sie sitzen hier seit vier Stunden. Sie müssen doch hungrig sein.«
»Ich brauche nichts, vielen Dank.«
Obwohl er ihr Angebot abgelehnt hatte, sah Charlotte, wie sein Blick sehnsüchtig auf den rundlichen Donuts haftete, aus denen die Marmelade tropfte. Sie hatte sie so verlockend wie möglich auf dem Tablett arrangiert. »Es ist noch eine lange Zeit bis zum Morgen«, sagte sie, stellte das Tablett auf den nächsten Schreibtisch und hielt einen Styroporbecher hoch. »Milch und Zukker?«
»Nein, danke, ich brauche nichts.« Eine abwehrende Handbewegung.
Charlotte musterte das Tablett. »Na gut. Aber wenn es Ihnen nichts ausmacht – ich habe einen regelrechten Heißhunger. Es war ein langer und äußerst anstrengender Tag.«
Sie wählte einen der Donuts und biß so hinein, daß der Agent es

sehen konnte, wobei sie dafür sorgte, daß auf der anderen Seite die Marmelade hinausspritzte. »Hoppla!« Sie griff nach einer Papierserviette. »Das passiert mir jedesmal.« Sie lachte mit vollem Mund und wischte sich das Kinn ab. »He, die sind ja frischer, als ich dachte. Unsere Küche bäckt die besten Donuts weit und breit. Zuerst fritieren sie sie, dann füllen sie sie mit Vanillepudding, Schokolade oder Konfitüre, und dann stäuben sie Zucker und Zimt darüber. Sie müssen sie versuchen, wenn sie noch warm sind ... außen ein ganz bißchen knusprig und innen so, daß sie einem im Mund zergehen.«

Sie sah, wie er sich rasch mit der Zunge über die Lippen fuhr.

»Sind Sie wirklich sicher?« Sie hielt ihm das Tablett hin. »Ein einziger kleiner Donut wird Ihnen nicht schaden. Und ich werde es niemandem erzählen, solange Sie es nicht selbst tun«, fügte sie augenzwinkernd hinzu.

Er lehnte nochmals ab, aber sie merkte, daß er zögerte. Also knabberte sie weiter an ihrem Donut, kommentierte jeden einzelnen Bissen und behauptete, jetzt wieder mit einer Diät beginnen zu müssen, so üppig, süß und köstlich sei das Gebäck. Als sie seine Augen zum Tablett und sofort wieder wegschweifen sah, bot sie es ihm erneut an, und diesmal meinte er: »Na ja ...«

»Schützen Sie mich vor mir selbst!« bat sie lachend und stieß ihm das Tablett fast in die Rippen.

»Ich denke, einer geht in Ordnung«, sagte er. »Vielen Dank, Ma'am.« Er nahm auch eine Tasse Kaffee von ihr an.

Über ihnen flackerten die Lampen. »Was für eine Nacht!« seufzte Charlotte. »Es regnet ja nicht viel bei uns, aber wenn, dann wartet man jeden Moment darauf, daß Noah mit der Arche vorbeigesegelt kommt.«

»Ja, Ma'am.«

Charlotte lehnte sich an die dem Computerraum gegenüberliegende Wand, verschränkte die Arme vor der Brust und meinte: »Nicht sehr amüsant, die ganze Nacht allein hier rumzuhocken, wie?«

»Nein, nicht besonders.« Er hatte den Donut gegessen und wischte sich den Mund mit einer Papierserviette ab.
»Nehmen Sie noch einen.« Sie zeigte auf das Tablett.
Diesmal mußte sie ihn nicht überreden.
Sie warf einen Blick in den Gang, wo Jonathan wartete, beobachtete, wie der Agent den zweiten Donut verschlang und mit dem restlichen Kaffee hinunterspülte und fragte dann: »Wird es Ihnen eigentlich nicht langweilig, so ganz allein? Dürfen Sie Zeitschriften lesen? Ich hole Ihnen gerne ...«
»Alles bestens, Ma'am. Danke für den Kaffee und die Donuts.«
Sie lehnte weiter mit verschränkten Armen an der Wand und sah nach oben zur Uhr. Nur noch zweieinhalb Stunden bis zu ihrem Sechs-Uhr-Ultimatum. Wie lange es dauern würde, bis Knight wieder auftauchte, ließ sich nur raten. Als sie in ihre Jackentasche griff, merkte sie, daß der Agent sie scharf beobachtete. Sie erwiderte seinen Blick nicht, sondern zog das kleine Rätselkästchen heraus und begann es in den Händen zu drehen.
Während ihre Finger das erste Täfelchen suchten und zur Seite schoben, begann Charlotte leise zu summen. Der Agent ließ die Augen nicht von ihren Händen. Sie fand das zweite Täfelchen, bewegte es langsam und summte dabei. Die Melodie war einfach, ein Wiegenlied aus ihrer Kinderzeit. Sie summte geistesabwesend vor sich hin und arbeitete dabei gemächlich an ihrem Kästchen, drehte es hierhin und dorthin, rhythmisch, hypnotisch. Hier hinter den teuer ausgestatteten und schalldichten Mauern war der Sturm, der draußen immer noch tobte, kaum zu hören. Die Inneneinrichtung der Vorstandsetage von Harmony Biotec stammte von Margo Barclay. Sie selbst hatte den dicken, blaßblauen Teppichboden ausgesucht, die beige Grastapete an den Wänden, die blausilbernen Abtrennungen zwischen den Kabinen der Sekretärinnen und die milde, indirekte Beleuchtung. Damit hatte eine zurückhaltende, geschmackvolle Umgebung geschaffen werden sollen. In dieser stürmischen Nacht wirkte das Haus wie ein Kokon.

Als der Agent sich das erste Mal die Hand vor den Mund hielt und gähnte, schaute Charlotte nicht hin. Als er den Mund zum zweiten Mal weit aufriß, warf sie ihm einen verstohlenen Seitenblick zu. Das dritte Gähnen wurde von schnellem Blinzeln begleitet – ein Mann, der sich anstrengte, wach zu bleiben.
Es dauerte ein paar Minuten länger, als sie erwartet hatte, dann aber tat der Sirup, den sie in die Himbeermarmelade gespritzt hatte, endlich seine Wirkung. Obwohl nicht bundesamtlich zur Herstellung von Opiumpräparaten zugelassen, verfügte das Laboratorium von Harmony Biotec doch über einen reichlichen Vorrat von *Papaver somniferum* zu Forschungszwecken. Bekannt als Mohn, bedeutete der lateinische Namensbestandteil *somniferum* »schlafbringend«.
Als der Agent auf seinem Stuhl zusammengesackt und mit dem Kinn auf der Brust eingeschlafen war, erschien Jonathan. Sie verabredeten sich für zehn Minuten später im Museum. Dann schlüpfte er leise in den Raum mit dem Netzwerkverteiler und machte sich an die Arbeit.

40

Charlotte sah zu, wie er in dem kleinen Raum verschwand, überzeugte sich noch einmal davon, daß der Agent tief und fest schlief, und eilte dann zu der Treppe auf der Südseite.
Als sie auf dem obersten Absatz stand und die schwere Metalltür hinter ihr sacht ins Schloß fiel, hätte sie fast laut aufgeschrien, weil plötzlich ein Mann aus dem Schatten trat und ihr den Weg versperrte.
»Desmond!« Ihre Stimme hallte in dem leeren Treppenhaus wider. »Du sollst dich nicht so anschleichen! Ich hätte fast einen Herzschlag bekommen.«
»Was zu trinken?« Er streckte ihr eine flache Silberflasche hin.

Sie roch den Alkohol in seinem Atem und merkte, wie unordentlich er aussah. Anscheinend hatte er sich seit vierundzwanzig Stunden nicht rasiert und seine Haare nicht gekämmt. Vorn auf seinem schwarzen V-Ausschnitt-Pullover klebte ein angetrockneter Klumpen, offenbar Senf. Ganz untypisch für Desmond, der fast ebenso von seiner äußeren Erscheinung besessen war wie seine Mutter. Noch erstaunlicher war der Alkohol.

»Na, Cousine?« fragte er. »Was streunst du zu dieser unchristlichen Zeit hier herum? Ich glaubte, du wärst nach Hause gefahren.«

»Ich brauchte noch einige Informationen.«

Er fuhr sich mit der Hand über den Mund. »Und hast du sie gefunden?«

»Desmond«, sagte sie und beobachtete ihn scharf. »Weißt du, woher meine Großmutter von diesem seltenen Kraut in der Karibik wußte? Weißt du, von wem?«

Er zuckte die Achseln und lehnte sich an die Wand. »Die alte Dame und ich sprachen nicht oft miteinander.«

»Weißt du, wie Rusty Brown es geschafft hat, sich bei uns einstellen zu lassen?«

Ein verschwommener Blick. »Wer?«

»Einer unserer Produktionstechniker. Die Polizei hat ihn vor drei Stunden verhaftet.«

»Ach der. Ich weiß gar nichts – hick! – über ihn.«

»Du bist betrunken.« Sie wollte die Treppe hinuntergehen, aber er packte sie am Arm.

»Nicht betrunken genug«, erklärte er mit schiefem Lächeln. »Weißt du, was hier vorgeht, Charlotte? Mein Vater ist im Begriff, Millionen von Dollar zu verlieren. Tatsächlich würde ich mich auch nicht wundern, wenn er ins Gefängnis käme, weil er mit Investorengeldern herumgespielt hat. Sie haben gedacht, sie würden mit GB4204 reich werden. Statt dessen hat die FDA ihre Genehmigung zurückgestellt, so daß das Mittel nie zugelassen werden wird und wir es nicht auf den Markt bringen können. Und

schon ist mein Vater ein verurteilter Mann.« Er lachte. »Irgendwie gefällt mir die Idee.«
Charlotte musterte ihn. Das hübsche Gesicht sah aus, als wäre es zusammengesackt, die attraktiven Züge hatten ihre Vollkommenheit verloren. Es war, als sei er der Anstrengung müde geworden, die Fassade aufrechtzuerhalten. »Desmond«, begann sie langsam und beobachtete, wie er reagierte, »du hast dich verändert. Was ist letztes Jahr, als ich verreist war, passiert?«
»Letztes Jahr?«
»Als ich für einen Monat in Europa war. Ist in meiner Abwesenheit etwas vorgefallen?«
»Etwas vorgefallen. Hm ... laß mich überlegen ... etwas vorgefallen ...« Er hob ruckartig die Schultern. »Nicht, daß ich wüßte. Wieso?«
»Schickst du mir E-Mails?«
»Was?«
»Ob du mir E-Mails schickst.«
Er blinzelte. »Warum sollte ich das tun?« Er nahm einen Schluck aus der Flasche. »Ich finde, mein Vater müßte in Streifen gut aussehen, nicht wahr?«
»Ich habe dich noch nie so reden hören.«
Er beugte sich dicht über sie und flüsterte ihr ins Ohr: »Weil du mir nie zugehört hast.« Dann ließ er ihren Arm los, ging um sie herum und stützte die Hand so gegen die Wand, daß der Weg blockiert war. »Ich verrate dir ein Geheimnis.«
Seine Fahne war so stark, daß Charlotte den Kopf zur Seite drehte.
»Als ich ein Junge von vierzehn war, habe ich leidenschaftlich gerne herumgeschnüffelt. Eines Tages durchstöberte ich Mammas Schreibtisch und fand einen Brief, den Daddy ihr geschrieben hatte. Findest du das nicht abartig? Ein Mann, der an seine Frau schreibt, die im selben Haus wohnt? Jedenfalls war der Brief voll mit dem üblichen Scheiß wie ›Ich liebe Dich‹ und ›Ich werde immer für Dich dasein‹ und ›Du gibst mir das Gefühl, drei Meter

groß zu sein‹. Ich habe keine Ahnung, was er eigentlich meinte, aber einen Satz darin fand ich absolut umwerfend. Es war ein so sagenhafter Satz, daß ich ihn auswendig lernte. Daddy schrieb – Zitat: ›Es ist schrecklich, wenn ein Vater einen absoluten Versager als Sohn hat‹.«

Er lehnte sich zurück und fuhr sich mit der Hand durch das wirre Haar. Er hatte Schweißflecken unter den Armen. »Na, was hältst du davon? Olivia war versessen darauf, einen echten Enkel zu haben, einen *echten Barclay*, wie sie es formulierte. Als ob mein Vater einer gewesen wäre! Ha! Gideon war adoptiert, aber diese Kleinigkeit schien Olivia vergessen zu haben. Also trichterte sie ihrem kostbaren Adrian vom Tage seiner Geburt an ein, daß er ein Barclay sei und sein einziger Zweck auf Erden darin bestehe, weitere Barclays zu produzieren. Tja ... es klappte nicht. Statt dessen bekamen sie mich. Ha! ha!«

Charlotte wollte ihm die Flasche wegnehmen. »Gib mir das.«

Aber er entzog sich ihrem Griff und nahm einen weiteren großen Schluck. »Wußtest du, daß Großmutter ihren Sohn in der Nacht, als sie starb, an ihr Bett rufen ließ und die folgenden Worte zu ihm sprach? ›Adrian‹, sagte sie, ›du hast mich enttäuscht.‹ Die letzten Worte einer Mutter an ihren Sohn. Adrian Barclay, Sohn des großen Gideon Barclay, hatte nicht die Kraft, einen Erben zu zeugen.«

Er stolperte zurück und stieß gegen das Metallgeländer.

Charlotte packte ihn. »Des! Du wirst noch die Treppe herunterfallen. Gib mir die Flasche.«

»Und dann ist da natürlich meine Mutter«, sagte Desmond und riß sich von ihr los. »Ein wirkliches Herzchen.«

»Sag nicht so was, Des. Du hast sie immer angebetet.«

Er gab ein lautes, schallendes Rülpsen von sich. »Manchmal werden auch den Frommen die Augen geöffnet.«

»Irgend etwas *muß* passiert sein, als ich letztes Jahr weg war. Bei meiner Rückkehr hattest du dich verändert. Genauso wie Mr. Sung. Warum, Des? Was ist passiert?«

»Ah, Mr. Sung. Der große, undurchsichtige Mr. Sung.« Er erstickte ein neuerliches Rülpsen. »Er hat übrigens meine Adoption abgewickelt. Seine Unterschrift steht auf allen Papieren.« Wieder trank er aus der Flasche und hielt sich dabei am Geländer fest wie auf einem schwankenden Schiff. »Wußtest du, daß meine Eltern nicht aus Liebe geheiratet haben? Sie leben seit ihrem siebten Lebensjahr zusammen. Anscheinend deponierte meine Großmutter mütterlicherseits ihre Tochter bei den Barclays und holte sie nie wieder ab.« Er runzelte die Stirn. »Glaubst du, daß sie je etwas miteinander hatten? Du weißt ja, wie das ist – man kann sich seine Eltern nicht beim Sex vorstellen. Aber in diesem Fall stimmt es wohl wirklich. Meine Mutter kastriert jeden. Ich glaube, mein Vater hat bei ihr nie einen hochgekriegt.«

»Desmond! Ich hole ein Taxi. Du mußt schlafen.«

»Und dann war da natürlich noch das Haus. Das wurde natürlich groß geschrieben. Olivia war besessen von ihm.« Er bekam einen Schluckauf und wischte sich das Kinn ab. »Fandest du es nie sonderbar, daß sich meine Mutter ständig dort herumtrieb? Ehrlich gesagt, gefiel mir unser Swimmingpool viel besser. Er war viel neuer und außerdem geheizt. Der alte Barclay-Pool stammte noch aus der Jahrhundertwende.«

»Warum kamt ihr dann so oft?«

»Olivia bestand darauf. Sie besuchte uns und fragte: ›Margo, wann warst du das letzte Mal mit Desmond im Haus?‹ Wie deine Großmutter das aushielt, werde ich nie begreifen.«

»Sie war sehr großzügig. Ihr Haus stand Freunden und Besuchern immer offen.«

»Um Himmelswillen! Wir lungerten jede Woche dort herum. Was sollte der ganze Unfug?«

»Wir sind eine Familie, Charlotte. Dieses Haus gehört ihnen so gut wie uns.«

Wieder ein Schluck. »Jesus, Olivia war verrückt danach. Sie saß stundenlang am Schreibtisch und produzierte tonnenweise Briefe – wie am Fließband.«

»Briefe? An wen? Worüber?«
Er zuckte die Achseln. »Sie hatte dieses scheußliche Briefpapier, mit einem großen, obszönen Wappen darauf. Es gehörte früher Fiona. Vermutlich hielt Olivia es für vornehm.« Er wollte trinken, aber die Flasche war leer. Er ließ sie zu Boden fallen. »Ich fühlte mich euch allen immer unterlegen«, murmelte er. »Je mehr meine Mutter mit mir angab, desto wertloser fühlte ich mich. Schließlich war ich kein echter Barclay. Das waren sie zwar auch nicht, aber ich«, er beugte sich wieder über Charlotte und flüsterte, »ich war *adoptiert*. Ich war ein Außenseiter. Olivia hatte sich mit Fiona angefreundet, und Margo wurde Olivias Schützling. Eine nette kleine, in sich geschlossene Gruppe, sollte man meinen. Und dann, auf der anderen Straßenseite, du und deine Großmutter. Die echten Barclays!« Er warf den Kopf zurück und lachte.
Das Lachen erstarb gleich wieder, und seine Augen verdüsterten sich. Er starrte auf einen Fleck über Charlottes Kopf und sagte ruhig: »Weißt du, wie es ist, wenn dein Vater dich ansieht, als ob du etwas wärst, was an seiner Schuhsohle klebt?«
Er senkte den Blick und richtete die trüben Augen auf Charlotte. »Ach so, das hatte ich vergessen. Du weißt ja überhaupt nichts von solchen Dingen. Du hattest nie einen Vater, nicht wahr?«
»Desmond, ruf ein Taxi und fahr heim.« Sie wollte an ihm vorbei, aber seine Hand schoß nach vorn, und seine Finger umklammerten ihren Arm mit festem Griff.
»Laß mich nachdenken … war er nicht irgendein Taucher? Merkwürdig, daß deine Großmutter kein einziges Bild von ihm herumstehen hatte. Ist dir das schon mal aufgefallen?«
»Des, laß mich los.«
Er kam näher. Seine Whiskyfahne hüllte sie ein. »Hast du dir nie Fragen gestellt? Über deine Mutter? Sie war immer in Geheimnisse eingepackt wie in Watte. Weißt du, was ich glaube? Daß irgend etwas mit ihr nicht stimmte.«
Sie wehrte sich gegen den schmerzhaften Druck seiner Hand. »Ich brauche mir das nicht anzuhören.«

»Kein Mensch hat je geglaubt, daß Mr. Lee der leibliche Vater deiner Mutter war. Wußtest du das? Da war ein Prozeß, irgendwann in den Dreißigern, bei dem herauskam, daß Lee impotent war. Und nun rate mal, wer der Daddy von deiner Mammi war. Weißt du, was ich gehört habe?«

»Desmond ...«

»Als du fünfzehn warst, sollst du ausgesehen haben wie deine Großmutter in diesem Alter – damals, als Gideon zum ersten Mal der *Vollkommenen Harmonie* begegnete.«

»Was soll das heißen?«

»Damals bist du im Sommer drei Wochen lang verschwunden. Mein Großvater verschwand ebenfalls. Er wollte keinem verraten, wo er gewesen war, nicht einmal seiner Frau, Großmutter Olivia. Und du wolltest mir nicht sagen, wo du gesteckt hast.«

»Es ging dich nichts an. Außerdem war Gideon mein Onkel.«

»Und mein Großvater – und wenn die Gerüchte stimmen, auch deiner. Ich wette, deinem tapferen Herzensritter hast du erzählt, wo du warst.«

»Ja, ich habe es Jonathan gesagt. Na und?«

»Und wohin hat der große Gideon dich gebracht? Er nahm dich irgendwohin mit, nicht wahr? Jeder wußte, daß mein geiler alter Großvater eine Vorliebe für Chinesinnen hatte.«

»Du bist ekelhaft.«

Er lachte. »Ist denn der Herzensritter noch hier?«

»Hör auf, ihn so zu nennen!« Sie riß sich los. »Was hast du überhaupt gegen Jonathan? Er hat dir nie etwas getan.«

»Nein, außer daß er dich mir weggenommen hat.«

»Du hast mich nie gehabt, das habe ich dir schon vor Jahren erklärt. Wir sind Cousin und Cousine ...«

»Nicht wirklich. Nicht dem Blut nach. Vergiß nicht, ich bin adoptiert.«

»Das macht keinen Unterschied. Wir sind zusammen aufgewachsen. Du bist fast wie ein Bruder für mich. Ich kann nichts anderes für dich empfinden.«

»Woher weißt du das, solange du es nicht versucht hast?« Unvermittelt preßte er seinen Mund auf ihren und zwang seine Zunge zwischen ihre Lippen.
Sie stieß ihn zurück und gab ihm eine Ohrfeige. »Desmond! Geh nach Hause. Du bist betrunken!« Sie drehte sich um und floh die Treppe hinunter.
»Denk an deine schwachsinnige Mutter, Charlotte!« rief er ihr nach. »Denk an sie!«

41

Jonathan ging durch den Regen zurück ins Museum und dachte an die verregnete Nacht in Boston, als er und Charlotte sich unter den Decken aneinandergekuschelt und einen Teppich aus Träumen gewebt hatten.
In der Nacht darauf hatte er das Gedicht verfaßt, gleich nachdem sie abgeflogen war. Er war vom Flughafen in seine kleine Wohnung zurückgefahren und hatte dort im Halbdunkel gesessen, noch ganz erfüllt von Charlottes Duft und Lachen. Er hatte das Gedicht direkt aus seinem Herzen auf das Papier geschrieben. Von der ersten bis zur letzten Zeile hatte er kein Wort und kein Komma mehr daran geändert.
Er hatte Charlotte nicht erzählt, daß er es am nächsten Tag an eine Universität an der Ostküste geschickt hatte, die alljährlich einen angesehenen Poetik-Wettbewerb veranstaltete. Er wußte nicht einmal, warum er das eigentlich tat, denn er war sich sicher, daß seine Verse keine Chance hatten. Schließlich war er kein Dichter, sondern nur ein Computerfreak, der den Ehrgeiz hatte, es zum Elitehacker zu bringen. Ein ganzes Jahr lang hatte er ihr nichts verraten, weder davon, daß man sein Gedicht aus über fünftausend Einsendungen ausgewählt, noch von dem Geldpreis, den er erhalten hatte, und auch nicht, daß sein Gedicht zusammen mit

denen der anderen Gewinner in einem Buch veröffentlicht werden würde. Er sagte nichts, weil er beschlossen hatte, sein Gedicht sprechen zu lassen, das weit beredter war, als seine Worte es jemals sein konnten.
Dann war im Frühjahr 1981 das Buch erschienen. Er hatte es ihr geschickt und qualvolle Tage auf ihre Antwort gewartet.
Bis sie angerufen hatte.
»Charlotte?« rief er beim Eintreten in das Museum. »Bist du da?«
Er ging um die Schaukästen herum und schaute im Büro nach. Keine Charlotte. Aber sie hatte das Hauptgebäude vor zehn Minuten verlassen.
Rasch tippte er auf die Tasten am Überwachungsmonitor und holte sich Bild für Bild auf den Schirm: die Kantine, verlassen. Die Fabrikationshalle, in der ein Hausmeister im Overall den Fußboden aufwischte. Aber nirgends Charlotte.
Wo steckte sie?
»Verdammt, Charlotte!« flüsterte er, drückte auf weitere Tasten, holte sich die Verladerampe, die Haupteingangshalle, den Parkplatz auf den Monitor. »Wo bist du?«
Er hielt inne, als er eine Gestalt durch den Regen torkeln sah – Desmond, der ohne Mantel und Schirm zwischen den geparkten Autos umherschwankte. Er rutschte aus, fiel gegen einen Minibus, wollte sich am Türgriff festhalten und landete in einer Pfütze. Dann rappelte er sich auf und schaffte es bis zu einem schwarzen Cadillac, auf den er sich stützte, während er in seinen Taschen wühlte. Kurz darauf saß er am Steuer und startete den Motor.
Nachdem er zugesehen hatte, wie Desmond mit leuchtenden Bremslichtern den Parkplatz verließ, schaltete Jonathan neue Bilder auf den Monitor. Seine Besorgnis wuchs. Kein Zeichen von Charlotte.
Er mußte noch einmal an das Kommunikationsfeld heran, dann aber mußten sie beide hier weg sein, bevor Knight aufkreuzte. Wo war sie nur hingegangen?

Er ging zum Computer und klickte das E-Mail-Symbol an.
»Posteingang prüfen.«
Nichts.
Zurück am Überwachungsmonitor, schaltete er so lange weiter, bis er wieder ins Hauptgebäude sehen konnte. Dort erkannte er den Bundesagenten, der den Kopf schüttelte und sich ein wenig verwirrt umblickte. Jonathan beobachtete, wie der Mann unauffällig eine Papierserviette und einen Styroporbecher in den Müll warf, sich die Kleidung abklopfte und die Krawatte geradezog, um dann wieder Stellung vor dem Netzwerkraum zu beziehen, als sei nichts geschehen.
Mit wachsender Sorge setzte Jonathan seine Suche fort. Die Packanlage. Das Forschungslaboratorium. Der Kontrollraum. Das Besucherzentrum.
Keine Charlotte.
Er nahm seinen Regenmantel und wollte gerade wieder hinaus in den Sturm, als ein Computersignal ertönte. Ein Anruf für ihn.
Er zögerte kurz und drückte dann auf eine Taste. Vielleicht hatte er Glück, und es war eine Antwort auf seine Anfrage bei verschiedenen alten Freunden von der Spionageabwehr. Doch zu seiner Überraschung erschien Adele, ein trauriges Lächeln im runden, weichen Gesicht. »Weißt du inzwischen, wann du nach Hause kommst, Johnny? Ich muß dem Buckingham-Palast eine Antwort geben. Was soll ich sagen?«
Ihr Blick und der Ton ihrer Stimme trafen ihn tief. Er wußte, wie sehr sie auf diese königliche Einladung gehofft hatte. Seit Monaten arbeitete sie daran. Adeles Vater war zwar ein Lord, aber er hatte keine Verbindungen zum Königshaus. Es war nicht leicht, eine Einladung in die königliche Loge zu erhalten. Adele kam ihm vor wie ein Kind zu Weihnachten.
Er fühlte sich elend. Seit er wieder in Kalifornien und ständig mit Charlotte zusammen war, verfolgten ihn auch die alten Dämonen von neuem, Kobolde, die ihn einst Tag und Nacht mit Alpträumen und Schuldgefühlen gequält hatten. Sie zu verdrängen hatte ihn

große Mühe gekostet. Nun eroberten sie ihn zurück. Er wußte, wenn er das nächste Mal einschlief, würde der Alptraum wieder da sein – der Traum, der ja nur die Erinnerung an eine unerträgliche Wirklichkeit war. Die Acht von Amsterdam, zwei davon in unnatürlicher Verrenkung am Boden, Blutlachen um ihre Körper. Der dritte – Jonathan konnte an den dritten nicht einmal denken.

Adele hatte ihn geheiratet, weil sie ihn für einen Helden hielt, aber Jonathan wußte, daß er kein Held war. Adele, Quentin, die National Security Agency, selbst der Präsident der Vereinigten Staaten, der ihm eine besondere Belobigung aussprach, weil er die berüchtigte Hackerbande zerschlagen hatte – sie alle irrten. Jonathan Sutherland war ein Schwindler, und niemand außer ihm wußte es.

»In ein paar Stunden kann ich dir mehr sagen«, antwortete er und fragte sich, ob er je wieder Frieden finden würde, nun, da die Dämonen aufs neue entfesselt waren.

»Soll ich die Einladung annehmen?« fragte Adele.

Er zögerte nur für den Bruchteil einer Sekunde, bevor er antwortete: »Selbstverständlich mußt du sie annehmen. Wir gehen auf jeden Fall hin.« Aber sie hatte sein Zögern bemerkt. Sofort schien hinter ihren Augen ein Vorhang zu fallen, schienen Kulissen anmutig einzustürzen.

»Adele«, begann er, aber etwas hinderte ihn daran weiterzusprechen, lähmte ihn, während er den Bildschirm anstarrte. Es war ein Geräusch im Hintergrund.

»Ich muß auflegen, Liebling«, sagte sie rasch und schaute über ihre Schulter. »Der Gärtner ist hier und hat tausend Fragen. Ich rufe dich später wieder an. Paß auf dich auf. Alles Liebe.«

42

Charlotte riß die Tür zum Museum auf und ging schnurstracks zu einem riesigen Möbelstück, das allein im Licht eines milden Scheinwerfers stand und mit drei Samtschnüren abgesperrt war. Auf dem Schild stand »*Die hohe Kunst der Chinoiserie*« und darunter »*Sekretär, um 1815*«. Er hatte in der Bibliothek des großmütterlichen Hauses gestanden, solange sie zurückdenken konnte, bis ihre Großmutter ihn hierher ins Museum bringen ließ.
Charlotte hakte eine Samtschnur los und trat auf das kleine Viereck aus grauem Teppichboden.
Der Sekretär aus schwarzem Lack war weit größer als sie und über und über mit atemberaubenden Gold- und Bronzemotiven verziert. Er bestand aus unzähligen Schubladen und Steckfächern. Die Schreibplatte war aufgeklappt und mit antiken Schreibfedern, einem Tintenlöscher und einer altmodischen Brille dekoriert. Die Steckfächer enthielten Briefpapier, und eine der Schubladen stand offen und zeigte Siegellackstangen und Kordel.
Desmond hatte gesagt, Olivia sei wie besessen gewesen, sie hätte Stunden damit verbracht, Briefe zu schreiben.
Charlotte griff nach oben und zog aus einem der Fächer ein Bündel Umschläge. Sie trugen ein kunstvolles Wappen und waren mit einem Band zusammengebunden. Sie hatte sie immer für bloße Dekoration gehalten. Jetzt erkannte sie, daß es sich um echte Briefe handelte.
Rasch schob sie sie zu den anderen Dingen, die sie eingesteckt hatte, in die Ledertasche, wo sich auch ein altes Tagebuch befand, das sie in einer Schublade der Küchenecke gefunden hatte.
Jetzt erst bemerkte sie Jonathans Zettel. »Ich muß noch etwas draußen am Hauptkommunikationsfeld einstellen. Wir treffen uns am Auto.«
Seine Sachen waren fort. Er hatte alles mitgenommen, auch sei-

nen Regenmantel. Aber dort auf dem Stuhl hing noch sein Jackett, das er beim eiligen Aufbruch offenbar vergessen hatte. Charlotte nahm es und legte es über ihren Arm. Dabei fiel seine Brieftasche heraus und öffnete sich, als sie am Boden aufschlug. Charlotte hob sie auf. Ein Stück Papier sah heraus. Ihr Blick fiel auf ein vertrautes Bild: der Mond mit einem Katzengesicht darin.
Sie zog es heraus. Es war ein mehrfach gefalteter Brief, der an Jonathan adressiert war. Charlotte erkannte das Briefpapier sofort. Es gehörte Naomi.
»Mein lieber Freund«, hatte Naomi geschrieben. »Es ist so lange her, daß wir uns das letzte Mal begegnet sind. Ich möchte Dir meine neue Anschrift mitteilen. Wir dürfen den Kontakt nicht verlieren! Friede und liebe Grüße, Naomi.«
Charlotte suchte das Datum. Drei Jahre war das her.
Jonathan kannte Naomi.
Als sie Stimmen hörte, drehte sie sich um. Auf dem Überwachungsmonitor erschienen Valerius Knight und seine Männer, die vor dem Hauptgebäude aus zwei dunklen Limousinen stiegen. Knight erteilte Anweisungen. Die Männer sollten Charlotte Lee finden und festhalten.
Man wollte sie verhaften.
Sie blickte auf den Zettel in ihrer Hand – Jonathan kannte Naomi. Er hatte sie angelogen, vielleicht sogar verraten – sie war außer sich vor Zorn. Es war ein Zorn, explosiv wie der Feuerball in Naomis Haus und wild wie der Höllenbrand, der das Tierversuchslabor von Chalk Hill zerstört hatte.
Wie konnte er ihr das verschweigen? Warum die Geheimnistuerei? Warum die vielen Fragen über Naomi, wenn er sie längst kannte?
Blindlings schleuderte sie das Papier auf den Boden. Sollte Jonathan doch am Auto auf sie warten, bis er schwarz wurde. Sollte er doch Knight erklären, wohin sie verschwunden war. Sie war allein, wie sie es immer gewesen war, und konnte sich nur auf sich selbst verlassen.

Verdammt sollst du sein, Johnny, mich so getäuscht zu haben.
Sie wollte gerade gehen, als der Computeralarm ertönte. Am liebsten hätte sie den Bildschirm eingeschlagen. Statt dessen blieb sie stehen, bis sie erkannte, was sie vor sich hatte: die Videoaufnahme einer hohen, schwarzen Metallkiste, die an einer hellen Wand aus Ziegelsteinen hing. Oben führten Drähte hinein und unten wieder hinaus.
Der Schaltschrank für das Kommunikationsfeld.
Stirnrunzelnd näherte sie sich dem Monitor. Kam diese Sendung von Jonathan?
Der Bildausschnitt wurde größer. Irgend jemand war da und betätigte die Kamera.
Jetzt erkannte sie, was man ihr offenbar zeigen wollte: oben auf dem Schaltschrank, weit über Augenhöhe und ganz hinten an der Wand, wo niemand, der darauf zuging, ihn sehen konnte, stand ein kleiner Kasten. Er war grün, und rote und blaue Drähte ragten heraus. Ein rotes Licht blinkte.
Am unteren Rand des Bildschirms erschien ein Text, der von rechts nach links durchlief wie das Leuchtband am Times Square.
»Kleiner als die, die Naomis Haus in die Luft
gejagt hat, aber ebenso wirkungsvoll.
Er braucht nur die Tür zu öffnen ...«
Eine Bombe.
»Mein Gott«, flüsterte sie. »Jonathan!«
Er war noch nicht dort. Sie mußte ihn warnen. Aber wie? Sie drückte die Tasten für die Sicherheitskameras und prüfte ein Bild nach dem anderen, den ganzen Park, Büros, Türen, Gänge, Parkplätze ...
Da war er! Sie erkannte die Stelle. Es war einer der Picknickplätze für die Mitarbeiter, wo sie im Freien ihr Essen einnehmen konnten. Jonathan sprach mit einem Mann in der Uniform des Sicherheitsdienstes von Harmony Biotec. Dabei zuckte er mit den Schultern und schüttelte den Kopf, als stelle der Wachmann ihm

Fragen. Charlotte überlegte, ob Knight vielleicht schon vorher angerufen und ihr eigenes Sicherheitspersonal angewiesen hatte, sie aufzustöbern.

Sie versuchte nachzudenken. Sie konnte Jonathan nur dann warnen, wenn sie den Schaltschrank vor ihm erreichte. Aber wo stand er? Es gab mehrere dieser Schränke, einen für jeden Gebäudekomplex, weit verstreut über die gesamte Anlage.

Er hat gesagt, er würde zur Hauptverbindungsleitung gehen.

Schnell sah sie sich im Büro um. Aber Jonathan hatte die Blaupausen mitgenommen. Sie versuchte, sich die Pläne vorzustellen, wie sie auf dem Schreibtisch gelegen hatten. Jonathan hatte verschiedene Stellen markiert und mit dem Stift eine Linie gezogen, die vom Museum zum …

Es war der Schaltschrank hinter dem Lagerhaus.

Ohne eine Sekunde zu überlegen – vergessen waren Naomis Brief und ihre Wut, unwichtig die drohende Verhaftung durch Valerius Knight – rannte sie hinaus in das Unwetter, die lederne Umhängetasche über der Schulter. Ihr Herz schlug mit den schweren Schritten: *Warte auf mich, Jonathan, warte!*

Die Bundesagenten waren überall, aber Charlotte hatte den Vorteil, mit dem Gelände vertraut zu sein. Sie kannte die verborgenen Pfade und unerwarteten, mit Felsblöcken, Bäumen und Bänken angelegten Freiflächen. Sie hielt sich weitgehend an die überdachten Wege, blieb immer wieder stehen und vergewisserte sich, daß man ihr nicht folgte, um dann, so schnell sie nur konnte, dem Schrank mit dem Kommunikationsfeld zuzueilen.

Als sie um die Ecke des Kantinengebäudes bog, in dem auch die Speisesäle und Pausenräume für die Mitarbeiter untergebracht waren, stieß sie gegen ein festes Hindernis, das sie fast umgeworfen hätte. Eine Faust packte sie beim Arm und hielt sie fest.

»Mrs. Lee!« sagte Valerius Knight. »Da sind Sie ja! Ich habe Sie gesucht.«

»Bitte«, keuchte sie atemlos. »Lassen Sie mich los. Jonathan Sutherland ist in Gefahr.«

»Mrs. Lee, ich habe einen Haftbefehl für Sie.«
»Sie verstehen mich nicht!« Sie riß ihren Arm los. »Er kann in den nächsten Minuten ernsthaft verletzt, wahrscheinlich sogar getötet werden! Sie müssen mir helfen.«
»Das einzige, was ich *muß*, ist, Sie wegen Mordverdachtes festnehmen.«
»Um Himmels willen! Ja, ich kannte die beiden ersten Opfer, das habe ich Ihnen doch schon gesagt.«
»Und das dritte auch. Ein erstaunlicher Zufall, nicht wahr?«
»Sie können mich nicht verhaften, weil es Zufälle gibt, Agent Knight.«
»Aber wir haben hier doch mit mehr als nur Zufällen zu tun. In der Wohnung des dritten Opfers fanden wir einen Brief, geschrieben auf Ihrem Briefpapier, unterzeichnet von Ihnen.«
»Wie bitte?«
»Es ist unzweifelhaft Ihre Unterschrift, wir haben sie überprüfen lassen. Mit dem Brief bieten Sie der Empfängerin eine kostenlose Probepackung *Wonne* an, die dem Schreiben anscheinend beilag.«
»Das heißt nicht, daß ich sie geschickt habe.«
»Mrs. Lee, wo waren Sie vor zehn Tagen?«
»Was hat das mit der Sache zu tun?«
»Wo waren Sie am Neunten dieses Monats?«
Charlotte überlegte. »Ich war oben in Nordkalifornien, um einen unserer Höfe zu inspizieren. Agent Knight, wir müssen Jonathan finden.«
»In der Nähe von Gilroy?«
Sie hielt inne. »Ja.«
»Mrs. Lee, der Umschlag, in dem der Brief und die vergifteten *Wonne*-Kapseln waren, trägt einen Poststempel aus Gilroy, datiert am Neunten.«
Charlottes Magen schlug einen Salto. »Aber man versucht doch auch mich umzubringen. Glauben Sie, ich hätte den Unfall mit meiner Garagentür absichtlich inszeniert?«

»Tja …« Er zog ein Paar Handschellen unter dem Trenchcoat hervor. »Ich finde es jedenfalls interessant, daß Sie sich ausgerechnet an diesem Abend das andere Auto ausgesucht hatten. Da haben Sie wirklich Glück gehabt, stimmt's?«
Beim Anblick der Handschellen begann Charlottes Herz zu rasen. »Hören Sie«, sagte sie und bemühte sich um einen vernünftigen Ton. »Sie müssen mir glauben. Jonathan ist in Gefahr. Es wird gleich eine Bombe explodieren.«
»Ich erinnere mich, daß Sie mir etwas Ähnliches erzählt haben, als Sie darauf bestanden, Ihre Häushälterin würde vergiftet.«
Er ergriff ihren Arm und schloß die Handschelle um ihr Handgelenk.
»Denken Sie wirklich, ich könnte drei Leute ermorden und versuchen, meine bestc Freundin umzubringen?«
Er wollte die andere Hand fassen. »Ich denke, ein Mensch, der kaltblütig einem wehrlosen Hund den Schädel einschlägt, ist zu allem fähig. Wie sagten Sie damals so ausdrucksvoll? ›Wenn das der einzige Weg ist, wie wir uns Gehör verschaffen können, dann werden wir ihn eben gehen.‹«
In Charlotte riß etwas. Bevor Knight ihr die zweite Handschelle anlegen konnte, schnellte sie von ihm weg und gleich wieder vor. Dabei schwang sie mit aller Kraft die schwere, vollbeladene Umhängetasche und schleuderte sie dem verblüfften Agenten mitten ins Gesicht. Knight fiel zurück, stolperte über einen Bordstein und prallte krachend gegen eine Wand. Charlotte hörte es knakken, als sein Schädel gegen den Beton knallte.
Eine winzige Sekunde starrte sie auf den zusammengesackten Körper, dann stürzte sie davon.
Der schnellste Weg zum Schaltschrank führte durch die Fabrik. So ging sie auch den Agenten, die das Gelände absuchten, aus dem Weg und erreichte Jonathan über den Versorgungsweg.
Als sie das große Gebäude erreicht hatte, schlüpfte sie unter dem gelben Polizei-Absperrband hindurch, schob vorsichtig die Tür auf und spähte ins Innere. Der äußere Korridor lag verlassen.

Ohne die Regale mit den Papieroveralls und -hauben zu beachten, schlich sie durch das stille Laboratorium.
Am anderen Ende huschte sie durch die Besucherhalle, einen weiteren Gang hinunter und in den Kontrollraum für die Haupt-Produktionsanlage. Von dort ging es ein paar Stufen hinunter und wenige Meter weiter zum Ausgang. Draußen, nicht weit entfernt, befand sich der Schaltschrank.
Bevor sie jedoch die Tür erreichte, vernahm sie hinter sich ein Geräusch. Sie wollte sich umdrehen, als sich plötzlich eine Hand auf ihren Mund preßte. Charlotte strampelte. Sie erkannte einen Geruch. *Chloroform*.
Nein!
Sie sah das weiße Taschentuch. Die Dämpfe brannten ihr in den Augen. Mit angehaltenem Atem kämpfte sie gegen die harte Hand des Angreifers. Ihre Lungen drohten zu bersten. Schließlich mußte sie doch den Mund öffnen. Keuchend schnappte sie nach Luft.
Dann wurde es dunkel um sie.

43

Als erstes merkte sie, daß ihr schlecht war, und dann, daß ihr Schädel brummte.
Während sie mühsam wieder zu sich kam, versuchte sie die Scherben ihrer Erinnerung zusammenzusetzen.
Wo war sie? Warum fühlte sie sich so elend? Und warum konnte sie sich nicht bewegen?
Allmählich wich das taube Gefühl – sie spürte etwas Hartes im Rücken, grelle Lichter über dem Kopf, Schmerzen in den Handgelenken. Sie schlug die Augen auf und erkannte die riesige Decke der Fabrikhalle mit ihren Laufstegen, Strahlern und Rohrleitun-

gen. Sie begriff, daß sie auf dem Rücken lag, die Arme über den Kopf gestreckt und irgendwo festgebunden. Eine scharfe Metallkante schnitt in ihren Rücken, als hinge sie von einem Stahltisch herunter. Gesäß und Beine baumelten frei. Sie fühlte keinen Boden unter den Füßen.

Sie rollte den Kopf nach links und bemerkte eine Metalltafel mit Drähten und Kabeln. Dann schaute sie nach rechts.

Es dauerte einen Augenblick, bis ihre Augen wieder klar wurden, dann aber erkannte sie mit wachsendem Grauen, wo sie sich befand.

Man hatte sie mit Handschellen an das computerisierte Meß- und Dosierungssystem für Ampullen gefesselt – die Anlage, die Flüssigkeiten in Ampullen spritzte und sie dann verschloß und versandfertig machte. Vor wenigen Stunden erst hatte sie sie Jonathan voller Stolz vorgeführt.

Jetzt lag sie nur wenige Fuß von dem Roboterarm entfernt, mit dem Oberkörper auf dem Band voller leerer, offener, sorgsam aufgereihter Ampullen, die darauf warteten, gefüllt und versiegelt zu werden.

Warum war sie hier? Wer hatte sie überfallen?

Auf einmal hörte sie ein Geräusch. Sie erschrak. Ein Motor war angesprungen. Sie rollte den Kopf wieder nach rechts und sah, wie der Roboterarm der Anlage lebendig wurde und sich in Bewegung setzte.

Verwirrt beobachtete sie, wie das System seine Arbeit aufnahm. Die Nadeln schossen in die Ampullen und spritzten sie voll Flüssigkeit. Sofort roch sie das Rosenöl. Dann wanderte der Arm weiter, die Nadeln gingen nach oben, und drei Flammen loderten herunter und erhitzten die Ampullenspitzen. Sekunden später erloschen die Flammen, und drei grausame Zangen sausten nieder, preßten das geschmolzene Glas zusammen, schnitten die Spitze ab und versiegelten es.

Der Arm schob sich nach links.

Er kam auf sie zu.

Jetzt erst verstand Charlotte ihre Situation und die Absicht ihres Peinigers. Sie war mit den Händen an etwas gefesselt, das sich wie ein Metallpfosten anfühlte. Ihr Unterkörper schwang so über dem Boden, daß ihre Füße ihn nicht berührten. Dadurch konnte sie sich weder befreien noch überhaupt bewegen. Das Gewicht ihres Körpers drückte sie quer auf das Band, genau in die Bahn des sich nähernden Greifarms.

Drei Nadeln, drei Flammen, drei Zangen.

Ihr Kopf lag so, daß sie nicht ausweichen konnte.

»Hilfe!« sagte sie und etwas lauter wieder, »Hilfe!«

Der Motor lief so leise, daß sie das Echo ihrer Stimme hören konnte, aber die Fabrikhalle war besonders gut isoliert, damit die Maschinen und Bänder das friedliche Palm Springs nicht störten.

Niemand würde merken, daß die Ampullenanlage in Betrieb war, und niemand würde Charlottes Hilferufe hören.

Sie rief trotzdem. »Hilfe! O Gott, Hilfe!«

Drei Nadeln. In Ampullen gespritztes Rosenöl. Heiße Flammen, die das Glas schmolzen. Scharfe, schwere Zangen – *zwick, schnapp* ...

Der Roboterarm schwenkte nach links.

Nein, dachte sie, das darf einfach nicht sein.

Fieberhaft mühte sie sich, ihre Hände zu befreien. Aber sie fand nirgends Halt, baumelte schlaff wie eine Lumpenpuppe. Wenn sie nur die Füße auf den Boden bekäme!

Aber als sie die Beine zu strecken versuchte, schnitt ihr die scharfe Kante des Fließbandes so tief ins Rückgrat, daß sie meinte, es müsse brechen. Das einzige, was sie bewegen konnte, war ihr Kopf, aber auch den nur von einer Seite zur anderen. Sie hatte die Wahl: entweder den Blick abwenden oder zuschauen, wie die Nadeln langsam und unaufhaltsam auf sie zukamen.

Mit vor Entsetzen geweiteten Augen sah sie die Nadeln erneut nach unten schießen, mit furchtbarer Entschlossenheit, wie ihr jetzt schien. Hatten sie immer etwas so Tödliches gehabt? Wenn sie sonst ihrer neuen Errungenschaft stolz bei der Arbeit zugesehen hatte, dann hatte Charlotte über soviel Tüchtigkeit gestrahlt, begeistert, daß damit in nur einer Stunde Hunderte von Ampullen mit kostbarem Rosenöl hergestellt werden konnten, die dann in die ganze Welt geliefert wurden.

Nun sah sie drei scharfe Speere herabsausen, die eine süßduftende Flüssigkeit ausströmten und tödlich waren wie Giftspritzen, wie eine Szene aus einem Horrorfilm.

Ihnen folgten die Flammen, abwärts zischend wie die Nadeln. Sie versengten und verbrannten das zarte Glas, bis es leblos und gefügig in sich zusammensank.

Und schließlich die Zangen. *Schnapp! Spuck! Hoch!* Sie waren vielleicht sogar das Schrecklichste.

Und sie kamen direkt auf ihr Gesicht zu.

Zuerst würden sie sich in ihren Arm bohren, den nur der dünne Stoff der weißen Bluse schützte.

Wann hatte sie eigentlich ihre Kostümjacke ausgezogen? Gar nicht. Sie wollte zu Jonathan laufen und ihn vor der Bombe warnen, und ganz sicher hatte sie dabei die Jacke angehabt.

Hatte man sie ihr ausgezogen, um sie noch verwundbarer zu machen?

Jonathan. O Gott. Die Bombe. War sie schon explodiert? War er tot? Würde sie jetzt auch sterben? Waren all ihre Anstrengungen umsonst gewesen, wenn sie jetzt auf diese grausame, würdelose Art starb?

Ein Schluchzen entrang sich ihrer Kehle. Bitte, lieber Gott, laß Jonathan nicht tot sein.

Die Anlage rückte näher.

Drei weitere Ampullen wurden durchbohrt, gefüllt, geschmolzen und versiegelt.

Charlotte trat der Schweiß auf die Stirn. Sie kämpfte gegen die Handschellen, die die empfindliche Haut an ihren Gelenken aufrissen. Die Metallkante des Fließbandes schnitt ihr in den Rükken.

»Hilfe!« kreischte sie und hörte das spöttische Echo ihrer Stimme an der hohen Decke und den Wänden. »Hilfe!«

Noch sechs Ampullen.

Der Rosenduft war überwältigend, erregte Übelkeit. Sie konnte die Hitze der Flammen schon fast spüren. Sie hörte die Zangen zuschnappen.

Zuerst würden sich die Nadeln mit dem Rosenöl in ihren Arm bohren. Dann würden die Flammen herabzischen. Würde die Bluse Feuer fangen? Und schließlich die Zangen – würden sie nur den Stoff erfassen oder auch die Haut an der Unterseite des Arms finden?

»O mein Gott!«

Sie schluchzte jetzt hemmungslos und zappelte wie eine Wahnsinnige, um ihre Hände zu befreien. Ihre Beine traten sinnlos um sich.

Noch drei Ampullen.

Und wenn sie den Angriff auf ihren Arm überstand? Das nächste Ziel würden ihre Augen sein. Zuerst die Nadeln – nein, sie konnte es nicht überleben. Rosenöl, direkt ins Gehirn gespritzt. Würde sie lange genug bei Bewußtsein bleiben, um zu fühlen, wie ihr die Flammen die Augen versengten? Würde sie die Zangen noch spüren?

»Hilfe! Bitte, lieber Gott!«

Keine weiteren Ampullen mehr zwischen ihr und den Nadeln.

Voller Grauen beobachtete sie, wie die Anlage sich umschichtete, nach links ruckte und ihren Zyklus von neuem begann.

Die Nadeln würden mit einer solchen Wucht herunterkommen, daß sie den Knochen treffen mußten.

Aus dieser Nähe konnte sie sogar das Kleingedruckte an der Gehäusewand lesen: *Hergestellt in den Vereinigten Staaten, Kansas City, Mo.*

O mein Gott!

Sie hörte das feine Surren des empfindlichen Mechanismus tief im Innern der Maschine, altmodische Getriebe, Zapfen und Rä-

der, die dem Befehl eines unpersönlichen Computercodes gehorchten, eines Roboters, der den Unterschied zwischen einer Glasampulle und menschlichem Fleisch nicht kannte.
Schweiß lief ihr in die Augen, als sie das letzte Klicken hörte, mit dem der neue Arbeitsgang einsetzte.
Zuerst die Nadeln ...
Sie schloß die Augen ganz fest. *Jonathan!*
Sie machte sich bereit für den Schmerz.
Sie wartete.
Sie schlug die Augen auf. Die Anlage hatte sich nicht bewegt.
Dann merkte sie, daß es still war. Jemand hatte das Band abgeschaltet.
Gleich darauf spürte sie Hände an ihren Gelenken, die sie hochzogen und von dem Pfosten lösten. Arme umschlangen ihre Taille und hoben sie vom Fließband. Ihre Beine waren taub. Sie warf die gefesselten Hände über seinen Kopf und klammerte sich weinend an ihn.
Er rannte mit ihr fort, weg von dem Metallungeheuer, das sie zerstören wollte, hinaus aus der Fabrikhalle, in den Regen und in die Nacht.

44

»Du lebst«, schluchzte sie. Jonathan ließ sie vorsichtig auf den Beifahrersitz seines Wagens gleiten und rannte auf die andere Seite. Die Tür öffnete sich mit einem Schwall kalter, feuchter Luft, und er sprang hinein.
Bevor er den Motor anließ, strich er ihr sanft das Haar aus der Stirn. »Mein Gott, Charlie! Bist du verletzt?«
Abgesehen von den Schmerzen im Rücken und an den Schultern und Handgelenken war ihr nichts Ernsthaftes zugestoßen. Auf der Flucht aus der Fabrikhalle bis zu der Stelle, an der Jona-

than sein Auto versteckt hatte, durch kalten Regen und belebende, frische Luft, war ihr Kopf wieder klar geworden, und ihr Entsetzen hatte sich in Wut verwandelt. Sie wußte, daß Zorn neue Kräfte verleihen konnte, aber sie fühlte sich so unglaublich schwach, als seien alle Knochen in ihrem Körper zu Wachs geschmolzen.

»Wer hat dir das angetan, Charlie?«

Sie starrte auf ihre blutigen, abgeschürften Arme, die immer noch in den Handschellen steckten. »Keine Ahnung. Ich konnte ihn nicht sehen.«

»Ihn?«

»Ich glaube, es war ein Mann. Sicher bin ich nicht. Gott sei Dank, daß du die Maschine noch rechtzeitig abgestellt hast. Noch eine Sekunde …«

»Aber ich habe sie nicht abgestellt.«

»Was?«

»Ich kam genau in dem Augenblick, als die Maschine stoppte. Ich war es nicht, Charlotte. Ich hätte es gar nicht rechtzeitig geschafft.«

Sie rieb sich die Stirn und preßte die Finger an die Augen. »Wollte mir der Killer nur Angst einjagen?«

»Oder vielleicht hat jemand anders die Anlage aufgehalten, jemand, der nicht in die Sache hineingezogen werden wollte.«

»Jonathan …« Ihr fiel plötzlich etwas ein. »Ich habe Agent Knight niedergeschlagen.«

»Oh, dem ist nichts passiert. Du hast ihn nicht umgebracht. Ich sah ihn mit einem Eisbeutel auf dem Kopf und nicht besonders gutgelaunt.«

»Da war eine Bombe auf dem Schaltschrank.«

Er ließ den Motor an. »Ich weiß, ich habe sie gesehen. Ziemlich unprofessionell. Ich konnte sie mit einem einzigen Schnitt entschärfen. So, nun aber weg von hier.«

Der Wagen schoß mit quietschenden Reifen davon. Charlotte blickte geradeaus in den Regen und dann auf Jonathan. Nachdem der Schreck allmählich nachließ und ihr Kopf wieder klar wurde, erinnerte sie sich an andere Dinge ... zum Beispiel an den Brief, den sie in seiner Brieftasche gefunden hatte. »Du kennst Naomi, nicht wahr?« fragte sie.

Er sah sie nicht an. »Ja«, antwortete er, während das Auto rasch den Parkplatz hinter sich ließ, »ich kenne sie.«

45
1942 – San Francisco, Kalifornien

»Es tut mir leid, Mrs. Lee, aber ich muß Sie bitten auszuziehen.«

Ich betrachtete die Glasscherben auf dem Wohnzimmerfußboden, Folgen eines Steins, der in die Fensterscheibe geworfen worden war, und fragte mich, ob nun die ganze Welt verrückt wurde. Krieg auf allen Erdteilen und jetzt auch hier in der Stadt, wo brutale Schläger den Leuten mit anders geformten Augen die Scheiben einschlugen.

»Wenn es an mir läge«, fuhr mein Vermieter entschuldigend fort, »na ja, ich meine, ein paar von meinen besten Freunden sind Chinesen. Aber die Nachbarn beschweren sich, weil sie Angst haben, sie könnten ebenfalls zur Zielscheibe werden.«

»Wir werden uns etwas anderes suchen, Mr. Klein«, antwortete ich. »Meine Tochter und ich bleiben nicht dort, wo wir nicht willkommen sind.«

Und so hatte ich wieder einmal kein Zuhause mehr.

Als ich nach Mr. Lees Tod unser Haus in Oakland verkauft hatte, ging ich nach San Francisco zurück, nur um festzustellen, daß ich, obwohl amerikanische Bürgerin, kein Haus kaufen konnte, weil ich keinen Ehemann mehr besaß. Denn das Gesetz verlangte die Unterschrift des Ehemanns. Gideon bot mir an, ein Haus für mich zu erwerben, aber er hatte im Lauf der Jahre schon zuviel für mich getan, und außerdem wollte ich unabhängig bleiben. Ich sagte ihm, mir genüge es, etwas zu mieten, denn ich dachte, das sei ebenso gut. Ich war weder auf einen Weltkrieg eingestellt, noch hatte ich den heraufziehenden Sturm gesehen, der schon bald mein Leben und das vieler anderer entwurzeln würde. Ich hatte diesen erbitterten Haß nicht gekannt, den blindes Vorurteil erzeugen kann.

Chinesen, die außerhalb von Chinatown wohnten, befestigten damals Schilder an ihren Häusern: »KEINE JAPANER – WIR SIND CHINESEN«. Manche trugen sogar kleine Schilder auf dem Rücken, um auf der Straße nicht belästigt zu werden. Ich hatte kein Schild, darum betrachtete man uns als Feinde.

Aber es waren auch unsere Feinde. Als ich vom Fall Singapurs las, bei dem die Chinesen wie Vieh zusammengetrieben wurden, erinnerte ich mich an den Tag, als ich sechzehn war und ein würdiger alter Herr auf dem Bürgersteig stehenblieb, um uns Geld zu geben. Mein Großvater. Hatte er noch vor der japanischen Invasion fliehen können? Und was war aus der übrigen Familie meiner Mutter in dem großen Haus in der Pfauengasse geworden: Goldanmut und Sommermorgenröte, den Gattinnen der Brüder meiner Mutter – Erster Junger Herr und Zweiter Junger Herr – und Mondorchidee und Mondzimt, ihren Halbschwestern? Waren sie entkommen oder dem Krieg zum Opfer gefallen?

In meiner Fabrik hatte ich Arbeiterinnen und Arbeiter getröstet, deren weibliche Verwandte von japanischen Soldaten vergewaltigt und ermordet worden waren. Ich organisierte Veranstaltungen, um Geld für die *Vereinigte Chinahilfe* zu sammeln. Ich schickte meine Arzneien ins vom Krieg zerrissene China. Ich forderte mein Personal auf, japanische Waren zu boykottieren. Und dann warf mir jemand das Wohnzimmerfenster ein und hatte ein Papier um den Stein gewickelt, auf dem stand »Dreckige Japaner«.

Ich wußte, es würde nicht leicht sein, eine Wohnung für mich und meine Tochter zu finden.

An dem Abend, als er sich freiwillig gemeldet hatte, sagte Gideon zu mir: »Ich weiß nicht, wohin sie mich schicken werden, aber bei meiner Tätigkeit – Brücken- und Straßenbau – ist es auf jeden Fall geheim. Trotzdem, wenn ich dort bin, wird die Armee meine Frau und meine Mutter informieren. Wenn du mich also brauchst, Harmonie, geh zu ihnen, und sie werden dir sagen, wo man mich erreichen kann.«

Ich wußte, daß ich nicht zu Olivia gehen konnte. Sie würde mir bestimmt nicht erzählen, wo Gideon stationiert war. Auch bei Fiona vermutete ich, daß sie mir nicht helfen würde. Aber ich mußte an Iris denken. Sie war jetzt dreizehn und brauchte ständige Aufsicht. Sie war zu einem wunderschönen Mädchen herangewachsen, das auf Schritt und Tritt die Blicke der Männer und Jungen auf sich zog. Iris wußte nichts von Gefahren und nichts von Männern. Nach wie vor war sie in ihrem Gefängnis eingeschlossen. Sie lernte niemals zu sprechen. Sie lebte in einer eigenen Welt.

»Hast du je daran gedacht, sie in ein Heim zu geben?« hatte Gideon mich einmal gefragt, als wir zusammen die Bücher von Harmonie-Barclay Ltd. durchgingen. Aber ich hörte an seiner Stimme, daß er es nicht ernst meinte. Er liebte Iris genauso wie ich und hätte es nicht ertragen, sie eingesperrt zu sehen. Doch auch er machte sich Sorgen, als er sah, wie sie allmählich zur jungen Frau wurde. Er wußte, wie die Männer sie anschauen und wie sie versuchen würden, sie auszunutzen.

Ich nahm Iris mit, wohin ich auch ging. In der Fabrik in Daly City kannte sie jeder, und die Arbeiterinnen verwöhnten sie und schenkten ihr Süßigkeiten. Wenn ich zu den Naturläden, Drogisten und Höfen in der Umgebung fuhr, bei denen ich bestimmte Kräuter einkaufte, begleitete sie mich. Sie ging mit mir ins Kino, obwohl wir gewöhnlich mitten im Film aufstanden und den Saal verließen, weil sie nicht stillhalten konnte. Abends hörten wir zusammen Radio, und obwohl ich wußte, daß sie es nicht verstand, lachte sie über Jack Benny und über Amos und Andy.

Ich brauchte ein sicheres, dauerhaftes Zuhause für meine Tochter.
Ich besaß noch immer den Brief meines Vaters, in dem er meiner Mutter mitteilte, er fahre nach Amerika zurück, um sich scheiden zu lassen. Es tat mir leid, Mrs. Barclay diese Stelle zeigen zu müssen, aber um ihr zu beweisen, daß Iris tatsächlich die Enkelin ihres Mannes war, mußte sie den ganzen Brief lesen. Wenn sie schon mir nicht helfen wollte, würde sie doch bestimmt etwas für Richards Enkelin tun.
Wieder einmal stand ich zwischen den prachtvollen Säulen, aber diesmal war ich selbstsicherer als damals mit neunzehn, als ich hergekommen war, um den Namen meines Vaters zu fordern. Außerdem ging es jetzt um meine Tochter.
»Ich möchte bitte Mrs. Barclay sprechen«, sagte ich dem Hausmädchen, das die Tür öffnete.
Sie führte mich durch die eindrucksvolle Diele, an die ich mich auch aus der Zeit von vor sechs Jahren erinnerte, als ich anläßlich meines Kampfes mit dem Roten Drachen das Haus zuletzt betreten hatte. Aber die Inneneinrichtung hatte sich verändert. Verschwunden waren die schweren viktorianischen Möbel und die Blumentapeten. Jetzt war Luft hier und Licht.
Ich wurde nach unten in die Bibliothek geführt. Die Sofas mit den Quasten und die geschäftig wirkenden Schreibtische waren fort. Der Raum war mit Aluminiummöbeln und neuen Kunststofftischen sparsam ausgestattet. Das einzige, was unordentlich wirkte, waren die an die blaßgelbe Tapete gehefteten Blaupausen, die zeigten, wo Wände entfernt oder eingefügt werden sollten und wie der Grundriß dann aussehen würde. Große Bücher mit Stoffproben und Stapel von Teppich- und Vorhangmustern lagen herum, und als ich eintrat, hielt Olivia gerade ein Stück blaßrosa Satin hoch und fragte: »Was hältst du davon, Margo, Liebes?«
Sie hätten Mutter und Tochter sein können. Margo, dreizehn, war hochgewachsen und gertenschlank. Ihr Haar war ebenso hellblond wie Olivias und im gleichen Pagenschnitt frisiert. Beide

trugen wadenlange, gerade Röcke und Pullover, und beide drehten sich um und starrten mich aus runden, blauen Augen an.
Ich wußte, daß Margos Familie bei dem großen Zusammenbruch von 1929 sehr viel Geld verloren hatte und ihr Vermögen seither immer weiter geschrumpft war. Margos Vater war arbeitslos geworden und hatte angefangen zu trinken, während ihre Mutter, die auf dem College zur selben Schwesternschaft wie Olivia gehört hatte, gezwungen war, in einer Fabrik zu arbeiten, um die Familie zu ernähren. Um ihrer Freundin einen Gefallen zu tun, hatte Olivia Margo aus Pennsylvania kommen lassen und bei sich aufgenommen. Manchmal fragte ich mich, ob Margo die Tochter war, die Olivia nie bekommen hatte.
Auch der dreizehnjährige Adrian hielt sich in der Bibliothek auf. Er lag auf dem Bauch und blätterte in einer Zeitschrift. Als Iris und ich hereinkamen, sah er auf und wechselte einen Blick mit Margo.
Als Olivia in einem Ton, der deutlich verriet, daß ich sie bei wichtigen Dingen störte, fragte: »Was kann ich für Sie tun?«, sah ich Margo eine rasche Bewegung machen, bei der Adrian in Gekicher ausbrach: sie legte die Finger an die Schläfen und zog ihre Augen nach außen.
»Ich wollte zu Mrs. Barclay«, erklärte ich, »zu Gideons Mutter.«
»Fiona braucht Ruhe. Sie ist nicht gesund und kann niemanden empfangen.« Olivias Blick wanderte zu Iris und blieb kurz auf ihr haften. Obwohl meine Tochter als Chinesin durchgehen konnte, war der amerikanische Anteil in ihren Zügen unverkennbar. Ich fragte mich, ob Olivia nach Spuren von Gideon suchte, und wenn ja, ob sie sie fand.
»Das Mädchen wird Sie hinausbringen«, schloß sie und wandte sich wieder ihren Vorhangmustern zu.
Aber ich wußte von vor fünfzehn Jahren noch, wo Fionas Schlafräume lagen, darum nahm ich meine Tochter bei der Hand und führte sie aus der Bibliothek und die große Treppe hinauf.

Hier oben war der viktorianische Einfluß ungebrochen. Als das Mädchen mich in Fionas Zimmer führte und ich sah, wie schwach Gideons Mutter war, begriff ich, wie Olivia ihre Veränderungen hatte durchsetzen können: Fiona Barclay kam nicht mehr nach unten. Sie wußte gar nicht, was ihre Schwiegertochter tat. Sie wußte nicht, daß Olivia nach und nach ihre Möbel aus dem Haus schaffte und mit ihnen Fionas Geist.

Fiona Barclay saß in einem Sessel am Fenster und sah auf die Bucht hinaus. Sie war sechzig Jahre alt, wirkte aber wie achtzig.

»Guten Tag, Mrs. Barclay«, sagte ich und überlegte, ob das lebenslange Ungleichgewicht in ihren Lungen jetzt seinen endgültigen Tribut forderte.

Sie drehte sich um. »Sie! Gehen Sie weg.«

»Ich brauche Ihre Hilfe, Mrs. Barclay. Ich muß wissen, wo Gideon stationiert ist.«

»Wenn Sie denken, ich würde Ihnen helfen, irren Sie sich.«

»Warum verachten Sie mich so?«

»Weil Sie sich zwischen mich und meinen Sohn gedrängt haben.«

»Ich habe ihn nicht geheiratet.«

»Das Unglück ist trotzdem geschehen. Als er vor vierzehn Jahren aus Panama nach Hause zurückkehrte, am Tag Ihrer Trauung, hat er mir furchtbare Dinge an den Kopf geworfen. Er beschuldigte mich, Sie gegen ihn eingenommen zu haben. Seitdem sind mein Sohn und ich wie Fremde.«

Jetzt hätte ich den Brief meines Vaters herausholen und ihr zeigen sollen. Aber ich hatte schon die bläuliche Färbung ihrer Lippen und Fingernägel bemerkt und wußte, daß ihr Herz versagte und sie nicht mehr lange leben würde. Also ließ ich den Brief in der Handtasche und entschloß mich, Gideons Aufenthaltsort auf andere Weise herauszufinden. Mr. Winterborn würde mir helfen müssen.

Ich wollte gerade gehen, als mir auffiel, wie sie Iris ansah. »Was fehlt dem Kind?« fragte sie. »Ist es geistig zurückgeblieben?«

Bevor ich antworten konnte, zog sie sich vom Sessel hoch und bewegte sich mühsam und mit Hilfe eines Krückstocks zu einem reichverzierten Wandschrank aus schwerem, dunklem Holz. Sie öffnete die Glastür und nahm ein kleines, viereckiges Holzkästchen heraus, das mit Einlegearbeiten verziert war. Ich hörte, wie es klapperte, als sie damit auf Iris zuging.

Zu meiner Überraschung versuchte sie, es meiner Tochter zu geben. Natürlich sah Iris es nicht, oder wenn sie es tat, wußte sie nicht, daß sie es nehmen sollte.

Mrs. Barclay schüttelte das Kästchen vor Iris' Gesicht, bis sie ihre kurzfristige Aufmerksamkeit hatte. Dann tat sie etwas Seltsames. Sie hielt das Kästchen hoch, damit Iris es sehen konnte, dicht vor ihre unruhigen Augen, und bewegte eine der Seiten.

Ich erkannte, was es war: ein Rätselkästchen. Es war eine japanische Erfindung, die in ganz Chinatown verkauft wurde. Ich hatte mich noch nie daran versucht.

Gerade wollte ich Mrs. Barclay versichern, daß meine Tochter nicht die geringste Ahnung hätte, was sie mit einem Rätselkästchen anfangen sollte, als Iris' Augen plötzlich klar wurden und an dem Kästchen hängenblieben. Fiona hatte ein zweites Täfelchen aufgeschoben, nur den Bruchteil eines Zolls weit, und drückte gleichzeitig mit den Fingern auf die andere Seite des Kästchens, wo sich ein drittes Täfelchen bewegte. Dann ließ sie alle drei Felder in der Reihenfolge, wie sie sie geöffnet hatte, in die Ausgangsstellung zurückgleiten, bis das Kästchen wieder ein einziges, nahtloses Stück Holz war.

Sofort griff Iris nach dem Kästchen und drehte es in den Fingern hin und her. Dann begann sie zu meinem grenzenlosen Erstaunen schnell und mit Leichtigkeit die drei Täfelchen in der richtigen Ordnung aufzuschieben, als hätte sie das Kästchen schon hundertmal in der Hand gehabt. Aber das war noch nicht alles. Zu meiner noch größeren Verblüffung setzte sie den Vorgang fort, schob Täfelchen fünf, sechs, sieben ohne Zögern hierhin und dorthin, hielt nicht inne, um das Holz zu prüfen, dachte nicht über den nächsten Zug nach. Ihre Hände und Finger flogen, als verfügten sie über einen eigenen Willen, bis sie vor meinen staunenden Augen das Kästchen geöffnet hatte und den Deckel zurückschob. Ein Bonbon lag darin.

Ich war sprachlos. Nie zuvor hatte ich Iris so lange still bleiben sehen, nie erlebt, daß ihre Augen so lange auf demselben Gegenstand ruhten. Ich hatte sie überhaupt noch nie etwas *tun* sehen. Und nun öffnete sie ein Rätselkästchen!

»Das Mädchen kann das Kästchen behalten«, bemerkte Fiona und sank zurück in ihren Sessel. »Und nun muß ich Sie bitten, mit Ihrer Tochter zu gehen. Ich bin sehr müde. Es tut mir leid, daß ich Ihnen nicht helfen kann.«

»Sehen Sie sich das an!« Mrs. Fong hielt mir einen Krug hin.

Ich blickte vom Schreibtisch auf und musterte stirnrunzelnd die grünliche Masse. »Was ist das?«

»Das soll *Strahlende-Intelligenz-Balsam* sein. Mrs. Lee, wir müssen diese Sache im Keim ersticken. Es ist schlechte Arbeit.« Mrs. Fong war eine meiner Aufseherinnen, eine Perfektionistin, die ihre Arbeit sehr ernst nahm. Es war das dritte Mal in drei Tagen, daß sie mir ein fehlerhaftes Produkt vorgelegt hatte.

»Schlampige Arbeit«, erklärte sie. »*Denen* ist es egal.« Sie nickte nach dem Hauptfabrikgebäude hinüber, wo wir jetzt, nachdem der Krieg die Nachfrage nach Medikamenten erheblich gesteigert hatte, rund um die Uhr arbeiteten. »Sie werden bezahlt. Sie gehen nach Hause. Sie kümmern sich um nichts.« Sie, das waren die dreihundert Leute, die ich inzwischen bei der Vollkommene-Harmonie-Gesellschaft beschäftigte.

Der Anblick einer verdorbenen Kiste *Mei-ling-Balsam* traf mich tief. Ohne Mrs. Fong hätten wir diese Ware vielleicht ausgeliefert, und wer weiß, welcher Schaden arglosen Kunden damit zugefügt worden wäre.

Ich stand vom Schreibtisch auf und ging zu der Anrichte aus Chinalack, die unter dem Fenster stand. Dort hatte ich eine elektrische Kochplatte, einen Wasserkessel, drei rote Ih-Hsing-Tonkannen und alle möglichen Teesorten. Jede einzelne hatte eine spezielle Wirkung. Heute brauchte ich einen Tee, der meine aufgewühlte Yang-Energie besänftigte. Ich litt seit einiger Zeit an Schlaflosigkeit und Beklemmungen, weil ich immer noch kein Heim für Iris und mich gefunden hatte. Wer überhaupt bereit war, uns etwas zu vermieten, bot Häuser in Unglück bringenden oder sogar gefährlichen Gegenden an. Glückliche Orte in der Stadt, an denen positives *chi* floß und wo auch die Hausnummern voll von Glück waren, waren immer auch Orte, an denen die Weißen keine Chinesen duldeten.

Ich goß mir eine Tasse Tee ein, ließ zwei Kapseln *Wonne* hineinfallen und sah auf das Gelände der Vollkommene-Harmonie-Gesellschaft hinaus. War mein Unternehmen schon so groß, daß ich die Kontrolle darüber verlor? *Goldlotuswein* und *Zehntausend Yang* verkauften sich in ganz Asien so gut, daß unsere Niederlassung in Hongkong den Bedarf kaum decken konnte. Die beiden Arzneien galten bei den Armen als Allheilmittel und wurden auch zur Ersten Hilfe in Kriegsgebieten benutzt. In Amerika war die Versorgung mit Medikamenten schlecht, weil fast alles, was hergestellt wurde, im Kriegsgebiet gebraucht wurde. Deshalb wagten sich mehr und mehr Nichtchinesen in die Kräuterläden und hielten dort nach Hausmitteln Ausschau.

Als ich erkannt hatte, daß sich die dunklen Wolken des Krieges über uns zusammenzogen, begann ich, große Reserven an importierten Rohstoffen anzuhäufen, so daß, als der japanische Angriff auf Pearl Harbor allen Handelslieferungen ein jähes Ende setzte, meine Lagerhäuser voll waren. Die Produktion meiner Fabrik war nie so hoch gewesen.

Aber trotz des Fließbandes und der neuen Kupferfässer wurde noch immer jeder Schritt bei der Herstellung von Hand ausgeführt. Ein Krug mit Balsam, wie Mrs. Fong ihn mir gebracht hatte, durchlief mehr als ein Dutzend Hände, ehe er verkaufsfertig war. An welcher Stelle wurde es verdorben?

Die Mischungen wurden in riesigen Fässern angesetzt und dann in Krüge abgefüllt, wo sie abkühlen und fest werden konnten. Die Krüge kamen auf lange Werkbänke. Dort schraubte zuerst eine Gruppe von Frauen die Deckel auf, anschließend versah eine zweite Gruppe die Krüge mit Etiketten. Beim nächsten Schritt wurde jedem Krug ein Prospekt mit Warnungen und der Gebrauchsanleitung hinzugefügt und dann beides zusammen in farbenprächtiges, blausilbernes Weidenpapier gewickelt. Ein Siegel, das an eine Briefmarke erinnerte und Datum und Partienummer der Mischung angab, sicherte die Endverpackung.

Und all diese Arbeitsschritte nur für diesen einen Krug *Mei-ling-Balsam*. Die Vollkommene-Harmonie-Gesellschaft produzierte aber auch Tabletten, Breipackungen, Tees, Heiltränke, Salben, Stärkungsmittel, Puder, Duftöle und Gesundheitsgewürze zum Kochen. Wie konnte ich da jeden einzelnen Herstellungsschritt überwachen?

Ich trank meinen Tee und genoß den beruhigenden Geschmack. Gab es denn nur noch Unglück auf der Welt? War kein Glück mehr übrig?

Doch, es gab noch Glück. Im Spiegelbild der Fensterscheibe sah ich meine Tochter, die still in einer Ecke des Büros saß und an einem neuen Rätselkästchen arbeitete. Ich würde nie vergessen, wie sie damals, als sie Mrs. Barclays Kästchen geöffnet hatte, den Kopf stillhielt, wie ruhig sie gewirkt hatte, als sie zum ersten Mal im Leben ihre Augen für längere Zeit auf denselben Gegenstand konzentriert hatte. Danach hatte ich ihr weitere Kästchen gekauft, so viele ich nur finden konnte, was nicht einfach war, denn sie kamen aus Japan und wurden allmählich rar. Sie schienen Iris so zu beglücken, so als habe ihr Geist damit Ruhe gefunden, so als fügten sich seine auseinanderstrebenden Kräfte endlich harmonisch zusammen.

Iris war für alle ein Wunder. Ich selbst bekam das einfachste Kästchen, das nur acht Züge hatte, nicht auf. Mr. Winkler, unser Buchhalter, der stolz auf seinen scharfen Verstand war, brauchte einen ganzen Tag, bis er endlich herausbekam, was Iris in Minuten schaffte. Ich war mit ihr bei einem weiteren Spezialisten gewesen, der mir bestätigte, daß es irgendwo im Gehirn meiner Tochter etwas gab, was vielleicht ein glänzender Verstand war, daß aber ein unbekanntes Hindernis, das man vielleicht nie finden würde, es ihr unmöglich machte, diesen Verstand zu nutzen.

Ich stellte die Teetasse ab und blickte endlich wieder Mrs. Fong an. »Schauen wir nach.«

Ich ließ Iris in der Obhut meiner Sekretärin, einer tüchtigen Frau mittleren Alters, die selbst erwachsene Kinder hatte und sehr an meiner Tochter hing, und begleitete Mrs. Fong in das große, scheunenartige Gebäude, in dem *Strahlende Intelligenz* hergestellt wurde. Kaum waren wir eingetreten, drang uns auch schon der tosende Lärm in die Ohren, der auf einer Seite des riesigen Raumes begann, wo Arbeiter geräuschvoll den flüssigen Balsam aus Stahlkesseln in Krüge füllten, und der in der Mitte der Halle, wo Frauen in Reihen an Werkbänken saßen, lachten und schwatzten und dabei mit flinken Fingern die Krüge sortierten, anordneten und verschlossen, unvermindert anhielt. Ihre Stimmen mischten sich mit dem Klirren der Glaskrüge. Tausende von Krügen wurden hier zugeschraubt und etikettiert, während andere Arbeiter zwischen den Bänken hin und her huschten, wegnahmen und hinstellten und sich dabei etwas zuriefen. Die Luft war erfüllt vom Geruch des aus Reismehl angerührten Kleisters, dem Zigarettenrauch der Frauen, die in der Ecke eine Pause machten, und dem durchdringenden Aroma von Tee und gedämpften Nudeln.

Gideon hatte meine Fabrik einmal im Scherz als Irrenhaus bezeichnet und versucht, mich zu einer »Verwestlichung« zu überreden. Also sah ich mir eine moderne westliche Arzneimittelfabrik an und war entsetzt. Wo war das *feng shui*? Wo der Weihrauch und die Gebete zu den richtigen Geistern? Wer achtete darauf, daß Kräuter nur an günstigen Tagen verarbeitet wurden? Das

Laboratorium, das ich besichtigte, produzierte seine Mischungen jeden Tag, ohne sich vorher bei einem Wahrsager zu vergewissern, ob dieser Tag auch Glück verhieß. Die westlichen Wissenschaftler vermischten Glück mit Unglück, sie ließen Wasser in Abflüsse laufen, so daß ihre Gewinne versiegten. Ihre Wände waren weiß und das Licht zu hell, es gab viel zu viel Yang und somit kein Gleichgewicht.

Nein, ich wollte nicht modernisieren. Nicht einmal für meinen geliebten Gideon.

Gemeinsam mit Mrs. Fong inspizierte ich die Fässer und stellte fest, daß man zwischen zwei Arbeitsschritten das Rezept nicht genau eingehalten hatte. Ich fand Frauen, die am Arbeitsplatz rauchten, obwohl es verboten war. Außerdem aßen sie dort, so daß Frühlingsrollen und Bohnensprossen neben *Wonne* und *Goldlotuswein* lagen.

Mrs. Fong hatte recht. Den Arbeitern war alles egal.

Wir traten auf den vergleichsweise ruhigen Hof, wo den ganzen Tag über Lastwagen ein- und ausfuhren, die frische Kräuter brachten und die fertigen Heilmittel abtransportierten.

»Was tun wir jetzt?« Mrs. Fong war sichtlich erregt. Als treue Mitarbeiterin fühlte sie sich für die Schlampigkeit der Arbeiter persönlich verantwortlich.

»Wir werden wohl weiteres Aufsichtspersonal einstellen müssen«, sagte ich, war mir aber nicht sicher, ob das helfen würde. Wenn hundert Arbeiterinnen und Arbeiter aus Unachtsamkeit Fehler machten, würde ich auch hundert Inspektoren brauchen, um jeden einzelnen zu beaufsichtigen.

»Bestrafen Sie die Unachtsamen«, riet Mrs. Fong.

Das hätte bedeutet, hundert Leute hinauszuwerfen.

»Lassen Sie sie sich gegenseitig überwachen«, empfahl Mrs. Fong.

Dann hätte ich hundert Spitzel gehabt.

Mir fiel keine Lösung ein.

»Darf ich einen Vorschlag machen?«

Mrs. Fong fuhr herum. »Wer sind Sie? Wie sind Sie hier hereingekommen?«
Hinter uns stand ein junger Chinese.
»Ich könnte Ihnen vielleicht helfen«, sagte er so leise, daß wir ihn kaum hören konnten, und kam dann näher, den Hut in der Hand. Im hellen Sonnenschein erkannte ich zweierlei: erstens, daß seine Kleidung sauber, aber schäbig war, und zweitens, daß er hinkte.
Irgendwie kam er mir bekannt vor.
»Machen Sie, daß Sie wegkommen«, schimpfte Mrs. Fong. »Sonst hole ich die Wachmänner.« Mrs. Fong hatte schon für mich gearbeitet, als wir noch hinter Mr. Huangs Lagerhaus in der Grant Street waren.
»Wie könnten Sie uns helfen?« fragte ich den jungen Mann, den ich auf Anfang Zwanzig schätzte.
»Bieten Sie den Mitarbeitern Ihre Produkte für den persönlichen Gebrauch und den ihrer Familien umsonst an.«
»Was!« schrie Mrs. Fong. »Sind Sie verrückt? Sollen wir diese Schlamperei auch noch belohnen?«
»Die Produkte«, fuhr er fort, »werden auf Anfrage von einer zentralen Stelle ausgegeben. Wenn die Mitarbeiter ihre Gratiszuteilung abholen, können sie nicht wissen, aus welcher Abteilung sie stammt, ob sie selbst daran gearbeitet haben oder nicht.«
Mrs. Fong sog an ihrer Unterlippe und brummte. »Hm.«
»Vielleicht sind Ihrem Personal fremde Leute gleichgültig«, fügte der junge Mann hinzu, »aber bestimmt sind sie sich selbst und ihre Familien nicht egal.«
Ich wußte, warum er gekommen war. »Suchen Sie Arbeit?« fragte ich.
»Niemand will Chinesen einstellen. Nicht einmal Chinesen mit einem Juradiplom der Stanford-Universität«, entgegenete er bescheiden. »Ich erinnerte mich an Sie und dachte, Sie würden mir vielleicht helfen.«

»Warum hinken Sie?« wollte Mrs. Fong wissen.
»Ich bin verwundet worden. Ich habe meine Entlassungspapiere aus der Armee.«
»*Aii-yah*!« rief sie, und ich merkte, wie ihre mütterlichen Instinkte in Wallung gerieten.
Und dann fiel mir sein Gesicht wieder ein, damals aus den langen Tagen des Prozesses, als er stumm hinter seinem Vater, dem Drachen, gesessen hatte. Ich wußte sogar noch, daß er einen ungewöhnlichen Vornamen hatte, Woodrow, nach einem Präsidenten der Vereinigten Staaten. »Ich hätte nie gedacht, daß Sie für mich arbeiten wollen«, meinte ich vorsichtig.
Der junge Mann sah mich an und sagte etwas, das mir große Hochachtung einflößte, weil ich wußte, wie schwer es einem chinesischen Sohn fallen mußte, so über seinen Vater zu sprechen.
»Was mein Vater getan hat, war unrecht. Er hat unsere Familie entehrt. Ich bin sein einziger Sohn. Es ist meine Aufgabe, diese Ehre wiederherzustellen.«
Ich glaubte ihm.
Während ich es Mrs. Fong überließ, den jungen Mr. Sung durch das Werk zu führen, ging ich ins Büro zurück, wo ein bedrückender Papierberg auf mich wartete, außerdem Angebotslisten und Nachrichten von den wenigen Immobilienmaklern, die bereit waren, einer Chinesin bei der Wohnungssuche zu helfen. Ich trat ein und sah Gideon vor mir stehen. In seiner Uniform war er so unwiderstehlich, daß mir vor Freude das Herz zerspringen wollte.
Ich nahm ihn in die Arme und er mich in seine, und wir hielten einander lange umschlungen, ohne ein Wort zu sprechen. Unsere Herzen sagten alles, was nötig war.
Als er sich endlich von mir löste, sagte er: »Meine Mutter ist gestorben.«
Ich hatte es nicht gewußt.
»Morgen findet die Testamentseröffnung statt. Mr. Winterborn

sagt, daß du im Testament erwähnt bist. Ich denke, Mutter wird dir Vaters Ring hinterlassen haben.«

Am Nachmittag darauf fuhr ich zu der großen Villa auf dem Hügel. Ich nahm Iris mit, so daß wir zu sechst im Herrenzimmer saßen, das jetzt halb viktorianisch, halb modern eingerichtet war: meine Tochter und ich, Gideon, Olivia und ihr Sohn Adrian, dazu Margo, deren Rückkehr zu ihrer Familie sich offenbar durch die Beerdigung verzögert hatte.
Ich hatte Mühe, Iris still zu halten. Sie wirkte erregt. Vielleicht erinnerte sie sich, daß sie vor Wochen schon einmal in diesem Haus gewesen war. Als sie die Hand ausstreckte und nach einer Vase greifen wollte, fauchte Olivia: »Faß das nicht an!«
Olivias Groll über meine Anwesenheit war so massiv wie der schwere Stuhl unter mir. Sie gab sich keine Mühe, ihre Abneigung zu verbergen. Seit vierzehn Jahren lebte sie in diesem Haus, ihr Sohn war hier geboren. Nun war sie endlich die Herrin und wollte mich nicht in ihrem Haus sehen.
Wie von Gideon vermutet, hinterließ Fiona mir Richard Barclays Ring. Und sie vererbte mir das Haus und alles, was darin war.

Am Abend, bevor Gideon von Land ging, um in den Pazifik zu fahren, wo ein entsetzlicher Krieg tobte, kam er zu mir und sagte: »Olivia und die Kinder werden schnellstens ausziehen. Du kannst das Haus jederzeit übernehmen.«
»Es ist groß genug für uns alle.«
Er schüttelte den Kopf. »Ich kann nicht in einem Haus mit dir wohnen, Harmonie. Das wäre mehr, als ich ertragen könnte. Außerdem würde Olivia niemals einwilligen. Sie wollte das Testament anfechten, aber ich habe es ihr untersagt. Das Haus gehört rechtmäßig dir.«
»Aber auch dir«, protestierte ich.
»Nein. Es war das Eigentum von Richard Barclay, und du bist sein Fleisch und Blut.« Er lächelte traurig. »Irgendwie liegt eine ge-

wisse Ironie darin. Wir nennen uns Barclay und haben keinen Tropfen Barclay-Blut in den Adern, während ihr, Harmonie und Iris, Lee heißt und die einzigen echten Barclays seid.«

Wir fanden uns alle am Hafen ein, um von ihm Abschied zu nehmen, zusammen mit den anderen Ehefrauen, Müttern und Familien, und alle hatten wir tränennasse Wangen. Jede hatte nur einen Gedanken: Gott, bring ihn mir heil und gesund wieder.

Ich sah zu, wie Gideon Olivia umarmte und küßte. Dann umarmte er den dreizehnjährigen Adrian und sogar die gleichaltrige Margo, die impulsiv die Arme um seinen Hals schlang und ihn auf die Wange küßte. Danach nahm er meine Hand und sah mir lange in die Augen, eine stumme Versicherung seiner Liebe. Er wollte das gleiche bei Iris tun, aber sie bewegte ständig den Kopf und schaute in alle Richtungen.

Ich dachte daran, wie meine Tochter an jenem Tag in Fionas Schlafzimmer ein paar Minuten lang die Augen ruhig gehalten und sich konzentriert hatte. Ich kann nur vermuten, was in Fionas Herz vorging, als sie sah, wie meine Tochter so rasch das Rätselkästchen öffnete.

»Obwohl ich von Anfang an den Verdacht hegte, Sie könnten Richards Kind sein«, hatte sie in dem Brief geschrieben, den mir Mr. Winterborn nach der Testamentseröffnung überreichte, »war ich nie sicher. Als ich aber Ihre Tochter sah, erkannte ich die Wahrheit. Richards Schwester war wie Iris. Die Anlage wird in der Familie vererbt. Sie sind also wirklich Richard Barclays Tochter. Und weil ich ihn von ganzem Herzen geliebt habe, verspreche ich Ihnen, daß alles, was Ihr Vater besaß – Haus, Name, Vermögen –, Ihnen gehören soll. Und ich bitte Sie und Gott um Vergebung für die Art, wie ich Sie behandelt habe.«

Als Gideons Schiff endlich aus der Bucht hinaussteuerte, kam Olivia zu mir und sagte: »Mein Sohn, Margo und ich ziehen noch heute abend aus.«

»Das hat keine Eile«, erwiderte ich. »Bitte bleiben Sie doch wenigstens, bis Gideon wiederkommt.«

Aber sie sah mich aus harten Augen an und erklärte in einem Ton, der keinen Zweifel an ihren Gefühlen ließ: »Dieses Haus ist mein Eigentum. Es gehört mir und meinem Sohn. Ich werde es mir zurückholen. Und wenn es das letzte ist, was ich tue – ich werde dafür sorgen, daß Sie sich wünschen werden, nie den Fuß auf diesen Boden gesetzt zu haben.«

46
4 Uhr morgens – Palm Springs, Kalifornien

Piep! Piep! Piep!

Charlottes Kopf fuhr ruckartig in die Höhe. Jonathans Laptop gab Alarm. Sie ließ die Briefe fallen, in denen sie gelesen hatte – Drohbriefe von Olivia an ihre Großmutter – und rannte zu dem kleinen Tisch, auf dem Jonathan seine Geräte aufgebaut hatte.

Auf dem Bildschirm blinkte ein rotes Licht.

Der Eindringling war im System.

Sie griff zum Handy und wählte die Nummer von Jonathans Piepser. Als sie den Ton hörte, tippte sie SOS ein, das vereinbarte Zeichen dafür, daß der Umleiter den Eindringling zu den gefälschten Rezepturen geführt hatte. Sie betete, daß Jonathan ihre Nachricht empfing, denn hier in den Bergen oberhalb von Palm Springs waren die Funksignale manchmal unzuverlässig. Und selbst wenn es funktionierte, wie lange würde es dauern, bis er zurückkam? Er war die Straße hinuntergegangen, um eine Imbißbude oder ein Café zu suchen, die um diese Zeit noch geöffnet waren. Ihre letzte Mahlzeit lag lange zurück. Zumindest brauchten sie einen Kaffee.

Nachdem sie das Harmony-Biotec-Gelände so eilig verlassen hatten, war Jonathan mit ihr in die Berge hinaufgefahren, wo es in dieser Regennacht fast unmöglich gewesen war, ein geöffnetes Motel zu finden. Schon wollten sie die Hoffnung aufgeben, als sie vor einer Ansammlung rustikaler Blockhütten mit dem Namen »Tinys Bergwinkel« das kleine Schild *Zimmer frei* entdeckt hatten. Kaum hatten sie ihre Unterkunft betreten, als Jonathan auch schon anfing, auf einem knorrigen kleinen Fichtentisch, der auf einem Flickenteppich stand, seine Ausrüstung anzuordnen und den Fernzugriff auf das interne System von Harmony einzurichten. Inzwischen hatte Charlotte den bescheidenen Bungalow nach Küchengerät und einer Kochstelle abgesucht, um wenigstens Wasser aufsetzen zu können, aber außer dem mit Steinplatten ausgelegten Kamin, der aussah, als hätte man ihn seit Jahrzehnten nicht saubergemacht, gab es nichts. Darum war Jonathan noch einmal hinaus in die Nacht gegangen, während sie zurückblieb, um den Computer zu bewachen.

Ihr Herz hämmerte, als sie sich hinsetzte und zu tippen anfing. »Du mußt drei Tasten auf einmal drücken«, hatte ihr Jonathan erklärt, bevor er losgegangen war. »Kontrolltaste, Wechseltaste und Einfügetaste. Dadurch wird das Signal zurückgeschickt, zusammen mit meiner Codekette, die als Sonde fungiert. Wenn ich wieder da bin, wissen wir, wo der Einbrecher steckt.«

Ihre Hände steckten nicht mehr in Handschellen. Gleich, nachdem sie weggefahren waren, hatte Jonathan sie befreit. Er war von der Straße abgefahren und hatte mit einem winzigen Instrument geschickt das Schloß geknackt. Erst dann hatten sie ihren Weg fortgesetzt. Charlotte hatte ihre aufgeschürften Gelenke mit Salbe behandelt, die aus dem kärglich ausgestatteten Erste-Hilfe-Kasten des Mietwagens stammte, und sie mit sterilem Mull umwickelt. Dann hatte sie mehrere Meilen gewartet, bis sie Jonathan die Frage stellte, die ihr auf der Seele brannte: »Warum hast du mir nicht gesagt, daß du Naomi kennst?«

»Weil ich mir wie ein Idiot vorkam. Außerdem kenne ich sie eigentlich gar nicht, nicht so, wie du annimmst.«

Charlotte hatte auf die regennasse Straße gestarrt, während sie nach einem Motel suchten. Zweifellos hatte Knight die Ortspolizei vor einer Frau gewarnt, die in drei Fällen unter Mordverdacht stand, sich ihrer Festnahme widersetzt und einen Bundesbeamten angegriffen hatte. Vermutlich hatte er noch die Verfälschung von Beweismaterial, Behinderung der Justiz und eine Reihe anderer Verstöße hinzugefügt. Die Polizei von Palm Springs hatte höchstwahrscheinlich schon einen Steckbrief ausgestellt.

»Erzähl mir, woher du Naomi kennst«, hatte sie gesagt, als sei es das einzige auf der Welt, das sie noch interessierte. Vielleicht stimmte das sogar. Daß Jonathan sie belogen hatte, schien ihr wichtiger als alles andere, selbst als die Tatsache, daß sie mehrmals knapp dem Tod entronnen war.

Wenn sie Jonathan nicht mehr vertrauen konnte – was blieb ihr dann überhaupt noch?

Seine Augen wichen nicht von der Straße. »Als ich in den Nachrichten sah, was in Chalk Hill passiert war, abonnierte ich einen Pressedienst. Ich wollte wissen, wie es mit dir weiterging.«

»Du warst verheiratet.«

»Und du warst immer noch meine beste Freundin.« Er wandte den Blick lange genug von der Fahrbahn ab, um seinen Satz damit zu unterstreichen. »Und dann bekam ich vor fünf Jahren einen Zeitungsausschnitt über einen Spiritistenkongreß, der in Sacramento stattfinden sollte. Man hatte mir den Artikel geschickt, weil du darin erwähnt wurdest, im Zusammenhang mit einer Ms. Naomi Morgenstern, die die Konferenz leiten würde.«

Charlotte zupfte an ihrem Verband. »Nach Chalk Hill wurden unsere Namen immer zusammen genannt. Jedesmal, wenn Naomi in der Presse erwähnt wurde, hieß es ›Naomi Morgenstern, die bundesweit Schlagzeilen machte, als sie und Charlotte Lee von der Pharmaziefirma Harmony Biotech verhaftet wurden, weil sie ...‹ War es so etwas?«

»Ja.«

»Du hast tatsächlich an einem Spiritistenkongreß teilgenommen?« Sie konnte ihr Erstaunen nicht unterdrücken.

»Ich hoffte, du würdest auch kommen. Ich wollte dir zufällig begegnen.«

»Wußte Naomi davon?«
»Um Himmels willen, nein.«
»Woher hatte sie dann deine Adresse?«
»Für die Anmeldung mußte man sich irgendwie ausweisen, also hinterließ ich meine Visitenkarte. Offenbar landete meine Adresse auf einer Liste, und so erhielt ich dann Naomis freundlichen Brief. Wahrscheinlich hat sie Hunderte davon verschickt. Ich habe sie auf dem Kongreß gesehen, wir haben uns sogar die Hände geschüttelt. Aber es gab so viele Teilnehmer, daß sie sich nie an mich erinnern würde.«
»Und warum schleppst du dann den Brief mit dir herum?«
»Weil Naomi meine einzige Verbindung zu dir war.«
Charlotte hatte nicht gewußt, ob sie lachen, weinen oder wütend sein sollte. Noch jetzt, eine halbe Stunde später, waren ihre Nerven durch den Vorfall in der Abfüllanlage, bei dem sie dem Tod nur knapp entgangen war, und durch die überstürzte Flucht und das Unwetter noch völlig angegriffen. Hinzu kam der Aufruhr ihrer Gefühle, als ihr klarwurde, daß Jonathan sie in all diesen Jahren nicht aus den Augen gelassen hatte. Sie versuchte die drei Tasten auf einmal zu drücken, doch ihre Finger zitterten wie Espenlaub. Sie erwischte die falsche Kombination und traf eine Taste überhaupt nicht. »Verdammt!« Sie nahm einen neuen Anlauf. Aber noch bevor sie den Befehl eingeben konnte, klappte das Fenster zu, und ein anderes öffnete sich so plötzlich, daß sie zusammenzuckte.
Auf dem Bildschirm erschien das Gesicht von Adele Sutherland.
Charlotte dachte zuerst, Jonathans Frau rufe in diesem Augenblick an, bis sie die Mitteilung am unteren Rand des Bildschirms bemerkte. »Aufgezeichnet« stand dort, dazu Datum und Uhrzeit des Anrufs.
Er war vor etwa anderthalb Stunden eingegangen. Charlotte rechnete zurück. Zu dieser Zeit hatte sie gerade den Zusammenstoß mit Desmond im Treppenhaus gehabt.

Nachdenklich betrachtete sie das Wort »Aufgezeichnet«. Dann zögerte sie nur so lange, bis sie die drei Tasten getippt hatte, die Jonathans Signal auf den Eindringling zurücklenkten, bevor sie auf »Wiedergabe« drückte.
Jonathans Frau begann zu sprechen.

47

Jonathan verließ den Rund-um-die-Uhr-Imbiß an der Fernfahrerraststätte und lief zum Wagen zurück. Schnell suchte er die Bergstraße nach Anzeichen einer Polizeistreife ab und schaute auf die Uhr. Weniger als zwei Stunden bis zum Ablauf des Ultimatums.
Er gab sich Mühe, ruhig zu bleiben. Charlottes Signal auf seinem Piepser hieß, daß der Eindringling sich wieder eingeloggt hatte und auf seinen Laptop umgeleitet worden war. In ein paar Minuten würden sie wissen, wo das Einloggen stattfand. Dann hatten sie den Schweinehund.
Als er herankommende Scheinwerfer bemerkte, duckte er sich in eine Telefonzelle und zwang sich zur Reglosigkeit.
Während er das Auto auf der glatten Straße langsam vorbeifahren sah, glich sein Kopf einem Kaleidoskop aus buntgemischten Gedanken und Gefühlen, die ohne jeden Zusammenhang waren und alle gleichzeitig seine Aufmerksamkeit forderten: Charlotte, mit Handschellen an die Ampullenanlage gefesselt. Quentin, der aus London anrief und ihn anlog, daß seine Wohnung renoviert würde. Adele mit einem verletzten Ausdruck in den großen, vertrauensvollen Augen, die vom Gärtner redete, während im Hintergrund …
Er seufzte. *Adele …*
Er hatte sie zu einer Zeit kennengelernt, als sein Herz in zwei

Stücke gebrochen war, weh tat und hungrig nach Liebe war. Damals waren fünf Jahre vergangen, seit er Charlotte sein Gedicht geschickt hatte, sechzig lange Monate seit ihrem Anruf und den Worten: »Ich brauche meinen Freiraum, Johnny. Es gibt soviel für mich zu tun, daß ich einfach allein sein muß.«
Er wußte noch, daß er irgend etwas gemurmelt hatte wie: »Ja, natürlich verstehe ich dich, Charlie. Mir geht es genauso. Und außerdem wohnen wir dreitausend Meilen voneinander entfernt, das ist einfach zuviel ...«
Ihm war zumute gewesen, als hätte ihn ein vorübertreibender Eisberg gerammt. Der Berg hatte ihn überrollt, ihn zu einem gefrorenen Schatten plattgewalzt, ihm alle Wärme und Empfindung geraubt. Charlotte hatte ihn verlassen. Sie war nicht länger Teil seines Lebens – sie war nicht länger sein Leben.
Danach hatte er weiter so getan, als lebe er. Er hatte existiert. Mit fast wahnsinnigem Eifer hatte er sich auf das Studium am MIT gestürzt und sich danach bei der Spionageabwehr freiwillig zu Aufträgen an entlegenen Orten gemeldet, Jobs, bei denen er tage- und nächtelange Überwachungen durchführen mußte, Aufgaben, die ununterbrochenes analytisches Denken erforderten, gefährliche Missionen, die ihn zwangen, ohne Schlaf auszukommen.
Wenn er damit seine Stunden ausfüllte, entschied er, brauchte er nicht darüber nachzudenken, wie er sein Herz füllen sollte. Und dann kam die Sache in Amsterdam, und sein Leben geriet erneut in einen tödlichen Strudel. Er verließ die NSA und gründete zusammen mit Quentin eine eigene Beratungsfirma. Quentin übernahm die »Außenarbeit«, den Umgang mit Menschen, während Jonathan das tat, was er am besten beherrschte: die einsame technische Leistung hinter den Kulissen. Sie waren ein gutes Team, und Jonathan konnte hart und gefühllos bleiben, seine einzige Verteidigung gegen Alpträume und Dämonen.
Dann kam Adele.
Fast sofort begannen ihre Weichheit und Wärme sein erstarrtes

Gemüt aufzutauen. Ihr Mangel an Antrieb und Ehrgeiz waren ein Kissen für seine Unruhe und seine scharfen Kanten. Stundenlang konnte sie den Geschichten von seinen Streichen mit Quentin zuhören und verlangte dafür nichts weiter als seine Meinung zu einem Blumenarrangement oder ob die Granaten oder die Perlen besser zu ihrer Bluse paßten.

Mit Adele gab es keine Zusammenstöße wie mit Charlotte, keine anstrengenden Leidenschaften oder Erwartungen, die einen zu den Sternen hinaufhoben, nur damit man dann auf die Erde zurückfiel wie ein kalter Stein. Adele war beständig, zuverlässig und immer für ihn da. Und wenn sie Stunden brauchte, um sich anzuziehen, ihre Kleidung auszusuchen, sich für einen bestimmten »Look« zu entscheiden, dann redete er sich ein, daß er sie deshalb liebte, denn sie tat es ja für ihn. Sie hatte ihn nie gefragt, was er in Amsterdam erlebt hatte.

Jetzt freilich mußte er an ihren letzten Anruf denken, der vor etwas über einer Stunde eingegangen war, und an das plötzliche Gefühl von Übelkeit, als er das Geräusch im Hintergrund gehört und sie schnell etwas über den Gärtner gesagt hatte.

Auf einmal war seine Welt unter ihm weggekippt wie bei einer Fahrt mit der Achterbahn, und sein Magen hatte sich von neuem umgedreht.

48

Charlotte hörte gerade zu, wie Adele sagte: »Der Gärtner ist hier und hat tausend Fragen«, als Jonathan hereinkam. Als sie seine blassen Wangen und die frostige Kälte in seinem Blick sah, erklärte sie: »Es tut mir leid. Als ich den Signalcode zurückschickte, habe ich zuerst die falschen Tasten gedrückt. Ich wollte wirklich nicht spionieren.«

Seine Augen huschten hinüber zu den auf dem Bildschirm erstarrten Zügen. Charlotte sah, wie Schmerz sein gutgeschnittenes Gesicht verzog. Sie kannte diesen Ausdruck, er hatte ihn immer, wenn er versuchte, seine Gefühle zurückzudrängen. Sie wußte auch, weshalb er so bleich war. Es lag nicht daran, daß er sie beim Schnüffeln erwischt hatte.

Sie wartete darauf, daß er etwas sagte, und als er schwieg, sagte sie es für ihn. »Ich habe es auch gehört, Johnny.« Das Hintergrundgeräusch bei Adeles Anruf. *Ka-wumm, Ka-wumm ...*

»Ich wollte es erst nicht glauben«, begann er mühsam, und sein Adamsapfel hob und senkte sich, als er schluckte. »Als sie aufgelegt hatte, habe ich ihre Nummer überprüft. Der Anschluß gehört dem Hotel Vier Jahreszeiten.« In seinem Blick stand Schmerz. »Mein Partner läßt seine Wohnung nicht renovieren, und meine Frau ist nicht zu Hause und spricht mit dem Gärtner.«

Charlotte stand von dem kleinen Tisch auf. Sie sah Tränen in Jonathans Augen. »Es tut mir unendlich leid.«

»Das braucht es nicht«, antwortete er und verschmähte ihr Mitgefühl. »Es mußte so kommen. Irgendwann passiert es allen Helden – früher oder später.« Er gab ihr die braune Tüte mit dem Kaffee und den Sandwiches. »Ich sollte jetzt besser die Hinweise im Netz prüfen.«

Seine Stimme klang so hart, daß Charlotte ihn gerne umarmt hätte. Aber sie hörte auch den Unterton von Bitterkeit und den merkwürdigen Verweis auf den Helden. Das gleiche hatte sie vor zehn Jahren in San Francisco von ihm gehört, als er ihr von seinem Ausstieg aus der NSA erzählt hatte. »Eine ziemlich miese Geschichte«, hatte er erst vorhin gesagt. Was war mit den Acht von Amsterdam wirklich geschehen?

»Johnny ...« Sie hielt inne. Bis zum Ablauf des Ultimatums blieben ihnen weniger als zwei Stunden. Er hatte recht. Sie mußten sich konzentrieren. Adele, Quentin und der Rest der Welt konnten später kommen. »Ich habe etwas in Olivias Briefen gefunden.«

Sie hielt das Bündel Briefe hoch, das sie im Museum noch schnell in ihre große Umhängetasche gestopft hatte. Als Jonathan Charlotte suchte, hatte er die Tasche wie durch ein Wunder gefunden. Sie lag im Kontrollraum der Fabrikhalle, dort, wo man sie entführt hatte. Ihr Angreifer hatte sich offensichtlich nicht dafür interessiert.

»Olivia war davon besessen, das Haus zurückzubekommen.« Aus der Papiertüte zog sie zwei Styroporbecher. »Diese Briefe stammen aus den Jahren 1942 bis 1957. Sie bedrohen meine Großmutter und lassen ihr keine Ruhe. Buchstäblich eine Ein-Frau-Terror-Kampagne! Ich begreife nicht, wieso meine Großmutter nie ein Wort davon erzählt hat.«

Jonathan nahm einen der Becher und hob den Plastikdeckel ab. »Glaubst du denn, daß unser Killer etwas mit Olivia zu tun hat? Vielleicht ihr Sohn Adrian? Oder Margo? Vielleicht ist das Ganze eine Form von Rache, weil sie das Haus nicht bekommen haben?«

Charlotte betrachtete den dampfenden Kaffee. »Ich weiß nicht, was ich glauben soll. Vor einer Stunde hatte ich noch Mr. Sung im Verdacht. Vielleicht verdächtige ich ihn immer noch.« Sie griff in die Umhängetasche und zog die sorgsam gefaltete Ausgabe des *San Francisco Chronicle* von 1936 heraus. »Der Artikel hier liest sich wie eine Werbetafel in einem Supermarkt. Sie beschreiben alles, was meine Großmutter anhatte, bis hin zu den Ohrringen, und ihren Gesichtsausdruck – ob sie zornig oder traurig aussah. Und dann diese Anspielungen auf Gideon Barclay! Und weißt du, was über meine Mutter darinsteht? Sie nennen sie geistig zurückgeblieben.«

Jonathan blickte vom Computer auf. »Hat deine Großmutter je so etwas erwähnt?«

Charlotte wollte den Kopf schütteln, ließ es dann aber.

»Nun?« fragte Jonathan.

»Ich bin nicht sicher. Aber mir ist jetzt so, als ob da etwas gewesen wäre ... Getuschel hinter meinem Rücken. Ich wußte immer, daß meine Mutter etwas Besonderes hatte, daß sie *anders* war. Vielleicht habe ich es aufgeschnappt, vielleicht auch nur gefühlt. Allerdings bin ich nie auf die Idee gekommen, daß es etwas mit ihrem Verstand zu tun haben könnte. Ich dachte, sie wäre vielleicht so begabt gewesen wie ihr Vater, Mr. Lee.«

»Nur daß du jetzt weißt, daß Mr. Lee nicht ihr Vater war.«

»Eben. Mein Verdacht hat sich bestätigt. Das hier«, sie warf die Zeitung zornig in die Ecke, »räumt jedenfalls alle Zweifel aus!«

Er hob die Zeitung auf und legte sie dorthin, wo Charlotte sie nicht sehen konnte, als wolle er sie vor den verletzenden und kränkenden Worten über Mr. Lees Impotenz und dem unangenehmen Bild ihrer Großmutter, die ihrem Mann ein Potenzmittel zusammenbraute, schützen.

»Ich habe mich oft gewundert, warum ich nicht chinesischer aussehe«, fuhr Charlotte fort. »Ich schaute mir Bilder von Mr. Lee an und fragte mich, warum meine Mutter und ich ihm nicht ähnlicher sahen. Meine Großmutter erzählte immer, es liege an Richard Barclays starkem Yang, daß meine äußere Erscheinung so stark von meinem Urgroßvater beeinflußt worden sei. Aber das stimmt nicht. Es liegt daran, daß ich keinen chinesischen, sondern einen amerikanischen Großvater hatte.« Sie stellte den unberührten Kaffee wieder auf den Tisch. »Mein Gott, Jonathan, ich fange allmählich an zu begreifen.«

Er stand auf, trat zum Kamin und starrte in sein kaltes, schwarzes Inneres. Dann drehte er sich wieder zu ihr um. »Was meinst du?«

Ihre grünen Augen waren voller Staunen und Verwirrung. »Damals im Sommer, als ich fünfzehn war ...«

Es war ein heißer Julisonntag gewesen. Ihre Großmutter veranstaltete ein Grillfest auf der Terrasse. Natürlich waren die Barclays da. Der dünne Desmond planschte stolz im Pool herum, während seine Mutter in einem gewagten Badeanzug aus schwarzem Stoff mit Netzeinsätzen und hohem Hüftschnitt laut verkündete, einer der Lehrer ihres Sohnes habe erklärt, Desmond sei der intelligenteste Vierzehnjährige, der ihm je begegnet sei. Onkel

Adrian war schon wieder im Haus, wie gewöhnlich am Telefon, und Tante Olivia, die einen hawaiischen Sarong trug, half Charlottes Großmutter mit den Platten, auf denen die in Sojasoße und Ingwer eingelegten Rippchen, Schweinelenden und Hühnerbeine angerichtet waren.

Es waren über fünfzig Gäste anwesend, die lachten, tranken und sich über Vietnam und Watergate unterhielten, aber für Charlotte war es der einsamste Ort der Welt. Weil Johnny nicht da war.

Onkel Gideon hatte sie in der Laube auf dem Dach gefunden, wo sie sich die Augen ausweinte. »Warum geht Johnny immer weg?« hatte sie geschluchzt, als er sie nach dem Grund fragte. »Er braucht doch nicht jedes Jahr nach Schottland zu fahren. Er ist Amerikancr. Er soll hierbleiben.«

»Hat er dir nicht gesagt, warum er das tut?«

Charlotte hatte sich mit dem Tuch, das er ihr gegeben hatte, die Nase geputzt. »Johnny spricht nicht gerne über seine Gefühle.«

»Hast du ihn gefragt?«

Sie schüttelte stumm den Kopf. Der September war unendlich weit weg, und sie würde aus Einsamkeit sterben, bevor er zurückkam.

»Und was sagt deine Großmutter dazu?« hatte Onkel Gideon gefragt.

»Ach, über so etwas kann ich doch nicht mit Großmutter reden! Sie würde mich gar nicht verstehen.«

»Glaubst du?« hatte er mit nachsichtigem Lächeln geantwortet. »Ich halte sie für eine sehr kluge Frau.«

Charlotte starrte düster auf die Hände in ihrem Schoß. »Es hat keinen Sinn. Sie würde es nicht begreifen.«

»Hm. Sollte es sich dabei um eine Herzensangelegenheit handeln?«

»Wenn sie es wüßte, würde sie mich umbringen.«

»Soviel ich weiß, hat sie noch keinen Menschen umgebracht, und schon gar nicht, weil er jemanden liebt.«

Charlotte mußte wider Willen lächeln. Seit sie sich überhaupt an ihn erinnern konnte, schaffte es Onkel Gideon immer, sie aufzuheitern. Darum vergötterte sie ihn auch so. Natürlich trug die Tatsache dazu bei, daß er so ungeheuer gut aussah, braungebrannt und breitschultrig und mit silbergrauen Augen, die zum silbergrauen Haar paßten. Obwohl Charlotte wußte, daß er uralt war – weit über Sechzig –, fand sie Onkel Gideon ausgesprochen sexy.
»Großmutter ist immer so streng«, seufzte sie. »Wenn sie wüßte, daß ich für Johnny schwärme, dürfte ich ihn nicht mehr zu Hause besuchen.«
»Und Johnny ... was empfindet er für dich?«
Sie zuckte die Achseln. »Er denkt, wir wären bloß Freunde.«
»Du hast ihm also deine Gefühle noch nicht gestanden?«
»O nein. Das würde ich nie tun. Jedenfalls nicht als erste.«
»Manchmal ist das nicht der beste Weg, Charlotte. Manchmal wartet man so lange auf den anderen, daß die Zeit zu lang ist und man alles verliert.«
»Sollte ich es ihm denn sagen? Johnny sagen, daß ich ihn liebe?«
»Nein, ganz so meine ich es nicht. Du mußt es ihm ganz vorsichtig beibringen.«
»Es macht mich ganz verwirrt. Ich habe solche Gefühle ... wenn ich mit ihm zusammen bin ...«
»Charlotte«, sagte Gideon sanft, »gibt es etwas, das du mir erzählen möchtest? Habt ihr ... ich meine, du und Johnny ...«
Sie brauchte einen Moment, bis sie ihn verstand. »O nein, Onkel Gideon! Nichts dergleichen!« Und dann hatte sie ihn aus Augen voller Unschuld angesehen und gefragt: »Würde er dann bleiben? Wenn ich mich von ihm küssen ließe?«
Gideon hatte sich das Kinn und dann den Nacken gerieben. »Ich glaube nicht, daß das die Antwort ist. Du brauchst nichts zu übereilen, Charlotte.«
»Meine Freundin Melanie hat einen Freund, und sie küssen sich andauernd.«

»Charlotte«, hatte er langsam gesagt, als wähle er die Worte mit Sorgfalt, »hat deine Großmutter schon einmal mit dir über ... gewisse Dinge gesprochen?«
»Dinge?«
»Ich meine, über das Leben. Die Liebe.« Er breitete die Arme aus. »Jungs.«
»Warum sollte sie?«
»Ah«, hatte er geantwortet, und noch einmal, nachdenklich: »Ah.«
»Warum geht Johnny fort, Onkel Gideon? Warum verläßt er mich jeden Sommer?«
»Vielleicht versucht er etwas herauszufinden.«
»Zum Beispiel?«
Gideon hatte auf der Holzbank gesessen. Der Wind zerzauste ihm das ergrauende Haar, und er überlegte, während Charlotte auf die klugen Worte wartete, die ihr Herz heilen würden. Dann hatte er genau das gesagt, was sie hören wollte: »Ich mache dir einen Vorschlag. Wie wäre es mit einem Picknick? Nur wir beide. Im Park? Morgen?«
Am nächsten Tag, genau zur verabredeten Zeit, holte er sie ab. Charlotte wunderte sich, daß ihre Großmutter noch zu Hause war. Es war Montag mittag, und sonst war Harmonie um diese Zeit immer in der Fabrik. Sie war auch abends und an den Wochenenden meistens dort, weil es immer etwas gab, um das sie sich kümmern, das sie verbessern, in Ordnung bringen oder planen mußte, und sie es einfach nicht über sich brachte, diese Aufgaben ihren Mitarbeitern zu überlassen.
Aber an diesem Mittag, als Onkel Gideon Charlotte zu ihrem Picknick im Park abholte, war sie da. Und als sie gehen wollten, hatte sich Charlotte noch mehr gewundert, denn ihre Großmutter hatte sie in die Arme genommen und ganz fest gehalten und dabei gemurmelt: »Hab eine schöne Zeit, Charlotte.«
In ihren Augen hatten Tränen gestanden, und Charlotte hatte erst viel später – Jahre später – verstanden, warum.

»Jonathan«, sagte sie jetzt und beobachtete ihn, wie er aus Holzscheiten und alten Zeitungen, die in einer Messingschütte aufgeschichtet waren, ein Feuer im Kamin schürte. »Wenn meine Mutter geistig zurückgeblieben war, wie konnte sie dann als Erwachsene heiraten? Wurde ihre Krankheit geheilt? Oder war sie gar nicht verheiratet und die Geschichte von dem jungen Ehemann, der bei einem Tauchunfall starb, ist ein Märchen, das die Tatsache verbergen soll, daß ich unehelich bin? Ich wette, Margo und Adrian wissen Bescheid. Sie sind ungefähr so alt wie meine Mutter. Ich dachte immer, sie wären mit ihr befreundet gewesen. Aber dieser Zeitungsartikel ...« Ihre Stimme brach. »Darin heißt es, Iris Lee war so schwachsinnig, daß sie nicht einmal ruhig sitzen konnte und darum aus dem Gerichtssaal entfernt werden mußte. Wieso habe ich in all diesen Jahren nie etwas davon gehört? Und wie ist sie wirklich gestorben? Lauter Geheimnisse und Lügen! Meine Großmutter hat mir erzählt, meine Mutter sei durch einen Treppensturz zu Tode gekommen. Aber stimmt das, Jonathan, stimmt das?«

Jonathan hockte auf seinen Fersen und betrachtete das Schüreisen. Jemand hatte es blitzblank geputzt. »Ich weiß nicht, Charlotte«, entgegnete er leise. »Je mehr wir herausfinden, desto mehr scheinen wir im dunkeln zu tappen.«

Sie nahm endlich ihren Kaffee und trank. Der Wind rüttelte an den alten Blockhausfenstern, und der Regen prasselte aufs Dach. Sie schloß die Augen und dachte an das, was Desmond gesagt hatte: »Jeder wußte, daß mein geiler alter Großvater einen Hang zu Chinesinnen hatte.« O Desmond, wie sehr du dich irrst. Du und ihr alle, ihr irrt euch.

»Hier geht's aber nicht zum Park, Onkel Gideon«, hatte die fünfzehnjährige Charlotte gesagt, als sie auf dem Embarcadero nach Süden fuhren.

»Ich meine ja auch nicht den Golden-Gate-Park, Charlotte.«

Sie war nicht weiter in ihn gedrungen. Es würde eine von Onkel Gideons Überraschungen sein.

Er hatte sie in ihrem Leben oft überrascht, mit besonderen Geschenken und Ausflügen, aber diesmal, das merkte sie, als sie die Abzweigung zum internationalen Flughafen von San Francisco nahmen, mußte es etwas ganz Außergewöhnliches sein. Und als er dann zwei Koffer aus dem Kofferraum holte und ihr zwei Pässe zeigte, jeden mit einem Erster-Klasse-Flugschein darin, da begriff sie, daß das jetzt ein wirkliches Abenteuer werden würde.
Er brauchte ihr nicht zu sagen, wohin sie flogen. Schließlich war es eine Maschine der Singapore Airlines. Und nach einundzwanzigeinhalb Stunden Kartenspielen, Filmeanschauen, Schlafen und Essen landeten sie in einem schwülen farbenprächtigen Paradies.
Sie stiegen im Raffles-Hotel ab, in zwei nebeneinanderliegenden Zimmern, und stürzten sich dann ohne Zögern in die bunte, lebhafte Stadt, wo Polizistinnen in weißen Uniformen den Verkehr an den Kreuzungen regelten und Zwiebelverkäufer, die ihre Waren ringsum zur Begutachtung ausgebreitet hatten, auf dem Bürgersteig hockten.
Als sie die Wolkenkratzer und modernen Straßen der Stadt hinter sich gelassen hatten, erforschten sie die schmalen Sträßchen und Gäßchen, in denen es von kleinen Läden, Garküchen und Buden wimmelte. Gideon erzählte ihr, daß er schon zweimal in Singapur gewesen war. »Zuletzt mit deiner Großmutter, die mir zeigen wollte, wo sie zur Welt gekommen ist.«
Sie waren vor einem winzigen Laden stehengeblieben. Auf dem Schild stand »*Seiden-Wah, gegr. 1884*«.
»Hier ist deine Großmutter geboren«, erklärte Onkel Gideon, »in einem Zimmer im Obergeschoß.«
Diese Geschichte kannte Charlotte schon. Eine richtige Romanze, Mei-ling, die den schönen Richard Barclay rettete, als er von Räubern überfallen worden war, die ihn heimlich gepflegt und versorgt und sich in ihn verliebt hatte. Als Charlotte Johnny einmal nach Hause mitgenommen hatte, um eine Schnittwunde auf seiner Stirn zuzupflastern, hatte sie daran gedacht, was Mei-ling

wohl empfunden haben mochte, als der Mann, den sie liebte, stumm und still dalag, während sie ihn mit lindernden Salben und Ölen einrieb. Johnny hatte vertrauensvoll zu ihr aufgeschaut. War es bei Richard Barclay und Mei-ling auch so gewesen?
»Ich verrate dir ein kleines Geheimnis«, hatte Onkel Gideon gesagt, als sie vor dem Seidengeschäft standen. »Deine Großmutter ist nicht so alt, wie die Leute glauben. In Wirklichkeit ist sie zwei Jahre jünger. Du mußt sie bitten, dir einmal von ihren gefälschten Einwanderungspapieren zu erzählen.«
»Und wann warst du zum ersten Mal hier, Onkel Gideon?« hatte Charlotte gefragt. Bei der Erinnerung an Dinge, von denen er niemals sprach, hatte seine Miene sich verdüstert. »Vor dreißig Jahren«, sagte er dann, »im Krieg. Ich saß im Changi-Gefängnis, wo Menschen anderen Menschen Unmenschliches antaten. Das einzige, was mich in dieser Hölle am Leben hielt, war der Gedanke an die Frau, die ich liebe, und mein Versprechen, zu ihr zurückzukehren.«
Charlotte hatte sich an die Kriegsauszeichnungen erinnert, die sie gesehen hatte, und geglaubt, er spreche von seiner Frau, Tante Olivia.
Er führte sie zum Tempel der tausend Lichter, wo sie eine Nachbildung von Buddhas Fußabdruck bestaunten. Sie besuchten das Standbild von Sir Stamford Raffles am Ostufer des Singapore River, das die Stelle markierte, an der der Engländer 1819 das erste Mal an Land gegangen war. Sie nahmen an einem indischen Fest teil, bei dem sich heilige Männer im Lendenschurz Haken, Dornen und Spieße ins Fleisch bohrten und damit herumstolzierten. Zwischendurch aßen sie an Buden Reis und Schweinefleisch *kung pao*. Sie bewunderten eine chinesische Oper in einem Freilichttheater, wo Schauspieler und Schauspielerinnen in prachtvollen Kostümen kunstvoll geschminkt die Menge mit der Darstellung uralter Mythen und Legenden verzauberten. Auf der Tiong Bahru Road lauschten sie Singvögeln in verzierten Bambuskäfigen, die zur Freude der Passanten ihre Melodien trillerten.

Zuletzt leisteten sie sich im Jurong-Vogelpark ein festliches Picknick aus Curryhuhn und Padangreis und beobachteten dabei die grellbunten Papageien, die kreuz und quer durch die Gischt eines Wasserfalls schossen.
Sie saßen unter dem schwülen, blauen Himmel, und Onkel Gideon sagte: »Weißt du, Charlotte, Beziehungen sind manchmal nicht einfach. Das wirst du selbst merken, wenn du älter bist. Die Menschen sagen nicht immer die Wahrheit. Manchmal wollen sie dich betrügen, vor allem«, setzte er lächelnd hinzu, »wenn du zufällig ein schönes, junges Mädchen bist und ein Junge sich sehr für dich interessiert.«
»Aber woher weiß man«, begann sie, »ich meine, woher weiß das Mädchen …« Ihre Stimme versickerte im Nebel des Wasserfalls, weil sie nicht wußte, was sie eigentlich sagen wollte. Erst heute morgen hatte sie im Speisesaal des Hotels eine Puppe bewundert, die Onkel Gideon ihr am Vortag gekauft hatte, und gleich darauf bewunderte sie den jungen Mann am Nebentisch. War das Leben immer so verwirrend?
»Wenn du einem Jungen sagst, daß du ihn liebst«, fuhr Gideon fort, »und er dir antwortet, das glaube er erst, wenn du es ihm mit deinem Körper beweisen würdest, dann laß ihn laufen. Es bedeutet, daß er dich nicht achtet. Und ohne Achtung kann es keine Liebe geben.«
Sie gestand ihm, daß sie Mädchen kannte, die schon bis zum Letzten gegangen waren. Ein paar von ihren Freundinnen nahmen sogar die Pille. Die Mitteilung schien ihn zu verwirren und traurig zu machen. »Frauenbefreiung und Woodstock«, meinte er kopfschüttelnd. »Ein neues Zeitalter. Aber manche Dinge bleiben zeitlos gültig, ganz gleich, wie alt sie sind. Und dazu gehört, daß ein Junge, der dich liebt, dich wirklich liebt, dich nie zwingen wird, etwas zu tun, was du nicht willst, und nie versuchen wird, dich zu überreden, ihm deine Liebe mit deinem Körper zu ›beweisen‹. Manchmal wird dir ein Junge vorspiegeln, er liebe dich, damit er seinen Willen bekommt, aber dann ist er nicht ehrlich zu dir. An-

dererseits gibt es vielleicht einen, der dich liebt und es nur nicht sagen kann.«

»Und woran erkennt man den Unterschied?«

Er lachte. »Ich fürchte, das hat noch keiner herausgefunden.« Und dann, ernsthafter: »Versprich mir eines, Charlotte. Wenn es einmal soweit ist, daß du mit einem Jungen zusammensein möchtest, dann versprich mir, daß du vorher ganz genau überlegen wirst, ob du es *wirklich* willst und ob du es mit *ihm* willst.«

Sie hätte ihm das Versprechen gleich jetzt und hier geben können, denn sie wußte damals schon genau, daß sie es wollte, und daß es Johnny war, der als einziger dafür in Frage kam.

Als nächstes fuhr er mit ihr in einen kunstvoll angelegten botanischen Garten in der Pfauengasse, wo Tausende verschiedener Blumen zu sehen waren. Hand in Hand streiften sie hindurch, und Charlotte staunte über die wundervollen Höfe, die Mondtore, die Pagoden mit den geschweiften Dachbalken, die Holzbrücken und die stillen Teiche, bis er ihr sagte: »Dies war einmal eine private Villa, und hier ist deine Urgroßmutter Mei-ling geboren.«

Mehr sagte er nicht. Er schmückte nichts aus, hielt ihr keine Vorträge und betonte auch nicht, daß hier die Heimat ihrer Ahnen wäre, der Ort, an dem ihre Wurzeln lägen. Er sagte nicht: »*Darum* fährt Johnny jedes Jahr nach Schottland.« Aber Charlotte war auf den schmalen Wegen gewandert, durch die anmutigen Torbögen und durch prachtvolle Zimmer voller gemalter Obstgärten, Lilien und Paradiesvögel, und hatte gedacht: »Auf diesen Wegen ist meine Großmutter gelaufen, aus diesen Fenstern hat sie geschaut. Hier hat sie geschlafen und gegessen, war traurig und glücklich.«

Und sie hatte etwas noch nie Empfundenes gespürt, eine plötzliche Nähe, ein Gefühl der Zugehörigkeit. Sie dachte an das Zimmer über *Seiden-Wah*, in dem ihre Großmutter geboren worden war, und an die vielen Gesichter, die ihrem eigenen ähnelten, mit hohen Wangenknochen und Mandelaugen, an die Dialekte, die sie gehört – Kanton, Mandarin, Schanghai –, und die vielen Kwan-

Yin-Figuren, die sie gesehen hatte, und ganz erstaunt begriff sie: Hier ist mein Ursprung.
Zuletzt hatte Onkel Gideon sie in einen kleinen Laden auf der Orchard Road geführt und ihr eine Halskette mit einem Anhänger gekauft. Der Anhänger war aus Silber und Bernstein, die Kette aus Silber und Amethysten. Gideon hatte ihr gezeigt, wie man das Medaillon öffnete. »Siehst du? Man kann etwas hineinlegen, ein Andenken.«
Sie wußte schon, was sie hineintun würde. Sich und Johnny, für immer.

Johnathan hatte inzwischen das Feuer in Gang gebracht. Es brannte hell und heiß, warf goldene Spiegelbilder in den Raum und erfüllte die Luft mit freundlichem Prasseln und Knistern. Als er sich zu Charlotte auf das Sofa setzte und in den alten Polstern mit den herausstehenden Sprungfedern versank, sah er im Feuerschein etwas auf ihrer Brust glänzen, gleich unter dem Schlüsselbein: die Shang-Kette. Er mußte daran denken, wie er das Schmuckstück zum ersten Mal gesehen hatte. Es war an dem Tag gewesen, als er aus den Sommerferien zurückgekommen war, damals mit fünfzehn. Im Juni hatte er eine mürrische und verdrießliche Charlotte zurückgelassen. Das Mädchen, das ihn jetzt im September begrüßte, war auf wundersame Weise verwandelt. »O Johnny, du bist wieder da!« hatte sie gerufen und ihn umarmt. Und bevor er noch etwas antworten konnte, hatte sie ihn mit dem atemlosen Bericht über eine Reise mit ihrem Onkel überfallen – »stell dir vor, nach Singapur!« – und zu seiner Verblüffung damit geendet, daß sie jetzt verstünde, warum er jeden Sommer nach Schottland fahre.
Es hatte ihn verwirrt, weil er den Grund dafür selbst nicht kannte – er wußte nur, weshalb er zurückkam.
»Es tut mir wirklich leid, daß ich dir nichts von Naomi erzählt habe«, begann er jetzt. »Ich weiß, wie es ausgesehen haben muß, als du ihre Nachricht in meiner Brieftasche gefunden hast.«

»Schon gut. Ich verstehe dich.« Sie betrachtete ihn und weidete sich an seinem Profil. Plötzlich hatte im wärmenden Kokon der Berghütte die Welt um sie herum zu existieren aufgehört. Es war, als hätten die Ereignisse der letzten zehn Stunden vor langer Zeit auf einem anderen Planeten stattgefunden. Die alten Regeln galten nicht mehr, die Schranken schienen unnötig. »Was hast du damals vor acht Jahren gedacht, als du die Nachrichten über Chalk Hill gehört hast?«

Er sah sie aus ehrlichen Augen an, ein offener Blick, der sie an die Sommer in San Francisco erinnerte, bevor sie beide ihre Unschuld verloren. »Daß man dich in den Medien falsch dargestellt hat. Ich wußte, daß hinter dem, was die Öffentlichkeit gezeigt bekam, eine andere, wahre Geschichte lag.«

»Es fängt an mit dieser Stimme aus dem Hintergrund, als ich sage ›Wenn das der einzige Weg ist, wie wir uns Gehör verschaffen können, dann werden wir ihn eben gehen‹. Jonathan, das habe ich vor dem Gebäude der FDA in Washington gesagt und dabei ein Demonstrationsschild hochgehalten! Aber sie haben es eingespielt, während sie das andere Bild zeigten, damit es aussah, als erklärte ich, wenn ich Tiere abschlachten müßte, würde ich es eben tun. Das war nicht wahr!«

»Ich weiß.«

»Sie stellten mich dar, als würde ich, um meine persönlichen Ziele zu erreichen, unschuldige Tiere opfern«, fuhr sie leidenschaftlich fort. »Wie du sagst – es gibt eine wahre Geschichte. Du weißt, daß ich gegen Tierversuche bin. Aber ich glaube auch, daß wir bei unserem Kampf gegen diese Versuche eine Verantwortung gegenüber den betroffenen Tieren haben. ›Segnet die Tiere‹ war eine verantwortungslose Gruppe. Sie ließen Tiere frei und dachten gar nicht darüber nach, wie die armen Wesen weiterleben sollten. Ich hatte Wind von dem geplanten Überfall auf das Chalk-Hill-Laboratorium bekommen. Ich und ein paar andere wollten ihn verhindern. Wir kamen zu spät. Die Tiere waren bereits losgelassen worden, und das Haus brannte.

Chalk Hill liegt im Redwood-Land von Nordkalifornien. Diese Tiere waren entweder schon in Käfigen geboren worden oder hatten den größten Teil ihres Lebens darin verbracht. Sie hätten in der Wildnis nicht überleben können. Und es waren auch keine gesunden Geschöpfe, die man da befreit hatte, sondern arme Opfer mit Krankheiten und Tumoren. Dieses Bild von mir, wie ich vor einem Schäferhund knie ... ja, ich habe ihn getötet. Sein Blut klebte an meinen Händen. Ich habe ihm den Schädel eingeschlagen. Jonathan, der arme Hund hatte den Kopf voller Elektroden. Ich sah das Entsetzen in seinen Augen, als er aus dem Labor rannte. Es war das totale Chaos, überall sprangen Ratten und Affen herum, rasten in alle Richtungen, krank, erschrocken, hilflos. Wir konnten sie auch nicht wieder einfangen und zurückbringen, weil das Labor schon in Flammen stand. Wir konnten nicht mit ihnen zum Tierarzt. Die Versuchsstation lag im Wald, meilenweit von jeder Zivilisation entfernt. Und dann sah ich, wie der unglückliche Hund stolperte und sich in Krämpfen am Boden wand.« Ihre Stimme senkte sich zu einem erschrockenen Flüstern. »Ich mußte ihn von seinen Qualen erlösen. Ich konnte ihn nicht einfach dort liegenlassen.«

Jonathan legte den Arm um sie und zog sie an sich.

»Naomi war Mitglied von ›Segnet die Tiere‹«, fuhr Charlotte mühsam fort. »Auch sie wollte die Versuchstiere befreien. Aber als sie sah, was dabei herauskam, daß wir sie mit bloßen Händen umbringen, ihnen den Hals umdrehen, den Schädel einschlagen mußten, damit sie nicht langsam und elend zugrunde gingen ...« Sie schlug nasse, grüne Augen zu ihm auf. »Sie war ebenso erschüttert wie wir und gab ›Segnet die Tiere‹ die Schuld an der Katastrophe. Sie trat aus. Damit fing es an – jeder zeigte mit dem Finger auf den anderen und beschimpfte ihn. Es ist ein Abschnitt in meinem Leben, an den ich am liebsten gar nicht mehr denken möchte.«

»Für mich bist du eine Heldin«, sagte er leise.

Sie suchte in seinem Gesicht und staunte über die neuen Furchen, die sie darin fand. Einst war es ein glattes Gesicht gewesen, und sie kannte es in vielen Stadien – die gräßliche Pickelzeit, die Monate mit dem neuen, weichen Bartflaum, der Sonnenbrand, der sich schälte, der Schorf, der nicht heilen wollte, die Tacosoße in den Mundwinkeln, die Tränen in den traurigen, braunen Augen. Sie suchte im älteren Gesicht nach dem jungen darunter und fand es, und mit ihm den jungen Johnny.

»Was geschah in Amsterdam?« fragte sie.

Er zog den Arm zurück und lehnte sich nach hinten, die Hände müßig im Schoß, eine Geste der Resignation. Er hatte gewußt, daß sie es irgendwann erfahren mußte. Es war nur fair, sie von der trügerischen Illusion, die sie vielleicht von einem edlen, heldenhaften Jonathan Sutherland hegte, zu befreien.

»Es ging um acht erstklassige Hacker, vor denen sämtliche europäischen Regierungen zitterten und in Verfolgungswahn verfielen, außerdem Banken, Rüstungsfirmen und Politiker mit Privataufzeichnungen. Wir kannten ihre Identität nicht und wußten rein gar nichts über sie. Obwohl die Bande niemals etwas Konkretes unternahm – es ging ihnen hauptsächlich um das Sammeln von Informationen –, gab es genügend Behörden und Großunternehmen, die soviel Angst vor ihnen hatten, daß sie darauf bestanden, man müsse sie fangen und hinter Schloß und Riegel bringen. Ich leitete eine Spezialeinheit von Agenten aller europäischen Regierungen. Die Acht führten uns am Nasenring durch ganz Europa. Sie schienen es als Spiel zu betrachten. Sie tauchten in hochgeheimen Computern auf, hinterließen freche Botschaften und verschwanden wieder. Nach einer Weile fing die Presse an, sich laut zu wundern, warum wir sie nicht erwischen konnten. Die Öffentlichkeit zweifelte an unseren Fähigkeiten. Die Acht machten uns zum allgemeinen Gespött.

Als sie die Startcodes von US-Raketen im Internet bekanntgaben, gerieten wir unter Druck. Ich weiß nicht, wie es am Ende passiert ist. Ich habe mir diese Nacht tausendmal durch den Kopf gehen lassen, um herauszufinden, was schiefging. Lag es daran, daß wir alle übermüdet waren? Zuviel Streß hatten? Zu wenig Mittel und Leute? Ganz gleich, was der Grund war, ich war schuld. Ich trug die Verantwortung, schließlich war ich der Technologie-Experte. Gut, diese Hacker hatten sich zweihunderttausend Kreditkartennummern verschafft. Na und? Sie machten keinerlei Gebrauch davon. Und diese Startcodes? Sie hätten sie nie im Leben einsetzen können. Ich hätte ihre Aktionen als das erkennen müssen, was sie waren – nicht das Werk tödlicher internationaler Terroristen, sondern der Versuch einer Handvoll Spinner, Aufmerksamkeit zu erregen, indem sie anderen Leuten Angst einjagten.«

Er holte tief Atem und stieß ihn als rauhen Seufzer wieder aus. »Aber der ganze Kontinent litt unter Verfolgungswahn, und am Ende war ich wohl auch davon angesteckt.«

»Und dann?«

»Als wir sie endlich aufspürten«, fuhr er mit gedämpfter Stimme fort, »versteckt in einem Bauernhaus bei Amsterdam, waren meine Leute und ich vollgepumpt mit Wut, Adrenalin und Rachedurst. Wir haßten dieses Pack, das aus unserer Eliteeinheit einen Scherzartikelladen gemacht hatte. Vermutlich waren wir auch vom Gefühl unserer eigenen Wichtigkeit und Berühmtheit verblendet. Ich war der einzige, der ohne Waffe hineinging, aber das entschuldigt mich nicht. Ich hätte sie aufhalten müssen. Ich wußte, wie die Gehirne von Hackern funktionieren. Ich war der Fachmann. Zu spät begriff ich meinen grausigen Irrtum. Als ich den Jungen, der sich vor Angst in die Hose machte, auf den Knien sah, hatten sie schon zwei andere erschossen.«

Er starrte in die Flammen. Charlotte nahm seine Hand.

»Dann erst gelang es mir, die Situation unter Kontrolle zu bringen. Ich kam zur Vernunft und befahl meinen Leuten, das Feuer sofort einzustellen. Aber da hatten die beiden Toten, sechzehn und siebzehn Jahre alt, schon keine Chance mehr, und der dritte, den eine Kugel in den Nacken traf und lähmte, auch nicht. Er war fünfzehn.«

»Jonathan, du konntest es nicht wissen. Niemand hatte eine Ahnung davon, wer sie waren, niemand kannte ihr Alter.«
»Nein.« Er enzog ihr die Hand. »Ich hätte es wissen müssen. Ich kannte ihr Profil, erinnere dich! Lieber Gott, diese Kinder benahmen sich absolut typisch. Wandelnde Klischees des gewöhnlichen, harmlosen, antisozialen Hackers! Meine Arroganz und mein Ehrgeiz hatten mich blind gemacht.«
Er sprang plötzlich auf. »Sie nannten mich einen Helden. Der Präsident der Vereinigten Staaten schüttelte mir die Hand. Ich bekam Angebote für Buch- und Filmverträge. Mein Partner wurde eifersüchtig. Und alles nur, weil ich zuließ, daß ein paar Kinder erschossen wurden, die nicht alt genug waren, um Zigaretten zu kaufen.«
»Sie waren eine Gefahr für die Gesellschaft, für die Welt, Jonathan.«
»Zum Teufel nochmal, das waren sie doch überhaupt nicht. Sie verübten nicht eine einzige Gewalttat. Alles, was sie taten, war, das Establishment ein bißchen zu erschrecken, der Welt zu zeigen, daß sie Macht hatten.« Er sprach jetzt sehr leise. »Es war der Wendepunkt in meinem Leben. Ich hatte das Hacken immer geliebt, es als Kunst betrachtet, die Leute bewundert, die darin so gut wie ich oder besser waren. Aber jetzt beschloß ich, aus dem Spiel auszusteigen, mich mit Unternehmenssicherheit zu beschäftigen, die bösen Jungs mit den weißen Westen zu jagen, meinen Lohn zu kassieren und ohne Risiko zu leben. Zwei tote Kinder, Charlotte, und ein drittes für den Rest seines Lebens vom Hals abwärts gelähmt.«
»Trotzdem waren sie Gesetzesbrecher, Jonathan.«
»Ja, aber diese Art Strafe hatten sie nicht verdient.« Er sah auf sie hinunter. »Hatte dein Schäferhund verdient, was er bekam?«
Stumm starrte sie ihn an, die Lippen ein schmaler Strich.
»*Wir* sind diejenigen, die über andere bestimmen, Charlotte. *Wir* sind es, die vorsichtig sein und verantwortungsvoll handeln müssen. Wenn ich damals meinen Verstand beisammen gehabt hätte,

wäre ich in dieses Bauernhaus gegangen, hätte mit ihnen Kaffee getrunken, ihnen ein paar Geschichten übers Hacken erzählt, sie dann alle verhaftet und für vielleicht ein Jahr in den Knast gesteckt. Und mich vielleicht sogar mit einigen von ihnen angefreundet.«

Eine trostlose Kälte in seinen Augen ließ Charlotte begreifen, daß er noch nicht fertig war.

Er hatte ihr noch mehr zu erzählen …

Schlimmeres.

Er ging zum Kamin und stocherte in den Scheiten. Flammen und Funken stoben.

Er legte den Schürhaken zur Seite, stützte sich auf den Kaminsims und starrte lange ins Feuer.

Sie wartete.

Endlich drehte er sich wieder zu ihr um.

»Charlotte, ich habe Adele geheiratet, weil sie da war. Es ist wirklich so einfach. In der ersten Nacht, die ich mit ihr verbrachte, wachte ich kein einziges Mal schreiend auf. Sie besänftigte meinen Alptraum. Adele war der Schutzengel meines Schlafs.«

Charlotte fand kaum ihre Stimme. »Sie war *da*? Ist das dein einziger Grund, eine andere Frau zu heiraten – weil sie da war?«

»Es mag ein beschissener Grund sein, aber es ist die Wahrheit.«

»Jonathan, ich hätte dasein können. Du hättest mich nur zu fragen brauchen.«

»Und du meinst, das wäre mir so leichtgefallen, nachdem du mir so überdeutlich erklärt hattest, du müßtest allein sein, weil du Pläne hättest?«

»Du hattest es zuerst gesagt.« Sie stand abrupt auf. »Du weißt gar nicht, wie weh es mir tut, wenn ich höre, daß du soviel Kummer und Schmerzen hattest und trotzdem nicht zu mir gekommen bist.«

»Bist du denn nach Chalk Hill zu mir gekommen?«

»Da warst du schon verheiratet! O Gott, ich wußte, daß es so kommen würde. Du benutzt mich schon wieder. Du kommst zu mir, entblößt deine Seele, lädst alles ab und gehst wieder weg, und ich bleibe mit deinem Gewissensschrott zurück und fühle mich von neuem im Stich gelassen. Verdammt, Jonathan, ich hätte dich wegschicken sollen, sobald ich dich nur in meiner Bürotür stehen sah.«

»Was erregt dich so?«

»Was mich erregt, ist die Art, wie du in meinem Leben herumspringst, als ob ich eine gottverfluchte Aufladestation für deine Batterie wäre. Ich habe es satt, immer nur dein Müllabladeplatz zu sein. Mein Herz ist zu schwach dafür. Wirf mir nicht deine beschissenen Dämonen vor die Füße, damit du erleichtert zu deiner Frau zurücktanzen kannst.«

Sie riß die Tür auf und rannte in den Regen hinaus.

Jonathan rannte ihr in die kalte Dunkelheit und den gnadenlosen Wolkenbruch nach, packte sie am Arm und drehte sie um. »Charlie, hör zu ...«

»Du Bastard!« schrie sie. »Willst du wissen, warum ich sauer bin? Weil du dich vor zehn Jahren so mies benommen hast! Die Art, wie du deine kostbare Neuigkeit für dich behalten hast, während ich dasaß wie ein Vollidiot und in meiner Blödheit hoffte, du würdest mich bitten, zu dir zurückzukommen. Und dann hast du es mir ins Gesicht gesagt, einfach so: ›Charlotte, ich werde heiraten.‹ Was hätte ich denn antworten sollen?«

»Ich weiß nicht, verdammt noch mal, aber *irgend etwas* hättest du sagen können.«

Ihre grünen Augen blitzten vor Wut. »Ich hätte mich an irgendein beschissenes Drehbuch halten sollen, das du mir nicht einmal gegeben hast!«

»Jedenfalls dachte ich nicht, daß du aufstehen und weglaufen würdest.«

Sie kämpfte gegen seinen Griff.

»Und überhaupt, warum zum Teufel hätte ich nicht heiraten sollen?« brüllte er. »Du warst es doch, die unbedingt ihre Freiheit wollte!«

Sechzehn Jahre verschwanden plötzlich, als zöge man ihnen den Boden unter den Füßen weg.
Charlotte fühlte sich, als schwebe sie im leeren Raum. Als sie krachend wieder auf der Erde landete, war es wieder 1981, und Johnny hatte ihr einen Gedichtband geschickt. Sie war nach oben in ihr Zimmer gerannt, ohne ihrer Großmutter auch nur ›Guten Tag‹ zu sagen, hatte die Tür zugeknallt, sich aufs Bett geworfen und die Titelseite aufgeschlagen. Dort stand in seiner Handschrift: »Das sind meine Gefühle. Seite 97.« Fieberhaft und mit zitternden Händen hatte sie geblättert, weil es jetzt endlich soweit war – Johnny hatte den Panzer seiner Stummheit durchbrochen und sagte ihr, wie sehr er sie liebte.
Dann war der Traum in tausend Stücke gebrochen, als ihr die Sätze entgegensprangen – häßliche, kalte, verletzende Worte: »Ich gehe meinen eignen Weg«, »Freier Raum und Einsamkeit sind mein Brot und Licht«, »Eine Seele allein, eine einsame Seele«.
Worte vom Weggehenwollen, von der Erinnerung an »den Herbst unserer Liebe«, von Freundschaft, »Kette und Krampf meines Herzens«.
Ganz betäubt von diesen Worten, hatte sie nicht einmal weinen können. Sie hatte ihn in Boston angerufen.
»Ich möchte, daß wir Freunde bleiben, Johnny.«
Sie hatte es so gesagt, als wäre es von Anfang an ihre eigene Idee gewesen, weil ihr das die Demütigung ersparte, ihr half, den Schmerz der Zurückweisung zu verbergen. »Ja, eine Entfernung von dreitausend Meilen … ja, deine Arbeit, und ich habe meine …«
Jedes Wort schnitt ihr wie ein Messer ins Herz und trieb Jonathan Stück für Stück aus ihrem Leben. Sie würde ihm nie verraten, wie tief das Gedicht sie verletzt hatte, würde weder ihm noch anderen Menschen je wieder Gefühle zeigen.
»Hör zu, Charlie«, wiederholte er jetzt, hier draußen im Regen, streckte durch Jahre und Unwetter die Hand nach ihr aus.

Sie schluchzte und atmete in heftigen Zügen Luft und Regen ein. »Geh doch zurück zu Adele! Laß mich in Ruhe!«
»Ich gehe nicht zu Adele.«
»Lüg mich nicht an! Was willst du hier, Jonathan? Warum bist du gekommen?«
»Weil du in Gefahr bist.«
»Was liegt dir schon daran?« schrie sie auf, und ihre Tränen rannen in die Regentropfen auf ihren Wangen. Sie stemmte die Hände gegen seine Brust und stieß ihn zurück.
»Charlie, darum bin ich hier. Weil ich mich um dich sorge.«
Sie trat einen Schritt zurück. »Du sagst, du hättest vom Tod meiner Großmutter gelesen. Wäre es zuviel gewesen, mich anzurufen? Oder auch nur eine Karte zu schicken? Ich brauchte dich. Ich habe gewartet.«
»Aber ich habe eine Karte geschickt, und auch Blumen.«
Sie reckte das Kinn.
Der strömende Regen und der Wind ließen ihr aufgelöstes Haar wie schwarze Bänder um Wangen und Schultern flattern. »Es gab keine Blumen von dir.«
»Charlotte, ich habe eine Quittung.« Er streckte bittend die Hände nach ihr aus. »Ich war in Südafrika und kam dort nicht weg. Ich habe es versucht. Ich habe dafür gesorgt, daß das Bestattungsinstitut dem Blumenhändler eine unterschriebene Quittung gab. Und angerufen habe ich dich auch. Ich hinterließ Dutzende von Nachrichten. Du hast nie zurückgerufen.«
Sie starrten einander an.
»Jemand muß sie abgefangen haben«, sagte er. »Jemand, der nicht wollte, daß wir wieder zusammenkamen.«
Charlotte brach in jähes Schluchzen aus. »Ach, Johnny! Am Abend, als sie abreiste, hatten meine Großmutter und ich einen schrecklichen Streit. Ich habe ihr fürchterliche Dinge gesagt. Sie war hinter einem neuen Kraut her, aus dem sich vielleicht ein Tee machen ließe. Ich sagte ihr, wir könnten es erst einmal untersuchen und seine chemische Zusammensetzung prüfen. Sie lehnte

ab. Sie wollte nie, daß ihre Kräuter analysiert wurden. Von Molekularstrukturen, chemischen Grundstoffen und Enzymen wollte sie nichts wissen. Ich sagte ihr, daß es schließlich die Analyse ihrer geliebten Kräuter gewesen wäre, die mich auf die Formel für GB4204 gebracht hätte, und fügte hinzu, sie hätte sich wohl nicht wirklich etwas aus Onkel Gideon gemacht.«

»Hör auf, Charlie. Du wußtest es doch nicht.«

»Warum hat sie mir nie von sich und Gideon erzählt? Warum hat sie sich wortlos abgewandt, als ich ihr einmal einen Eiscreme-Sundae anbot? Warum konnte sie nicht einfach sagen: ›Nein, das ist eine zu schmerzliche Erinnerung‹?«

»Sie hatte ihren Stolz, Charlie, genau wie du. Du ziehst dich genauso in dein Schneckenhaus zurück wie deine Großmutter.«

»Ich weiß nicht, was du meinst.«

Wieder nahm er ihren Arm. »Doch, du weißt es, und es ist an der Zeit, daß wir darüber sprechen.«

»Laß mich!« Sie riß sich los und wollte weglaufen.

»Charlie!« Er rannte hinterher, hielt sie fest und zwang sie, sich umzudrehen. »Wir müssen uns den Dingen stellen. Wir müssen darüber reden.«

»Du hast gesagt, du wolltest allein bleiben!«

»Nachdem du es gesagt hast!« Die Erinnerung überschwemmte ihn plötzlich wie eine Flutwelle – wie er unter Qualen auf ihren Anruf gewartet und sich ihre Aufregung über sein Gedicht vorgestellt hatte ... fest davon überzeugt, sie würde ins nächste Flugzeug springen und zu ihm kommen, und sie würden nie wieder getrennt sein.

»Du hast es zuerst gewollt!« rief sie. »Und dabei warst du auch noch so feige, mir ein gottverdammtes Buch zu schicken, statt es mir wenigstens ins Gesicht zu sagen.«

»Was zum Teufel meinst du?«

»Komm mit, dann werde ich dein Gedächtnis auffrischen.« Sie lief zurück in die Hütte.

Jonathan folgte ihr.

Drinnen nahm sie ihre Umhängetasche, griff hinein, holte das Buch heraus und warf es ihm an den Kopf.

»Du warst es«, keuchte sie. »Du hast unsere Freundschaft beendet.«

Er sah sie ratlos an. Das Buch lag vor seinen Füßen auf dem Flikkenteppich.

»Also gut.« Sie hob es auf. »Wenn du nicht den Mut hast, deine eigenen feigen Worte zu lesen ...« Ein hastiges Blättern, dann las sie vor: »Freier Raum und Einsamkeit sind mein Brot und Licht.« Sie sah ihn herausfordernd an. »Wenn das nicht ›Auf Wiedersehen‹ heißt, was dann?«

»Aber das ist nicht mein Gedicht«, sagte er stirnrunzelnd und nahm ihr das Buch aus der Hand. »Das habe ich nicht geschrieben.«

Sie blinzelte. »Was meinst du damit ... *dein* Gedicht?«

»Natürlich meins! Was glaubst du denn, warum ...?« Er blätterte ein paar Seiten zurück. »Hier.«

Er gab ihr das Buch wieder.

Sie starrte auf das Blatt, gebannt von der Widmung: *Für Charlotte, von Jonathan Sutherland.* »Das begreife ich nicht. Du hast mir nie von einem Gedicht erzählt.«

»Es sollte eine Überraschung sein«, antwortete er schlicht.

»Johnny, das konnte ich nicht ahnen! Ich dachte, du hättest das Gedicht zufällig gefunden.«

»Aber selbst dann, Charlie, ist es nicht das, was du lesen solltest.«

»O doch.« Sie schlug wieder das Titelblatt auf, auf dem stand: »*Das sind meine Gefühle. Seite 97*«.

Als sie ihm die Worte vorlas, rief er: »Mein Gott, Charlie! Das ist keine Sieben, sondern eine Eins! Seite einundneunzig!«

»Wie bitte? Du meinst, ich hätte damals das falsche Gedicht gelesen? Aber warum hast du es mir nicht gesagt? Du hast mir lediglich das Buch geschickt, ohne weitere Erklärung. Ich hatte wirklich keine Ahnung.«

»Nun ja … vielleicht war es wirklich so, wie du vorhin gesagt hast. Ich hatte ein Drehbuch, aber ich muß vergessen haben, es dir zu geben. Lies das Gedicht jetzt, lies, was mein Herz dir sagt.«

Tausend Meilen über der Erde schwebe ich,
Die kalte Weite des Raums gähnt, als wolle sie mich verschlingen,
Ich weiß, warum ich hier bin,
Die Flügel gespannt, straffe Drähte, die warten,
Auf dich!
Da, die Rundung der Erdumdrehung fängt den ersten gelben Strahl,
Und hält ihn für einen winzigen Augenblick,
Einen Strahl reines Gelb, die Rundung des Lebens selbst,
Mein Atem geht langsamer, als du dich losreißt und aufsteigst,
Glorreich und göttlich, zu den rasenden Sternen,
Ich schreie laut auf, als die warme Berührung meiner gefiederten Segel
Zweifel als nutzlos zerstreut,
Die winzigen, funkelnden Wellen unter mir sind Diamanten auf Samt,
Ich wirble und taumle wie neugeboren,
Falle wie ein Stein,
Die Flügel eng angelegt, bin ich die Rakete,
Ich bin schneller als du,
Du bist majestätisch: ich bin die Schnelligkeit selbst,
Ich schwebe auf gleicher Höhe mit dir und stürze mich halsbrecherisch in weißgefleckte Schluchten,
Dort schlage ich dich, es ist noch dunkel,
Aber ich weiß, daß du immer weiter aufsteigst,
Drei Jahre werden vergehen oder mehr,
So scheint es,

Doch ich werde warten, und du wirst mich finden
In den rollenden, schaumgekrönten Wogen,
Hals über Kopf,
Möge Gott dich geleiten, Geliebte,
Bis dann.

Lange schwieg sie und sah dann mit tränennassen Augen zu ihm auf. »Ach, Johnny. Wieviel Zeit haben wir vergeudet!«

»Es ist meine Schuld. Ich hätte etwas sagen sollen. Aber als du dann anriefst und sagtest, wir sollten nur Freunde bleiben …«

»Weil ich das andere Gedicht gelesen hatte, in dem so etwas stand, etwas von Freundschaft und nicht mehr … mir war so elend zumute.«

»Nicht halb so elend wie mir. Mein Gott, Charlie, ich liebe dich, das weißt du. Ich habe dich immer geliebt.«

Plötzlich streckten beide die Arme aus, schoben Vergangenheit und Schmerz fort, fanden einander und verschmolzen, bis sie sich mit aller so lange zurückgehaltenen Leidenschaft küßten, ein Kuß, der sechzehn Jahre gewartet hatte.

Sie schloß die Augen und überließ sich seiner Umarmung, die Arme um seinen Hals geschlungen, die Hände in seinem nassen Haar, ihre Zunge in seinem Mund. Sie schmeckte ihn, stillte einen Hunger, der allzulange an ihr genagt hatte. Jonathan hielt sie so fest, daß beide kaum atmen konnten, drückte sie an seinen Körper, die Hände in ihrem Haar, auf ihrem Rücken, ihrer Taille, wollte alles an ihr auf einmal fühlen, labte sich gierig an ihren Lippen.

»Johnny, Johnny, ich liebe dich …«

»Charlotte, mein Gott …«

Er wühlte in ihrem Haar, vergrub seine Finger darin, schob es zur Seite und küßte ihren regennassen Hals. Seine Härte berührte ihren Schenkel.

Dann hörten sie ein Geräusch, klein und schwach im Prasseln des Feuers, aber hartnäckig, ein stetiger Rhythmus. Sie sahen zum

Computer hinüber. »Wir haben ihn!« sagte Jonathan. »Der Spürhund hat den Eindringling gefunden!«
Ein gewaltiger Donnerschlag erschütterte die Blockhütte.
Die Erde bebte, und in der Hütte und in *Tinys Bergwinkel* gingen der Strom und sämtliche Lichter aus.

49
1957 bis 1958 – San Francisco, Kalifornien

Ich hatte Mrs. Katsulis nie so außer sich gesehen.

Sie war seit acht Jahren bei mir tätig und hatte sich in dieser ganzen Zeit nie anders als zuverlässig, standfest und vernünftig gezeigt, Eigenschaften, derentwegen ich sie überhaupt erst eingestellt hatte.

Mrs. Katsulis war die Gesellschafterin von Iris, eine diplomierte Krankenschwester mit Erfahrung im Umgang mit entwicklungsgestörten Erwachsenen. So nannten es die westlichen Ärzte, sie sagten, meine Tochter sei »entwicklungsgestört«. Chinesische Ärzte sprachen davon, daß der Fluß zwischen ihren neunundfünfzig Meridianen gehemmt sei. Gideon hörte auf die westlichen Ärzte und wollte, daß Iris Medikamente mit Unglück verheißenden Namen wie Methylphenidat und Chlorpormazin ausprobierte. Aber ich beruhigte das Blut meiner Tochter und glättete ihr *chi* mit Aufgüssen von Chrysanthemen, Frauenschuh und fossilem Drachenbein. In ihr Schlafzimmer legte ich mit Lavendel gefüllte Kissen und stellte Schalen mit Orangenblüten auf. Ich entfernte alle Spiegel, in denen man ihr Bett sah, damit ihr Geist sich nicht erschreckte, wenn sie schlief und er seinem eigenen Bild begegnete. An die Wände malte ich acht Glückssymbole in Türkis, der Farbe des Nordostens, die selbst auch ein Glückssymbol ist. Im Lauf der Zeit fand der wurzellose Geist meiner Tochter zu einer gewissen Ruhe. Wenn sie nicht mit ihren riesigen, komplizierten Puzzlespielen beschäftigt war, die sie mit verblüffender Geschwindkeit zusammensetzte, konnte sie lange Zeit still auf dem Dach, im Garten oder am Swimmingpool sitzen. Dabei machte sie einen ganz normalen Eindruck, und wer sie zum ersten Mal sah, glaubte lediglich, sie sei schüchtern.

Und dann begann sie eines Tages zu wandern. Ich ließ an allen Türen neue Schlösser anbringen, aber es war wie mit den Rätselkästchen und Puzzlespielen: Es gab kein Schloß, das Iris am Ende nicht doch aufbekommen hätte. Aus diesem Grund schlief Mrs. Katsulis jetzt bei ihr im Zimmer. Meine Tochter war eine schöne junge Frau geworden, und Männer, die sie nicht kannten, hielten ihr Verhalten für Spielerei, eine Aufforderung zur Verführung.

Woher dieser plötzliche Trieb zu wandern kam, weiß ich nicht. Ich habe keine Ahnung, welche Vision sie von zu Hause fortlockte, aber es schien, als halte sie nach etwas Ausschau. Einmal, als sie in diesem Zustand war, folgte ich ihr und merkte, daß sie sich wie jemand bewegte, der sich verirrt hat und nach Wegweisern sucht, die nach Hause führen. Als ich sie an der Ecke anhielt, lächelte sie nur und kam mit mir zurück. Aber ich fragte mich, wie weit sie sonst wohl gegangen wäre, bis sie das gesehen hätte, bei dem sie hätten denken können: Nun bin ich angekommen.

Ich hatte keine anderen Kinder. Mr. Lee hatte mir kein Baby schenken können, und nach seinem Tod konnten Männer nur noch Freunde für mich sein. Mein Herz gehörte Gideon Barclay, der immer der einzige Mann bleiben würde, den ich liebte, und Iris war das Kind dieser Liebe. Das genügte mir. Vielleicht krampfte sich manchmal mein Herz zusammen, wenn ich an Enkel dachte oder die Enkel anderer Frauen meines Alters sah, denn Iris konnte niemals heiraten und ich – neunundvierzig Jahre und unverheiratet – wußte, daß ich keine Kinder mehr bekommen würde. Richard Barclays Linie endete mit meiner Tochter.

Darum war ich, als Mrs. Katsulis händeringend zu mir kam, das Gesicht so weiß wie die Wolken über der Bucht, vollkommen verwirrt, als sie mir berichtete, was sie über Iris herausgefunden hatte. Zuerst war ich zornig und empört gewesen, daß jemand es gewagt hatte, meine kostbare Tochter anzutasten, und ich schämte mich, weil Schande auf uns gefallen war. Dann aber dachte ich: Iris ist schwanger, und es ist nicht wichtig, wer der Mann ist, weil die Blutlinie, die mit Richard und Mei-ling begann, nun doch nicht ausstirbt.

Natürlich sagte ich es Gideon, der wie erwartet voller Zorn war. Als Iris' Vater wollte er den Täter finden und Strafe für ihn fordern. Aber wir hatten keine Möglichkeit, denn Iris hatte eines Nachts, ohne daß Mrs. Katsulis wachgeworden war, ihr Zimmer verlassen, und wir hatten sie dann am nächsten Morgen schlafend in der Laube auf dem Dach gefunden. Alle dachten, sie sei nur dort hinaufgegangen, um die Sterne anzuschauen. Nun wußte ich, daß sie auch auf die Straße hinausgelaufen war. Allein ihrem Glück und dem wachsamen Schutz der Göttin Kwan Yin verdankte es meine Tochter, daß ihr nicht noch Schlimmeres zugestoßen war.

Gideon wollte zur Polizei gehen. Das war seine Art, etwas zu erledigen, auf dem offiziellen Weg, so wie die Amerikaner es taten. Aber es gab auch den *Weg der Familie*, mit solchen Dingen umzugehen, die chinesische Art. Ich mußte die Ehre meiner Tochter schützen.

»Ich werde mit ihr nach Hawaii reisen«, sagte ich Gideon. »Dort ist sie vor neugierigen Augen sicher und kann in Ruhe ihr Kind zur Welt bringen. Nach unserer Rückkehr werde ich allen erzählen, daß sie geheiratet hat und der junge Mann bei einem Unfall gestorben ist.«

»Harmonie«, sagte Gideon so sanft, daß ich mich danach sehnte, von ihm umarmt zu werden. »Kein Mensch wird das glauben.«

»Ich weiß. Aber alle werden höflich sein und das Gefühl haben, sie müßten helfen, die Ehre meiner Tochter zu wahren. Es wird ein offenes Geheimnis sein, das alle kennen, so daß keiner darüber tuscheln muß.«

Es gab viele Vorbereitungen zu treffen, bevor ich mit Iris nach Honolulu fuhr, denn ich hatte immer noch die alleinige Kontrolle über meine Gesellschaft für Naturheilmittel, die jetzt als »Haus der Harmonie« firmierte. Die Fabrik in Daly City war mehrfach erweitert und renoviert worden, und auf Gideons Rat hatte ich auch endlich auf automatische Maschinen umgestellt. Ich hatte inzwischen gelernt, daß es vorteilhaft sein konnte, auf den Rat anderer zu hören, denn als ich der Empfehlung des jungen Mr. Sung folgte, den Mitarbeitern unsere Produkte gratis anzubieten, verbesserte sich die Qualität, wie von ihm vorhergesagt, zusehends, weil niemand wußte, aus welcher Produktion er etwas bekommen würde. Wir hatten nie wieder ein Problem, und mein Unternehmen wuchs stetig weiter. 1949 wurden Importe aus der Volksrepublik China mit einem Embargo belegt, das den Nachschub an Kräutern einschneidend minderte. Von da an ließen wir uns über Hongkong beliefern, und zwar über unsere eigene Niederlassung, der Harmonie-Barclay Ltd. Das Wachstum hielt an. Als die Leute gesundheitsbewußter wurden und besser über die Bedeutung von Vitaminen und Kräutern Bescheid wußten, begannen die Rezepte meiner Mutter auch außerhalb von Chinatown populär zu werden und in Drugstores, Märkten und einer neuartigen Sorte Geschäft, den sogenannten Reformhäusern, aufzutauchen.

Während ich damit beschäftigt war, ausführliche und detaillierte Anweisungen für mein Aufsichtspersonal zu entwerfen, denn immerhin rechnete ich damit, fast ein Jahr abwesend zu sein, bekam ich unerwarteten Besuch.

Olivia Barclay hatte seit dem Tag ihres Auszugs vor fünfzehn Jahren nie wieder einen Fuß in das Haus gesetzt. Ich hatte sie auch sonst kaum gesehen – einmal bei Margos und Adrians Hochzeit, zu der Gideon mich eingeladen hatte, und einmal in einem Krankenhaus, als er sich von einer Knieoperation erholte. Ich wußte von Gideon, daß sie, obwohl so reich und die Königin ihres gesellschaftlichen Kreises, obwohl eine Barclay und mit dem gutaussehenden Gideon verheiratet, keine glückliche Frau war. Anscheinend reichte ihr das alles nicht, denn ich hatte das Haus.

Das war natürlich auch der Grund für die Briefe, mit denen sie mich im Lauf der Jahre bombardiert hatte, Briefe voll zorniger, giftiger Worte, Drohungen, mich von Haus und Hof zu jagen, Versprechungen, mich wünschen zu lassen, ich wäre nie aus Singapur herausgekommen. Ich hatte niemandem davon erzählt, nicht einmal Gideon, und allmählich kamen sie seltener, wurden kürzer und weniger ausfallend, um dann am Ende ganz auszubleiben.

Ich führte Olivia in mein Wohnzimmer und wußte, was sie sah, als ihre Augen über Wände, Böden und Möbel wanderten. Sie sah eine Beleidigung, die Entweihung ihres Traums. Es gab nichts Viktorianisches mehr, aber auch von Olivias ultramoderner Welt war nichts übrig. Ich hatte mein neues Heim auf chinesische Art eingerichtet, so daß Olivia von geschnitzten Möbeln aus exotischem, dunklem Holz umgeben war, von schwarzgoldenen Wandschirmen aus Lack, Rollbildern an den Wänden und sparsam verteilten, bedeutsamen Kunstwerken wie dem kaiserlichen Drachen in Cloisonnéarbeit auf seiner Rosenholzkommode, den gewaltigen, mit Mandarinenten bemalten Melonenkruglampen vor rotem Hintergrund und dem Trio lebensgroßer Messingkraniche, die zwischen naturgetreu patiniertem Schilf und Bambus stehend den Raum beherrschten. Während ich in einem kobaltblauen, mit Schmetterlings- und Päonien-Motiven verzierten Cloisonnéservice Tee einschenkte, sah ich das unverstellte Urteil in Olivias Augen. Man hätte denken können, ich hätte das Haus mit Müll zugekippt.

»Es handelt sich nicht um einen Höflichkeitsbesuch«, begann sie und rührte weder den Jasmintee noch meine Mandelsesamkekse an.

In einem Ton, der scharf war wie ein Schwert, fuhr sie fort: »Ich möchte gerne gleich zur Sache kommen.« Sie öffnete ihre Handtasche und nahm zwei Briefumschläge heraus, von denen der eine versiegelt war. Sie gab mir den anderen. »Lesen Sie diesen zuerst.«

Noch mehr Briefe, dachte ich. Und so wichtig, daß sie sie persönlich überbringen muß.

Als ich den Umschlag öffnete und vorsichtig die Blätter herauszog, flatterte mein Herz ängstlich wie ein Vogel im Käfig. Ich wußte sofort, daß Olivia schlechte Nachrichten und Unglück gebracht hatte, denn der Brief stammte nicht von ihr. Die Absenderadresse war der Name einer Privatdetektei in Hongkong.

»Ich habe fünfzehn Jahre gebraucht, um diese Informationen zu erhalten«, erklärte sie, nahm eine Zigarette aus ihrem Etui und zündete sie an, ohne mich um Erlaubnis zu fragen. »Ich habe nie geglaubt, daß Sie Richard Barclays Tochter sind, oder, falls doch, daß er jemals mit Ihrer Mutter verheiratet war. Es hat eine Menge Geld und Lauferei gekostet, bis ich erfuhr, was ich wissen wollte. Im Krieg sind viele Aufzeichnungen untergegangen, ebenso viele Menschen. Aber der Mann, den ich beauftragt habe, konnte doch endlich das Nötige herausfinden.«

Ich schaute nicht auf die Papiere, sondern in ihre Augen. »Und was ist das?« fragte ich sanft.

»Daß ich recht hatte. Ihre Mutter und Richard Barclay waren nie gesetzlich verheiratet.«

»Nein. Nicht gesetzlich. Trotzdem waren sie Mann und Frau.«

»Nicht in irgendeiner Form, die vor Gericht standhalten würde. Mrs. Lee, Ihre Geburtsurkunde ist ebenso gefälscht wie Ihre Staatsangehörigkeit. Bestimmt würde ein Gericht sich dafür interessieren, daß Sie unter falschen Angaben in unser Land eingereist sind. Ich könnte mir vorstellen, daß man Sie nach Singapur zurückschickt.«

»Und das hier?« Ich sah auf den versiegelten Umschlag.

»Das hat mein Beauftragter seinem Brief beigelegt. Es ist an Sie persönlich adressiert.«

Wieso hatte sie es nicht aufgemacht, dieses lediglich mit Leim versiegelte Stück Papier, nachdem sie doch mein ganzes Leben so weit aufgerissen hatte? Der Umschlag enthielt einen langen Brief von Reverend Peterson, dem Mann, der meiner Mutter und mir vor vielen Jahren geholfen hatte.

»Vergeben Sie mir, Harmonie«, schrieb er. »Der Mann hat mich hereingelegt. Er gab vor, ebenfalls Geistlicher zu sein. Als ich dann herausfand, daß er mich betrogen und ich ihm Dinge anvertraut hatte, die keinen Fremden etwas angingen, suchte ich ihn auf und bat ihn, Ihnen wenigstens diesen Brief zukommen zu lassen, sofern es in seiner Macht stünde. Ich weiß nicht, wo Sie jetzt sind, Harmonie, aber der Klient dieses Detektivs muß es ja wissen, denn warum würde er sonst nach Ihrer Herkunft forschen? Weil ich diesem Mann nun die Wahrheit gesagt habe, muß ich sie um Ihretwillen auch Ihnen mitteilen, damit man sie nicht gegen Sie verwenden kann – eine Wahrheit, liebe Harmonie, die niemals preiszugeben ich einst geschworen habe.

Ihre Mutter ist in dem Jahr, als Sie nach Amerika aufbrachen, nicht gestorben.«

Den Rest nahm ich in Bildern wahr und nicht in Worten. Sie sprangen mir aus dem Papier entgegen wie Filmszenen auf einer Leinwand.

Meine Mutter, die von dem neuen Einwanderungsgesetz hörte, das in den Vereinigten Staaten verabschiedet werden sollte und selbst den Kindern amerikanischer Bürger die Einreise untersagte.

Meine Mutter, die Reverend Peterson um Hilfe bat.

Die beiden, die einen Plan ersannen, zu dem gehörte, daß mein Geburtsjahr geändert wurde, damit ich achtzehn statt sechzehn war und als Erwachsene reisen konnte.

Meine Mutter, die vorgab, krank und dem Tode nah zu sein, damit ich fortging und bei meinem Vater in Amerika ein neues Leben anfangen konnte.

»Ich erzählte diesem Betrüger«, schrieb Reverend Peterson, »von Mei-lings und meiner Täuschung und davon, daß wir amtliche Papiere gefälscht hatten. Das kann man gegen Sie verwenden, und ich bedaure es zutiefst. Aber ich bedaure nicht, daß ich mein Versprechen, das ich Ihrer Mutter gegeben hatte, gebrochen habe, denn weil ich Ihnen nun diese Unglückbotschaft senden muß, kann ich Ihnen gleichzeitig auch andere, erfreulichere Dinge mitteilen. Wie gesagt, ist Ihre Mutter damals, als Sie Singapur verließen, nicht gestorben, und sie starb auch nicht im nächsten oder übernächsten Jahr. Aber eines Tages, wenige Monate nach Ihrer Abreise, kam sie zu mir und erzählte mir eine erstaunliche Geschichte: ihr Vater war zu ihr gekommen. Er hatte sie in der Malay-Straße aufgesucht und ihr gesagt, dadurch, daß sie sich selbst verstoßen und als Unperson gelebt hätte, habe sie ihm Ehre gebracht, und er bitte sie, wieder nach Hause zurückzukehren.

Ich habe die beiden dort besucht. Wie lieblich war Mei-ling im Garten ihres Vaters, als sie uns Tee und die wunderbaren Kuchen, für die sie berühmt war, vorsetzte! Nie habe ich eine Frau so glücklich gesehen. Ich weiß auch, woher dieses Glück kam: weil Sie, Harmonie, Ihren Vater finden würden.

Ich fragte sie, warum sie so getan hätte, als würde sie bald sterben, und sie antwortete, daß es das einzige Mittel gewesen wäre, Sie zur Abreise zu bewegen. Und wenn sie schon nicht mit dem Mann leben konnte, den sie liebte, dann sollte wenigstens ihre Tochter bei ihm sein.

Später, als wir beide allein und außer Hörweite anderer waren, erzählte mir Ihre Mutter etwas höchst Sonderbares. Sie sagte, bald nachdem sie in das Haus ihres Vaters zurückgekehrt sei, habe sie Nachforschungen über Ihren Verbleib in Amerika angestellt. Sie mußte das ohne Hilfe ihres Vaters tun, denn Sie waren ein unausgesprochenes Geheimnis zwischen ihnen, weil Sie, Harmonie, die Schande darstellten, die auf ihrer Familie lastete. Aber Mei-ling mußte wissen, ob es Ihnen gutging und Sie Ihren Vater gefunden hatten. Diese Fragen brannten in ihrem Herzen, als sie einen Brief nach dem anderen an eine Auskunftei in San Francisco schrieb und lange Wochen auf Antwort wartete. Endlich erhielt sie Nachricht – einen Zeitungsausschnitt, der Ihre Verlobung mit Gideon Barclay bekanntgab. Sie wollte Ihnen sofort schreiben. Aber ihr Vater – Ihr Großvater – entdeckte ihre Absicht. Er erinnerte sie daran, daß sie durch die Verbannung ihrer unehelichen, von einem fremden Teufel gezeugten Tochter die Familienehre wiederhergestellt hatte. Diese Tochter nun nach Singapur zurückzuholen, hätte neuerliche Schande bedeutet. Mei-ling wußte nicht, was sie tun sollte. Sie konnte nicht zu Ihnen nach Amerika fahren, weil die amerikanischen Gesetze die Einreise von Chinesen verboten. Und sie konnte Sie nicht bitten, zu ihr zu kommen.

Sie betete zu Kwan Yin und erhielt auf höchst merkwürdige Weise Antwort. Ihre Mutter erzählte mir, daß die Göttin mit der Stimme ihrer eigenen, Mei-lings, Mutter zu ihr gesprochen habe. Ihre Mutter war vor langer Zeit gestorben, als Mei-ling noch ein Kind war. Die Stimme sagte: ›Harmonie gehört nicht mehr hierher. Ihre Aufgaben liegen in der Neuen Welt. Laß sie ihrem Schicksal folgen.‹

Mei-ling schrieb Ihnen niemals, obwohl sie bei jedem Herzschlag unter der Trennung litt. Sie wußte, daß ihre Mutter weise gesprochen hatte, denn wenn sie Ihnen einen Brief geschickt hätte, wären Sie sofort gekommen und hätten dadurch zwei Leben zerstört.«

Ich las die Worte und war von der Weisheit *meiner* Mutter zu Tränen gerührt. Sie hatte recht gehabt. Hätte ich von ihr gehört, wäre ich nach Singapur zurückgekehrt. Aber selbst wenn ich es nicht getan und ihr nur geschrieben hätte – würde nicht jeder Brief von mir neue Schande und Unehre über sie gebracht haben, wenn er im Haus ihres Vaters eintraf?

Am Schluß seines Briefs hatte Reverend Peterson noch etwas hinzugefügt. Ich las es mit nassen Augen. »Es tut mir leid, Ihnen sagen zu müssen, daß Ihre Mutter vor kurzem gestorben ist. Es war ein friedlicher Tod. Sie hat dreißig Jahre ruhig und zufrieden im Haus ihres Vaters gelebt, ihre Arzneien hergestellt, anderen Menschen geholfen. Als sie starb, hatte sie eine Flasche *Goldlotuswein* von Vollkommener Harmonie, mit dem schönen, blausilbernen Weidenetikett, in der Hand, die auf ihrer Brust ruhte. Sie war stolz auf das, was ihre Tochter erreicht hatte. Und ich weiß, daß kein Tag verging, an dem sie nicht an Sie und Ihr Leben im Haus Ihres Vaters, Richard Barclay, dachte.«

Ich ließ den Brief in den Schoß sinken und sah Olivia an. Sie war gekommen, um mir Angst zu machen. Statt dessen hatte sie mir das Leben meiner Mutter zurückgegeben. Sie wollte mir das Haus wegnehmen. »Tun Sie mit den Informationen Ihres Detektivs, was Sie wollen«, sagte ich. »Das Haus meines Vaters bekommen Sie nie.«

Am selben Abend, ich packte gerade unsere Koffer, stand Gideon vor der Tür. »Olivia ist eben nach Hause gekommen. Sie war furchtbar erregt und erzählte mir, sie sei bei dir gewesen. Was ist passiert? Warum kam sie zu dir? Was hat sie dir gesagt?«

Ich zeigte ihm Reverend Petersons Brief und weinte in den Armen meines Geliebten – aus Freude, aus Trauer, weil meine Mutter glücklich gewesen und weil sie tot war. In dieser Nacht blieb er bei mir, mein liebster Gideon blieb bei mir. Er ging kurz vor Tagesanbruch, als ich noch schlief.

Am nächsten Tag, als Iris, Mrs. Katsulis und ich gerade in die Pan-Am-Maschine nach Hawaii steigen wollten, sah ich Gideon durch die Menge auf uns zueilen. Ich dachte, er wollte uns auf Wiedersehen sagen, aber er trug einen Koffer.

»Ich habe Olivia gesagt, daß ich die Scheidung will. Ich komme mit dir und unserer Tochter nach Hawaii.«

Zehn Monate später kehrten wir mit Charlotte zurück. Sie war in Hilo zur Welt gekommen, einer ruhigen Stadt, in der uns niemand kannte. Wie ich vorausgesagt hatte, glaubte uns niemand zu Hause die Geschichte von dem jungen Mann, der Iris geheiratet hatte und kurz danach bei einem Tauchunfall gestorben war, aber jeder akzeptierte sie und hütete das Geheimnis.

In Hawaii hatten Gideon und ich uns unser neues gemeinsames Leben ausgemalt. Aber als wir wieder in San Francisco waren, wurde uns klar, daß wir keines haben würden.
Olivia verweigerte Gideon die Scheidung. Ich hatte es nicht anders erwartet. Warum sollte sie meinetwegen auf Haus *und* Ehemann verzichten? Aber es gab noch andere familiäre Schwierigkeiten, für die Gideons Kraft und Führung gebraucht wurden. Das schwerwiegendste Problem war, daß Margo nicht schwanger werden konnte.
Margo war nun seit sieben Jahre mit Adrian verheiratet und hatte immer noch kein Kind geboren. Sie wollte ein Waisenkind adoptieren, aber Olivia leistete Widerstand. Sie beharrte darauf, ihre Schwiegertochter zu einem Spezialisten zu schicken, der dann einen Weg finden sollte, den Barclays einen Erben zu schenken. Olivia wollte einen Barclay-Enkel. »Ich habe versucht, ihr zu erklären«, erzählte mir Gideon einmal, »daß wir selbst keine echten Barclays sind, daß Richard Barclay mich auch nur adoptiert hat. Aber das vergißt sie gerne und zwingt Adrian jedesmal einzugreifen, wenn Margo zu einem Anwalt oder einer Adoptionsvermittlung gehen möchte.«
Schwiegermutter und Schwiegertochter stritten sich inzwischen ständig. Mit der innigen Beziehung von einst, als Olivia noch im großen Haus gewohnt und der jungen Margo Stoffmuster für Vorhänge gezeigt hatte, war es vorbei. Adrian, der nun fast dreißig war und als Leiter des Harmonie-Barclay-Büros in San Francisco eine hohe Stellung bekleidete, saß zwischen allen Stühlen. Weil er nicht gleichzeitig seiner Mutter gehorchen und seiner Frau gefällig sein konnte, flüchtete er mehr und mehr in Yachtclubs, auf Golfplätze und, wie Gideon vermutete, in die Bordelle von Nevada.
Diese Nachrichten machten mir Sorgen, denn ich wußte, wie sehr auch Gideon sich nach Enkelkindern sehnte. Mißklänge wie diese mußten Margos innere Harmonie und ihr Gleichgewicht von Yin und Yang stören sowie den Fluß ihres *chi* hemmen, was ihre Chancen, überhaupt schwanger zu werden, deutlich verminderte.

Gideon fragte mich, ob ich ihr helfen könnte, ob ich ein Heilmittel wüßte. Ich erinnerte ihn daran, daß meine Mittel nicht heilten, denn das war nicht der chinesische Weg. Sie gaben dem Körper nur Gleichgewicht und Harmonie zurück, damit er sich selbst helfen konnte. Genau das jedoch war es, was Margo brauchte – die Wiederherstellung ihrer inneren Harmonie.

Ich gab Gideon eine Flasche *Goldlotuswein*, den ich selbst seit Jahren nahm. Ich selbst war der Beweis für die ausgleichende Kraft meiner Medizin, denn obwohl ich fünfzig Jahre zählte, schätzten mich die meisten Leute zehn Jahre jünger. Die Flasche für Margo stammte aus meinem Privatvorrat und kam nicht aus der Fabrik. Ihren Inhalt stellte ich selbst in meiner Küche her, so wie es schon meine Mutter und vor tausend Jahren die Goldlotusdame getan hatte. Alle Bestandteile kamen in ein großes Tongefäß, das mit dem starken chinesischen *Gao-liang*-Schnaps gefüllt war. Es wurde gut verschlossen und die Mischung dann sechs Monate stehengelassen. Anschließend wurde sie gefiltert, mit noch mehr *Gao-liang* aufgefrischt, neu versiegelt und dann wieder weggestellt, um weitere sechs Monate durchzuziehen. Zu den kraftvollen Ingredienzien, die ich dabei verwendete, gehörten Engelwurz, die das Gleichgewicht des Monatsflusses reguliert, zerstoßener Seidenwurm, der das Blut besänftigt, und getrockenete menschliche Plazenta, allesamt starke Verjüngungs- und Fruchtbarkeitsmittel.

Margo mochte mich nicht und hatte kein Vertrauen in Naturheilmittel, auch wenn sie ihnen ihren ganzen Reichtum verdankte. Darum wußte ich, als mir Gideon sagte, sie trinke regelmäßig ihren *Goldlotuswein* und bitte um weitere Flaschen, daß ihr Wunsch nach einem Baby tief und echt war.

Zu Beginn des Frühjahrs 1958 entdeckte ich, daß Iris erneut schwanger war.

Diesmal fuhren wir nicht nach Hawaii, und ich sagte es auch Gideon nicht. Ich ließ Iris in ihren Schlafräumen und erzählte

Gideon und allen Freunden, daß meine Tochter die Treppe heruntergefallen sei und eine vorübergehende Lähmung davongetragen habe, die sie ans Bett fessele. Ich stellte zwei weitere Krankenschwestern ein, die Mrs. Katsulis halfen, meine Tochter rund um die Uhr zu bewachen. Iris bekam so viele Puzzlespiele, wie sie brauchte, um beschäftigt zu sein. Und sieben Monate später, als das Kind kam, war ich zum zweitenmal die Hebamme für mein eigenes Enkelkind.

Ich wußte längst, was ich zu tun hatte. Nachdem ich den Säugling bei Licht sorgfältig untersucht und mich davon überzeugt hatte, daß er keinerlei chinesische Züge trug, nahm ich der schlafenden Iris das Baby weg, badete es und wickelte es in Decken. Dann klingelte ich mitten in der Nacht an Margos Tür. Ich sagte ihr, daß man mich zu einer Freundin gerufen hätte, deren Tochter in den Wehen gelegen habe. Die Tochter sei unverheiratet, und die Familie wolle das Baby nicht. Ich versprach Margo, wenn sie das Kind nehmen wollte, würde es unser Geheimnis bleiben. Mr. Sung, mein Freund und ein vertrauenswürdiger Mann, würde für Geburtsurkunde und Adoptionspapiere sorgen und der Sache damit einen rechtmäßigen Anstrich geben.

Margo nahm das Baby der Fremden mit Freuden auf. Als Olivia die Neuigkeit erfuhr, war sie nicht begeistert, konnte aber nichts mehr dagegen tun. Adrian war erleichtert, weil das Gezänk aufhörte. Niemand wußte, daß das adoptierte Kind Gideon Barclays Enkel war.

Sie nannten ihn Desmond.

50
5 Uhr morgens – Palm Springs, Kalifornien

Charlotte kam aus dem Badezimmer, in der einen Hand ein Buch, in der anderen ein Handtuch für die Haare.

»Johnny, ich weiß jetzt, wer es ist.«

»Ich auch.« Er drückte auf die Eingabetaste, und auf dem Bildschirm erschien das Ergebnis seiner Suche.

Dann drehte er sich zu ihr um. Sie stand in der Tür. Nur allzugerne hätte er das Handtuch genommen und ihr das lange Haar getrocknet, es durch die Finger laufen lassen und mit seiner Berührung gezähmt. Er sehnte sich schmerzhaft danach, sie wieder in den Armen zu halten wie vorhin, als ihnen das furchtbare Mißverständnis der letzten sechzehn Jahre klargeworden war. Wie sie gesagt hatte: Soviel vergeudete Zeit, nur weil eine Eins ausgesehen hatte wie eine Sieben.

»Es steht alles hier drin. Du mußt es lesen.« Sie hielt ihm das alte Buch hin, das sie in der Schublade der Küchenecke im Büro ihrer Großmutter gefunden hatte. Es bestand aus Pergamentblättern, die von zwei hölzernen Buchdeckeln geschützt und mit oben und unten durch Löcher gezogener Schnur zusammengebunden waren. »Ich hatte keine Ahnung, was es war«, erklärte sie, als er es nahm. »Aber tatsächlich handelt es sich um das Tagebuch meiner Großmutter zu Anfang der fünfziger Jahre. Ich habe nie gewußt, daß sie ein Tagebuch führte.«

Jonathan blätterte vorsichtig die brüchig gewordenen Seiten um. Seine Augen folgten der säuberlichen, verschnörkelten Schrift, die Harmonie einst in Singapur in der Missionsschule gelernt hatte. Plötzlich hielt er inne und starrte auf den letzten Satz der Seite. »Desmond ist dein Bruder?«

»Halbbruder. Ich nehme an, wir hatten verschiedene Väter. Das Buch bestätigt auch meine Vermutung über meinen eigenen Vater. Meine Mutter war nie verheiratet. Der Taucher war reine Erfindung, eine kunstvoll inszenierte Lüge, von der alle wußten. Und jetzt paß auf.« Sie warf das Handtuch hin und band sich das lange Haar mit einem schwarzen Seidenband zusammen. »Erinnerst du dich, daß ich dir gesagt habe, es müßte etwas passiert sein, während ich letztes Jahr in Europa war, weil Des sich so verändert hätte? Jetzt glaube ich, es ist deshalb, weil er in dieser Zeit die Wahrheit über seine Herkunft erfahren hat. Als er mich heute nacht im Treppenhaus abfing, redete er lauter wirres Zeug. Er fing immer wieder von meiner Mutter an und machte abfällige Bemerkungen über Margo ...«

»Du brauchst mich nicht zu überzeugen«, unterbrach er sie und deutete auf den Bildschirm. »Durch den Stromausfall hat es ein bißchen länger gedauert, aber ich konnte die Dateien zurückholen, auf die zuletzt Zugriff genommen wurde, und der Spur der zuletzt kopierten Rezeptur folgen. Mein Spürhund hat mir eine IP-Adresse geliefert, die ich über INTERNIC lokalisieren konnte.«

Charlotte spähte auf den Schirm. »Desmond Barclay.«

Jonathan griff nach seinem schwarzen Anorak. »Wir haben nicht viel Zeit.«

51

Sie fuhren zuerst zu Harmony Biotec, weil Jonathan sich dort noch über etwas Gewißheit verschaffen wollte.
Er lenkte den Mietwagen auf einen versteckten Parkplatz, und sie betraten über die Hintertreppe das Hauptgebäude. Auf dem zweiten Treppenabsatz lag noch die flache, silberne Flasche, aus der Desmond getrunken und die er dann weggeworfen hatte. Charlotte hob sie auf und roch daran. »Das habe ich mir doch gedacht. In der Flasche war kein Alkohol, sondern gewöhnliches Wasser. Desmond hat nur so getan, als sei er betrunken. Vielleicht hat er sich mit Adrians Whisky den Mund gespült oder etwas davon auf seinen Pullover gespritzt. Es war reines Theater, Jonathan, damit ich glauben sollte, daß er völlig betrunken sei.«
»Zu betrunken, um E-Mails zu verschicken«, nickte Jonathan.
Sie liefen eilig den Gang hinunter, wobei sie immer wieder stehenblieben und sich vergewisserten, daß der Bundesagent vor dem Computerraum sie nicht bemerkt hatte und weder Valerius Knight noch seine Leute zu sehen waren. Dann schlüpften sie in Desmonds Büro.
Knights Team hatte seinen Computer wie alle anderen etikettiert, beschriftet und entfernt, ebenso sein Telefon und das externe Modem. Charlotte und Jonathan suchten unter dem riesigen Chefschreibtisch, zogen Schubladen auf, durchwühlten den Papierkorb und die Marmoranrichte, die Hausbar, den Schrank mit den Anzügen und der Designer-Sportkleidung. Sie suchten hinter dem weißen Leinensofa mit den dazu passenden Sesseln, dem verglasten Bücherschrank, selbst unter dem Weidenkorb mit der künstlichen Palme, fieberhaft bemüht, einen Platz zu finden, an dem ein Modem versteckt sein könnte.
»Es muß hier sein«, beharrte Charlotte. »Sein Büro ist der einzige Ort im Gebäude, an dem er sicher sein konnte, nicht gestört zu werden. Er konnte die Tür abschließen und drauflostippen.«

Jonathan ging zu dem Einbaufach zwischen den Bücherschränken zurück und untersuchte noch einmal Stereoanlage, CD-Player und Farbfernseher. »Aha.« Er zog den Fernseher, der auf einer ausfahrbaren Platte stand, ganz nach vorn. Dahinter befand sich ein Laptop, an dem ein externes Modem hing.

»Das muß man ihm lassen«, bemerkte Charlotte spöttisch, »dumm ist Desmond nicht.«

»Ich könnte wetten, daß das eine DE-Nummer ist.«

»Eine was?«

»Direkteinwahl. Sie geht nicht über die Telefonzentrale, so daß euer Computerbeauftragter auf keine Art feststellen kann, ob sich jemand direkt eingewählt hat. Ich wette außerdem, daß wir, wenn wir die E-Mail-Software hier im Laptop durchsehen, eine Datei mit lauter interessanten Botschaften finden werden, die er über anonyme Weiterversender verschickt hat.«

Er ließ Laptop und Modem, wo sie waren, schob den Fernseher zurück und überzeugte sich, daß alles an seinem Platz war. Dann schloß er das Fach. »Und nun wollen wir Desmond einen kleinen Besuch abstatten.«

Charlotte betrachtete mit besorgtem Gesicht den Regen. »Er wohnt etwa zehn Meilen von hier, aber oben an einem der Cañons. Wir müssen vorsichtig fahren.«

52

Sie nahmen den Weg über den Palm Cañon Drive. Der immer noch wolkenbruchartige Regen zwang sie, langsam zu fahren.

»In den letzten Stunden habe ich so viele Geheimnisse aufgedeckt, daß mir ganz schwindlig ist«, sagte Charlotte. »Es kommt mir vor, als hätte sich alles, was ich bisher über meine Familie wußte, ins Gegenteil verkehrt. Was ich für schwarz hielt, ist weiß und umgekehrt. Onkel Gideon, der in Wirklichkeit mein Großvater ist, und Desmond – mein Bruder! Ich frage mich nur …«

Jonathan sah einen Augenblick von der Straße weg und zu ihr hinüber. »Was fragst du dich?«

»Ich habe dir doch erzählt, daß Großmutter glaubte, ihre Mutter habe aus dem Jenseits zu ihr gesprochen. Sie sagte, es geschehe allen Töchtern aus unserer Familie wenigstens einmal im Leben.«

»Ja. Und?«

Es war dunkel, und nur ab und zu erleuchteten die Straßenlaternen, an denen sie vorbeikamen, für kurze Zeit ihre Gesichter.

»Aber Johnny – Mei-ling war doch gar nicht tot, als Harmonie ihre Stimme hörte! Wie steht es dann mit der Stimme, die *ich* hörte, die Stimme meiner eigenen Mutter, die mich vor dem Tee warnte? Heißt es vielleicht, daß meine Großmutter mir die ganzen Jahre über vorgespiegelt hat, meine Mutter sei von einer Treppe gestürzt und gestorben, und es stimmt gar nicht? Sie lebt vielleicht sogar noch?«

Sie kamen an eine überschwemmte Kreuzung, an der das tosende Wasser bereits die Bordsteine überflutet und die Bürgersteige erreicht hatte. Jonathan fuhr noch langsamer und lenkte das Auto zur Straßenmitte, wo das Wasser seichter war. Er hielt das Steuer mit beiden Händen fest und starrte in den Regen wie ein Mann, der nur noch eine Aufgabe kennt: auf die andere Seite zu kommen. Dann erschreckte er Charlotte mit der plötzlichen Bemerkung: »Ich weiß nicht, ob du mir je verzeihen kannst.«

Das einzige Licht im Wagen kam von den Scheinwerfern, die sich im Regen spiegelten. An Jonathans Schläfe pochte eine kleine Ader.

»Ich hielt mich für den einzigen Menschen auf der Welt, dem je etwas wirklich Schlimmes passiert ist«, sagte er leise und betätigte abwechselnd Gas und Bremse, um das große Auto Zoll um Zoll durch die Flut zu steuern. »Ich war ein arroganter Bastard, der die Welt über eine hohe Mauer ansah, die ich selber um mich herum aufgebaut hatte. Dann stellte ich meine Gefühle auf einen ebenso hohen Sockel und überließ es den Frauen, sich hinaufzuwagen. Adele nahm die Herausforderung an und bekam die Belohnung.«

Sie beobachtete sein Profil und durchlebte noch einmal seine Umarmung von vor einer Stunde, den Geschmack seines Mundes, die schwindelerregende Entdeckung ihres unglaublichen Mißverständnisses wegen eines Gedichts.

»Ja, damals in San Francisco hättest du mir sagen sollen: *Johnny, heirate nicht*. Du solltest den Text aus einem Drehbuch sprechen, das du nie bekommen hast.«

»Hast du mir die Schuld daran gegeben, daß du mit Adele unglücklich warst?«

»Wir waren nicht unglücklich. Zuerst waren wir sogar glücklich. Zufrieden, nehme ich an. Aber nach einer Weile wurde unser Leben träge, und wir ließen die Dinge einfach auf uns zukommen.« Er sah sie an. »Ich will kein Leben mehr, das sich von allein lebt, Charlie.«

Sie legte ihre Hand auf seine und fühlte die harten Knöchel seiner Finger, die das Steuerrad festhielten. »Wenn wir diese Nacht erst hinter uns haben ...«

Sie brauchte nicht mehr zu sagen.

Desmond wohnte in den Bergen oberhalb von Rancho Mirage, in einem Fünf-Millionen-Dollar-Haus voll kostspieliger Skulpturen und Gemälde, mit einem privaten Fitneßraum, einem Friseursalon und einem klimatisierten Hallenbad.

Ein philippinischer Hausboy im weißen Jackett öffnete Jonathan und Charlotte die Tür und führte sie durch Gänge und Zwischenstockwerke zum sogenannten »Spielzimmer«, einem riesigen, verglasten Raum mit einer vollständig eingerichteten Acht-Hocker-Bar, einem Billardtisch, zwei Fernsehern mit riesigen Bildschirmen, sechs elektronischen Spielautomaten in Spielhallengröße, einem Computerspielzentrum und einer in den Boden

eingelassenen Feuerstelle mit offenem Feuer in der Mitte des Raumes, umgeben von weichen Sofas.
Desmond stand an der Bar und goß sich gerade ein Ginger-ale ein. »Hallo«, begrüßte er sie lächelnd. »Scheußlich da draußen, wie?«
Das Unwetter hatte die teure Aussicht über das Wüstental, sonst hinter einem beleuchteten Stein- und Kaktusgarten zu bewundern, völlig ruiniert. Nicht einmal die Anstrengungen der Morgendämmerung konnten sich gegen die schwarzen Wolken und den unablässigen Regen durchsetzen.
Charlotte sah, daß Desmond seine angeberischen schwarzen Sachen abgelegt hatte und in eine ebenso protzige weiße Montur geschlüpft war – weißer, übergroßer Hugo-Boss-Pullover, weiße Baumwollhosen, weiße Spangenschuhe. Wenigstens trug er seine Sonnenbrille nicht mehr. Als sie sah, daß Jonathan mit den Worten »Dringend Zeit, daß dir mal jemand deine eingebildete Visage poliert« auf ihn zustürzen wollte, packte sie ihn und hielt ihn fest. Die harten Muskeln seines Arms spannten sich und bebten. »Das will er doch gerade, Johnny.«
»Immer noch rohe Gewalt?« erkundigte sich Desmond. »Ich hätte gedacht, nach soviel Jahren wärst du darüber hinaus.«
»Desmond, du bist nicht betrunken«, sagte Charlotte.
»Vor zwei Stunden hast du das Gegenteil behauptet. Entscheide dich, Charlotte. Oder sollte ich ›Schwester‹ sagen?« Er nahm einen Schluck von seinem Ginger-ale. »Aha. Die Anrede überrascht dich nicht. Hast du es immer schon gewußt? Hat die ganze verdammte Welt mein dreckiges kleines Geheimnis gekannt, nur ich nicht?«
»Ich habe es gerade erst herausgefunden. Vorher hatte ich keine Ahnung.«
Er öffnete den Kühlschrank unter der Bar und holte eine Handvoll Eiswürfel heraus.
»Daß du den Säufer gespielt hast, war nur Theater, Desmond.«
Er ließ die Eiswürfel in sein Glas fallen. »Als du gesagt hast, ich

wäre eher so etwas wie ein Bruder für dich, wäre ich fast geplatzt vor Lachen. Die reine Ironie, wie? Ich meine, ich *bin* dein Bruder. Na ja, Halbbruder.« Er zuckte die Achseln. »Ja, es war Theater. Ich mußte schließlich die Rolle spielen, die du von mir erwartet hast, oder?«

Er grinste boshaft und rührte mit dem Finger im Glas. »Weißt du, was dieses Geheimnis so pikant macht? Ich glaube nicht, daß meine süße Mutter weiß, daß Iris meine richtige Mutter war. Ganz sicher stellt sie sich eine entzückende Debütantin vor, verführt von einem Mathematikprofessor der Stanford-Universität. Oder einem Astronauten. Ach nein, die hatten wir ja 1957 noch nicht. Auf jeden Fall erwartet Margo von meinem Vater, daß er ein Genie oder ein amerikanischer Held war, und von meiner Mutter, daß sie aussah wie Grace Kelly und einen Stammbaum hatte wie Prinzessin Di. Ich fürchte, es wird ihr den Tag verderben, wenn sie erfährt, daß ich das Ergebnis vom Ausbruch der schwachköpfigen Iris aus ihrem Zwinger bin.«

»Hör auf, so zu reden«, sagte Jonathan.

»Du wirst entschuldigen«, Desmond warf ihm einen tödlichen Blick zu, »aber in meinem eigenen Haus kann ich verdammt noch mal sagen, was ich will.« Er sah auf Charlotte. »Ich hatte die ganze Zeit das Gefühl, daß dein Prinz noch da wäre. Es gab noch Arbeit für ihn, nicht wahr?«

»Wann hast du entdeckt, daß meine Mutter auch deine war, Desmond? Während meiner Europareise im letzten Jahr?«

Er hob das Glas und trank ihr spöttisch zu. »Hundert Punkte, Schwesterherz. Ja, es war, als du weg warst. Wie du dir denken kannst, war ich einigermaßen überrascht. Ich versuchte, es mit Fassung zu tragen, aber du bist eine scharfe Beobachterin und hast gemerkt, daß ich mich verändert hatte. Wäre es dir nicht auch so gegangen, wenn du gerade erst die Wahrheit über deine Herkunft erfahren hättest? Vor allem, wenn sie so *lächerlich* ist?«

»Wie hast du es herausgefunden? Durch Großmutters Tagebuch?«

»Tagebuch? Was für ein Tagebuch? Nein, es war im Zusammenhang mit Krista.«

Er stützte die Ellbogen auf die polierte Mahagonibar und deutete mit dem Kinn auf eine Wand, die mit Familienfotos bedeckt war: seine drei Ex-Frauen, seine Tochter Krista aus zweiter, sein Sohn Robbie aus erster Ehe. Desmond teilte sich das Sorgerecht für die Kinder mit ihren Müttern, so daß Krista und Robbie ständig zwischen verschiedenen Wohnsitzen pendelten.

»Was ist mit Krista?« Das letzte Foto in der Reihe zeigte ein hübsches Mädchen, das die Kerzen auf einem Kuchen mit der Aufschrift »Süße Sechzehn« ausblies.

Desmond lehnte sich zurück und nahm einen großen Schluck Ginger-ale. »Vor etwas über einem Jahr zeigten sich bei Krista Anzeichen einer Blutkrankheit. Sie bekam schnell blaue Flecken, kleine Wunden wollten nicht heilen. Als man ihr den Blinddarm entfernte, brauchte sie drei Blutkonserven. Ihr Arzt sagte uns, die Symptome könnten auf mehr als eine Erkrankung hindeuten, und um eine Behandlung einzuleiten, müßte zuerst festgestellt werden, um welche davon es sich handle. Möglicherweise, erklärte er, litt Krista an einer ererbten genetischen Störung, der Willebrandschen Krankheit, die eine ganz bestimmte Therapie erforderte. Wenn sie diese Krankheit aber nicht hatte, konnte die Therapie ihr sogar schaden. Deshalb brauchte er eine ausführliche Krankengeschichte der Familie. Als ich ihm erklärte, daß ich adoptiert sei und meine leiblichen Eltern nicht kennen würde, riet er mir dringend, soviel wie möglich über sie herauszufinden, weil es für die geplante Behandlung meiner Tochter von entscheidender Wichtigkeit wäre.«

»Also gingst du zu Großmutter.«

»Bingo.« Er salutierte mit seinem Glas. »Zuerst versicherte mir die alte Dame, sie wisse nicht das geringste über meine wirklichen Eltern, aber als ich ihr meine Notlage schilderte und ihr erklärte, wie ungeheuer wichtig es sei, daß eine Vererbung ausgeschlossen würde, gestand sie mir schließlich, daß sie zwar nicht wisse, wer mein Vater sei, mir jedoch bestätigen könne, daß meine Mutter nicht an der Willebrandschen Krankheit gelitten habe. Ich fragte sie, woher sie das so genau wüßte, und da ließ sie die Bombe platzen.« Er stieß ein kurzes, bitteres Lachen aus. »Ich wünschte, ich hätte ein Foto von meinem Gesicht in diesem Moment!«

Er ging um die Bar herum und hinunter in die versenkte Mitte des Raums, um lange in das Feuer zu starren, wie gebannt von den glühenden Scheiten und dem Flammenteppich.

Dann drehte er sich wieder zu Charlotte um. Der ironische Ausdruck in seinen Augen war verschwunden. »Und dann fiel mir ein, daß ich irgendwann einmal gehört hatte, warum deine Großmutter von Urgroßmutter Fiona das Haus erbte. Irgend etwas darüber, daß Iris an der gleichen geistigen Störung litt wie Richard Barclays Schwester. Also hatte meine Tochter doch keine ererbte Blutkrankheit, weil das, was in *unserer* Familie liegt, der Schwachsinn ist.«

»Iris war nicht schwachsinnig«, sagte Charlotte mit harter Stimme.

»Sie war total verrückt!« schrie Desmond plötzlich, und Jonathan trat instinktiv einen Schritt näher zu Charlotte.

»Schaut euch an«, bemerkte Desmond hämisch. »Immer noch ganz vertraut!«

Charlotte wollte, daß er weitersprach. »Du hast also die Wahrheit herausgefunden. Und dann?«

»Nun, du warst in Europa und sahst dir diese faszinierenden Pharmazieunternehmen an. Die große Charlotte von Harmony Biotec wurde überall eingeladen und ausgeführt und bekam Wellcome und Merck und Bayer gezeigt, während ich Gott auf den Knien dankte, daß meine Tochter nur eine heilbare Blutkrankheit hatte, und ihn gleichzeitig verfluchte, weil er mich als Sohn einer Idiotin zur Welt kommen ließ, die nicht einmal wußte, daß sie Sex hatte.«

»Hast du es noch jemandem erzählt? Adrian oder Margo?«

»Spinnst du? Margo hätte durchgedreht. Außerdem fing mein

kleiner Plan gerade an zu reifen, und ich wußte, wenn Mammi und Daddy die Wahrheit über mich erfuhren, würden sie irgend etwas tun, um ihn mir zu verderben.«

»Was war das für ein Plan?« fragte Jonathan. Charlotte fühlte seine Anspannung und hörte den gefährlichen Unterton in seiner Stimme.

»Findest du es nicht witzig, Charlotte?« fuhr Desmond fort, ohne auf Jonathan zu achten. »Mein ganzes Leben lang habe ich versucht, Margo Freude zu bereiten, weil ich wußte, daß sie in ihrem tiefsten Inneren darunter litt, daß ich kein Barclay war. Und nun bin ich einer!«

»Hast du meine Großmutter umgebracht?«

Er hob die Brauen. »Nein. Ich hatte nichts mit ihrem Tod zu tun. Wenn die alte Dame umgebracht wurde, dann bestimmt nicht von mir.«

Ein Blitz schoß vom Himmel herunter und explodierte. Blendendweißes Licht erfüllte das riesige Zimmer.

»Desmond, du bist eine verächtliche Kreatur«, sagte Charlotte.

Er zuckte zusammen. »Was für eine Ausdrucksweise!«

»Du hast versucht, Naomi zu töten.«

Er zuckte die Achseln. »Es wäre nichts passiert.«

»Wie kannst du das sagen?«

»Ist sie Hellseherin oder nicht?«

»Und du wolltest mich töten.«

Er hielt sein Glas gegen das Licht, als wollte er die Sprudelperlen zählen. »Ich wollte dich nicht töten, sondern nur ein bißchen erschrecken. Die Garagentür hätte lediglich die Corvette beschädigt. Und habe ich nicht die Ampullenanlage rechtzeitig abgeschaltet?«

»Aber du hast meinen Tee vergiftet.«

»Nur damit dir schlecht wurde und du Angst bekamst. Ich wollte nicht, daß du stirbst. Was ich will, ist, daß du diese Presseerklärung abgibst. Und das wirst du tun, verstehst du? Du kommst nicht darum herum, Charlotte.«

»Also hast du alles eingefädelt«, sagte Jonathan. »Irgendwie hast du Rusty Brown dazu gebracht, die Produkte zu manipulieren, und ihm dann belastendes Material in den Spind geschmuggelt, das ihn mit den drei Opfern und der Explosion in Naomis Haus in Verbindung brachte. Alles sehr schlau, Desmond, aber wozu der Aufwand, gleich drei große Produktionsabschnitte zu vergiften? Warum nicht nur die drei Muster, die du verschickt hast?«
»Nicht, daß ich irgend etwas zugeben würde«, entgegnete Desmond unwillig, »falls du nämlich so melodramatisch bist, ein Tonband mit dir herumzuschleppen. Aber du wirst ja wohl begreifen, daß drei einzelne Muster viel eher die Person entlarven, die sie verfälscht hat. Wenn man dagegen Hunderte von Flaschen und Kapseln auf einmal verändert, wird die Spur des Täters verwischt. Ich sage das natürlich nur rein theoretisch.«
Er wandte sich wieder an Charlotte. »Die Polizei wird zwischen mir und diesen drei Todesfällen keine Verbindung herstellen können. Ich habe kein Mordmotiv. Du schon. Und du warst an dem Tag, als das dritte Muster von Gilroy abgeschickt wurde, dort.«
Er schaute auf die Uhr. »Mein Gott, wie die Zeit vergeht. Es ist schon fast sechs.« Er blickte sich um. »Wo sind die Reporter? Wo ist der Minibus mit der Satellitenantenne? Meine Drohung ist ernstgemeint, liebe Schwester. Ich werde Tausende sterben lassen. Ich kann es tun.«
»Was mich wundert«, meinte sie, »ist, daß du nicht überrascht zu sein scheinst, uns hier zu sehen.«
Desmond verzog das Gesicht. »Sobald ich merkte, daß du den wackeren Mister Spock zu Hilfe gerufen hattest, wußte ich, daß es nur eine Frage der Zeit sein würde, bis ihr alles herausgefunden hättet. Und natürlich habe ich im Museum herumgeschnüffelt. Ihr habt nicht gewußt, daß ich eure Pläne durchschaute, nicht wahr? Valerius Knight konntest du vielleicht täuschen, Charlotte, aber ich kenne dich zu gut. Also hast du entdeckt – in einem Tagebuch, sagtest du –, daß ich dein Bruder bin?«
Er ging um Kissen und Liegen herum und blieb auf der anderen

Seite des Raums stehen, wo die Spielautomaten aufgereiht waren.
»Was für ein Schock«, sagte er und ließ den »*Star Trek-Next Generation*«-Automaten klappern. »Ich habe in all diesen Jahren meine Schwester begehrt. Es scheint in der Familie zu liegen.« Er sah zu den beiden hinüber. »Ich weiß noch, daß ich eines Tages hörte, wie Großmutter Olivia meiner lieben Adoptivmammi verriet, daß sie *deine* Großmutter haßte, weil Großvater Gideon in sie verliebt war. Olivia erzählte Margo, alles war gutgegangen, solange Harmonie Gideon für ihren Bruder gehalten hatte. Aber dann erzählte er ihr, daß er nur Richard Barclays Adoptivsohn sei, und schon wurden sie ein Liebespaar. Siehst du die Ironie, Charlotte?« Er lachte. »Bei uns ist es genau umgekehrt! Du wußtest nicht, daß ich dein Bruder war, und jetzt weißt du es, und wir werden kein Liebespaar.«
Der Regen prasselte gegen die deckenhohen Fenster. Es klang wie Hagel. »Ist es nicht zum Schreien?« fragte Desmond leise und betrachtete sein Glas. »Mein ganzes Leben lang fühlte ich mich wertlos, weil ich kein echter Barclay war. Und nun bin ich der einzig echte in der ganzen Familie! Ha! Ich hatte denselben Urgroßvater Richard wie du, Charlotte. Macht uns irgendwie aristokratisch, weißt du. So viele Jahre, in denen ich als Außenseiter aufgewachsen bin und gelebt habe, und jetzt stellt sich heraus, daß mein Vater und Großvater die Außenseiter sind!«
Er verließ den Spielautomaten und stellte sich an die Glastür, die zu einem in den natürlichen Fels des Berghangs geschnittenen Wasserfall führte. Vor dem Hintergrund des schwarzen Sturms draußen schimmerte sein Spiegelbild geisterhaft weiß.
»Desmond«, begann Charlotte wieder, »worum geht es dir eigentlich? Willst du unser Unternehmen vernichten, weil du erfahren hast, wer du wirklich bist?«
»Und genau das werde ich tun«, erwiderte er ausweichend. »Ich werde meinen Plan ausführen. Gib die Presseerklärung ab, oder ich bringe Tausende von Unschuldigen um.«

»Aber *warum?*«
Er grinste hämisch. »Ich weiß es, und du wirst es merken.«
Sie sah ihn ungeduldig an. »Ich glaube nicht, daß du es kannst.«
»Verlaß dich auf mich. Ich kann.«
»Wie denn? Vielleicht warst du wirklich schuld an diesen drei Todesfällen. Du hast den Opfern Gratismuster geschickt, die vergiftet waren.«
»War es nicht schlau von mir, drei Frauen auszusuchen, mit denen du ein persönliches Hühnchen zu rupfen hattest?«
»Aber jetzt gibt es überall Warnungen. Unsere Produkte sind vom Markt genommen worden. Du kannst niemanden zwingen, etwas einzunehmen, vor dem er ausdrücklich gewarnt worden ist.«
»Oh, ich würde keinen zwingen. Die Leute werden es unbedingt wollen!«
Ein Donnerschlag dröhnte über die Berge. Der Boden bebte, die Lichter flackerten. Charlotte starrte immer noch Desmond an. »Es sind die Geheimformeln«, sagte sie endlich.
Er zwinkerte ihr zu. »Meine kluge Schwester! Ja, die Geheimformeln. Die, an denen noch gearbeitet wird. Die uns Millionen, ja Milliarden einbringen könnten.«
»Willst du sie an ein anderes Unternehmen verkaufen? An Synatech?«
»Oh, nicht so etwas Gewöhnliches. Wir leben in einer neuen Zeit, Charlotte. Sei ein bißchen modern! Ich werde die Formeln im Internet veröffentlichen.«
»Und was bedeutet das?«
Er sah auf Jonathan. »Der Prinz hier weiß, wovon ich rede.«
»Desmond, du Bastard!« fauchte Charlotte.
Er lächelte. »Nur weil jeder mich so nennt, heißt das nicht, daß ich keiner bin.«
»Sag mir, was du vorhast.«
»Weißt du, wieviel Krebskranke es auf der Welt gibt, Charlotte? Menschen, die verzweifelt nach einem Heilmittel suchen, ganz gleich, was es ist? Ich gebe die Formeln heraus, und ein Wimpern-

zucken später fangen Hunderte von kleinen Hinterhofapotheken auf diesem Planeten an, die Mittel zusammenzubrauen, alle in der Hoffnung, damit Millionen zu scheffeln. Und glaub mir, die Leute werden das Zeug kaufen.«

»Aber wieso werden Tausende daran sterben? Unsere Formeln sind zwar noch im Experimentierstadium, aber wir wissen beide, daß einige davon tatsächlich wirken, während andere zumindest lindern ...« Sie unterbrach sich. »Mein Gott! Du willst sie verfälschen.«

»Du wirst immer schlauer.«

»Du willst sie *tödlich* machen?«

»Ich habe sie bereits verändert.«

»Es wird nicht funktionieren. Ich brauche nur eine Warnung von Harmony Biotec auszugeben.«

»Komm schon, Charlotte! Erstens weißt du gar nicht, welche Formeln ich verändert habe und welche ich veröffentlichen will. Und wie willst du deine Warnung publik machen? Über Informationsgruppen? Über IRC? Es gibt Tausende von Informationsgruppen, Millionen von Chat Rooms und Millionen von Webseiten. Frag den Prinzen, er wird es bestätigen.«

»Warum tust du das alles?«

»Weil das Unternehmen von Rechts wegen mir gehört!« brüllte er so laut, daß sie erschraken. »Ich bin Richard Barclays einziger männlicher Erbe. Seine Tochter hat Harmony Biotec gegründet. Nach ihrem Tod hätte es an mich gehen müssen.«

»Mein Gott, Desmond, du verdrehst ja alles! Willst du mir wirklich sagen, daß du die Firma ruinieren willst, wenn du sie nicht haben kannst?«

Wieder schaute er auf die Uhr. »Entscheide dich. Es ist fast sechs.« Er zeigte auf ein altmodisches Münztelefon mit Kurbel, das an der Wand hing. »Ich mache es dir leicht. Hier ist die Nummer des Nachrichtensenders Kanal Sieben. Du kannst die Erklärung telefonisch abgeben.«

Jonathan wollte sich mit einem plötzlichen Schritt einem Schrank

nähern, der neben den Spielautomaten stand. »Das würde ich an deiner Stelle nicht versuchen«, sagte Desmond. »Bleib schön, wo du bist, dann verwandelt sich mein Hausboy auch nicht in Jean-Claude van Damme. Mit Messern.« Und lächelnd fügte er hinzu: »Er mag klein aussehen, aber er hat den schwarzen Gürtel in mehreren Kampfsportarten.«
Sie blickten sich um. Der Hausboy mit dem weißen Jackett stand hinter ihnen in der offenen Tür. Sein Gesicht war ausdruckslos.
»Desmond«, sagte Charlotte fast flehend, »das ist doch alles sinnlos. Was hättest du denn davon? Ob ich jetzt diese Erklärung abgebe oder dich die Formeln veröffentlichen lasse – das Unternehmen ist ruiniert. Du verlierst deine Stellung, dein Geld, wahrscheinlich sogar dein Haus. Wenn du Harmony tötest, begehst du Selbstmord.«
Er nahm den Hörer, betrachtete ihn einen Augenblick, legte ihn wieder auf und meinte: »Nun ja … es gibt eine dritte Möglichkeit.«
»Nämlich?«
»Überschreib Harmony Biotec mir.«
Donner krachte und grollte. Die Flammen in der Feuerstelle flakkerten in einem unsichtbaren Luftzug. »Das ist es also«, sagte Charlotte. »Das hast du die ganze Zeit gewollt. Ich soll dir das Unternehmen geben.«
»Es gehört mir.«
»Du vergißt, daß ich die Erbin meiner Großmutter bin. Und ich bin die Ältere.«
»Ich bin der Sohn!«
Mit einem Seitenblick auf Jonathan antwortete sie: »Also gut. Wir wollen jetzt nicht darüber streiten. Aber warum in Dreiteufelsnamen bist du nicht von Anfang an zu mir gekommen? Warum mußtest du unbeteiligte Menschen töten? Warum diese lächerlichen E-Mails? Warum die alberne Pressekonferenz und das Ultimatum?«
»Nun, vor allem, Schwesterherz, weil ich kaum erwarten konnte,

daß du sagen würdest: ›Na klar, du hast recht. Das Unternehmen gehört dir.‹ Aber ich tat es auch, weil du leiden solltest.«

»*Warum?*«

»Weil du alles hattest, was ich nicht hatte.«

»Wie kannst du das sagen?« rief sie empört.

»Deine Großmutter liebte dich, Charlotte. Weißt du, wie mein Leben mit Margo war? Sie strengte sich wahnsinnig an, der Welt zu beweisen, wie sehr sie mich liebte. Die Riesenpartys! Nur mein Foto allein auf der jährlichen Weihnachtskarte! Überall prahlte sie mit ihrem großartigen Sohn. Die meiste Zeit dachte ich, mein Vorname wäre ›Du-bist-adoptiert-aber‹. Sie begann jeden Satz damit. Oder sie sagte: ›Wir lieben dich wie ein eigenes Kind.‹ Ich fühlte mich wie ein streunender Köter, den sie aufgelesen hatte.«

Er sah auf das Glas in seiner Hand und meinte dann leise: »Ich glaube, wenn sie gewußt hätte, daß ich ein echter Barclay bin, der Urenkel des großen Richard Barclay, hätte sie mich vielleicht geliebt.«

Er schwieg einen Augenblick und fuhr dann fort: »Das Haus hätte ebenfalls an mich gehen müssen. Statt dessen hinterließ die alte Dame es dir, und du hast fünf Minuten gewartet und es dann gleich an Fremde verhökert.«

»Ich habe es Margo und Adrian angeboten.«

»Du wolltest es ihnen *verkaufen*!« schrie er sie an. »Du wolltest ihnen etwas verkaufen, das ihnen rechtmäßig gehörte ... das *mir* gehörte!«

»Hör zu, Desmond, wir können über alles reden ...«

»Hör auf, so gönnerhaft zu sein, Charlotte. Und nein, wir können nicht über alles reden. Entweder du überläßt mir das Sagen, oder ich zerstöre dich *und* Harmony.«

»Weißt du, was mir auffällt, Desmond«, mischte Jonathan sich ein und beobachtete dabei vorsichtig den Hausboy, der immer noch an der Tür stand. »Du hattest doch nie viel für Computer übrig. Ich bin ziemlich beeindruckt. Offenbar hast du Unterricht ge-

nommen. Darum weißt du natürlich auch, daß es Tage oder sogar Wochen dauert, bis eine von dir im Internet veröffentlichte Formel so viele Leute erreicht hat, wie du gerne möchtest.«
Charlotte nickte rasch. »Jonathan hat recht. Du kannst es gar nicht schaffen.«
Desmond sah erst Charlotte, dann Jonathan an und lächelte langsam. »Ach? Ist das die Stelle, an der ich sage: ›Tatsächlich habe ich eine kleine Vorführung für Sie vorbereitet?‹ Und dann gehe ich zu meinem Computer, sage ›Passen Sie bitte gut auf‹, gebe eine Formel ein, und das FBI kommt zur Tür hereingetrampelt? Ist das euer Plan? Mein Gott, Charlotte, wie durchsichtig du doch manchmal bist. Hast du noch nie von *Spammen* gehört – aus einem E-Mail wird ein Heuschreckenschwarm? Von heißen Schlüsseln? Makros? Massensendungen? Ich tippe einen Drei-Tasten-Befehl ein, und noch bevor du sagen kannst ›Leb wohl, Vermögen‹, plumpst Charlottes kostbares GB4204 in eine halbe Million E-Mail-Briefkästen.«
Jonathan warf Charlotte einen warnenden Blick zu. »Du mußt wirklich Kurse belegt haben, Des.« Er berechnete innerlich die Entfernung zwischen sich und dem verschlossenen Schrank, zu dem Desmond ständig hinübersah.
»Na ja, es ist hilfreich, wenn man einen siebzehnjährigen Sohn hat, der schon mit einem Computer im Arm zur Welt gekommen ist. Robbie war mir äußerst nützlich. Außerdem ist ihm dabei zum ersten Mal im Leben klargeworden, daß er einen Vater hat.«
»Du glaubst doch nicht wirklich, daß du mit der Geschichte durchkommen wirst?« Jonathans Hand lag auf Charlottes Arm und zog sie langsam einen Schritt zurück. »Fremdes geistiges Eigentum, also auch eine gestohlene Formel, im Internet zu verbreiten, verstößt gegen das Gesetz.«
Desmond musterte ihn mit einem vernichtenden Blick. »Hör auf, mich zu belehren. Ich weiß, was legal ist und was nicht. Ich könnte zunächst einwenden, daß ich Teilhaber des Unternehmens

bin und darum nur das nehme, was mir ohnehin zusteht. Weiterhin fragt sich, ob eine geänderte Formel, die nicht mehr mit der Formel von Harmony identisch ist, überhaupt noch geistiges Eigentum der Firma ist. Übrigens eine hochinteressante Frage. Aber wir haben jetzt keine Zeit, darüber zu debattieren.« Von einem Tisch nahm er einen Stapel einzeln zusammengehefteter, blau eingebundener Urkunden. »Ich habe mir erlaubt, die Verträge bereits ausfertigen zu lassen. Du brauchst nur noch an der angekreuzten Stelle zu unterschreiben, Charlotte.«
Sie starrte die Papiere an, als ob sie eine Schlange wären. »Das kann nicht dein Ernst sein!«
»Und ob es mein Ernst ist, liebe Schwester – mein tödlicher Ernst. Unterzeichne, und du kannst mit dem Prinzen nach Hause gehen und dich darüber freuen, daß du Tausenden das Leben gerettet hast ... und natürlich dein eigenes.«
»Ich wundere mich nur, daß du auf einmal so machtversessen bist. Ich hatte nie den Eindruck, daß du die Firma gerne leiten wolltest.«
»Ich glaube nicht, daß Desmond sie *leiten* will«, bemerkte Jonathan gelassen und schob sich ein Stückchen weiter nach vorn.
»Wie meinst du das?« fragte Charlotte.
»Nicht schlecht geraten, Prinz.« Desmond zuckte die Achseln. »Wahrscheinlich sinnlos, es geheimhalten zu wollen. Wenn du es unbedingt wissen willst, liebe Schwester – ich habe vor, den Laden zu verkaufen.«
»Zu verkaufen?«
»Denkst du, ich wüßte nicht, daß dir Synatech vor acht Monaten ein Übernahmeangebot gemacht hat? Ein Angebot, möchte ich hinzufügen, das uns ein wirklich nettes, kleines, zusätzliches Taschengeld eingebracht hätte. Tja, wie schon erwähnt, habe ich mit den Leuten gesprochen ...«
Plötzlich erklang im ganzen Haus das Echo des Türgongs. Der Hausboy verschwand. Sofort durchquerte Jonathan das Zimmer und stellte sich neben den verschlossenen Schrank. Gleich darauf

kam der Hausboy zurück. »Mr. Barclay«, begann er, aber schon erschien hinter ihm Valerius Knight.
»O Gott«, murmelte Desmond und stellte sein Glas hin.
Knight, der einen Laptop in der Hand trug, trat auf ihn zu. »Gehört dieser Computer Ihnen, Mr. Barclay?«
»Was wollen Sie damit?«
»Würden Sie ihn bitte für uns identifizieren?«
Desmond zögerte. »Sie haben das doch offensichtlich schon überprüft.«
»Ja oder nein, bitte.«
»Natürlich gehört er mir.«
»Mr. Barclay, wir verhaften Sie wegen Verdacht auf Produktionssabotage und Verschwörung zum Fernmeldebetrug ...«
»Was?«
Schon standen zwei Agenten in nassen Regenmänteln neben ihm, ergriffen seine Arme und zwangen sie in Handschellen.
»Außerdem«, fuhr Knight fort, »wegen Verdacht auf Industriespionage, Betrug und Diebstahl von geistigem Eigentum.«
»Moment mal! Zeigen Sie mir erst Ihre Beweise.«
»Die Beweise sind hier, Mr. Barclay.« Knight hielt den Laptop hoch.
Desmond lächelte. »Rufen Sie mir eine einzige Datei auf.«
»Ich kann Ihnen achtunddreißig Dateien aufrufen.« Knight zog eine Diskette heraus. »Natürlich waren sie aus dem Verzeichnis gelöscht, aber wir haben sie trotzdem gefunden. Sie waren noch auf der Festplatte.«
»Anscheinend hat dir Robbie doch nicht genug beigebracht«, spottete Johnny und betastete die Schrankturen.
»Nehmen Sie ruhig den Laptop«, meinte Desmond kopfschüttelnd. »Es ist mir egal. Sie haben keinerlei Beweise. Mit den Morden können Sie mich nicht in Verbindung bringen.«
»Mr. Barclay«, sagte Knight mit so tönender Stimme, als spreche er vor einer Kamera, »waren Sie am Neunten dieses Monats in der Stadt Gilroy?«

Ein Teil der Farbe wich aus Desmonds Gesicht.
»Wir haben die Gästeliste des Hotels, Mr. Barclay.«
Desmond warf einen giftigen Blick auf Charlotte. »Also wirklich – ich bin enttäuscht von dir. Ich hatte dir doch verboten, das FBI einzuschalten. Nun muß ich meine Drohung doch wahr werden lassen.«
»Genaugenommen«, sagte Jonathan, »war es nicht Charlotte, die Knight auf deinen geheimen Laptop aufmerksam machte. Ich war es. Es war auch meine Idee, seinen Techniker mit einem Hilfsprogramm nach den gelöschten Dateien suchen zu lassen.«
»Es kommt nicht darauf an. Eine Verhaftung kann mich nicht aufhalten. In ein paar Tagen, vielleicht schon in ein paar Stunden, bin ich wieder draußen. Und dann werde ich dafür sorgen, daß ihr wünscht, ihr hättet niemals – *he!* Was haben Sie vor?«
Auf einen Wink von Jonathan waren zwei weitere Männer an den Schrank getreten und hatten ihn aufgestemmt. Er enthielt ein zweites Computerspielzentrum. Sie fingen sofort an, Schnüre, Buchsen und Kabel zu etikettieren, schnell und schweigend wie in den Vorstandsbüros von Harmony Biotec. Als sie den Rechner vom Monitor trennten, wurde Desmond unruhig. »Das können Sie nicht mitnehmen.«
Knight hielt ihm ein Papier so vor die Nase, daß Desmond es lesen konnte. »Wir haben die Ermächtigung, sämtliche verdächtigen Geräte zu beschlagnahmen, Mr. Barclay.«
Desmond lachte. »Na schön. Diese Festplatte hat übrigens vier Gigabytes. Eine Menge Dateien zum Prüfen. Mal sehen, vielleicht habe ich die gestohlenen Formeln ja unter ›Briefe an Tante Matilda‹ gespeichert, oder sie verstecken sich irgendwo in meinem Alpha-World-Verzeichnis. He! ›Steuern 1986–1996!‹ Das ist eine dicke Akte.«
»Irgendwie, Desmond«, sagte Jonathan und half den Agenten, die Schubladen des Computerschranks zu öffnen und die Fächer zu inspizieren, »habe ich nicht das Gefühl, daß du dumm genug bist, die gestohlenen Formeln auf deiner Festplatte zu lassen.«

»Möchtest du lieber meine Disketten untersuchen?« fragte Desmond. »Dann mach die Abstellkammer dort auf. Ja, die.«
Jonathan öffnete eine Tür. Dahinter standen Regale mit Spielen und Sportgeräten und auf dem Boden Schuhkartons voller Disketten.
»Bedient euch!« Desmond lächelte triumphierend.
Jonathan und Charlotte wechselten einen Blick. Beide dachten das gleiche: es würde Wochen und Monate dauern, bis alle Dateien überprüft waren.
Knight kam, bückte sich und betrachtete die Schuhkartons. »Heiliger Strohsack«, murmelte er.
»Das macht ja richtig Spaß«, bemerkte Desmond.
Jonathans Augen wanderten über die Regale, streiften alte Monopoly- und Clue-Schachteln, ein Puzzlespiel mit fünfhundert Teilen, Scrabble und Dame. Als sein Blick auf einen Karton fiel, der mit grellbunten Drachen und Zauberern bedruckt war, zog er ihn heraus und hielt ihn ans Licht.
»Wie ich sehe, spielt du jetzt Computerspiele, Des«, sagte er und hob die Schachtel hoch. »Ich weiß noch, wie du dich damals über mich lustig gemacht hast, weil ich *Pong* und *Asteroiden* spielte. Auf welchem Level bist du denn?«
»Bitte?«
Jonathan schüttelte den Karton, öffnete ihn und ließ die Diskette herausfallen. »Bist du schon Drachenmeister?«
Desmond räusperte sich. »Das Spiel gehört nicht mir, sondern meinem Sohn. Er spielt es, wenn er am Wochenende herkommt.«
Jonathan drehte die Schachtel um und betrachtete sie nachdenklich. »Du solltest deinem Sohn neue Software kaufen. Das hier ist eine alte Version. Es gibt keine Spiele auf Disketten mehr. Wußtest du das nicht?«
»Desmond«, mischte Charlotte sich ein, »zufällig weiß ich, daß Robbie dieses Spiel schon in der siebten Klasse gemeistert hat. Er würde ums Verrecken nicht mehr damit spielen.«

Desmond zuckte erneut mit den Schultern, eine schnelle, nervöse Geste. »Was weiß ich, womit der Junge spielt? Vielleicht hat er das Ding seit Jahren nicht mehr in der Hand gehabt. Dieser Schrank ist voll mit alten Spielen.«

Jonathan musterte die Diskette. »Sie könnte überschrieben sein. Anscheinend ist sie nicht schreibgeschützt.«

»Das ist ein gottverdammtes Computerspiel!« rief Desmond, und in seiner Stimme schwang ein Unterton von Panik mit.

»Spieldisketten kann man verändern«, sagte Jonathan. »Vielleicht sind die Geheimformeln irgendwo in Mordreds Burgfest versteckt? Oder vielleicht unter Khalilas Sorgensee vergraben?«

Valerius Knight streckte die Hand aus und nahm Jonathan die Schachtel mit dem Spiel und die Diskette ab.

»Ich wollte immer schon mal ein Computerspiel ausprobieren«, erklärte er. »Dieses hier macht einen ziemlich einfachen Eindruck.«

»Hören Sie ...«, begann Desmond.

Wieder ertönte der Türgong, und gleich darauf betraten Margo und Adrian das Zimmer.

»Was ist hier eigentlich los?« dröhnte Desmonds Vater. »Sung hat uns angerufen, wir sollten sofort hierherfahren. Er hat gesagt, es wäre ein Notfall.«

»Es sieht so aus, als würde ich gerade verhaftet«, erklärte Desmond.

»Wie bitte?«

»Es ist ein Irrtum, Vater. Mach dir keine Sorgen.«

»Warum um Himmels willen verhaftet man dich?«

»Sie behaupten, ich wäre derjenige, der die Produkte verfälscht hat.«

Adrian sah ihn scharf an. »Bist du für diese Todesfälle verantwortlich, Desmond?«

»Natürlich nicht«, entgegnete Margo heftig. »Die Polizei hat den Täter doch schon festgenommen.«

»Ja, aber du hast Rusty Brown eingestellt, nicht wahr, Desmond?« fragte Charlotte. »Ich denke, wenn wir unsere Personalchefin fragen, wird sie es uns bestätigen.«
Adrian sah mit finsterer Miene zu, wie die Agenten den Computer aus der Wand zogen und in Plastik wickelten. »Bist du verrückt, Desmond? Du hast absichtlich einen Vorbestraften eingestellt? Warum zum Teufel hast du das getan?«
»Ich wollte dem Mann die Chance geben, seinen Fehler gutzumachen und sich wieder neu einzugliedern. Er ist ein guter Techniker und versteht sein Handwerk.«
Charlotte sah ihn kopfschüttelnd an. »Du hast Brown eingestellt, *weil* er vorbestraft war. Du hast in der Zeitung von ihm, seiner Verhaftung und dem Prozeß gelesen, und als er freikam, hast du ihn angerufen und ihm einen Job angeboten. Hast du ihm große Versprechungen gemacht und ihn damit geködert? Und als er dann nicht befördert wurde und in der Kojoten Bar hockte und trank, hast du ihn auf den Gedanken gebracht, sich zu rächen.«
»Eine interessante Phantasie«, meinte Desmond, aber sein Lachen klang hohl.
Jonathan hatte inzwischen weiter in der Abstellkammer herumgestöbert, die Schuhkästen mit den Disketten zur Seite geräumt und Skier und Fußbälle entfernt, bis er auf etwas stieß, das in die äußerste Ecke gestopft worden war. »Ist das auch eine Phantasie?« fragte er jetzt und hielt einen falschen Bart und eine Baseballmütze mit daran befestigtem Pferdeschwanz hoch. »Der Hausmeister hat den Mann, der Rusty Brown zum Trinken einlud, beschrieben – er hatte einen Bart und einen Pferdeschwanz.«
»Das ist ja lächerlich.« Adrian sah ihn ungläubig an. »Was für einen Grund könnte Desmond haben, unser Unternehmen zu ruinieren?«
»Er hatte herausgefunden«, antwortete Charlotte, »daß Iris Lee seine Mutter war.«
Die beiden Barclays starrten sie an. Dann erklärte Margo: »Das glaube ich dir nicht.«

»Es ist die Wahrheit«, sagte eine Stimme. »Iris war Desmonds Mutter.«
Sie drehten sich nach der Tür um.
Allen stockte der Atem.
»Großmutter!« schrie Charlotte.

53
6 Uhr morgens – Palm Springs, Kalifornien

Alle rissen die Augen auf, als sähen sie einen Geist.

Vielleicht war es ja auch so. Ich war von den Toten zurückgekehrt und hatte ihnen keine Zeit gegeben, sich darauf vorzubereiten.

Desmond, die Gelenke in Handschellen, war weiß wie seine teuren Kleider, sein Vater rot wie eine Päonie. Margo musterte mich nur ausdruckslos durch ihren Zigarettenrauch, so wie vor vielen Jahren Olivia, während Charlotte mich zutiefst bestürzt anstarrte und Jonathan, der sich schon wieder von seinem Schreck erholte, zu lächeln anfing.

Er war der erste, den ich begrüßte. Was für ein gutaussehender Mann er geworden war! Ich küßte ihn auf beide Wangen und versicherte ihm, daß ich mich freute, ihn wiederzusehen.

Er grinste und antwortete: »Hat mir leid getan, Ihr Begräbnis zu verpassen, Mrs. Lee.«

Ich habe seinen Humor immer gemocht. Kein Wunder, daß Charlotte sich in ihn verliebte. Er schien weniger überrascht über meinen Anblick als die anderen. Ich erinnerte mich, daß er mir einmal erzählt hatte, seine Großmutter hätte das »zweite Gesicht« besessen – was ich das »dritte Auge« nenne. Vielleicht hat er ja dieses geheime Wissen geerbt.

»Charlotte«, sagte ich dann und umarmte sie. Sie stand steif wie ein Baum, ihr Mund ein großes, rundes O, wie ein Astloch in der

Rinde. Schon als kleines Kind hatte sie immer alles gewußt. Nun fand ich es erheiternd, daß sie zur Abwechslung einmal völlig ahnungslos war.

»Großmutter«, wiederholte sie und blieb bei dem einen Wort hängen wie eine alte Grammophonplatte mit einem Kratzer. Sie umarmte mich. »Ich dachte, du wärst tot, und jetzt lebst du!« brachte sie endlich hervor. Ich fühlte ihre Tränen an meinem Hals und ihre Arme um meine Schultern. Wir hielten einander eng umschlungen.

Adrian, der niemals gelernt hatte, taktvoll zu sein, platzte heraus: »Was zum Teufel soll das? Ich denke, du bist tot!«

»Ist das verbindlich?« fragte ich und blickte mich in Desmonds Spielzimmer um, bei dem ich immer an ein Raumschiff denken mußte. »Habe ich gegen eine Anstandsregel verstoßen, Adrian?«

»Harmonie«, bemerkte Margo, »was für eine angenehme Überraschung.« Sie war immer eine schlechte Lügnerin gewesen, aber ich glaube, das lag daran, daß sie nie die Absicht gehabt hatte, eine gute zu sein.

Und dann stürzten sie alle gleichzeitig auf mich zu – die Polizisten, Desmond, seine Eltern, der Hausboy im weißen Jackett – und streckten die Hände nach mir aus wie nach dem Preis eines Wettrennens. »Großmutter – Mrs. Lee – Ma'am – Harmonie!« Sie nannten mich bei allen Namen, die ihnen einfielen, und balgten sich fast um die Ehre, mich zu einem Sitz zu geleiten. Sahen sie denn nicht, daß ich keine Invalidin war? Gut, ich war neunundachtzig – beziehungsweise, soweit sie wußten, einundneunzig –, aber ich hatte meinen Stock und Mr. Sungs hilfreichen Arm. Er führte mich zu einem Sofa, das in Wand und Fußboden eingebaut war und in dem man unmöglich sitzen konnte. Als ich mich mit Hilfe des afrikanischen Polizisten und Jonathan in die dickgepolsterten Kissen gleiten ließ, sagte ich zu Desmond: »Kein gutes *feng shui*. Man sollte nie tiefer sitzen als Kniehöhe.«

Alle lachten – ein nervöses Lachen, denn wie scherzt man mit

einem Geist? Sie nahmen ihre Plätze ein wie Schauspieler, die darauf warten, daß der Vorhang hochgeht. Mr. Knight, den mir Mr. Sung schon beschrieben hatte, schien gleichzeitig erfreut, zornig und verwirrt zu sein. Er lehnte an einer gläsernen Palme, in deren wassergefülltem rosa Stamm Blasen aufstiegen. Ich begegnete seinem Blick und erkannte die scharfe Intelligenz darin, einen Verstand, der rasch arbeitete, sortierte und Entscheidungen traf. Ich sah einen von seiner Rache besessenen Mann, der schon jetzt eine Vorstellung davon hatte, wie er die veränderte Situation seinem privaten Feldzug gegen die Arzneimittel, die seinen Sohn nicht gerettet hatten, anpassen konnte. Ich wußte, daß mein Unternehmen wie damals im Jahr 1936, als ich meinen Kampf mit Mr. Sungs Vater geführt hatte, Schlagzeilen machen würde.
»Nun?« fragte Adrian mit seiner üblichen Grobheit. »Willst du uns nicht erzählen, was das Ganze soll?«
Ich muß gestehen, daß ich mir nie etwas aus Adrian gemacht habe, obwohl er der Sohn meines geliebten Gideon ist. Er hat mehr von Olivia als von seinem Vater, und sie habe ich auch nie gemocht.
Margo griff in ihre teure Krokohandtasche, nahm ein goldenes Zigarettenetui heraus und zündete sich, wie ich es bei Olivia so oft gesehen hatte, mit einem mit Feuerzeug mit Monogramm eine neue Zigarette an. »Erzähl schon«, sagte sie, nachdem sie inhaliert und den Rauch wieder ausgestoßen hatte. »Es ist bestimmt zum Brüllen.«
»Großmutter.« Charlotte löste sich allmählich aus ihrer hölzernen Starre. »Du hast uns alle im Glauben gelassen, du seist tot. Ich habe noch nie erlebt, daß du gelogen hast.«
»Das habe ich auch nicht. Ich bin wirklich gestorben.«
Jemand gab ein leises Keuchen von sich. Es klang ungläubig.
»Bei dem Sturm in der Karibik ging ich über Bord. Man konnte mich herausziehen, aber ich starb auf dem Schiff. Man hat mir gesagt, daß kein Leben mehr in mir war, als man mich auf den Strand trug. Aber da war jemand, der Luft in meine Lungen blies.

Ich weiß nicht, wer es war, aber er hatte Achtung vor dem Leben und war ein Mann des Glaubens, denn obwohl ich tot war, brachte sein Atem mich von den Toten zurück. Ich hustete das Wasser aus meinen Lungen, und die Inselbewohner schafften mich in ein Krankenhaus.«

Nie in all meinen Jahren hatte ich solch eine Stille wie die in Desmonds Raumschiff erlebt.

»Ich war sehr krank. Eine alte Frau, die ertrinkt, kann sich nicht leicht erholen. Aber die Inselbewohner pflegten mich gut. Sie gaben mir besondere Kräuter, vielleicht sogar das Kraut, das ich dort ursprünglich gesucht hatte. Ich weilte im Reich des Zwielichts, das zwischen diesem Leben und dem meiner Ahnen liegt, und mein Blick war klar wie nie zuvor. Ich begriff, daß man mir ein Geschenk gemacht hatte.«

»Die Chance auf ein zweites Leben«, sagte Charlotte ehrfürchtig.

Aber das Geschenk war nicht die Chance auf ein zweites Leben. Es war die Chance, mein Unternehmen zu retten.

»Ein verdammt übler Streich, den du uns da gespielt hast!« fuhr Desmond mich an. Er klang genau wie Adrian, obwohl sie nicht wirklich Vater und Sohn waren.

Ich machte eine Pause, um in den Gesichtern um mich herum zu lesen, das Glück in einigen, den Zorn in anderen. Ich spürte den durchbohrenden Blick von Valerius Knight, einem intelligenten und entschlossenen Beamten, der die alte, weißhaarige, chinesische Dame in ihrem bescheidenen blauen Cheongsam mit wachsamem Ausdruck beobachtete. Ich sah seinen scharfen Augen an, daß er mich nicht unterschätzte, wie andere es vielleicht taten.

»Ich mußte sichergehen, daß die Firma nach meinem Tod nicht gefährdet war. Also beauftragte ich Mr. Sung, der Familie mitzuteilen, ich sei gestorben. Es war nicht die Unwahrheit.« Ich wandte mich an Desmond. »Dir traute ich nicht. Von dem Tag an, als ich dir verriet, Iris sei deine Mutter, bemerkte ich eine Veränderung an dir. Sie kam über dich wie eine schleichende Krankheit, eine Blutvergiftung, die ein Glied des Körpers befällt. Etwas Böses hatte sich deiner bemächtigt, Desmond. Nachdem du nun wußtest, daß du mein Enkel warst, hast du erwartet, daß ich dir einen großen Anteil des Unternehmens hinterlassen würde. Aber das war unmöglich. Du hast kein Verantwortungsgefühl und liebst Harmony nicht so, wie Charlotte es tut. Wärst du bereit gewesen, die Macht mir ihr zu teilen, wenn ich dir eine erhebliche Beteiligung vererbt hätte? Ich bezweifle es.«

»Du hast immer gedacht, du wüßtest alles«, sagte der unverschämte junge Mann zu mir.

Also sagte ich ihm, was ich wußte. »Zum Glück erfreut sich Mr. Sung einer auf gegenseitigem Respekt gegründeten Beziehung zu einem Anwalt der Pharmaziewerke Synatech Corporation. Vielleicht ist dir das Unternehmen bekannt?«

An seinen zusammengebissenen Zähnen erkannte ich, daß meine Vermutung zutraf. Mein Enkel wollte mein Lebenswerk an einen Konkurrenten verkaufen, der nur Interesse an dem Namen und den Laboratorien hatte. Synatech würde *Goldlotuswein* und *Meiling-Balsam* aus den Regalen der Drugstores verschwinden lassen und durch eigene Produkte ersetzen.

»Aber wieso diese Scharade, Großmutter?« fragte jetzt Charlotte. »Warum hast du mich nicht einfach gewarnt? Du hättest mich ins Vertrauen ziehen können.«

»Und welche Beweise hatte ich dafür, daß dir oder der Firma durch Desmond Gefahr drohte? Nichts als die Intuition einer alten Frau. Desmond hätte meinen Tod abgewartet, bevor er seinen habgierigen Plan ausführen würde, aber *ich* konnte nicht so lange warten. Außerdem war ich nicht sicher, daß die Gefahr von Desmond ausging. Ich traute Adrian und Margo ebenso wenig. Schließlich fürchtete ich auch, daß ein anderes Unternehmen wie zum Beispiel Mondstein einen Weg finden könnte, Harmony zu übernehmen. Kurz und gut, ich mußte Bescheid wissen. Wenn ich erst einmal nicht mehr da war und du allein wärest, würde ich dir nicht mehr helfen könnten. Also entschloß ich mich, tot zu bleiben und das Geschenk der Götter anzunehmen. Auf diese Weise konnte ich dir beistehen.«

»Mit Mr. Sungs Unterstützung.« Charlotte nickte.

»Es tut mir leid«, entschuldigte sich der alte Anwalt. »Es ist mir sehr schwergefallen. Aber ich hatte Ihrer Großmutter mein Wort gegeben.«

»Was ist mit dem Sarg auf dem Friedhof von San Francisco?« Margo sah aus, als hätte sie gerade auf etwas Bitteres gebissen.

»Er ist natürlich leer – ein Symbol meines noch nicht abgeschlossenen Todes.«

»Jesus«, murmelte Adrian, marschierte zur Bar und griff nach einer Flasche Whisky. Er goß sich ein kleines Glas ein und kippte es hinunter, als würde er damit auf etwas zielen. Dann goß er ein zweites ein und wiederholte den Vorgang.

»Es ist sechs Uhr morgens, Adrian«, bemerkte Margo trocken.

»Na und? Ich komme hierher und sehe eine Tote, die herumläuft und Reden führt – eine Tote, verflucht noch mal, an deren Begräbnis ich teilgenommen habe ...« Er verstummte, fing den Blick seiner Frau auf und stellte gehorsam das Glas hin. Ich kannte Margos Widerwillen gegen Alkohol und auch den Grund dafür. Gideon hatte mir erzählt, wie sie als Kind nachts schreiend aufwachte. Ich wußte, welchen Schmerz und welche Beschämung man ihr zugefügt hatte, und war darum nachsichtig mit ihr, obwohl mir Charlotte immer wieder erklärte, sie könne nicht begreifen, warum ich Adrians Frau »auf mir herumtrampeln ließ«, wie sie es ausdrückte.

Margo betrachtete mich von der Seite. »Ich fand die Hartnäckigkeit, mit der Mr. Sung auf einem geschlossenen Sarg bestand, schon damals übertrieben.«

»Und dann noch herauszufinden«, nahm Adrian wieder das Wort, »daß mein Adoptivsohn in Wirklichkeit mein ... Moment, ich muß überlegen ...«

»Desmond«, sagte ich, »ist der Urenkel deines Großvaters Richard Barclay.«

»Ist er nicht auch«, erkundigte sich Margo durch einen Schleier von Zigarettenrauch, »der Enkel von Gideon Barclay, Adrians Vater?«
Ich wußte, was sie sagen wollte. Ich hatte Desmonds Herkunft von *meiner* Abstammung von Richard Barclay hergeleitet. Aber natürlich gab es noch das unausgesprochene Geheimnis, daß Iris nicht Mr. Lees, sondern Gideons Tochter war, was Desmond zu Gideons Enkel machte. Ich ging auf ihre Frage nicht ein.
»Ich bekomme Kopfschmerzen von dieser Sache«, brummte Adrian.
»Großmutter«, sagte Charlotte, »das chinesische Rätselkästchen, das Mr. Sung mir gab, kam von dir, nicht wahr?«
»Ich wollte deine Gedanken in die richtige Richtung lenken.«
»Ich hätte ein bißchen mehr Hilfe gebrauchen können.«
»Aber wie hätte ich deutlicher werden können? Dann hättest du gewußt, daß ich lebe, und Desmond, oder vielleicht einer der anderen, hätte seine Krankheit versteckt wie eine Spinne, die hinter der Regenrinne sitzt und wartet.«
Adrian hatte sich inzwischen an Knight gewandt. »Was genau werfen Sie meinem Sohn vor?« Während der Bundesagent Desmonds Vater geduldig den Umfang der seinem Sohn zur Last gelegten Verbrechen erläuterte, sah ich, wie Desmond immer verlegener wurde und Adrians Miene allmählich Bewunderung ausdrückte. »Das hast du alles getan?« fragte er verblüfft und hob dann rasch die Hand. »Nein, keine Antwort, Junge. Nicht vor diesen Beamten.« Ein Lächeln stahl sich auf seine Lippen. »Aber wer alles das fertiggebracht hat, muß mächtig gerissen sein. Wie viele Bundesagenten sind gestern abend bei uns eingefallen?«
Desmond sah seinen Vater verwundert an. Im Gegensatz zu Adrian verstand ich, daß Desmond geglaubt hatte, seine Eltern würden beschämt und wütend sein. Aber da standen Margo und Adrian und lächelten ihn voller Stolz an.
»Wieso seid ihr nicht böse auf mich?« Desmond klang wie ein kleiner Junge.

»Warum sollten wir?« fragte Adrian.
»Weil ihr jetzt den Beweis habt, daß ich wirklich ein Versager bin, wie ihr immer gedacht habt.«
Adrian blinzelte ihn verwirrt an. »Wie kommst du denn darauf?«
»Ich habe es in einem Brief gelesen«, platzte Desmond heraus. »Du hast ihn Mutter vor fünfundzwanzig Jahren geschrieben. Darin stand, wie schrecklich es für einen Vater wäre, einen solchen Versager als Sohn zu haben.«
Erschrockenes Schweigen folgte seinen Worten. Desmonds Eltern starrten erst ihn, dann einander an. In Adrians Gesicht stand Verwirrung, aber gleich darauf schien es, als gehe die Sonne darin auf. Seine gebräunten Züge wurden hell, und in seinen Augen dämmerte Verständnis. »Ich erinnere mich an diesen Brief. Aber er bezog sich nicht auf dich, Desmond. Der Versager, von dem ich sprach, war ich!«
Ich wußte, daß ich jetzt etwas sagen mußte, denn ich hatte seit Jahren gewußt, wie Adrian sich vor der Kulisse seines Vaters fühlte. »Gideon hat dich nie als Versager, wie du es formulierst, betrachtet. Das war nur deine Art, die Dinge zu sehen. Dein Vater liebte dich und war stolz auf dich.«
»Harmonie.« Auch Adrian klang plötzlich wieder wie ein Kind. »Weißt du, was aus Pflanzen wird, die im Schatten aufwachsen?«
»Manche gedeihen.«
»Als ich sieben oder acht war, hörte ich voller Stolz, mein Vater hätte eine Notstraße gebaut, um Flüchtlinge zu evakuieren. Als ich zehn war und die Reporter zu ihm kamen, stand ich wie ein Pfau dabei, als er ihre Fragen beantwortete. Als ich zwölf war und das *Life Magazine* ihn fotografierte, schwor ich mir, daß ich einmal genauso wie er werden wollte. Und als ich dreizehn war und die wirkliche Bedeutung seiner Kriegsauszeichnungen begriff, überlegte ich mir, daß ich *versuchen* würde, wie er zu sein. Als Edward R. Murrow ihn im Fernsehen interviewte, fragte ich mich,

ob ich das jemals schaffen würde. Und schließlich dachte ich nur noch, daß es ganz unmöglich sei.«
»Aber das lag nicht an Gideon«, erinnerte ich ihn. »Du hast es dir selbst so zurechtgelegt. So wie Desmond einen Brief las, der nicht für ihn bestimmt war, und darin Worte fand, die sich nicht auf ihn bezogen. Aber weil er sich gemeint fühlte, baute er auf dieser falschen Grundlage sein Leben auf.«
Wieder herrschte Schweigen, diesmal erfüllt von den stummen Fragezeichen hundert ungestellter Fragen. Selbst der grundsolide Agent Knight wirkte verunsichert, als suche er unter den aufsteigenden rosa Blasen jener albernen Glaspalme nach seiner eigenen Rolle in diesem Drama.
»Tja, Mrs. Lee«, brach Jonathan endlich die Stille, »Ihre Scharade war offenbar ein Erfolg.«
»So ein Erfolg auch wieder nicht«, erklärte Charlotte plötzlich. »Großmutter, ich habe dein Haus verkauft, anstatt es zu behalten.«
Ich konnte ein Lächeln nicht unterdrücken. Hatte meine Charlotte, die immer alles wußte, nicht so weit gedacht? »Ich war es, die das Haus kaufte. Ich war der Käufer, den du nie gesehen hast.«
»Und was ist jetzt?« wollte Adrian wissen. »Wem gehört denn nun die Firma?«
Margo trat zu ihrem Mann an die Bar und legte den Arm um ihn. »Uns jedenfalls nicht, Liebling«, seufzte sie.
Charlotte setzte sich neben mich auf das zu niedrige Sofa. »Ich habe so viele Fragen«, sagte sie, die doch immer alle Antworten gewußt hatte. »Was geschah mit meiner Mutter? Starb sie wirklich an einem Sturz?«
»Nein. Das war eine weitere Erfindung, um ihre Ehre zu schützen. Gideon und ich mußten sie schließlich in ein Heim geben. Sie versuchte immer wieder, nachts fortzulaufen, und wir konnten sie zu Hause nicht so überwachen, wie es nötig gewesen wäre, ohne sie einzusperren. Wir konnten keine weiteren Schwanger-

schaften riskieren. Sichere Mittel dagegen gab es für Frauen wie sie damals nicht. Wir hatten keine andere Wahl.«

»Ein Heim!« murmelten alle, als ob ich gesagt hätte: »Wir haben sie lebendig begraben.«

»Sie wurde von katholischen Nonnen liebevoll umsorgt, und ich glaube, sie war dort glücklich bis an ihr Ende.«

»Sie ist tot?«

»Sie ist mit sechzig Jahren gestorben.«

»Aber ... das war ja erst vor acht Jahren!« rief Charlotte. »Meine Mutter war die ganze Zeit am Leben, und du hast es mir nie gesagt?«

»Ich hätte es gerne getan, so oft ...«

Sie sprang vom Sofa auf, als stünde es plötzlich in Flammen. »Was sind das nur immer für Geheimnisse, Großmutter!« rief sie und blickte mich mit vorwurfsvollen Augen an. »Du hast gewußt, daß Desmond mein Bruder ist, und es mir nie gesagt.«

Würden meine nächsten Worte ihren Schmerz lindern oder ihn noch vergrößern? So oder so, es war an der Zeit, ihr reinen Wein einzuschenken. »Desmond ist nicht dein Bruder, Charlotte.«

»Was?« Desmond wollte seinen Ohren nicht trauen. »Du hast mich angelogen?«

Ich hob die Hand. »Nein, das habe ich nicht. Meine Tochter Iris war deine Mutter.« Und zu Charlotte sagte ich, so liebevoll ich konnte: »Aber Desmond ist nicht dein Bruder. Er ist dein Neffe. Iris war nicht deine Mutter, sondern deine Schwester.«

Sie runzelte die Stirn wie als kleines Mädchen, wenn sie vor einem Rätselkästchen saß. »Das verstehe ich nicht.«

»Charlotte ... *ich* bin deine Mutter.«

Auf den Raum, der mich so an Raumschiffe erinnerte, legte sich das Schweigen von elf Menschen. Selbst Mr. Sung, der alle diese Jahre über mein Geheimnis gekannt und es bewahrt hatte, war sprachlos. Die Polizisten, die unsere Familiengeschichte nicht kannten, waren stumm vor Schreck, denn sie fühlten, daß jetzt eine große Enthüllung stattfinden würde.

»An dem Abend, bevor Iris und ich nach Hawaii fuhren, kam Gideon zu mir«, sagte ich. »Er blieb bei mir und tröstete mich. Am nächsten Tag flog er mit uns. In Hawaii wurde Iris' Baby geboren und begraben. Es lebte nur zwei Stunden. Charlotte, ich war damals neunundvierzig Jahre alt und dachte überhaupt nicht daran, daß ich schwanger werden könnte. Aber das erwies sich als Irrtum. Du wurdest zwei Monate nach Iris' Baby geboren. Als wir mit dir nach Hause zurückkehrten, erzählten wir überall, du wärst das Kind meiner Tochter.«

Ihre Augen wurden groß vor Verwunderung ... die grünen Augen, die sie von Richard Barclay geerbt hatte. »Das heißt, mein Vater ...«

»War Gideon. Ich erinnere mich, Charlotte, daß du mir einmal gesagt hast, ich liebte dich nicht. Weil ich streng war und auf dich aufpaßte, dachtest du, ich liebte dich nicht. Aber das stimmte nicht. Ich habe dich immer geliebt und liebe dich auch heute mehr als mein eigenes Leben, weil du das Kind der Liebe zwischen mir und Gideon bist.«

Charlottes staunende Augen wanderten über die Täler und Höhen meines Gesichtes wie ein verirrter Reisender, der seine Heimat sucht. Sie sah mich auf eine ganz neue Art an und spann neue Fäden zu mir. Es war mir nicht leichtgefallen, ihr alles zu erzählen, und sie würde es nicht leicht verarbeiten. Vielleicht würde sie mir von nun an immer mit diesem erschrockenen, verwunderten Blick begegnen.

Ich gab Jonathan die Hand, damit er mir von diesem Sofa des Unglücks aufhalf, und ging zu Desmond, der noch immer zwischen den beiden Polizisten stand. »Du bist mein Enkel«, sagte ich. »Ich habe dich auf die Welt gebracht. Meine Hände waren deine erste menschliche Berührung. Ich liebe dich vom Augenblick deiner Geburt an. Vielleicht hätte ich dich bei mir behalten sollen wie Charlotte. Aber ich dachte, daß du es als Barclay besser haben würdest. Vielleicht war es ein Fehler von mir, dir deine wahre Identität zu verschweigen, Desmond, aber ich tat es für dich. Du hast chinesisches Blut, und damals gab es immer noch viele Vorurteile.«

»Aber wer war mein Vater?« rief Desmond verzweifelt. »Du mußt doch zumindest einen Verdacht gehabt haben!«

Ich seufzte. »Zuerst wußten wir gar nichts. Iris war nachts aus dem Haus gelaufen, wie oft, blieb ungewiß. Wir nahmen an, daß sie auf der Straße Männer kennengelernt hatte, die ihre Arglosigkeit ausnutzten. Sie selbst konnte uns keine Auskunft geben. Nach unserer Rückkehr aus Hawaii versuchten wir alles, um weitere Ausflüge zu verhindern. Mindestens einmal ist dieser Versuch mißlungen, denn du wurdest geboren.

Zwei Jahre später bekam ich einen Brief aus New York. Der Absender hieß Wayne Addison. Ich kannte ihn, er hatte für mich gearbeitet. Wir hatten damals einen alten chinesischen Gärtner. Er war nicht mehr imstande, das große Gelände allein in Ordnung zu halten, aber ich wollte ihn nicht entlassen. Darum stellte ich Studenten ein, die ihm halfen. Einer von ihnen war Wayne Addison. Er stammte aus einer armen Ostküstenfamilie und bezog ein kleines Universitätsstipendium. Drei Jahre verdiente er sich bei mir etwas dazu, bis er kurz nach unserer Rückkehr aus Hawaii seine Prüfung bestand und nach Hause an die Ostküste zurückging. Er war ein sehr sympathischer, gebildeter und gutaussehender junger Mann, den alle gerne hatten.

In seinem Brief gestand er mir, daß er der Vater von Iris' Babys war. Er hatte meine Tochter im Garten gesehen und sich trotz ihrer Behinderung in sie verliebt, denn sie war sanft und schön. Zuerst hatte sie auf seine freundlichen Worte nicht reagiert, bis er ihr eines Nachts auf der Straße begegnete. Er hatte sie nach Hause gebracht und mit ihr am Swimmingpool gesessen. Dabei war es zu Zärtlichkeiten gekommen, die sie leidenschaftlich erwiderte. Wayne war klar, daß sie nicht wußte, was sie tat, aber er glaubte fest daran, daß auch sie ihn im tiefsten Inneren liebte. Hinterher war er voller Reue, denn er wußte sehr wohl, daß diese Beziehung keine Zukunft haben konnte. Er versuchte, sich von ihr fernzuhalten und wollte den Job bei mir aufgeben, aber er fand keine andere Anstellung, und er brauchte das Geld. Als wir dann ein paar Wochen später nach Hawaii gingen, schien das Problem zunächst behoben. Trotzdem war es nach unserer Rückkehr zu einer weiteren nächtlichen Begegnung gekommen. ›Sie war so schön und lieb, daß ich nicht widerstehen konnte‹, schrieb er. ›Vergeben Sie mir. Ich liebe Iris immer noch.‹ Danach kam er nicht mehr zu uns.

Ich stellte sofort Nachforschungen an. Ich bekam die Adresse eines Krankenhauses, in das Wayne Addison nach einem Verkehrsunfall eingeliefert worden war. Seine Verletzungen waren nur leicht, aber eine Woche, nachdem er mir den Brief geschickt hatte, starb er an einer Embolie. Du wirst deinen Vater nicht mehr kennenlernen, Desmond, aber du brauchst dich seiner nicht zu schämen.«

Ich reckte mich, um die Wange zu berühren, die ich vor achtunddreißig Jahren das erste Mal gestreichelt hatte, als ich ihn aus dem Leib meiner Tochter zog. »Du hast mein Unternehmen und meinen Namen für deine eigenen, selbstsüchtigen Zwecke mißbraucht. Du hast unschuldige Menschen getötet. Ich kann dich nicht länger meinen Enkel nennen.«

Ich wandte mich ab. »Nun lastet der Tod dieser drei Frauen auf *meiner* Seele.«

»Ich glaube, Desmond wäre auch unter anderen Umständen kein besserer Mensch geworden«, meinte Jonathan.

»Nicht, wenn ich ihm alles hinterlassen hätte. Ich hatte nicht gedacht, daß Desmond dafür morden könnte. Wenn ich es geahnt hätte, hätte ich ihm die Firma überlassen – einfach so.« Ich breitete die Hände aus, so als würde ich ein Geschenk überreichen.

»Aber Sie haben es nicht geahnt, Mrs. Lee. Wenn Sie wirklich auf dieser Insel gestorben wären, hätten nicht nur drei Unschuldige den Tod gefunden, sondern viele Tausende. Nur weil Sie noch am Leben waren, konnten Sie Charlotte helfen und sie zu ihm führen, so daß wir ihn rechtzeitig aufhalten konnten.«

Ich schüttelte den Kopf. »Mr. Sung hat mir von den ersten beiden Fällen – durch *Mei-ling-Balsam* und *Zehntausend Yang* – nichts erzählt. Ich lag noch im Krankenhaus und war sehr schwach, und er fürchtete, die schlechten Nachrichten könnten einen Rückfall auslösen. Aber als er mir über das dritte Opfer berichtete, die Dame, die an *Wonne* starb, wußte ich, daß ich die Insel verlassen und der Sache ein Ende machen mußte.«

»Wenn es nicht zuviel verlangt ist«, unterbrach mich Adrian, »würde ich gerne wissen, wie es jetzt weitergeht. Wem gehört denn nun die verdammte Firma?«

Ich sah auf den Mann, der Gideons Sohn war und so gar nichts von seinem Vater hatte. Ich sah sein unglückliches Leben, das er auf der Jagd nach Reichtümern vergeudet hatte, weil er sich für minderwertig hielt und glaubte, mit Geld Ansehen kaufen zu können.

»Du meinst, du möchtest wissen, was mit dem Geld deiner Investoren passiert – dem Geld, das du gestohlen hast.«

»Du verstehst einfach nichts vom Finanziellen, Harmonie. Das hast du nie getan.«

Ich dachte an den Tag am Hafen, als Gideon in den Krieg gezogen war und wir uns von ihm verabschiedet hatten. An diesem Tag hatte Olivia geschworen, sie würde mir das Haus wegnehmen. Ich erinnerte mich noch an den Ausdruck im Gesicht ihres Sohnes, damals schon hungrig, das Gesicht eines Dreizehnjährigen, der glaubte, daß es ihn in den Augen seines Vaters wertvoll machen würde, wenn er das Vermögen anderer Leute in seinen Besitz brachte. »Finanzielles« war Adrians Wort für Diebstahl.

»Das Unternehmen gehört meiner Tochter«, erklärte ich. »Wir werden uns gemeinsam bemühen, die Ehre von Harmony wiederherzustellen.«

Valerius Knight und seine Beamten führten meinen Enkel ab. Adrian und Margo folgten und versicherten Desmond, sie würden die besten Anwälte für ihn beauftragen. Als sie weg waren, sagte Charlotte endlich wieder etwas. Sie erwachte aus ihrer

Erstarrung und sagte: »Großmutter ... Mutter ... ich habe eine Frage.«
»Nur eine?« erkundigte ich mich lächelnd.
»Mein chinesischer Name. Ich dachte immer, Iris hätte ihn mir gegeben. Ich habe ihn gehaßt.«
»Das weiß ich. Als du mir das Buch mit den Geschichten zeigtest und sagtest, du wolltest so heißen wie das kleine Mädchen darin, sagte ich dir, wir könnten den Namen ändern.«
»Obwohl mir jetzt klar ist, daß er von dir stammt.«
Ich schüttelte den Kopf. »Nein, das stimmt nicht. Dein Vater Gideon gab dir deinen chinesischen Namen.«
»*Er* hat mich so genannt?«
»Es war das, was du für ihn bedeutetest. In der Nacht, als du geboren wurdest, hielt er dich in den Armen, lächelte dich an und sagte: ›Du bist meine geheime Freude‹. So steht es auf deiner Geburtsurkunde. Es ist ein glückbringender chinesischer Name – *Geheime Freude*.«
Sie sah immer noch verwirrt aus. »Weißt du noch, wie du damals in Chinatown, als es dir ganz schlechtging, die Stimme deiner Mutter hörtest?«
Wie hätte ich das vergessen können!
»Du hieltest es für den Beweis, daß sie tot war. Später erfuhrst du von Reverend Peterson, daß sie zu dieser Zeit noch lebte. Heute nacht, als mich eine Stimme vor dem Tee warnte, dachte ich auch, es sei die Stimme meiner Mutter, die aus dem Jenseits zu mir sprach. Und nun stelle ich fest, daß auch meine Mutter lebt! Du hast mich vor dem Tee gewarnt, obwohl du nicht tot bist.«
»Ich konnte dich nicht davon trinken lassen.«
»Aber woher wußtest du es?«
»Ich saß im Flugzeug, mitten im Unwetter, und betete zu Kwan Yin. Da hatte ich eine Vision – von dir, wie du die Tasse an die Lippen führtest. Ich wußte, daß der Tee vergiftet war. Woher ich das wußte, kann ich nicht sagen. Aber ich sah, daß du dich in höchster

Gefahr befandst. Und so schickte ich dir aus tiefstem Herzen eine Warnung.«
Wir hörten den Donner, der allmählich leiser wurde, wie ein brummiger Gast, der schimpfend eine Party verläßt. Ich sah durch die Glaswände von Desmonds Haus. Der Wüstensturm hatte nachgelassen, und die Morgenröte brach durch die Wolken. Draußen wurde es Tag. Wir hatten die dunkle Nacht überstanden.
Ein letztes Geheimnis mußte noch enthüllt werden.
»Großmutter«, sagte Charlotte unter Tränen, die ihre Augen in Smaragde verwandelten, »Mutter ... ich habe vor deiner Abreise in die Karibik schreckliche Sachen zu dir gesagt. Es tut mir leid.«
Ich umarmte meine Tochter von neuem und antwortete: »Charlotte, ich habe nichts gehört.«
»Großmutter ... Mutter ...« Sie nahm meine Hand und ließ ihren Tränen freien Lauf. »Ich weiß nicht, was ich sagen, wie ich dich anreden soll. Nach deiner Beerdigung habe ich mich wochenlang in den Schlaf geweint. Meine Großmutter, die wie eine Mutter zu mir gewesen ist, war tot. Und nun lebt sie, und ich habe eine Mutter, die wie eine Großmutter zu mir war.«
»So oft lag es mir auf der Zunge, dich Tochter zu nennen. So viele Male hast du mich nach deiner Mutter gefragt, und ich mußte lügen. Jede Lüge lag wie ein Stein auf meinem Herzen, bis mein Herz selbst so schwer wie ein Stein wurde.«
Charlotte sah auf unsere verschlungenen Hände. Was dachte sie beim Anblick dieser alten Finger, die einst Arzneien gemischt, Babys auf die Welt gebracht, Gideon in Liebe berührt und ihre eigenen Tränen getrocknet hatten, als sie ein kleines Mädchen war?
»Jahrelang«, begann sie leise, »habe ich uns auf verschiedenen Seiten eines gewaltigen Abgrunds gesehen. Ich stand an der einen Kante, du standest an der anderen. Es gab keine Brücke zwischen uns, keine Tochter und Mutter, die uns miteinander verband. Es fehlte das Mittelstück, und du schienst so unnahbar.« Sie schlug

Richard Barclays Augen zu mir auf, und ich hörte die Stimmen vieler Charlotten – des kleinen Mädchens, des Teenagers, der jungen Frau, der reifen Erwachsenen –, lauter Töchter, die sich nach einer Mutter sehnten. »Warum hast du es mir nie erzählt?«
»Und wann hätte ich das tun sollen?« fragte ich zurück. »Als du sieben warst? Wie bringt man einem Kind bei, daß sein Vater der Mann von Tante Olivia ist? Oder als du ein Teenager warst und ich versuchte, dich Moral, Ehre und Selbstachtung zu lehren? Charlotte, es gibt viele Gründe, weshalb ich das Geheimnis bewahrt habe. Wie hätte ich es dir erzählen und allen anderen verschweigen können? Wärst du fähig gewesen, diese Last zu tragen, wenn die Barclays nichts gewußt hätten?« Ich löste meine Hände aus ihren und legte sie auf ihre Wangen. »Glaubst du, es war leicht für mich? Weißt du, was es für eine Frau bedeutet, ihre Babys im Arm zu halten und zu wissen, daß sie sie niemals Mutter nennen werden?«
»Aber wir wären uns näher gewesen«, protestierte sie. »So war da immer ein Abstand. Und du warst immer in der Fabrik.«
Nun war er endlich heraus, Charlottes größter Schmerz, und es wurde Zeit, mein letztes Geheimnis zu offenbaren.
»Es gibt noch etwas, das ich dir sagen muß, meine Tochter.«
Wir setzten uns wieder auf das Sofa, bei dem man die Knie zu weit anwinkeln mußte. Jonathan hörte uns schweigend zu. Ich sah meine Tochter an und erklärte: »Ich weiß, daß du böse auf die Fabrik warst, weil sie mich dir wegnahm. Aber ich mußte dorthin, Charlotte. Siehst du, als Reverend Peterson mir den Brief über meine Mutter schrieb, vergaß er eine wichtige Sache. Er teilte mir nicht mit, daß meine Mutter nicht in Singapur starb.«
Ich spürte nicht nur Charlottes Blick auf mir, sondern auch Jonathans. Er setzte sich auf meine andere Seite, ganz nah, und die beiden rahmten mich ein wie ein Rosenbogen.
»Als ich im Jahre 1957 den Brief bekam«, sagte ich leise und durchlebte noch einmal die bittersüße Erinnerung, »wußte ich, daß ich nach Singapur fahren und nach den Überlebenden meiner

Familie forschen mußte. Natürlich war mein Großvater tot und mit ihm viele andere, eine Folge des Krieges. Aber ich fand eine Cousine, die mir eine phantastische Geschichte erzählte. Sie berichtete mir, nachdem mein Großvater, Mei-lings aristokratischer Vater, gestorben sei, habe meine Mutter beschlossen, nach Amerika zu reisen und mich zu suchen. Die Einwanderungsgesetze waren damals, 1953, immer noch sehr streng, aber man hatte die Bestimmungen für Touristen gelockert. Meine Cousine begleitete meine Mutter, mittlerweile eine alte Dame, nach Kalifornien. Von ihr bekam ich das hier.« Ich griff in meine Handtasche und zog einen alten Zeitungsartikel heraus, den ich seit über vierzig Jahren aufbewahrte. Er war vergilbt und brüchig, das Bild kaum mehr zu erkennen. Ich gab ihn Charlotte und fuhr fort: »Du hast unsere große Fabrik in Menlo Park gehaßt, weil sie mich dir wegnahm. Du sagtest, ich liebe sie mehr als dich. Ich habe diese Fabrik 1953 eröffnet, vier Jahre vor deiner Geburt, weil Gideon mich davon überzeugte, daß wir riesige, glänzende Fässer, Fließbänder und Reagenzgläser brauchten. Es war eine hochmoderne Anlage, die die Medikamente tausendmal schneller herstellte als der Betrieb in Daly City und tausendmal mehr Menschen Heilung brachte.«

Charlotte schaute stirnrunzelnd auf das mürbe Stück Zeitungspapier mit der verblaßten Fotografie. »Was soll ich hier sehen?« fragte sie.

Ich erklärte ihr, daß ich bei meiner Rückkehr nach San Francisco in das Büro des *San Francisco Chronicle* gegangen war, den Artikel dort vorgezeigt und um einen Abzug des Fotos gebeten hatte. Man verkaufte ihn mir für zwei Dollars und fünfundzwanzig Cents. Auch dieses Bild hatte ich in meiner Tasche und reichte es nun Charlotte. Das Hochglanzfoto war viel besser und schärfer als das Zeitungsbild, so daß sie jetzt die Gesichter der Leute, die mich umgaben, als ich das Band vor dem Eingang der neuen Fabrik zerschnitt, deutlich erkennen konnte.

»Die Aufnahme wurde am Tag der Eröffnung gemacht«, sagte ich und zeigte auf eine Gestalt im Hintergrund. »Das hier ist meine Mutter. Mei-ling. Sie kam zur Eröffnung meiner Fabrik.«

Jonathan beugte sich vor, um ebenfalls das Foto anzuschauen, während ich mich zurücklehnte und daran dachte, wie ich 1958 im Büro des *San Francisco Chronicle* gestanden und auf das Gesicht meiner Mutter gestarrt hatte, nur wenige Meter von mir entfernt, die bei mir und doch nicht bei mir war.

Charlotte sah mich mit großen Augen an. »Sie hat kein Wort zu dir gesagt?«

»Wie konnte sie? Sie hatte ihrem Vater versprochen, nie wieder Kontakt mit mir aufzunehmen.«

»Aber er war tot!«

»Er weilte bei unseren Ahnen. Trotzdem mußte sie ihn ehren und ihm gehorchen. Gleichzeitig aber machte sie ihrem Herzen Ehre und gehorchte ihrem Gefühl. Am Eröffnungstag der neuen Fabrik war sie an meiner Seite. Von der Cousine in Singapur erfuhr ich, daß sie wenige Tage danach starb, hier in San Francisco. Sie liegt auf demselben Friedhof begraben wie mein leerer Sarg. Als du bei meiner Beerdigung warst, Charlotte, bist du über das Gras gegangen, das auf dem Grab deiner Großmutter wächst.«

Charlottes Stimme war schmerzerfüllt, als sie sagte: »Ich verstehe trotzdem nicht. Was hat ihr Tod mit der Fabrik zu tun?«

»Schau dir das Gesicht meiner Mutter an. Erkennst du den Stolz in ihren Augen? Siehst du, wie glücklich sie auf ihre Tochter blickt? Charlotte, als ich das begriff und auch, daß sie so dicht neben mir gestanden und sich trotzdem von mir ferngehalten hatte, da verstand ich, was Familienehre und was das Opfer einer Mutter bedeutet. Und darum ging ich jeden Tag in die Fabrik, von der du glaubtest, ich liebte sie mehr als dich. Weil meine Mutter dort gestanden hatte. Weil sie dort ihre letzte Freude und ihr letztes Glück erlebt hatte.

Meine Mutter stand neben mir, und ich wußte es nicht, so wie du neben deiner Mutter gestanden hast und es auch nicht wußtest. Sie war mir ganz nah und konnte mich nicht Tochter nennen, so wie ich dir oft ganz nah gewesen bin und nicht Tochter zu dir sagen konnte.«

»Warum hast du mir das nicht früher gezeigt?« rief Charlotte. »Warum hast du mir nie davon erzählt?«

»Weil es der Wunsch meiner Mutter war, daß ich von ihrer Anwesenheit nichts wußte. Wie hätte ich diesen Wunsch nicht ehren können?«

Ich griff noch einmal in meine Handtasche, um das letzte Geschenk für meine Tochter herauszuholen. Ich wischte die Tränen ab, die ihr über die Wangen rollten, und zeigte ihr das Bild, das ich seit neununddreißig Jahren mit mir herumtrug. Es war ein kleines Schwarzweißfoto. Abgebildet waren eine Asiatin, die mit einem neugeborenen Kind auf dem Schoß in einem Krankenhausbett saß, und ein gutaussehender Amerikaner, der schützend den Arm um sie legte und in die Kamera lächelte. »Es wurde in der Nacht deiner Geburt aufgenommen«, sagte ich, während Charlotte den Anblick von Gideon, mir und ihrer eigenen winzigen Gestalt aufsog. »Eine Schwester hat es gemacht. Sie hatte dich gerade zu mir gebracht, und ich durfte dich zum ersten Mal halten. Es ist das einzige Foto von dir und mir als Mutter und Tochter.«

Mit einer Stimme, so zerbrechlich wie ein gläsernes Windspiel, antwortete Charlotte:

»Ich weiß nicht, was ich sagen soll.«

»Wir haben noch viel Zeit zum Reden.« Ich sah auf Jonathan, dann auf meine Tochter. »Aber da ist etwas, das nicht warten kann. Nur wenigen von uns schenkt das Leben eine große und beständige Liebe, Charlotte. Meine Mutter fand diese Liebe in Richard Barclay und ich in Gideon, aber wir beide haben sie wieder verloren. Mach nicht den gleichen Fehler, Charlotte.« Ich griff nach Jonathans Hand und legte sie in Charlottes. »Du hast deine Liebe gefunden, Tochter. Halte sie fest. Öffne deine Türen. Vor langer Zeit sah ich, wie du deine Türen verschlossen hast, eine nach der anderen, bis du ein abgeschottetes Haus warst.

Glaubst du, daß du damit das Unglück fernhältst? Vielleicht – aber du sperrst auch das Glück aus. Öffne deine Türen, Charlotte.«

Ich lächelte sie und Jonathan an. »Öffnet alle Türen und auch die Fenster. Laßt das Glück herein. Laßt die Liebe herein.«

Barbara Wood

Bitteres Geheimnis
Roman
Band 10623

Der Fluch der Schriftrollen
Roman
Band 12031

Haus der Erinnerungen
Roman
Band 10974

Das Haus der Harmonie
Roman
Band 14783

Herzflimmern
Roman
Band 8368

Lockruf der Vergangenheit
Roman
Band 10196

Das Paradies
Roman
Band 12466

Die Prophetin
Roman
Band 13751

Rote Sonne, schwarzes Land
Roman
Band 10897

Seelenfeuer
Roman
Band 8367

Die sieben Dämonen
Roman
Band 12147

Spiel des Schicksals
Roman
Band 12032

Sturmjahre
Roman
Band 8369

Traumzeit
Roman
Band 11929

Barbara Wood/
Gareth Wootton
Nachtzug
Roman
Band 12148

Fischer Taschenbuch Verlag

fi 1720 / 12

Rebecca Ryman

Wer Dornen sät

Roman

Aus dem Amerikanischen von Manfred Ohl und Hans Sartorius

Band 13407

Kalkutta 1871. Olivia Raventhorne ist mit ihrer Tochter Maja und ihrem Sohn Amos von Hawaii nach Indien zurückgekehrt. Ihr Mann Jai, ein Eurasier, soll während einer Meuterei von der Kolonialmacht als Verräter gehängt worden sein. Olivias Lebensinhalt ist seitdem der verzweifelte, aber erfolglose Kampf um seine Rehabilitierung. Die Raventhornes sind Ausgestoßene in jener Welt der selbstgerechten britischen Kolonialherren. Amos leitet das Familienunternehmen Trident und wird zumindest in der Geschäftswelt akzeptiert, aber Maja leidet unter dem Stigma, ein Halbblut und die Tochter eines Verräters zu sein. Sie möchte einen weißen Ehemann und fort von Indien.

Christian Pendlebury, ein junger Beamter der Kolonialverwaltung, trifft in Kalkutta ein und verliebt sich in Maja. Aber da ist auch Kyle Hawkesworth, ebenfalls Halbblut, ein Intellektueller und unerbittlicher Gegner der verlogenen europäischen Gesellschaft. Maja lehnt ihn ab, weil er sie immer wieder an ihre Abstammung erinnert. Am Ende stehen Maja und Kyle ernüchtert, mit neuem Bewußtsein vor einem Anfang, vor der Verwirklichung eines Traumes.

Fischer Taschenbuch Verlag

fi 1906 / 5